"十三五"国家重点图书出版规划项目

浙江文化艺术发展基金资助项目

中 国 民 间 文 艺 思 想 史 论

天边的春雷
现代中国民间文艺思想变化与文化转型

高有鹏 著

宁波出版社
NINGBO PUBLISHING HOUSE

图书在版编目（CIP）数据

天边的春雷：现代中国民间文艺思想变化与文化转型 / 高有鹏著 . -- 宁波：宁波出版社，2023.3
（中国民间文艺思想史论）
ISBN 978-7-5526-4194-3

Ⅰ.①天… Ⅱ.①高… Ⅲ.①民间文学—文艺思想史—研究—中国—现代 Ⅳ.① I207.709

中国版本图书馆 CIP 数据核字（2021）第 027629 号

天边的春雷 TIANBIAN DE CHUNLEI

现代中国民间文艺思想变化与文化转型

高有鹏 著

策　　划	袁志坚　徐　飞
责任编辑	晏　洋
责任校对	谢璐漫　秦梦嫄
出版发行	宁波出版社
地址邮编	宁波市甬江大道 1 号宁波书城 8 号楼 6 楼　315040
装帧设计	金字斋
印　　刷	宁波白云印刷有限公司
开　　本	710 毫米 ×1000 毫米　1/16
印　　张	28.75
字　　数	400 千
版　　次	2023 年 3 月第 1 版
印　　次	2023 年 3 月第 1 次印刷
标准书号	ISBN 978-7-5526-4194-3
定　　价	89.00 元

本书若有印装错误，影响阅读，请与出版社联系调换，电话：0574-87248279。
（版权所有　翻印必究）

目 录

第一章　中国现代民间文艺的历史发展与民间文艺思想理论体系的建立 … 001
　　第一节　中国现代民间文艺的历史发展 … 001
　　第二节　中国现代民间文艺思想理论体系的建立 … 007

第二章　五四歌谣学运动 … 042
　　第一节　五四歌谣学运动的缘起与方向 … 044
　　第二节　歌谣学范式的建立 … 050
　　第三节　歌谣的思想文化 … 057
　　第四节　拓展与转向 … 066

第三章　现代民俗学运动 … 073
　　第一节　北平的余音 … 076
　　第二节　东南的风浪：从广州到杭州 … 083
　　第三节　文化复兴：中西部民间文学研究 … 118
　　第四节　《中华全国风俗志》的民间文学史意义 … 143

第四章　乡村教育运动 … 152
　　第一节　以"乡村民众"为对象的民间文学调查 … 153
　　第二节　《相国寺民众娱乐调查》的民间文学史价值 … 162

第三节　关于乡村教育运动中的民间文学理论问题 ············ 256

第五章　《古史辨》学派与现代神话学 ············ 269
　　第一节　《古史辨》神话学派 ············ 269
　　第二节　中国现代神话学 ············ 280

第六章　红色歌谣 ············ 296
　　第一节　十送郎当红军——中央苏区红色歌谣 ············ 297
　　第二节　八月桂花遍地开——鄂豫皖革命根据地红色歌谣 ··· 309
　　第三节　老子本姓天——湘鄂西红色歌谣 ············ 314
　　第四节　千里的雷声万里的闪——陕北民歌与刘志丹 ············ 317
　　第五节　大瑶山民歌 ············ 320
　　第六节　秦巴山民歌 ············ 321

第七章　"林兰女士"与《民间故事》············ 325
　　第一节　"林兰现象" ············ 325
　　第二节　故事的内容与类型 ············ 339
　　第三节　《民间故事》的故事史价值 ············ 363

第八章　抗日歌谣与现代民间文学 ············ 396
　　第一节　东北抗日歌谣 ············ 398
　　第二节　晋冀鲁豫抗日歌谣 ············ 403
　　第三节　南方抗日歌谣 ············ 410
　　第四节　大西南的抗战歌声 ············ 421

第九章　延安民间文艺运动 ············ 434

第一章
中国现代民间文艺的历史发展与民间文艺思想理论体系的建立

在中国民间文艺史上,中国现代民间文艺具有非常重要的价值和意义。无论是搜集整理民间文学作为文献文本所显示的内容,还是从学科与学理上探讨时所体现出的思想理论内容,都可以把它看作以"科学"和"民主"为核心内容的新文化事业的发展。尤其在反抗外敌入侵的民族危亡时刻,民间文学作为唤醒民众民族意识、鼓舞民族斗志的文化利器,在事实上成了中华民族追求独立、自由与解放事业的一部分。

这是由中国社会现实所决定的,也是中国现代知识分子所表现出的文化自觉,是对中国优秀传统文化的继承与发扬,更是对社会发展中人民大众思想文化诉求的应答。

第一节 中国现代民间文艺的历史发展

中国现代民间文学的发展是中国现代社会文化发展的重要体现。

中国现代民间文学史包括三个重要组成部分。第一部分是民间文学自身的发展,既有对传统民间文学类型的接着讲与照着讲,又有对社会现实生活的及时表现,这是其主体。第二部分是民间文学的搜集整理与翻译,包括各种形式的介绍、改编。第三部分是民间文学思想理论,研究者们见仁见智,各抒己见。三者相互影响,尤其是前两个部分常常共处于一个民间文化生活整体之中互为。搜集整理的民间文学内容中,有许多就是对当世社会风俗生活的直接体现。

"现代"是一个历史学的时间概念,意在表明距离我们现实最近的一个特殊时间阶段,或者说就是当前社会形态的一个重要开端,以区别于社会形态的以往历史阶段。由于传统的划分方式,对于中国社会历史分期,我们常常把五四新文化运动至中华人民共和国成立之前这一阶段称为"现代",把1949年之后的历史称为"当代",即当下发生的社会历史。其实,民间文学是一条波浪汹涌的大河,泥沙俱下,只能大致划分为阶段,如果强加给它一定的时间阶段作为其标签,极可能是削足适履,或者是掩耳盗铃。在历史文化的记忆述说中,许多时候,事件作为记忆与表述的单位意义,应该比具体的时间划分更准确。这就是"模糊美学"叙事价值的体现。

民间文学与时代发展同步,及时体现、表现社会生活的现实状态。但是,民间文学和作家文学与社会现实的关系一样,有时是非常直接具体的表现,有时具有一定的社会现实色彩,而许多时候并没有什么联系。诸如民间的时政歌谣,直接讽刺、批评或歌颂社会现实中的某些典型;有一些民间传说故事在讲述中夹杂着时代的影子,留下相应的历史文化痕迹;有一些民间传说故事在任何时候、任何地点都能讲述。而且,民间文学在具体流传中存在着一个非常重要的现象与规律,它常常产生在一些重大社会历史事件发生之后,作为一种历史记忆,对这些事件进行不同形式的评说。如太平天国运动和义和团运动这些农民起义,当世未必有多少直接体现它们的民间传说故事,被绘声绘色地讲述。但在多少年之后,这些起义的英雄还为民间百姓所记得,而且有许多事件被更加完整地讲述出来。诚然,讲述者与记录者面对这些民间的口头文本,其语言与立场常常大不相同,一切讲述与记述都具有鲜明的身份,体现出不同的文化权利或文化利益性思想情感内容。这同样属于现代民间文学。不同形式与不同内容的民间文学共融于社会生活整体,也如同动植物的生态与时代相联系,共处一片天地,各显本色。但是,从总体上讲,对于那些深刻影响社会现实发展变化的重大事件,民间文学从来不会无动于衷。从这种意义上讲,民间文学作为时代发展的晴雨表,是社会风俗生活的一部分,成为映照社会现实生活的一面明亮的镜子。

就民间文学与社会历史发展的联系而言,我们应该重视其体现社会历史发展的真实方面,但决不能也不应该把这个方面作为其唯一的价值。其最可贵的价值在于其体现最广大人群即民间文学讲述主体的情感与意愿。许多时候,讲述的实际与记录效果并不是完全一致的。也就是说,民间文学的讲述与记述在体现历史真实的意义上是不尽相同的。一个突出的现象就是民间文学表现大多数人的文化利益,即一定人群之中所具有或表现出的具体的思想情感意愿。在不同地区、不同时间内,其民间文学形态也常常表现出不确定性。记录民间文学具体内容的人不仅仅是身份不同、立场不同,而且记述能力与记述方式也有很大差别,所以形成的民间文学的文本也千差万别。在民间文学史的意义上,无论什么样的文本,都具有其"存在"的价值与意义。就整体而言,民间文学是社会大众的心声,它可能不一定细致地表现社会历史发展的全部,但从来不会歪曲现实。因为群众的眼睛是雪亮的,群众是真正的英雄。所以,历史唯物主义一再强调人民群众是创造历史和推动社会历史前进的根本动力。

民间文学与社会历史发展同步,在任何时候对影响民族命运和社会发展的重大事件都不会冷漠。但它并不是简单、刻板地对社会历史发展做所谓"起居注"式的直接记录,而常常是根据讲述者的具体感受所作的具体表现与表达。多数影响民族命运、社会发展的重大事件,在民间文学的讲述中都有所表现。有一些事件被记录,证明这些民间文学内容的存在,而有些由于多种原因没有被及时记录的,直到多少年之后被不完全记录,甚至有的仍然没有被记录,由此形成民间文学文本形式与实际流传不相符合的现象。

而且许多时候,民间文学的流传是有选择条件,然后才被认同和表现的。

对于今天流传和被记录的现代民间文学,我们看到其历史记忆的内容在许多时候被概括为中国共产党领导全国人民建立新中国这一文化主体。我们从现代历史文献中可以深切感受到新的民族与国家政权建立过程的极其不寻常之处。这是近代历史以来,中国人民浴血奋战,争得民族自由、独立与解放,第一次取得完全而伟大的胜利。诚如毛泽东在新中国成立的开国大典上所宣告的:中国人民从此站起来了!所以,中国人民衷心感谢中国共产党的领导,歌唱共产党的伟大光荣。但是,历史的过程是极其曲折和复杂的,也正是这种艰难曲折才更显示共产党与各种正义力量的坚强不屈。我们不得不承认,中国共产党建立于20世纪20年代初期,当时还十分弱小,只有人数不多的党员,中国社会并没有在一开始就完全接受它和它的政治主张。中国共产党的宗旨是全心全意为人民服务,这就决定了它与人民大众血肉相连,与其说它领导了中国人民建立新中国,不如说是它获得了最广大人民群众的支持。民间文学代表了历史的良心,接受了历史的事实,并及时表现了这些内容。所以,我们可以看到从土地革命、上海工人武装起义、广州起义、秋收起义、南昌起义、井冈山革命根据地建立、中国工农红军长征、新四军成立、延安革命根据地建立,一直到解放战争时期的东北、平津、淮海三大战役,人民解放军跨过长江,彻底打败国民党及其率领的百万大军,这些内容无一遗漏被民间文学所记录。与历史上流传的政权建立故事一样,民间文学并不是像教科书那样照本宣科、逐条解说,而是常常选取其中具有传奇色彩的"英雄",将其"神话化""箭垛化",诸如贺龙两把菜刀闹革命、许世友武艺高强等传奇故事,成为这些历史事件被传说的表现。与此类似的是时政歌谣,如关于秋收起义的歌谣中对毛泽东的歌颂,表现穷苦人翻身求解放,打土豪分田地时的喜悦。他们未必明白多少高深的道理,而只是感激他们熟悉的毛委员。中央苏区流行《八月桂花遍地开》等红色歌谣,他们未必懂得什么叫"左"倾右倾,他们面对的是"鲜红的旗帜飘起来",

是"红军干部好作风",更多表达的是拥护"扩红""拥红"的情感,表现出对红军的热爱和对革命的无限热情。抗日战争时期流行的歌谣更是这样,人们痛心东三省被日本侵略者占领和东北军的不抵抗,到处传唱着不当亡国奴的歌谣,传唱着救国家救民族的抗日歌谣,歌唱抗日英雄在中国的土地上掀起反抗日本侵略者的民族革命浪潮。与此相对的是在一群"知书达礼"的人中间流行着无耻的"汉奸文学",他们极力散布不抵抗主义,这更显示出"不识字"的民间文学主体所具有的良心与使命。历史的记忆与认同是一个文化选择与建构的过程,其实就是不断忘却、淡化或强化那些事件,以此在重复中形成民间文学世界自己的秩序与情感。多少年之后,人们仍然在讲述这些传说故事和歌谣,甚至不同程度忘记或淡化了某些重大社会政治事件。这是民间文学历史发展的重要规律。

中国现代民间文学史上一个不可回避的重要内容是中国社会现实生活中的党派之争,主要是共产党与国民党两大阵营之间的较量与异同,及其在民间文学中的表现。许多文学史回避了这个问题。我们应该看到,世界上从来没有无缘无故的爱与恨,爱和恨是可以转化的,民间文学的不确定性也正体现在这里。如当年军阀混战时期,北伐代表着时代的意志,有许多北伐英雄如叶挺被神话化,此时的蒋介石作为孙中山的助手出现在政治舞台上,未必被民众所辱骂。或者说,直到抗日战争初期,尽管其曾经有大肆屠杀革命党人与进步力量的恶行,全社会仍然把蒋介石视作全民抗战的领袖,在民间歌谣、民间歌曲中不乏对他的颂扬。但是,社会风云变幻无常,历史发展充满许多复杂的因素,蒋介石和他领导的军队,虽然在抗日战争的正面战场上完成了台儿庄战役、南京保卫战、武汉会战和长沙保卫战等那样被全民族热烈歌颂的壮举,但他们最终还是走向人民大众的反面。尤其是当时的国民党政府在政治上严重背叛孙中山的三民主义,日益反动。其愈演愈烈的贪污腐败,鲜廉寡耻,草菅人命,独裁专制,甚至疯狂镇压提出正当诉求的民众,无情打击迫害扼杀民主与自由,罪恶滔天!其完全失去社会公信力,最终失去人民大众的信任,必然为时代所抛弃。民间文学中歌唱"想中央(军),盼中央,中央来了更遭殃",出现把蒋介石骂作"蒋该死"的歌谣;与当年张宗昌祸害山东时,人们歌唱"也有葱,也有蒜,锅里煮着张督办(张宗昌);也有葱,也有姜,锅里煮着张宗昌"的歌谣是一样的道理。凡是独裁专制、祸国殃民之徒,无论其权势熏天或者是如何耀武扬威,都逃脱不了人民的辱骂和历史的唾弃!笔者曾经考察民国时期的土匪,他们中有许多人也曾经是受到饥寒压迫的穷苦人,也曾经劫富济贫,甚至在民族危亡关头,不怕牺牲,敢于抗日,但遇到艰难险阻时,又经受不住物质与精神的诱惑,最后反过来欺压民众,丧尽天良。一个人未必生下来就恶贯满盈,但所有的罪恶都会付出代价。民间文学以种种形式鞭挞这些残害人民、危害社会的行为,以时政歌谣、政治笑话等形式讽刺、漫骂这些行为,这是民众思想情感最真实而热烈的表达和倾诉。同样,民间文学更多表现出对正义力量的颂扬,如其对当年冯玉祥亲民、爱民、为民等行为的歌颂等。民间文学歌颂光明,鄙视邪恶,在政治笑话与生活故事中对韩复榘军阀作风的嘲笑讽刺,对各地大大小小贪官污吏祸害天下行为的揭露与痛骂,都是发自肺腑的。民间文学体现民心所向,在中国古代历史上有振木铎以求歌谣,观政治得失,形成问政于民的良好文化传统。现代社会同样如此。以毛泽东为代表的共产党人在解放区文艺运动中提倡搜集整理民间歌谣,带来了陕北民歌的大流行。陕北民间歌曲《东方红》歌唱"中国出了个毛泽东",与痛骂蒋介石的"五大天地"等歌谣天差地别。因此,中国现代民间文学的历史具有特殊的社会政治价值,它用最直接、最简朴的语言给世人重复讲述着"得民心者得天下"的道理与事实,也用同样的语言告诫世人要尊重人民,以历史上那些民贼为戒,以那些臭名昭著的失政者、亡国者为鉴。或曰,殷纣王确实在统一国家和民族中具有巨大历史功勋,而民间文学讲述的却是一个横征暴敛、酒池肉林、荒淫无度的历史罪人。应该说,这就是民间文学最重要的历史价值。

第二节　中国现代民间文艺思想理论体系的建立

中国现代民间文学史虽然时间跨度只有三十年,但它处于现代社会的重要开端时期,是中国古代社会政治彻底结束之后,以科学和民主为主要内容的新文化发展的特殊时期。这一时期,西学进入中国,为中国文化的发展注入思想生机,由此出现了一大批杰出的民间文学思想家、理论家、翻译家,掀起搜集整理的热潮,并形成以民间文学为主要内容的文化运动。但是,这并不是中国现代民间文学史的全部内容。民间文学具有历史传承性,虽然它会因为处于新的社会历史阶段而表现社会现实性内容,但总体上仍然具有传统的内容与特征。

中国现代民间文学理论体系的建立有三个十分重要的学术因素。其一是最直接的因素,即域外文化的影响,主要是西方现代文明的冲击,迫使传统文化格局发生变化。其二是近代文化思潮,即明代中后期就已经形成的求新求变,具有启蒙意义的思想潮流,促进了学术发展中的民本意识。其三是中国文化自身的自觉寻求,即"礼失求诸野"的文化规律的作用。这三方面因素相融合,就自然形成中国现代民间文学理论体系的学术思想与学术方式的基础。

在这三个因素中,域外文化的影响是最直接的。应该说,没有世界各民族间的文化交流,人类文明的进程就会停滞,甚至会倒退,中华民族壮大和发展的历史就是最好的证明。司马迁曾说过,三代之居皆在于河洛之间。三代,就是传说中的帝王,他们其实是不同国家或民族的首领,通过文化较量,当然也有各种斗争,分别在河洛地区取得统治权力。所以古人也就有"得中原者得天下"之说。另外,我们从中华民族的始祖神黄帝的图腾构成上也可看到,正是民族或部落间的融合,使得民族或部落迅速发展。其中,发展的重要因素便是文化交融所形成的向心力、凝聚力。世界各民族的标志，其主要内容便是文化。美国于1776年建立，在独立战争中形成的文化精神，对自由、民主、平等等文化理念的追求，形成了其重要的民族精神，甚至影响到世界的发展。如今，它却以另一种姿态成为霸权，而且在世界各地包括中国培养了许多无限忠诚于他们的"孝子贤孙"。自然，文化间的交流，在世界各民族的历史发展中，从来都不全是出于不同民族的各种利益追求与选择，不平等的因素常常占据大多数。中国近代化的构成，包括近代文化思潮的发展，就是鸦片战争促成的结果。更多的是民族内部极其严重的政治腐败、无官不贪，个个色厉内荏、懦弱无能而又寡廉鲜耻，致使社会文化良心普遍极度缺失，社会正义荡然无存，人们对统治阶层完全失去信心，才转而向异域文化求取生存和发展的经验与道理。从某种意义上讲，中国近代文化就是罂粟之花，充满悲壮的美丽。我们检索历史，可以深切感受到林则徐、龚自珍他们的愤恨中包含着深广的民族精神，也包含着对异域文明的强烈排斥。因为异域文明固然有现代成分，但不乏甚至更多的是罪恶。可是，不管怎么样，我们还是选择了接受异域的文明和文化，但这和历史上对西域的寻求在感情上有着巨大差别。中国现代民间文学理论体系的重要精神，如面向民间的启蒙、融入民众的文化追寻，及对民主、科学的宣传与实践，都离不开对西方文明的接受。中国社会政治文化和经济的格局，充满了不情愿的因素，但正如孙中山所言，"世界潮流，浩浩荡荡，顺之者昌，逆之者亡"，我们更多的是无可奈何。回首中国现代民间文学理论体系的建立过程，如果没有蒋观云、周作人他们的对西方民间文学理论概念的翻译和引入，这个体系很可能没有那些丰富多彩的思想文化理论，或者仍然作为传统学术方式，不能如此迅速地融入现代思想文化。当然，过分夸大异域文明的主导作用，也是不符合实际的。食洋不化与食古不化都属于机械主义。

在中国现代民间文学理论体系建立的过程之中，我们可以看到，其西方民间文学理论的传入，基本上分为三个阶段。第一个阶段是周作人时代，主要从日本移入，梁启超等人要强国，便从日本明治维新的历史中得到深刻启发,强调"新民",尤其是鲁迅他们寻求与传统不合拍的"恶声",是不自觉的文化选择。第二个阶段便是江绍原和郑振铎时代,他们有了较为自觉的意识,认识到西方民间文学理论包括相关的民俗学和文化人类学理论对研究中国社会具有重要意义。这个时期的成就尤为突出,诸如黄石、谢六逸,他们对西方神话学的译介,使得中国现代民间文学理论体系获得成熟发展的内容。第三个阶段是抗日战争前后,更年轻的一批学者,诸如岑家梧、芮逸夫等,更多地译介与民间文学理论相关的图腾理论、民族学和语言学理论,使现代民间文学理论有了更充足的发展。在这三个阶段中,第二个阶段即20世纪二三十年代,在中国现代民间文学史上至关重要。正是集中在这一阶段的理论翻译,构成中国现代民间文学理论研究的基本方式,形成其基本框架。这三个阶段的翻译对象也各有侧重,第一个阶段重在从日本译介,第二个阶段重在从法国、英国等欧洲地区译介,第三个阶段则重在从美国译入。这三个阶段中的三个地区,在文化构成与发展上有着明显的不同。按一般的道理讲,日本文化更多的是作为中西文化的驿站;欧洲文化更多的是学者的理性批判,是历史研究,诸如泰勒(Tylore)的"遗留物说"、马克斯·缪勒(Max Muller)的"比较神话学"、安德鲁·朗(Andrew Lang)的"人类学派神话学"和杰·弗雷泽(J.Frazer)的"巫术理论",关注较多的是历史与现实之间的文化传承与变异;美国文化更多的是经验主义,追求实证。总之,不同的文化风格直接影响到各国的学术方式和学术风度,从而影响到译介区域的学术发展。

第二个因素即近代文化思潮,若追溯其源头,应该是明代中后期就孕育着的具有批判和启蒙意义的文化思想。这就是从冯梦龙到戴东原,再到龚自珍、黄遵宪、梁启超等,构成的一条思想文化大河。他们在学术思想上最突出的品格就是对传统与时代所表现的批判,敢于冲破已经腐朽到极点却越来越顽固的文化传统和思想传统。近代文化思潮影响下的民间文学思想理论发展内容,已经有学者做了整理性的工作。如阿英对相关资料的钩沉与挖掘,钟敬文对改良派、革命派的民间文学理论的透视与梳理,张振犁对顽固派民间文学理论的研究。近代民间文学理论作为庞大的文化思想体系,其内容尤其复杂;在前面相应的章节中,笔者已经做了论说。这里应该指出的是,鲁迅他们的早期民间文学思想,包括章太炎的《訄书》等文献,尤其是小说、诗歌、戏剧的改良和教科书重制等文化现象,都体现出浓重的民族主义如何更深入地探索这些内容的特性,确实是对中国历史大转折时期再认识的关键。特别是近代哲学思潮的意义,尤值得人深思。

第三个因素就是古典文化的优秀传统。中国文化发展中自觉的民本意识,是中华民族伟大的精神财富。"礼失求诸野"是中国传统文化一条重要的规律。所谓"礼",其实就是主流文化;所谓"野",其实就是民间文化,自然包含民间文学。我们常常把儒家文化作为文化主体,讲究修身齐家治国平天下,讲究个人责任和使命。但仅仅这样,还远远不够。郑振铎说:"民间文学就是大众文学,是中国文学史的中心"。[1] 这固然有他的偏颇,但无视民间文学为全民所拥有的历史存在事实,这是更大的偏颇。应该看到,民间文学作为民间文化的重要组成部分,不仅是语言的艺术形式,而且构成了一个民族相当重要的精神生活和文化生活,离开了生活的实质意义,就难以看到中国文化的真正面目。正因如此,才如人所说,理论是灰色的,生活之树常绿。所以,作为主流文化的"礼"就能从作为民间文化的"野"中汲取到源源不断的汁液,促使其自身的健康发展。如孟子所强调的"民为贵,社稷次之,君为轻",在事实上构成了整个中国文化的重要理念。加上更为古老的"天行健,君子以自强不息"的文化精神,中国文化的自觉性就有了更特殊的价值和意义。鸟瞰中国文化发展的历史,文学的每一次革新几乎都与民间这个特殊的群体有着极其密切的联系。现代民间文学理论的体系的构成中,传统的文化精神得到充分的张扬,就是这种文化规律的说明。若没有

---

[1] 郑振铎:《中国俗文学史》,北京商务印书馆1988年版,第1—2页。

这种内容及文化精神的贯彻,中国现代民间文学理论体系将是空中楼阁,或沦为一种殖民话语。也正因为有了数千年的中国传统文化及其文化精神的巨大支持,这个体系才能扎根于中国社会,并在现代历史发展中,成为民族精神的一缕火花,照亮中国社会前进和发展的前程。中国现代民间文学理论体系的建立与古典文化的优秀传统有着割不断的联系,这对于今天民间文学的发展具有启发意义。

正因为受到不同学科知识与思想理论的影响,"民间文学"的学科概念在民间文学思想理论具体建构过程中得以形成。

或曰,"民间"和"文学"这两个概念在我国古代文献中早就存在。但是,"民间文学"这个概念出现得不早,以至于20世纪20年代之前,似乎都没有现于报端。如胡适回忆与朋友的来往经历时说:"1916年3月间,我曾写信给梅觐庄,略说我的新见解,指出宋元白话文学的重要价值。觐庄究竟是研究过西洋文学史的人,他回信居然很赞成我的意见。他说:'来书论宋元文学,甚启聋聩。文学革命自当从'民间文学'(Folklore, Popular poetry, Spoken Language, etc.)入手,此无待言。唯非经一番大战争不可。骤言俚俗文学,必为旧派文家所讪笑攻击。但我辈正欢迎其讪笑攻击耳(三月十九日)。'这封信真叫我高兴,梅觐庄也成了'我辈'了!"[1]这就是后人所说的梅光迪是第一个使用"民间文学"这个概念的根据。但是,这里胡适以信件述说并证明"民间文学"的概念,到底不是直接的证据。如果考察民间文学作为学科的概念出现,则应该始自胡愈之的著述中。

胡愈之是曾经被我们忽视过其重要贡献的文化巨人。

胡愈之是著名的出版家、编辑家,也是一个作家(其长篇小说《少年航空兵》可谓最早的科学幻想小说),是杰出的文化战士。他早年受过扎实的

---

[1] 胡适:《逼上梁山——文学革命的开始》,原载《东方杂志》1934年1月1日第31卷第1期,第20页。

古文训练,并有在杭州英语专科学校学习的经历。其1914年考入上海商务印书馆为练习生,自学英语、日语、世界语,并开始发表译著。1915年起,他成为《东方杂志》的编辑,非常勤奋,阅读许多西方图书报纸。他积极投身于新文化建设,曾经参与声援北京五四运动,与茅盾、郑振铎等人一起组织成立文学研究会。其视野非常开阔,所以能够迅速感受到新文化与民间大众的特殊联系,而及时提出"民间文学"这个重要的学科概念。

《妇女杂志》创刊于1915年[1],1931年12月停刊。其提出办刊思路为"以提倡女学,辅助家政为宗旨,而教养儿童之法尤为注意,既足为一般贤母良妻之模范童蒙养正,又为研究教育者所必当参考之书",还提出"改良家庭即整顿社会"等主张。《妇女杂志》由上海商务印书馆出版,开始由王莼农主编,自第七卷第一期到第十一卷由章锡琛主编。此后还有杜就田、叶圣陶、杨润馀等人做主编。胡愈之是这份杂志的重要撰稿人,他的《论民间文学》发表于《妇女杂志》1921年1月即第七卷第一期,这时的杂志主编是刚刚上任的章锡琛。胡愈之谈论民间文学并不是心血来潮,而是有着扎实而深刻的思想文化基础,并且持之以恒的。20世纪30年代,他发表《关于大众语文》,他提出"'大众语'应解释作'代表大众意识的语言'","大众语

---

[1] 1915年是许多重要报纸杂志创办的时间,如胡晓明在《近代上海诗歌系年初编(1898—1919)》中统计显示:1月1日,鸳鸯蝴蝶派刊物《小说海》创刊。5日,商务印书馆创办《妇女杂志》月刊,后又创办《英文杂志》月刊。20日,梁启超主编《大中华杂志》创刊。本月,《科学》杂志创刊,中国科学社主编,以"传播世界最新科学知识为宗旨"。本月,《小说海》《妇女杂志》《中华学生界》等月刊创刊。2月,中华医学会在上海成立,11月创刊《中华医学》杂志。3月,《双星》《戏剧丛报》《小说新报》《消闲钟》等月刊创刊。5月,《中国白话报》创刊。6月8日,内务部电令查禁《中国白话报》《爱国晚报》《救亡报》《五七报》等上海报刊。8月1日,包笑天主编的《小说大观》季刊创刊。5日,《日本潮》创刊,由群益书社编辑发行。15日,《国货月报》创刊,该刊"以发达工商,提倡国货"为宗旨。31日,李辛白主编《通俗杂志》半月刊创刊。9月10日,《亚细亚日报》《中华国货月报》创刊。15日,陈独秀主编的《青年杂志》(2卷1期起改名《新青年》)创刊。10月1日,《中华新报》杂志创刊。10日,《中华新报》创刊,谷钟秀、杨永泰等主编。11月,《大夏丛刊》月刊创刊。12月25日,《民俗日报》创刊。本月,《复旦杂志》月刊创刊。

文一定是接近口语的"[1]，表达出同样的看法。

胡愈之在《论民间文学》中系统论述了民间文学各个方面的内容、特征，以及价值意义。他开篇即说"民间文学的意义，与英文的'Folklore'，德文的'Volkskunde'大略相同：……是指流行于民族中间的文学"[2]，其范畴在于"像那些神话、故事、传说、山歌、船歌、儿歌等等"[3]。

在与作家文学的比较中，他强调"民间文学"所具有的"两个特质"，其论述道：

> 第一，创作的人乃是民族全体，不是个人。普通的文学著作，都是从个人创作出来的，每一种著作，都有一个作家。民间文学可是不然，创作的绝不是甲，也不是乙，乃是民族的全体。老农所讲的故事，婴儿所唱的乳歌，真实的创作家是谁，恐怕谁也说不出的。有许多故事歌谣，最初发生的时候，也许是先有一个创意的人，但形式和字句却必经过许多的自然修正，才能流行民间；因为任凭你是个了不得的天才，个人的作品，断不能使无智识的社会永久传诵的。个人的作品，传到妇女儿童的口里，不免逐渐蜕变，到了最后，便会把作品中的作者个性完全消失，所表现的只是民族共通的思想和情感了。所以个人创意的作品，待变成了民间文学，中间必经过无量数人的修改；换句话，仍旧是全民族的作品，不是个人的作品了。
>
> 第二，民间文学是口述的文学（Oral literature），不是书本的文学（Book literature），书本的文学是固定的，作品完成之后，便难变易。民间文学可是不然，因为故事歌谣的流行，全仗口头的传述，所以是流动的，不是固定的。经过几度的传述，往往跟着时代地点而生变易；所以同

---

[1] 胡愈之：《关于大众语文》，《独立评论》1934年第109期。
[2] 胡愈之：《论民间文学》，《妇女杂志》第7卷第1期，商务印书馆1921年版，第32页。
[3] 同上。

是一段故事,或一首歌谣,甲地所讲的和乙地不同,几十年前所讲的又和几十年后不同。这也是民间文学的一个特征。

所以民间文学和普通文学的不同:一个是个人创作出来的,一个却是民族全体创作出来的;一个是成文的,一个却是口述的不成文的。[1]

这是最早系统论述民间文学特征的文献。从其理论来源看,它确实与西方学者的民间文学论述有关,但没有任何摘抄搬用的痕迹。应该说,胡愈之完成了关于中国民间文学概念和特征阐释这一最基本但最重要的工作。

其学术视野尤其宽广,如其论述民间文学的艺术发生及其教育功能时,就注意到民间文学中"研究民族生活民族心理的,研究人类学社会学或比较宗教学的都不可不拿民间文学做研究的资料"的科学研究价值。如其所说:

从艺术的本质看来,文学的发生,是由于原始人类的艺术冲动(Art-impulse)。表现这一种艺术冲动的,在野蛮人类是跳舞、神话、歌谣,等等。这种故事歌曲,虽然形式是很简陋的,思想是很单纯的,但也一样能够表现自然,抒写感情。而且民间文学更具极大的普遍性。又因为民间文学是口述的文学,是耳的文学,不是目的文学,所以在有韵的民间歌谣中,往往具有很自然的谐律(rhythm)。有许多歌谣当中的音律,决不是文学作家所能推敲出来的。再从心理上看来,民间文学是表现民族思想感情的东西,而且又是表现"人的"思想,"人的"情感的最好的东西。因为个人的文学作品,往往加入技巧的制作,和文字形式的拘束,所以不能把人的思想感情很确切很真率地表现出来。只有民间文学乃是人们思想感情的自然流露。而且流露出来的是民族共通的思想感情,不是个人的思想感

---

[1] 胡愈之:《论民间文学》,《妇女杂志》第7卷第1号,上海商务印书馆1921年版,第32—33页。

情。所以研究民族生活民族心理的,研究人类学社会学或比较宗教学的都不可不拿民间文学做研究的资料。再从教育上看来,民间文学全是原始人类的本能的产物,和儿童性情最合,所以又是最好的儿童文学。[1]

胡愈之更看重"中国民族在世界上占有特殊的位置"的命题,并以此论述"中国的民间风俗"与"民间文艺""当然是极有研究的价值"。他进而论述道:"可是中国的故事歌谣,却从来没有人采集过;虽有几个外国人的著作,但是其中所收的,也不过是断片的材料罢了。"所以,他提出"现在要建立我国国民文学",其所说的"国民文学"应该是指现在所说的"民族文学"。其基本任务在于"研究我国国民性,自然应该把各地的民间文学,大规模的采集下来,用科学方法,整理一番"。也正如他所担忧的,"我国地大人多,交通又最不便,各省的民风,各各不同,所以要下手研究,恐怕没有像别国的容易"。至此,他提出学术合作,即"我国也设起许多民情学会,民间文学研究会","许多人合力做去才好啊"。[2] 或曰,胡愈之是中国现代民间文学史上第一个倡议成立"民间文学研究会"的学者。

关于"研究民间文学应该分两个阶段",其实是民间文学研究的理论方法。他在《论民间文学》中提出"最先把各地的民间故事、民间传说、民间歌谣采集下来,编成民间故事集、歌谣集等",然后是"把这种资料,用归纳的分类的方法,编成总合的著作"。所谓"总合的著作",他举例介绍,称"要算佛赖瑞博士(Dr. J.G.Frazer)的《金枝集》(Golden Bough),哈德兰(E. S. Hartland)的 Legend of Perseus 最为著名"。同时,他又指出"但现在研究我国民间文学,还没有现成的研究资料,所以应该从采集入手"。他的许多论点与歌谣研究会的学者思想理论是一致的。如他指出"采集民间文学有几

---

[1] 胡愈之:《论民间文学》,《妇女杂志》第7卷第1号,上海商务印书馆1921年版,第33页。
[2] 胡愈之:《论民间文学》,《妇女杂志》第7卷第1号,上海商务印书馆1921年版,第35页。

桩事情应该注意",即"下手时候应该先研究语学（Philology）和各地的方言","因为不懂得语学和方言,对于民间文学的真趣,往往不容易领会"。这与歌谣学运动中的方言调查颇为相似。他指出"用文字表现民间的作品,很不容易,因为文字是固定的,板滞的,语言却是流动的。最好是用简单的词句,把作品老老实实地表现出来,切不可加入主观的词句,和艺术的制作","像丹麦安徒生（Christian Andersen）那种文体最为合适"。这与歌谣学运动所提注音注释等主张相似。其指出"采集的时候,应该留心辨别,到底所采的故事或歌谣,是不是真正的民间作品","因为有许多故事或民歌,也许是好事的文人造作出来的,而且造作得未久,还没有变成民族的文学,所以不应该采集进去"。这是强调民间文学的选择与认同,与歌谣学运动中研究"猥亵的歌谣"在思想理论上有异曲同工之妙。其最后指出"民间作品的价值,在于永久和普遍","流行的年代最久而且流行的地方最广的,才是纯粹的民间文学",所以"采集的时候最应该注意"等理论。无论是搜集整理与理论研究的方法还是境界,他远远超越了同时代许多学者。

1921年6月,胡愈之在《文学旬刊》上相继发表了《研究民间传说歌谣的必要》和《童话与神异的故事》等民间文学理论研究文章,从不同方面论述了民间歌谣与民间故事研究的意义与方法等问题。此后,他发表了《关于大众语文》等文章。1932年,他在流亡法国时,又翻译出版了法国人类学家倍松的重要著作《图腾主义》。《图腾主义》是对中国民间文学有重要思想理论价值的著作,影响到中国民族学与人类学的发展。与胡愈之《论民间文学》可以媲美的,还有胡怀琛的《中国民歌研究》和《中国寓言研究》。胡怀琛与胡愈之一样,做了许多民间文学研究,曾经在1923年至1929年的《小说世界》上发表《中国民间文学之一斑》《民间诗人》《〈国风〉不能确切代表各个风俗辨》《〈诗经〉国风中所表现的民族精神》《辨〈国风〉中之巫诗》《民间文艺书籍的调查》等文章。这些文章具有开拓性,较早地从不同方面丰富和完善了关于中国现代民间文学的概念。之后,许多学者沿着他们的道路述说"民间文学"的概念,如徐蔚南所著的《民间文学》解释道:"民间文学是民族全体所合作的,属于无产阶级的、从民间来的、口述的、经万人的修正而为最大多数人民所传诵爱护的文学。"[1] 其他还有杨荫深《中国民间文学概说》(上海华通书局 1930 年版)、王显恩《中国民间文学》(上海广益书局 1932 年版)、老赵《民众文学新论》(中国出版社 1933 年版)等著作,与胡愈之《论民间文学》所论大同小异。此更显胡愈之开创之功。

中国现代民间文学理论体系的思想文化内容表现出这样几个方面的重要特点。一、神话学的多元并立。既有中国传统文化的考据辨析,又有西方人类学、民族学、社会学等学科知识的融入。二、古典文学研究的重要融入。民间文学的实质仍然是文学,没有其文学性的存在,就会失去传播魅力。其作为古典文学的一部分被历代学者所关注,在事实上已经形成中国古代民间文学思想理论的重要内容。这是现代民间文学思想理论形成与发展的重要基础。三、域外民间文学理论的运用倾向。别求新声于异邦的翻译与介绍,是中国民间文学的历史传统,在现代民间文学发展及其思想理论的建构中,意义更为特殊。四、时代精神的高扬。这是中国现代民间文学的思想文化主体,它包含着各种形式的民间文学被搜集整理、发掘和利用的事实,也包含着不同人群以不同方式研究和述说民间文学,所表现出的民间文学思想理论的"时代特色"。

这四个方面的特点使现代民间文学理论获得了可喜的生机,是我们准确把握中国现代民间文学史的重要渠道。

神话学的多元并立,是指以鲁迅为代表的强调神话与民族精神相联系的文化研究的一维,以茅盾为代表的强调文化人类学研究方法的一维,以顾颉刚为代表的"《古史辨》学派"的一维。鲁迅的神话研究,强调对神话所蕴含的民族精神的张扬。他在早年的《破恶声论》等著述中,异常重视"破

---

[1] 徐蔚南:《民间文学》,世界书局 1927 年版,第 6 页。

除迷信"的意义,有人对龙图腾在神话中的表现提出曲解意见时,他则给予指正,借以维护和捍卫民族文化尊严。更不用说他的《故事新编》,用小说的形式表现自己对神话的理解。他更重视挖掘神话中的民族精神,借以振奋民族精神。他还非常重视活在民间百姓口头上的神话,在与人的通信中提到"中国人至今未脱原始思想,的确尚有新神话发生"[1],并以自己家乡的太阳生日神话为例进行解释。同时,他还揭示了西方人利用其他民族神话传说进行文化改造的用心。若追溯这种神话研究方法的源头,似乎可在梁启超强调"影响于古代人民思想及社会组织"的内容[2]中找到痕迹。我们在后世学者袁珂等人的研究中可以看到这种方法的发展。茅盾的神话研究,其基本方法是文化人类学,即强调现代民族中存在的原始时代的文化遗留,同时他尤其重视对各民族的神话传说进行比较。从某种意义上讲,茅盾称得上是西方文化人类学派神话理论在中国的典型代言人。在周作人、郑振铎、闻一多等学者的神话研究中,我们可以看到这种相似的现象,后世学者中,尤其是新的历史时期的青年神话学者受这种理论的影响更为明显。值得人重视的是,从闻一多等学者开始,注重神话研究与田野调查,以及与其他学科相结合的方法,使神话学得到更迅速的发展。这种研究方法在今天表现出更为独特的价值。顾颉刚等《古史辨》一派,在厘清历史与神话传说上有一些贡献,他们提出层累的构成说等学术论点,确实有益于启发人的思索,而且他本人也曾重视民间文学研究的田野调查,如其对吴地民歌的搜集整理与考证。但是,他始终把神话看作历史的虚构成分,他和他的同志们坚持对神话进行严格而细致的辨析,只看到典籍文献中的神话材料。这种研究方法自有其独特的理由,但无视活在民间百姓口头上神话的重要历史价值,这一点不能不说是一种局限。令人遗憾的是,这种研究方法仍充注在当

---

[1] 《鲁迅书信集》,人民文学出版社 1976 年版,第 67 页。
[2] 梁启超:《太古及三代载记》,《饮冰室丛话》,上海中华书局 1922 年版。

代学术发展中,一些青年学者无视当年徐旭生、郑振铎等人对这种方法的批判,仍在步其旧辙。当然,我们也需要从史学角度研究神话。在中国现代民间文学史上,三种神话学的研究方法既是并立的,又是互补的,应该说,这是学术的福音。

古典文学研究的重要融入,对中国现代民间文学思想理论体系的建立和发展具有相当重要的作用。关于在文学史的研究中重视民间文学的重要作用问题,笔者在《中国民间文学史》[1]中曾做过详细论述,或曰,没有古典文学意义上的民间文学研究,就不会出现中国民间文学思想理论体系与相应的学科建设。这里着重提出的是,民间文学研究应该充分注意文学研究的基本方法。民间文学最基本的属性还是文学。现代学术史上,如胡适、鲁迅、闻一多、朱自清、郑振铎等学者都有着坚实的古典文献的基础,更不用说郭沫若、陈寅恪、徐旭生等作为文史研究学者更是具有深厚学养。正是基于对古典文献的深邃造诣,他们才有那么多惊人的见解。在文化发展的历史进程中就细致考察民间文学的形成、流传与变异等问题而言,胡适曾经对《西游记》《三国演义》《水浒传》等名著中的故事原型进行考辨,郑振铎也做过相似的工作。闻一多对文字学、语言学和艺术理论的运用,鲁迅和朱自清对文学史都有着独到见解,还包括周作人、茅盾、老舍等。中国现代民间文学史上,这些学者出身的作家,都以非凡的学养,特别是古典文献的深厚学养,构成他们扎实的理论基础,从而影响到他们文学作品中的思想深度。民间文学和传统的诗文、文人戏曲确实有很大不同,但它们共处于古典文化的整体之中。我们没有必要硬将它们等量齐观,更没有必要将它们分成三六九等,随意论其长短,但我们确实要看到它们之间的复杂关系。有一个时期,我们过于强调追求民间文学的社会性,甚至有许多人叫嚷民间文学不存在,用"口头传统"代替民间文学。与其说这些人在标新立异,倒不如说

---

[1] 参见拙作《中国民间文学史》"绪论"部分,河南大学出版社2001年版。

是无视民间文学的文学性。应该说,依靠多少代人的努力奋斗,民间文学思想理论的大厦才得以建立,其雄伟和豪迈的风度并不会因少数人的无视就不存在。

重视对中国传统文化特别是民间文学在文学发展中的价值意义,能够使文学作品产生非凡的魅力与思想价值,这是中国文化传统的重要现象与重要规律。

如郭沫若,限于史料,只是从他的传记中了解到他在青少年时期的家乡生活中受到民间文学的耳濡目染,笔者并没有见到他直接参与"采风"之类的文化活动,而他却在自己的诗歌《女神》和历史剧《屈原》等文学作品中大量表现神话传说等民间文学,讴歌神话英雄,体现他对新时代的期待与向往。更不用说他在《中国古代社会研究》等历史文化著述中,对中国古代神话与各种传说故事的考证、甄别、辨析,表现出他对中国传统文化意义上的民间文学的熟稔。同样,他关于民间文学的理解并不是直接而系统的表现,其中不乏真知灼见,如其后来在中国民间文艺研究会成立大会上当选为第一任理事长时的讲话,或许可以看作是他对民间文学的具体认识,是他对自己在现代文学实践中形成的民间文学思想理论的总结。1950年3月虽然是在1949年之后,但仍然属于现代的范畴,是现代民间文学思想理论的延伸。

他在《我们研究民间文艺的目的》中提出"民间艺术的立场是人民,对象是人民,态度是为人民服务","必须借民间的镜子来照照自己","民间文艺才是研究历史的最真实、最可贵的第一把手的材料","今天研究民间文艺最终目的是要将民间文艺加工、提高、发展,以创造新民族形式的新民主主义的文艺"等,具体论述如下:

一、保存珍贵的文学遗产并加以传播。中国幅员广大,各地有各地方的色彩,收集散在各地的民间文艺再加以保存和传播,是十分必要的。我是很喜欢《国风》这个"风"字,这"风"用得真是不能再恰当了。民歌就是一阵风,不知道它的作者是谁,忽然就像一阵风地刮了起来,又忽然像一阵风地静止了,消失了。我们现在就要组织一批捕风的人,把正在刮着的风捕来保存,加以研究和传播。在中国五千年的历史上,捕风的工作是做得很不够的,像《诗经》这样的搜集就不多。因此有许多风自生自灭,没有留下一点踪迹。今天我们就不能重蹈覆辙,不能再让它自生自灭了。

二、学习民间文艺的优点。我们搜集了民间文艺,并不是纯粹为了当作艺术品来欣赏,甚至奉为偶像,而是要去寻找它的优点来学习。在诗歌,要学习它表现人民情感的手法语法,学习它的韵律、音节。同时,还可以借民间的东西来改造自己。民间艺术的立场是人民,对象是人民,态度是为人民服务。凡是爱人民的即爱护之,反对人民的即反对之。我们的作家应当从民间文艺中学习改正自己创作的立场和态度。

三、从民间文艺里接受民间的批评与自我批评。文艺不仅是现实生活的反映,而且是现实生活的评价与批判。民间文艺中,或明显的、或隐晦的包含着对当时社会,尤其是政治的批评。所以,我们今天研究民间文艺不单着眼在它的文学价值,还要注意其中所包含的群众的政治意见。今天我们大家都要有自我批评,更要收集群众意见。在民间文艺中就提供了不少材料。民间文艺是一面镜子,照出政治的面貌来。这个道理,并不是今天才发现的,古人也早已有此见解。据说古代统治者派遣采诗官,采集诗歌在朝廷演奏,借以明了民间疾苦。这种事是否的确有,不能确定,但至少有人有过这种想法。在音乐方面,古人也知道"审乐而知政",从民间音乐的愉悦或抑愤中考察政治的清明或暴虐。我们不好单把民间文艺当作一种艺术来欣赏,一种文学形式来学习,还必须借民间的镜子来照照自己。

四、民间文艺给历史家提供了最正确的社会史料。过去的读书人只读一部二十四史,只读一些官家或准官家的史料。但我们知道民间文艺才是研究历史的最真实、最可贵的第一把手的材料。因此要站在研究社会发展史、研究历史的立场来加以好好利用。

　　五、发展民间文艺。我们不仅要搜集、保存、研究和学习民间文艺，而且要给以改进和加工，使之发展成为新民主主义的文艺。在中国历史上长久流传的文学艺术，如《离骚》、元曲、小说等，都是利用民间文艺加工的。这对我们是个很好的启示。今天研究民间文艺最终目的是要将民间文艺加工、提高、发展，以创造新民族形式的新民主主义的文艺。[1]

　　对于在文学发展的意义上重视民间文学的母体性，郭沫若与胡适他们是一致的，都强调民间文学对作家群体的重要影响。但是，所谓"加工、提高、发展"，无疑是在事实上仍然把民间文学作为"不发达状态"的文学，与毛泽东把民间文学视作"萌芽状态的文学"一样，没有看到民间文学在历史文化发展中特有的存在价值。民间文学有远远早于作家文学的历史，孕育了作家文学。在语言文字发达之后，两者各自具有独立的发展规律与艺术特性，并不是所谓发达与否、成熟与否。遗憾的是，如此观念一直充斥文坛，至今不绝。

　　如阿英，他是一个一生对民间文学都情有独钟的作家和学者。他的话剧具有鲜明的民族特色与时代特色，与他的文学思想一样，是中国现代文学的一座丰碑。而其文学创作与文化思想的重要来源，与民间文学有着极其密切的联系。他对民间文学如此广泛、深入、细致的搜集整理及其民间文学思想理论，在同时代作家与学者中都是非常出色的。或曰，其可以与郑振铎媲美，郑振铎主要搜集整理了中国古代民间文学的内容，而阿英对中国近代民间文学的搜集整理有着空前巨大的成就。

　　阿英的民间文学思想理论是在其青年时期就明确形成的，很明显，这与

---

[1] 郭沫若：《我们研究民间文艺的目的》，《民间文艺集刊》第1册，新华书店1951年版，第7—9页。

当时流行的民粹主义有密切联系。1926年5月,阿英发起并主编《苍茫》杂志。他在这一年第四期的《苍茫》杂志上发表《到民间去》。他说,无论是搞革命,还是搞文化都要到民间去:一是搞好宣传,鼓动群众造反。二是搞"到民间去"运动。三才是"将自己的新思想,普及到所有的人民,普及的方法,就是先去与人民为伍。"他批评那些沉浸在"无结果的议论"中的人不能毅然到民间去,因此斗争不可能坚持下去。"到民间去"最早由李大钊提出,影响了五四新文化运动"面向民间"的立场与方法。阿英接受了这种思想文化主张,他说"文艺家要到民间去",非此,便"不能完成文学的雄图"。他高喊道:"'把自己的生命为民众牺牲',这种伟大精神的传播,竟成就了俄国革命的光荣历史,完成了文学的雄图,占领得整个的世界!"[1] 从20世纪20年代起,他出版了许多文学作品,如短篇小说集《革命的故事》《义冢》《白烟》与历史剧《李闯王》等,而且出版了大量文学史著述,如《中国俗文学研究》《雷峰塔传奇叙录及其他》《弹词小说评考》《晚清小说史》等,整理出《中法战争文学集》《中日战争文学集》(后改名《甲午中日战争文学集》)《杨柳青红楼梦年画集》《红楼梦版画集》《晚清戏曲小说目》《鸦片战争文学集》《西行漫画》《庚子事变文学集》《反美华工禁约文学集》《晚清文学丛钞》(包括小说1—4卷,每卷各2册,小说戏曲研究一卷,说唱文学一卷,域外文学译文一卷,俄罗斯文学译文一卷,传奇杂剧一卷)等许多包含民间文学内容的文学史资料。更不用说他主编的《民间文学》,为时代保存了许多珍贵的民间文学作品。阿英为中国文学事业和中国民间文学事业都做出了杰出贡献,是中国民间文学史上的一位巨人。遗憾的是,我们许多学者没有注意到这一事实。

如台静农,他曾经是一个挚爱新诗的热血青年,当年发表新诗《宝

---

[1] 阿英:《到民间去》,《苍茫》1926年第4期。

刀》[1],立志要铲除世界上的邪恶。20世纪20年代,他出版短篇小说集《地之子》《建塔者》,与鲁迅成为好友,是未名社的重要成员。20世纪30年代,他多次被逮捕入狱。1924年,他在北京大学国学门肄业,在风俗调查会工作(事务员)。他受到刘半农、沈兼士和常惠的影响,进行民间歌谣的搜集整理和研究工作。在中国现代民间文学史上,他较早注意到民间歌谣与劳动生活之间的联系,提出"研究歌谣:应该从题材里看出它的生活背景,从形式上发现它的技巧演变。题材所包含的是人类学同社会学的价值,由某种题材发现某一社会阶段,及其生活姿态"[2]。对于歌谣中所表现的"原始人同文明时代的人所不同的是生活(产)技术"问题,他详细论述道:

> 原始人同文明时代的人所不同的是生活(产)技术,而喜怒哀乐的情绪却没有什么分别。原始人主要的生产技术是渔猎,牧畜,播种,除了这些劳作以外,精神上的慰安,只有放情的歌唱。在辛苦的时候,拿歌来减轻疲乏;在喜悦的时候,拿歌来表示兴奋;在不幸的时候,拿歌来抒写悲哀。所歌唱的未必都有意义,至少与他们的情感一致的。感情是歌谣的原动力,而感情的现象如何,则决(定)于人类的生活。所以我们研究歌谣的起源,要注意到人类的实(际)生活的背景。可是时代久远了,最早的风格也随着改变了。现在论到的《杵歌》,还可以看出历史的蜕变的痕迹。《荀子》的"请成相",一向认为是一种特殊的体制,然据俞樾的解说,此种特殊的体制,就是从《杵歌》演变成的。
>
> 《诸子·平议》卷十五云:"此'相'字即'舂不相'之相"。《礼记·曲礼》篇:"邻有丧,舂不相",郑注曰"相谓送杵声"。盖古人于劳役之事,必为歌讴以相劝勉,亦举大木者呼"邪许"之比,其乐曲即谓之

---

[1] 台静农:《宝刀》,《民国日报·副刊》1922年1月20日第1卷第23期。
[2] 台静农:《从〈杵歌〉说到歌谣的起源》,《歌谣周刊》1936年9月19日第2卷第16期,第4页。

"相";请成相者,谓成此曲也。

俞氏此种解说,看来颇为奇特,实则非常明锐。即如"邻有丧,舂不相",显然"杵声"已变为丧乐,但在我们的典籍里竟找不出旁证,而野蛮民族则确有其事实,如《昭代丛书》中檀萃的《说蛮》云:"死以杵击臼和歌哭,葬之幽岩,秘而无识。"这里所记的是贵州苗民"狗耳龙家"族的风俗,"送杵声"之成为哀乐,大概是如此的。

杵臼是半开化民族日常必需的生活工具,所以能为一种乐歌之启发。在舂谷的时候,唱着歌 —— 或哼着没有意义的调子,因声音的调协,感到音乐的美,进一步演成乐歌,离开了单纯的杵臼的声音,这却是极自然的演变。[1]

又如长篇历史小说作家姚雪垠,他创作出《李自成》这部巨著。许多人只知道他是一位在明代史学方面有深厚造诣的学者,其实他的古典文学研究包括民间文学的研究同样不俗。对于任何一个民族而言,传统的意义都是非常重要的,这不仅是因为传统中积聚着民族的历史及文化的认同与选择,体现着民族的思想、智慧与精神,而且还标志着一个民族的尊严。

传统文化是经过历史文化认同而形成的。在相当长的一个时期,我们仅仅把历史文献视作传统文化,有意或无意地排除了文化发展中风俗生活作为传统的存在意义。应该说,文化作为传统的形式,既有文献的一面,也有生活的一面,而民众所传承和使用的风俗生活包括民间信仰、口头文学创作等内容。它作为民族传统的文化标志,是传统文化更重要的方面。能够很好地使用传统文化的作家,是可遇而不可求的。姚雪垠出身河南邓县(今邓州市)的农家,青少年时期曾生活在土匪中,后来在开封读书,接触到新史学与新文化,尤其是他对历史文化所表现的热情,和他献身民族独立、

---

[1] 台静农:《从〈杵歌〉说到歌谣的起源》,《歌谣周刊》1936年9月19日第2卷第16期,第1—3页。

自由、解放事业的理想与实践,无形中为他创作表现明末农民起义的鸿篇巨制《李自成》形成漫长而艰辛的思想准备。传统文化是在历史进程中形成和确立的。事实上,我国古典小说对传统文化的表现从来都不缺乏浓墨重彩,诸如《水浒传》中的"燕青打擂",《三国演义》中的诸葛亮作法,但这些作品的表现方式与表现内容都受到所处时代的限制。姚雪垠《李自成》的超越也就是学者们赞扬的历史唯物主义创作态度与创作成就[1],集中体现为对待民众与历史发展的基本态度,即民众的立场。姚雪垠把历史上被长期诬为"闯贼"的农民起义领袖李自成作为英雄描写,而且表现出栩栩如生的悲剧英雄性格及其命运,这与他的人生追求与人生经历息息相关。1929年秋天,姚雪垠考入河南大学,至1931年暑假,他被河南大学以"思想错误,言行荒谬"为名开除。其间,他不仅受到学业上的基本训练,更重要的是他受到思想与精神的洗礼,如他参加反帝大同盟,积极从事反抗黑暗统治的串联、张贴传单等文化宣传活动[2]。姚雪垠自己也承认,"在河大预科的两年,决定了我这一生的道路"。其最重要的是"知"与"行":所谓"知",就是包括梁启超《清代学术概论》和"古史辨学派"在内的史学训练;所谓"行",就是"中共开封地下党"领导的"地下政治活动",被他称为"决定了我一生的政治立场和世界观"。他说:"一九三〇年前后是我国史学界思想十分活

---

[1] 茅盾《关于长篇历史小说〈李自成〉》,《文学评论》1978年第2期;茅盾《给姚雪垠的信》,《关于长篇历史小说〈李自成〉》,上海文艺出版社1979年版,第3页;严家炎《〈李自成〉初探》,《北京大学学报》1978年第4期;王维玲《从〈李自成〉的出版谈起》,《文艺理论与批评》1991年第1期。

[2] 此系拙作《访谈录》(未刊印,1983年7月26日)所存,笔者曾采访现代诗人河南大学教师周启祥等人并记录其讲述材料。周与姚雪垠是20世纪30年代的诗友,来往甚多,曾经在开封一起从事反抗黑暗统治的文化斗争。周启祥介绍了姚雪垠与樊粹庭、陈雨门等人一起考察民间戏曲与民俗的活动。周启祥先生编著有《三十年代中原诗抄》(重庆出版社1993年出版)、《三十年代中原诗抄新编》、《中原新文学史料钩沉》(皆为自印)。姚雪垠后来在《学习追求五十年》中也记述了这些,但是,他没有更详细地讲述这些内容,而他多次承认自己"对新文学和新史学发生了特别浓厚的兴趣",承认这一时期所谓"历史运动"对他的"启蒙教育和熏陶"。(《姚雪垠回忆录》,中国工人出版社2010年版,第65页)

跃的时期,而当时的史学界情况对我这个小青年的成长发生过强烈影响,在相当程度上决定我以后的文学创作道路。"[1] 此时的河南地区聚集了一批具有新思想的学者,如教育学家李廉方、民俗学家江绍原、社会学家胡石青、历史学家徐旭生、青年戏剧改革家樊粹庭等人,他们与姚雪垠的交往激发姚雪垠对传统文化中民间文学等浓郁的学术兴趣。新史学强调关注下层民众的生存方式,以及民俗学、社会学重视民间风俗在社会文化中的重要作用,影响到姚雪垠文化立场的形成。如江绍原这一时期在河南大学开设了民俗学研究和平民文学的研究等课程,并延揽神话学家高亨、俗文学研究学者姜亮夫等人在文学院开设关于歌谣研究、神话研究、敦煌的俗文学研究。胡石青、李廉方等学者积极推动河南乡村教育运动,鼓动青年学生走进乡村走近民众,以开封教育实验区的名义出版《开封相国寺民众娱乐调查丛刊》等出版物。姚雪垠尽管是在学习法学预科,但他对文学产生了特殊的热情,发表了短篇小说《两个孤坟》[2]等文学作品。同时,他深入研究历史文化,与樊粹庭等人一起走进开封的大街小巷与周围的乡村,调查那里的民间戏曲、民间风俗和历史文化,为他日后的民间文学研究与文学创作做出积极准备。这一时期,他接触到包括唯物史观在内的新史学思想,对他后来关注下层民众苦难命运的文化立场应该说是具有直接的影响的。如他读到《古史辨》和郭沫若的《中国古代社会研究》,他说,"前一书对我这一生都有帮助",而对于后者,他特意在书的扉页上写道"这是我心爱的一本书"[3]。

民间文学与新文学的发展有着非常特殊的密切联系。无论是五四歌谣学运动时期,还是后来的民俗学运动和乡村教育运动,都体现出新文学作家对民间语言与民间文学思想内容的特别关注。这种现象是我国文学发展史

---

[1] 姚雪垠:《姚雪垠回忆录》,中国工人出版社 2010 年版,第 44 页。
[2] 《河南民报·副刊》1929 年 9 月 9 日。
[3] 姚雪垠:《姚雪垠回忆录》,中国工人出版社 2010 年版,第 46 页。

上学习民间、走进民间,即"礼失求诸野"文化规律的重要体现[1]。姚雪垠发表民间文学研究的理论文章最早是从民间戏曲入手的,包括《土戏中的滑稽趣味》[2]《唠子腔》[3]《小喜子赶嫁妆》[4]《女子变物的故事》[5]等。这是他从北平回到河南之后,在河南淇县豫北中学教书时研究中国文学史的重要收获。开封是中原地区的文化中心,也是我国北方的戏曲文化中心。1927年,冯玉祥主政时,曾经在这里进行戏曲改良的工作,有力促进戏曲文化的发展和繁荣。姚雪垠正是在这一背景下结识提倡戏剧改革的樊粹庭等学者,出入相国寺等民众娱乐场所,耳濡目染之下,熟悉了所谓"土戏"等民间戏曲艺术。如其中的"唠子腔",或称"捞子腔",原名"落子腔",也称"安阳腔",就是流行于豫北地区的民间戏曲艺术。《河南新志》(1927年)称其"简单猥鄙,每数人为台,演于太行山之荒村""若思神、迷信、男女淫污之剧、以花鼓、猕猴戏,二架弦,安阳腔、锣锣戏及各都市之男女合演者为最"。姚雪垠注意到开封和家乡邓县的"土戏",也注意到豫北淇县即卫辉府一带的"唠子腔"。落子腔与民间曲艺"莲花落"联系密切,传说这是由宋代路歧人和露台弟子创制的一种说唱艺术,一般为七言顺口溜,也常常作为故事的引擎被用来歌唱。元代,这种戏曲艺术发展为一种长调。清代,"唠子腔"演化成为一旦一丑登台演唱故事的形式。地方艺人介绍,清嘉庆末年到光绪年间,落子腔从唱景、说事,被不断丰富,演变成为彩扮"莲花落",分角色扮演人物演唱故事,表演演变为多人多角、分别上场、多场曲目的形式。地方民间艺人将民间小曲与"莲花落"相结合,使曲调板式固定下来,逢年过节时化妆上台,演出包括《小喜子赶嫁妆》之类的短剧,受到地方民众的喜

---

[1] 参见拙作《中国现代民间文学史论》第一章《中国现代民间文学理论体系的建立》,河南大学出版社2004年版。
[2] 《河南民国日报·民众乐园副刊》1932年2月20日。
[3] 《河南民国日报·民众乐园副刊》1932年3月3日。
[4] 《河南民国日报·民众乐园副刊》1932年3月5日。
[5] 《河南民国日报·民众乐园副刊》1932年3月14日。

爱。发现民间戏曲的文化价值,其实就是发现民众最真实的思想与情感。在民间文化世界中,民间戏曲是许多民间艺术与民间文学的重要题材与形式来源。姚雪垠认真考察了这些内容,以"唠子腔"《小喜子赶嫁妆》等作品为例,分析所谓"土戏"的教化与娱乐等文化功能,总结并指出其流行的原因。《女子变物的故事》的核心是"变物",他注意到这些传说故事在唐宋时期颇为流行,并对其进行具体的文化分析,展开历史文化等多方面的研究。姚雪垠考察了这一故事在历史文化中的流传情况,指出民众渴望婚姻与对自由的幻想。民间故事常常成为小说艺术的原型。那么,《李自成》中作为文化群体诸如高夫人、慧梅、红娘子等女性典型形象的出现,我们或许就不难理解其中的隐喻内容了。

1937年之前,姚雪垠基本形成了其系统的民间文学思想理论。这与他后来的文学创作,尤其是长篇历史小说《李自成》浓厚而动人的传统文化表现,应该说具有割不断的联系。1933年初,姚雪垠回到开封,主编《河南民报》副刊,至编辑《今日》杂志而遭追捕,其举家回到家乡河南邓县,只身逃往北平,到河南杞县大同中学教书、养病,颠沛流离。1935年冬,回到邓县,编辑《中原语汇》,直到1937年,他返回开封,与范文澜等人一起创办《风雨周刊》,宣传抗日,投入民族独立自由与解放的伟大事业。1937年之后,姚雪垠更多地关注现实,投身于抗战,曾深入前线采访。值得注意的是,他发表了关于战争的思索,如其《文人眼中看军纪》[1]《论南洋风云——对于太平洋大战的预测》[2]。当然,值得重视的还有他在抗战胜利之后写作的《崇祯皇帝传》[3]《明初的锦衣卫》[4],这应该是他创作《李自成》最直接的准备。他自觉将自己的追求、向往与民族命运联系在一起,将自己的人生融入民族解

---

[1] 《阵中日报》1940年2月25日。
[2] 《阵中日报》1940年8月1日。
[3] 《幸福月刊》1948年第23期至第26期。
[4] 《中国建设》1948年第7卷第6期。

放事业,从而形成其文化史诗《李自成》最早的思想准备与文化准备。这期间,姚雪垠从事的民间文学理论研究主要包括民间戏曲与神话传说。不仅如此,他关注历史文化的价值意义,于1932年发表了《东西文化之掺和》[1],论及东西方文化的差别与融合问题。自1933年起,他发表了《词以后清歌文学底解放》[2]《大诗人曹子建》[3]《草虫章——〈诗经〉今译》[4]《文人与装鳖》[5]《大众的话和文学》[6]等理论文章,特别是他在抗战中主编《风雨周刊》,发表《文字宣传到乡间》[7]《通俗文艺论》[8]《论大众文学的风格》[9]等,颇多涉及对新文学与民间文学的关系这一问题的思索。民间文学的本质特征在于其口头性与集体性,民间文学与书面形式的文学作品保持着紧密联系,而且从来不是孤立存在的。他十分清醒地注意到这些内容,强调作家应该负起尊重民众情感、关注民众命运、启迪民众智慧的文化使命与责任。

民间艺术范畴内的戏曲文化,其实质不仅仅体现为其作为某一地方综合性的艺术,而且还表现为其直接的人民性与批判性。对善良与正义的讴歌,对邪恶势力尤其是对强权的鞭挞,常常成为民间戏曲的重要主题。姚雪垠关注"土戏",其实正表明其对民间艺术、民间文化的深切关注。其继续从事民间戏曲研究是否与其早年所受到新史学关注下层民众文化思想的影响有关,应该引起我们的思索。如《元剧录》[10]《论元剧底扮演》[11]《土戏中

---

[1] 《河南民国日报·民众乐园副刊》1932年2月21日。

[2] 《河南民国日报·新圃周刊》1933年4月至1933年5月。

[3] 《河南民报·艺术周刊》1933年4月至1933年5月。

[4] 《河南民报·平野副刊》1934年5月20日。

[5] 《论语》1934年9月第52期。

[6] 《河南民国日报》1936年3月6日。

[7] 《河南民国日报》1937年2月2日。

[8] 《风雨》1937年9月19日第2期。

[9] 《风雨》1937年11月21日第11期。

[10] 《河南民报》(艺术周刊)1933年2月—3月。

[11] 《河南民报》(茉莉副刊)1933年3月25日。

之滑稽趣味》[1],他并不是简单地研究戏曲艺术的发展,而是将元杂剧等同于民间戏曲,关注到下层文人的文化命运与戏剧艺术之间的有机联系。矛盾冲突是戏剧的灵魂。我们或许可以从他对戏剧人物角色与戏剧冲突的理解,把角色的世俗化看作艺术发展的关键中,感受到《李自成》中此起彼伏、环环相扣的戏剧性结构的意蕴所在。后来,作者在回忆自己对元曲的研究时一再说,"元曲中有一派作品以生动质朴的语言表现所谓市井生活,十分可贵,很值得我们学习"[2]。

在文学发展史上,神话传说具有极其独特的地位。神话传说几乎在任何一个民族文化传统的构成中,都是最深刻的记忆,因为许多民族的神话传说的流传与保存在事实上形成了其坚固的信仰。神话传说并不是一个简单的文本存在,而是不同历史时期社会认同与文化选择的结果。姚雪垠从20世纪二三十年代中国神话学发展中受到启示。他曾经认真研究《古史辨》,并不是像茅盾他们那样以西方进化论为思想基础进行人类学的理论研究,更不是像顾颉刚他们那样提倡研究"层累构成的历史",而是注意到神话传说所蕴含的历史文化内容,看到社会发展与历史文化在神话传说中的生动表现。其发表的文章如《羿射十日》[3]《天地开辟毁灭及重建》[4]《中国产日月的女神》[5]《嫦娥补考》[6]等,不同程度地体现出这种态度。《羿射十日》考察了射日神话中羿与后羿、弟子逄蒙、妻子嫦娥之间的文化联系,阐述了射日的理由与悲剧结果。《天地开辟毁灭及重建》是姚雪垠最长的一篇论文,

---

[1] 《河南民报·茉莉副刊》1933年3月16日。

[2] 姚雪垠:《姚雪垠回忆录》,中国工人出版社2010年版,第81页。

[3] 《河南民报·平野副刊》1934年3月24日第五卷第6期、4月8日第六卷第1期、4月11日第六卷第2期。

[4] 《河南民报·平野副刊》1934年8月3日、8月10日、9月3日、9月9日;《华北日报》1935年4月15日、4月16日、4月7日。此文两年连载完。

[5] 《申报》1935年7月12日。

[6] 《申报》1935年7月25日。

主要讲述的是开辟神话、洪水神话与人类再造世界,涉及人类命运选择等问题。《中国产日月的女神》考察了日神、月神作为神性角色的问题。《嫦娥补考》是对《羿射十日》神话研究的补充,质疑奔月与情感背叛等问题。其系列神话研究文章的发表,与20世纪30年代中国神话研究热潮相关,我们从中可以看到姚雪垠对相关问题的思索可能生成的文化表现情结,或者与后来创作的长篇历史小说《李自成》所表现的情感倾向形成时空上的联系:诸如射日神话所蕴含的反抗天庭、挑战神权即王权的精神。这与李自成向明王朝的挑战即造反有无联系呢?因为日即天,是苍天的标志,皇帝为天之子,意味着神权与王权的统一。那么,反抗的主题是否蕴含在射日神话中就形成人们理解这一问题的基础。姚雪垠《天地开辟毁灭及重建》中也具有同样的道理,天地毁灭是否意味着在明末农民起义烈火燃烧中明王朝的大崩溃呢?重建是否意味着以李自成为代表的起义军通过反抗斗争获得自由,建立让天下百姓幸福的新政权呢?固然,我们不能把一切都纳入索隐派的方法去做牵强附会的考据,但我们又该如何看待这些内容与《李自成》中随处可见的传统文化表现之间的联系呢?

民间文学与作家文学都是语言的艺术,不同点集中体现为语言形式,一个是纯粹的天然的生活语言,一个是经过不断修改"捻断数茎须"的书面文字。在历史上,优秀的作家从来都虚心学习民间文学,只有那些心胸狭隘、目光短浅、品格低下的读书人才极力诋毁民间文学。今天的许多民间文学研究被纳入民俗学、人类学的视野,这本无可厚非,但若完全抛开民间文学的文学意义,那么是否步入了又一种歧途呢?直到现在还应该说,如果离开古典文学对民间文学的研究,这个学科恐怕很难有真正深入的发展。日益轻薄、浮躁甚至恶意谩骂他人的学风,都与一些人轻视或忽视古典文学修养的提高有着直接的联系。数千年形成的古典文学中,汇聚着丰富的民族文化、优秀的精神财富,应该能够使我们有开阔的视野、深邃的思想与崇高的品格。

第一章 中国现代民间文艺的历史发展与民间文艺思想理论体系建立

中国传统文化从来不拒绝外来文化,显现出宽阔的胸襟。中国现代民间文学史上,出现了一批以鲁迅、曹靖华、许地山等人为代表的盗火者,他们非常重视西方弱小民族成为强国的历史,积极介绍重视民间文学以唤起民族记忆的重要经验。同时,他们积极介绍具有反抗精神的西方民间文学,包括西方现代民间文学思想理论,充实自我,使自己不断壮大、强盛起来。

域外民间文学理论的运用倾向,尤其是欧洲学者提出的文化人类学,在中国现代民间文学理论体系的构建中,发挥了相当积极的作用。关于这一点,马昌仪曾经在她的《人类学派与中国近代神话学》[1]中详细介绍了在现代学术进程中,神话研究领域中国学者受文化人类学理论影响的情况。20世纪的二三十年代,大量域外民间文学理论及其相关的著述被翻译、介绍。诸如周作人、黄石、谢六逸、茅盾、江绍原、郑振铎、赵景深、钟敬文、汪馥泉、杨成志、钟子岩等,极大地丰富了我国现代民间文学理论的体系构成。最为典型的是北京大学歌谣研究会的《歌谣周刊》,诸如其第一卷中家斌发表的翻译 Frank Kidson 等人的《英国搜集歌谣的运动》(第16号)、Andrew Lang 的《民歌》(第16号、第19号),以及译述文章《歌谣的特质》(第23号),刘半农的《海外的中国民歌》(第25号),还不包括转录意大利人 Guido Vitale 的《〈北京的歌谣〉序》(第12号)、Taylor Headland 的《〈中国的儿歌〉序》(第21号)等,及其第2卷中的翻译和译述之作,如郭麟阁的《法兰西古代的恋歌》(第18号)、于道源的《歌谣论》(第21号、第22号)和《童话型式表》(第24—29号、第39号、第40号)、方纪生的《俄国之民俗文学》(第30号)、李长之的《略谈德国民歌》(第36号)等。这些翻译内容有民间文学题材与形式上的代表性,诸如古代民歌与现代民歌、民间故事类型与社会风俗等,从不同方面影响中国民间文学的发展。其他报刊也不乏此类著述,为中国民间文学的研究打开了一扇又一扇面向世界的窗户。这里应该提到

---

[1] 《民间文艺集刊》第1期,上海文艺出版社1982年版。

的是,郭沫若、徐旭生等人既尊重西方学者人类学派的理论,更重视运用社会历史分析的马克思主义,用历史唯物主义和辩证唯物主义诠释神话传说。他们的成就也应该为我们所重视,他们的影响在新中国成立后一直到20世纪90年代末都不衰。

但是,不得不承认的是,中国民间文学史上也出现许多食洋不化的现象,削足适履,诸如周作人就曾不无盲目和生硬地套用西方民间文学理论,影响了中国民间文学理论建设和发展。如车锡伦所说:"(民间文学理论)应从中国文学(包括"艺术",下同)发展全过程的实际出发,不能用从国外输入的概念生搬硬套。因为,一方面,中国文学数千年不间断的发展过程中,民间文学(包括"民间艺术",下同)的形式和活动的丰富、与作家文学的密切关系等等,都是其他国家和民族所无法比拟的。而现代欧洲人文科学各学科的建立,基本上没有考虑中国的情况;与民间文学相关的现代民俗学更是如此。如果念错了经,贻害无穷。比如,20世纪初,周作人用从日本引进的三个概念,武断地将中国民间故事(广义)三分为'神话、传说(原称"世说")、童话'(这些概念是日本学者用汉语词根造的词),这种'三分法',加上其他一些偏见,一直限制了中国民间故事的历史和分类的深入研究,也限制了当代民间故事的搜集工作。"[1]

中国现代民间文学史,以20世纪30年代中期为界限,前半个时期在翻译及其理论运用倾向上,主要表现为人类学,后半个时期则渐渐转向社会学、民族学等学科。其中,历史唯物主义学说的运用,使中国现代民间文学理论体系有了更高、更全面的发展。但不可忽视的是,这种可贵的方法在中华人民共和国建立后,愈发成为机械搬用,其科学意义被不断误解或曲解。

在中国现代民间文学史上,作家出身的学者和思想家们富有社会政治热情,具有思想文化的敏感性,对民间文学思想理论的贡献尤其特殊。这是

---

[1] 车锡伦:《排除成见偏见建立学科体系》,《民间文化论坛》2005年第5期,第4页。

中国现代民间文学的重要特色。

中国现代民间文学理论体系得到了可喜的发展,这与作家出身的思想家所具有的责任感和使命感,即鲜明的时代精神,有着密切的联系。从北京大学五四歌谣学运动到中山大学民俗学运动,从乡村教育运动到大众文艺运动,这些作家和学者走进民间文学研究的文化天地,怀抱着火热的理想和信念。尤其是抗日战争,它从根本上改变了许多人对民间文学的基本态度,其中最典型的人物便是老舍和郑振铎。老舍和郑振铎都曾经在自己的著述中提到民间文学有显著的局限性,称这种来自社会底层的文学与封建糟粕有着脱不尽的联系。这时期,他们的认识更多是在审视民间文学,带有明显的居高临下的姿态,这种态度和立场与鲁迅对国民劣根性的批判在实质上是一致的。无论如何讲,他们都没有真正融入《歌谣周刊》和《民俗周刊》所宣传的"目光向下""面向民间""走进民间"。顾颉刚他们一再高呼要建立"全民众的历史""要把几千年埋没着的民众艺术、民众信仰、民众习惯,一层层地发掘出来""打破以圣贤为中心的历史""要站在民众的立场上来认识民众"。但是,这仅仅是一群知识者的呼号。当日本人侵入中国,野蛮屠杀手无寸铁的中国民众时,这种呼号便重新响起,并化作"文章入伍,文章下乡"的巨浪,涌向神州大地。老舍、郑振铎他们很快都汇入这抗日的文化激流。老舍不但自己学习民间文学,尝试进行通俗文学的写作,而且动员更多的人走进民间,用文化抗战。郑振铎从来就是一个热心于搜集整理、翻译、研究民间文学的人,他极有远见地提出建立"民间文学博物馆(图书馆)",借以保存完整而充分的民间文学研究资料,并且提出建立中心和分中心,加强民间文学理论及相关的田野作业等研究工作。[1] 这和我们今天提出的抢救和保护口头与非物质文化遗产,竟是一致的。搜集整理不是目的,理论研究也不是目的,运用民间文学进行"为大众"的文学发展,提高全民

---

[1] 郑振铎:《民间文艺的再认识问题》,《联合日报》1946年5月16日。

族的科学和文化水平,才是他们,也是我们的目的。胡适也好,鲁迅也好,他们大都是以天下为己任的人。其创作也好,其理论也好,他们对自我学术境界和学术品格的提高,具有尤为重要的时代意义。

作家群体以特殊的热情与敏感写就中国现代民间文学史极其辉煌的一页。他们表现出强烈的时代意识与战斗精神,如当年蒋介石大肆屠杀共产党人,郑振铎与胡愈之等人致信国民党当局,表示强烈抗议,却险遭杀害。郑振铎逃往欧洲避难,在英法国家图书馆,他接触到敦煌变文等宝贵的历史文化文献[1],开始研究希腊罗马文学和神话,包括西方人类学派神话学理论。他翻译了《民俗学概论》《民俗学浅说》[2],为中国现代民间文学思想理论寻找攻玉的他山之石。阿英、赵景深、郭绍虞、叶圣陶和文学研究会、创造社的一批作家,包括张恨水、张资平等致力于通俗文学创作的作家,以及沈从文、赵树理等一批乡土色彩非常浓郁的作家,他们都热切关注民间文学,参与民间文学搜集整理与理论研究的工作,或者利用民间文学的题材与形式进行文学创作。在抗日战争中,几乎所有作家无一例外投入文化抗战,以各种形式与姿态"到民间去"。这是值得我们注意的一个文化现象。他们中间,钟敬文既是一个散文作家、诗人,又是一个专心研究民间文学的学者,对中国现代民间文学思想理论做出的贡献尤其突出。

当然,在中国现代作家群体中,并不是每一个人对民间文学都有深入研究,但不可否认的是,民间文学与作家文学有着天然的联系并且成为中国文学的重要传统。每一个作家实际上在社会生活中都与民间文学有着不同形式的联系。如冰心在《我的文学生活》中回忆自己的成长时说:"刮风下雨,我出不去的时候,便缠着母亲或奶娘,请她们说故事。把'老虎姨'、'蛇郎'、'牛郎织女'、'梁山伯祝英台'等,都听完之后,我又不肯安分了。"[3] 民

---

[1] 郑振铎:《郑振铎全集》第5卷,花山文艺出版社1998年版,第217—220页。
[2] 〔英〕柯克士(M.R.Cox)著,郑振铎译:《民俗学浅说》,上海商务印书馆1934年版,第475—496页。
[3] 冰心:《我的文学生活》,《冰心全集》第三卷,海峡文艺出版社1994年版,第5页。

间文学是每一个家庭具备的生活学校,其潜移默化,熏陶性情,作家如何表现这些内容,自然都是个人选择。

在中国现代民间文学理论体系的建立中,作家出身的学者对学科发展的贡献具有更为独特的意义,因为他们有着特殊的感受,其视野也常常更加开阔,能够避免自身的一些不足。回顾中国现代民间文学理论体系的建立,能让人看到这个学科相当不平凡的经历;这不仅益于文学,而且益于整个人文学科,它教会世人无私,为全民族的发展而不断超越狭小的个人。

除了作家出身的学者,还有一大批历史学家、教育学家、社会学家,特别是民族学家、民俗学家、人类学家,他们与民间文学有着天然的亲近感。他们积极参与中国现代民间文学理论体系的构建,从不同学科视野观察民间文学,调查和研究民间文学,取得了重要成就。或者可以将这种现象分为三种思想文化力量,其一是历史学家群,其一是教育学家包括社会学家群,其一是民族学家包括人类学家群,这三种力量形成中国现代民间文学思想理论的主体。中国文化传统中素有以民为本的文化思想,强调在历史评价中重视统治者对民众的情感倾向,分成以秦始皇为代表给天下人民带来沉重苦役的"暴君"、以隋炀帝为代表不关心天下百姓生活的"昏君",和以汉代文景二帝与唐太宗李世民为代表注重休养生息,关心民间疾苦的"明君"。历史学家把秉笔直书作为自己的神圣职责,在中国现代学术体系构建中,这些历史学家保持着在历史文化传统中形成的学术良心,如顾颉刚、徐旭生、杨宽、童书业等,在民族危亡的历史关头,从来都走在时代的前沿,积极投入社会现实的斗争中。他们所做的田野调查,与他们所从事的历史文化研究有机结合,极大地拓展和完善了中国现代民间文学思想理论。教育学家与社会学家更注重乡村社会的文明改造与社会礼俗重建的社会文化生活事实,他们不遗余力地投入为民谋利、为民造福、为民脱除"愚、贫、弱、私"的伟大事业。这是中国现代民间文学史上关于理论与实践相结合的思想文化中最有价值的一页。他们首先注意到"愚"所表现出的神鬼信仰等民间文学内容，决意对其实行文化改造，通过因势利导的形式实现社会风俗生活再造的"礼俗重建"。他们同样看重社会风俗生活蕴藏的聪明智慧，强调向民众学习，与民众一起探讨中国乡村社会发展的道路与方向。与那些文学家和历史学家不同的是，乡村教育运动中的教育学家与社会学家不但提出问题，发现问题，而且努力解决问题，使得其富有特色的民间文学思想理论具有可贵的实践意义。民族学家包括人类学家是中国现代社会新生的学术力量，他们将各种来自异国他乡的关于人类与民族的学说拿来透视中国社会现实，发现其中具有"文化遗留物"的民间文学及其特殊价值，借以更加深入细致地理解和研究中国社会的隐秘。尤其是在少数民族中发现许多具有珍贵语言学、民族学等学科意义的"第一手资料"，是田野调查这种科学考察方式在内容与形式上的大突破。三种学术力量集结于中国现代学术体系的构建与发展进程之中，与中国语言文学学科并存，相互影响，形成中国现代民间文学思想理论"四大板块"的重要学术格局。此"四大板块"不是中国现代民间文学思想理论体系的全部内容，但确实是其不可忽视的基本组成部分。

他们的经验告诉世人，礼失求诸野；只有深入人民大众，民间文学思想理论才能不断获得生机。中国现代民间文学史也因此显示出一种重要现象，即无论是民间文学的搜集整理和翻译介绍者，还是不同学科与学派的思想理论家，他们都具有明确的立场，正如郭沫若所说"民间艺术的立场是人民，对象是人民，态度是为人民服务"。诚然，他说"民间文艺才是研究历史的最真实、最可贵的第一手的材料"，其实是在强调民间文学对历史文化表现的另外一种意义，未必就是无条件地接受和认同。

总体讲，中国现代学术思想对中国民间文学的热情与敬戴，更多是济世的情怀，这是中国民间文学史所表现出对人民大众空前的尊重，是中国现代民间文学思想理论尤为宝贵的内容，也是时代的特色。中国民间文学史的选择并非面面俱到，也并非有意回避民间社会藏污纳垢的事实，或曰，作家

第一章 中国现代民间文艺的历史发展与民间文艺思想理论体系建立

文学不一样也有污秽吗？民间文学的主体是人民大众。体现人民大众最真切的声音，是它最宝贵的内容。所以，对待民间文学的立场问题，就不仅仅是一个学术方法问题，而是如何面对人民大众创造的文化财富的具体态度问题。

现代民间文学理论构成中，价值立场尤其重要。在某种意义上，它决定研究方法的成败。而今，这个问题被我们忽略，越来越多学者一再强调对文本要客观、冷静地对待，尽管这也是十分必要的。回首五四歌谣运动、乡村教育运动、大众文艺运动等历史阶段，我们深深感受到先贤们对待民间文学更多的是对民众创造艺术的推崇，在感情上远远胜过理性的把握，甚至这也成为今天一些年轻的学者哂之不具备科学性的口实。那么，置之于更为广阔的文化背景上重新理解和认识这一问题时，究竟孰是孰非，或者它是否确是构成必要的现代民间文学理论的坚硬基石呢？这就是对历史的把握问题。古人常讲，欲灭其国，先毁其史。史就是一种传统，传承薪火的背景，也是一种方法或范式，更是一种尊严。学术史研究的显著价值，也正在于此，让我们看到前人的得失。不可否认的是，现在民间文学研究除了外部的干扰，学界自身也存在许多问题。其中，"为民众的"立场的失却，从学术品格上讲，绝对是一种倒退。我们可以看到，鲁迅也好，顾颉刚也好，他们的观点可能会有很大的不同，甚至尖锐冲突，但在学术品格、学术立场上，都强调对民间文学的尊重。今天，我们未必真正懂得民众创造的民间文学的重要价值，有不少人以期与国际学术界对话，而完全忽视或抹杀尊重民间的基本立场。当我们躲进远离民众生活的书斋、大字不识几个却以为自己学贯中西、盲目搬用西方学者早已抛弃的流行词汇时，我们有什么资格来进入这一神圣的学术殿堂呢？当然，学术创新需要突破，但突破未必需要完全颠覆我们的传统，尽管我们的传统中有很多不尽如人意的内容。我们应该具备更广阔的胸怀和视野，但问题在于我们能否真正把握真实而全面的民间文本，如果我们连这一点都达不到，与盲人摸象又有何异？前辈学者不可避免地有自己的局限,但他们深入民间,密切关注民间文学的时态,不断探索和突破。其扎实、求是的学术品格,特别是"为民众的"立场,永远都是我们应该推崇和发扬的。

对话是学术发展的必要平台,但它是双向的,我们应该有自己的声音。发出自己的声音,首先要懂得自己的家底,同样要懂得他人的图谋。并不是说一提到全球化、信息化,自己马上就融入了国际学术界。应该说,"为民众的"立场就是我们的优势和特色,它要求我们不断深入民间,尽可能全面地把握民间文学,尊重民间,将民间文学研究纳入"为民众的"事业,即礼失不但求诸野,而且要用之于野。多元互补的研究,一个必要的前提就是真正懂得民众,包括他们的情感表达方式、审美思维方式和价值确立方式。具体地讲,不走进民间,民间文学研究就无从谈起。"为民众的"立场不仅是民间文学研究的前提,而且是其目的。不可避讳地讲,现在流行着形形色色的贵族和假贵族,鄙夷民众,将大众与庸众完全等同,貌似神圣,事实上俗不堪言。近年来,民间文学研究为此而陷入困窘。这绝不是危言耸听。所谓学术规范,并不与技术主义画等号,但确实是技术主义泛滥。若一味诉求民间文学文本的旁枝末叶,严重忽视民间文学所蕴藏的丰富而复杂的情感,那么,其真实的、实质的内容,即其科学性又从何谈起呢?再者,与国际学术界对话,也不应该是一味搬用、套用他人的东西,更重要的是让我们自己的声音为人所知。文化帝国主义、殖民主义等强权势力同样影响着我们的学术发展,这与闭关锁国、盲目排外同样无益于中国民间文学研究深入而全面的探索。坚守"为民众的"立场,既是现代民间文学理论传统的延续,也是民间文学研究壮大自身的需要。获得民众的支持并为之服务,是我们的宝贵经验,更是我们的科学品格。走进民间,无疑是极其艰辛的,而离开这个前提,"走出民间"去客观、冷静、理智地研究民间文学就无从谈起。

为什么人说话,写给什么人看,包括如何写,写什么,这些内容都是我们回避不了的问题。走进历史文化,并不仅仅是搜索历史文化典籍中的蛛丝马迹,而走进社会现实,也并非要忘却传统。尊重历史文化,尊重民间大众,这应当成为我们的文化价值立场。

我们常常口口声声说是人民群众养育了我们,那么,由千千万万人民创造、传承、使用的民间文学,应该如何在我们的人文社会科学研究中占有一席之地呢? 如果我们有意冷落、漠视这些珍贵的民族文化遗产,甚至蔑视或侮辱人民大众的创作,或以偏概全,利用所谓猥亵色彩做无聊的放大,尽情嘲讽人民大众之粗鄙,等等,这诸多行为又是否属于文化回应上的忘恩负义呢?

民间文学不是万能的,而其所包含的民族文化思想等内容之博大精深,确实是我们所无法想象的。

总之,一切都应该从实际出发。

第二章
五四歌谣学运动

五四歌谣学运动得名于北京大学一批学者在五四时期发起的一场学术运动。它不单纯是一个搜集整理和研究民间歌谣的学术热潮,而是以《歌谣周刊》为重要背景形成的民间文化运动,是一场思想文化启蒙运动。在中国现代民间文学史上,这是一个具有里程碑意义的学术运动。

五四歌谣学运动以"五四"为名,在于表现"科学"和"民主"的新文化。从最简单的意义上讲,其"科学"在于打破传统的思想文化体系,反对神权等传统的信仰方式与信仰内容,而充实以现代文明。其"民主"在于反对专制,提倡尊重民众。"科学"和"民主"是新文化运动的光辉旗帜,贯穿于中国现代民间文学的发展,形成独具思想文化特色的五四歌谣学运动。新文化运动之新,在于将把历史上为士大夫所鄙视的民间歌谣引入现代学术体系,表现出新文化特殊的胆识与品格。

有一个问题我们应该非常清醒地看到和理解,即从时间上看,《歌谣周刊》第1号即创刊号是在"1922年12月17日"。但是,歌谣学运动早在这之前就已经出现。或曰,我们应该看到早在民国建立的时候,随着政府提倡白话文,上海、广州、杭州和天津等地已经出现大量"白话报",其中一些报纸就曾发表搜集整理民间歌谣的文章。白话文运动和民间歌谣的搜集整理,应该与1916年民国政府教育部的国语研究会有着非常密切的联系。《国语周刊》即有对民间歌谣搜集整理的启示。

第二章 五四歌谣学运动

刘复即刘半农是少年早成的文学天才,即便是中学肄业也依然被蔡元培邀请至北京大学任教。当年,他参与《新青年》的编辑,痛斥"桐城谬种""选学妖孽",与钱玄同等人一起积极投入白话文运动,宣传新文化。他于1917年暑期在江阴的船上搜集了20首船歌,并做了注释。周作人为其《江阴船歌》写序称:"这二十篇歌谣中,虽然没有很明了的地方色与水上生活的表现,但我的意思却以为颇足为中国民歌的一部分的代表,有搜录与研究的价值。半农这一卷的江阴船歌,分量虽少,却是中国民歌的学术的采集上第一次的成绩。我们欣喜他的成功,还要希望此后多有这种撰述发表,使我们能够知道'社会之柱'的民众的心情,这益处是普遍的,不限于研究室的一角的;所以我虽然反对用赏鉴眼光批评民歌的态度,却极赞成公开这本小集,做一点同国人自己省察的资料。"[1] 其搜集整理民间歌谣是在五四之前。刘半农敢作敢为,是五四歌谣学运动的一个重要先驱,在中国现代民间文学史上是一个十分独特的学者。也正是这位"江阴才子",提倡尊重女性,为中国文化创造了"她"这个专指女性的汉字,成为历史的佳话。

当然,任何一场运动总是有内外两类基本原因,外因固然重要,如近代以来西方文明的冲击直接影响新文化运动的形成和发展,但更重要的是,明代社会以来汇聚成的求新求变的文化潮流,其强调民生,反对专制,王夫之、戴震等杰出的思想家的出现,更是推动思想解放的文化潮流。甚至可以毫不夸张地说,明代社会开始出现的民间歌谣较大规模的搜集整理及其所表现的明确目的性,其实就是现代歌谣学的先声。五四之前,歌谣学运动在事实上就已经形成,而五四时期"科学"与"民主"旗帜的高扬,使得这场文化运动有了更为特殊的意义。当《歌谣周刊》出现时,其学术目的、学术方法等具有更明确的内容,从而使这场文化运动渐渐转变成学术运动,进而变成

---

[1] 周作人:《中国民歌的价值》,《学艺杂志》1917年第2卷第1期,第1—3页。

思想文化运动。

无论如何,五四歌谣学运动是现代歌谣学的一个亮点,但不是中国现代民间文学理论研究的唯一内容。或曰,以"科学"与"民主"为标志的新文化运动是中国现代学术体系的重要内容,但绝不是其全部的内容。新文化运动具有巨大的思想文化价值,但它不是整个现代学术思想文化的全部。其中,刘半农等人是新文化运动的急先锋,更是歌谣学运动的重要开拓者。正如一位学者所说:"歌谣运动于1918年2月在北京大学异军突起,不是偶然的,而是时代、时势、环境、人事的共同产儿。歌谣运动的兴起,与新文学运动有着不可分割的血肉联系,甚至可以说是新文学运动的一翼","没有酝酿已久的启蒙思想运动,没有北京大学及其校长蔡元培的思想和支持,没有鲁迅的著文呼吁,没有刘半农、沈尹默、沈兼士、钱玄同等文化先锋人物的策划与身体力行,就不会有歌谣的征集和研究运动"。[1] 诚然,北京大学是五四新文化运动的重要策源地,它有力推动了现代歌谣学研究的深入发展,如新文学是新文化的一部分,新文化是现代文化的一部分。

第一节 五四歌谣学运动的缘起与方向

这场运动的基本目的在于《歌谣周刊》"发刊词"所说的"为文艺的"和"为学术的"两个重要方向。如其所称"搜集歌谣的目的共有两种,一是学术的,一是文艺的","歌谣是民俗学上的一种重要的资料,我们把它辑录起来,以备专门的研究:这是第一个目的。因此,我们希望投稿者不必自己先加甄别,尽量地录寄,因为在学术上是无所谓卑猥或粗鄙的。从这学术的资料之中,再由文艺批评的眼光加以选择,编成一部国民心声的选集。意大利的卫太尔曾说'根据在这些歌谣之上,根据在人民的真感情之上,一种

---

[1] 刘锡诚:《20世纪中国民间文学学术史》,河南大学出版社,2006年版,第76页。

新的"民族的诗"也许能产生出来。'所以这种工作不仅是在表彰现在隐藏着的光辉,还在引起当来的民族的诗的发展:这是第二个目的"[1]。此后,研究范围有所扩大,如北京大学歌谣研究会致俄国人伊凤阁的信所说:"学术的研究当采用民俗学(Folk-lore)的方法,先就本国的范围加以考订后,再就亚洲各国的歌谣故事比较参证,找出他的源泉与流派,次及较远的各国其文化思想与中国无甚关系者作为旁证;唯此事甚为繁重,恐非少数人所能胜任,须联合中外学者才能有成。本会事业目下虽只以歌谣为限,但因连带关系觉得民间的传说故事亦有搜集之必要,不久拟即开始工作。至于文艺的研究将来或只以本国为限,即选录代表的故事,一方面足以为民间文学之标本,一方面用以考见诗赋小说发达之迹。"[2]

这场学术运动的缘起,应该与刘半农所拟《北京大学征集全国近世歌谣简章》和以北京大学校长蔡元培名义发布的《校长启事》两份文告有关。两份文告共同刊登在1918年2月1日第61号《北京大学日刊》上。考《北京大学征集全国近世歌谣简章》,后来刊载于《歌谣周刊》,其称:"本会拟刊印左列二书:一,中国近世歌谣汇编。二,中国近世歌谣选录。其材料之征集用左列(此)三法:一,本校教职员学生,各就闻见所及,自行搜集。二,嘱托各省官厅,转嘱各县学校或教育团体,代为搜集。三,如有私人搜集寄示,不拘多少,均所欢迎。规定时期,以当代通行为限。"其中,提及"寄稿人应行注意之事项",如:"字迹宜清楚","如用洋纸,只写一面","方言成语,当加以解释","歌辞文俗,一仍其真,不可加以润饰","俗字俗语,亦不可改为官话","歌谣性质并无限制;即语涉迷信或猥亵者,亦有研究之价值,当一并录寄,不必先由寄稿者加以甄择","一地通行之俗字,及有其音无其字者,均当以注音字母,或罗马字母,或国际音标(International

---

[1] 《歌谣·发刊词》,《北京大学日刊:歌谣》1922年12月17日第1期,第1—2页。
[2] 《信》,《歌谣周刊》1923年9月30日第26期,第1页。

Phonetic Alphabet）注其音；并详注其义，以便考证""歌谣通行于某地方某社会，当注明之""歌谣中有关于历史地理，或地方风俗之辞句，当注明其所以""歌谣之有音节者；当附注音谱（用中国工尺，日本简谱，或西洋五线谱均可）"云云。其又称，"寄稿者当书明籍贯姓氏，以便刊入书中。寄稿者当书明详细住址；将来书成之后，依所寄稿件多少，赠以《汇编》或《选录》""稿件寄交北京大学第一院研究所国学门歌谣研究室""稿件过多者，应粘订成册，挂号付寄""来稿之合用与否，寄稿人当予本会以自由审定之权""稿件如须寄还，来函中应声明之""如有个人搜集某处或数处歌谣，已经编辑成书者；本会亦可酌量代印"。其尤其强调"本会征集关于研究中国歌谣之书籍，无论古今。不拘何国文字。已经刻印者：或赠或售，以及借阅，均可函商。未曾刊印者：须以挂号将稿寄下，阅毕亦以挂号奉还"[1]云云。《校长启事》与之大致相同，所不同者在于记录内容的要求，如"有关一地方、一社会或一时代之人情风俗政教沿革者；寓意深远有类格言者；征夫野老游女怨妇之辞，不涉淫亵，而自然成趣者；童谣谶语，似解非解，而有天然之神韵者"等。其中还特意提到"沈尹默主任一切，并编辑《选粹》；刘复担任来稿之初次审订，并编辑《汇编》；钱玄同、沈兼士考订方言"。所寄方式也有所不同，一为"北京东安门内北京大学法科刘复收"，要求封面应写明"某省某县歌谣"，一为"北京大学第一院研究所国学门歌谣研究室"。显然，"国学门"名义下歌谣研究室的成立，同样是现代学术史上关于民间文学的一个重要学术事件。此《北京大学征集全国近世歌谣简章》是中国现代民间文学史上的一篇重要文献，其得之于刘半农，他在《〈国外民歌译〉自序》中回忆"九年前"即1918年发生的这件事情，说："这已是九年前的事了。那天，正是大雪之后，我与（沈）尹默在北河沿闲走着，我忽然说：'歌谣中也有很好的文章，我们何妨征集一下呢？'尹默说：'你这个

---

[1]《歌谣周刊》第1期，1922年12月17日，第1页。

意思很好。你去拟个办法,我们请蔡(元培)先生用北大的名义征集就是了。'第二天我将章程拟好,蔡先生看了一看,随即批交文牍处印刷五千份,分寄各省官厅学校。中国征集歌谣的事业,就从此开场了。"[1]同时,《新青年》在1919年第4卷第3期上转载《北京大学征集全国近世歌谣简章》,很快收到来稿80余份,搜集整理歌谣一千一百余则。1919年5月20日,第141号《北京大学日刊》选择发表148则歌谣。1920年12月15日,《北京大学日刊》发起歌谣研究会征求会员的启事。1920年12月19日,北京大学歌谣研究会宣告成立。此后,出版《歌谣周刊》。五四歌谣学运动拉开帷幕。

《歌谣周刊》"发刊词"成为这场运动的宣言书:

我本校发起征集全国近世歌谣,前后已有五年,但是因为种种事情,不能顺利进行,以致所拟刊行的歌谣汇编和选录均未能编就,现在乘本年纪念日的机会创刊《歌谣周刊》,作为征集和讨论的机关,庶几集思广益,使这编集歌谣的事业得有完成的日子。

歌谣征集,发起于民国七年二月,由刘复、沈尹默、周作人三位教授担任编辑,钱玄同、沈兼士二位教授担任考订方言。从五月末起,在《(北大)日刊》上揭载刘先生所编订的《歌谣选》,共出148则。五四运动以后,进行暂时停顿,随后刘沈二先生都出国留学去了,缺人主持,事务更不能发展。九年的冬天,组织"歌谣研究会",管理其事,由沈兼士、周作人二先生主任。但是十年春天因为经费问题,闭校数次,周先生又久病,这两年里几乎一点都没有举动,所以虽有五年的岁月,成绩却很寥寥,这是不得不望大家共力合作,兼程并进,期补救于将来的了。

本会搜集歌谣的目的共有两种,一是学术的,一是文艺的。我们相信

---

[1] 刘半农:《国外民歌译·自序》,北新书局1927年4月版,第1页。

民俗学的研究在现今的中国确是很重要的一件事业,虽然还没有学者注意及此,只靠几个有志未逮的人是做不出什么来的,但是也不能不各尽一分的力,至少去供给多少材料或引起一点兴味。歌谣是民俗学上的一种重要的资料,我们把他辑录起来,以备专门的研究:这是第一个目的。因此我们希望投稿者不必自己先加甄别,尽量地录寄,因为在学术上是无所谓卑猥或粗鄙的。从这些学术的资料之中,再由文艺批评的眼光加以选择,编成一部国民心声的选集。意大利的卫太尔曾说"根据在这些歌谣之上,根据在人民的真感情之上,一种新的'民族的诗'也许能产生出来。"所以这种工作不仅是在表彰现在隐藏着的光辉,还在引起当来的民族的诗的发展:这是第二个目的。汇编与选录即是这两方面的预定的结果的名目。

但是这个事业非常繁重,没有大家的帮助是断不能成功的,所以本会决计发起这个周刊,作为机关,登载歌谣材料及论著等,借以引起一般的兴趣,欢迎歌谣及讨论的投稿,如特殊的歌谣固然最所需要,即普通大同小异的歌词,于比较研究上也极有价值,更希望注意抄示。倘若承大家热心的帮助,到了本校二十五周年纪念时能够拿出一部分有价值的成绩来,那就是本会最大的希望与喜悦了。[1]

由于种种原因,1925年6月,《歌谣周刊》停刊,取而代之的是同年10月14日创刊的《北京大学研究所国学门周刊》,继续选登民间歌谣及其相关的理论文章。《北京大学研究所国学门周刊》创刊词中称:"国学门原有一种《歌谣周刊》,发表关于歌谣的材料。去年风俗调查会成立,也就借它的余幅来记载一点消息。后来寖至一期之中,尽载风俗,歌谣反付缺如,顾此失彼,名与实乖。兼之国学门成立以来研究生之成绩,及各

---

[1]《歌谣·发刊词》,《北京大学日刊:歌谣》1922年12月17日第1期,第1—2页。

学会搜集得来整理就绪之材料,日积月累,亦复不少,也苦于没有机会发表。于是同仁遂有扩张《歌谣周刊》另行改组之举。这个新周刊是包括国学门之编辑室、歌谣研究会、方言研究会、风俗调查会、考古学会、明清史料整理会所有的材料组合而成。其命意在于将这些材料编成一个略有系统的报告,以供学者之讨论,借以引起同人之兴趣及社会之注意。其组织虽于本校《国学季刊》不同,却是表里相需并行不悖的。以后尚望同志随时赐教。"好景不长,1926年8月,《北京大学研究所国学门周刊》停刊。一场长达将近八年的歌谣学运动基本告一段落。之后,虽然通过胡适的努力,《歌谣周刊》在20世纪30年代得以复刊,但毕竟是昙花一现,仅仅一年时间,而且时过境迁,风景大不相同。继之而起的是以中山大学为学术中心的现代民俗学运动,虽然同样时间短暂,但都具有非常重要的学术成就。

如其所言,歌谣学的研究目的在于"民俗学"的研究与"新诗"的借用。所谓"歌谣是民俗学上的一种重要的资料,我们把他辑录起来,以备专门的研究",归结于"由文艺批评的眼光加以选择,编成一部国民心声的选集",其实是其思想文化的研究,未必限制在民俗学之范围内。其"根据在这些歌谣之上,根据在人民的真感情之上,一种新的'民族的诗'也许能产生出来"而"引起当来的民族的诗的发展",也只是强调歌谣的文学性。其实,宣言只是宣言,真正的歌谣研究并不一定按照其设计的方向发展。如胡适此前就论述道:"近年来,国内颇有人搜集各地的歌谣,在报纸上发表的已很不少了。可惜至今还没有人用文学的眼光来选择一番,使那些真有文学意味的'风诗'特别显出来,供大家的赏玩,供诗人的吟咏取材。"[1]

在笔者看来,五四歌谣学运动最重要的历史功绩不仅仅在于它引发人

---

[1] 胡适:《北京的平民文学》,《读书杂志》1922年10月1日第2期,第2页。

们对民间歌谣这种"引车卖浆之流"所传唱的思想文化内容的重视,更重要的是,它促使人们渐渐形成对以民间歌谣为代表的社会风俗生活的整体研究,直接形成新的学术话语体系与新的学术规范,奠定了中国现代民间文学思想理论体系的重要基础。

这首先是关于歌谣分类与歌谣母体,以及搜集整理方法和方式等内容的研究,其次是关于歌谣及其相关的民间文学现象和社会思想文化内容的研究,最后是关于以歌谣为典型的社会风俗生活的拓展性民俗学转向。

第二节　歌谣学范式的建立

歌谣学的形式研究,诸如关于歌谣分类、搜集整理方法和研究方式等问题的探讨,事实上是关于歌谣学范式建立的讨论。应该提出的是,这里的歌谣学方式原本应该是文艺学的研究,却在事实上成为文艺学与民俗学的结合,或者说就是民俗学的文艺学研究。

歌谣分类是歌谣学研究建立其理论体系的重要前提。对于其分类标准与分类方法,学者们有着不同见解的争论,渗透自己的知识经验与社会感受,众说纷纭,见仁见智。在歌谣分类讨论之前,刘半农曾著有《歌谣界说》,但《歌谣周刊》尊重其意见并没有发表。所以有人埋怨,说"你们不把《歌谣界说》尽先发表了,恐怕研究的人,无从着手;而搜集的人,也费些无谓的审查光阴"[1]云云。

较早提出歌谣分类问题的是沈兼士,他在1921年12月写给顾颉刚的信中说:"民谣可以分为两种,一种为自然民谣;一种为假作民谣;二者的同点,都是流行乡里间的徒歌。二者的异点,假作民歌的命意属辞,没有自然民谣那么单纯直朴,其调子也渐变而流入弹词小曲的范围去了,例如广

---

[1] 《讨论:几首可作比较研究的歌谣》,《歌谣周刊》第4号,1923年1月7日,第4页。

东的粤讴,和你所采苏州的《戏婢十劝郎》诸首皆是。我主张把这两种民谣分作两类,所以示区别,明限制,不知你以为何如。"[1] 周作人把歌谣分为情歌、生活歌、滑稽歌、叙事歌、仪式歌、儿歌等六大类,他对其中的儿歌作论述说:"儿歌的性质与普通的民歌颇有不同,所以别立一类。也有本是大人的歌而儿童学唱者,虽然依照通行的范围可以当作儿歌,但严格地说来应归入民歌部门才对。欧洲编儿歌集的人普通分作母戏母歌与儿戏儿歌两部,以母亲或儿童自己主动为断,其次序先儿童本身,次及其关系者与熟悉的事物,次及其他各事物。现在只就歌的性质上分作两项:(1)事物歌;(2)游戏歌。"[2] 继而,歌谣分类问题在《歌谣周刊》上引起大讨论,如邵纯熙曾发表过《我对于研究歌谣发表一点意见》,提出"歌谣的性质,又有自然和假作的,不如分为民歌民谣儿歌童谣四类","这四类中可依七情的分类法编次之,凡歌谣中的词句,表现欢喜状态的,则归入喜字一类","表现愤怒状态的,则归入怒字一类","表现悲哀状态的,则归入哀字一类","表现恐惧状态的,则归入惧字一类","表现欢爱状态的,则归入爱字一类","表现憎恶状态的,则归入恶字一类","表现欲望状态的,则归入欲字一类"云云。[3]

白启明是河南省立第一师范学校的国文教师,他最早提出发动青年学生进行民间文学搜集整理歌谣的方法,《歌谣周刊》的编者曾经把他和刘静庵、李鄗、杨一峰、尹淑敏、何尤等河南学者称为"作搜集歌谣工作"之"最多"者[4]。他以《豫宛民众艺术丛录》《河南民众文艺》《河南谜语》等著述和关于民间歌谣、民间谜语的研究闻世,是中国现代民间文学史上一位重要的

---

[1] 顾颉刚、沈兼士:《歌谣的谈论》,原载于《晨报》,《歌谣周刊》1923年1月28日第7号转载,第4页。
[2] 周作人:《自己的园地》,北新书局1929年版,第46页。
[3] 邵纯熙:《我对于研究歌谣发表一点意见》,《歌谣周刊》1923年4月8日第1卷第13号,第1—2页。
[4] 《我们将来的希望》,《歌谣周刊》1923年6月24日第1卷第24号,第1页。

先行者[1]。他引述了周作人的"六类说",与邵纯熙进行"商榷",称他对"分类的研究"作为一种方向是赞成的,但对具体的分类方法,则"不敢苟同"。他对所谓"七情"与"合乐曰歌,徒歌曰谣"等理论提出质疑,说,"若普通所说的歌谣,就是民间所口唱地很自然很真执(挚)的一类徒歌,并不曾合乐;其合乐者,则为弹词,为小曲——这些东西,我们久主张当另加搜辑,另去研究;不能与单纯直朴的歌谣——徒歌,混在一块"。[2] 邵纯熙接受了白启明的意见,说自己"因白(启明)君的纠正,又想出一种分类法",并"参考周仲密(周作人)君及沈兼士先生的分类方法",将民间歌谣分为"民歌"和"儿歌"两大类。其中,"民歌"又分"假作"和"自然"两类,细分为"情绪类""滑稽类""生活类""叙事类""仪式类""岁事类"和"景物类"。在"情绪类"中,他仍然坚持往日的"七情分类法";在"儿歌"中,他同样分"假作"和"自然"两类,细分为"情绪类""滑稽类""游戏类"和"物事类",自然在"情绪类"中保持"七情分类法"的分类方式。[3]

孙少仙讨论了同为民间歌谣的内容,所谓"山歌""民歌"和"情歌"之

---

[1] 白启明是中国现代民间文学史上一位特殊的人物,他的身世被许多人误解。20世纪80年代初,笔者在写作《河南现代民间文学史》的时候采访笔者的老师任访秋和周启祥、现代诗人开封市中学教师陈雨门等人。他们与白启明有许多交往,如任访秋就是白启明在河南省立第一师范学校教书的学生,曾经响应其"发动青年学生搜集民间歌谣",回到家乡调查民间文学。他告诉笔者,他就是受到白先生的影响,对民间文学的搜集整理与研究产生兴趣,而且经他介绍,后来结识周作人。他在北京读书期间发表了《谚语之研究》等文章。20世纪40年代,任访秋先生写作《中国现代文学史》,开章明义,第一章就是关于五四歌谣学与现代文学的论述。任访秋先生说,白启明是光绪时代的人,1925年12月因为肺结核去世,去世的时候很年轻,四十岁左右。陈雨门和周启祥两位先生也说,白启明在20世纪20年代的开封因为民间文学搜集整理而知名,是在《河南民报》等报刊发表民间文学搜集整理与理论研究文章很活跃的人。他们告诉笔者,白启明与董作宾,还有当时发表过《大灰狼故事》的谷万川,都是河南南阳人,平时私交很好,对民间文学有共同的兴趣。陈雨门说,白启明当时准备编写民间谜语的书,后来贫病交加,无力从事。

[2] 白启明:《对〈我对于研究歌谣发表一点意见〉的商榷》,《歌谣周刊》1923年4月15日第1卷第14号,第3页。

[3] 邵纯熙:《歌谣分类问题》,《歌谣周刊》1923年4月22日第1卷第15号,第1页。

间有许多不同,其称:"'山歌(秧歌)'和'民歌'是大不同的,有许多人都误认了:'山歌(秧歌)'大半是有排列的,对站的,并且是有一定的调子(如前所举的四种调子),若非这四调中的调子,一定不是'山歌(秧歌)','山歌(秧歌)'只表情,别无他意,我可以武断说他是'情歌';'民歌'就不然,他里头也有政治,法律,社会,家庭,私人……的赞扬和攻击,劝诫,警告……并且他的句子,长短不一律的很多,全无调之可言。"[1] 此时,刘文林发表《再论歌谣分类问题》,[2] 邵纯熙发表《(三论)歌谣分类问题》,常惠发表对邵纯熙的《答复》,[3] 以及《歌谣周刊》复刊之后,仍然进行着这种分类研究,如寿生发表的《我所知的山歌的分类》[4] 等文章,讨论一直持续到乡村教育运动中。

比较才有鉴别。比较研究不同地域的民间文学,在事实上形成了民间文学历史地理的研究方法,这是现代歌谣学运动的重要理论成就。例如对于不同地区歌谣内容差异的问题,罗家伦曾经与常惠等人谈论到北京地区流行的民间歌谣"所以一切名词,与习惯并不相悖","及足相互发明"云云,刘半农应答:"尊稿所举是通行于北京客籍社会之歌谣,常君以北京人之眼光评判之,自不能相合。抑或常君所举五种,是北京社会中原有之谣。当时旅京南人,以旗人有不读书之子,而亦居然延师,乃为增入'先生'一种,遂成尊稿所举六事,亦未可知。总之,歌谣随时代与地方为转移,并非永远不变之一物。故吾辈今日研究歌谣,当以'比较'与'搜集'并重。所谓比较,即排列多数之歌谣,用研究科学之法,以证其起源流变。虽一音一字之微,苟可讨论,亦大足增研究之兴味也。"[5] 这种比较研究的方法影响了同时代

---

[1] 孙少仙:《论云南的歌谣》,《歌谣周刊》第1卷第40号,1924年1月6日,第3页。
[2] 刘文林:《再论歌谣分类问题》,《歌谣周刊》1923年4月29日第1卷第16号,第3页。
[3] 常惠:《讨论:歌谣分类问题》,《歌谣周刊》1923年5月6日第1卷第17号,第2页。
[4] 寿生:《我所知的山歌的分类》,《歌谣周刊》1937年1月9日第2卷第32期,第1页。
[5] 刘复:《罗家伦君与刘复教授往来之函》,《北京大学日刊》第258号,1918年11月25日,第3页。

的胡适,也影响了后世,诸如"民间文学比较研究"和"比较神话学"等学科建设的深入发展及相关命题的讨论,都应该与现代学术史上的比较研究有一定的联系。

民间文学是一种口头语言艺术,它的语言价值极其丰富,既有作为科学研究的重要意义,又有中国语文建设的应用意义。

歌谣记录与注释追求本真即原始文本,强调科学研究价值,是歌谣学运动非常重要的学术贡献。《北京大学征集全国近世歌谣简章》中已经明确提到"方言成语,当加以解释","歌辞文俗,一仍其真,不可加以润饰","俗字俗语,亦不可改为官话","歌谣性质并无限制;即语涉迷信或猥亵者,亦有研究之价值,当一并录寄,不必先由寄稿者加以甄择","一地通行之俗字,及有其音无其字者,均当以注音字母,或罗马字母,或国际音标(International Phonetic Alphabet)注其音;并详注其义,以便考证","歌谣通行于某地方某社会,当注明之","歌谣中有关于历史地理,或地方风俗之词句,当注明其所以","歌谣之有音节者;当附注音谱(用中国工尺,日本简谱,或西洋五线谱均可)",等。又如刘半农《江阴船歌》所存:"因为'船歌'这两个字我就想起一首来:'月子弯弯照九洲,几家欢乐几家愁,几家夫妇同罗帐,几家飘散在他洲。'这首很古的了,当宋时极流行的,《京本通俗小说》也引过这首。邱宗卿的'柳梢青'的词也用'月子弯弯'句,还有《云麓漫钞》管他叫'吴中舟师歌',可见宋时流行到现在还是很有生气的。"[1]

在民间文学研究中,我们常常特别强调实地观察与全方位记录,要注明搜集整理的时间、地点,以及讲述人、记录人等参与者的各方面情况,而且要对讲述内容做必要说明。这是因为民间歌谣在传播中形成了广泛的文化认同,但一切认同都是有条件的。如果没有必要的注释,其损失不仅仅在于失去其科学研究的文本价值,而且直接影响到其传播效果即为人所知的认

---

[1] 常惠:《江阴船歌》附记,见《歌谣周刊》1923年6月24日第1卷第24号,第5—6页。

同结果。如台静农搜集整理的淮南民歌有上千首之多,他说:"我们淮南的发音,同南方诸省比较起来,总算同普通话接近,但有些音是我们淮南特有的,有些音是淮南中一部分特有的,这都是在必注之例。在已发表的一百多首中虽然有些音注,可是极其粗忽与不精密,而且是用字注的。今后当采用国音字母注音,因以字注音是不见得正确的","如风俗、人情、习惯、土语、地名等,皆在必注之例的;如不详细注明,则易于使读者误会;误会一生,自不能领得其中意趣与价值。今后当于要注的必详细注明,使读者于领略歌谣的本身而外,同时还能了然于淮南的风俗人情及其他。"如其中一首民歌唱道:"想郎想的掉了魂,接个当公下个神,打柳打在奴房里,袖子口嘴笑殷殷,因为贪花你掉了魂!"对于"接个当公下个神"中的"当公",其注释道:"当公,即巫者,乡中请巫者为病人祷告,即谓之下神。"对于"打柳打在奴房里"中的"打柳",其注释道:"打柳,即巫者所用之柳枝,裹纸图女像,谓为柳神;借此柳神为病者招魂,招魂之后即将此柳神置病人床头,因此名之为'打柳'。"[1] 显然,没有这样的解释,如果仅仅去望文生义,一切理解都会大相径庭。

民间歌谣具有地方性的显著特征,对语言学的研究有十分重要的价值,这一问题引起许多学者注意。如,就方言问题,周作人曾经制定出"一地通行之俗字,及有其音无其字者,均当以注音字母,或罗马字母,或国际音标(International Phonetic Alphabet)注其音;并详注其义,以便考证"的规则,此时,他发表《歌谣与方言调查》,提出"歌谣与方言"的联系问题,具体论述道:"歌谣与方言的密切的关系,这里可以不必多说,因为歌谣原是方言的诗。当初我们征集歌谣的时候,原想一面调查方言,但是人力不足,而且歌谣采集的运动正在起头,还未为社会所知,没有十分把握,恐怕一时提出许多题目,反要分心,得不到什么效果,所以暂且中止了。这一二年来,承会

---

[1] 台静农:《淮南民歌第一辑》(续)注,《歌谣周刊》1925年4月26日第1卷第88号,第7页。

内外诸君的尽力,采集事业略有根底,歌谣采到的也日渐增加,方言调查的必要因此也就日益迫切地感到。"同时,他还特别注意方言调查的实行,说:"要做研究的工夫,充分的参考资料必不可少,方言也就是其中的一种重要分子。所以为将来研究的预备起见,方言调查觉得是此时应该着手的工作,虽然歌谣搜集的事业也还正在幼稚时代;因这件工作不是一年半载所能成就的,早一点着手较为适当。好在方言调查的利益不仅是歌谣研究能够得到,其大部分还在别的学问方面,可以希望得到大家的注意与赞助,或者还不是很难成功的事业。"其注意到方言在中国语文建设中的特殊作用,声称"我觉得现在中国语体文的缺点在于语汇之太贫弱,而文法之不密还在其次,这个救济的方法当然有采用古文及外来语这两件事,但采用方言也是同样重要的事情"云云[1]。他的论述引起学界的重视;之后,《歌谣周刊》第35号发表容肇祖的《征集方言的我见》;《歌谣周刊》连续刊登了董作宾谈论方言问题的系列文章,如《歌谣周刊》1923年11月11日第32号《歌谣与方言问题》《歌谣周刊》1924年4月6日第49号《为方言进一解》《歌谣周刊》1924年4月13日第50号《研究婴孩发音的提议》等。对此,董作宾指出,"由分地整理之结果,可以知语言的变迁与歌谣有同样的关系。据歌谣的传布情形,绘出地图,便也是方言地图的蓝本;因为甲地和乙地的歌谣相同,就是甲乙两地语言相通的证据;歌谣不同,也可以说就是语言不通","这样看来,歌谣又是方言的顶可靠而且有价值的参考材料了。一山相隔,歌谣便自不同,一水相通,歌谣便可传布,就这一首中已经可以窥见。以后我们只努力的采辑歌谣,同时就是调查方言的根本大计"[2]。应该说,这是现代民间文学历史地理研究的先声,遗憾的是至今没有引起人们应有的重视。1923年12月17日《歌谣周年纪念增刊》发表钱玄同的《歌谣音标私议》、

---

[1] 周作人:《歌谣与方言调查》,《歌谣周刊》1923年11月4日第1卷第31号,第1—3页。
[2] 董作宾:《一首歌谣整理研究的尝试》,《歌谣周刊》1924年10月12日第1卷第63号,第8页。

林玉堂的《研究方言应有的几个语言学观察点》、魏建功的《蒐集歌谣应全注音并标语调之提议》、黎锦熙的《歌谣调查根本谈》、沈兼士的《今后研究方言之新趋势》等文章;《歌谣周刊》第55号发表《方言标音专号》,汇聚众多的语言学家与民俗学家就方言问题展开集中讨论,使歌谣语言学这一问题的研究逐渐推向深入系统。

　　研究范式的形成具有十分重要的意义。此如一位学者所述:"《歌谣》周刊前后历时八年,虽然主要以提倡歌谣搜集渐而及于故事传说材料为要旨,但一些学者,如顾颉刚、董作宾、白启明、刘经庵、张四维、孙少仙、刘策奇、王礼锡等,也在歌谣、传说、故事研究方面形成了一个乡土研究的流派,并创造了至少两个研究范式:一个是歌谣的,即董作宾的歌谣《看见她》母题研究;一个是传说的,即顾颉刚的孟姜女故事研究(那时"传说""故事"的界说还缺乏严格的界定)。"[1] 范式形成意味着理论品格的成熟发展。

第三节　歌谣的思想文化

　　民间歌谣的思想文化内容具有博大精深的一面,其鲜活的生活性与短小精悍的形式相统一,从不同方面表现出对社会风俗生活的典型表现,堪称人民生活的百科全书,同时也是他们倾诉和宣泄胸中郁闷、表达苦痛与欢乐的狂欢广场。歌谣及其相关的民间文学现象及其社会思想文化内容的研究是五四歌谣学"关注民间"的集中体现。他们更看重其中所体现的婚俗等社会风俗生活现象,尤其是其所表达的民众情感中苦痛和哀愁的内容,他们把妇女阶层的哀怨看作民间歌谣最真实最集中的思想价值所在。

　　民众的情感在民间歌谣中的表现内容,作为"民族心理的表现",是他们调查社会、研究社会思想文化发展及其价值与意义的重要前提。如常惠

---

[1] 刘锡诚:《20世纪中国民间文学学术史》,河南大学出版社2006年版,第84页。

说:"(某)先生不赞成'堆垛式的文学',若仅论文艺,似是不错。但要拿'民俗学'来论'堆垛式的歌谣',就不然了。因为俗语说得好,'文从瞎说(话)起,诗从放屁来。'这正可以看出普通的人的心理来,本没有什么高深的思想和了不得的文学。就如《夹雨夹雪》是极重要的一首,差不多传遍了国中,各省有各省的讲解,各地方有各地方的说法。不过他们都认为有多大的寓意或迷信在里边;而在我们看着不值得一笑。确实说起来在'民俗学'里实在有重要的关系。我以为先生与其说歌谣是'文艺之结晶',不如说他是'民族心理的表现'。"[1]

民间歌谣是民众发自内心的歌唱,是"文艺之结晶",也是"民族心理的表现",这是其实质表现。总之,歌谣的基本内容在他们看来就是生活与情感。而所谓民间歌谣中的生活与情感,在这些学者的论述中,几乎无一例外都成为"民俗学"的研究。

当然,在民间文学的诸多体裁中,歌谣只是一个类型。也有学者在这一时期提出"不必只从民俗学上去研究",即未必一切民俗学的研究都适用于民间文学的问题。如赵景深在给周作人的信中说:"我近来看了《神话学和民间故事》一书,知道童话的渊源是原始社会的神话和传说,所以你用民俗学去解释童话,我现在更为相信,这是最确当的。自然从童话里去研究原始社会的风俗习惯,才是极正当的方法,可以说是从童话的本身,把价值研究出来了。"在他看来,"童话虽不能不用民俗学去解释,但是却不必只从民俗学上去研究","各人研究了民俗学以后,就可以分途实施到别处的","我对于童话的志趣,便是将童话供给与儿童看","我愿用民俗学去和儿童学比较,我不愿用民俗学去研究民俗学"[2]。

民间歌谣中的社会风俗生活从来都是历代学者所关注的重点,在五四

---

[1] 常惠、戴般若:《讨论》,《歌谣周刊》1923年3月25日第1卷第11号,第1页。
[2] 赵景深:《通信:通话的讨论三》,《晨报副刊》1922年3月28日,第3页。

歌谣学运动中,这种现象更突出。他们甚至把民间歌谣等同于社会风俗生活。这种研究方式,既有表现歌谣社会风俗生活价值的意义,又具有研究方法的意义,是中国现代民间文学史上非常重要的一页。如常惠与刘半农的通信中,就比较早关注到这些现象,其称:"《歌谣选》说有'六件事',是北京高等、旗人家中之所必具。与惠所知,微有不合。即如第一项的'凉棚',北京人都叫它'天棚',绝没有叫作'凉棚'的。这个名目上的差异,虽然无关宏旨,然而因为他已经成了一处地方的习惯名,在普通文字中,或可随便改得,在于歌谣之中,就断断改不得的。要是改了,就失了研究歌谣的本旨了。第二项的'水缸',北京谁家没有盛水的缸,何必要单说高等、旗人家中才有呢。其实是摆在院子中间,养金鱼的缸。北京人都叫它'鱼缸'。第四项的'先生'。北京在前清的时候,'先生'二字不很常有。因为是在皇上脚底下的地方,有钱的,人人都可称'老爷'。即使没有'老'字,也要称'爷'。再拿'先生'说吧,若是教书的'先生',就称他'老师'或'师老爷'。若是管账的'先生',就称他'账房先生'或'师爷'。绝没有单叫'先生'的。那六件事,好像是五件——'天棚、鱼缸、石榴树、肥狗、胖丫头'。这是北京富厚人家所惯有的,绝不是高等旗人家中所独有的。再说北京的旗人,也没有高等下等的分别,只有穷富就是了。或讲差使红不红、或讲支派近不近。要说有钱的旗人,没有受过教育的,很多很多。他们家中,何尝没有那五样东西,那么,也可叫他高等旗人吗。"刘半农答复道:"来书言习惯名之不可擅改,极是极是。但罗君来稿,当是传闻或记忆之误,未必有意代改也。至'高等旗人'四字,来稿本作'亲贵'。复以凉棚等物,较为富厚之人即可有之,不必亲贵,故用'高等'二字,以别于不富厚者。今见来书所言,亦自悔用此二字之不当也。"[1] 罗家伦提出疑问说:"我今天在日刊上看见常维钧先生论第61章歌谣的信,同先生的回信。常先生事事求真的热心,我十分佩

---

[1]《通信:常惠君与刘复教授往来之函》,《北大日刊》1918年11月22日第256号,第4页。

服。但是关于这些歌谣的来源,我还有几句话说。今年3月间,在东城我的朋友王觉生家里赴宴。这位王先生,在北京住了三十几年,知道北京情形很熟。他在席上,忽然说起这个歌谣,我听了有趣得很,就记住了。今年暑假,住在西山静宜园消夏,一天,同一位商科同学李光忠先生谈起这个歌谣,他所听见的,也同我所记的一样。我以为王先生在京多年,李先生在京也有多年,两位所知的竟不谋而合,所以我以为这条是千真万确的了。那天我同先生在图书馆主任室遇见,说起先生房东(旗人)的家庭生活,我忽然想起这个歌谣来,立刻就在李守常先生桌上写给先生,当时的情形,先生大约还可以记得。总观以上的事实,这条歌谣大约不是假的,或是'传闻或记忆之误'了。但是常先生从习惯名词上说的一番话,也有道理。我自己想了一想,并且打电话去问王先生,方知道这条歌谣系旅京的南方人所编的,通行于北京的'客籍'社会[1]。前清光绪末年更盛行于官场。所以一切名词,与习惯并不相悖,与常先生所说的,及足互相发明。再说'先生'一物,却是北京旗人家中所常有的。我有两位朋友的同居,都是旗人。他们都有不读书的儿子,却是都有'先生'呢。附书于此,聊博一笑。并请质之常先生而且代我多谢他的盛意。"然后,刘半农作答"尊稿所举是通行于北京客籍社会之歌谣,常君以北京人之眼光评判之,自不能相合。抑或常君所举五种,是北京社会中原有之谣。当时旅京南人,以旗人有不读书之子,而亦居然延师,乃为增入'先生'一种,遂成尊稿所举六事,亦未可知。总之,歌谣随时代与地方为转移,并非永远不变之一物。故吾辈今日研究歌谣,当以'比较'与'搜集'并重。所谓比较,即排列多数之歌谣,用研究科学之法,以证其起源流变。虽一音一字之微,苟可讨论,亦大足增研究之兴味也"云云[2]。这应该被视作歌谣注释这种传统的解释学意义上的民俗学研究,当年,董作宾等学

---

[1] 《北大日刊》1918年11月23日第256号发表了刘半农、常惠、罗家伦他们的来往信函。
[2] 《通信:罗家伦君与刘复教授往来之函》,《北大日刊》1918年11月25日第258号,第2—3页。

者就《看见她》这首民间歌谣不同地域流传内容做比较,《歌谣周刊》做专号展开深入探讨。这是一个"母题"研究的典型,如董作宾所说:"一个母题,随各处的情形而字句必有变化,变化之处,就是地方的色彩,也就是我们采风问俗的师资。所以歌谣中一字一句的异同,甚至于别字和讹误,在研究者视之都是极贵重的东西。从歌谣中得来的各地风俗,才是真确的材料,因为它是一点点从民众的口中贡献出来的。像本题一首寥寥百余字,到一地方就染了一层深深的新颜色,以前他处的颜色,同时漫漫的退却。"[1]他特别强调"考订"的意义,他说,了解一个地方的民间歌谣,必须有"考订","考订的手续,应该分做四层:一是字,二是词,三是句,四是段。这四层功夫,首先要限制具有考订的资格的人才能着手,干脆一句话就是非歌谣的同乡不可。因为不是本地方的人就不能断定某字某词是错的;某句短了某句长了。况且关于方言用字,又非有专门学识不能考定。"[2]此时有一首"汉阳民歌"被记述为"白纸扇,手中拿,亲哥听见走人家。黄家门前跕一跕,大舅子扯,二舅子拉,拉拉扯扯吃杯茶,吃了清茶吃换茶,八把椅子是摆家,红漆桌子拭布拭,十二碟,摆下它,风吹隔眼瞧见她;漂白袜头枝子花,青丝头发糯米牙,还缓三年不接她,摇窝扁担挑娃娃",有人对其中的"换茶"做解释云云,董作宾说:"换,当作红。汉阳方音读 ng 为 n,舌后收声之字,多变为舌前收声。红字在北方多侈音为黄,在南即可变音为 huan。'换茶'必是红茶之误,清茶,红茶,也同粗茶细茶相类。若换茶对清茶便无所谓了。原注曲解为'换易佳品',似不甚妥。"此时又有人指出董作宾这种解释也有误,说:"先生谓'换'当作'红',引了许多音韵学上及音义上的证据,其实'换(换字不知应当怎样写?)茶',本有这样东西,并不是茶,是用芝麻,豆子,炒米,胡椒,盐一类的东西混合在一块,以开水泡之,名曰'换茶',上等人家,有用

---

[1] 董作宾:《一首歌谣整理研究的经过》,《歌谣周刊》1924 年 10 月 13 日第 63 号,第 6 页。
[2] 同上,第 4 页。

橘饼与白糖和在一块的,乡间有喜事或接待非常宾客用之。如此说来,换字应为形容词,实非动词,而先生说'原注曲解为换易佳品',似乎收集这首歌谣的人,也不知有所谓换茶似的。"[1] 董作宾对此解释说:"许先生'换茶'的解释,就令将来不能证实,也不失为方言和风俗中一个很好的材料。"[2] 董作宾的研究方法与他提到的内容引起胡适的赞同。胡适在给董作宾的信中,在这里提出著名的"大胆假设"理论方法,他说:"此书的整理方法极好。凡能用精密方法来做学问的,不妨大胆地假设:此项假设,虽暂时没有证据,将来自有证据出来。此语未可为一般粗心人道。但可为少数小心排比事实与小心求证的学者道。不然,流弊将无穷无极了!此书中有我征集的两首。其旌德一首是我的夫人念出而我写出的;她说明是从南京传去的,故我注出是南京。其绩溪一首是我的表弟曹胜之君写给我的。你在此书里(页十一)说此首有北系的风味,疑是北京传去的。曹君今天见了此段,甚赞你的细心。他说此首是他的母亲从四川带回绩溪的;后来他家的人因久居汉口武昌,故又不知不觉地染了湖北的风味。你试把绩溪这一首(45)和成都(26)汉阳(乙)(28)两首相比较,便可明白你的假设已得了证实了。"[3]

  婚俗是社会风俗生活中最重要的民俗事项。此时,有许多学者注意到撒帐歌、闹洞房和各种礼仪仪式的重要价值,这些民间歌谣与民间信仰内容在社会风俗生活中的具体表现,成为许多学者关注和研究的内容。如孙少仙发表《云南关于婚姻的歌谣》[4],白启明发表《河南婚姻歌谣的一斑》[5],探讨其中的婚俗生活。同时,白启明还发表《一首古代歌谣(弹歌)的研究》[6],他推定"弹歌"是"黄帝时代"之前就存在的歌谣,从古代文献的记述中探

---

[1] 许原道:《讨论:关于〈看见她〉的通讯(4)》,《歌谣周刊》1924年11月30日第70号,第4页。
[2] 董作宾:《一首歌谣整理研究的经过》,《歌谣周刊》1924年10月13日第63号。
[3] 胡适:《讨论:关于〈看见她〉的通讯(4)》,《歌谣周刊》1924年11月30日第70号,第4页。
[4] 孙少仙:《云南关于婚姻的歌谣》,《歌谣周刊》1924年6月1日第57号,第4—6页。
[5] 白启明:《河南婚姻歌谣的一斑》,《歌谣周刊》1924年6月5日第59号,第1—8页。
[6] 白启明:《一首古代歌谣(弹歌)的研究》,《歌谣周年纪念增刊》1923年12月17日,第33页。

讨其歌谣中的葬俗表现,探讨歌谣与社会生活的联系及其被汉代人"追忆"等问题。其他如《歌谣周刊》第50号所发表顾颉刚的《东岳庙七十二司》,《歌谣周刊》第56、57、58、59—60连续编发《婚姻专号》;这些"专号"都是从"民俗学"角度研究民间歌谣中社会风俗生活内容的。

妇女问题是《歌谣周刊》最为关注的内容之一。与中国民间文学史上出现许多谴责不孝媳妇变为猪狗之类低贱动物作为惩罚相比,五四时期的歌谣学对妇女生活的不幸表现出极大的同情。

如刘经庵是五四歌谣学运动中研究妇女歌谣成就最突出的一位学者。当年,常惠曾经以他搜集整理民间歌谣之辛苦为例,称"现在有一位刘经庵先生辑河南的歌谣,他说去问男子,他以为是轻慢他,不愿意说出;去问女子,她总是羞答答的不肯开口。我自己呢,到民间去搜集,大概总是不肯说的多。不是怕上洋报,就是来私访的。或者是失了他自己的体统"[1],他说:"中国的家庭问题是很大很大的,不是研究歌谣的人所能解决得了的;这也不过是供给研究家庭问题的小小的一点材料。因为现在有许多学者研究家庭问题都到处搜罗世界的名著来翻译或介绍。至于这种著作整个的拿到中国来,是否对症下药实在是个问题。然而研究中国的家庭问题,还得由实行调查民间的家庭状况入手,我们研究歌谣的人,从歌谣中也略略看出一点民间的家庭问题来。"[2]刘经庵是当时(河南新乡)河南省省立第五师范学校的国文教员。1927年,刘经庵出版《歌谣与妇女》。其序中称"本书所引证的歌谣,除编者的《河北歌谣》外,多取材于《歌谣周刊》"云云,是他研究妇女歌谣的集中。应该说明的是,他所说的"河北歌谣",并不是现在行政地理意义上的河北省,而是当时河南省对黄河以北地区的"俗称"。周作人对刘经庵的《歌谣与妇女》的内容与方法做概括总结,在为其所写序言中

---

[1] 常惠:《我们为什么要研究歌谣》,《歌谣周刊》1922年12月24日第2号,第2页。
[2] 常惠:《歌谣中的家庭问题》,《歌谣周刊》1923年3月4日第8号,第1页。

说:"他的办法是聚集各处关于妇女生活的歌谣,分别部类,加以解说,想从这民间风诗中间看出妇女在家庭社会中的地位,以及她们个人身上的苦乐。这是一部歌谣选集,但也是一部妇女生活诗史,可以知道过去和现在的情形——与将来的妇女运动的方向。中国妇女向来不但没有经济政治上的权利便是个人种种的自由也没有,不能得到男子所有的几分,而男子实在也还过着奴隶的生活,至于所谓爱的权利在女子自然更不必说了。但是这种不平不满,事实上虽然还少有人出来抗争,在抒情的歌谣上却是处处无心的流露,翻开书来即可明了地看出,就是末后的一种要求我觉得在歌谣唱本里也颇直率地表示着;这是很可注意的事,倘若有人专来研究这一项,我相信也可以成就一本很有趣味更是很有意思的著作。"[1] 其称之为"一部妇女生活诗史",应该是刘著最显著的价值。当然,《歌谣与妇女》更多是材料的罗列,是展示歌谣中的妇女生活问题,其最缺少的是应有的学理分析与总结。

这一时期刘经庵在《歌谣周刊》发表搜集整理关于妇女问题的民间歌谣与此类理论研究文章甚多。如他曾经发表《歌谣与妇女》《歌谣中的舅母与继母——妇女的教育与儿童文学》等许多有影响的文章,较早注意到民间歌谣中的家庭问题,以及继母问题、童养媳问题、婆婆虐待媳妇问题、男权压迫与歧视等问题。如他在《歌谣与妇女》中说"中国家庭之腐败,真是糟到极点了",有人说"关于中国妇女的歌谣,就是妇女们的《家庭鸣冤录》《茹痛记》",他说"我以为这话很有道理"[2] 云云;对此,他论述道:"中国的家庭,向来是主张大家族制的;因之妯娌与姑嫂间的倾轧,婆媳与夫妇间的不和,随处皆是,无家不有,中国家庭之腐败,真是糟到极点了。要知道家庭的腐败,就是妇女们的不幸,因为妇女们总是幸福之牺牲者。中国歌谣关乎妇女问题之多,恐怕就是中国家庭不良之明证了。有人说,关乎中国妇女

---

[1] 周作人:《刘经庵〈歌谣与妇女〉序》,(上海)商务印书馆1927年3月版。
[2] 刘经庵:《歌谣与妇女》,《歌谣周刊》1923年10月28日第30号,第1页。

问题的歌谣,就是妇女们的《家庭鸣冤录》《茹痛记》,我以为这话很有点道理。"[1] 他在《歌谣中的舅母与继母——妇女的教育与儿童文学》中称赞民间歌谣是"真诗","比一般的花呀,月呀,爱人呀的;无聊的新诗,要感人至深",他认同于民间歌谣所表现的社会苦难,特别是妇女儿童的不幸,但是他却把这些苦难仅仅归之于妇女阶层的"缺乏教育"[2]。他理解歌谣中的妇女问题,更多的只是将其作为一种社会风俗生活表现形态做描述,如其就"关乎舅母与继母的歌谣,有共同的一个特点,叫我们很容易看到的,就是儿童们的眼中的舅母与继母是非常可恨可痛的"问题,论述道:"儿童是天真烂漫,活泼可爱的,为什么当舅母与继母的竟不疼爱他们?这虽有点是血统的关系,舅母在'三不亲'之列,(在我的家乡有'三亲'、'三不亲'之说'三亲':舅父,姑母,姨母,'三不亲':姑父,姨夫,舅的媳妇——舅母)继母以前子为非己出。"[3] 或曰,这是他自己所以为的合情合理的解释。我们未必强求他清楚什么阶级社会的不平等现象原因在于阶级压迫的道理,而这是当时社会普遍存在的思想文化现象。或曰,我们的民间文学研究中,迄今没有对这个问题做更深入更系统的研究;也就是说,在文学研究中已经有妇女文学史与女性文学研究的大量出现,而民间文学研究中却只有较少一批学者涉及女红的研究,在妇女问题日益受到广泛重视时,应该有更多妇女民俗学之类的著作出现。

与之相联系的还有儿童生活与儿童教育等问题,虽然也有一些学者注意到古代儿童教育的局限,提出如何对待未来儿童教育与民间歌谣的历史文化价值等问题,而其更多是与妇女问题在一起被论述。

---

[1] 刘经庵:《歌谣与妇女》,《歌谣周刊》1923年10月28日第30号,第1页。
[2] 刘经庵:《歌谣中的舅母与继母——妇女的教育与儿童文学》,《歌谣周刊》1924年3月9日第46号,第1页。
[3] 刘经庵:《歌谣中的舅母与继母——妇女的教育与儿童文学》,《歌谣周刊》1924年3月9日第46号,第1页。

第四节　拓展与转向

所谓拓展,在于超越原来所规定的"为学术"与"为文艺"目标;所谓转向,就是说基于五四歌谣学运动主要有一批文学家出身的学者这样一种事实,而渐渐形成多学科的融入,出现多学科的民间文学研究。正是这种多学科的学术思想相互影响,使得现代歌谣学得以摆脱历史上就事论事这样相对单一的民间文学思想理论表述传统的狭隘。

学术转向的基本动因在于西学东渐的背景下,人们越来越不满意单纯的学术内部的研究,人们更看重在文本形成的基础上所出现的思想文化与社会生活的更广泛的综合研究。诸如历史上的乾嘉学派,其提倡精细的辞章、义理、考据,这固然是十分重要的学术传统;而面对轰轰烈烈的社会转型,现代学术思想更多倾向于应答社会发展的时代诉求,表现出强烈的"当代"意识。由此形成以白话文为重要内容的国语运动等现代学术热潮,因为现代社会科学的繁荣而不断形成学术思想的解放;此为民间文学思想理论的发展提供了可喜的契机。

学术的拓展主要表现在不再是历史文化的"过去时"的文献研究,许多当世歌谣的记录与研究使得歌谣研究具有更鲜明的时代内容,而且并不仅仅是文体上的拓展,也包括研究空间从乡村到都市的延伸,更包括从内陆到边疆地区的拓展,许多簇新的民间歌谣形态给人们带来眼前一亮的感觉。

如孙少仙对云南民歌的搜集整理与研究,其称:

> 昆明的歌谣,自民国成立以来,实在很多,并且是极复杂。因云南近来,屡次遭旱灾匪患……所以偏僻县份的居民,有钱的富翁,大半迁居在昆明,于是一齐的人情风俗……也迁到昆明:所以昆明的歌谣一天一天的繁杂起来了。现在几乎各州县……的歌谣,有十之七八,我们昆明

都知道的。以我的眼光看来,昆明的歌谣,从民国成立以前到了现在,其中很改革变化了一些:民国成立以前,受专制官僚的驱使,老是讲究'古的好',所以谁也不敢改革——变化——建设……到民国成立之后,驱使人民'服从'的官僚政客……换了一些,人民的智识也进步,有许多都知道歌谣是歌咏我们的人情风俗……我们依着环境来产生他,是我们应有的权利。并且行政,法律,军事……有很好的现象,我们应作歌谣赞扬他,若是暴虐专制贪污……的官僚政客军阀……我们可以作为歌谣永远的使人民咒骂他,因此一切血气方刚的青年就乘此'言论自由'的时代,大唱而特唱——昏歌乱歌的就产生起歌谣来。现在云南的行政、法律、军事……都是奇奇怪怪的,所以歌谣虽是经改革变化后……的萌芽时代,我可以说现在的昆明歌谣是产生极盛的时代。[1]

他笔下的云南少数民族社会风俗生活的"风情",是一个汉族知识分子眼中的具有与都市生活极大不同之"异端"或原始色彩的风俗生活,因为独特而具有特殊的民俗志和民间文学史志的价值意义。

如其所描述:

未婚的男女青年,每人于晚饭后,拿着乐器,提着很小的纸灯笼(可以点烛,照着行路),到那山的顶上,将灯笼挂在树上,先是一男一女分开,各人弄着乐器,口里呻着,跳着舞(他们的跳舞也是有一定的举动),好似预习一样,后来几十个集在一块儿,一男一女的排列起来,就手弹足舞口呻的热闹起来一直到月落,他们又就照前的分开,分开后就有少数人归家(这是因为没有恋爱的),其余的就一对一对的又热闹起来,跳舞后就提着灯笼跑,跑到可以睡眠的地方,他们就一对一对睡眠了。但是他们的言

---

[1] 孙少仙:《论云南的歌谣》,《歌谣周刊》1924年1月6日第40号,第1—2页。

语,真是比拉丁文难几十倍,只可口说,不可笔写[1]。

与此同时的云南青年张四维记述了少见的工人歌谣,其记述道:"此次所抄的都是儿童的歌谣,此外还有'厂歌'——是矿工唱的,表诉他们的苦楚——'山歌'——放牛和砍柴的人所唱,是说他们的快乐——'秧歌'——栽秧时唱的","第一、二种俟有机会再托人去办"云云[2]在中国现代民间文学史上,"矿工"作为特殊的工人群体,他们的歌谣能够被记录具有更特殊的意义。

歌谣学关注社会风俗生活的内容,渐渐形成民俗学倾向,标志着五四时期这场思想文化运动的重要转向。其实,从《歌谣周刊》创办开始,就已经形成了其民俗学的方向。如常惠在《我们为什么要研究歌谣》中说:"依民俗学的条件,非得亲自到民间去搜集不可,书本上的一点也靠不住;又是在民俗学中最忌讳的。每逢写在纸上,或著成书的,无论如何——至少著者也要读过一点书的。所以多少总有一点润色的地方,那便失了本来面目。而且无论怎样,文字决不能达到声调和情趣,一经写在纸上就不是他了。"[3]当年,刘半农曾经感慨道:"研究歌谣,本有种种不同的趣旨:如顾颉刚先生研究《孟姜女》,是一类;魏建功先生研究吴歌声韵类,又是一类;此外,研究散语与韵语中的音节的异同,可以另归一类;研究各地俗曲音调及其色彩之变递,又可以另归一类;如此等等,举不胜举,只要研究的人自己去找题目就是。而我自己的注意点,可始终是偏重在文艺的欣赏方面的。"[4]周作人也曾经如此论述道:"其一,是民俗学的,认定歌谣是民族心理的表现,含蓄着许多古代制度仪式的遗迹,我们可以从这里边得到考证的材料。其二,是

---

[1] 孙少仙:《论云南的歌谣》,《歌谣周刊》1924年1月6日第40号,第2—3页。
[2] 张四维:《研究与讨论》,《歌谣周刊》1923年1月14日第5号,第1页。
[3] 常惠:《我们为什么要研究歌谣》,《歌谣周刊》1922年12月24日第2号。
[4] 刘半农:《国外民歌译·自序》,北新书局1927年4月版,第4页。

教育的,既然知道歌吟是儿童的一种天然的需要,便顺应这个要求供给他们整理的适用的材料,能够收到更好的效果。其三,是文艺的,'晓得俗歌里有许多可以供我们取法的风格与方法,'把那些特别有文学意味的'风诗'选录出来,'供大家的赏玩,供诗人的吟咏取材。'这三派的观点尽有不同,方法也迥异,——前者是全收的,后二者是选择的,——但是各有用处,又都凭了清明的理性及深厚的趣味去主持评判,所以一样的可以信赖尊重的。"[1] 此中多出一个"教育的",未必是乡村教育运动的影响,确实是他们在研究过程中看到了歌谣所具有的社会教育功能。如杨世清所说:"现在研究歌谣的人,从他们的目的看来,大约可分以下四派:(一)注重民俗方面,(二)注重音韵训诂方面,(三)注重教育方面,(四)注重文艺方面。在这四派目的里边,本难说那派重要,那派不重要;不过默察现在的情形,似乎注重文艺方面的人,较为多点。"[2] 又如1923年1月7日《歌谣周刊》常惠答蔚文信写道:"我们研究'民俗学'就是采集民间的材料,完全用科学的方法整理他,至于整理之后呢,不过供给学者采用罢了",他说,"等我们将来把'歌谣研究会'改成'民俗学会'扩充起来再说吧"[3]。1923年10月14日第28号《歌谣周刊》发表闻寿链《福建龙岩县的风俗调查》。此后,歌谣研究会以《本会启事》名义称:"歌谣本是民俗学中之一部分,我们要研究它是处处离不开民俗学的;但是我们现在只管歌谣,旁的一切属于民俗学范围以内的全部都抛弃了,不但可惜而且颇感困难。所以我们先注重在民俗文艺中两部分:一是散文的:童话,寓言,笑话,英雄故事,地方传说等;二是韵文的:歌谣,唱本,谜语,谚语,歇后语等,一律欢迎投稿。再倘有关于民俗学的论文,不拘长短都特别欢迎。"[4] 这是民间文学的研究与民俗学研究的大融合;此

---

[1] 周作人:《读〈童谣大观〉》,《歌谣周刊》1923年3月18日第10号第1版,第1页。
[2] 杨世清:《怎样研究歌谣》,《歌谣周年纪念增刊》1923年12月17日,第19页。
[3] 常惠:《讨论:几首同作比较研究的歌谣》,《歌谣周刊》1923年1月7日第4号,第4—5页。
[4] 《本会启事》,《歌谣周刊》1924年3月9日第64号。

将民俗学与民间文学研究在学术方法方式上不加区别地理解与运用,正是这一时期民间文学思想理论所表现出的重要特点。

民间歌谣在北京大学国学门的登堂入室,有力冲击了传统的学术格局与既定的文化秩序。歌谣学运动在一片神鸦社鼓的喧嚣中渐渐退出主演,此情此景如顾颉刚《〈国学门周刊〉1926年始刊词》所声称:

> 凡是真实的学问,都是不受制于时代的古今,阶级的尊卑,价格的贵贱,应用的好坏的。研究学问的人只该问这是不是一件事实;他既不该支配事物的用途,也不该为事物的用途所支配。所以我们对于考古方面、史料方面、风俗歌谣方面,我们的眼光是一律平等的。我们绝不因为古物是值钱的古董而特别宝贵它,也决不因为史料是帝王家的遗物而特别尊敬它,也决不因为风俗物品和歌谣是小玩意儿而轻蔑它。在我们的眼光里,只见到各个的古物、史料、风俗物品和歌谣都是一件东西,这些东西都有它的来源,都有它的经历,都有它的生存的寿命;这些来源、经历和生存的寿命都是我们可以着手研究的,只要我们有研究的方法和兴致。固然,在风俗物品和歌谣中有许多是荒谬的、秽亵的,残忍的,但这些东西都从社会上搜集来,社会上有着这些事实乃是我们所不能随心否认的。我们所要得到的是事实,我们自己愿意做的是研究;我们并不要把我们的机关改做社会教育的宣讲所,也不要把自己造成"劝人为善"的老道士。何况这些荒谬,秽亵,残忍的东西原不是现代的风俗和歌谣所专有。考古室里的甲骨卜辞和明器便是荒谬思想的遗迹。史料室中更不少残忍的榜样,如凌迟处死、剉尸枭士等案卷。但这些荒谬和残忍的遗迹却是研究的最好的材料,因为它们能彀清楚地表出历史的情状。假使我们一旦得到了汉代"素女图",当然不嫌它的秽亵,也要放到考古室里备研究。如果风俗室里有"磨镜党"的照片,我们当然可以把它和素女图比较研究。我们研究这种东西的不犯淫罪,正如我们研究青洪帮不犯强盗罪,研究谶纬的不

犯造反罪一样。我们原不要把学问致用,也不要在学问里寻出道德的标准来做自己立身的信条,我们为什么要对于事实作不忠实的遮掩呢![1]

五四歌谣学运动披荆斩棘,在中国现代民间文学史上具有开拓性的重要贡献。它以"民主"思想为利器,向传统的上尊下卑、上智下愚得等文化信条发出最猛烈的冲击;历史以来,"引车卖浆之流"的歌声,竟然在这一时期与历代圣贤们的经典并驾齐驱于研究高深学问的高等学府,堂而皇之成为见证历史文化的宝典——这一切都不能够被传统体制下的文化阶层所容忍。所以,其退场就具有了必然因素。至今,民间文学作为非物质文化遗产的存在,包括其学科建设,这都与人民群众当家作主的身份相匹配,而它仍然不时遭遇着来自某些方面的误解、曲解。文化传统立身于社会现实,从来都是有选择有条件的;民间文学在昨天曾因为是"引车卖浆之流"的声音而受到腐朽文人的嘲讽与侮辱,今天其作为特殊的文化事业,也曾被作为所谓的封建迷信甚至被限制,可见"民主"还有很长的道路。

或曰,从相对单纯的歌谣学研究,渐渐形成民间文学与社会风俗生活的拓展与转向;与此相应的是,在歌谣研究会的"国学门"同伴中,此时出现了风俗调查、方言调查等研究团体。尤其是顾颉刚他们在歌谣学运动中所展开的社会考察活动,诸如对东岳庙和妙峰山的调查,以及他所发起的对孟姜女传说故事的调查等民俗学田野作业实践,在事实上形成对这一时期民间文学思想理论的检验和运用。这些活动开启了学术发展的多元局面,不仅仅使得歌谣学运动能够持续发展,而且深刻影响到后来现代民俗学运动的深入开展。蔡元培等人继北京大学国学门设立歌谣研究会等民间文学调查研究机构之后,在中央研究院设立相关研究组,以及刘半农归国之后所进行的民间文学考察与现代技术的记录整理,甚至献出生命,这些活动体现出学

---

[1] 顾颉刚:《1926 年始刊词》,《北京大学研究所国学门周刊》1926 年第 2 卷第 13 期,第 1—2 页。

者们"面向民间""走进民间"的学术热忱,也彰显出在五四科学与民主这一思想文化光辉照耀下,民间文学思想理论所显示的实践品格与非凡的文化精神。如俗语所说,众人拾柴火焰高;现代歌谣学在众多学科的支持下,日益发展壮大,取得许多可喜的成就,正是众多学科相互支持、共同发展的结果。

第三章
现代民俗学运动

　　现代民俗学运动是指歌谣学运动结束之后，随着一批学者南下，以广州中山大学《民俗丛书》和杭州中国民俗学会等事件为主形成又一次民间文学理论研究的热潮。其大致的路径和格局由三大块组成，即在北方以北平为中心，一批民俗学、民间文学研究的学者，继续进行民间文学为主要内容的民俗学研究，在事实上是对五四歌谣学的继续和发展；在南移的学者中，从广州到杭州，民间文学的民俗学研究形成一种特殊的景象，包括此时如火如荼的乡村教育运动中的民间文学搜集整理与理论研究，形成中国现代民间文学史上的大繁荣；这是时代发展的文化风浪！抗日战争开始后，如此形式的民间文学研究格局在我国大西南的四川、贵州、云南等地，包括中原地区与西北地区的社会风俗生活调查，以中国民俗学会的重新建立与各种不同规模与形式的民俗、民间文学考察，以及不同方法的民间文学研究，形成又一种学术发展方式；这是中国现代民间文学史上十分特殊的一页。由于东北沦陷、东南沦陷，河南、山西、湖北、湖南、绥远等内陆省的一部分地区，连同陕西、甘肃、宁夏、青海、四川、云南、广西、贵州和新疆等广大中西部地区，民间文学为主要内容的社会调查与理论研究的热潮，在抗日烽火的映照下格外醒目。或曰，中西部地区的民间文学研究在抗日战争的特殊历史时期，具有鲜明的文化复兴色彩。

　　关于民间文学理论研究中心南移的原因，有许多学者讲述为北洋政府对新文化的扼杀,导致北京大学为代表的一批学者离开北平这一文化中心。除了社会政治的原因,还应该有更多的因素;诸如歌谣学运动在全国的展开,南方,特别是东南沿海地区,素有开风气之先的文化传统,自然就形成更大规模的民俗学运动。此如一位学者所描述:"在北京大学征集歌谣活动的影响下,北京和上海的一些报刊也加入歌谣运动中来,歌谣受到普遍的重视,歌谣运动一时形成了一个全国性的文化运动。在上海出版的《妇女杂志》是较早关注和提倡民间文学的有影响的著名期刊,它于1921年1月出版的第7卷第1期上就发表了胡愈之的《论民间文学》一文。这家杂志被称为传播人类学派观点的主要期刊。在北京,当时的《晨报》连续发表西方文艺理论和社会科学理论的文章和著作,介绍西方的思潮和马克思主义的学说的同时,也不断地发表各地寄来的歌谣(如南京、浙江余姚、四川、鲁山等地)和开展关于歌谣的讨论。《晨报副镌》还发表了芬兰学者卫斯脱马(Westermarck)的《人类婚姻史》(从1921年12月21日起)。这部书与民俗学有着极为密切的关系。本来婚姻史就是民俗学的一个重要组成部分,况且在这部书中还有大量关于人类社会不同阶段上婚姻习俗的描写。从1920年底到1921年,断断续续发表了歌谣运动先驱者们魏建功(1920年1月26—30日)、顾颉刚(1921年1月30日)、沈兼士(1922年12月16日)等学者的讨论歌谣与方言的讨论。孙伏园接手编《晨报副镌》后,这类文章更多起来了。周作人(笔名仲密)从1922年1月22日起在该报连载他的《自己的园地》;这本书里的文章,大部分是关于民俗学和民间文艺问题的,因而从中可以系统地看出他的民俗学的立场和观点。"[1] 正是在五四歌谣学运动的影响下,现代民俗学运动完成重要的思想理论准备与学术力量准备。同时,这也是学术发展自身的趋势所致,歌谣学的研究虽然取得巨大成就,但它已经远远不能够满足人们日益增长的思想文化理论与方法的需要;同

---

[1] 刘锡诚:《20世纪中国民间文学学术史》,河南大学出版社2006年版,第85—86页。

时,乡村教育运动强调思想理论融入社会现实,更符合社会文化的发展。民俗学以社会风俗生活的历史与现实为重要研究对象,尤其是其理论与方法的实践性所表现的"求真务实",更适合这一时期的学术发展需要。后来,顾颉刚回顾歌谣学运动的历史时,也讲到"歌谣的研究只使我们感到它在民俗学中的地位比较在文学中的地位为重要"以及"自愧民俗学方面的知识的缺乏而激起努力寻求的志愿",他说:"当民国八九年间,北京大学初征集歌谣时,原没想到歌谣内容的复杂,数量的众多,所以只希望于短期内编成《汇编》及《选粹》两种;《汇编》是中国歌谣的全份,《选粹》是用文学眼光抉择的选本。因为那时征求歌的动机不过想供文艺界的参考,为白纻歌竹枝词等多一旁证而已。不料一经工作,昔日的设想再也支持不下。五六年中虽然征集到两万首,但把地图一比勘就知道只有很寥落的几处地方供给我们材料,况且这几处地方的材料尚是很零星的,哪里说得到《汇编》。歌谣的研究只使我们感到它在民俗学中的地位比较在文学中的地位为重要,逼得我们自愧民俗学方面的知识的缺乏而激起努力寻求的志愿,文学一义简直顾不到,更那里说得到《选粹》。于是我们把原来的计划放弃了,从事于较有条理的搜集,这便是分了地方出专集。"[1]

从 20 世纪 30 年代许多高等学校开设的课程情况可以看出,民间文学研究已经初具学科规模,以"平民文学""民众文学"等名义,包括相应的"神话研究""童话(民间故事)研究""歌谣研究""戏剧研究(包含民间戏曲等民间文学内容的研究)"与"宗教研究(包含民间文学内容)"等课程,纷纷登堂入室,这种景象是历史上从来没有出现过的。不唯是在北平,也不唯是在南京,在中原地区,以致东南西南和西北地区,到处都有这样的景象。民间文学作为学科设置,进入高等学校,在事实上改变了传统学术格局,同时也奠定了现代学术思想"面向民间"这一宝贵的学术传统。当然,形成这

---

[1] 顾颉刚:《福州歌谣甲集·序》,载《民俗》1929 年 3 月 6 日第 49、50 期,第 6 页。

种现象还有乡村教育运动的影响,许多高校学者直接参与了乡村教育运动。总之,可以设想,如果没有五四歌谣学运动应时而生,没有这种思想理论的训练与准备,这种景象很难如此横空出世。或曰,五四歌谣学以科学与民主的新思想点燃了时代发展中"到民间去"的思想文化热情,并以此引发了民俗学运动等更新的社会科学浪潮。

第一节　北平的余音

自从大批学者南移,北平地区的民间文学研究确实风光不再,失去了当年歌谣学运动如火如荼的景象。此所谓"余音",是指五四歌谣学运动的继续;即使在五四歌谣学运动中,对于民间文学的民俗学研究方式也日益形成规模,诸如对于民间歌谣所做语言学的研究、社会学的研究以及各种形式的风俗调查,民俗学的色彩越来越重,渐渐淹没了其文艺学的意义。其中,有两个事件最值得注意,一是中央研究院的"民间文艺组",一是绥远采风。

《歌谣周刊》停刊之后,并不是歌谣学运动因为大批学者的离开而完全作鸟兽散。应该说,当时发表民间歌谣搜集整理与理论研究的报刊相当多,诸如前面提到的《晨报副刊》《语丝》《努力》等报刊。应该说,民俗学运动代替歌谣学运动,其实是学术转型或学术转向,是视野逐渐开阔的表现。或曰,学术体制并不能完全决定学术机制;当一种潮流形成之后,常常出现此消彼长的态势。

此时,即1925年,经历异国他乡千辛万苦的刘半农从法国回来,重执北京大学国学门教鞭。这位歌谣学运动的重要先驱,曾踌躇满志,1926年,他出版诗集《扬鞭集》和《瓦釜集》;他视野更开阔,把民间文学纳入历史文化范畴的同时,积极采用现代学术手段把民间文学与民间艺术纳入科学研究,如其发挥自己在法国留学时的语言学专长,成立语音实验室,还制订了一个宏大的计划,即著作《四声新谱》《中国大字典》和《中国方言地图》。他是一个热烈的爱国主义者,在法国读书时,曾经抄录法国国家图书馆藏大量伯希和所获中国敦煌文献,编著《敦煌掇琐》。他对西方人在中国的土地上随意发掘文物、掠取文化宝藏的行径极为愤慨,1927年春,他与朋友们创建中国学术团体协会,组织西北科学考察团,以多种形式保护民族文化遗产,捍卫民族文化尊严。或曰,他对绥远等地的民间文学考察亦应该属于他保护民族文化遗产的内容之一。他面对社会现实中种种尴尬与无奈,常常据理力争,身心疲惫之至。尤其是他面对现实中民间文学研究的遭遇,虽未必是心灰意冷,却再也没有当年的热情。但是,他并没有停止求索民间文学价值与意义的脚步,而是做出更多惊人的壮举,即对俗曲等历史文献的整理与绥远采风。其中,也包括他起草的关于"民间文艺组"的计划书。

中央研究院是民国时期国家设立的学术研究机构,其动议起自1927年,由蔡元培负责筹建;1928年4月正式成立,其主要职责在于"实行科学研究,并指导、联络、奖励全国研究事业,以谋科学之进步,人类之光明"。其中计划设立有国文学、教育学、考古学、历史语言和社会科学等十多个研究所。蔡元培成为首任院长,他继续支持民间文学研究;其中的历史语言研究所于1927年夏设于广州的中山大学,由傅斯年受蔡元培委托负责筹建,同时,他还负责筹建中山大学语言历史学研究所与民俗学会。傅斯年是五四时期学生运动领袖,留学欧洲,学的也是语言学,比刘半农晚一年归国;他在法国与刘半农陪同蔡元培观看被盗敦煌文献,敬佩刘半农才学与人品,了解其在歌谣学运动中的作为,就邀请刘半农在北京成立中央研究院历史语言研究所的"民间文艺组",专门进行民间文学的搜集整理与理论研究等工作。

中央研究院历史语言研究所对北平的"民间文艺组"给予人力、财力的有力支持,设立有研究员、民间音乐采集员和书记(秘书)等专职人员,每月有数百元的不菲经费。

刘半农写给傅斯年的信原件保存在台湾地区台北市"中央研究院"历

史语言研究所傅斯年图书馆;前些年其"中央研究院"历史语言研究所编印《新学术之路——中央研究院历史语言研究所七十周年纪念文集》(1998)中有王汎森文章做展示,得以令大陆更多人看到[1]。从中可以看到刘半农致傅斯年的信提到"关于民间文艺组的事,现在已经实行工作,打算:(一)先将车王府的俗曲抄录一份,并通盘校阅一遍,每曲作一提要,各曲的唱调,有现存的,有已失的,有将失的,打算先行调查清楚了,再分别作记载工夫。(二)北大所征到的歌谣,亦开始抄录。(三)民间音乐方面,由郑君(郑祖荫)及舍弟(刘天华)自定了两个题目,每周规定时间找人吹奏(吹奏费另给),随即记录并加以研究。第一题,北京婚丧俗乐及江浙婚丧俗乐之记载及比较。第二题,北京的叫卖声。此两种工作,总共须一年光景方可做完,将来可另出一种单行本也。(四)杂志打算每月出两册,每册32面。现正开始筹备,大约赶得快些,阳历新年可出第一期;但亦不宜过于草草,如一时所收材料不多,便从阳历三月出起"[2];其计划书列出"本组职员"若干,具体内容称:

一、规定民间文艺之范围为歌谣,传说,故事,俗曲,俗乐,谚语,谜语缩后语,切口语,叫卖声等。凡一般民众用语言、文字、音乐等表示其思想情绪之作品,无论有无意识,有无作用,均属之。

二、拟于一二年内,以搜集材料,并整理已得之材料为主要工作。俟材料稍丰,再作比较及综合的研究。

三、所搜集材料,暂以属于中国者为范围。外国材料之可供参考者,或可增进研究上之兴趣者,间亦选择一二。外人所著关于民间文艺之书籍及论文,亦择要翻译。

---

[1] 此件刘锡诚先生在其《20世纪中国民间文学学术史》(河南大学出版社2006年版)中有引文;笔者得益于此,同时,也感谢河南大学历史文化学院朋友提供此《新学术之路——中央研究院历史语言研究所七十周年纪念文集》。此感谢已故原台湾空中大学沈谦先生提供相关材料,第24页。
[2] 中央研究院历史语言研究所:《新学术之路》,1998年10月版,第124页。

四、北平孔德学校所藏蒙古车王府曲本,现已商得该校同意,着手借抄。(因李家瑞李荐侬二人均别有工作,故另雇临时书记抄写,计字给值。)

五、右项曲本均随抄随校:并每校一种,随手作一提要,由刘复李家瑞二人任其事,将来拟仿清黄文旸《曲海总目提要》之例,汇为《车王府俗曲提要》一书。

六、关于此项曲本音乐上之研究,由郑祖荫刘天华二人任之。

七、常惠十年来所搜集之现行俗曲七百余种,现已商请让归本组,由李荐侬担任分类及编目,并仍由常惠担任继续搜集。其属于北平者,常惠拟另行提出,做系统的研究。

八、右项曲本亦由刘复李家瑞二人担任作提要,将来拟汇为《现行俗曲提要》一书;其音乐上之研究,仍由郑祖荫刘天华二人任之。

九、前北京大学歌谣研究会征集所得之歌谣计一万余首,现由李荐侬担任抄一副本;用卡片抄录,每片一首,俾便于分类。将来本组征集所得,亦可随时按类加入。希望在数年之内,本组能造成一极可观之《全国歌谣总藏》。

十、十年来全国各处所出关于民间文艺之书籍,并散见报章杂志之论文及零碎材料等,由常惠李荐侬二人担任调查,可购买者购买,无从购买者抄录,总期一无遗漏。

十一、宋元以来小说及曲本中所刻俗字,由刘复李家瑞二人担任搜集比较,期于短期内,作成《宋元以来俗字谱》一书。

十二、拟将所得材料中有文学的价值者,分别选录,编为《民歌选》、《俗曲选》、《民间故事选》、《谚语选》等书,由刘复担任;其《俗乐选》一种,则由郑祖荫刘天华二人担任。

十三、郑祖荫刘天华二人,于前述工作外,兼《研究北平之叫卖声》,及《平苏婚丧乐之比较》。

十四、为便利征集材料起见,拟于三月后出《民间文艺半月刊》一种,编辑及发行事务,由刘复常惠二人担任之。

十五、凡本组所搜集之材料,暨整理或研究所得之结果,当斟酌情形,登入半月刊,或另印单行本,或先登半月刊,次印单行本。

十六、民歌俗曲等之音调,概用工尺及五线谱对照谱出;遇必要时,兼制为蓄音片。(收制音片工作由刘复担任,仪器向北平大学语音乐律实验室借用。)

十七、为人才及经济所限,本组工作计划,暂定如上。俟二三年后能将上述各种工作做得有相当成绩时,再作第二步计划。

这项计划书是一个宏伟规划,从其后来完成情况来看,大部分内容得以成为现实。而且,刘半农对民间文学、民俗现象与民间艺术的兴趣越来越广阔,从当年的歌谣,到社会风俗生活历史文献的整理,他还搜集许多北平地方戏曲史料;他对民间年画也表现出极大的兴趣,如其给人的书信中所述:"手书敬悉,尊事已商之傅先生,请迳函上海办理,大约可望做到给假三月,不扣薪水。惟希吾兄假满即归,弗多延滞耳。弟近中有意搜集各地年画,即过年时民间所贴财神门神及故事戏情等,以木板中国纸印(纸质粗细可以不问)彩色者为最佳,单色者次之,木板洋纸印者又次之,石印者为下,可以不取。吾兄南归,之于便中代为留意,因为时适在阴历新年也。弟着眼点在民间木刻艺术,故只在精而不在多,能得甚好者三五十张即可矣。但好坏应合布局,色彩,古拙等而论,非印细致之谓,吾兄当能办之。价想不贵,每张或只铜圆数枚,当一并奉交。又方国瑜兄于客年前曾允为弟调查一种云南土人之象会意文字,至今无消息,吾兄如与见面乞一问,或就近代为通信一问亦可。方君在北大研究所国学门所提论文,已经通过,作为毕业,亦希告之。此上。即请大安。"[1]其视野愈广阔,其思想自然愈深刻,其理解民间文

---

[1]《刘复致李家瑞信(1933年1月15日)》,见《天地人》创刊号,1936年3月。

学所表现的思想理论便更系统更全面。诸如后来李家瑞出版《北平风俗类证》[1]等著述中提到这些情况。李家瑞在回忆中说:"一、我们平常看北平掌故的书,总觉得记建筑、古迹、名胜的部分太多了,而记人民生活习俗的部分太缺乏,要是将古今书籍里零碎记着北平风俗的材料,辑聚成一书,也可以补偿这种缺陷。二、记载民俗细故的书,在以前是不大有人注意的,所以康熙年间人还可以看见的《岁华记游览志》之类的书。在现在也不容易得到了,但这种书以后是很重要的,为保存它们起见,编一种记载风俗的文字的总集,也是应当做的。三、记述民情风俗的书,士大夫做的往往不如土著平民做的详细确切,例如《京都竹枝词》《都门纪略》《京都风俗志》《朝市丛载》《燕市积弊》《一岁货声》等书,无一不是略通文理的人做的,但他们所记的风俗,往往比名人学士们详实,这一类的书,也可以收集起来,绍介于世。我们编这部书,那这种工作就可以包函在内了。"[2]事实上,这是刘半农对民间文学理解更深刻,对社会风俗生活了解更丰富之后所表现的从容。在法国受到的语言学训练,增加了他的学术优势,使他对民间文学的研究思路,与其当年歌谣学运动时期所表现的热情大于理性的立场与方法相比,有了非常明显的变化。

最令人感动的是刘半农做绥远民歌调查后将其结集为《北方民歌集》。多少年后,有媒体提到这件事情,称"刘半农是个兴趣广泛的人,写小说,喜欢摄影,出过影集;喜欢写字,常临一些冷门的帖;喜欢编书,也编过时髦的副刊;喜欢谈文法,谈音乐。他弟弟是著名的音乐家刘天华,既能作曲,又能拉一手很漂亮的二胡,刘半农也懂一点音乐","我们现在经常可以听到的歌曲《叫我如何不想他》,就是刘半农作的词。刘半农打算编一本《四声新谱》,把中国重要方言中的声调,用曲线划出来,同时还要参照法国《语言地

---

[1] 李家瑞:《北平风俗类征》,商务印书馆1937年版。

[2] 李家瑞:《北平风俗类征·序》,商务印书馆1937年版。

图》的方式,编一本中国的《方言地图》。因此他到处考察,1934年6月19日,他从北平西直门车站出发,来到绥远一带考察方言民俗,6月20日到达包头,调查了包头、绥西、安北、五原、临河、固阳、萨县、托县等地方音及声调,并用录音机收录民歌7首","在包头,刘半农还在工作之余游览了转龙藏、南海子等地,6月24日,到达归绥,调查了归绥、武川、丰镇、集宁、陶林、兴和、清水河、凉城等县方言及声调。在一个地方,他听见几个老百姓围坐低唱,声音独特,立刻记下谱子,收录歌谣多首。还在黄河边上为纤夫照相,并记录下他们的纤夫号子。6月29日,他和随行者去百灵庙游览,经蜈蚣坝、武川、召河到达百灵庙。而就是在晚上,由于没有蚊帐,刘半农被虱子咬得彻夜未眠,留下了致命的祸根! 7月2日,他们回到归绥,在归绥期间,刘半农受北大旅绥毕业学生及当地党政长官的招待,到归绥中学做了一次演讲,听者有上千人"[1]。《北方民歌集》是中国现代民间文学史上一座丰碑,其"全册共326页652面",其内容分为"民歌、情歌和儿歌三类",其中"民歌234首,情歌1559首,儿歌85首",其范围有"归绥、包头、河套、河北、凉城、东胜、后套、大同、萨县、丰镇、清水河、任丘、托县、临河、阳高、察哈尔、和林、武川、因阳、兴和、灵丘、雁北、安北、应县、朔县、集宁、天县、河曲、塞北、定县、行唐、山西等,即今内蒙古自治区、山西省和河北省的一部分"[2]。其内容翔实,方式规范。直到今天,我们仍然应该把它作为田野作业中科学记录和整理的范本。

刘半农去世后,有一位作家在文章中写道:"半农去世,我是应该哀悼的,因为他也是我的老朋友","半农的活泼,有时颇近于草率,勇敢也有失之无谋的地方。但是,要商量袭击敌人的时候,他还是好伙伴,进行之际,心口并不相应,或者暗暗给你一刀,他是绝不会的。倘若失了算,那是因为没有

---

[1] 李爱平:《刘半农曾来绥远考察方言》,《内蒙古晨报》2008年7月9日。
[2] 参见刘锡诚《20世纪中国民间文学学术史》,河南大学出版社2006年版,第288页。笔者得到中国民间文艺家协会研究部刘晓路帮助,查阅过此《北方民歌集》原件,拟做整理重新出版。特致谢意。

算好的缘故","现在他死去了,我对于他的感情,和他生时也并无变化。我爱十年前的半农,而憎恶他的近几年。这憎恶是朋友的憎恶,因为我希望他常是十年前的半农,他的为战士,即使'浅'罢,却于中国更为有益。我愿以愤火照出他的战绩,免使一群陷沙鬼将他先前的光荣和死尸一同拖入烂泥的深渊"[1]。这个人就是刘半农当年的朋友鲁迅。

第二节　东南的风浪:从广州到杭州

一、中山大学民俗学会

广州是中国革命的重要策源地,当年,这里曾经举办"中国农民运动讲习所";这里也是北伐的重要出发地,引发影响全中国反帝反封建思想文化大潮。当北平的反动势力越来越嚣张、猖獗的时刻,广州以它特殊的姿态接纳了顾颉刚等人与新生的民间文学学科。傅斯年支持刘半农在北平设立中央研究院历史语言研究所"民间文艺组",也支持刚刚来到中山大学的顾颉刚等人的民俗学。而且,傅斯年是这里民俗学会的实际筹备者。1927年的冬天,北方已经是漫天狂风挟裹着冰雪,而广州依然阳光普照,有如春天,此时中山大学民俗学会在傅斯年的支持下得以成立,其章程中显示"本会定名为国立中山大学语言历史学研究所民俗学会","本会以调查,搜集,及研究本国之各地方,各种族的民俗为宗旨","一切关于民间的风俗,习惯,信仰,思想,行为,艺术等皆在调查,搜集,研究之列","凡赞同本会宗旨并愿协助本会进行者皆得为会员。本会设主席一人,处理一切会务,有审定定期刊物,及丛书编印之权","本会搜集所得之物品,及一切材料,在风俗品物陈列室陈列之","举行开会及派员调查等事项,由主席商同研究所主任定之","对于国内外同性质团体之互相联络,由主席召集会议决定之","本简章如

---

[1] 鲁迅:《忆刘半农君》,《青年界》1934年10月第6卷第3期,第2—4页。

有未尽事宜,得于本会会议时提出修改之"[1]等内容。显然,所谓"民间文学"的内容已经退居次要地位,仅仅以"一切关于民间的风俗、习惯、信仰、思想、行为、艺术"做颇为含糊的概括,甚至没有明确列出"民间文学"的名目。或曰,这可能是傅斯年已经考虑在北平设立"民间文学组"的原因。但是,在他们的会刊出版时,却以民间文学与民间艺术为名,题为《民间文艺》。其《为〈民间文艺〉敬告读者》作为他们的学术宣言,表明了他们的理论思想,也表达了他们所坚持的研究方法。其称:

> 一般学者渐渐注意到"民间文艺",这是最近几年来中国学术界一种很好的现象。其实,在东西各国,对于民间文艺的研究都已有许多的专书;而且对于中国的民间文艺,如欧美人士之采集神话传说,日本学者之研究中国的谣谚谜语,也都有鸿篇巨制的成绩发表。这实在使我们汗颜而且要加倍努力的!因为我们对于自己伯叔兄弟诸姑姊妹的生活,思想,文艺,反没有外人知道的详悉啊。
>
> 从历史上演成的一种势力,使社会分出贵族和平民的两个阶级,不但他们的生活迥异,而且文化悬殊。无疑义的,中国两千年来只有贵族的文化:二十四史,是他们的家乘族谱;一切文学,是他们的玩好娱乐之具;纲常伦理,政教律令,是他们的护身符和宰割平民的武器。而平民的文化,却很少有人去垂青。但是平民文化也并不因此而湮灭,他们用口耳相传来替代汉简漆书,他们把自己的思想,艺术,礼俗,道德及一切都尽量地储藏在他们的文化之府——"民间文艺"的宝库里,永远地保存而且继续地发展着。

---

[1]《国立中山大学语言历史学研究所民俗学会简章》,《国立中山大学语言历史学研究所年报》,1929年1月16日,第10页。

民间文艺,是平民文化的结晶:我们要了解我们中国的民众心理、生活、语言、思想、习惯等等,不能不研究民间文艺;我们要欣赏活泼泼赤裸裸有生命的文学,不能不研究民间文艺;我们要改良社会,纠正民众的谬误的观念,指导民众以行为的标准,不能不研究民间文艺。因此,我们有三个目的:

第一是学术的:我们知道民间文艺的内涵丰富,有许许多多的重要材料,可以供给社会学,人类学,历史学,语言学,民俗学,宗教学,教育学,心理学各种学者的专门研究。

第二是文艺的:民间埋没过不少具有天才的无名文学家,他们有许多艳歌妙语,闲情逸事,不住地流传着。我们倘能于采集之后,加以整理,选出一部《民众文学丛编》来,以供大家欣赏,未尝不是文学坛坫上一面新鲜的旗帜呢。

第三是教育的:我们所搜集的材料,既一面贡献给各项专门学家去研究,一面精选编印纯文艺的作品;而一面又须审查他的内容,定一个去留的标准。我们感到"割股救亲"的愚孝,"奔丧守寡"的苦节,这些曲本唱书的教训,是20世纪所不应有的;恐吓欺骗的母歌,刁骂丑讥的民谣,也在应当取缔之列。我们为社会和家庭教育计,对于民间文艺,不能不加以审查,定出标准,使他日益改善。

这里,我们所谓"民间",不限于汉族;凡属于中国领域内的一切民族,如苗、瑶、畲、蛋、罗罗,等等皆是。我们所谓"文艺",不限于韵文的歌谣、谜语、谚语、曲本、唱书,等等,凡神话、童话、传说、故事、寓言、笑话,等等皆是。有时,我们还要把国外的民间文艺介绍一点,让大家做比较的研究。在我们的眼眶中,歌谣、谚语的价值,不亚于宋词、唐诗;故事、传说的重要,不下于正史、通鉴;寓言、笑话,不让于庄生东方的滑稽;小曲、唱书,不劣于昆腔、乐府的美妙。因为这是民族精神所寄托,这是平民文化的表现。我们为此而征集、发表、整理、研究中国全民族的各种文艺;这也就是本刊所负的唯一使命。

今天《民间文艺》第一次与读者相见了,我们要掬诚而恳切地要求读者给我们相当的助力,给我们充分的材料和重要的论文。这是我们所馨香祷祝、引领而望的!

> 最后我们要高呼我们的口号:
> 打破传统的腐化的贵族文艺的旧观念!
> 用研究学术的精神来探讨民间文艺!
> 用批评文艺的眼光来欣赏民间文艺!
> 用改良社会的手段来革新民间文艺!
> 热心民间文艺的同志团结起来!
> 提倡新颖而活泼的民间文艺![1]

自然,其标明所谓"学术的""文艺的"和"教育的"学术目的,与当年的《歌谣周刊》事实上是一脉相承。其称所谓"民间""不限于汉族""凡属于中国领域内的一切民族,如苗、瑶、畲、蛋、罗罗"都包含在内;其称所谓"文艺""不限于韵文的歌谣、谜语、谚语、曲本、唱书""凡神话、童话、传说、故事、寓言、笑话"皆属于此列。无论其视野,还是其方法,都发生了相应变化。这是中国现代民间文学史上一篇难得的具有学术纲领性意义的重要文献。更重要的是《民间文艺》名实相符,确实是民间文学理论研究的集中表现,当然也包括许多作为民间文学背景的社会风俗生活内容。而且即使是在后来"改名《民俗》",也仍然有大量民间文学内容。与此同时,《国立中山大学语言历史学研究所周刊》的"发刊词"称"语言学和历史学在中国发端

---

[1] 《为〈民间文艺〉敬告读者》,《民间文艺》1927年11月1日第1期,第1—5页。

甚早,中国所有的学问比较成绩最丰富的也应推这两样,但为历史上种种势力所缚,经历了二千余年还不曾打好一个坚实的基础。我们生当现在既没有功利的成见,知道一切学问,不都是致用的。又打破了崇拜偶像的陋习,不愿把自己的理性屈服于前人的权威之下,所以我们正可承受了现代研究学问的最适当的方法,来开辟这些方面的新世界","要实地搜罗材料,到民众中寻方言,到古文化的遗址去发掘,到各种的人间社会去采风问俗"[1]。应该说,虽为同仁,而二者之间存在差异。

后来,他们在《民俗学会一年来的经过》中做民俗学会工作总结时说道:"本会的由来,始于十六年八月语言历史学研究所之成立,其时傅斯年教授兼任本所主任,适旧日国立北京大学之歌谣研究会,及风俗调查会的会员联翩至粤,如顾颉刚先生,董作宾先生,陈锡襄先生,容肇祖先生,钟敬文先生等,皆旧日热心于风俗调查,而卓有成绩者;此外则教育系教授而同情于民俗的调查者,有庄泽宣先生及崔载阳先生。当时本研究民俗的精神及志愿,虽未成立为学会,而《民间文艺》周刊创刊号,乃于是年十一月一日出现。当日主持这刊的编辑事务,为董作宾,钟敬文两先生。不及一月,董作宾先生以母病乡旋,遂由钟敬文先生独任编辑之责。到十七年三月,《民间文艺》已出满十二期,以《民间文艺》,名称狭小,因扩充范围,改名为《民俗》,当时同情于《民俗》的编辑的,有法科主任何思敬先生,亦愿负责帮忙。以后,因民俗的调查及研究的关系,不能不需要训练一些人材,于是是年四月民俗学传习班开始设立。语言历史学研究所亦以民俗事务日渐发展,即开始设立'民俗学会'由顾颉刚先生主持之。"[2]《〈民俗〉发刊辞》(顾颉刚)指出:"本刊原名《民间文艺》,因放宽范围,收集宗教风俗材料,嫌原名不称,故易名《民俗》而重为发刊辞。"其充满激情高呼:"皇帝打倒了,士大夫们随着跌翻了,小民的

---

[1] 《发刊词》,《国立第一中山大学语言历史学研究所周刊》1927年11月第1期,第1页。
[2] 《民俗学会一年来的经过》,《国立中山大学语言历史学研究所年报》,1929年1月16日,第127页。

地位却提高了;到了现在,他们自己的面目和心情都可以透露出来了!""我们要站在民众的立场上来认识民众!""我们自己就是民众,应该各各体验自己的生活!我们要把几千年埋没的民众艺术,民众信仰,民众习惯,一层一层地发掘出来!我们要打破以圣贤为中心的历史,建设全民众的历史!"[1]其热情洋溢的宣言并没有获得更多人的理解与认同,如钟敬文就对此表示过不同意见,其称"这个发刊词,是顾颉刚先生的手笔,顾先生是一位史学家,他看什么东西,有时都带着历史的意味。他那惊人的《孟姜女故事的研究》,据他在《古史辨》序的供词,便是为他研究古史工作的一部分。所以这个发刊词,就是他用他史学家的眼光写成的","在许多文字里,颇有些话,不很与民俗学的正统的观念相符的"[2]云云。从《民间文艺》到《民俗周刊》、"民俗丛书"各篇看,民俗学的文章占据了大多数,但是,民间文学的研究依旧不少,有平分秋色之状。这种以"站在民众的立场上来认识民众"为研究方式,以"把几千年埋没的民众艺术,民众信仰,民众习惯,一层一层地发掘出来",和"打破以圣贤为中心的历史,建设全民众的历史"为基本任务,形成其民间文学思想理论,伴之以各种形式与各种内容的民俗、民间文学调查的方式,很快形成歌谣学运动之后的又一个学术热潮[3]。

---

[1] 《〈民俗〉发刊词》,《民俗周刊》"创刊号",1928年3月21日,第1—2页。

[2] 钟敬文:《编辑余谈》,《民俗》第23、24期合刊,1928年9月5日,第83页。

[3] 江绍原是中国现代民俗学的重要创始人之一,与顾颉刚他们有着深厚情谊。后来有人说:"1927年,顾颉刚在中山大学筹办民俗学会的时候,不断刊登广告广招贤才,大凡与民间文化沾上点边的中大教授都被礼聘为民俗学会校内会员。江绍原此时正在中大英语系任代主任,而且开了一门破天荒的民俗学课程——《迷信研究》,本该是最佳人选。江绍原与顾颉刚常常见面,但由于江绍原与鲁迅过从甚密,而鲁迅与顾颉刚交恶,因此,江绍原自始至终被排斥在民俗学会的大门之外。后来江绍原到了杭州,曾数次试图与周作人、赵景深、顾均正等人另立民俗学会,终因种种原因而流产"云云。(见《圈子的形成:反抗旧秩序建立新秩序》,北大未名站,2010年03月19日)。此不知其根据何在。或指张清水曾在给容肇祖的信中说"近与江绍原先生函商,《现代英吉利谣俗》一书,江先生似不大想交民俗学会出版,为的是已答应了上海某书局的缘故"(《民俗周刊》第85期,1929年11月6日)。但是,"已答应了上海某书局"是已经承诺的事情,应该与所谓"江绍原自始至终被排斥在民俗学会的大门之外"没有什么联系。

第三章　现代民俗学运动

然而,总是好景不长。傅斯年支持民俗学研究毕竟是有限的,尤其是顾颉刚他们的民间文学研究与民俗研究涉及所谓"猥亵"的内容,加上一些别有用心的人添油加醋,更加激起傅斯年对顾颉刚与其学术研究的不满。事情从当时的青年学者钟敬文编发《吴歌乙集》"事件"引起,有人以为是不健康的"猥亵"内容,与大学研究高深学问的身份极不符合。这些指责在事实上已经远远超出了学术研究的界限,成为人身攻击的借口与手段。1928年8月4日,顾颉刚致胡适的信中说:"我真想走,但走不了。现在讲定再留半年。到年底我必走了,一来我的京寓和朴社没办法,二来我在此地被同事嫉妒甚深(凡不在民俗学会的文科同事都讨厌我,其故只因'民俗丛书'多出了几种),若不知难而退,厦门的风味又要来了。我对于办事虽有勇气,却无兴趣。三则我想研究的问题积了四、五年,再也忍不住了,既在中央研究院有专门研究的机会,落得整理我旧业。到了广州,在小鸡里做凤凰,甚怕有堕落的危险。有此三因,故薪金虽多,亦不留恋;学生虽依依,也顾不得了。"1928年8月20日,顾颉刚致胡适的信中说"民俗学是刚提倡,这一方面前无凭借,所以我主张有材料就可印","即使民俗学会中不应印出秽亵歌谣,其责亦在我而不在敬文。今使敬文蔽我之罪,这算什么呢! 岂不是项庄舞剑,意在沛公! 又岂不是太子犯法,黥其师傅!"[1] 但是,无论如何,中山大学民俗学与民间文学研究毕竟带来东南地区一片绿色,其成就不仅仅在于它进行了更加气势磅礴的民间文学与民俗事项等内容的搜集整理热潮,最重要的是它磨炼了学者们的意志,同时也培养了一批年轻的学术力量,诸如钟敬文、杨成志他们,在此后都迅速成长,成为民间文学理论研究的中坚。尤其是在福州、杭州、潮汕等地区建立了中山大学民俗学会的分会等具有实践基地色彩的分机构,其民俗丛书的出版使更多的学者得到开阔视野的机会,对后来的民间文学研究方式都有重要影响。这些刊物以"专号"

---

[1] 顾颉刚致胡适信,皆见于顾潮《我的父亲顾颉刚》,人民文学出版社2010年3月版。

等形式展开的调查研究,与民俗丛书的出版发行,在事实上保存了那个时期社会风俗生活中许多有价值的文献资料,为后人所进行的学术研究奠定重要的基础。相比而言,我们应该深入进行第一手资料的采集的同时,更应该重视现代历史上那些珍贵的文献,诸如刘半农他们所做的《北方民歌集》如果能够重新整理,这将十分有益于中国民间文学理论研究的快速发展。或曰,我们应该尽快建立起中国民间文学文献学,从基础研究做起,使这一学科得到更扎实的发展。

后来,《民俗周刊》复刊时,对这一时期的民俗学运动做回顾,总结称"原我国民俗学运动,发轫于民七之北大,而成长于民十六至民十九,及民二十二之广州中大"[1]云云,有其道理,但是把所谓"民二十二之广州中大"即1933年时期的广州中山大学看作"成长"实绩,未免言重。郑师许在《我国民俗学发达史》中说:"自立中山大学语言历史研究所开始印成《民间文艺周刊》,注意于民歌,民谣,故事的搜集,渐而进于民俗的调查,由《民间文艺周刊》改为《民俗周刊》,由《民俗周刊》以互通声气,各发表部分的调查,及部分的所知以互相讨论;又另印行民俗学会丛书,以为参考。又设风俗物品陈列室,为广大的宣传,不能派人专门去调查,而仅能唤起各地方各学人肩负其乡土及居寓地方的调查,搜集,以及研究的责任。"[2]其"不能派人专门去调查",便是其与北京大学歌谣学运动不能相比之处。

中山大学民俗学会为核心的民俗学运动,以《民俗周刊》等理论阵地为学术发展重要平台,营造了民间文学理论研究的又一种气象。诸如《民俗周刊》设立的"传说专号"(1929年2月,第47期)、"故事专号"(1929年3月,第51期)、"梁山伯祝英台专号"(1930年2月,第93、94、95期)、"《山海经》神话研究专号"(1933年3月,第116期)和"王昭君传说专号"

---

[1] 《中国民俗学运动简讯》,《民俗复刊号》1983年12月第1卷2期,第293页。
[2] 郑师许:《我国民俗学发达史》,《民俗周刊》1943年5月第2卷第1、2期合刊,第57页。

(1933年5月,第121期),从研究内容上看,都是民间文学的研究。这些具有民间文学主题研究意义的"专号",是对民间文学理论研究某些问题的集中讨论,与当年《歌谣周刊》所列"婚俗专号""方言专号"的意义是相同的;有趣的是,当年歌谣学运动中,《歌谣周刊》极力寻找民俗学的出路,而在此民俗学运动中,《民俗周刊》却在认真寻求不以民俗学研究和不同于历史学研究的民间文学的"文学研究"。其未必是一种矫枉过正,有意进行不同研究方法的平衡性发展,或曰,正因为如此民俗学理论研究的汹涌,给民间文学思想理论的发展提供了广阔的空间。这里出现的"钟敬文现象""刘万章现象"和"罗香林现象",应该是中山大学民俗学会尤其重要的人才培养的实绩证明。

或曰钟敬文走上中国民间文学研究道路,从中山大学民俗学会起步,虽然此前他已经有一些成就。他参与《民俗周刊》与《中山大学民俗丛书》,负责具体事务,锻炼了他的民间文学理论研究能力与相应的组织策划能力。这一时期,他除了民间文学与民俗的搜集整理之外,进行了神话传说与民间故事的广泛研究,诸如对《楚辞》和《山海经》的神话钩沉、辨析与民俗学的理论透视,他所进行的民间文学理论研究看起来是民俗学的,其实从内容上看几乎都是民间文学的研究方式。这也是他后来提出"民间文艺学"的学术准备。其中钟敬文所发表的关于"呆女婿故事"的研究文章和他关于中外民间故事类型比较的文章,都标志着中国现代民间文学思想理论的重要成就,而如果没有民俗学思想理论的支持,其理论价值很可能会成为另一种结局。此时,钟敬文为林兰主编的《民间传说故事》做了"呆女婿故事"[1]的专论,既是民俗学深入发展的证明,也是民间文学理论研究深入发展的重要标志。

---

[1] 林兰的《呆女婿的故事》中有"钟敬文述",北新书局,1926年10月版。林兰的《呆女婿故事新编》中有钟敬文《呆女婿故事探讨》,北新书局1928年5月版。

钟敬文在民俗学运动之前就进行民间歌谣的搜集整理与理论研究,曾编纂《歌谣论集》;中山大学的学术生活给了他光荣,也留给他耻辱,令他气愤。他充满愤慨地记述了这个以民俗学为名的"民间文学事件",用十分朴素的语言解释自己和朋友们"所以要来创立民俗学会的动机"和"本刊所以出版的一点旨趣",其称:"我们这个老大的中国,虽然负荷着一块'数千年文化灿烂之邦'的金字招牌,其实她店里所陈列着的货色的价值,是很要使我们怀疑的。随便举个例,就譬如文学吧,二三千年来文人学士接踵产生,文学作物,真可说汗天下之牛,而充天下之栋,这还不能说是'懿欤休哉'吗?然而,一考其实,连'文学'两字的定义尚弄不清楚,你说'文以载道',我说'文以匡时',你说,'必沉思翰藻,始谓之文',我说,'著之竹帛谓之文,论其法式,谓之文学',众说纷纭,莫得要领。又如文学批评,除了刘勰的《文心雕龙》和钟嵘的《诗品》两部略具雏形的著作外,简直更找不到一册系统的书,虽然评头品足,鸡零狗碎的诗话文评是写得么多。我们自己本国过去学术成绩是这样低薄浅陋,再看看外人的这种园地,却那样开拓得扩大,兴盛有条理,苟不是甘于长此做落伍者的人,其能再安然不思有以自奋吗?在学术的丛林中,选择了一种急待下手的,并且是自己颇感兴味而略能致力的,不恤人言地,不顾辛苦地,努力去做一个忠实的园工,这就是我们几个浅学的人所以要来创立民俗学会的动机,也就是本刊所以出版的一点旨趣!"[1]他以此回顾民俗学会包括自己的心血所取得的成绩,说"为了以上的原因,本刊终于刊行了,到现在虽只及半年,却出满了24小册,共20余万字,同时,本会所印行的丛书,亦出至20余种,字数在数十万以上。我们很明白自己工作的浅陋,不敢夸说这样一来,已稳当地奠定了中国民俗学的基础,但我们可以自信而信人,这个小小的努力,最少是在我们敝国这门新苗芽的学问上,稍尽了一点宣传启发的任务。一种学术的创设成立,自然需要

---

[1] 钟敬文:《编辑余谈》,《民俗周刊》1928年9月5日第23、24期合刊,第81—82页。

有极伟大的心力的合作,与相当岁月的培栽,但我们这个小小的发端,无论如何,是应有的,是颇可珍贵的"云云;他总结了所谓的缺点,即"我们最感到惭愧的,是每期没有比较精深有力的论著发表","各人对于这个学问的意见,颇有未能尽同之处","每期材料的分配,似乎不能很均匀,这就是说,各期中,最占多数的,大概是民间文学方面的材料或论文,关于初民生活习惯及信仰宗教等材料来得太少,这也是一个小小的缺点",并解释道:"我们这几个人中,差不多没有一个是专门研攻民俗学的,如顾先生是专治史学的,这可不用说了。何思敬先生,他是学社会学的,崔载阳先生,他是治心理学的,他们的注意民俗学,乃是因它和它们有些关系的缘故。其他如庄泽宣、陈锡襄、黄仲琴诸先生,都是因个人兴趣或与其所学略有关系而热心于民俗学的。我自己呢,说来更是惭愧,我只对于民间文学略注意过一二,其余都不是我所在行的。为此缘故,大家文字里所表露的见解,有时不能齐一,这是很可原谅的",他强调"民间文学,比较其他材料来得有趣,并且在中国已有多年运动的历史,所以关于它的投稿要比较多点",其原因在于"我自己是一个对它较有兴味的人,写起文章来,就不免关于它的多,又因为几位会外的朋友,兴趣及研究的对象也多半是倾注于此面的,因之,就难免有这项色彩独浓厚点的表象了";在此,他难以平息自己因为民歌的出版所遭遇的人身攻击与侮辱之悲愤,说:"自本刊产生以来,局外的人对她大概抱着两种绝对不同的态度。一种是赞成的,一种是鄙视的。赞成方面的,以为我们这种努力,是一个可贵的贡献,于中国的学术坛上。他们不但用语言,文字赞美和鼓励我们,有的还十分诚意的予我们以实力上的援助,如周作人,赵景深,徐调孚,顾均正,黄诏年,清水,谢云声诸先生,都是我们所分外感激的!鄙视方面的,似可分为两种。那受支配于因袭社会的伦理和陋见的近视论者,这在我们是犯不着去计较的。稍可惊异的,是有些素号为头脑清晰的学者们,也不能予我们以同情,甚至深恶而痛恨之,几比它于洪水猛兽!我们的工作,诚然是幼稚可议,但自信总是为学术为真理而努力,至少心是纯洁可谅的！我们不恤承受社会一般盲人的诅骂，头脑混浊者的仇视，但我们却要求大度的学者们平心静气的理解，鉴别，甚而至严厉的指摘亦得，只要他是确能为真理的！为了保护学术的庄严，我们实在没有受鄙视的惧怕。公平的判断，终当有个出现的时辰，即使不是在现在！"[1] 由此可见此时的钟敬文以诗人的情怀所表现的赤子之心。或曰，诸多耻辱，使人奋进，钟敬文因此而令人同情与尊敬；此"民间文学事件"始作俑者戴季陶、傅斯年他们如此粗暴、蛮横，却只能令人鄙视。

其次是刘万章现象。

刘万章所编《广州民间故事》[2]《广州儿歌》（甲集）[3]《广州谜语》[4] 等地方性民间文学的调查，同时，他还发表许多记录整理的民间文学，如《羊石传说》(《民间文艺》第 4 期)、《一女配四男的故事》(《民俗周刊》第 10 期)、《洛阳桥故事》(《民俗周刊》第 27、28 期)、《熊人公》(《民俗周刊》第 47 期)与《广州儿歌乙集》(《民俗周刊》第 48 期)等。这些民间文学内容的记录在学术史上有着重要的标志性意义，如钟敬文在为《广州谜语》作的序中称："纯粹为学术的研究而辑集的材料，万章此本，是破天荒的第一部。"[5] 赵景深对其《广州民间故事》评论道："读了《广州民间故事》第一篇《牛奶娘》和第二篇《疤妹和靓妹》，使我非常高兴"，"这两篇故事的任何一篇都是三篇故事的结合体，公式应该是这样的：牛奶娘＝灰娘＋蛇郎＋天鹅处女"，"使我最感兴味的是蛇郎除吸引天鹅处女故事以外，还能吸引灰娘。这简直是一个发现！"[6]

刘万章搜集整理民间歌谣，在学术发展中有自己独特的价值。如顾颉

---

[1] 钟敬文：《编辑余谈》，《民俗》1928 年 9 月 5 日第 23、24 期合刊，第 81—87 页。
[2] 刘万章：《广州民间故事》，《民俗》第 77 期，1929 年 10 月版。
[3] 刘万章：《广州儿歌》，《民俗》第 17、18 期，1928 年 6 月版。
[4] 刘万章：《广州谜语》，《民俗》第 23、24 期，1928 年 9 月版。
[5] 刘万章：《广州谜语·钟敬文序》，《民俗》第 23、24 期，1928 年 9 月版。
[6] 赵景深：《〈广州民间故事〉序》，《民俗》第 77 期，1929 年 10 月版，第 6—7 页。

刚在为他所作的序中说:"为什么在这首歌里竟称起'她'来?这歌原是董作宾先生用全力研究过的'看见她'呵!董先生研究此歌,从北京大学歌谣研究会中所藏一万余首歌谣中抄出类似的四十五首,研究出他的流传的系统,假定这首歌发源于陕西中部,传到山西,直隶,河南,山东,遍及黄河流域;又从陕西传到四川而至湖北,湖南,又从江苏而至安徽,江西,差不多也传遍了长江流域。唯独珠江流域,他没有觅到一首。他在统计表中说:北大所有广东歌谣六百四十首,照北方的比例,应当找出此歌三首;现在一首也没有,足见是没有的了。哪知万章先生辑录这书,马上把这个假设推翻了——《看见她》的歌,广东是有的!"[1]

最值得人关注的是他在《记述民间故事的几件事》中对民间文学搜集整理的科学记录的论述,他提出:"我们记述民间故事的,对于故事流传的空间,一定要明白地写出来,这不但那个故事的特质可以表现出来,并且可以研究各地故事的异同","我最不赞成!"民间故事若干则""一个民间故事"。……一类的故事,而不节明流传的所在";"各地故事不同的特质,和各地的谚语,歌谣,方言,以及社会民俗,有莫大的关系,我们记述故事的时候,要尽情地照俗叙去,老不要自卖聪明,附会己意变成白话诗,或抹杀不理。这是我们最要留心的",他以呆女婿故事为例说,"各地的方言,尽可以表现出各地的呆女婿,我们试用统一的方言,那么,中国只有一个呆女婿,一个死的呆女婿";"民间故事的叙述,总要能够把故事平直地,完满地叙述得迫真,不要尚浮耀,像做小说般,描写一堆风景,心灵的话",等等。[2]应该说刘万章是有所指的,这就是北新书局出版大量民间故事文本,其中许多作品都如此被"文人化",出现许多"像做小说般,描写一堆风景、心灵的话"之类现象。与《歌谣周刊》中强调"注音""注释"等方式一样,这是对科学研究中忠实于民间

---

[1] 顾颉刚:《广州儿歌·序》,《民俗》第17、18期,1928年6月版,第12页。
[2] 刘万章:《记述民间故事的几件事》,《民俗》1929年3月13日第51期,第3—4页;《广州民间故事·附录》,《民俗》第77期,1929年10月版。

文学原来面目的记录原则的论述,至今仍然值得注意。

再者是罗香林现象。

在我国现代学术史上,广东文献与西北文献的整理有着非常复杂的学术价值与意义。其中,广东客家人的民间文学更为特殊,这不仅仅因为洪秀全这些农民起义领袖人物的客家人身份,还因为客家人特殊的历史文化性情与独特的命运。"中山大学历史语言研究所民俗学会民俗丛书"收录了《粤东之风》这部以客家民歌为主要内容的民歌集。其所收录民歌有五百首之多,堪称客家民歌汇聚大全。

罗香林是著名的客家历史文化研究专家,他参与《民俗周刊》,以青年学生的身份成为中山大学民俗学会阵营的一员,是因为他的《粤东之风》。罗香林1926年考入清华大学历史学专业,而他在中学时代即1924年就开始收集家乡的客家歌谣;至1925年12月,已收录客家重要集聚区广东梅县、兴宁、五华、平远和蕉岭歌谣数百篇。他还以通信方式向各地征集客家歌谣。1926年秋,刚刚进入清华学习的罗香林着手编辑《广东客家歌谣集》,并以客家歌谣研究会的名义撰写《征集客家歌谣启事》作更广泛征集与整理。他的编纂活动与客家山歌的研究,得到顾颉刚他们的帮助,1928年大致编纂完成。其本身就是客家人,感于"兴宁处粤之东隅,去闽赣殊近,其素习兼具粤赣闽之长,明耻尚义,隆礼守法",故取名《粤东之风》。1930年前后,他搜集到鸦片战争中广东民众抗英的民间文献,编纂出《鸦片战争粤东义民抗英史料叙录》和《鸦片战争粤人说部与诗史》,为近现代历史文化研究做出重要贡献。《粤东之风》这部著述的出版较晚,但是,其搜集整理与其中的"讨论",大多形成于民俗学运动时期,其所体现的民间文学思想理论,应该与中山大学民俗学会的学者们有联系。诸如其所论"真的好歌谣,其生命决不仅寄托在文艺里头",他说,"歌谣是普遍的、活动的,平民所借以表现其苦乐的唱声,所以从艺术上看,固有它天然的美节;从声韵上看,更足以明示语言的递演;而其功用则能使人兴趣振作,和教育亦甚有关系","倘把它在民俗、语言和教育各方面的精神完全抽去,无论它不复能发生艺术的价值,即使能之,也不过差可和文人无病呻吟的作品相比拟罢了"[1];其看重客家民歌中的民俗生活表现及个性,希望从中探索那些"历来史家没有注意到的习俗","循着它所表现的风尚,去探索客族人民习俗的构成和转变,不难推知古中原民族的习俗"[2]云云。这些见底出自一个学术青年,可见其深思熟虑,也可见其学术锐气。其中《粤东之风》中的《什么是粤东之风》,即发表于朱湘主编的清华文学社《文艺汇刊》1927年第二卷第三、四期;他在《南行记》等著述中也曾提到他与顾颉刚他们此时的来往。

钟敬文、刘万章、罗香林他们之所以成为"学术现象",主要在于他们以不同的形式从中山大学民俗学会这个特殊的群体中起步、成长,在中国现代民间文学史上各具特色。

由于多种原因,当年的研究成果保存残缺不全,零零碎碎散见于各地图书馆,今天能够见到保存较为完整的中山大学民俗学会《民俗》等文献资料,得益于今中山大学民俗学专业的老师们辛苦搜集,以"《典藏中山大学民俗学丛书》"[3]名义使许多文献重见天日。查阅各期,我们能够感受到这一时期学者们进行民间文学与民俗等内容不同形式的研究之艰辛。总体上讲,这一时期的民间文学研究,以民俗学为利器,在事实上已经走出文学的视野,诸如顾颉刚,基本上是在进行一种新史学意义上的理论研究。应该说,它在学术水平上超过了歌谣学运动时期的民间文学研究。日本学者直江广治曾经把这一时期的中国民俗学称为成熟发展,应该是有一定道理的。当然,一切学术研究事业的开拓总会有不同程度的粗糙等不尽如人意之处。如后来,容肇祖对此做总结时所论述:

---

[1] 罗香林:《粤东之风》,北新书局1936年版,第7页。
[2] 罗香林:《粤东之风》,北新书局1936年版,第35页。
[3] 叶春生主编:《典藏中山大学民俗学丛书》,黑龙江人民出版社2004年版。

综计已往的成绩,除忠实搜集材料外,江绍源先生的《发须爪》及《血与天癸》,皆就书籍的记载及自己所知道的,及听到的材料而为分析的说明。江先生是研究宗教学及迷信的人,故于说明这种迷信的关系,甚为清楚。民俗学本来是一种解释的学问,故此江先生的贡献,开我国民俗学研究的先路。顾颉刚先生的《孟姜女故事研究集》,由书籍记录与传说故事的变异不同,而发现历史的演变,无论古典的正统的历史,与民间的,地方的故事,都是一样的。他用历史的眼光去照着历史的真实,由时代的迁流,而失其本来的面目,他用传说的故事的研究结果,与他的古史的研究结果,互相证明。结果,他不特于古史的研究上开一新方法,而且于民俗研究上亦开一新路径。本来民俗学是个历史的科学,由民俗学研究的结果,可以供给文化史一部(分)的新材料。民俗的材料,可以说是古史中一部分的实迹的遗留,或者至少可以由此推证得出历史中一部分少人注意的资料。由顾先生的历史与民俗的研究,于是近来研究民俗学者引起一种历史的眼光,知把民俗的研究与历史的研究打成一片,而在我国,可以使尊重历史的记录,而鄙弃民间的口传的人们予以一种大的影响。我的《占卜的源流》和钱南扬先生的《祝英台故事集》等,便是其应声。本来古籍中不少民俗的材料的遗留,如江绍源先生的《发须爪》中,说及发须爪被认为有药物的功效时,亦说道:"虽也参考了好几种方药书,然大致以明人李时珍的《本草纲目》为本。"认定一种古书而研究其中的民俗材料者,有钟敬文先生的《〈楚辞〉中的神话与传说》。由此开端,将来《山海经》,《水经注》等各书,致力研究其中的民俗者,当必继起有人,亦如英国人研究莎士比亚著作中的民俗,可以预料。郑振铎先生近作的《汤祷篇》(《东方杂志》30卷1号),用民俗学的眼光去看古史,发现古史中的神话和传说,不是野蛮人里的"假语和村言",是真实可靠的材料,更把现代中许多"蛮性的遗留"的痕迹,来证明古史的真实。他自号为"古史新辨"。这种扩大民俗学的利用,与顾颉刚先生把民俗学和历史学打成一片的研究,当然有同样的效果。他们二人的方法表面似是相反,而实际是相成的。考古学的方法,在民俗学上亦有时用得着的,田章的故事,我曾作《西陲木简中所记的田章》(《岭南学报》2卷3期)及《田章故事再考》(《民俗学论集》中),以找回古代有之而久经沉埋的故事。但是近来出现的古器物中,如唐宋的明器,我们更可依据以考古代沉埋的民俗。赵景深先生的《民间故事丛话》,(以)文艺的眼光,考较我国民间故事的型式,更拿与西洋的故事相比较,其性质是偏于文艺方面为多。然而现在一般作民俗的研究者,大率纵的或历史性的比较为多,而横的地理性的比较为少。顾颉刚的孟姜女研究,虽亦曾注意到各地方的传说,然而各地方的材料未易为普遍的搜集,故不免横的研究,因而更感觉困难。前中山大学《民俗》周刊,所以出种种专号的目的,本为向各地方征求材料,但结果仍只限于几个地方的投稿者。因此民俗研究,一涉及比较之点,我们每觉纵的较横的为多,而引证则称述古代为盛,盖翻书之功易为,而采访或调查的不易呵!故此我在前面说道,"不完满的研究待后人的修正补充,正如忠实的材料的记录待研究者的引用,为一样的可以帮助学问的成立。"从现在研究的作品看,补偏救弊,正恨材料的质量,我们所得有限呢![1]

这篇评论、总结性的文章提到中山大学民俗学会及其同时代学人的民间文学研究得失问题。其用意深刻,在于尽力把握学术发展的轮廓,诸如其对顾颉刚关于孟姜女故事研究的成就、钟敬文关于《楚辞》与《山海经》神话的研究、钱南扬关于梁山伯祝英台故事的研究、郑振铎关于商代神话传说的研究、赵景深关于民间故事的研究,以及他自己与江绍原对巫术现象与民间文学的研究,其述说看起来皆为妥当。尤其是他对于顾颉刚民间传说故

---

[1] 容肇祖:《我最近于"民俗学"要说的话》,《民俗》1933年3月21日第111期,第14—16页。

事研究所具有的历史学意义的总结,称之"用传说的故事的研究结果,与他的古史的研究结果,互相证明",其"不特于古史的研究上开一个新方法,而且于民俗研究上亦开一新路径",可谓一语中的。但是,他没有分清楚民间文学研究中,人文的研究与社会科学的研究其实是有许多不同的。当然,这也说明在民俗学运动中民间文学研究在主体构成等方面不断拓展开来。

民俗学的民间文学研究,应该与文学的民间文学研究有所区别,但是,在当时这是一个普遍存在的现象,就是人们把民俗学研究实际上作为一种文学研究方法看待。如许地山曾经翻译了《孟加拉民间故事》,他在"译叙"说:"民俗学者对于民间故事认为重要的研究材料。凡未有文字,或有文字而不甚通行的民族,他们的理智的奋勉大体有四种从嘴里说出来的。这四种便是故事,歌谣,格言(谚语),和谜语。这些都是人类对于推理,记忆,想象等,最早的奋勉,所以不能把它们忽略掉。故事是从往代传说下来的。"他将民间文学分为几大类别,详细提出"把故事分起类来,大体可分为神话,传说,野乘三种",其中"神话(Myths)是解释的故事","传说(Legends)是叙述的故事",以及"野乘(Marchen)包括童话(Nursery-tales),神仙故事(Fairy-tales)及民间故事或野语(Folk-tales)三种"。这种分类方式基本上是合理的。他对此做解释说,"从古代遗留下来的故事,学者分它们为认真说与游戏说两大类,神话和传说属于前一类,野语是属于后一类的","在下级文化的民族中,就不这样看,他们以神话和传说为神圣,为一族生活的历史源流,有时禁止说故事的人随意叙说。所以在他们当中,凡认真说的故事都是神圣的故事,甚至有时止在冠礼时长老为成年人述说,外人或常人是不容听见的。至于他们在打猎或耕作以后在村中对妇孺说的故事只为娱乐,不必视为神圣,所以对神圣的故事而言,我们可名它做庸俗的故事。"在这里,他看起来是把民间文学作为社会人类学的研究内容,其称"研究民间故事的分布和类别,在社会人类学中是一门很重要的学问",而事实上还是文学研究的形制,如其所说:"庸俗的故事,即是野语,在文化的各时期都可以产生出来。它虽然是为娱乐而说,可是那率直的内容很有历史的价值存在。我们从它可以看出一个时代的风尚,思想,和习惯。它是一段一段的人间社会史。研究民间故事的分布和类别,在社会人类学中是一门很重要的学问。因为那些故事的内容与体例,不但是受过环境的陶冶,并且带着很浓厚的民族色彩。"许地山的视野很开阔,他在比较中指出:"在各民族中,有些专会说解释的故事,有些专会说训诫或道德的故事,有些专会说神异的故事,彼此一经接触,便很容易互相传说,互相采用,用各族的环境和情形来修改那些外来的故事,使成为己有。民族间的接触不必尽采用彼此的风俗习惯,可是彼此的野乘很容易受同化。"[1] 不唯如此,一直到后来抗日战争中,对于民间文学的搜集整理,还有许多人坚持文学发展以民间文学为最真实的理解。如著名的《西南采风录》,出自西南联大青年学生刘兆吉,他在民间歌谣的调查中最深刻的感受就是民歌的生动,其称:"采集民歌的蓄意已经很久了,我记得在中学读书的时候,就特别喜欢浅显的诗歌,尤其是民间歌谣。不过当时的意思是很单纯,只是为的浅显有韵,易于了解记忆,并且念起来也顺口悦耳,如:'哭一声,叫一声,儿的声音娘惯听,为何娘不应!'听一次便能会意背诵了。不但如此,这样的诗歌,描写得很逼真动人,民间所流行的歌谣都具着这种特点,因为他们不是咬文嚼字的文人,惯作无病呻吟或'为赋新词强说愁'的勾当,故意从字汇中检些生涩的字来组成难懂的诗文。民间歌谣的作者,不必识字,只要有丰富的情感,受了外界的刺激,他的情感冲动于心,无论是喜怒哀乐都要发泄出来,这种真情的流露,有时即成为极美妙的民歌,惯于雕琢字句的文人也许难能。所谓'情动于中,而形于言;言之不足,故嗟叹之,嗟叹之不足,故咏歌之……',所以无论村妇野老,当他们喜怒哀乐的情感奔放出来的时候,亦可成就好的诗歌,如古时两位粗野的英雄——汉高项羽。在情感激动的时候,也可以唱出极悲壮

---

[1] 许地山:《民俗》,1930年4月23日第109期,第3—5页。

哀婉的《大风歌》及《垓下歌》来；所以我以前便相信好的诗歌，不必尽在唐诗宋诗及历代的诗集里去找。垄头田畔村妇野老的口中，一样的有绝妙的诗歌，由这个初步的信念，采集民歌的兴头，便因之萌芽了。"[1] 或曰，此类论述所涉及的内容确实有一些已经超出民间文学的文学研究，其研究方法具有明显的人类学意识，但是，万变不离其宗，其论述的主旨还是一种强调了民间文学社会生活内容与社会文化价值的文学研究。

民间文学研究的人文性特征与民俗学及其人类学意义的社会科学特征是有巨大差别的。一个注重的是情感，是情绪，一个注重的是生活事实，所以，公说公有理婆说婆有理，二者总是不能说服对方。在民间文学研究中，钟敬文他们较早提出了类型问题。包括之前的歌谣分类，这都是建立民间文学理论体系的必要准备。这在中山大学民俗学研究中有所体现，然而，却有学者把这种现象列入形式主义。如当年清水发表《海龙王的女儿》等民间故事做比较研究，樊绩在一篇文章中就提出意见，批评"一切都拿去与欧美的成绩去比附"，说："北大歌谣研究会时代，研究歌谣是为了统一国语，研究传说是为了订正伪史，而今呢，研究歌谣成了搜集歌谣，研究传说成了比较传说。一切都拿去与欧美的成绩去比附。尤其是研究'型式'的先生们，把传说都塞到那里边去，而不会发现'型式'，例如中国的诗对的故事，显然自成一种 Type，且是我所谓的 Petit-intelligents 所特有的，然而'型式'先生并不留意之；又'徐文长故事'与'呆女婿'故事，又是代表智与愚两极端的型式，然而也并不为他们所津津乐道。盖这些多有不合乎《印欧民间故事型式表》也。所以现在的民学研究之一般，是已无目的，而仅考究形式底玩意了。我们现在应该转换方向，搜罗仍属不可少的工作，但是在解释方面，应该放弃流行的附会者底 Dilettante's 态度。不必老步陈规，努力另辟新径。接着我便批评其'海王女'，这并未有怎么可观，只是一种试作罢

---

[1] 刘兆吉：《西南采风录》，商务印书馆1946年12月版，第1—2页。

了。"[1] 那么,民间文学的民俗学研究"应该转换方向",应该走一条什么样的道路呢? 他所依据的是"站在史学、社会学的观点上",希望看到的便是"反映到那里边的封建的社会意识,特别浓重",其举出容肇祖"民间的故事,每每从理想上满足人们的欲望的要求"论点,称"透视过去,我们将理会到隐藏在那内容背后的实际生活的痛苦了。对于财产制度,遗产制度而发生的欲望,便表示着在那下面挣扎者的悲哀",而"从另一方面去看,如故事内容所说的满足,则一些民间故事,适成其为俘虏被压迫者的心意的工具了";这就是"你如对这种社会感到不满,你却不能推翻它的,因为那是有神或佛在主宰着。神或佛是正直的,只要你们安分守己,总会有那么一天,你们将得到神或佛的赏与——金银与美女",他举例《蟾蜍的故事》《嫁蛇》等民间故事,说"贫苦的青年们要想脱离你们的地位,那你们须先得做'卫社稷'的工作";"贫苦的少女们也不必烦恼,你们只要长得美,便会'一朝选在君王侧'去过富贵的生活。""总之,无论怎样着,你们且忍耐,静候,自然会成仙,或接受怜悯的";在他看来,民间故事的意义其实在于"封建社会的共同心理,主要的是因循,惯例,爱好传统,敬神等思想",他所关注的内容也就是以《呆女婿故事》《梁山伯祝英台》之类民间文学中的社会生活知识,甚或于"农村社会里,有许多生活上所必需的用具,是要习记的。它们的名称,属性,及用途,它们的作为随机应变的用途,以及随机应变的才泄。同时,在那种社会里,礼节是特别地推尚。最有礼貌的,便算是最优秀的。尤其是在宗法制度之下,无论那是怎样的繁缛,礼节成为间接的一种过社会生活的手段,而不能不讲求",所以他说"这一种从内容上去解释的企图,似乎比从形式上去比附的研究更为有意义些"[2]。或曰,民间文学是社会风俗生活的重要表现形式,从中可以看到不同的内容,文学的研究与非文学的研究都是合

---

[1] 江绍原:《现代英吉利谣俗与谣俗学·附录七》,上海中华书局1932年版,第311页。
[2] 江绍原:《现代英吉利谣俗与谣俗学·附录七》,上海中华书局1932年版,第311页。

情合理的,没有必要泾渭分明。

　　由于传统的学术体制等原因,在学术研究与学科建设中,常常出现一个或一群特殊的学术发起者带动一个学科迅速形成繁荣或败落局面的现象。成也萧何,败也萧何,正是傅斯年对于中山大学《民间文艺》《民俗周刊》等民间文学研究事业的前后不同态度,出现顾颉刚愤而出走的结局的总结。傅斯年刚刚从欧洲留学归来时,血气方刚,他对刘半农和顾颉刚的支持与帮助,曾经是中国民间文学理论研究的佳音、福音,而其难为顾颉刚他们所进行的民间文学研究,则成为其并非光荣的一章。这使得中山大学的民间文学研究迅速呈现身单力薄的景象。钟敬文离开之后,顾颉刚接着编辑《民俗周刊》的第 25、26 期,容肇祖接着编辑之后的《民俗周刊》,直到第 123 期。其中,容肇祖离开中山大学,编至第 95 期,由刘万章编至第 110 期;1933 年,容肇祖又回来,接着再编。此时的中山大学继续民俗学研究,《民俗周刊》也曾断断续续出版,其学术研究的思路与格局及其影响,已经远远不能同日而语;回顾中山大学民俗学、民间文学研究,自《民间文艺》,由董作宾、钟敬文编辑;其 1927 年创刊,至 1928 年 1 月,共出 12 期;《民俗周刊》,1928 年 3 月创刊,先后由钟敬文、容肇祖、刘万章任编辑,至 1933 年 3 月复刊后,由容肇祖编辑,共计 123 期[1],包括中山大学民俗丛书出版,其成就确实斐然。1933 年之后,《民俗周刊》停刊,中山大学民俗学会解散,这里的民间文学理论研究随之消遁。至此,五羊城的那群神仙也没有能够挽留住顾颉刚和钟敬文他们,中国民间文学研究的中心与民俗学研究核心力量渐渐远走他乡,离开了广州这片当年的热土。中国现代民间文学思想理论以民俗学研究的又一种姿态,开始出现在浙江杭州等地。或曰,广州时期的中国现代民间文学思想理论建设主要表现为民俗学的研究方式,即使用

---

[1]《民俗周刊》1936 年复刊后,改为《民俗》(季刊),至 1943 年,又出版 2 卷 8 期。其先后由杨成志、钟敬文编辑,已经与中山大学没有什么联系。

民俗学的理论方法研究民间文学，也出现当年赵景深所说的现象，即"不必只从民俗学上去研究"，"愿用民俗学去和儿童学比较"，而"不愿用民俗学去研究民俗学"[1]。这并不是各随其便的学术兴趣问题，而是在较早时期提醒我们注意不要用民俗学的方法代替民间文学理论研究。而这一问题在今天正变得越来越复杂；民间文学的文学性日益被淡化，或被异化。不论民俗学的理论方法对民间文学研究有多少更特殊的意义，它都代替不了民间文学的文学研究。在今天"民俗学（含中国民间文学）"的学科设置方式中，把民间文学仅仅当作一种民俗事项，无疑割舍了其作为民众情感表达所呈现的极其丰富的价值意义。以史为鉴，我们看到前人所取得的成就和他们所走过的弯路，能够使我们更加聪明智慧。民间文学史中的学术史，不能够仅仅总结成就，有意或无意地回避学术缺陷等事实。

二、杭州中国民俗学会

与广州相比，杭州的山水少了许多的刚烈，而具有更多的清秀。1928年，25岁的钟敬文离开广州前往杭州，意味着杭州将要成为中国民间文学理论研究的一个重镇的形成与确立。虽然此时的钟敬文受五四歌谣学运动影响，只是在《歌谣周刊》发表《读〈粤东笔记〉》《南洋的歌谣》《海丰人表现于歌谣中之婚姻观》等文章，还不是胡适、鲁迅、周作人、刘半农、郑振铎、顾颉刚、赵景深、董作宾他们那样已经造诣深厚，能够在社会上一呼百应的人物，但他对民间文学理论研究事业及其对朋友的热心、执着与诚恳，赢得了更多人的尊重与支持。刘大白，五四诗坛上重要的新诗发起人，其原名金庆棪，字伯桢。辛亥革命之后改姓为刘，名靖裔，字清斋，号曰"大白"。他以表现民间疾苦的《卖布谣》而闻名，曾经出版《旧梦》《邮吻》等诗集。刘大白时任浙江大学秘书长，他热心帮助钟敬文来到杭州在浙江商业学校、浙

---

[1] 赵景深：《通信：通话的讨论》，《晨报副刊》1922年3月28日。

江大学等处工作,使其有暇继续从事民间文学理论研究。

或曰,《吴歌乙集》事件对于钟敬文来说是塞翁失马,焉知非福!如其离开广州时所称"公平的判断,终当有个出现的时辰"[1],钟敬文与朋友们在杭州成立中国民俗学会等活动,成为中国现代民间文学事业发展的重要机遇。1930年,西子湖畔一个花红柳绿的时刻,江绍原和钟敬文、娄子匡他们发起组织了中国民俗学会,这成为中国现代民间文学史上一件大事。适逢乡村教育运动正如火如荼地展开,他们团结朋友,利用地方《民国日报》和《开展月刊》《艺风月刊》《浙江民众教育月刊》等刊物,开办《民俗周刊》、《民俗学集镌》《民间月刊》等专栏、专号,创办《孟姜女月刊》等民间文学与民俗学的理论阵地,与全国各地的民俗学、民间文学研究力量连接成一体,时时赢得喝彩。这时期的民间文学研究,无论是出版或发表的数量,还是质量,都是五四歌谣学运动时期所无法相比的;即使是后来的时期,与之也未必能够媲美。当然,这不仅仅是杭州中国民俗学会所取得的成就,而且也包括更广大的地区,诸如西南、西北、华北和中原地区。或曰,乡村教育运动倡导的理论与实践相结合的民间文学理论研究方式,为钟敬文他们提供了更为广阔的学术发展空间。

从五四歌谣学运动到现代民俗学运动,民间文学研究至此走过了一段极其不平坦的道路。杭州中国民俗学会的同仁们,对这一段历史给予总结,他们在《开展月刊》编辑《民俗学集镌》的学术专号上发表《国立中山大学民俗学会出版丛书提要》《广东中山大学〈民俗周刊〉要目》[2],回顾历史;又如娄子匡对当时五四歌谣学运动以来中国民间文学理论研究取得成绩所做总结:

---

[1] 钟敬文:《编辑余谈》,《民俗》1928年9月5日第23、24期合刊,第87页。
[2] 《民俗学集镌》第1辑,《开展月刊》1931年7月25日第10、11期合刊。

第三章 现代民俗学运动

"民俗学的园地本像一方广漠无垠的戈壁,更加这园子的通路,又四通八达,在中国,它确和文学的广场毗连得最近,交往也最密,因此又形成了民俗学三大部门中的第三部故事歌谣和语言(依英班妮分类法)最丰盛了。这眼前不远的近像,我们看了就会联念到周作人、顾颉刚诸氏提倡的功绩:周氏的蒐罗和探究故事,谁都知道他是发风气的最先;顾氏的整理吴歌和研究孟姜女故事,在民俗学的园外,又另辟了史学的蹊径。继续着的是赵景深、林兰等的采探的成绩,到如今也很有收获,可是他多半是出发于文学和儿童教育的。钟敬文氏的对于民谭的探讨和分型的工作,也曾下过相当的气力。作者七年来征集的月光光歌谣和巧女呆娘的故事,如今也已有大量的收获,初度的整理和再度的研讨,预计在不远的将来,可以对学界公告。"[1]

他们仍然坚持民俗学研究的民间文学方向。此时,《民俗学集镌》第一辑发表了钟敬文《中国民谭型式·小引》,当为其民间故事理论的纲领性文章。浙江《民国日报》副刊《民俗周刊》发表征集《民间故事周刊》的《启事》,其称:"本刊自出版以来,倏将四月,无时或释,对于同好应征及投送文稿,纷纷惠赐,雅意铭怀,惟以篇幅狭小,实虽多揭鸿著,歉愧迄今;故拟再在本埠添出《民间故事周刊》一种。庶几积稿可清,美意可酬,当已启事于先,兹有更以《民学》内包括博大,国内少人注意,为广普之鼓吹计,又拟假南京民报,宁波民国日报,添出《民俗》刊物两种。凡我同好,祈忆及之!"[2] 娄子匡是一个有雄心壮志的学者,此时,他提出搜集整理全国各地关于月亮的民间歌谣,希望编出《中国月歌全集》;其意在于"集得全国的月歌,作民俗学的探讨"和"贡献给全国各地的需求者浏览","我集得的月歌,差不多中国

---

[1] 娄子匡:《中国民俗学的昨夜和今晨——应德儒爱剥哈特博士、日儒小山荣三氏而作》,《民间月刊》1933年2月1日第2卷第5号。
[2]《启事》,《民俗》1930年12月第17期。

各省的都有,只有比较偏僻的几省——蒙古,新疆,青海","三五省,搜集不到,离我较近的几省,怕每一县都有一曲,因此就大着胆,边在搜集,边在编纂,付印出版公世了"。[1]

此时的钟敬文特别关注民间文学与社会教育、民众教育的联系,如其《民间文学和民众教育》提出民间文学教育思想(《民众教育》季刊2卷1号,1933年);他在《前奏曲》中提出"民族束缚的解放、民众教育的提高等迫切问题",论述"需要这一学问研究的结果,以为实际解决的资助"(《艺风》第2卷第12期,1934年10月),他在《民众教育月刊》"民间艺术专号序言"中论述"第一是关于学术的,第二是关于教育的"(《民众教育月刊》5卷4、5期,1937年)等,都与乡村教育运动有密切的联系。

钟敬文离开了广州,但他的身影仍然在广州的风中飘动。他在杭州写作、发表的文章,包括他与人讨论民间文学的书信(如他与容肇祖通信中提到"据说郑振铎先生已翻译了一部关于民俗学的巨著,将印以奉献国人。最近《小说月报》启事,又自有今年起,将兼讨论及民俗学与文学有关系的问题,那真略可以使人告慰了"[2]),被中山大学民俗学会的《民俗周刊》所刊载。如其《关于〈民俗〉》,载之于《民俗周刊》,其称"民俗学的研究,已有着鲜薄的一点成绩的贡献","真的研究攻伐的工作,自然还没有很正式的开始,可是这不必引为诟病,或过于心急","我们只愿就自己暂时能力所能够做的,去尽一点应该而乐意的职责"。他说,"广泛收集我们所需要的材料,在可能范围中,施与细心的整理及部分的尝试研究,这是我们最近的工作的目标","在我们意料之中,本刊开始发行后,除了许多贤明的头脑清晰的先生们,将由衷地眉飞色舞着同情我们的工作外,必然地有一部分的人要冷酷地或恶心地恣肆着他们的嘲讽与鄙蔑,最少呢,是不免蕴着满肚子莫名其妙

---

[1] 娄子匡:《月光光歌谣专辑·序幕》,《民间月刊》1933年1月第2卷第4号,第9—10页。
[2] 钟敬文:《与容肇祖的通信》,《民俗》1929年3月20日第52期。

的心情而怀疑起来。过去的经验告诉我们是这样,在推理上也是个必然的结论。我们怎样去应付这个未来而必定到临的不幸的对手呢?谩骂吗?这徒然深增了误解而已,又何必!我们愿意诚恳地在这里先做点表白,倘使这表白在事实上能招来我们所不敢十分预期的效果,那真将不知怎样来述说我们的高兴好呢!"他举出一些人诘问、怀疑民俗学、民间文学研究的论调,诸如"这种触目都是凡庸贱俗的材料,也值得你们受了高等教育和在从事着高等教育工作的学人们的费心研究吗?要研究中国的国故,那材料可不是多着,周鼎汉壶,唐诗宋词,何一不可作专门的研攻,而必以这些粗野之至的东西当对象呢?是研究不来那些而只好以此为足?抑天生贱骨头,只配弄弄这些凡品呢"云云,他应答曰:"对于这样地说着,而显出一种嘲笑的脸色的朋友,我们以为他还是未明了近代的所谓科学吧?只要是一种在时间空间上曾经存在过,或者正在存在着的事物,无论它所具的价值,怎地高贵或凡贱,都可作学者研究的对象",他说:"在这研究的范围内,只要是真实的材料就是一点一滴,都是很尊贵而有用的。"他接着举例说:"植物学者的对象,是树木花草,矿物学者的对象,是岩石金属,动物学者的对象,是鸟兽虫鱼,他们只问能否求到事物的真相,从不及计及所研究的现象,在商品上价格的高下。非然者,将以研究人类及事物某部分的科学为尊荣,而贱视其他一切的研究了。这种不合理的观念,和吾国传统思想上以官吏为贵人,士子为高品等,有什么不同的分判?朋友,已经开明的20世纪时代,是不容许我们做这样非理地妄生轩轾的谬想的了!"[1]此显示钟敬文是一个纯粹的学人,他未必像一些人那样老于世故,能够左右逢源。或曰,过于聪明而事故的人总免不了自私与狭隘,想如今多少聪明绝顶的东西们,不读人家的书和文章,却侃侃而谈,洋洋得意于做什么目空一切的批评家,自恃比凡人不知高明多少倍。当然,除了无知而无畏,世间也不乏无耻而无畏!或曰,是钟

---

[1] 钟敬文:《关于〈民俗〉》,《民俗周刊》1929年11月6日第85期,第52—54页。

敬文使杭州成为中国民间文学的学术重镇。

此时,钟敬文为代表的一代学者,他们的学术思想普遍表现出明显的人类学色彩。如其所述"我年轻时在踏上民俗学园地不久,所接触到的这门学科的理论,就是英国的人类学派,如安德留·朗的神话学,哈特兰德的民间故事学等。不仅一般的接触而已,所受影响也是比较深的。从20世纪20年代到30年代中期,我陆续写作了好些关于民间文学及民俗事象的随笔、论文。在那里,往往或明或暗地呈现着人类学派理论的影响。例如,1932年发表的论文《中国的天鹅处女型故事》中的第10节,对于变形、禁忌、动物或神仙的帮助、仙境的淹留、季子的胜利、仙女的人间居留等故事要素的指出和论证等,就是例子。此外,从那稍后所作的《中国神话之文化史的价值》、《中国民谣机能试论》等文章里,也多少可以看出那种理论影响的存在。"[1]

从广州到杭州,从杭州到东京,再从东京回到杭州,钟敬文从一个20岁出头的青年诗人、青年学者,逐渐成长为一个有重要影响的学者,他与杭州这个美丽的文化古都结下不解之缘。这也是杭州中国民俗学会的重要成就。

20世纪30年代的中国民间文学思想理论主要表现为社会学与人类学的倾向,钟敬文也不例外。社会学的倾向主要受乡村教育运动改造社会的影响,钟敬文特别重视民众教育与民间文学的密切联系;人类学的倾向主要是西方文明冲击中国社会,以鲁迅、胡适、胡愈之他们对西方人类学理论的介绍有关。特别是钟敬文在日本的学习,使其学术思想发生重要变化。如一位学者所说:"20世纪30年代中期,钟敬文开始逐渐发觉人类学派的局限性——它只解释了人类文化发展过程中比较局部、停滞的现象,而忽视了其他甚至更重要的方面,但由于受影响的程度深,摆脱的痕迹并不明显。后来在东京时期,他阅读了大量有关原始文化社会史的著作(有考古

---

[1] 钟敬文:《从事民俗学研究的反思与体会》,《北京师范大学学报》1998年第6期,第12—17页。

学、民族学、文化史等），'这就使我的学术兴趣和知识积累，逐渐偏向了远古文化领域。从那时起，我对于活着的民间文学与古老的原始文学（扩大一点说，对现代民俗文化中远古的原始文化）的界限的认识，始终不免有些模糊。'由于远古文化的学术兴趣和对二者疆界的模糊认识，钟敬文在对于民间文学的认识上，往往把它当成是'民族的精神遗产'，是'文化史的一个构成部分'，具有'历史文献价值'。"又如其所称："早在本世纪20年代末到30年代后期，钟敬文的民间文艺学研究就已经达到了相当成熟的程度。他在这一时期写作了大量民间文艺学论文，形成了他民间文艺学活动历程上的第一个重要时期。他的一些至今常被学界称道和征引的论文，例如《中国民间故事型式》（1929—1931）、《中国的地方传说》、《中国的水灾传说》（1931）、《蛇郎故事试探》、《中国的天鹅处女型故事》（1932）、《老獭稚型传说的发生地》《盘瓠神话的考察》（1936）等都写在这一时期，有学者甚至据此不无偏颇地认为钟敬文的'最重要的著作产生于战前（即抗日战争之前——引者注）时代'。在这一系列的文章中，已经体现出了钟敬文学术研究上的强烈实证精神。例如《中国民间故事型式》和《中国的地方传说》，虽然是受到国际上对于民间故事情节的类型或母题等进行归纳的学术潮流的影响，但其中对于中国若干民间故事、民间传说类型的总结，完全是立足于本土本民族的资料基础，是从大量的文献记录、当时的口头传承上概括出来的，因此反映了中国民间故事的特色。他所概括并命名的一些故事、传说类型，例如'云中落绣鞋型''狗耕田型''百鸟衣型''老虎母亲（或外婆）型'等，都因为是建立在中国自身民间故事客观事实的基础上，所以至今仍被国际国内有关学者所接纳和引用。至于《中国的天鹅处女型故事》《老獭稚型传说的发生地》《盘瓠神话的考察》等文章，虽然对故事的分析借用了人类学派或传播学派等的理论，但全文立论的根基完全是中国记录与流传的众多相关文本，结论是从对于故事的实在分析得到的。丰富的中国资料，细密的逻辑分析，平实的风格，使这些论文不仅在当时及以后为钟敬文赢得了广泛的国际学术声誉,至今读来也依然令人感到其中严谨踏实的科学魅力"。[1]

杭州的民俗学与民间文学理论研究因为钟敬文他们的出现而表现出不凡的学术品格。其声势不减北平与广州,如人所称:"钟敬文、娄子匡二先生在杭州组织的中国民俗学会,其成绩之高,较之北大歌谣研究会暨中大民俗学会,可谓不相上下了。这点事情,凡稍为留心斯学运动的人,是谁也不能加以否认她过去的工作:除出版60余期的《民俗周刊》,及内容丰富,为'过去'与'现在'的中国出版界所未曾有过这样鸿篇巨帙的民俗研究论集的《民俗学集镌》第一、二辑,并其他一些民俗丛书外。"[2] 其"可谓不相上下",只是外表,还当包括其学理辨析等意义上的学术思想发展。

杭州中国民俗学会的民间文学出版成绩超过了以往北京大学歌谣研究会和中山大学民俗学会,如其丛书形式出版许多民间文学集与民间文学理论著作。其蔚为壮观,如刘大白著《故事的坛子》,钟敬文《中国民谭型式表》与《老虎外婆故事集》[3],娄子匡《新年风俗志》与《巧女和呆娘的故事》《西藏恋歌》《月光光歌谣集》[4],钱南扬著《民俗旧闻集》,张之金等编《湖州歌谣》,秋子女士编《人熊婆》,谢麟生编《金牛洞》,江风编《浙江风景线》,翁国梁著《水仙花考》,张子海编《急口令》,叶德均编《李调元故事》和《淮安谚语集》,以及林培庐《民俗学论文集》和《民俗汇刊》《潮州七贤故事集》《民间说世》,陶茂康《文虎汇刊》、萧然《月容的诗歌》、张某编《游戏的革命》、萱宝女士《田螺女》、娄子伦《祝英台》、施方《斗牛》等。[5] 诚如娄子匡

---

[1] 杨利慧:《历史关怀与实证研究钟敬文民间文艺学思想研究之二》,《北京师范大学学报:社会科学版》1999年第6期,第27—33页。

[2] 袁洪铭:《民俗学界情报》之五《杭州〈民间月刊〉征求读者》,《民俗》(《民国日报》副刊)第123期,1933年6月13日,第4页。

[3] 钟敬文:《老虎外婆故事集》,《民间月刊》第2卷第2号。

[4] 娄子匡:《月光光歌谣集》,《民间月刊》第2卷第4号。

[5] 刘锡诚:《20世纪中国民间文学学术史》,河南大学出版社2006年版,第353页。

所说,杭州民俗学会是"南国没落后的各地学会对民俗学生命线的维护"[1];此时,各地民俗学、民间文学理论研究的阵地日益壮大,如广东汕头、福建福州与漳州、四川重庆、安徽徽州、河南开封、山东济南等地,都出现了因为乡村教育运动与民俗学运动为重要背景的民俗与民间文学搜集整理与理论研究的学术高潮,以及各地或附属于报刊或独立举办的《民俗周刊》《民俗旬刊》之类的专刊。这种局面一种持续到1930年代中后期,一方面是杭州中国民俗学会在进行如火如荼的民间文学研究,一方面是北平《歌谣周刊》稍后的复刊,一方面是中山大学民俗学会《民俗周刊》的坚持,一方面是各地不同形式的民间文学搜集整理与理论研究。几乎所有的民俗学研究都以民间文学为重要研究对象,其实还是民间文学的研究。此如魏建功总结《歌谣周刊》的历史所说:"十五年中间注意民俗学的人渐渐增多了,这是一个可喜的现象,歌谣一部分的采辑整理研究或者因此抽减了力量。胡适之先生在2卷1期《复刊词》里说他以为歌谣的收集与保存,最大的目的是要替中国文学扩大范围,增添范本;这原是我们的最初的目的之一。我们回顾到最初宣言的两个目的,不由得不重整旗鼓担负起搜录'中国近世歌谣总档'的责任了。我们检阅全体材料需要一个有组织的收藏法,吸收未得材料需要一个有系统的出版物。前《歌谣》、今《歌谣》的发刊意义就是关于这珍藏和吸收工作的辅佐。我们的工作应该集中精神到这最基本的一步。"[2] 其"注意民俗学的人渐渐多了",而"中国近世歌谣总档"作为最基本的任务,他们对此依然非常清醒。

对此,娄子匡做过总结,他说:

"民俗学的园地本像一方广漠无垠的戈壁,更加这园子的通路,又四

---

[1] 娄子匡:《中国民俗学运动的昨夜和今晨——应德儒爱剥哈特博士、日儒小山荣三氏而作》,《民间月刊》1933年2月1日第2卷第5号。
[2] 魏建功:《歌谣采辑十五年的回顾》,《歌谣周刊》1937年4月3日第3卷第1期,第23页。

通八达,在中国,它确和文学的广场毗连得最近,交往也最密,因此又形成了民俗学三大部门中的第三部故事歌谣和语言(依英班妮分类法)最丰盛了。这眼前不远的近像,我们看了就会联念到周作人、顾颉刚诸氏提倡的功绩:周氏的搜罗和探究故事,谁都知道他是发风气的最先;顾氏的整理吴歌和研究孟姜女故事,在民俗学的园外,又另辟了史学的蹊径。继续着的是赵景深、林兰等的采探的成绩,到如今也很有收获,可是他多半是出发于文学和儿童教育的。钟敬文氏的对于民谈的探讨和分型的工作,也曾下过相当的气力。作者七年来征集的月光光歌谣和巧女呆娘的故事,如今也已有大量的收获,初度的整理和再度的研讨,预计在不远的将来,可以对学界公告。"[1]

其实,这一时期的民俗学和民间文学研究还远远不止于此。娄子匡只看到他熟悉的朋友们所做的成就,在他们之外,有许许多多的学者做出重要成就。当然,这只是见仁见智。或曰,年轻人的视野总是有限,常常意气用事。诸如当世的鲁迅兄弟、胡适、茅盾、郑振铎他们,他们的民间文学思想理论成就甚至更为突出也更为重要,如何是几句话就能够概括得了的。

与此前相比,民间文学的学理性意义在这一时期体现出现实社会实践性与思想理论的批判性,他们对民俗学与民间文学研究诸多学术问题进行深入思索。特别是他们对民俗学与民间文学理论对待民间歌谣的不同立场与方法等问题的探讨,有着更为突出的学理概念与界限之类的思辨意义。而这些内容,都是以往学术研究中常常忽略或缺少的。事实上,这些问题在今天我们仍然是胡子眉毛一把抓,总是稀里糊涂的得过且过,并没有很好解决。此如乐嗣炳所述:"《歌谣周刊》刊行的动机,是由于少数文学家一时高

---

[1] 娄子匡:《中国民俗学的昨夜和今晨——应德儒爱剥哈特博士、日儒小山荣三氏而作》,《民间月刊》1933年2月1日第2卷第5号。

兴，不单并非接受西洋科学民俗学理论的影响，并且是偏重在文艺方面找材料"，"直到顾颉刚先生等在周刊上发表了孟姜女研究和妙峰山研究、东岳庙研究等等之后，周刊的民俗学的色彩逐渐浓厚，不过周刊根本既不是由于民俗学而产生，虽然有胡适之先生劝顾颉刚先生读民俗学西书的一段佳话，而实际上始终没有人提过正确的民俗学理论。《歌谣周刊》改变作《国学门周刊》，那是扩大作民族学的刊物了，范围宽宏，更没有人提到民俗学的理论了"，到了中山大学民俗学会时期，"开始明显地用'民俗'，接着钟敬文先生翻译 The Handbook of Folk-lore 附录 C，杨成志先生翻译附录 B，陆续出版，才算是科学的民俗学真的萌芽于中国了"，他又说，"然而同时广大（即中山大学）还出有一种《民间文艺》，承继《歌谣周刊》，肯定歌谣、故事是属于文艺的，否定歌谣、故事跟民俗学的关系，（不然既有《民俗周刊》何必再有这种刊物）暴露了对于民俗学认识的不彻底。就说娄子匡先生等努力在宁波、杭州、南京刊行三种叫作《民俗》的刊物，而投稿的依然偏重在含有文艺性的歌谣、故事或传说，这种现象不能不说是历史的遗毒！"所以，他以此指出"过去的中国民俗学界就为了基本理论有些儿误解，错过了许多采集良好资料的机会，浪费了许多心血作无意的研究"，称"由于'文艺的'这个词儿先入之见，把'非文艺的'资料置之不理，这固然是最大的缺点"[1]。或曰，其念念不忘所谓"西洋科学民俗学理论"，有着明显的削足适履，与今天大力提倡什么与国际接轨的见解如出一辙。这里姑且不论其以民俗学与民间文学研究为对立的说法是否适当，其指出此民俗学并非是严格意义上的民俗学，其实是文艺学的民间文学理论研究，却属于一种事实。或曰，这位乐嗣炳指出"引起民俗学者对于歌谣的注意，并非歌谣本质上音乐的价值或文艺的价值，而是人们使用这些歌谣之际所有的风尚或习惯。民俗学者所要的是歌谣的风俗，民俗学者所谓歌谣是指风俗中的歌谣。目前已经公表

---

[1] 乐嗣炳：《民俗学是什么以及今后研究的方向》，《开展月刊》1931年7月25日第10、11期合刊。

的歌谣,偶然的几首附带着风俗的记录,未附带风俗说明的很多歌谣,也许它们有其他方面的意味,就纯粹民俗学立场来说,是跟民俗学没有什么直接的关系"[1]云云,才是问题的症结。他提出什么"为研究民俗学而采集民俗学的资料,别再牵丝攀藤,在'文艺'招牌下耍'民俗学的'把戏,在'民俗'招牌底下闹'文艺的'玩意儿,两相耽误","各部门研究要平均发展,既然跟民俗学以外的学问分了家,别有过于偏重歌谣、故事或神怪等等,当然不能把非文艺的民俗学资料置之不理"[2],这其实是讲述了民间文学理论研究与民俗学的社会生活研究的学理区别与学科差异问题。至1935年,远在东京的钟敬文经过认真思索,提出了"民间文艺学",把民间文学的研究作为一个独立的学科进行文艺学的研究。这种创见是基于学理上多重思索得出的结论。[3]或曰,此与20世纪20年代胡愈之《论民间文学》(1921)、徐蔚南《民间文学》(1927)、王显恩《中国民间文艺》(1932)、杨荫深《中国民间文艺概说》(1930)等民间文学理论著述的联系,应该认真研究。

钟敬文回忆自己在杭州的经历,称"在杭州的几年,不但我个人生活、思想有很大变化,在学艺上也是一个比较重要的时期。那个以西子湖著名的城市,是我终生不能忘记的,也是不该忘记的"[4],其提及"这些时期,我又写作了几篇关于民间文学的研究性文章,像《中国的天鹅处女型故事》《中国的地方传说》《种族起源神话》《蛇郎故事试探》《中国的植物起源神话、传说》以及《中国民间故事型式》等","我前后为《民众教育》季刊和月刊编辑的《民间文学专号》《民间艺术专号》及《民间风俗文化专号》,在民间文艺理论及资料方面,也给我国学界提供了一些值得参考的东西"[5]表现出许

---

[1] 乐嗣炳:《民俗学是什么以及今后研究的方向》,《开展月刊》1931年7月25日第10、11期合刊。
[2] 乐嗣炳:《民俗学是什么以及今后研究的方向》,《开展月刊》1931年7月25日第10、11期合刊。
[3] 钟敬文:《民间文艺学的建设》,《艺风月刊》1936年1月第4卷第1期。
[4] 钟敬文:《民间文艺学及其历史·自序》,山东教育出版社1998年版,第3页。
[5] 钟敬文:《民间文艺学及其历史·自序》,山东教育出版社1998年版,第6—7页。

多感慨。

自然，一个人能够为国家和民族的文化事业做出积极贡献，其喜悦之情溢于言表，而其中的艰辛，或许只有他自己知道。也正是他与同伴们的努力，20世纪30年代的中国民间文学理论研究的重心从北平转移至广州之后，又转向了杭州。

此种情形亦如他所说：

> 我在杭州前后数年间的职业都是当老师，有时还兼任些研究或编辑任务。所任教的学校，先后有甲种商业学校、浙江大学（文学院）、浙江民众教育实验学校及国立西湖艺术学院。我一般教授国文或文学理论。但在民教实校，教的却主要是民间文学。我在该校民众教育行政科讲授《民间文学纲要》，后来又在师范科讲授《民间故事研究》。这是国内当时仅有的民间文学教学讲堂。
>
> 这时期，我从参与《民俗周刊》（当地《民国日报》的附刊）的编辑活动（1929年），开始了在这里的民间文艺学和民俗学的工作。1930年，又与娄子匡等建立了中国民俗学会，出版刊物《民间》《孟姜女》等，以及丛书数种。又编印了《民俗学集镌》，它是以理论为主的专集。这时，中大民俗学工作一时陷于停顿状态，而民俗学的种子已传播各地，引起一些热心青年对它的向往。因此，好些地方成立了分会，从事搜集和刊印活动。我们的工作，也引起外国一些同行的注意，当时，日本、德国的民俗学者都同我们进行了学术交流。杭州中国民俗学会，一时成了中国这方面新的学术中心[1]。

诚然，钟敬文是杭州中国民俗学会时期涌现出的民间文学理论家。他

---

[1] 钟敬文:《民间文艺学及其历史·自序》，山东教育出版社1998年版，第4—5页。

的学术思想,其坚持不懈而深入细致的田野作业与多种学术思想的理论研究,以及社会现实生活中的乡村教育运动实践,三者紧密结合而独树一帜,成为这一时期中国现代民间文学思想理论的重要代表。或曰,这是中国现代民间文学思想理论的一座高峰。

第三节 文化复兴:中西部民间文学研究

有学者称,现代民俗学运动在抗日战争爆发后已经不存在,这是只看到北平、广州、杭州三足鼎立的局面消失了,而没有看到在大西南、大西北等广大地区,民俗学运动仍然保持着不弱的势头。而且,这一时期的民间文学研究因为民俗学运动融入全民族独立自由解放的伟大事业,其文化品格更加不平凡!

在杭州中国民俗学会所进行的民间文学的民俗学研究之同时,关于民俗与民间文学等内容的研究在中西部地区得到迅速发展。或曰,民俗、民间文学、民间艺术是民众传统文化生活的主体,尤其是在日本入侵略中国,强占中国东北之后,拯救民族危亡成为社会文化极其响亮的口号与广泛共识。在这一背景下的民间文学研究,因为团结抗敌、救亡图存而具有更重要的意义;民间歌谣与民间戏曲等民间文学形式成为鼓舞、激发民众抗日意志与决心最有力的文化利器。在这种意义上讲,民间文学与民族记忆和民众心声的内容相联系,从而具有民族文化复兴的特殊含义。而且,中西部地区的民间文学研究并不是在现代学术体系建立开始阶段才形成的,而是在晚清时期就已经形成。以中原地区与西北地区为例,诸如殷墟甲骨文的发掘、甘肃等地区的敦煌文献与居延汉简等文物的发掘,西北的文献整理从林则徐流放新疆开始,直至20世纪40年代,就没有停止。中国现代思想文化建设充满悲壮的色彩,外敌入侵,给中华民族带来巨大的灾难。在文化尊严的伤害上,并不仅仅是这些帝国主义、殖民主义分子恶意中伤,而且包含着许多文化侵略与文化掠夺,尤其是从伯希和、斯坦因这些西方人对西北地区文献和文物的考察中可以看出,在学术研究中,民族主义意识必然掺杂其中的事实。

一、大河上下

在抗日战争中,有一首响亮的歌唱出"保卫黄河,保卫全中国"。黄河与它的历史文化一起成为中华民族文化尊严的代称。

此以黄河流域为例,我们可以看到这片古老的土地与我们中华民族历史的特殊联系。在论及黄河流域这个概念时,我们总是十分自然地想起司马迁的一句话"皆三代之居皆在河洛之间"。"三代"其实就是上古,或称远古,是泛指。"居",我意即墟,即古代神仙之墟。黄河流域在地理分布意义上讲,它包括黄河所流经的青海(源头)、四川、甘肃、宁夏、内蒙古、陕西、山西、河南、山东(入海口),这些地区统称为黄河流域。这一地域的民间文化所显现出的类型性特性,首先是和自然地理因素密切联系在一起的。

民国时期对于黄河流域的民间文化的社会考察,是我国文化史、学术史上的重要事件,因为保卫黄河等同于保卫中国,研究黄河也就等同于研究中国。其发生背景有二,一是乡村教育运动在这一特殊地域的影响,二是抗日战争中文化工作者搜集整理民间口头创作,宣传民族团结,拯救民族危亡。二者虽然在目的、方法上有所不同,但其意义都是非常重要的,即他们将这一地域鲜活的历史进行了有效挖掘与保存。这对于我们今天的文化史、社会史、民俗史研究具有十分重要的意义。因为章节安排,这里不再详细记述延安民间文艺运动以及晋察冀边区的民间文学搜集整理等内容,另述。

黄河流域的民间文化作为特殊的历史文化遗产,在我国文化发展史上具有十分重要的价值。如司马迁言,"昔三代之居皆在河洛之间"(《史记·封禅书》)。河、洛,就是黄河的中游地区,迄今为止,我们仍无法怀疑或否认这里对中华民族形成的核心意义。那么,在这片土地上所发生的重大历史事件,及其对整个黄河流域不同历史时期的居民所形成的影响,以记忆的形式在民间文化中的存在,对于我们理解中华民族性格命运的作用,考察这些内容就显得格外重要了。保卫黄河等同于保卫中国,研究黄河也就等同于研究中国。在20世纪的二三十年代,以民间文化为主要内容的社会考察,这一方法的出现应了两种传统,一是我国古代的"行万里路",一是西方学者主要是人类学家的重视"不识字的野蛮人"的生存状况。其直接的发生背景,则是随着近代化的发展,西学东渐,包括社会学理论在内的西方社会思潮东进,出现新的学术方式,这里首先是乡村教育运动,其次是抗日救亡运动,都不同程度地体现出"面向民众""面向社会"的文化自觉意识。特别是相关文本的形成,对于文化史、民俗史、民间文艺学、社会学等不同学科的意义都是相当珍贵的。

黄河流域是一个较为宽泛的概念,它包括上游、中游、下游多个地段。但是,从更为集中的一个方面说,其中的四川省受黄河的影响并不十分明显,所以我们较多地把黄河流域特定为与长江流域相对的北方广大地区。事实上,在我国传统文化的分野中,南方与北方在文化性格等方面也是有很大差异的。

近代以来,西北地区成为一个敏感的话题。西北包括了黄河流域上游地区的,历史上有过一个特殊意义的西北考察。

西北考察与民俗学运动有十分密切的联系。汉代以来,记述西北地区的历史文献主要有《三秦记》《西京杂志》《西河记》《沙州志》《凉州记》《三辅黄图》《沙州都督府图经》《沙州地境》《西州图经》《沙州地志》《瓜州伊西残志》《敦煌录》《敦煌名族志》《寿昌县地境》《西凉录》《后凉录》等;明代出现所谓"十大名志",如康海《武功县志》、吕木冉《高陵县志》、乔世宁《耀州志》、赵时春《平凉府志》、胡缵宗《秦州志》、张光孝《华州志》、王九思《鄠县志》、刘璞《重修鄠县志》、孙丕杨《富平县志》、韩邦靖《朝邑县志》等;清代出现祁韵士《藩部要略》、张穆《蒙古游牧记》、徐松《西域水道记》、何秋涛《朔方备乘》、何秋涛《圣武亲征录》、李文田、范寿金《西游录》、丁谦《长春真人西游记》和《耀卿纪行》等,这些著述汇聚成"边疆文化"的主体。但是,相比中原地区与东南地区而言,其相关文献记述还是较少,尤其缺少第一手文献。而且,自晚清以来,西方列强加紧对我国西北地区的图谋。因此,对于西北地区的社会历史调查,就更显得不同寻常而迫在眉睫。自晚清以来,许多学者以不同形式考察西北地区,其中包括地方风俗与民间文学内容,留下大量宝贵的文献;1931年,神州国光社曾出版《西北丛编》,收录许多文献资料;后人编辑整理多种《西北行纪丛萃》,收罗甚为详细。诸如《甘青藏边区考察记》《西北漫游记》《蒙新甘宁考察记》等,包括各种报刊发表相关论文,其侧重民间文学与民俗搜集整理与理论研究的不同方面,是西北文化考察中表现民间文学的典型[1]。如高良佐《西北随轺记》,起自于1935年国民政府派员举行民族扫墓,"追崇先圣前烈,发扬民族精神",有邵元冲嘱附弟子高良佐"据实记录""周游西北,考其政俗文教""探先民发祥之地,促开发复兴之道,为国家民族尽最大之努力",其中许多地方涉及神话传说故事。如其第一章《民族扫墓》,记述黄帝神话传说与"中央以黄帝为我民族之元祖,发明制作,肇启文明,拓土开疆,生息我祖,聿怀明德,允宜最致崇敬,故民族扫墓,以桥陵为主"[2],其第二章《陇东之行》,记"泾川瑶池"与西王母神话传说故事,记"崆峒见玄鹤"与黄帝访问广成子传说故事;第四章《青海之行》中记述"祭海"以及地方少数民族宗教风俗,诸如"土人相传为晋时吐谷浑后裔""服装习俗异于各族"[3]等内容。这些行纪体考察文献,在不同程度上具有民俗志、民间文学史志意义。

青海是黄河的上游地段,这一地区的民间文化包含着多民族的成分。20世纪三十年代的前半期,周振鹤等学者对这一地域的民间文化的考察卓有成效,出版了《最近之青海》(1934)、《青海风土记》(1928,1933)、《青

---

[1] 参见《边事论文索引》,《边政公论》1941年第1卷1期,第148—152页。
[2] 高良佐:《西北随轺记》,甘肃人民出版社2003年版,第7页。
[3] 高良佐:《西北随轺记》,甘肃人民出版社2003年版,第88页。

海》(1934)等著作,包括此前的《玉树调查记》(1920)与此后的《青海志略》(1943)等不同形式的著述[1],与我国古代典籍中的"吐蕃"记述相应,构成青海这一特殊地域的民俗画卷。《青海风土记》作者杨希尧,他曾提出所谓"西北五省说":"所谓西北,即指陕、甘、青、宁、新五省而言也"[2]。1937年,他曾在《新亚细亚月刊》发表《青海漫游记》,包含有民间文学与民俗生活的内容。

《青海风土记》[3]记述尤为细腻,它从服饰、饮食、居住、迁徙、信仰、集会、婚姻、生育、丧葬等方面,详细记载了青海地区各民族的生存状况,是我们了解民国时期青海地区社会、经济、文化发展的重要史料。如《青海风土记》对"自由恋爱"的记述,不无偏见地述说道:"青海人民把男女私交看得不甚紧要,所以男女自由恋爱毫无忌惮,也不知羞耻、贞节为何事。一夜缠头,不过洋布一丈;他们父母又认为一种生产事业,挣得布来,逢人便说。男子又十分豁达,娶妻不问完璧与否。老婆有了孕,正正堂堂生了下来,她的丈夫也不去算算月日果否相对。"其记"青海人忆,又把男女居室的一事当作不可缺少的一件事,所以,没有娶妻、没有嫁人的,都有情人。山阿水干,无处不可幽会。男子与女子终日游戏,没人干涉。头目人等,夜夜引他人妇女来侍寝"等,其活脱脱是我国上古时代一幅桑间濮上的写真。在"任意婚"的记述中,作者较为合理地解释道:"父母爱他的女儿,不忍叫她出门,家中没有男子,留她立门当户。女子担任家务,异常劳苦,父母为着财产,不愿叫她出门;若是招了婿,又恐怕仍免不了祸水,于是想出一种特异的婚姻方法,等女子到了十五六岁,便把女子的发辫改作妇人的发辫,认为业已成婚。于是生男养女,一如平常妇女,也不问由哪里来的。所以生下子女,不知哪个

---

[1] 参见陶勇《青海书目题要》,《边政公论》1944年第3卷第7、8、9、12期。
[2] 杨希尧:《西北经济概况及开发刍议》,《边事月刊》1932年第1期。
[3] 杨希尧:《青海风土记》,甘肃西宁区公署印局1928年印行,1933年新亚细亚月刊出版社再版。

是他的父亲,连他的母亲也说不清是哪一个,这叫做'任意婚'。"[1]这既不同于群婚制,也不同于阿注婚,但确实带有远古婚姻形成的遗存痕迹。

《青海风土记》尤为详细地记述了唱歌与青海人的密切关系。在"小儿之游手好闲"中提到"青海民族,父兄对子女没什么教训,小儿也没有什么学习,所教习的,人只有一件,就是唱歌";在"婚礼"述及"青海民族的嫁娶婚"时,又提到"原来青海女子,自从会说话就学唱歌,到出嫁时候,也没有不会唱的"[2]。他们的嫁娶婚在礼制上同中原地区汉民族一样,有纳采、亲迎等程序,所不同者就是在"迎娶"时,"新娘骑着马,放声高歌;她的声音又婉转,又清脆,令人听着不厌",其"所唱的歌词"都是"夸两姓之好,伸谢傧相,写风景,抒心愿,决不涉及淫邪","至于歌的体裁,和中国古诗兴比赋三体大致相同,而尤以比体为多",同时,新娘的歌唱效果成为社会文化认同,评价她"性情的好歹、智力的强弱"的基本尺度。在男家的筵席上,同样是无拘无束的歌唱,"一味以唱歌取乐",此时,"女子唱时,手持男子高帽,一面歌,一面舞,由半人的坐位起,以次历各人面前,逢着意中人,将帽置之怀中。那男子便起身答唱,仍将高帽搁在能唱的女子怀中,那女子又复起身答唱",如此"循环往复,没有中止的时候""初则喜曲,继则变为酒曲,终则淫词邪调冲口而出"[3]。应该说,其中的"淫词邪调"就是最具地方特色的民间文学。

《青海风土记》由此总结为"青海人性情强悍,喜饮酒,好杀人"云云,称"他们是游牧民族,所以把牛羊身上的东西(看得)非常宝贵,连牛羊粪都要宝贵,绝没有一点嫌恶的意思"[4]。所有这一切,都是第一手资料,迄今仍是我们研究民族史的珍贵资料。

在黄河上游地区的民间文化考察,尤为悲壮的一幕是刘半农的西北之

---

[1] 杨希尧:《青海风土记》,甘肃西宁区公署印局,1928年版第36页。
[2] 杨希尧:《青海风土记》,甘肃西宁区公署印局,1928年版第52页。
[3] 杨希尧:《青海风土记》,甘肃西宁区公署印局,1928年版第55—56页。
[4] 杨希尧:《青海风土记》,甘肃西宁区公署印局,1928年版第116页。

行。前面章节已经论述,刘半农是我国现代民间文学研究事业的重要开拓者,参与和领导了五四歌谣学运动。1934年6月,他离开北平,来到绥远、宁夏、山西等地,走进偏僻的乡野,进行民间歌谣、民间歌曲的实地考察。与其他人不同的是,刘半农特别注重对方言的科学记录,不仅用笔进行实录,而且使用了录音机进行原声录制。在黄河岸边听到纤夫的歌唱时,他尤为激动,特地随人群溯流而上,记录下异常珍贵的黄河船歌。他将自己整理的民歌编定为《北方民歌集》,保存了黄河上游地区爬山歌等民间歌曲。令人遗憾的是,刘半农在田野作业中身染疾病,因此献出了宝贵的生命。这是歌谣学运动的重要成就,也是民俗学运动的重要成就。

甘肃地区的民间文化世界中,"花儿"这种民歌艺术是尤其令人炫目的奇葩。当年歌谣学运动中曾经有过关于"花儿"的调查,此张亚雄《花儿集》的出版,标志着黄河流域上游地区继《青海风土记》之后又一重要收获。张亚雄在《花儿集》开篇介绍道:"在七七的烽火未举以前,编者尝以断断续续十年的功夫,作搜集三陇甘青宁民间歌谣的工作。在这十年辰光当中,只着手搜集民间歌谣山歌当中名字叫作花儿的一部分,好像研究昆虫学只研究蜜蜂那样的缩小范围。我于三千首花儿当中选得六百余首,做了一点注解与叙述的事情。"[5]此前虽有学者在报刊上介绍过花儿,但应该说,只有这一次是最为全面、深入、系统的。

与张亚雄对花儿的搜集整理所进行的个人考察形式不同,"中国民间音乐研究会"于1939年3月5日在延安鲁迅艺术学院成立,继而又成立了晋察冀分会与陇东分会,他们组织人员赴各地进行民歌、道情、郿鄠戏等民间艺术的考察,受到边区文委的嘉奖。如当时的媒体所报道:"中国民间音乐研究会自成立以来,仅采集陕甘宁边区各县民间歌曲即已达七百余首。此外,如蒙古、绥远、山西、河北及江南各省之民歌,亦均有数十以至一二百首

---

[5]《花儿集:西北民歌花儿叙录·引言》,(重庆)青年书店1940年版。

不等,总计共有二千余首,现正分别整理,准备付印。边区文委认为,该会提倡民间艺术,并实际从事搜集研究,卓有成绩,特拨发奖金二千元,以示奖励。兹经该理事会决定,分别奖励三年采集成绩最优秀者张鲁、安波、马可、鹤童、刘炽,及战斗剧社彦平、朋明等十余同志。"[1] 当时,由马可等人负责,对这些民歌材料进行整理,编辑刻印了《陕甘宁边区民歌》的第一、二集。[2] 从另外一种意义上讲,中国民间音乐研究会的考察是中国新音乐运动的一部分,更是大众文艺运动的一部分,更多地注重了民歌这种重要的民间文化形势,但却相对忽略了更广泛的其他民间文化的内容。后来晋冀鲁豫边区文联出版了多种民间故事与民间歌谣集,在宣传教育方面起到了积极作用,但总是显得不够全面,考察的范围受到一定的限制。当然,这已经是空前的收获。特别是鲁迅艺术学院音乐系、文学系等处师生所组织大规模的民歌搜集整理工作,编选出《陕北民歌选》[3],既有传统民歌,又有新的革命民歌,如其中的《移民歌》被公木、刘炽改编成《东方红》,响彻到今日,响遍全球。这是中国民间文学史上的奇迹。迄今为止,我们对于这一问题的关注还相当不够,许多历史事实还有待于更进一步挖掘和甄别。

山西是介之推的故乡,也是关羽的故乡,而寒食节与关帝信仰是中国民间文学历史发展中两个尤其重要的典型。对于山西的民间文学调查,不仅有晋察冀和晋冀鲁豫等解放区的民间文学调查,也有日本人的调查。或曰,我们的民间文学被异国他乡的学者所关注,未必就是我们的幸福;当我们大批特批自己的文化中心主义如何成为狭隘的民族主义情绪时,有许多事情使我们很尴尬。日本人对山西民间文学等社会风俗生活内容的调查,时间在1942年的5月、6月,名为"山西学术调查影集团",此如一个日本人对当年考察活动的记述,其称"作为人类史前史学部的一员,到了晋南及五

---

[1] 《解放日报》1943年1月21日。
[2] 新中国成立后这些材料又由人整理为《陕甘宁老根据地民歌选》,由上海音乐出版社1953年出版。
[3] 《陕北民歌选》,晋察冀新华书店1945年1月出版。

台山地区,得到了采集各种民间传说的机会"[1]云云。日本人在这里搜集整理到包括民间文学在内的一批社会调查资料,并不是纯粹的学术活动,其实并非没有对中国社会做调查就是为了更详细了解中国人,是出于战争的考虑。并不是说日本人不能够在这里进行调查,而是从时间、地点与社会背景上看,对中国社会深入调查在事实上是服务于侵略中国的需要。那些具有极其强烈的国际主义眼光的学者,动辄指责民间文学中的民族情绪,是看不到学术研究背后的诸多内容的。或曰,这与敦煌的发现一样,并不是中国民间文学史上光荣的一页。

黄河中下游地区的河南,民间文化考察活动在这一时期取得的成就,呈现出另一种景象。

河南民间文学研究有着较早的历史,早在五四时期,以白启明、刘静庵为代表,形成一个民间歌谣搜集整理的学术群体。郭绍虞、罗根泽、杜衡、江绍原、高亨和邵瑞彭等一批学者在此任教,进行民间文学研究[2]。20世纪30年代的《河南大学周刊》《河南大学学报》等学术刊物曾经发表许多与民间文学相关的论文。在他们的影响下,出现越来越多的歌谣学爱好者,诸如20世纪20年代中州大学青年学生白寿彝搜集的《开封歌谣》、原籍河南沈丘的北京大学青年学生熊海平搜集的《沈丘、项城歌谣》,包括当时的青年诗人徐玉诺,搜集整理家乡河南鲁山的《打铁歌》等民间歌谣,并以此改编为新诗。他们在《歌谣周刊》《河南民国日报》《河南教育月刊》等报刊发表相关文章,形成一个以青年人为主体的搜集整理民间歌谣的热潮。乡村教育运动在河南取得突出成绩,一是河南设立村治学院,与梁漱溟在邹平的乡村教育中心保持密切联系;一是广泛设立乡村教育实验区,仅开封周围就

---

[1] (日)直江广治《中国民俗文化》,王建朗等译,上海古籍出版社1991年2月版,第135页。
[2] 20世纪80年代初,我在河南大学读书时,曾经访问于安澜先生,他介绍说,河南留学欧美预备学校时期(1912—1915)曾经聘请德文、英文老师,他们在教学时,为了让中国学生很好接受德文,就发动学生搜集家乡的歌谣和故事,翻译成德文。应该说,这在事实上形成较早的民间文学搜集整理。

有开封杏花营教育实验区、杞县教育实验区等,在事实上形成了民间文学科学考察的田野作业,并各有特色。特别是一批热心乡村教育的学者积极参与各种社会调查,尤其注重协作调查,其代表性成果主要有蔡衡溪的《淮阳风土记》[1]、郑合成等人的《淮阳太昊陵庙会概况》[2]和张履谦的《相国寺民众娱乐调查》[3],以及李佛西的《黄河集》[4]、张邃青《伏牛山中这蛮族》[5]等。特别提出的是张长弓的鼓子曲调查系列《鼓子曲存》《鼓子曲谱》《鼓子曲言》《鼓子曲词》等[6],这在整个中国现代民间文学史上都是少见的,它第一次详细、完整地记录了鼓子曲这种北方典型的民间曲艺。

蔡衡溪是河南大学教育系学生,还在大学读书时就写出了这篇调查报告,同时,他还出版了《到农村去》等著作。他在《淮阳风土记》的前言中说,其"十五年(1926年)夏天"即开始动手写作;他将民间文化在总体上分成"语言"和"风俗"两大部分,语言类其实就是民间文学,风俗类包括岁时节日、人生礼仪、禁忌和各种民间信仰等内容。他详细记述了自己家乡仍存在的各种传说、歌谣,批评了"昔人多把这种语言目为下等社会的产品,没有采取的价值"的错误言行,强调要"下番功夫,把乡间流行的谚语多多搜集一些,加以精细的研究"[7]。他在阐释一些民间文学现象时,强调重视"野蛮时代"的社会历史特点,诸如《日的传说》《麦子减收的传说》等民间传说,对于理解"由信仰而把这种灵迹一世一世的传说下去"具有十分重要的

---

[1] 《河南教育月刊》1932年第2卷第8期。

[2] 河南省立教育实验区1934年7月版。

[3] 开封教育实验区出版部1936年8月版。

[4] 《河南教育月刊》1930年第1卷第5期、第8期、第10期。

[5] 《河南大学文学院学术丛刊》1940年第1卷第1期。

[6] 张长弓先生《鼓子曲谱》《鼓子曲言》《鼓子曲存》《鼓子曲词》由河南大学听香室分别印于1942、1944、1946、1948年;见拙作《中国现代民间文学史上的河南学者略论》,《河南大学学报》1997年第3期。

[7] 《河南教育月刊》1932年第2卷第8期。

意义。应该说,《淮阳风土记》代表着这一时期民俗学运动中田野作业科学考察的水平。

古人云,"庙者,貌也"(《说文解字》)。庙是民间传说故事的重要见证。庙宇在民众信仰中具有非常重要的位置,是民间文学的重要集结地。开封教育实验区组织人员对河南淮阳太昊伏羲陵庙会进行认真考察,由郑合成等人编写出了《淮阳太昊陵庙会概况》。这本书前面有齐真如、胡汝麟、赵质宸三人的"序",他们都强调"杞县实验区派员偕同河南省立淮阳师范学校员生"所做的庙会调查,对于"中国固有的社会状况"要"先调查明白,然后因地制宜、因病下药","给研究中国农村问题者一个真切的参考",对于"抄东抄西,削足适履,弄得中国一塌糊涂"的现象提出批评(胡汝麟"序")。当然,他们的出发点是关于"太昊陵庙会调查与乡村教育的关系"(赵质宸"序")问题的讨论,而在实际上为我们描述了20世纪30年代上半期中国农村社会历史的一个缩影。这部著述的重要价值在于它客观记述了伏羲女娲神话传说故事的流传状况,包括由此神话传说相联系而生成的一系列民间信仰生活。

郑合成,字统九,其《淮阳太昊陵庙会概况》全书分淮阳沿革、太昊陵庙情况一般、赶会的群众及其交通、商业、游艺、庙会管理及税收、太昊陵庙会的前途、太昊陵庙会杂话、附录(即《太昊陵庙会调查日记》)等部分,这是社会学的考察,也是社会史的考察,其焦点就是庙、神、人三者之间的联系,以民间信仰为中心所生发的一系列社会现象。其中的数据尤为珍贵,如"赶会的群众及其交通"中的"人数统计",他们采取"每日乘船人数估计""北关大路行客人数""居留人数"和"其他路上人数"等四种统计数目,计"每日约在10万人之上"。另如"商业"中的"商业统计",列"各街商业统计表""各种摊铺总表""各种商业分类表"等项,其中区域、种类、所售商品、家数、收入,各项细目一目了然。在民间读物中,我们看到更丰富的民间文学内容。诸如《二十五更》《浪子回头》《庄稼歌》等传统说唱类,而且可以看到《张勋打南京挂帅平贼》《黄兴逊逸仙败逃外国》等"荒谬已极"的故事。作者说:"由此我们也就可以知道民间所认识的历次革命是怎样一回事了","这些东西,才是真正的乡村读物,是民众获得知识的真正源泉","由这些作品可以知道乡间民众知识真相,由这种知识,我们可以推定中国社会性质的一部分"。应该说,这是民国时期黄河流域民间文化考察中很少见到的内容,而正是这些内容才是当世中国民间文学思想文化中最真实的成分。

张履谦的《相国寺民众娱乐调查》是1936年开封教育实验区出版部出版的"相国寺特种调查"之一。这项调查的指导者、支持者是河南大学教授,著名教育家李廉方。他于1930年在开封创办实验教育区,提倡"关于民众教育研究,先就本地社会从事各种调查,再决定可能教育的任务"(序),他是当时影响全国的"李廉方教学法"的倡导者。张履谦是留学苏联后回国的学者,他在本书"自己的序"中介绍了调查缘起、调查方法,称其"仍是采用个案调查和实地访问与观察",而"在未调查之前和既调查以后的间接访问,与直接观察的时间,是比民众读物调查要花的多"。全书分相国寺戏剧概况调查、说书、大鼓书、道情、相声、竹板快书、西洋镜、卖解者、幻术、日光电影、玩鸟、民众娱乐与教育、调查归来几个部分。其中对"梆子戏"的调查,不但追溯源流细脉,而且专列《艺员生活概况调查表》,内分姓名、性别、年龄、籍贯、住址、所任角色、包银、开始学戏时间、登台时间及经过情形、所唱戏曲、现在戏院、备考(即是否科班出身)。在《剧目调查》中,作者设计的《梆子戏剧目调查表》,内设"剧目名称""剧情大意""取材""三戏园(永安剧场、永乐剧场、同乐剧场)三月排演次数"、备考等。这些内容概括起来是珍贵的豫剧(梆子戏)史,也是民间戏曲的传播史。包括"艺员访问记",对出身卑贱、社会地位低下的民间艺人做实地采访,对他们的实际生活状况进行详细介绍,弥足珍贵。此内容以下章节将详述。

李佛西是一位中学教师,《河南教育月刊》的编者在介绍他"课余之暇,致力征集国内歌谣,博采各地谚语"搜集整理民间歌谣的活动时说:"佛西同志现任河南嵩阳中学教职,对于理化素有研究,然课余之暇,致力征集国内歌谣,博采各地谚语。今已搜得数百余首,集成巨册。兹不惠赠本刊,用特披露,以供研究社会学者及文学专家之参考。"[1] 李佛西本人也在"开首的几句话"中介绍自己征集、整理过程,希望"以贡献海内想改革民间风俗的同志"云云。从其内容可以看到,他非常重视底层民众的生活,诸如《黄河沿岸》《抬肉票》《十二月花调》《前清宣统》《衙门》等,都真实记录了社会最底层民众的苦难。其中的时政歌谣所具有的社会史价值,同样值得我们重视。这些歌谣是以连载形式发表的。

张邃青《伏牛山中这蛮族》[2] 是抗日战争中,河南大学流亡伏牛山地区,张邃青等学者深入山中继续从事教学科研,其考察伏牛山地区历史文化遗迹,结合历史文献,对"蛮族"历史文化的考订。此时,河南大学一批文史专家,像朱芳圃从事神话研究,丁乃通在这里已经开始考订民间文学的历史演变与类型问题;任访秋是胡适和周作人的研究生,他研究现代文学,出版第一部《中国现代文学史》,开篇就是"五四歌谣学运动与现代文学";张长弓不但进行民间曲艺的搜集整理与研究,而且进行唐传奇与民间文学关系的研究;王广庆也有研究河洛方言与民俗的文章,等等。这是现代学术体系建构中一个重要的现象,体现出一代学人不忘发展民族文化的责任感与使命感。

许多学者更多注意到此时的西南联大像闻一多、朱自清他们的民间文学研究,而对全国各地诸如此类流亡学校在艰难时日中坚持进行民间文学研究关注不够[3]。或曰,固然因为北平等地是重要的文化与学术中心,但并不是唯一的;中国现代学术体系包括民间文学思想理论的构建,是时代的召

---

[1] 《编者的话》,《河南教育月刊》1930 年第 1 卷第 5 期。

[2] 张邃青:《伏牛山中之蛮族》,《河南大学文学院学术丛刊》1941 年第 1 卷第 1 期。

[3] 见拙作《河南现代民间文学史》,《民间文学论文选》,河南省民间文艺家协会 1986 年版。

唤,是众多学者共同完成的。而且,在当时的高校出现一个重要现象,即只认真才实学,而非只讲名头。如刘半农是中学肄业,被蔡元培发现,然后到北京大学任教;遗憾的是他到底还是因为学历问题受到人的压抑,他赌气拿来一个法国国家博士,给那些无聊者以耳光。钟敬文是师范学校毕业,依靠学术成就能够在浙江大学任教。同样的例子还有很多。

山东是黄河下游地区,在某种意义上讲,对这一地域的民间文化的考察,可以看作是对整个黄河流域民间文化的总结。当然,这里有黄河入海口,这里更有泰山,有蓬莱,这里是孔孟的故乡,与黄河上游地区、中游地区,包括中下游的部分地区相比,它有着自己的文化风尚与文化特色。这片土地是儒学的重要发生地,是东岳庙文化现象的重要发源地,也是八仙神话传说的重要发源地。诸如泰山庙、碧霞元君庙、泰山石敢当,都是从这里走向四面八方,成为民间文学和民间信仰的重要源头。包括顾颉刚他们所考证出来的山东是孟姜女故事发源地,等等。因而,这里的民间文学具有更特殊的价值意义。

这一地域在民国时期对民间文化的考察,其成果集中起来有两大部分,一部分是俞异君等人所进行的对山东全境庙会的考察,归结为《山东庙会调查集》,[1] 其实这也是乡村教育运动的一部分;一类主要是地方文学青年搜集整理民间歌谣、民间传说等民间文学,或作为文学创作的素材。刘锡诚曾经记述王统照的民间文学整理活动,其称"王统照1935年出游欧洲。1936年回国后,由上海回山东诸城老家住了半个月。他的在当地当小学校长的侄子王至坚呈给他一部民间故事的稿子,请他过目,后他将其带回上海,挑选其中的28篇编为一册,交由陈伯吹主持的儿童书局出版"[2] 云云。王统照在"序言"中非常详细地介绍其故事整理过程,说:"这几十篇

---

[1] 俞异君:《山东庙会调查集》,山东省立民众教育馆1933年8月版。
[2] 刘锡诚:《20世纪中国民间文学学术史》,河南大学出版社2006年版,第409页。

民间故事从多年以来便流行于山东的胶东几县，——在诸城、安丘、高密各县所传说的大同小异。本来民间故事自有类型，甚至远隔数千里的地方的社会状况，地理的环境，民间的理想与乞求，——爱慕与憎恶，赞美与怨恨等，都很清楚地表现于故事中间。"故事最初提供与整理者是他做教师的侄子，其原意在于"教高级生搜集地方上的故事、俗语、歌谣、谜语，详记出来，既可以保存，又便于作他们写国语"，此激起他对往日生活的回味"把难以言说的心情沉落在啼鸟飞絮的庭院里"，如其称"这些故事在30年前我就听过不少，家里的老仆妇，常到我家说书的盲妇人，为了哄孩子不闹，他们讲述给我听。但谁的年光能够倒流回去！年龄稍大，得用心的事多，又离开故乡那样久了，这些故事的影子在我的记忆里愈来愈淡，渐至消失得无从记起。那天仿佛把我又索回童年！繁星闪光的夏夜，凄凉风冷雨的秋夕，在母亲的大屋里，在姆妈的身旁，听说那些能言能动的怪物，听说那些简单有味的人情，述事，当时何曾有什么教训与警戒的观念，与什么什么的批评，只是一团纯真的喜悦与忧念关心于故事中的人与物而已。现在30几个年头过去了，想不到把忘尽的故事在他们的笔下温回了旧梦"[1]；在他看来，这些故事的价值有很多，其"不只是可作乡土的教材，也可作民间文艺的探讨。虽然不过在几个县份中流行着，但如果每一个地方都有一样的搜集，我想对于好好研究中国民俗学、民间文艺与童话的都大有帮助"。此体现出一个作家对民间文学的感受与理解的独特方式，其实也是一种民间文学思想理论的表达。

相比而言，前者的成就对于社会风俗生活的记录价值最为突出，更全面地体现了民间文化的社会生活实际。当然，后者的价值更特殊，其研究民间文学包括其中蕴含的民众思想情感，有着非常重要的民间文学史志价值。

《山东庙会调查集》是在乡村教育运动中出现的。如俞异君在"序"中

---

[1] 王统照：《山东民间故事》，儿童书局1937年版。

所言,"社会调查是一种新兴的事业,是应用精密准确的科学方法,来调查中国各地方的实际情形,以便由之发现中国民族特质,探索中国社会衰微的根本病源",其所采用的调查方法则是"委托或征求地方上热心人士,对于所调查之事项予以真实而系统的叙述",其原因在于"现在的人力财力都不允许我们做大规模的社会调查"[1]。尽管如此,在山东全省 108 个县中间,他们还是收到"散布于鲁省的四方"的"26 县叙述庙会的文章"计 46 篇,基本上"可以以此代表其余"。这里,编者俞异君特别强调要重视在庙会的背后,"就庙会所供的主神、娱乐、买卖的状况及耗费的情形,来加以考察",以此来"看出庙会之所以延续至今的根本的决定的原因";他尤其清醒地提到,"受自然界的影响最大最深的要算中国的农村","中国的农村虽是中国整个社会的基础,中国的农民虽占到全国人口 80% 的多数,然而中国政府的主持者是不会像其他国家那样爱顾到农村的",进而提出包括"取消农村一切苛捐杂税,使农村经济得有复苏之望"[2]的多项建议,使这一民间文化考察活动具有更大的意义。

在山东境内,黄河流入大海,有两个入海口,两者相距不远,西望利津、齐东、济阳、聊城、历城、济南、长清、平阴、寿张、鄄城一线,是黄河流域的主要区域。也就是说,并不能把山东所有的庙会考察都纳入此黄河流域民间文化考察范围之列,只有这一范围内才是。其中的聊城海华寺庙会、肥城固留寺庙会、东阿少岱山庙会等处庙会的考察,才属于此。《肥城县固留寺庙会》(作者张仁甫)分别介绍了(固留)寺的来历及其特点、庙会的来历及财产、买卖的状况、会款的收入及盈余、庙会的情形、会场的人数和布置、赶会之公例及防守与结论等内容,颇为详细。特别是买卖的状况与会款的收入及盈余两节,对木料、牲畜等交易物的数量统计、各项开支的介绍,既全

---

[1] 俞异君:《山东庙会调查集・序》,山东省立民众教育馆 1933 年 8 月版。
[2] 俞异君:《山东庙会调查集・序》,山东省立民众教育馆 1933 年 8 月版。

面,又准确;对其中的庙会组织结构的描述,都成为后世研究社会生活史的重要资料。其中"(固留寺)寺的来历及其特点""庙会的来历及财产"两章,用传说故事解释风俗,是典型的风物文化中的风俗传说。《东阿县少岱山庙会》(作者咸福亭)篇幅不算太长,开篇即述"从济南沿黄河南上,经二百四五十里"云云,颇有游记色彩。其中对于庙宇名称的介绍较为详细,并将庙会的范围即会众来源地区,诸如"聊城、阳谷、东平、庄平、堂邑、平阴、济宁"以及"集会最盛时期尝有五六万之众"等内容,所做描述与分析,都给人以清晰印象。《聊城海华寺庙会》(作者孙梅田)的介绍最为简约,太笼统,全篇不足400字。如其介绍"南乡阿城镇的海会寺",称"分中东西三院,以骑门楼做栅门,上做戏楼,东南接黄河,西有待疏之运河,形式颇佳","内有住僧四五十名,晨钟暮鼓照常奉经,功课倒也不差,行为未曾出现"云云。这篇文章堪称整个民国时期黄河流域民间文化考察中最短的一篇。总之,《山东庙会调查集》由于其记录者人员众多,而且文笔参差不齐,保存民间文学详略不一,这部著述的民间文学价值只在于不同庙会中民间传说故事被记述这件事上,诸如沿海龙王传说、秦始皇赶山鞭传说等,与《太平寰宇记》中所记基本上没有什么变化,此显示出地方民间文学特色。除了庙会的记录,这里是乡村教育运动的又一个中心,其中的民间文学研究围绕"新礼俗建设",表现出新的学术风度。山东是孔孟的故乡;梁漱溟他们对西方人的价值观念与社会文化观念深恶痛绝,他强调"西方功利思想进来,士不惟不以言利为耻,反以言利为尚"[1],鼓励新思想,却追求独立自主,不依附他人,更不附会西方人或迷信西方人,其更多在强调民族自信心重建。其乡村教育理论以"村治"为主体,影响到民间文学思想理论。如朱佐廷[2]说,"民众读物是构成民间文学的要素";徐旭光强调,要反对民间传说故事中的

---

[1] 梁漱溟:《乡村建设理论》,上海人民出版社2006年版,第61页。
[2] 朱廷佐:《中国民众读物之检讨》,《山东民众教育月刊》1935年9月第6卷第7期。

"暗示海淫海盗,崇尚鬼怪神迷",这些内容"令人读了,不是萎靡不振,就是邪念丛生","更有封面丑恶,印刷粗陋,装订简坏,纸张糙恶,插图丑劣,均足以引人入浅薄、自私偏狭、消极的陷阱处去"[1]云云。这些论断都与孔子"不语怪力乱神"有相通之处,堪称民俗学运动中的"新儒"。

二、复兴的文化主题

大西南的民间文学与民俗考察,在现代民俗学运动中表现出又一种特色。这首先表现在1942年冬天,中国民俗学会的复会,这是民俗学运动的继续。

上海、南京、武汉相继沦陷,中国的政治、文化中心随着国民政府的"西狩",转移向重庆。于是,现代民俗学运动中那些学者们,也跟随着来到这里。因为是在战时,一切都具有特殊性,而无论战争有多么激烈、残酷,文化建设的步伐从来没有停止。文化下乡、文化入伍,文化抗战,文化承担着越来越沉重的使命和责任。这时刻的文化被赋予复兴民族和国家的重任,多民间文学与民间风俗的内容情有独钟,因为越来越多的人认识到,这是民族的传统,是文化的根植所在,而文化是民族的灵魂,欲使一个民族觉醒、振作起来,就要用文化鼓呼,让人们明白,要让每一个人都行动起来,不怕一切困难。民间文学是民族最古老的记忆,是认识民族历史文化的宝库,更是鼓舞人民斗志的思想宝库,其通俗易懂,清新刚健,是抗战时期民族文化复兴的重要基础。越来越多的文化人在重庆集结,他们中的许多有识之士提出民族文化传统与旧形式利用(包括民间文学),中国民俗学会复会的意义就因此而更加不平常了。

杭州中国民俗学会以钟敬文为重要代表的民间文学研究阵容,在抗日

---

[1] 徐旭光:《现在读物的检讨》,此转引自邱治新《怎样编辑民众读物》,《山东民众教育月刊》,1935年6卷7期。

战争中形成另外一种景象。钟敬文走向抗日前线,做文化宣传工作;娄子匡是杭州中国民俗学会的马前卒,为民间文学思想理论建设立下汗马功劳,战争爆发后,他以浙江省国民党的办事处主任身份来到重庆。这时,他在《中央日报》主持副刊专栏《风物志》,继续进行民俗学与民间文学研究。此时,顾颉刚也来到重庆,许多民间文学研究者,几乎不约而同来到了重庆。诸如罗香林、黄芝冈、白寿彝、徐芳等,加上回到本地的于飞、樊缜兄弟,这些当年颇为活跃的学者都聚集在这里。

重庆和成都是大西南的文化重镇,在20世纪30年代初期的乡村教育运动中,有搜集整理民间文学及其理论研究的良好业绩。如卢作孚从事乡村教育与建设事业甚早,曾经于1924年在成都创办通俗教育馆,1925年成立民生实业有限公司,从1927年开始进行北碚乡村教育建设。他以江、巴、璧、合四县特组峡防团务局局长身份,在重庆以北碚为中心的嘉陵江三峡地区开始进行乡村建设运动,他与其他人的乡村教育不一样,他强调"目的不只是乡村教育方面,如何去改善或推进这乡村的教育事业;也不只是在救济方面,如何去救济这乡村里的穷困或灾变",而是"赶快将这一个乡村现代化起来",很快使北碚从贫穷不堪的乡村变为繁华富裕的都市;其成就非凡,一直持续到20世纪40年代末。1936年春,晏阳初响应国民政府"建设抗战大后方",与四川省政府商定成立"四川省建设设计委员会",由省主席刘湘任主任委员,他本人任副主任委员,聘请四川大学校长任鸿隽、华西协合大学校长张凌高、重庆大学校长胡庶华和中华平民教育促进会总会主要干事陈筑山、霍俪白、傅葆琛、陈志潜、陈行可、常德仁等人为委员。抗日战争爆发后,晏阳初"中华平民教育促进会"先后迁长沙、成都、重庆、北碚,等于衣锦还乡。晏阳初出生于四川巴中县的一个四代书香家庭,他在重庆歇马场创办了四川省乡村建设育才院,后改为乡村建设学院。1930年代,重庆在四川乡村建设学院的基础上设立四川省立教育学院;在抗日战争时期,他们曾在巴县等地继续进行乡村建设的研究实验工作。与此同时,成都华西协合大学文学院设立了专门的乡村教育系,后改为乡村建设系,该系曾编辑出版《华西乡建》刊物及《乡农报》等,刊载一些关于民间文学搜集整理与理论研究的文章。其中,值得重视的是20世纪39年7月,晏阳初他们在重庆讨论通过了《乡村建设学院缘起及旨趣》,其主张学术自由,办学民主,把四川乡建学院办出特色,成功抵制了国民党派去训导主任要在该院建立国民党、三青团组织的意图。与定县时期一样,其设立研究部,研究部主任由瞿菊农担任。他们在工作中制定"社会调查室工作简报",涉及民间文学的搜集整理内容。此时的成都,有中国边疆学会,有齐鲁大学国学研究所主办的《责善半月刊》(顾颉刚主编),有华西大学文学院中国文学研究、燕京大学国学研究所、金陵大学文化研究所主办的《中国文化研究汇刊》,有西康省主办、常常发表西康和西藏两省藏族的民俗、民间故事和民歌的《康导月刊》,有作家李劼人他们主办、曾经发表《格萨尔王传》的《风土什志》,有四川国立礼乐馆创办的《采风月刊》,等等,显现出民间文学在这里被关注的学术胜景。

李文衡、李承祥兄弟,即20世纪20年代中山大学民俗学运动时期民间文学搜集整理与理论研究中的于飞和樊缜,他们是重庆本地人,曾经创办中国民俗学会四川分会,樊缜即李承祥曾经在河南村治学院任教,与人讨论民间文学与民俗学问题[1],此时回到了家乡。他们促成了关于中国民俗学会"复会"的"座谈会"。如《风物志集刊》中《记在渝同仁两次座谈》[2]所记,一次是"去年初冬,渝分会的负责同仁于飞、樊缜,和由东南来渝的同仁娄子匡见面了,初觌的愉快,立刻引出了首次的座谈。是一个冬天的傍晚,林森路的大厦里,先后来到出席的同仁有陈锡襄、罗香林、黄芝冈、娄子匡,他们很想和川籍的同仁们多年通讯而未聚首的渴望里见见面,于飞、樊缜,

---

[1] 江绍原:《现代英吉利谣俗与谣俗学》中有樊缜的《论民俗学书》,述及"前与清水书,非仅评其《海王女》,且谤及一般民学研究之概况"等,上海中华书局1932年版,第311页。

[2] 《记在渝同仁两次座谈》,《风物志集刊》1944年1月31日第1期。

也早为川籍同仁同样的期望,约集了徐匀、王乃昌、徐鸣亚、陈季云、萧懋功、刘璧生六位同工仁。本来还有同仁顾颉刚、白寿彝、方豪、范任、贡沛诚想来参加,但是为了路远、事冗,不能赶来。座谈会未开始,大家就自由放谭,情绪是形容不出的兴奋和挚密",一次是"顾颉刚同仁由北碚赶了来,娄子匡、黄芝冈、罗香林、于飞、樊缜、徐鸣亚、王乃昌、陈季云、萧懋功、刘璧生诸同仁仍来参加,新的参加的同工有贡沛诚、王烈望、汪祖华、郭笃士、康心远,还有徐芳同仁姗姗地到迟";其借第二次座谈会顾颉刚发言,总结了"民俗学在中国,只有二十年的历史,当初在北大搜集歌谣、出版周刊,以后由歌而谚而故事唱本,范围扩大些""各地成立民俗分会的,有闽、浙""浙江的分会,由娄子匡同工主持,他在东南把民俗学风气激荡起来了。当时影响到各地,四川也因之而成立了分会""抗战发生,大家分散,民俗的研究工作不能继续,直到近时娄子匡同仁来渝,赓续发动这一运动,联系同仁,刊出《风物志》周刊,因而引起四川同仁樊缜、于飞的联合,而举行两次有意义的座谈",以及"现时研究民俗,曾有人以为不合时宜。但是,如今建国建礼,当局对礼制之重视,风俗和礼乐的关系是不言而喻的""目今时代的推进影响风气的变动,风俗资料因此而湮没的,所以大家要赶紧搜集风俗资料,来整理研究,保存学术于万世"等情况,包括"同仁们听取了都很兴奋,一致的感觉需要筹立中国民俗学会,当场推举七位同仁——顾颉刚、罗香林、黄芝冈、娄子匡、贡沛诚、樊缜、徐鸣亚为筹备员"。两次座谈会"自由放谭"的内容是"要紧紧地联系,需要成立学术研究的集团","要鼓舞研究的情绪和成就,要刊出《风物志》,要刊出丛镌,发挥学术,交换意见",以及"罗香林同工提出举办民俗学讲座","要多出几个《风物志》",并提出"歌谣、谚语、唱本"或"民生问题的衣、食、住、行的习俗制度"为主题云云,他们达成共识,就是"快把民俗学运动推广开去"[1]。

---

[1] 《记在渝同仁两次座谈》,《风物志集刊》1944年1月31日第1期。

此《风物志集刊》发表顾颉刚撰写的《序辞》，与当年《民俗周刊》时期高呼"打倒封建贵族"的语气大不一样，其述说了他们的学术追求在于"欢迎新风俗，研究旧风俗"，其阐明"《风物志》是民俗学、民族学、文化史、社会史的理论和资料的集刊。是一本学术性的集刊，但是它的学术性能，决不和现实之间有距离，而要和现实问题密切联系着""《风物志》是在建国步骤中，建礼的任务里，想从搜集风俗资料，研究它的成长、展布和存在价值，因势利导的来移风易俗，创化出现时代适应于中国的新风气"，他"高呼"的不再是血气方刚的战斗号令，而是较为平和的叙说："我们一面要欢迎全国'道一风同'的新风俗的实施，一面要赶紧搜罗那已经实施了千百年而现在奄奄欲绝的旧风俗而加以整理和研究"，其归结为"学术研究趋势于现实应用，建国建礼，先定要搜罗史料，留下给后代鉴观"，甚至颇为温和地说"发问的朋友们，你们以为怎样？"[1]

时间塑造历史，改变人的性情与追求。没有改变的是顾颉刚他们对于民间文学所保持的学术热情。如顾颉刚继续主编《文史杂志》，继续他的《古史辨》，继续进行地方民间传说故事的搜集整理。

不论中国民俗学会复会进展如何，或结果如何，这都不重要。《风物志集刊》表达了抗战时期中国民俗学同仁们对民间文学的热情与向往。尽管这份集刊有点孤苦伶仃的身影，却显示了它的顽强。与此同时，在重庆兴起了一个神话学研究的学术热潮，诸如郭沫若、顾颉刚、徐旭生、卫聚贤、丁山、程憬、杨宽、黄芝冈、苏雪林、常任侠、吕思勉、郑德坤、陈志良等，他们坚持学术研究，以民族文化的复兴为重要使命，将神话研究与文化研究相结合，越来越重视民间文学的多种形态存在与民间文学研究多重视角、多重方法的运用。他们之间也有争论，但从来都是以理服人，是学理与学科上的相互探讨。诸如常任侠对"稽考中国古史，苗瑶之民，亦中夏原始民族之一"与

---

[1] 顾颉刚：《序辞》，《风物志集刊》1944年1月31日第1期。

"伏羲与盘瓠为双声。伏戏、庖牺、盘古、盘瓠,声训可通,殆属一词,无间汉苗。俱自承为盘古之后,两者神话,盖亦同出于一源也"的述说;[1]诸如徐旭生对"华夏、东夷、苗蛮三大集团"与洪水神话的述说[2],包括苏雪林的泛巴比伦学说,等等。他们的研究,包括他们的争论,都显示出战争状态下一代学人"为天地立心、为生民立命",秉持学术薪火传承的神圣使命感。

他们或身处重庆,诸如《风物志集刊》同仁能够朝夕相处,一起砥砺学问;或遥相呼应,以重庆为纽带,把四面八方的朋友凝结成学术的红腰带,凝聚力量,共同探讨中华民族文化复兴的任务与前途,诸如远在昆明的西南联大的朱自清、闻一多他们,甚至包括北平、上海、香港、广州等地的朋友们,在报端显示出他们的往来。无疑,此使重庆成为中国民间文学以神话研究为特色的学术中心。

在重庆,关于民族形式的讨论涉及民间文学形式问题。此前,即 20 世纪 30 年代,《前锋》杂志曾经以《民族主义运动宣言》形成文化争论[3]。向林冰未必是旧话重提,却与民族主义运动有一定联系,他提出"民间文艺形式是民族形式的中心源泉","中国老百姓所喜闻乐见的中国作风与中国气派,乃是问题的核心所在";他把文学形态分为"五四以来的新兴文艺形式"和"大众所习见常闻的民间文艺形式",其指出"畸形发展的都市的产物,所以对于畸形发展的大学教授,银行经理、舞女、政客,以及其他'小布尔'的表现是不错的,然而拿来传达人民大众的说话、心理,就出了毛病",而"现存的民间形式,自然还不是民族形式,但它是民族形式的源泉",所以提出"旧瓶装新酒"[4]。许多人批评向林冰的理论偏颇、极端,其实并没有完全理解他的原意,包括葛一虹他们十分武断地把民间文学等同于封建文学,其实更多

---

[1] 常任侠:《沙坪坝出土之石棺画像研究》,《说文月刊》1939 年 11 月 15 日第 10、11 期,第 63 页。
[2] 徐旭生:《中国古史的传说时代》,《图书季刊》1944 年 6 月 9 日第 5 卷第 2、3 期合刊。
[3] 《先锋》1930 年 10 月 10 日第 1 卷第 1 期。
[4] 向林冰:《论"民族形式"的中心源泉》,《大公报》,1940 年 3 月 24 日。

是望文生义;他们并不了解民间文学的真正价值意义。向林冰所在的通俗读物编刊社提出"旧瓶装新酒"是有抗战时期"文章下乡""文章入伍"特殊背景的,通俗读物编刊社的前身是燕京大学"三户书社",以发行取材于民间文学的通俗读物为主,颇有影响,后来被国民政府宣布为"赤化"而遭取缔。顾颉刚为通俗读物编刊社负责人,后来在抗战时与全国文艺工作者抗敌协会合作,举办通俗文艺讲习会,由向林冰、王泽民、何容、萧伯青、老舍和老向等人向社会宣传介绍文化知识,提倡中国文化本位,他们演讲的内容被整理为《通俗文艺五讲》。1939年前后的《抗战文艺》多次刊登顾颉刚和向林冰等人关于"旧瓶装新酒"的文章,而同时,胡风他们利用《七月》举办各种形式的座谈会,极力批评向林冰他们的主张,并一再述说什么民间文学是十分低级的文艺形式云云,走向另一个极端,遭到老舍、茅盾等人的批评。向林冰关于民族形式的主张在毛泽东《中国共产党在民族战争中的地位》等著述中得到肯定行的回应,这是另外一回事。这个问题其实是没有结论的,问题仍然在于非此即彼的二元对立思维方式。民间文学与新文学本来是两个概念,两种形式,他们一定要比个高低,所以就像当年民间文学的民俗学研究与文学研究的争论一样。但是,无论如何,这都显示出民间文学在"通俗读物"层面上为文艺抗战所引起的关注,从不同方面表现出抗战时期对民间文学的理解认识,这同样是中国现代民间文学思想理论的重要内容。或者说,事实上这是一个关于民族文化复兴的问题。在现代民间文学史上,其讨论的形式,应该比内容更重要。

一切讨论都是非常有必要的,但是,不应该为讨论而讨论,应该有一个明确的目标。在这场关于民间文学作为民族形式的讨论中,可以看到许多观念直到现在仍然有不同表现。诸如关于民间文学与作家文学二元对立的思维方式,即许多学者一定要比个高低,分出雅俗。那么,固然在民间社会没有胡适、鲁迅、郭沫若这样了不起的思想家,但是,又有谁能够一个人创作出像《格萨尔》《玛纳斯》《江格尔》这样长达数万、数十万、数百万行的史诗呢？更有甚者，是以胡风为代表的一些学者，过于强调作家的主观战斗性与民间文学的所谓封建糟粕之间的对立，在事实上形成对民间文学的蔑视。用所谓落后、愚昧概括民众与民间文学，这本身就不理解民间文学作为思想文化的重要价值，是一种无视历史与现实的极端化表现。

除此之外，中国现代民俗学运动还包括所谓沦陷区的一些学术活动。沦陷区是一个特指被日本人占领的地区。此时的学者大多迁走了，若人所说，学校是民族文化的种子，是民族的希望，所以要特别保护，如北京大学、清华大学、南开大学组成西南联合大学，走进大西南，就是为躲避日本人的炮火。但也有一些学者因为各种各样的原因留在日本人统治的地区，虽然有不少人能够保持民族气节，但也不乏有人甘做亡国奴，替日本人管理中国社会与中国文化，周作人就是这样的文化汉奸，他不听大家的劝告，成为伪政权的教育督办。或曰，无论他有什么样的苦衷，终究是做了汉奸。同为民俗学家，江绍原、杨堃他们就不一样。一切都在于选择。以北平为例，燕京大学等学校后来因为是美国人办的大学，在太平洋战争爆发时停办，伪北京大学、北京师范大学、辅仁大学、中国大学等学校完全受制于日本人。此时的燕京大学曾经设立由周作人"属于中日合作的华北总合调查研究所"，专门成立"习俗委员会"。日本人桥川时雄他们成立了专门研究中国风俗的"民风社"，后改为"东方民俗研究会"，名曰"以促进中华民国及东亚诸民族的语言、风俗、习惯、信仰等科学研究为目的"。他们研究中国民俗，编印出版了《北京地名考》和《白云观的道教》等出版物，鬼知道他们是否有"促进"的真正意图！也正是这个汉奸学者周作人在民风社成立大会上要求中国民俗学者与日本人合作，可喜的是几乎无人响应。这一时期，北京还成立了辅仁大学东方人类学博物馆、北京大学中国农村经济研究所、满铁华北经济调查所，包括上海的满铁上海事务所，他们分别在华北、华中地区调查中国社会风俗生活；他们与日本人合作，出版了《山东省惠民县农村调查报告》（1939年）、《中国民俗志》（1940—1942年）、《华北现存诸部落的发生》(1941年)、《民俗学研究》(1942年创刊)、《中国农村习俗调查报告书》(1943年)、《中国近代民俗学研究概况》(1943年)、《山西大同县南的婚俗》(1944年)、《华北的村落社会》(1944年)等著述或辑刊。此时的东北,以所谓的"满洲国",成立"满洲民俗同好会",编印《满洲民族调查》和《满洲民俗图录》《满洲民俗考》《满洲娘娘考》《满洲农村民谣集》《满洲的街村信仰》,等等。此时的台湾地区也有日本人出版的《民俗台湾》(1941年)。这些成果因为都是日本人主持或影响下的民俗学或民间文学的研究,不同程度上带有殖民主义的色彩或痕迹。这表明,就民间文化的调查研究而言,在大敌当前的特别时期,很难说有超越时代和国界的纯粹的学术活动。日本人关注中国民间文学与社会风俗生活的真正意图,难道就是简单的"促进中华民国及东亚诸民族的语言、风俗、习惯、信仰等科学研究"吗?这里摆脱不了两个方面的疑问:一是入境问俗,一是知彼知己。日本人对中国民间文学与民俗的研究,不可能那样纯粹。一切都在事实上沾染上了侵略者的印记之后,什么样的表白都是没有意义的。总之,在沦陷区,民间文学与民俗学的研究因时代而形成光荣与耻辱并存的局面。

在中国现代民间文学史上,学者们走进民间社会,或用人民大众喜闻乐见的民间文学形式鼓舞民众,或借以研究民族复兴的前途,都成为中华民族追求独立自由解放事业的一部分。

第四节 《中华全国风俗志》的民间文学史意义

在中国现代民间文学史上,上海是一个特殊的地区。这是海派文化的重要集结地,代表着中国面向世界的窗口,也是中国联系世界的重要纽带。这里的外国人租借地形成一种新的景象,带来了西方现代文明的风尚,影响到中国社会接受外来文明的"风气之先",从而这里的各种报纸和刊物,以及众多的出版物,构成中国现代文化的森林,使上海成为中国现代文化的重要中心。这里汇聚着一批中国现代文学艺术的巨匠,也汇聚着一批年轻的思想家,他们关心国家和民族的前途和命运,深深思索着民族历史文化与世界现代文明的联系,及其冲突、融合。其中,形成这个时代所具有的民间文学思想理论。诸如胡愈之对民间文学的理论思索,诸如茅盾对中国神话研究的探索,包括一批西方传教士和汉学家对中国社会风俗生活的观察、理解和研究。同时,笔者特别强调的是,在上海出现民俗学对民间文学的研究热潮。其中不乏从古代方志等历史文献方面研究中国社会风俗生活的著述,代表着时代特色和地域特色。这就是胡朴安的《中华全国风俗志》。

胡朴安(1878—1947),安徽泾县人。其早年结识宋教仁、柳亚子、李叔同和陈独秀等人,接受新思想,加入同盟会和国学保存会、南社、文创会等文化团体,担任《国粹学报》和《太平洋报》编辑,成为《民国新闻》《民权报》等报刊的撰稿人。后来,他在上海发起组织南社之分支"鸥社",奔走各地,宣传新的文化思想,在中国公学等学校任教。其受到宋教仁文化救世思想的影响,创作小说《沌泽国》,描写清政府之腐败,编写了《俗语典》(上海广益书局,1922年)和《中华全国风俗志》(上海广益书局,1923年)等著述,意在集中探讨中国文化的性质和规律,并且希望形成自己的学术体系。其胞弟胡怀琛受其影响,也对中国民间文学产生兴趣,撰写出《中国民歌研究》《中国小说研究》《中国文学过去与未来》《中国戏曲史》和《中国神话》等著述。

《俗语典》收录俗语7327条,包括俗语、谚语、歇后语等民间同俗用语。其考证民间俗语的来源,解说其流变,表现出民俗学的思想文化特色。胡朴安是这部著述的主编,为《中华全国风俗志》的写作做了必要的学术准备。

《中华全国风俗志》的写作采用了历史文化地理的写作方式,并广泛搜集民间文学和社会风俗生活材料,保存了许多当世流行的民间文学等内容。其主要内容是各个地区社会风俗生活的具体分布,及其所显示的地域文化性格。其中,他把民间文学视作社会风俗生活的一部分,在其相关论述中,形成其独具特色的民间文学思想理论。

首先,对社会风俗生活的考察,"采风记"民俗考察成为《中华全国风俗志》的主体。诸如《济南采风记》《郑县采风记》《陕西风俗琐记》《南京采风记》《上海风俗琐记》《合肥风俗记》《寿春风俗录》《海宁风俗记》《闽省岁时风俗记》《黄陂风俗志》《粤西采风琐记》《准噶尔风俗记》《乌鲁木齐风俗记》《黑龙江风俗琐记》《内蒙古风俗志》等,形成别具特色的风俗志体。这些风俗志或者以历史文献的考据为主,或者记录当世社会风俗生活。社会风俗生活既有历史的继承性,又有时代特色和地域特色,成为民间文学的重要生成背景,胡朴安非常重视这些内容的记述。如其《中华全国风俗志·江苏》引《岁时琐志》记曰:"十一日,妓女有老郎会之举","六月十一日之会尤盛,灯红酒绿,丝竹嗷嘈。是时秦淮河一带,两岸则窗开水阁,鬓影衣香,河中则画舫灯船,往来梭织。五陵年少,意气自豪,一日夜之间,所耗不止中人产焉。"其记述地方风俗,涉及宗教信仰和民间信仰的内容,诸如《中华全国风俗志下·黄陂愚俗谈》载:"邑中道士多,和尚少,道士则娶妻生子,与居人等,道人则蓄发与僧等,所谓道士者,必有职,其职逢斋坛上表玉皇时,亦用全衔称臣某,仍每年度升。"风俗即传说,一个地区的社会风俗生活总是以婚姻礼仪等形式最为集中地表现出来,而仪式的文化含义需要介绍,其特别注意到对仪式的记录和解释,《中华全国风俗志》引《黄陂风俗志》记曰:"婿偕媒同至女宅,女宅闭门,请知宾立于户左右迎婿。婿下舆,鼓乐齐作,佑以炮仗,烟雾弥漫,迟之又久,女宅启门纳婿。婿逢门必行跪叩礼,所谓门下子婿是也。至厅婿行谒岳礼,铺以红毡,毡下必实以三角磁瓦等类以戏之。岳虽不欲,诸姑伯叔不从焉。拜已升座,进三元汤,取八股时连中三元之意,其三元,鱼圆、肉圆;汤圆焉,必重油汤圆,心必重糖,使难于下咽而以笑焉。食已,新娘上舆。"其注释方式多以民间风俗、民间传说和历史文化之间的互证为主,如《中华全国风俗志·湖南》引《长治新年纪俗诗》曰:"妇女围龙可受胎,痴心求子亦奇哉。真龙不及纸龙好,能作麟麟送子来。"其注:"妇人多年不生育者,每于龙灯到家时,加送封仪,以龙身围绕妇人一次,又将龙身缩短,上骑一小孩,在堂前行绕一周,谓之麒麟送子。"又如《中华全国风俗志·直隶·天津小儿跳墙之风俗》记述:"大凡缺少子嗣之人家,忽然生下一个男孩,自然爱如珍宝。但是一方面却时时惶恐,或是多病,或是夭殇。因此为父母者往往带领小孩到庙中焚香祷告,求和尚给小儿起一名,俗称'寄僧名'。其意盖为自此以后,此孩便算出家。寄僧名之孩,往往作僧人之妆束,直至十二岁跳墙还俗之时,才能更换。"这些社会风俗生活内容与民间传说构成一体,成为中国现代民间文学的时代特色。

其次是把民间传说、民间歌谣、民间谚语等民间文学现象视作社会风俗生活的重要形式,在风俗志中明确为民间文学列出专章,做集中书写。如《南阳农人之谚语》《杭州之传说》《津市之农谚》《广东之戏剧》《象县之俗谚》《沈阳农家之歌谣》等,记录保存了丰富多彩的民间文学内容。当然,与当世北京大学歌谣学运动的学者不同,与中山大学民俗学运动的学者也不同,胡朴安的民间文学记录不是来自田野作业,而是更多来自转述,是从其他学者的记录转述而来。

再其次,其记述的少数民族社会风俗生活与民间文学,是现代民间文学民族志的重要内容。如《中华全国风俗志·苗族·峒溪诸苗奇俗纤志一》所记:"鼻夷僚族,鼻如垂钩,隅目好杀,深明水脉,采瑶臂鳄牙为笛,吹作龙声。与之酒,鼻饮辄尽。"历史上,明确记述少数民族民间文学和民间艺术的文献并不少,诸如明王圻《续文献通考》所记述:"苗人休春,刻木为马,祭以牛酒。老人之马箕踞,未婚男女,吹芦笙以和歌词,谓之跳月。"清赵翼《檐曝杂记边·郡风俗》所记述:"粤西土民及滇、黔苗、猓风俗,大概皆淳朴","每春月趁墟唱歌,男女各坐一边,其歌皆男女相悦之词。其不合者,亦有歌拒之,如'你爱我,我不爱你'之类。若两相悦,则歌毕辄携手就酒棚,并坐而饮,彼此各赠物以定情,定期相会,甚有酒后即潜入山洞中相昵者。"清陈鼎《黔游记》记述:"跳月为婚者,立标于野,大会男女。男吹芦笙于前,女振金铎于后,盘旋跳舞,各有行列。讴歌互答,有洽于心即奔之。越月送归母家,然后遣媒妁、请聘价等。"但像胡朴安如此明确记述少数民族社会风俗生活与民间文学内容,作为历史文化一部分进行系统书写的,应该是不多见的。如《中华全国风俗志·云南·哈瓦之祭谷地奇俗》所记:"伊最欢迎者,系有连腮胡之",其又记云南思茅哈瓦人的猎头习俗,每至正二月即伏于林间,使用弓弩射杀往来行人,将死者尸身用泥糊后火烧,众人分食,并将死者头颅割下抛于田中,待生蛆后,将其取回家,供奉于桌上,奉若神明,祈祷其保佑稻谷丰收。这是民族志的书写,也是社会风俗生活和民间传说的记录。而且,胡朴安有意识地记录保存了边疆地区少数民族的社会风俗生活,如其《中华全国风俗志·新疆·准噶尔风俗记》所记述"马奶酒",称:"其酒缝皮为带,中盛牲乳,束其口,久而酿成,味微酢,谓之挏酒。每岁四月,马潼新得,时置筵酬神。"其记录少数民族社会风俗生活内容的篇章有许多,诸如其记录新疆地区的《迪化人之生活状况》《哈萨克人之生活》《哈萨克人之衣饰》《哈萨克人之冠礼》《哈萨克人之婚礼》《哈萨克人之丧礼》《哈萨克人之宾礼》《哈萨克人之奉教》《巴音布拉克人之信佛》《帕米尔人之生活》《准噶尔风俗记》《乌鲁木齐风俗记》等;其记录西藏地区的《西藏呼毕勒罕之承继法》《西藏喇嘛僧之等级》《西藏喇嘛僧之服装》《西藏喇嘛寺内之状况》《西藏尊贵喇嘛之敛礼》《西藏喇嘛教育之程式》《藏民教育之状况》《藏民之刑法藏民之历法》《藏民之租税》《藏民之咒语》《藏民之佛珠》《藏民之性质》《藏民男女生活之奇异》《藏民男子之服装》《藏民女子之服装》《藏民之职业》《藏民日常之食物》《噶伦宴客之仪式》《藏民宴客之仪式》《藏民之住屋》《藏民之育子风俗》《藏民之医术》《藏民之占卜》《藏民之交际礼》《藏民之岁时令节》;其记录内蒙古地区的《内蒙古风俗志》《内蒙古东部与西部风俗略记》《蒙古族婚嫁及杂俗》;其记述鄂伦春族的《鄂伦春族之生活状况》《鄂伦春族之风俗习惯》;其记述青海少数民族社会风俗生活的《青海番族之状况》;其记述云南少数民族的《哈瓦土人之风俗》《哈瓦之祭谷地奇俗》《石屏之请七姑娘》《腾越之火把节》《腾越之中元节》《腾越之腊八节》《龙氏土司之婚礼及家仪》；其记述苗族社会风俗生活的《峒溪诸苗奇俗纤志一》《峒溪诸苗奇俗纤志二》《苗人之跳月结婚》《苗人之婚丧风俗》等，都是珍贵的民族民间文学史料。

　　胡朴安的民间文学思想理论是从社会风俗生活的考察出发，具体阐明自己的论点。如《中华全国风俗志》之《社会丛谈》所论，其概括北京人社会风俗生活中的民间文艺道："北京人民，食必葱蒜（凡北式菜馆，席中必有小菜，蒜为必列之品），衣必红绿（北京庙会，旗装妇女，面部则胭脂如血。衣服则文绣斑斓，举目皆是），戏必皮黄（梆子腔自民国成立后，几成绝响，近年昆曲始稍兴，然终不敌西皮二黄之势力，上自学士大夫，下至贩夫走卒，无不会略哼几句者）。盖北方人民，感觉迟钝，无葱蒜则舌之味觉不愉快，无红绿则眼之视觉不愉快，无皮黄则耳之听觉不愉快。其感觉迟钝之原因，若以科学解说之，则北方空气干燥，种种电力，传达较迟，是为一大原因。且因感觉迟钝，而益求兴奋之剂以愉快，愈激愈疲，愈疲愈弱，五官本能。因以益钝，是又一原因。以感觉迟钝故，遂至脑筋简单，学说不易输入，文化因以不进步，实人群进化之障碍。望有志者革除此种陋习，使官能恢复其固有之灵明。北京星相扶乩之风甚盛，不特旧人物笃信，新人物亦复津津乐谈。一般官僚，无一不以八字及五官求人评判吉凶。以故亚康节、赛柳庄、同心处等等。皆以相命而席丰履厚，且有膺高官厚禄者。一般大老，佞佛最深，茹素诵经者比比皆是。伏处下僚、脑筋敏捷者。遂起而研究佛学，以作终南捷径，颇多遂意者。故时人有言曰：北京做官有三诀，曰善嫖、善赌、善诵经。盖不诬也。"其称："北京年来，虽文化未进步，而奢侈则日起有功。元二年间，街市尚有铁轮车，今则无矣。昔者汽车、马车尚如晨星，今则月入三五百元之人物，无一不有汽车。甚有汽油由车夫供给，以分润酬应场中车夫所得之饭钱者，薪水虽数月领不到手，而老爷之架子，依然不得不搭。胸前之徽章，名片上之官衔，多多益善，虽逛公园、上饭馆时，亦不肯抛却。向日请客，大都同丰堂、会贤堂,皆中式菜馆;今则必六国饭店、德昌饭店、长安饭店,皆西式大餐矣。向日政客衣服尚多韦布,今则一律花缎矣。统计北京各级社会,殆无一人不入胡同上盘子,无一人不往公园喝茶,无一人不听戏,无一人不听落子,无一人不打球,无一人不上小饭馆,无一人不看电影,无一人不叉麻雀。此数端兼之者固多,而占其二三者,百分中当在九十以外。"其指出时尚因素对北京社会风俗生活的影响,道:"北京旧式茶馆,仅取水钱铜圆二枚,今则龙井茶铜圆六枚为普通矣。旧式饽饽铺,京钱四吊(合南钱四百文)一口蒲包,今则稻香村、谷香村饼干,非洋三四角,不能得一洋铁桶矣。昔日抽烟用木杆白铜锅,抽关东大叶,今则换用纸烟,且非三炮台、政府牌不御矣。昔日喝酒,公推柳泉居之黄酒,今则非三星白兰地、啤酒不用矣。然而人民虽阔绰,政府则外债内债,累积如山。国奢则示之以俭,尚望有志者以节俭为天下先,培养国民经济力,为国家减少政费之担负可也。人无正事,必且无聊。北京之无职业而待谋事者,固甚多而又无聊,其有职业者,亦多不尽力于所事,且专好为无聊之忙碌,如庆吊也,饮宴也,送行也,接风也,问候也,闲谈也,追悼会也,欢迎会也,凡此皆无聊之表现也。群众运动,至今日仅成一种机械式捣乱作用。故有拥人者,有倒人者,有散传单者,有开某某会者。有请某项某项愿者,皆其好例也。"其论述社会风俗生活,以交通和建筑等发生变化为例,称:"清末东交民巷,唯马车可以任意奔驰,其他车辆禁止行走,盖外人优待亲贵也。宣统间议定岁贴修路费五千元,人力车始准通行。都中马路,近始改良,比之沪埠,犹有逊焉。唯东交民巷则路途平坦,两旁垂杨,房宇整洁,行其间颇有上海静安寺路风景。此处管理权几全在公使馆掌握,警厅不敢过问。虽然,犹幸有此外交团卵翼区域,为达官政客之逋逃薮也。"其又称:"六国饭店在中御河桥边,建筑壮丽,陈设华美,较之沪上汇中,殆过无不及。从前为外交团俱乐部,光、宣之交,满清贵族群学时髦,相率奔走于六国饭店,为外人点缀风景。实际上,则昔之间接以金店为纳贿机关者,一变而直接以六国饭店为交易所矣。民国以来,政客达官宴集寓宿,均以六国饭店为大本营。实则六国饭店在京颇有政治上之集合势力,非仅图哺啜已也。无论何项调停疏通事件,比至六国饭店,则无不迎刃而解,何其遭际之幸也!比年以来,都中稍有资望者,大都于天津设有出张所,盖狡兔三窟,安不忘危之意也。故一般大老,都门尽有临时赁屋者。而天津则必有地皮及自建房屋。今日人多谓北洋系,吾以毋宁称之日天津系。所谓北洋系人物,天津皆有不动产,且其发迹均于天津。在昔有清,都门赌博狭邪之禁尚严,官吏多不能逞欲,于是联袂赴津,既托庇于外人卵翼之下,亦可无所顾忌于僚属。故天津殆为政界嫖赌俱乐部,此亦北洋系团结之原因也。"

胡朴安特别论述到北京社会风俗生活中的民间戏曲等内容,其称:"北京向无夜戏。光、宣之际,各班因演义务戏,始准开演。此后亦不复禁。自文明茶园创立,始有妇女赴园观剧之事。当时仅以楼上下为分别,随后包厢亦可混合杂处。及第一舞台成立后,正厅亦可男女合座矣。北京伶业极为发达,戏园建筑虽简陋,然营业甚佳。上自官绅,下逮走卒,皆以戏园为消遣所。然近年来戏价飞增,几驾上海而上之。谭叫天演剧,昔仅售铜子二十余枚,今则须售一元余矣。梅兰芳于二次到申以前,在天乐园出台,外尚有龚云甫、王蕙芳、王又宸诸名伶,仅售铜子三十六枚,今则亦需大洋八毛矣。此亦北京人民奢侈程度之进步也。戏园有仅售男座者,则外面必高悬"不卖堂客"牌(按:北京人民呼妇女为堂客),其字句极不通,然沿用至今,未尝稍改。若改为不卖女座,似较妥当矣。"

其论及北京社会风俗生活中的饮食习俗,称:"北京客店,多备饭不备菜。初至京者均以客店房饭在内,既有饭自必有菜。故常为所欺。唯广东帮所设佛照楼、长发栈、泰安栈三家,则房金饭菜,一概在内,即不吃饭,亦照算也。近日新开之旅馆,如中西旅馆、金台旅馆等家,则与沪上诸大客栈之规例仿佛。若长安饭店、北京饭店等,则为第一等之旅馆,如上海之东亚旅馆、大东旅馆矣。"

其论及世风,感慨道:"旅居北京,有一极可怪事,即北京各城墙上不准华人行走,而任外人随意在城垣上散步瞻眺。问之则曰:此长官所吩咐,优待外人之命令也。在彼兵士为执行长官之言,禁止华人登城,固不足责,然不知一般威赫之长官,何必设此条律,优遇外人?为邦交起见,固无不可,然何必苛待华人。不令其登本国之京城?即在吾国,如上海租界中西人之公园,不准吾华人人内。吾遇彼若此,而彼待我若彼,诚可叹也!"其注意到一种世风的颓废在社会生活中的种种表现,指出:"北京各学校之学生,均萎靡不振,无尚武精神,对于运动体育一门,毫不注意,而以眷妓观剧为练习身体之品。近虽稍渐知注重体育,然一般腐败学校,其学生之狎妓捧角,仍视为常事。"其最后描述北京社会风俗生活的变化,并将其与上海做对比,表现出更多的感慨,称:"北京之市场与上海之所谓市场,其性质大有不同。北京市场内店肆林立,杂以货摊,商业竞争极烈,商人不得高居奇货,挟索巨值。然购物时亦须留意,货商索价甚高,虚头极大,甚至有索值三四倍于原价者。故购物者必须还价,否则未有不受欺者。其不二价之店肆,只前门外大栅栏内数家著名资本雄厚之店,若瑞蚨祥、同仁堂、谦祥益等家,然其价值总略昂于小铺。市场内之货物,价又贱于市场外之店铺,且种类繁多,可任意选购,故人多乐往购之。非若上海新世界、大世界内所设之商铺,高居奇货,勒索巨值,除无知儿童强欲玩物,及为情人逼购赠品,为顾全体面起见,不得不购外,鲜有人过问者。若市场内之货价,与外间店铺之货价相等,人犹且多从便向路旁店铺购买,而不愿出一二角之门资,向市场内店铺购买,况其价较寻常商店高出倍蓰耶?欲其营业之发达。不亦惑乎?北京之市场所以发达者,其原因有二:一由于货物之价较外间店铺为廉,二无须入门资。其与上海市场相比较,岂可同日而语耶?"

第四章
乡村教育运动

乡村教育的历史文化渊源可以追溯到我国古代的私塾教育,其改变了文化知识的专制(垄断)体制,使贵族之外的平民阶层能够享受到文化知识的系统教育权力。而真正使得广大平民子弟在没有学费等经济负担情况下,能够接受科学文化知识教育,并形成大的规模和运动的,则无疑是20世纪20年代开始出现的乡村教育运动。1900年前后,清朝曾经出现新的教育运动,废除科举的呼声越来越高,改良和增强实业进入新的教育体系。青少年学生到发达国家留学,西方传教士入华宣传基督教等思想文化,使中外文化交流日益频繁,诸如"平等""博爱"等西方文化思想与中国传统文化中的仁义礼智信等内容形成有机联系,形成具有"义举"意义的科学文化知识普及并应用于乡村社会,其深刻影响到乡村教育运动的广泛开展。在这样的思想文化背景下,出现晏阳初、梁漱溟、陶行知等一批著名的乡村教育先行者;他们在进行科学文化知识的大普及中,表现出对"乡村民众"中所流传的民间文学等内容的极大的热情。与此同时,李大钊《青年与农村》[1]对乡村教育运动的实际影响值得我们注意。他写道:"我们中国是一个农国,大多数的劳工阶级就是那些农民。他们若是不解放,就是我们国民全体不解放;他们的苦痛,就是我们国民全体的苦痛;他们的愚暗,就是我们国民

---

[1] 《青年与农村》,《晨报》1919年2月16日。

全体的愚暗；他们生活的利病，就是我们政治全体的利病。"这是一篇具有先见之明的文章，其强调的内容，在乡村教育运动中被贯彻，被证明。

关于中国现代社会发展中的乡村教育运动的形成原因，众说纷纭，或曰受到俄国十二月党人民粹主义"到民间去"口号的影响，或曰受到日本新村运动"摆脱农村的贫穷"等主张的影响，或曰受美国杜威实用主义教育理论的影响。也有一些学者说，这是受到现代文明熏陶的中国知识分子，受"平等""博爱"的救世主观念影响，与中国古代"学以致用"文化知识理念相结合，意在拯救中国底层社会摆脱愚昧与贫穷而做出的献身。这些分析都有合理的成分。问题在于任何一种活动能够形成运动，背后的原因都不是那么简单的；而其以"乡村民众"为教育对象，以新的思想文化与深入社会实际的社会实践相结合，形成对"乡村民众"中民间文学的搜集整理和再利用，则确确实实是中国现代民间文学历史上的一个重要事件。其方法、方式与价值意义值得我们重视和深思。

第一节 以"乡村民众"为对象的民间文学调查

乡村教育运动是一场深入广泛的社会文化运动，它所表现的民间文学史价值，主要在于通过对"乡村民众"中流传的民间文学进行搜集整理，一方面用于人文社会科学的研究，一方面用于乡村教育教学和文化宣传。因此，在中国现代民间文学史上，乡村教育运动就表现出两种显著而重要的价值意义，其一在于他们所搜集整理的民间文学，具有民俗志或民间文学史志的意义，另外一方面意义就在于他们所体现的文化思想与教育思想成为中国现代民间文学思想理论的一部分。而且，民间文学所进行的以平民教育为主要内容的民间文学思想文化理论研究，不仅仅局限于那些在乡村社会做具体工作的人群，还包括一些高等院校和科学研究机构的学者，他们都在进行如此有目的的民间文学搜集整理与理论研究活动，并以此构成中国现代民间文学史的特色。

中国现代学术史上的乡村教育运动不是无端发生的,既有西方现代学术思想包括基督教文化的重要影响,又有中国古代文化传统中"兼济天下""为民请命""救民于水火之中"等思想理论的影响。晏阳初、梁漱溟、陶行知、卢作孚他们几乎都有在西方国家留学的生活经历,或曰,正是他们目睹了西方发达国家的发展事实,才触动他们改造中国的文化设想,并从中国乡村社会入手进行科学文化知识大普及大应用。

如晏阳初,他是定县乡村教育运动的重要领导者,是中国平民教育运动的实际发动者。1907年他进入四川省成都华美高等学堂读书,结识了英国人传教士史梯瓦特,他们一起创办"辅仁学社"。后来,晏阳初到美国耶鲁大学、普林斯顿大学留学;1920年,晏阳初回国;1922年,其开始推动以普及识字为基本活动的平民教育运动,通过基督教会宣传其"人格平等""社会机会平等"等思想文化主张,"以宗教家的精神努力平教运动"。他说,"要想成功,你必须有十字架一心,这心必须同情怜悯受苦难的人民"。他参加中华基督教青年会,担任上海基督教青年会平民教育科科长,先后在长沙、烟台、武汉、嘉兴等地具体开展平民识字运动等形式的平民教育工作。1922年3月,晏阳初在长沙推行他的《全城平民教育运动计划》,筹资组建了200所平民学校,先后招生2500余人。有学者考证,青年毛泽东曾经作为义务教员参与过这场运动,并影响到他后来的社会主义改造思想理论。1923年,晏阳初和陶行知等人在北京成立"中华平民教育促进会",晏阳初被推举为总干事。其教育宗旨与《大学》中所说"在明德,在新民"的主张相一致,即"除文盲,作新民"。1924年,晏阳初带领中华平民教育促进会同仁来到"直隶省保定道"的"清苑""涿县""定县、获鹿"和"宛平"进行平民教育调查。这一时期,他初步形成的以平民教育为主要内容的文化思想体系,成为他和平民教育运动中许多人所表现出的民间文学思想理论。他认识到"中国真正最大之富源不是煤,也不是铁,而是三万万以上不知不觉的农民。要把农民的智慧发展起来,培养起来,使他们有力量自动地起来改造,改造才能成功,自动地起来建设,建设才会生根;自动地起来运动复兴民族,民族才有真正复兴之一日",提出"农民不是缺乏智慧,只是历代传统不给他们读书的机会",乡村民众即农民的问题在于"愚、贫、弱、私",应该进行"学校式、社会式、家庭式"的改造,"以文艺教育攻愚,以生计教育治穷,以卫生教育扶弱,以公民教育克私",所以"要办一个民间实验室,深入到民间去发现种种问题,研究问题,慢慢解决问题",以"到乡间来求知道","努力在农村作学徒"的姿态走进乡村。其意在"深入民间,根据一般人的生活需要,继续不断地创造新民教育的内容;根据一般人的生活习惯,继续不断地制定新民教育的方法,并根据社会的演变,民族的进展,继续不断地创制新民教育的方案",这种方法"不但在以前的中国没有这种做法","就是在欧美也是前所未有"[1]。这是"改造中国""改造社会"和"改造农民"的教育理想与教育实践,其理念在于其理论与实践相统一的"教育思想",如晏阳初在《平民教育》中所论:"中国不必亡,亡不亡全在教育界。教育界可以支配中国,支配前途,改造社会。"[2] 的确,晏阳初是中国乡村教育运动的一面旗帜,他所倡导的"在农村建设的工作上,文化与礼俗的建设,农村经济的建设,农村卫生的建设、农村自治自卫的建设必须联贯起来"[3],在全国各地得到响应,此"文化与礼俗的建设",以民间文学与民间风俗为主体,形成中国现代民间文学史上富有实践意义的民间文学思想理论。

言传不如身教。1926 年晏阳初他们来到定县翟城村,进行其构想的"办一个民间实验室"的计划;如此一来就是十年,成为历史上对一个地点采取实地观察方法连续进行时间最长的民间文化考察活动。1929 年,中华

---

[1] 晏阳初文化思想主要见之于《平民教育概论》(商务印书馆,1928 年)、《农村运动的使命》(中华平民教育促进会,1935 年)、《十年来的中国》(商务印书馆,1937 年)等著述。
[2] 晏阳初:《平民教育》,《新教育》1923 年 10 月第 7 卷第 23 期。
[3] 晏阳初:《定县的实验》,中华平民教育促进会 1935 年版。

平民教育促进会总会直接迁往这里。在这里,他们一方面进行深入细致的社会调查,包括《定县秧歌选》《定县概况调查》等社会风俗生活内容,一方面进行具有社会政治改革意义的社会建设,如开办幼儿园,成立平民学校同学会,建立起村民自治组织,甚至改组县乡议会,改造县乡政府。他们谱写了《平民教育运动歌》,歌唱"力恶不出己,一心为平民。奋斗与牺牲,务把文盲除尽,男男女女老老少少一齐见光明。唤醒旧邦人,大家起作新民。意诚心正身修家齐国治天下平"。其具体提出所谓平民教育目的即"公民教育之意义",在于"养成人民的公共心与合作精神,在根本上训练其团结力,以提高其道德生活与团结生活",其"一方面要在一切社会的基础上,培养民众的团结力,公共心,使他们无论在任何团体,皆能努力为一个忠实而效率的分子;一方面要在人类普遍共有的良心上,发达国民的判断力,正义心,使他们皆有自决自信,公是公非的主张",并提出包括社会风俗建设的政治建设、教育建设、经济建设、自卫建设、卫生建设和礼俗建议,以"复兴国家民族"[1]。后来,晏阳初亲自创办了湖南衡山实验县、四川新都实验县等实验区;他们在河南、山东、江苏等地举办多种乡村教育实验区。乡村教育运动培养了中国知识分子的民本观念与风俗思想,包括民间文学思想理论,这是中国现代民间文学史上具有实践意义的学术研究。

如梁漱溟在山东邹平的乡村教育运动,出现《山东庙会调查集》等社会风俗生活考察结果;其《乡村建设理论》(《中国民族之前途》)[2] 面对"崩溃中的中国社会——极严重的文化失调""中国政治无办法——国家权力建立不起"等社会现实,提出:"西洋近代社会为个人本位的社会,阶级对立的社会,那么,中国社会可以说为伦理本位、职业分立","若问将在世界最近未来所复兴的中国文化,具体言之是什么?扼要言之,那便是从社会主义

---

[1] 晏阳初:《农村运动的使命》,中华平民教育促进会1935年版。
[2] 梁漱溟:《乡村建设理论》,山东邹平乡村书店1937年版。后收入《梁漱溟全集》,山东人民出版社1990年版。

向共产主义迈进时,宗教衰微而代之以自觉自律的道德,国家法律消亡而代之以社会礼让习俗","近代法律之本在权利,中国礼俗之本则情与义也";"所谓建设,不是建设旁的,是建设一个新的社会组织构造;——即建设新的礼俗。为什么?因为我们过去的社会组织构造,是形著于社会礼俗,不形著于国家的法律,中国的一切一切,都是用一种有社会演习成的礼俗,靠此习俗作为大家所走之路(就是秩序)"[1]。如卢作孚在四川重庆的乡村教育运动,其在乡村建设理论与实践上都做出突出贡献,撰写出《两市村之建设》《乡村建设》《四川人的大梦其醒》《四川嘉陵江三峡的乡村运动》等,其中有不少涉及社会风俗生活与民间文学的内容。陶行知在江苏创办晓庄学校,提出以乡村学校为中心,让中国社会充满生机,"唤醒老农民,培养新农民""创设一百万个学校,建设一百万个乡村"[2]等。乡村教育运动在思想理论与社会实践上都取得重要成就,受到当时国民政府的重视与高度评价,使之迅速推向全国。可以设想,如果没有日本人发动侵华战争,乡村教育运动将给中华民族带来无尽的生机。

中西文化交流的事实,极大影响了中国乡村社会平民教育运动的形成与发展。这有别于国民党政府的新生活运动,也有别于中国共产党的社会主义,是第三方面的关于中国社会建设的思想文化运动。对于人文社会科学而言,乡村教育运动聚集了一大批学者,激发了他们对中国社会现实生活中如何使民众摆脱"愚、贫、弱、私"的文化热情与政治热情,在事实上形成对民间文学为核心内容的社会风俗生活的重视,从而引发他们的学术热情。如一位学者所说:"定县平民教育实验,聚集了一大批爱国知识分子,他们之中有许多人是学有成就的博士(如汤茂如是留美教育行政博士)、教授(如谢扶雅是广州岭南大学教授)、作家(如孙伏园是《农民报》主编,鲁

---

[1] 梁漱溟:《乡村建设理论》,山东邹平乡村书店1937年版。
[2] 《陶行知全集》第二卷,四川教育出版社1991年版,第448页。

迅的学生)、戏剧家(如熊佛西是国立戏剧学校校长)、农艺师(如冯锐是美国康奈尔大学农学博士、罗马万国农村研究院研究员)和社会学专家(如李景汉是留美社会学博士)等,晏阳初本人就是留美博士。他们舍弃了仕途经济前程,献身于平民教育事业,甘心过清贫、简朴的乡间生活。"[1] 或者说,乡村教育运动使得知识分子树立了服务乡村社会、了解乡村社会的信念;乡村民众所保存的民间文化现象,成为他们认识社会与民众的重要窗口。包括中央研究院历史语言研究所所进行的民间文学调查,未必不是与此有重要联系。

对于民间文学而言,定县乡村教育实验区做出大量搜集整理与改编工作,除《定县秧歌选》外,他们用农民听得懂的语言和喜欢的方式,编写了《岳飞》《唱歌》《公民道德根本义》《公民道德纲目》《平民词典》《公民课本》《公民图说》《公民讲演图说》《历史》《地理》等600多种平民读物;他们搜集整理出60多万字、包括鼓词、歌谣、谚语、故事、笑话等的民间文学作品,记录大量民间木板年画与民间音乐等民间艺术种类;他们还指导地方民众组织各种形式的歌咏比赛,成立以民间戏曲为主要内容的农村剧社,举办各种民间文艺活动。如人所述:"文艺教育,是从文字与艺术教育上着手,使人民认识基本文字,得到求知识的工具,促进文化生活,并能对自然环境及社会生活有相当的欣赏与了解。为此,他们先后研究制定了通用字表(3420字)、基本字表(1320字)、词表(包括平民用词、新民用词);推行简笔;采集选编出版了秧歌、鼓词、歌谣、歇后语、谚语、谜语等民间文艺读物;编辑出版了三种千字课本(市民、农民、士兵)、三种自修课本、两种文艺课本以及各类平民读物五种,并编辑了农民周报。艺术方面,搜集了民间绘画,编辑了画范、图案,绘制了插图、挂图、幻灯片等,搜集整理了民间歌曲、

---

[1] 吴洪成:《晏阳初的定县乡村平民教育实验述评》,《临沂师范学院学报》2005年第2期,第13—17页。

乐谱,自制各类乐器。推广无线电广播,修筑了农村露天剧场,培训了农民剧团,并公演话剧。"[1]这就是其"文艺教育"实践。这些活动都成为中国现代民间文学史上的佳话,具有十分重要的价值与意义。

《定县秧歌选》是乡村教育运动中对民间文学搜集整理的重要成就代表。这部定县地方民间文学"志",其署名为"李景汉、张世文合编",是李景汉、张世文两人以"中华平民教育运动促进会定县实验区调查部"名义,于"民国二十年"(1931年)经过认真整理后出版。其"菊农瞿世英"的"序"中说,"这四十八曲秧歌是极有价值的农民文学"。他之所以把这些民间文学现象称为"农民文学",是因为它们"背景是农业的","取材与人物乃至于描写直接或间接有其农业环境与生活的影响",其"所表现的常是农民生活下的信仰与态度"云云。其成书在于"李景汉、张世文两位先生和许多位同人在定县调查全县概况,有一项要调查的是农民娱乐","他们发现定县农民无论男女老幼,最嗜好的是秧歌","他们不但要在新年、节日,既各庙会时去听唱秧歌,并且在田间工作时,行路时,休息时,也大唱秧歌",所以,"景汉先生诸位觉得秧歌的歌词是极好的农民文学,秧歌的扮唱是极好的农民戏剧","因此立意尽量搜集"。他指出,因为"秧歌也和其他许多农民文学一样是口传的,它们的保存不一定是文字,而是农民的声口",李景汉他们"访得一位不识文字而善唱秧歌的刘落便先生,还有好几位能唱的",于是就有了"将秧歌的词句记录下来,前后记得成片段的有四十八曲"的《定县秧歌选》。其内容如此序所述,共分为"六大类",有"爱情""孝节""夫妻伦理""婆媳关系""谐谑"和其他。其内容"或描写男女爱情,或表现家庭的伦理观念,或表现农村家庭生活,或表现农民的理想生活,或述说历史故事,与民间传说,乃至于农村生活下,农民家庭中会有的趣情";"总之,其中包含着极丰富的农民心理与农民经验"。其意义在于"本身不但有文学

---

[1] 宋恩荣:《晏阳初全集·序》,湖南教育出版社1990年版。

的价值,更是了解农民的极好的材料"。李景汉、张世文两人的序言也提到他们编选这部《定县秧歌选》的背景是他们"除文盲做新民"这一"宗旨"。其称,"对于中国的愚贫弱私四大病源",他们"实施文艺、生计、卫生、公民四大教育",其目的在于"以培养知识力,增进生产力,发育强健力,训练团结力",其工作环节包括"调查、研究、试验、推广",其中设立"平民文学部"和"各种学术研究委员会","各部工作彼此联锁起来,向整个的目标共同进行"。因为定县的农民特别喜欢秧歌这种民间艺术,"不发声音则已,一发声音就是大唱秧歌",他们看了之后"没有想到也上了瘾";他们看到"定县的秧歌能把定县农民的生活真相活跃地表现出来","它的表演简单而极尽实际,唱得十分清晰而又动人","关于研究秧歌的故事又极有趣味","故事的结构写得很好","词句也非常流畅"。但是,之前定县政府却认为这些秧歌"伤风败俗",而"禁止演唱","我们随赶快尽量搜集,以期保存,而免失传",他们注意到定县秧歌都是"口传",没有"现成的文稿",而且"能唱的人大半是不识字的人",所以邀请民间艺人进行实录,事实上在进行抢救。在实录中,他们发现像"多年演唱的老手刘落,便虽然目不识丁,而竟能每日歌唱或口述七小时,延长至一个半月之久","此种惊人之记忆力,实属罕见"。他们发现"秧歌不但是农民最喜好的娱乐,也与他们的实际生活大有关系","他们的思想、观念、行为,都受了秧歌的影响",因而,"我们要在定县这个地方实施移风易俗的计划,最好是凭借这种已有的娱乐为入手的初步"。同时,他们也指出,虽然秧歌中有一些"坏的影响",但不能"因噎废食",所以"不主张根本打倒秧歌","并且也不容易打倒",而是"修正改良","保存它的优点","再进一步编写新的秧歌,输入新的理想",以此而不至于"使缺少生气的农村失去这习以为常的娱乐","也可以借此实施适当的社会教育"云云。他们还特别注明此"四十八曲不下五十万言",意在整理出资料,以供"平民文学家研究";"这些材料是许多人的辛苦所搜集的",其"调查的人"还有"高吟涛、宋宝文、宋阳周、史秉章等先生"。其"绪论"详细介绍了

"秧歌的沿革","按定县的传说,秧歌是宋朝的苏东坡创编的","苏东坡知定州时,看见他们在水田内工作甚为劳苦,就为他们编了歌曲,教他们在插秧的时候唱,使他们忘记了疲倦。不久就传遍了定县,男女老幼都会唱了";接着,其论述"秧歌的现状",介绍其表演与"大戏"相似,最盛演出在于年节,演唱秧歌期间,请来亲戚观看等习俗。同时,他们结合地方演电影中男女接触镜头在社会风俗生活中的反响,提出所谓秧歌中的"淫"即男女之情并无伤风俗,对"官府禁止他们演唱,他们毫不介意"表示理解和肯定。最后,他们详细论述了"秧歌的分类",做出"秧歌的选录",分门别类,保存了20世纪30年代所流行的大量珍贵的定县秧歌。《定县秧歌选》就是在这种背景下具体完成的。

《定县秧歌选》的背景除了定县地方政府的"禁止演出"的"提议",还有许多相关的具体文化事件与学术事件作为发生背景,如有学者所提到"20世纪30年代,美国留学归来的戏剧教授熊佛西把现代话剧引进河北定县农村时,试图纠正一些农民看戏的陋习。一位去观摩定县农民戏剧实验的人看到了这样令人啼笑皆非的一幕:由学生组成的纠察队维持着秩序,他们对农民的呵斥声比农民的谈话声还大"[1]。其学术背景就是五四歌谣学运动的持续发展,包括20世纪20年代末中央研究院历史语言研究所(简称"史语所")一批学者所提出的"此类材料,随征集,随整理,择要刊布"。1929年,"史语所"提到设立"民间文艺组"的专门机构,称"研究范围包括歌谣、传说、故事、俗曲、俗乐、谚语、谜语、歇后语、切口语、叫卖声等,凡民众以语言、文字、音乐等表示其思想、情绪之作品,一律加以搜集研究"[2]。此时,乡村教育运动对各地社会风俗生活的观察、记录与各种研究,除了各"实验区"自

---

[1] 熊佛西:《〈过渡〉演出特刊》,定县平民教育促进会1936年版,第73页。
[2] 此转引自王汎森《刘半农与史语所的民间文艺组》,《新学术之路》,台湾中央研究院历史语言研究所1998年版。此详细文字见于刘锡诚《20世纪中国民间文学学术史》,河南大学出版社2006年版,第281页。

己印发出版,还见之于各省教育月刊、行政月刊等专门性社会文化报刊。诸如《定县秧歌选》与《定县社会调查》之类调查、实录,在事实上保存了许多民间文学在当时当地的流行状况,形成具有独特价值意义的风俗志。全国各个平民教育实验区所做调查情况不尽相同,但这种"风俗"意识是广泛存在的。

第二节 《相国寺民众娱乐调查》的民间文学史价值

民间文学不仅仅在乡村社会得到广泛流行与保存,而且在城镇同样流行,以民间戏曲等艺术生活为重要存在方式,显示出与乡村社会不一样的内容与风格。

在中国现代民间文学史上,张履谦的《相国寺民众娱乐调查》是一部特别值得重视的民间文学田野调查成果。它所搜集整理的大鼓书、道情、坠子书等民间文学内容及其所表达的学术思想,代表着一个时期的民间文学重要成就。

所谓"相国寺民众娱乐调查"活动,是乡村教育运动的一部分。20世纪30年代的河南乡村教育运动很见成效,除了河南高等学校一批社会学家、教育学家等学者积极参与之外,还有河南乡村教育学院和地方蚕桑科甲种专科学校的投入,他们响应梁漱溟、晏阳初、陶行知等人改造乡村的文化主张,深入乡村社会,做科学文化知识的普及应用,可谓如火如荼。突出的成就表现在以民间文学为主体内容的社会风俗生活调查活动与戏曲改良移风易俗活动,1932年至1935年间活动达到高潮。如青年学者蔡衡溪出版《到农村去》等著述,在《河南教育月刊》发表《淮阳风土调查记》,郑合成他们出版《淮阳太昊陵庙会》等著述;同时期,还有樊粹庭他们热心搜集整理民间戏曲,将河南坠子改造成为现代戏剧形式的豫剧,在社会上引起很大反响。1936年,"开封教育实验区出版部"出版"相国寺特种调查之二"《民众娱乐调查》。开封相国寺特种调查是一项社会考察活动,与乡村教育运动有直接关系,整个工作由时任开封实验教育委员台主任委员、著名教育学家李廉方先生主持。李廉方曾经见证辛亥革命武昌起义,将起义过程整理成为历史著述,在学术界有很高威望;他热心教育事业,积极进行乡村教育运动,出现著名的"李廉方教学法"。李廉方认为,"关于民众教育研究,先就本地社会,从事各种调查,再决定可能教育的任务",他具体委托张履谦具体进行调查活动。他们对相国寺的调查,原计划分遗物、娱乐、伎艺等三大部分,完成了"相国寺特种调查之一"《民众读物调查》和"相国寺特种调查之二"《民众娱乐调查》,最后"伎艺"的调查由于种种原因没有结果。如其在"序"中所说,"今之民众教育不少设施,其成效究竟如何,殊难断定。已施者如是,待施者更可怀疑。推其主因,不外两点:一新设者不揣舆原有学校建置有何连属关系,但期新颁教育,有大量数字可以统计,以致奉行政令,唯具形式。二不揣地方俗尚,因势利导,引进于适合现代之精神;惟以欧化涂撤,铺张扬厉,每每凿柄相牾。夫民众教育,唯集中于学校方式以谋普及;或文盲未扫除而为进一步之文化施设,已成严重问题。参以前因,劳倍而功不及半,固意中事也。本区实验工作,所以异于他处者,即在此点。终以牵于事实,不克具举,兹所调查,可见一端,若仅以此作稗史方志之贡献,则非编者之意也"。调查者张履谦是重庆人,青年学者,中共地下党员,从苏联莫斯科中山大学毕业后在开封从事文化工作,与李廉方和开封地方许多学者来往甚密。如其所言,这一次的调查方法仍是采用的"个案调查"和"实地访问与观察",其调查主旨在于此"不揣地方俗尚,因势利导,引进于适合现代之精神",用今天的话说,就是弄清以民间文学为核心内容的开封社会风俗生活的家底,以相国寺民众娱乐为窗口,认识民间文学生活的社会历史文化价值,然后进行合理改造、改良、改善。民间戏曲艺术是民间文学重要表现形式,是民间文学史不可或缺的一部分,尤其是在农耕时代,它是影响和表达民众思想与情感最重要的社会风俗生活。开封作为我国北方的戏曲文化中心,汇聚来自四面八方的民间文学与民间艺术,所以,这部著述其无意间为中国民间文学史保存了一份宝贵的财富。

一、河南梆子戏

豫剧的前身是河南梆子戏。

《相国寺民众娱乐调查》关注的是民间戏曲与民间戏剧等民间艺术活动。其第一章《相国寺戏剧概况调查》相当于概览,如其所讲,"在开封城内的戏院共有河南大舞台、明星大戏院、醒豫舞台、春华戏院、易俗学社,华光戏院、永安舞台、国民舞台,永乐舞台和同乐戏园等十家。在这十家中,河南大舞台与华光戏院常常停演,明星大戏院和春华戏院则又是新开的。所以除开醒豫舞台和易俗学社两家外,其余如永安、国民、永乐和同乐这四家均是设在相国寺内的。我们由此可以知道相国寺中的戏院是占了开封城市的三分之一强。但他的观众却比较开封市区内各戏院的总数常是多一倍",所以,"我们要了解开封的民众对于戏剧的爱好和理解的程度,注意大众方面,势不能不从相国寺各戏院去探求",其感慨"到每一个戏院中观剧时,令我们最不能忘记的便是那些站签的大众,他们静如止水一般地注视着台上的演员的表情和唱词,很少有喧闹的声音,这很可以看见民众对于娱乐的需要与爱好了"。其举例说,"有一次,在永乐看抱琵琶,那唱陈世爻和赵五娘的,尤其是那唱赵五娘的金玉美请陈世美认了她那一段,台下的观众俱为之泪下,而那表演陈世美的张新同的欲认而不可的矛盾行为,真使人感到一个做亏心事原非得已,更是由于环境所造成的"。其注意到一种现象,即"梆子戏能吸引人的地方,便是他的乡音土语和入微的表情,能够刺激大众,能够使大众得到一种不可以言喻的慰安。但是几个梆子戏戏院的演员,常仿京戏的道白,失了梆戏的原有价值,这或许是梆戏的一个转变,而且这转变是值得我们十分注意的","至于同乐所演的京戏呢,因为票价便宜,而且也没有出演于华光,河南的文雅,较接近于大众的粗俗,又是京戏的河南化,也是值得注意的一事",而"梆子戏是不大为士大夫们所欢迎的","所有著名的戏园都不唱这种腔调,在北平,只有天桥还有买梆子腔的;在开封,只有相国寺内才有这种戏园。除此,只有小城市与农村中流行。自然,梆子戏,不能列入雅乐之中而登大雅之堂,只能派在俗乐内,供贩夫走卒们听听,那是不用说的。但是不管梆子腔是什么乐,是怎样的俚俗不堪,然而它却是一种大众所爱好的腔调。比之京戏的观众正不知要多到若干倍"。其所述"只有小城市与农村中流行。自然,梆子戏,不能列入雅乐之中而登大雅之堂,只能派在俗乐内,供贩夫走卒们听听",正是对民间文学与民间艺术特色的概括总结。

其首先论述的是"梆子戏",在论及其起源时,他说:"梆子戏的来源,我们可以说是起于秧腔,据《缀白裘》,某种开始的时期,总在清代初年,而极盛时期则在光绪初年,据玩花主人所选编《缀白裘》一书中谓梆子腔即昆弋腔。颖陶先生在《谈缀白裘》一文中谓梆子腔即是昆弋腔的说话,是可以解决一班人所争论缀白裘中所谈梆子腔是什么腔的问题"。其称,"梆子腔不但是先流行于北方各省,就是湖北、江苏和安徽等省亦流行的。所以梆子腔就地域论是有北梆子与南梆子之不同。至于就使用梆子而言,则有大梆子和小梆子之异,平、津、保、石等戏馆所演皆大梆子,而河南的开封、陈留等处所唱演者则为小梆子","梆子腔调是凄切激厉,有如悲泣之声,其为悲壮,能使观扦慷慨悲歌,受其声调之感动",但是,"梆子腔调往后略有改变,即是以东南柔婉之调代北方之高亢声音,遂变为靡靡的音调","梆子腔调的演变,由北而南或由南而北,这是人口移动的条件所决定的"。

继而,他详细论述"河南梆子戏"说:

> 河南现今所流行的梆子戏,是否与清代最初流行的梆子戏源出于一,现不可考,究起于何时,亦无史可稽。但据对河南梆戏有研究者云,河南梆子戏,系由于工农大众所发起;因为他们均系文盲,纯系师徒以言语传

习,并无剧本之编辑。政现在唱词中,仍多土语土音,颇使人不易了解。至河南梆戏之源流,则是由于乾梆子。所谓乾梆子的意义,即类似现在之独角戏,以一人执三木棍一长二短,长者挟于腋间,短者执于两手,相击成声,以短者作板,长者作过场。

在河南梆子戏中,从地域上言,有豫西、豫东、豫南和豫北的派分。而豫西的梆子,在灵宝、卢氏等处又类似秦腔。以腔调言,则分油梆与枣梆。油梆所用之梆子大而声音低,其腔调亦属平调,不拔尖子、盛行于彰德、卫辉、怀庆三处。而枣梆所用之梆子小,声音高,腔调亦高,唱时尖子甚多,盛行于开封、归德、陈留、许昌、郑州等处。

河南梆子戏为工农大众所欢迎,从其起源的史的叙述,是为劳工们所发起,已经说明了。劳工们因为教育程度的低下,所欢迎的戏,自然不是"斯文的"而是"俚俗不堪"的。故河南梆子戏的词句坐派,均极俚俗。在清代的时候,扮演河南梆戏者皆目不识丁。多染有食烟嗜好,演唱均墨守旧法。但当时多系高台戏,卖茶的时候很少,每一开台,均要先唱一场十八板:所谓十八板者,即是在锣鼓响后先出来一人,到台之中间念罢四句打油诗后,坐在台中道白,其每句白须隔十分钟或二十分钟不等。此种白多者二三十句,少者十几句。道完后,便叫板演唱。其所唱之句,不必一定与以后所演唱之戏有关。即这角色亦不必一定与以后所演戏中角色有关,总而言之,所谓十八板,即故意耗费时间以待后台化装,颇与话剧在每剧完后的闭幕、布景、报告、以待下剧演员准备出台相类似。其扮相之不伦,唱做之费解,甚为劳工大众所欢迎。民国初年,此风尚存,而近年来,则完全改良,因为演员们多系科班出身,均受过严格训练故也。至民国五六年时,梆子戏中出了几个呱呱老叫的角色,如壮妞、阎彩云等是。一般文人学士,对于梆子戏亦改变其不堪入目的态度,而注意于这工农大众所欢迎的"俚俗不堪"的梆子戏。河南梆子戏在这个时期中算是趋入于改革时期了。到了现在,其扮相之生动,表演之活跃,词句之谐调,几与二簧相埒;此即为梆子戏近来受人欢迎原因之一。民(国)十五年至民(国)十九年间,开封最著名之梆子戏班为义成、天必两班,但自十九年后,有豫西梆子来汴演唱,便把握着梆子戏的牛耳,而著名一时的义成、天兴两班之角色竟湮没无闻了。

他总结河南梆子戏的特点为"六个方面",即"(其)与京戏的不同点和他为河南民众所爱的特征",在于"第一、梆子戏多为下等社会中人现身说法的戏剧,京戏多为上等社会人现身说法的戏剧。第二、梆子戏是表现下等社会人的风俗习惯,京戏是表现上等社会人的风俗习惯。第三、梆子戏以粗俗把握着观众意识,京戏以儒雅把握着观众意识。第四,梆子戏的词句浅俗,多用土语,京剧的词句文雅,多用官话。第五、梆子戏演唱时,多用口音,腔调紧急高亢,京戏演唱时,多用腹部发音,腔调较为弛缓圆熟。第六、梆子戏是粗枝大叶,不求细腻,京戏是设身处地,力求熨帖";在他看来,"河南梆子戏的特征",主要表现为"在唱词与动态,纯全合于河南的风俗习惯,而其为观众所爱好者,则在表现风俗习惯中鄙俚粗俗之人与事物的关系,与观众的生活行动打成一片";同时,他揭示"梆子戏中之扮演者的聪明才干"即民间艺术家在民间文学与民间艺术传播中的特殊价值时论述说:"至河南梆子戏为河南人所爱好者,除其在能表现河南风俗习惯把握观众意识外,而梆子戏中之扮演者的聪明才干,亦是原因,之一。在清代中的梆子戏的角色如狼妞、小刺、狼羔、黑红搅、董林、丙辰等,均为梆子戏中之佼佼者。自民国以来,贯台王、壮妞、阎彩云、李瑞云、张林、子林等,亦为梆子戏演员中之杰出者。现在的马双枝、陈素真、金玉美、张同新、司凤英、史彩云和王润枝、王玉贞、杨金玉、彭海豹、刘朝富等更为爱阅梆子戏所鉴赏之名角,各梆子戏园中不可多得之演员。"其中从清朝到民国以来的这些"角色",其提及"现在的马双枝、陈素真",则既是民间戏曲史的重要史料,又是民间戏曲梆子戏在民间文学生活中重要影响的见证。从这里可以看出,张履谦的民间戏曲理论既有其熟稔我国古代文献的一面,更有其对社会文化生活认真观察的一面,避免了许多学者总是从义理到义理的空谈。

《相国寺民众娱乐调查》的民间文学价值,以民间艺人生活调查为典型,保存了民间文学与民间艺术生活史的重要内容。他说,"我们为了对于各戏园的艺员生活的理解,并想说明狗嘴里是否能吐出象牙来的话,便在调查各戏院的概况之后,而以一部分时间,从事各个戏院艺员生活概况的调查"。他在调查中表现出许多情感性内容,显示出其思想理论的锋芒。其论述道:

> 当我去访问各戏台的每个艺员的生活概况时,便感到一种悲痛。记得亚丹斯密在《原富论》中说过,人们当作娱乐职业,那职业是悲苦的,愁惨的。实在,每一个"戏子"的职业,正是如此的呵。所谓资本主义社会的惨无人道的"将自己的快乐,建筑在别人痛苦之上。"的事实,在戏园的各个艺员生活中表明得更真切呵!每个艺员登台演唱时,无论他们唱得如何的好,唱得如何的坏,他们都是以自己的苦痛去供人娱乐呵。我每次在戏园中的喝彩声中,感到艺员的生活太悲惨了,感到资本主义社会的罪恶在演员与观众间暴露无遗了。可惜大家在娱乐和面包这两方面的生活中,不会理解这社会事实而已。

在现代民间文学史上,如此具有鲜明思想倾向的论述是不多见的。其实,这是笔者对民间文学与民间艺术发生主体的研究,从民间艺人生活状况实际出发,去揭示"能表现河南风俗习惯把握观众意识"的原因。他痛心于这些民间艺人生活的艰辛,在这里描绘道:"在我们所调查的这三个梆子戏园中的艺员时,从后台所见到的,只是一个大粪缸,有许多蛆在内活动着。到国民舞台的后台去,见着他们睡在地上的板床内和他们在那厕所一样的室内化装,自己真是受不住,几次想拿出手巾来将鼻塞着,但恐影响调查工作,终于是陪他们过着艺员登场前在后台准备的生活了","我们这些爱听梆戏的人,只见着他们在前台的粉墨登场时的上欺天子,下压臣民、你卿我爱、称孤道寡的打、唱、做的生活,从不知道他们在后台和下场以后的生活的"。他着力强调,"我们希望大家对于梆子戏不要以她为粗俗鄙俚而忽视了,应当从梆子戏所表现的技巧和意识中去瞧瞧河南民众的社会生活的一部分",同时又论述"河南梆子戏所演的戏,是逃不了靠封建意识这个圈子的",称其中包含着"人类的行动,应以神和英雄为轨范""在性与经济的生活,无论苦闷到怎样的地步,只能忍耐着,不能去做作奸犯科的事""各人应安于自己的业务不要梦想活动应听命运的支配神的扶持"之类内容,对此,他颇为动情地说:"当我们每次从梆子戏园中看后归来都有这样的感想。我们总感到民众教育与改善社会工作,是不易作的。民众现在并未生活在君主时代,偏要他们信奉君要臣死,不得不死的什么三纲五常的教条,我们还能想出什么民众教育与社会工作来做哩!"

这是中国现代民间文学史中少见的民间文学主体研究,包含着民间文学讲述者、表演者这一特殊群体的社会生活状况、生活经历等十分具体的内容,是我们研究民间文学与民间艺术生活联系的重要背景材料。

除此,张履谦还做过多次针对民间艺人的口头实录。形成民间文学田野作业的典型个案。如:

马双枝访问记

永安舞台是河南梆子戏中一个有名的舞台。它底台柱有呱呱老叫的马双枝,和她底丈夫杨金玉。另外还有两个名角。一个叫彭海豹,一个做韩金明,他们都是观众们所热烈捧场的角色。

记者本是爱听"河南梆子"的一个,因为他们唱作时格外卖力,演唱悲哀的戏剧时,他们会流出汪汪的泪水来;演唱英勇的戏剧时,他们会着实的拼个你死我活。这种戏剧,特别能把握住一般农民们普遍的心理,得到大多数的农民群众疯狂般地拥护,甚至要忘餐废寝的去捧某某班,或捧某某角,这是在乡间及市镇上常见到的事。假使真个有两个梆子戏班在一个地方对台时,某班的观众,他们会成天地站在那里不动,唱戏的也夜以继日,通宵达旦地唱到天明。还接续着唱"到天晚。这时看众们要是偶尔谈起了某一角的出色,另一班的捧场者,他必定加以反驳,他们竟会硬着脖子把这戏杠直抬下去,有时候抬不下来,他们会大动干戈,演出流血的惨剧来。可是他们并不是像旁的捧场的戏迷,是目的在求某某角的欢心而得与某某角去结一个知交,他们的捧场,是出丁仆的整个的而含有不可分性的意味。

说来话长,言归正传。记卉此次访问的永安舞台著名坤角马双枝,确感到她演剧,曾经在汴市把握住过观众,使大众好像上海一般影迷,迷恋那般女明星,胡蝶、阮玲玉的样子,这或者不是记者的言过其实吧?

马双枝是一个聪明伶俐具有戏剧天才的女子,他(她)的身世非常零落,好像那大海飘着的黄叶一样。可是到现在,已经漂流在一个安然自在的所在了。这可说是因为他不像普通歌女一样那么的堕落,那么的不知自爱,从小难奋斗而得到来的结果我现在把她的飘零身世,简略的介绍给大家。

马双枝是陈留县曲龙集南红毛寨的人,在她年仅七岁的时候,她父亲死了,她妈妈就引她走到开封来逃荒。那时候的小毛头妮子,穿着破烂不堪的衣服,也是沿门沿户一家不少地喊着行个好吧……?"的一类简单的曲子。

马双枝两口访问记

"人穷志短,马瘦毛长。"任你喊破嗓子,是不会有人给你一个大铜板,或是像鸡眼般的制钱的。她经过这样的长时间后,才气愤愤地丢下了这个营生。那时候的双枝,真是看尽狰狞的面孔,斥责的声音,和种种难堪的侮辱,谁晓得那时鄙视她的人们,到今天又来热烈的给她捧场呢?她

第四章 乡村教育运动

妈妈经过这一番挫折,肚子内呼啦啦响,老是弄不到一饱,不得已遂凭红线老人的说合,嫁与本市坠字名伶马司广。这时候的马双枝,是就拿起两块小板,终天学着"小姐走到绣房去,那厢又来了公子雷宝童"一类哼哼的曲子。

光阴似箭,日月如梭,转眼她就是二八年华了,那时她出落得分外秀丽,白馥的面庞,陪衬着红晕晕的颜色。一般坠字迷的,没一个不是迷得东倒西歪,于是求婚者踵接于门。据她说师长、旅长、就有三四个。

现在,我们再写别的了,只把我的谈话录下:

记者:"马老板多大学的梆戏?"(记者一时苦于找不到相当的称呼,就这样问出来了)。

马双枝:"我们学艺,可不像那一般下流人。在我十六七岁时,有好几个师长、旅长、向我求婚,我因为他们不是三房,便是四妾,嫁给了他们,一生的所谓自由和幸福,就被剥夺尽了,与其嫁给他们做他们的不自由的妾,倒不如嫁给一个讨米要饭的丈夫,落得不受拘束。他们向我妈要出洋三千两千的也有,可是我不羡慕那些荣华富贵。他们尽管要求,我也就尽管向我妈妈反对。"

记者:这种精神,真是难能可贵的了,一个女子,有"富贵不能淫,贫贱不能移"的志气,是值得称道的,现在一般虚荣心太大的女子,还不是整天想着嫁给一个有汽车坐的人吗?见到了有钱有势的人,眼巴巴地就想马上和人家要好,那还有像你这一种反抗的精神呢!"

马双枝:"我想,一个说书的,姿色稍为有几分,就会有许多人求婚的。那时我因为杨老板,他学的艺倒也不错,而且我们也有几分感情,况且杨澎板和我年龄也很相当,脾气也合订。我俩连大烟小烟都不抽,也不喝酒。我们只知努力于个人的技艺,所谓一切功名富贵,在我们底眼里,尚未见到。就这样,不是我们自夸,事实是这样哩!谈到登报,可登过两回了,那回我和我母亲争嘴的时候。"

171

杨金玉忽插口道："那回是因为他母亲想把他嫁给一个师长,曾相争过。"

记者："啊!打过官司吗?"(一句冒失的话问出了口)。

马双枝:"打啥官司呀,(十足的开封的语音)我们和和气气地结亲,龙凤大心、大花轿,热热闹地结婚。"

另外一个约四十多岁的女人:"他妈妈老想嫁给师长呀!记得是什么任应岐师长么。"

马双枝:"你登报了,把我们不抽烟,不喝酒,任啥不好,登上呀。我们两个什么都不好的。"

记者:"好,好,一定可以登上的。"

杨金玉:"我俩没有别的嗜好,就是喜欢喂小鸟。"(说着指着那门前挂的十几笼,小鸟。)

记者:"杨老板那儿,几角最出色?"

杨金玉:"我胡米。哪一套都能来一套,就是不好,生旦老都会沐会。"

马双枝:"他会黑老包"。(黑老包三个字格外说地响,表示着得意的神情。)现在且听把这一段谈话告一个结束,再谈谈杨老板金玉的事情。

杨金玉老板是开封的人,他会唱文武小生、老生、黑老包、老红脸,样样都会,他和马双枝结婚,到今年有五六年了,两人非常和气,生有两个小宝,一个男孩名叫全喜,三岁了,一个女孩名叫爱有,八岁了。

记者问:"你的女孩上学了吧"?

马双枝说:"我不预备他上学,恐怕他学不好,也不让他冀戏,因为学戏也不是很好的事。"

记者当称:"上学也好,学戏也好,上了学再学戏更好,因为现在的艺术家,都是有学问的,有了学问,再会艺术,是多么值得叫人羡慕呀。"

杨金玉和马双枝现住本市麦奶奶胡同十二号,他们一家有十七八口人,有亲戚,有朋友,有干妈妈。在这饥荒的时候,他们的亲戚朋友,挤满了一家。

说到他俩的生活,真是太简单了。他们因为没受过知识分子所谓的教育,所以他们不晓得梧桐院落夜沉沉,那么的静而且雅的院落,他们有点像部落时代的生活。住,大家住在一所房子里,百榻横陈,枕衾相接。除了上台表演外,他们唯一的娱乐,就是"别棍""谈天"以及他们所应做的工作——练习唱戏。至于他们的饮食更俭约了,他们是大家团聚在一起吃饭,有的是大笼的馍馍,大锅的面汤,大碗的素菜,三五成席,就地而食,每月所费不过四五元左右。说到穿,杨金玉是不大爱穿好衣裳的,大衫、长袍、倒也雅素。马双枝向来有点时髦的习惯,淡淡的花旗袍,也不过是花洋布一类的布料,清雅索淡,显出种淡逸的风味。至马双枝和杨金玉他俩的收入,约计每月可收入一百三十元,另外还有杨老板的两个徒弟,每月也能分配给七八十元,合计他俩的收入,每月约在二百元之谱。

陈氏父女访问记

在这古老的汴梁城中,我们会看到许多五花八门的事情,尤其是相国寺更其复杂得很。在相国寺里有江湖派的卖艺者,有陶冶人们心情的幻术,有指手画脚的卖卜者,更有锣鼓喧天的唱梆戏者。提起梆戏,也就是相国寺比较令人们注意的一项,它虽然不像京剧似的普遍全国,而仅在全国的一隅之河南大敲大唱,但因为他是"河南调",是河南人特有的"河南调",不但唱做卖力,而且剧情也有许多能够讽刺社会,所以很受河南人地欢迎。在相国寺内,在开封城内的各梆戏院,比较受一般人们注意的,恐怕要算是永安、永乐和国民三家了。永安台柱马双枝,已经有过详细的介绍,现在且把永乐的台柱陈氏父女,作一个忠实的描写,介绍给大家。

陈氏父女是陈玉亭和陈素真陈素花,这大概凡是注意于梆子戏的,都可以知道他们是开封东乡距城八里地方南北店中的人,住在开封已经好多年代了。他们六口人组织成一个和睦的家庭,终日过着无忧虑的舒适生活。

玉亭的老父是在乡间拿力与汗耕种着田地来维持自己的生活,玉亭和他的妻子,三个姑娘足在城里做这种舞台的生活,他们同以力来换面包吃,毫不感觉一些痛苦。尤其和他们姐妹三个,依然灶脱不了天真烂漫的神,这更为他们和睦的家庭增加了无限活泼而生动的空气。他们除了献身舞台而维持生活外,并不曾兼另外的职业。

凡址注意梆戏的,没有不知道陈玉亭的。他是唱老生大花脸的能手,现有三十六岁。他在十四岁时习艺,开始唱大花脸,到现在已经有二十二个年头了。在未满二十岁时就唱得极好,被开封一般爱好梆戏者崇拜。永安、永乐、国民他都曾演过,因为在开封演了一二十年戏所以开封的人士,都知道他,但因近几年来,他领姑娘到杞县去成立了一个梆戏团,所以就不常在开封出演,因此有被人们所忘记了。最近他问到开封又引起社会人士的注意了。

陈素真今年十七岁,她从十四岁习艺,现在才仅仅三年,因为时间的短促,而且又多在杞县出演,所以开封人士不怎样注意,然而她唱青衣花旦,是那样的拿手,是那样的逼肖,以仅仅三年的练习而能有这样的成绩,不能不使我们叹服她的天才,这不能不归功于她父亲玉亭的教授。所谓有其父必有子(女),真是信不我欺。从她在开封献艺以来,一般人士都不免有欣羡,都渐渐由马双枝、王润枝、司凤英转变到陈素真来了。他的妹妹陈素花今年十四岁,在今春才开练习。她也是学青衣花旦,除她父玉亭教授之外,她姐姐也时常从中指点,由于双方的指导,她的进步是异常的神速。现在虽然出演,但玉亭还不敢让她任重要的角色。

他们父女三人现在永乐出演完全是一种帮忙的性质,因为永乐的两位老板和他们都是极好的朋友,因了朋友的帮忙,所以便谈不到收入上去,不过薪金虽然没有一定,但一月数十元,总还拿得到。他们并不怎样奢华,穿的是极其朴素的衣服,三餐也是非常的简单,没有五碗八盘的丰卜美饭菜。他们只足拣选个人所好的,而又从俭的来过,不过陈素真是稍微喜欢穿的,她喜穿时式的摩登旗袍,然而布料并不是什么绸缎,只是粗布,在冬天她还爱穿上一个毛绳的外套。

陈玉亭是唱花面的,他最得意的要算是斩黄袍。陈素真,得意的是卖衣收子,天门阵,三上轿,九江口,梁灏篡位等。至于陈素花因为还是在配角的地位,所以没有什么得意的可言,然而他个人觉得以演三上轿为有趣。

访问过了陈君的一切,记者便询问陈君对于献身舞台的感想。

陈君说:"我对于演戏是很感兴趣的。我从十四岁,便开始习艺,然而我不愿学京戏,因为京戏有许多地方都太呆板了。梆子戏虽然不免有些俗气,但俗却有俗的风格,俗的趣味。做这种舞台生活的人,谁不敢说是什么高尚的事情,但我至少觉着这不是卑鄙的事情,这完全是以力来换面包吃,试问以力来维持生活的人,能算是下贱吗!?"

"是呀!以力来维持生活的人才是高尚的呢,那些贪官污吏的剥削和趋炎附势,而摇尾乞怜的,那才是卑鄙的人呢,何况舞台上演的戏,有时还能予社会以讽刺呢!"(记者不禁也插入了这几句。)

接着陈君又说:"一般人们都认为唱戏的人并不是高尚的,并不像读书人那么的高贵,更有些竟说这是一种下流的职业,关于这种谈论,我总认为是谬误的。同是一种职业,同是用脑和力来混饭吃,又有什么高尚与下流之分呢?总而言之,不过是力与脑之区别罢了。无论怎样,我总感觉着舞台的生活是一种自食其力的高尚生活,而对它表示深刻的满意。"

记者听了陈君的言论,也不禁引起了许多感想。我们意想不到在这种舞台生活,而又是极其土调的舞台生活中,竟会有这样一个清如水的人们。陈君他不但能看透了舞台生活的意味,而且他还有深刻的见解。

张履谦是我国现代民间文学史上关于民间文学艺术家生活研究的先驱者。现在,我们进行民间故事家与民歌手的研究取得很大成就,这是民间文学发生主体研究的突破性进展。而在半个多世纪之前,张履谦已经做出这样有明确的学科意识的生活研究。

对于河南梆子戏这一特殊的民间文学艺术形式,张履谦所做的综合性研究,还有精心绘制的《艺员生活概况调查表》与《梆子戏剧目调查表》,保存了其调查到的河南梆子戏民间艺人与民间文学文本内容,具有很高的民间文学史料价值。

其中,张履谦统计了京剧别属"二黄戏"的剧目,诸如《二月冻冰》《权杆坐狱》《热客叮嘴》《闹五更》《洪羊洞》《黄金台》《潞安州》《举鼎观画》《朱砂痣》《珠帘寨》《托兆碰碑》《探阴山》《黑风帕》《打龙袍》《铡美案》《御果园》《探黄灵》《打严嵩》《汉光武》《石头人招亲》《连英托兆》《三娘教子》《七擒孟获》《鸟盆计》《庆顶珠》《宏碧缘》《南阳关》《刀劈三关》《南天门》《空城计》《马前泼水》《坐宫盗令》《捉放曹》《击鼓骂曹》《扫松卖马》《文昭关》《骂毛延寿》《鱼藏剑》《打棍出箱》《献地图》《打鱼杀家》《法场换子》《闹窑》《甘露寺》《定军山》《汤怀自刎》《斩子》《古城会》《华容道》《汾河湾》《武家坡》《惊梦》《宿店》《雪杯园》《断密涧》,等等,称:"上面所写的这五十六曲剧名,是从他们每个人的戏本上抄的。他们唱的时候,如听众多,也卖力气唱,而且唱的还不坏","他们的生活,除日间清唱黄戏外,也同唱大鼓书的姑娘们一样有他们的副业的,他们真是这人间地狱中的人间兽啊!真是一群可怜的小羔羊呵!"同时,他记述他们的生活,一再称"他们的报酬无定","所唱的戏曲,与京戏完全一样"云云。

第四章 乡村教育运动

艺员生活概况调查表

姓名	性别	年龄	籍贯	住址	所任角色	包银	开始学戏时间	登台时间及经过情形	所唱戏曲	现在戏院	备考
杨吉祥	男	四〇	开封	蔡胡同廿八号	武生	每季四十元	十三岁	第一次在朱仙镇登台，现已唱戏廿八年	能唱二百余曲，以火烧战船、反五关、甘露寺为最好	国民	系科班出身
赵顺公	男	二八	陈留	将军府胡同十三号	花旦老生	每季百元	十二岁	现已唱戏十七年，最初在陈留登台	能唱百多曲，以刀劈杨潘、马踏五营为最好	国民	同上
王青莲	男	四〇	封丘	本台	红生	每季百元	十二岁	第一次在封丘登台，来汴已廿年唱戏有廿八年	能唱二百余曲，以下燕京五台山为得意戏。系玩会出身	国民	系玩会出身
魏进才	女	三三	封丘	本台	花面	每季廿五元	十二岁	最先登台是在陈留，来汴已八年，唱戏十一年	能唱百余曲，李刚打朝马踏五营为得意戏	国民	同上
冯存芝	男	三〇	武阳	后百子堂十三号	青衣	每季百元	十岁	在开封登台，现已唱廿年	能唱百余曲，以密封计翠屏任为最好	国民	同上
司景春	男	三三	陈留	本台	青衣	每季四十元	十三岁	十三岁在陈留登台，来汴两年唱十年	能唱二百余曲，以抱琵琶梨花征西为最好	国民	同上
毛松山	男	三三	陈留	青龙街廿五号	小丑	每季廿元	十三岁	第一次在陈留登台，计登台时间为九年	能唱百十曲，以三骑驴、买衣收子为最好	国民	同上
周玉清	男	五三	周口	青龙街十五号	大花面	每季五十元	十二岁	周口登台，现已唱戏四十年	能唱二百余曲，古城会为得意戏，过巴州、失下邳	国民	同上
樊清泉	男	二二	许州	南门大街	小生	每季廿元	十二岁	学戏三月后在国民登台	唱配角	国民	同上
黄占奎	男	四八	杞县	南百子堂	老生	每季八十元	十二三岁	学戏后廿二岁在杞县登台	合唱百多曲，以地堂板、反登封乌鸦账为最好	国民	系玩会出身人国民系帮忙性质

177

续 表

姓名	性别	年龄	籍贯	住址	所任角色	包银	开始学戏时间	登台时间及经过情形	所唱戏曲	现在戏院	备考
吴清顺	男	四九	中牟	本台	老旦	只分一份账	十五岁	最初在蔚氏登台现已唱卅五年	能唱二百多曲，系科国民班出身	国民	系科班出身
高宝秦	男	四〇	新郑	本台	青衣	每季四十元	十八岁	现已唱廿十年	能唱百多曲	国民	同上
魏荣华	男	四一	洛阳	本台	老生	每季百元	十二岁	最初在洛阳登台，来汴二年	唱二百多曲，抄末赀白江河为得意戏	国民	同上
张子林	男	四八	洛阳	南门大街	老生	每季百元	十三岁	最初在封丘登台，来汴以廿年	唱百多曲，以祭灯地堂板五台山为最好	国民	系玩会出身
夏大标	男	四八	湖北汉口	本台	武丑	每季卅元	十九岁	在眉县登台	唱十余曲，盗九龙杯时吃鸡为最好	国民	
陈见云	男	一七	郑州	本台	青衣				唱配角	国民	
吴级安	男	二七	开封	黑墨胡同二十七号	小生	每季四十元	十三岁	在开封国民戏院登台	能唱百多曲，以黄鹤楼长坂坡为好戏	国民	系科班出身
石金生	男	二八	开封		小丑	每季四十元	八岁	在通许登台	唱百多曲	国民	同上
牛凤青	男	三〇	尉氏	药王庙门二号	老生	每季廿元	十四岁	在长葛登台	能唱二百多曲	国民	同上
马金奎	男	三三	封丘	本台	武生	每季六十元	十二岁	十二岁在封丘登台，来汴已十一年均在国民戏院	唱百多曲，以伐子都，反楚国南阳关为最好	国民	同上

第四章 乡村教育运动

续表

姓名	性别	年龄	籍贯	住址	所任角色	包银	开始学戏时间	登台时间及经过情形	所唱戏曲	现在戏院	备考
徐金发	男	三八	开封	本台	红生	每季三十元	二十岁	二十八岁登台	能唱百多曲，以五堂会审階子关灯为最好	国民	
耿洪奎	男	三〇	道口	本台	三花面	每季二十元	十三岁	十三岁在道口登台，来许四年	唱配角	国民	
杨筱凤	女	一六	开封	百子堂四二号	花旦	每季四十元	十五岁	十五岁在国民戏院登台	唱十多曲，以困铜关为最好国民	国民	
史彩云	女	一八	开封	胭脂巷四六号	青衣花旦	每季百五十元	十三岁	在国民戏院登台	唱五六十曲，以三娘教子汾河湾杨广征东为最好	国民	
司凤英	女	一六	开封	本台	花旦	每季二百	十二岁	在国民戏院登台	唱百多曲，以反长安反西唐为最好	国民	
张新田	男	三七	通许	本台	红生	每季百元	十四岁	十四岁在通许登台，十七八岁在新郑在家闲住三四年后来许	唱百余曲，古城会白虎帐出幽州为最好	永乐	系科班出身
赵青云	男	三四	滑县	本台	红生花面	每季八十元	十五岁	十五岁在陈留登台	在国民戏院唱过，来许数年	永乐	同上
王明山	男	三四	开封	本台	小生	每季三十元	十三岁	十四岁在杞县登台，去年来许	唱配角	永乐	同上
刘金鸶	男	四〇	长垣	本台	小生	每季二十元		二十岁在杞县登台，在永乐已有多年	唱配角	永乐	系玩会出身
胡凤林	男	四九	杞县	本台	大画面	每季七十元		二十岁在杞县登台，去年来永乐	唱百余曲，铡国怀铡美案，司马茂背头为最好	永乐	系玩会出身

179

续表

姓名	性别	年龄	籍贯	住址	所任角色	包银	开始学戏时间	登台时间及经过情形	所唱戏曲	现在戏院	备考
杨有才	男	五〇	开封	本台	大画面	每季二十元	十五岁	十五岁在朱仙镇登台	唱百余曲，以八公篡朝白玉杯为好	永乐	系科班出身
刘保善	男	六八	开封	本台	大画面	每季五十元	十四岁	十四岁登台		永乐	最先唱花旦，后改唱大花面
张文兴	男	二五	杞县	本台	二花面	每季二十元	十三岁	十三岁登台	唱百余曲，以李刚打朝、锁乌龙、公明下山为好	永乐	科班出身
赵青山	男	三〇	开封	本台	小生	每季六元			唱配角	永乐	
刘朝福	男	二五	陈留	本台	小生	每季五十元	十二岁	最早唱社戏，后到通许中牟、去年未许	唱百十曲，梅花驴、玉虎坠罗章罗焕烟楼为好	永乐	系科班出身
蔡玉章	男	二八	鄢陵	本台	小生	每季十元	十二岁	在鄢陵登台、扶沟等处唱过、去年未许	唱配角	永乐	同上
金玉美	男	三〇	开封	将军庙胡同	青衣	每季百元	十三岁	在开封登台、去年到永乐	唱百多曲，以抱琵琶、背公公、担水桶、大祭桩为好	永乐	系玩会出身
张国兴	男	二八	周口	本台	花旦	每季八十元	十五岁	在扶沟登台、去年未许	唱百余曲，以对绣鞋、拴娃娃为好	永乐	系科班出身
张官升	男	三三	滑县	本台	青衣	每季四十元	十四岁	最先在通许、去年未许	唱百多曲，以反晋洛、三皇姑出家为好。	永乐	同上
李福元	男	三六	许昌	本台	青衣	每季十仟	十岁	十岁登台	唱配角	永乐	同上

第四章 乡村教育运动

续 表

姓名	性别	年龄	籍贯	住址	所任角色	包银	开始学戏时间	登台时间及经过情形	所唱戏曲	现在戏院	备考
朱庆喜	男	五六	开封	本台	老旦	每季十元	十一岁	十岁登台，在汴唱戏	唱百多曲，收吴汉，辕门斩子较好	永乐	同上
褚义颢	男	三四	许昌	本台	武丑	每季十元	十岁	最先在许昌登台，去年来汴，即在永乐唱戏。	唱百多曲，以盗九龙杯二龙山，迁吃鸡为好	永乐	同上
张鸿盘	男	三六	西平	本台	小丑	每季二十元	八岁	十一岁在上蔡，杞县唱戏，去年来汴	唱百多曲，以刀劈三关大卖艺，楚国为好	永乐	系玩会出身
陈玉亭	男	三六	开封	宋门大街二〇一号	大花面		十四岁	十四岁登台	唱百多曲，以斩黄袍为最好	永乐	
陈素花	女	一四	开封	宋门大街二〇一号	花旦	每季百元	十四岁	十四岁登台	以上轿为好	永乐	
陈素真	女	一七	开封	宋门大街二〇一号	花旦	每季二百元	十三岁	十四岁登台	唱百曲，以三上较衣收于九江口天门阵为好	永乐	
彭海豹	男	三四	中牟	本台	红生	每季百元	十五岁	十六岁在中牟登台，二十九岁来汴	唱百多曲，以明末燕京白塔寺收吴汉为好	永安	
耿步云	男	五三	民权	本台	红生	每季三十元	十六岁	十六岁在通许登台，来汴已七年	唱百多曲，以下燕京白塔寺收吴汉蜡庙八蜡为好	永安	
韩金铭	男	二九	潢川	本台	红生	每季三十元	十三岁	十三岁在尉氏登台，来汴七年	唱百曲，以大西凉截江禅寺探母为好	永安	
张玉合	男	三一	阳武	本台	武生	每季三十元	九岁	十岁在汤阴开始唱戏，来汴已七年	唱百余曲，以拜师前后楚国为好	永安	系科班出身

181

续表

姓名	性别	年龄	籍贯	住址	所任角色	包银	开始学戏时间	登台时间及经过情形	所唱戏曲	现在戏院	备考
李义然	男	二八	考城	本台	红生	每季三十元	十二岁	十三岁在太康登台，到汴已五年	唱百余曲，以截江为好	永安	同上
于从云	男	二九	通许	本台	大花面	每季三十元	十四岁	十五岁在通许登台，来汴已七年	唱百十曲，以斩单雄信芦花荡为好	永安	同上
杨金玉	男	三〇	开封	麦奶奶胡同十七号	红生黑头				唱百十曲	永安	民国二年在相国寺清唱
马双枝	女	二六	陈留	麦奶奶胡同十七号	青衣花旦	每季百元	六岁	七岁在亳县登台，来汴已三年	唱多曲，以座楼杯药计为好	永安	最先沿街唱曲后唱坠子
王润枝	女	二二	曹县	麦奶奶胡同十七号	青衣花衫	每季百元			唱百余曲，以座杯、三上关、吵宫为好	永安	同上
王玉贞	女	一四	杞县	青龙街四四号	青衣花衫	每季五十元	八岁	十岁来汴唱戏，已唱六年		永安	
阎桂荣	女	一三	封丘	本台	青衣花衫	每季五十元	十一岁	现在汴登台，现已唱二年		永安	无包银，只分账一份
阎长路	男	一一	封丘	本台	小生		九岁	同上		永安	
杨得恩	男	三五	长葛	本台	花面	每季五十元	十二岁	二十九岁从滑县来汴，三十三岁		永安	
韩金生	男	三三	中牟	本台	红生	每季五十元	十三岁	已唱十一年，二十二岁时来汴		永安	

第四章　乡村教育运动

续　表

姓名	性别	年龄	籍贯	住址	所任角色	包银	开始学戏时间	登台时间及经过情形	所唱戏曲	现在戏院	备考
赵清和	男	三五	滑县	本台	青衣	每季五十元	十一岁	最先在郾陵登台，二十八岁时来汴	能唱百十曲，以贺后号殿为拿手好戏	永安	
王振生	男	三七	中牟	县马号街	红生	每季五十元	九岁	到开封已有六年		永安	
杨振奇	男	三一	开封	黄大王庙街	花面	每季五十元	九岁			永安	
周青山	男	四二	开封	本台	三花面	每季五十元	九岁	在杞县登台，到汴已有六年		永安	
刘孝堂	男	五三		本台	三花面	每季五十元	八岁	原在淯川唱戏二十年到汴		永安	
王永清	男	四二		青龙街四段四号	红生	每季五十元	十岁	在封丘登台，到汴三年		永安	
石庞茂	男	四四		槐树胡同	花面	每季五十元	十七岁			永安	
朱文亭	男	二四		县马号街	青衣	每季五十元	十一岁	在尉氏登台，到汴四年		永安	
李继祥	男	三四		本台	红生	每季五十元	十五岁			永安	
杨得水	男	四七		县马号街	三花面	每季五十元	十二岁	在开封登台，现已唱三十五年		永安	

183

梆子戏剧目调查表

剧目	剧情大意	取材	三戏园三月排演次数	备考
反五关	纣王暴虐无道，黄飞虎父子反虎关	封神演艺		
头冀州	冀州护护送女儿娘己进纣王，女儿途中被妖摄去灵魂而死，妖即化生为姐己苏护护王后见，认纣王无道，在武门外提永不朝商的反诗	封神演艺		
冀州				
金鸡岭	黄天化晏驾	同上		
孟津口	姜子牙垂钓	同上		
黑下山	赵公明下山	同上		
禅宝寺	伍子胥保太子	东周列国演义		
七圣归天	张英王洪孟喜等七妖归天			又名收张英收孟喜
伐子都	颖考叔与子都夺旗，考叔被子都箭射，后子都爆腹而亡	东周列国演义		
刺王僚	专诸为友谊厨所驱使，充王僚厨役，在鱼中藏剑，行刺王僚	同上		
崔子弑齐	齐王暴虐，荒淫无道，命崔妻进宫，崔怒杀齐王	同上		
后楚国	伍子胥鞭打楚王尸	同上		又名复楚国
大起战吴	无盐娘娘大战吴起，二人均死	同上		
黄金台	乐毅拜师，田单救齐			又名金将
盆英会	萧向访韩信	西汉演义		

续　表

剧目	剧情大意	取材	三戏园三月排演次数	备考
困荥阳	项羽以荥阳空城，特派人攻取，纪信乔扮高祖，高祖始免于难	同上	二	
困南屯	汉光武出走南阳，受困于南屯	东汉演义	三	
收岑彭	汉光武定计命邓禹收岑彭	同上	二	
收吴汉	汉光武收吴汉	同上	四	
单刀会	东吴设计骗关公，关公安然无恙	三国演义	四	
取成都	刘备率兵近刘璋遣成都，璋出降	同上	二	
取西川	钟会邓艾子领兵分二路取西川，后主请降	同上	四	
祭灯	孔明定计——七星灯祈寿	同上	二	
收黄忠	孔明定计收黄忠	同上	四	
古城会	关云长保二嫂过五关斩六将与张飞在古城相会	同上	二	
黄鹤楼	周瑜因刘备借去荆州不还，特设宴黄鹤楼，刘备同赵云前往	同上	一	
火烧战船	孔明定计借东风火烧东吴战船	同上	一	
火烧连营	陆逊设计火烧连营七百里	同上	六	
长坂坡	赵云长坂坡保幼主刘禅	同上	四	又名战长沙
南阳关	韩擒虎率兵捉拿伍云昭	隋唐演义	四	

续表

剧目	剧情大意	取材	三戏园三月排演次数	备考
临潼山	李渊辞朝归里,炀帝派员在临潼山截杀李渊	同上	三	
豹头山	豹头山三女寇为大姐复仇与罗成战,顿起	响马传	二	又名斐家庄
罗章搬兵	樊梨花、李月英、洪玉娥三英破阵		四	
打金枝	郭子仪带子上朝		四	
三休樊梨花	薛丁山休妻	薛丁山征西	六	又名反西唐,又名三上关
刀劈王夫	苗万舟招亲		二	
马踏五营	尉迟敬德捉拿单雄信,单雄信战五营	说唐演义	二	斩单雄信前段
刀劈杨潘	樊梨花在寒江关杀夫救庸	薛丁山征西	五	
杀庙	陈世美派韩琦刺杀前妻	包公案	三	
铡美案	包公以陈世美不认前妻,毅然铡美		二	
铡赵王	赵王暴虐无道,包公定胭粉计铡之	包公案	二	
跪铺	包嫂勉包公做官要清廉	包公案	二	
打龙袍	李后不满宋仁宗,包公打龙袍	包公案	二	
铡郭槐	狸猫换太子	包公案	四	
对双铜	真假秦琼对双铜	响马传	二	

186

续 表

剧目	剧情大意	取材	三戏园三月排演次数	备考
罗章跪楼	罗章在外新婚，返家，前妻不见，章跪楼求饶		二	
沙陀国搬兵	程敬思到沙陀国向李克用请兵	响马传	三	
罗焕跪楼	罗焕怕老婆		七	
收卢俊义	宋江吴用赚卢俊义上梁山	水浒传	八	又名大名府，玉麒麟，招八将
坐楼	宋江怒杀阎婆惜	水浒传	五	
叫门	秦琼回家	响马传	二	
石秀禾山	石秀杀潘巧云	水浒传	四	又名金石盟
对金抓	张飞收马岱	三国演义	五	又名收马岱五虎拜寿，五虎会
血手印	邵跨得大上图后游庵访蝉同居，后中状元		三	又名大山图
卖衣收子	张才游庵与陈妙蝉访姑被多赶出，生一子，陈不便育于庵中，送与一穷婆子将孩卖与州官，后又持衣买，遇张才之妻，最后陈妙禅与子相认		四	又名桃花庵，明伦堂认子
刺巴杰	路宏勋，刺巴杰	绿牡丹	三	
平西辽	杨家将出兵平西江	杨家将	二	
五福堂	八仙庆寿，吕洞宾戏牡丹		一	
巧讹富			四	

187

续 表

剧目	剧情大意	取材	三戏园三月排演次数	备考
斩曼驸	吴三桂子被奸臣八大公所杀	吴三桂演义	三	
老舅分家	七月七牛郎织女会佳期		六	又名天河配
皮袄计			三	
炮打苏州			一	
白塔寺	九王打新科状元，状元受伤，拾到金殿，求白塔寺和尚诊治		二	
敏子琴吊孝			三	
对花枪	罗松寻父		二	
南蛮救父	姚刚住南，黄家阁招亲	汉光武时代故事	四	又名黄金山双
双雨轮	鲤鱼成精夺四大天王阴阳伞	晋代故事	七	又名阴阳伞，长秦夸官
梁灏篡位	梁灏谋篡夺明朝天下		一	
地塘板	贾荣铡杜子彬		三	又名搜杜府
龙泉山	孙膑骂庞涓		二	
骂殿骂庞涓	崇祯在煤山自缢	后列国	四	又名马陵道
煤山			四	又名明末遗恨，铁管图

第四章　乡村教育运动

续表

剧目	剧情大意	取材	三戏园三月排演次数	备考
大庄溪皇	拿康八		三	
三骑驴	三仙女闹书房		七	
五张弓	李俊带兵大战金鳌		十	又名火弓弹
李刚打朝	周赧王斩李广后，广弟李刚与兄报仇打朝		十	又名反庆阳
杨文广征东	穆桂英怀子挂帅征东	杨家将	三	又名穆桂英挂帅，平安王
大国战北	穆桂英大战北国	同上	五	
八蜡庙	黄天霸捉拿费德功		三	
一捧雪	莫成被严嵩所害，代主人莫怀古死	一捧雪	二	
春秋配	李春发向张秋莲求婚		二	
三打雷音寺	李闯王因雷音寺和尚作恶，三打雷音寺		二	
大登殿	薛平贵在西凉做皇帝，登殿封官	红鬃烈马	四	又名迴龙阁
三口铡	包公铡马员外、杨知县、白世刚三人	包公案	一	又名阴阳报
山海关	吴三桂搬兵			
讲琴	伯牙与子期论琴	今古奇观	二	又名马鞍山

189

续 表

剧目	剧情大意	取材	三戏园三月排演次数	备考
寇准青靴	杨六郎假假设灵柩，避出征，寇准脱靴赤足私访		三	
落马湖	黄天霸在落马湖平侯李佩	彭公案	二	
女马塔	狄青盗宝	包公案	四	
麒麟烛	番国献麒麟烛于唐王，唐臣知烛中全系火药，劝王勿点		二	全本
天官打朝	马健章因五路总兵催宝被害，进朝打娘娘	晋代事	三	又名千秋灯
青铜山		宋代事	五	
贩马计	马龙造反		一	簧戏
青箱	婢女小双云奉县长命私访李家洼	刘公案	五	又名双玉私访、女侦探、清官断
收铁子健	秦琼等收铁子健	响马桥	四	又名反延安
清河桥	二秀才在清河桥调戏洗衣妇，被洗衣妇审号		一	
妻党同恶报			一	
反阳河	武状元在御街打死国舅，圣上传旨同斩，逐举兵反阳河		七	
罗帕计	父子同榜，子中状元，父中榜眼，两不相识，称为兄弟，归家祭祖相认		一	
醉陈桥	赵匡胤斩郑恩		九	
郑州庙	拿谢龙	飞龙传	一	又名斩黄龙

续 表

剧目	剧情大意	取材	三戏园三月排演次数	备考
蝴蝶杯	田玉川与胡凤莲结婚		五	又名游龟山，娃娃舞幕系本戏之一段
拴娃娃	于二姐求子	书梁传	五	
法门寺	宋巧娇告状，刘瑾断案		七	
火烧柴王	赵匡胤烧柴王	飞龙传	四	
能挣打南京	明太祖派能干改打南京		三	又名庆府吊孝
木兰女征西	木兰女代父征西		一	
双白笔			二	
拿汤子彦	汤子彦抱日月图逃跑，胡麟派员捉拿		三	又名日月图
大劈棺	庄子试妻	今古奇观	五	又名南华堂
三堂会审	卢林孩子被田玉川打死后，三官会审其事	蝴蝶杯	五	
吵宫	燕王扫北前段		二	
反潼关	王莽篡位，李忠为父报仇，在潼关反	三国演义	六	又名困潼关，李忠跪辕门
蝎子山	张飞将刘封装敛肉，拾蝎子山将刘封甩山下死亡		一	
二进宫	太后托孤徐杨		一	
兰花山	韩湘子渡林英		三	

续 表

剧目	剧情大意	取材	三戏园三月排演次数	备考
斩子	杨六郎斩杨宗保		二	
洪山县	刘二嫩卖烧饼回,又见一假刘二嫩调戏妻子	洪秀全演义	二	九头狮子临凡
铁公鸡	张嘉祥与铁公鸡相战		二	
闯幽州	杨令公率父子兵出幽州平寇	杨家将	五	又名出幽州
铡朱温	包公过阴回签铡朱温		四	
武家坡	薛平贵回窑试妻	红鬃烈马	四	
八贤王私访	八贤王收小王		五	又名王小买达,回龙传
明月珠			一	
九剑十三侠			五	
闹沙湾	嫂偕姑讨饭沙湾,被一公子调戏,姑嫂闹沙湾		三	
粉妆楼	孙继祥与其姑合谋虐待韩春香女,为养女破杯,并痛打	粉妆楼	一	
打孙继祥	朱洪武捉拿陈友谅		八	又名孙继祥吊孝,金杯记
九江口			二	
罗花豪	某状元投亲		一	
双玉凤			一	

续 表

剧目	剧情大意	取材	三戏园三月排演次数	备考
收吴凤英	李怀玉挂帅，收吴凤英	五女兴唐传	十一	又名五凤岭
白玉杯	外潘朝进白玉杯，被严嵩没收	白玉杯	三	
官三怕	二无赖怕老婆，告县官，县官也怕老婆		一	
盗佛手	宋皇后病，非佛手不能治，邱小玉奉命往北国盗佛手		一	
碰碑	杨继业托兆碰碑七郎显灵魂	杨家将	四	又名平东莱
麒麟山	程咬金挂帅收帅		三	
闹书馆	秦雪梅吊孝前段，饰妹游书房		三	
背公公	背公公进京寻夫		一	
盗银稍	白莲花下凡		五	
三击掌	王宝钏脱离家庭出走	红鬃烈马	二	
献铜杯	朱洪武赶元王，献铜杯		四	又名赶状元
赶花船	甘兴文进京赶考，途遇县官女二人恋恋不舍，甘改扮女装逐官女，后中状元，一家团圆		七	
擂鼓聚将	穆桂英杨宗保大破洪州		一	
反徐州	徐达不堪旱族虐待，率被压迫民众在徐州反叛		四	又名国民联合

续表

剧目	剧情大意	取材	三戏园三月排演次数	备考
楚王宫	庄荣射雕		三	又名洛阳桥
民夫上将			一	凡有伍子胥戏即为民夫上将
普宝庄			一	簧戏
青风亭	风亭赶子，臂打继保		二	
藏舟	田玉川游龟山，抱打不平藏舟中	蝴蝶杯	三	蝴蝶杯中一段
天门阵	桂英大破天门阵，在阵中生子	杨家将	四	
大卖艺	陈州太吴陵庙会卖艺		一	
平霍州	梁山泊兄弟下山买马，在霍州遇盗匪，打抱不平	水浒传	一	
白马岭	牛皋抢亲	宋代事	二	
黑遇路	太子招亲返朝朝被害	宋代事	二	
打媒婆	两个卖艺的闺女打媒婆		一	
姜家庄	罗成调戏表嫂	隋唐演义	二	又名哈哈笑
下燕京	赵匡胤奉命平燕京	飞龙传	五	
三上桥	张丙贾谋夺平妻，崔氏不愿嫁张郎		七	
对对绣鞋	一书生想赴京赶考，苦无川资，到表姐家告贷，表姐赠银十两并衣一包，误拉绣花鞋一支，生持衣包典当，经官府认为有嫌疑，屈打成招禁监，姊妹俩到官府对绣花鞋，为表兄申冤	唱本	三	

194

续 表

剧目	剧情大意	取材	三戏园三月排演次数	备考
洛阳点炮	马武被人杀了，冯宴不愿上山，任洛阳告状，被县官收为义子	玉虎坠	五	又名杀王腾
双凤山	儿子在双凤山为寇，父亲见面后双招亲		五	
反晋洛	崔凤英为奸人将全家斩杀，到晋洛投兄		二	唐朝事
赶秦三	秦三原为人养子，后被赶出		二	
平杨胆	樊梨花三平西凉	薛丁山征西	一	
相府算粮	薛平贵自西凉回，同王三姐去丈人家算军粮	红鬃烈马	一	
反长安	许文明在长安叛变，杨贵妃挂帅捉许，见许貌美欲纳之		五	
三查山	马玉龙在三查山为寇，劫庞明凤，后被庞将攻破		一	
秦英征西	程咬金挂帅		二	
盗灵芝	白蛇饮雄黄酒现原形后，骇死许仙，青白二蛇盗灵芝救许	白蛇传	三	
大祭桩	黄父谋害门婿，桂英前往祭桩		三	
黄桂香哭墓	黄桂香被继母虐待不堪，往亲母坟墓前哭诉		三	
大狼山	黄三太捉拿九化娘		三	
双头马	姊妹俩搬兵教父，后与元结婚		四	宋代事
蜜蜂计	后娘在前娘儿头上涂蜜，欲置子死		一	清代事

续表

剧目	剧情大意	取材	三戏园三月排演次数	备考
担水桶	张茂森夫妇赏月，在园中行房，将张妻捉至阴间受罚，罚阴阳河担水		十	又名阴阳河
曹凤嘉夺状元	洪秀全返南京遭曹凤嘉与鲁王子相夺状元		三	
梅花驴	两口子走岳父家，反至中途，夫回，妻在途中被劫，得到老和尚救回家，小和尚起淫心		三	
五台山	杨五郎出家	杨家将	三	
双锁山	刘金定下南唐		一	又名下南唐
斩杨延王	斩杨八郎闯幽州前段		一	
两狼山	韩世忠兵败两狼山		一	
江东桥	康茂才在江东桥上挡陈友谅		一	明代事，康府吊孝前段
孝义传			五	
十支状	司马断阴写十支状	唱本	二	又名断三国。
江南教妹	母死无钱殡殓，夫将妻卖出，得金葬母，妻为伊兄见在蛮，兄打救归来，夫妻团圆守孝		一	
闹河东	赵匡胤被困河东	打蛮船唱本	一	
玉月瓶	俞秀英扒山双生子	飞龙传	一	
三娘子教子	倚哥下学归家不认三娘为母，三娘怒，断机教子薛苦劝倚哥认母，母子和好如初		五	

196

续 表

剧目	剧情大意	取材	三戏园三月排演次数	备考
瞎子乐	瞎子观灯		一	
三盗九龙杯	杨香武盗九龙杯	施公案	一	
枪毙三僧	三僧抢劫民女，被县官所杀		一	
杨金华立擂	罗成打擂招亲		一	
龙凤配	刘备东吴招亲	三国演义	一	
织黄绫	汉董永孝感格天，王皇派第七女与董结婚		一	又名黄绫，自由结婚。
八郎探母	杨八郎探母	杨家将	一	
时迁偷鸡	时迁在祝家庄偷鸡	水浒传	一	
打西凉	马超反西凉	三国演义	二	全本
抱琵琶	秦香莲闯宫，陈世美不认前妻，被包铡	包公案	一	
盗御马	李金玉盗御马	施公案	一	
药酒台	王莽篡位		一	
九华山	包公错断杨案，往九华山求师父指导	包公案	一	
抄朱贵	华贵藏忠臣后，奸臣奉旨抄朱家		三	
大进宫	秦始皇带剑入宫			
敬德打朝	太宗白袍斩薛礼，群臣哭朝求赦，太宗不允，敬德便打朝	说唐演义	七	又名斩白袍，黑打朝，唐金花上殿

续 表

剧目	剧情大意	取材	三戏园三月排演次数	备考
双扒蓁	时迁扒秦始皇墓		一	
劝夫	贤妃劝夫毋做贼盗		一	
七条川	九主雄鸡篡位，被李昌素于七条川拿获斩杀		一	
对金杯			一	
棒打无情郎	莫稽落泊得金玉奴救，结为夫妇后，上京赶考	今古奇观	一	
金刚庙			一	
牧虎关	高旺过牧虎关	杨家将	一	
牡丹亭	一闺女死后埋在牡丹亭成精，后于夫重接百年之好		一	
八里桥	关公在八里桥辞曹操寻兄	三国演义	一	
淤泥河	罗成陷淤泥河被乱箭射死	隋唐演义	一	
通州坝	乾隆私访河身		一	
南通州	娘与和尚通奸杀子，南通州官私访将二人杀		一	
百草山	王大娘顶缸		一	
跳花园	毛宏跳花园访妻	唱本	一	
白建河	天官接女到京，路过白建河被劫去		一	

198

二、京剧的地方性

京剧遍布全国各大都市,不是河南地方戏,但是,其同样融入许多地方性民间文学与民间艺术内容的同时,也反过来给予这些内容以深刻影响。

在《相国寺民众娱乐调查》中,张履谦没有把京剧作为地方戏看待,但他非常重视京剧在社会风俗生活中的存在。他考察京剧的起源等内容,是从中外学者著述中转述的;对于民间文学史而言,重要的有两个方面,一是他对开封地方社会京剧艺人生活状况的调查,一是对开封地方社会中京剧剧目的统计。同时,他还记述了京剧二黄清唱演员的生活。如其所称:"相国寺中,真个是形形色色具备,甚至在开封城中所不能见的,到相国寺内即可得睹。为了满足河南大众对于土戏的欲求,除梆子戏园所演河南的梆戏而外,还有河南坠子戏。为了满足大众对于京戏的爱好,除同乐大戏院所聘的联欢国剧社,日夜演唱皮黄剧外,尚有姑娘们的清唱二黄","在相国寺西院的升平茶社内,除一班唱大鼓书的姑娘外,还有一班唱二黄的,他们是从午前十点钟起到下午五点钟止,轮流着在那儿唱,一些讨厌戏院锣鼓声和人的嘈杂声音的士大夫阶级中人们,是常常驻足于升平茶社内听姑娘们清唱"。他还特别提到"升平茶社唱黄戏的姑娘有四个,但实际上只有三个,因为崔云芝除咽黄戏而外,还唱大鼓书",他说:"他们的报酬无定,全视营业收入之多寡摊分。除史翠花个人系分一份半账而外,余均分二份账。平均来说,分二份账的人,每月不能超过二十元,分一份半账的人,每月不能超过十五元。他们所唱的戏曲,与京戏完全一样。"其汇集此类剧目,统计为"《二月冻冰》《权杆坐狱》《热客叮嘴》《闹五更》《洪羊洞》《黄金台》《潞安州》《举鼎观画》《朱砂痣》《珠帘寨》《托兆碰碑》《探阴山》《黑风帕》《打龙袍》《铡美案》《御果园》《探黄灵》《打严嵩》《汉光武》《石头人招亲》《连英托兆》《三娘教子》《七擒孟获》《鸟盆计》《庆顶珠》《宏碧缘》《南阳关》《刀劈三关》《南天门》《空城计》《马前泼水》《坐宫盗令》《捉放曹》《击鼓骂曹》《扫松卖马》《文昭关》《骂毛延寿》《鱼藏剑》《打棍出箱》

199

《献地图》《打鱼杀家》《法场换子》《闹窑》《甘露寺》《定军山》《汤怀自刎》《斩子》《古城会》《华容道》《汾河湾》《武家坡》《惊梦》《宿店》《雪杯园》《断密涧》等,称:"上面所写的这五十六曲剧名,是从他们每个人的戏本上抄的。他们唱的时候,如听众多,也卖力气唱,而且唱的还不坏。金缦云是他们这一班中唱得呱呱老叫的,如果你能花一元大洋,随点一剧,他们卖劲地唱来,比之你在戏园中听名角的戏还有味哩!听说他们的生活,除日间清唱黄戏外,也同唱大鼓书的姑娘们一样有他们的副业的,他们真是这人间地狱中的人间兽啊!真是一群可怜的小羔羊呵!"

其所绘制图表,是对开封地方社会生活中京剧艺术作为社会风俗生活现象的全面记述与统计:

（京剧）艺员生活概况调查表

姓名	性别	年龄	籍贯	住址	所唱角色	每月包银	开始学戏时间	所唱剧曲	备考
郭振海	男	三一	保定	中第四巷十八号	二花面	六〇	十一岁	能唱百多曲，以贾家楼、铁龙山为拿手戏	在大春合科班学戏
韩桂宝	男	三五	保定	前第四巷十二号	老生	九〇	八岁	能唱二百多曲，以南天门、诸葛亮吊孝，一元钱为好	在祥顺合科班学戏
万宝坤	男	二四	保定	中第四巷十八号	青衣	九〇	十三岁	能唱二百多曲，以贺后骂店、六月雪、女起解为得手	
贾进才	男	四二	开封	第四巷五一号	小生	一五			
刘振亭	男	五〇	开封	前第四巷七八号	老生	一五			
胡振奎	男	三三	河北	中第四巷十二号	二花面	三〇		以唱白水滩、巴家寨为好	
邵玉林	男	二八	保定	中第四巷十二号	武生	二四		以唱金雁桥、英雄义、盗九龙杯为好	
刘凤山	男		河北	来门内十一号	武花小面	三〇		以唱盗杯、盗马、盗宝为好	
蒋鑫甫	男	三〇	开封		老生	三〇		以唱黄金台、打金枝、观书为最好	同上
吴金桂	男	三九	开封		老生	二四		以唱五雷阵、渭河为好	
王庆臣	唱	二四	保定	中第四巷十八号	二花面	三〇		以唱溪皇庄、芦花荡、柴桑关为好	科班出身
蒲俊亭	男	三四	北平		小丑	三〇		以三怕、连升级、红鸾喜为好	科班出身
高福生	男	二八	河北	中第四巷四八号	老旦	二四		以探寨营、钓龟为好	
刘慨勤	女	二二	天津	中第四巷十八号	武生	三〇〇	十三岁	以贤孝子、广大庄、凤凰山为最好	后台老板

201

续表

姓名	性别	年龄	籍贯	住址	所唱角色	每月包银	开始学戏时间	所唱剧曲	备考
金慧琴	女	一九	天津	中第四巷十八号	青花衣旦	二四〇	十二岁	以玉堂春、法门寺、宝莲灯、为最好	
刘叔勤	女	一六	天津	中第四巷十八号	老生	六〇	十三岁	以空城计、汾河湾、武家坡为好	在元顺合科班学戏
七龄童	女	八	北平	中第四巷十八号	老生	三〇	七岁	以洪羊洞、珠帘寨、宿店为好	
胡秀卿	女	二五	河北	中第四巷十二号	老生	三〇	十二岁	以采桑、骂简王、一家闷为好	
刘俊卿	女	二四	开封	袁坑沿十二号	老生	九〇	十二岁	以路安州、白凉楼拿手戏	
田桂芬	女	一八	保定	中第四巷十八号	小生	二〇		查关、红鸾喜为好	
夏淑兰	女	一五	北平	中第四巷十八号	青衣花旦	二〇		以唱宇宙锋、武家坡为好	

(京剧)升平茶社唱二黄戏艺员调查表

姓名	性别	年龄	籍贯	住址	何时学艺	所唱剧曲	备考
李致和	男	二〇	开封	前和平巷廿七号	十七岁		拉弦
金缦云	女	二五	大名	黄大王庙门一〇四号	十三岁	能唱三十曲，以珠帘寨、二进宫、洪羊洞、坐宫为好	在升平一年多
简凤霞	女	二四	开封	中山市场前街八四号	廿三岁	能唱二十六曲，以闹窑、南阳关、宿店为好	在升平半年
史翠花	女	一六	开封	自由街二八号	十五岁	能唱十五曲，以黄金台、珠帘寨、坐宫为好	

（开封）京剧调查表

剧目	剧情大意	取材	三月排演次数	备考
孟津河	张义在孟津河畔钓龟，一日忽钓一金龟，告之母亲，母便任贵不孝罪，弟兄泣别	钓金龟	二	又名链金龟
独木关	薛仁贵征东，带病攻打独木关，张士贵探病	薛仁贵征东传	三	又名薛礼叹月
广太庄	徐达出世	明英烈传	三	又名三请徐达
王清明合同为记	提倡忠孝节义，说明礼义廉耻		一	
山海关	吴三桂搬山海关	明末清初李自成作乱故事	五	又名吴三桂
洪洞县	苏三起解时王景龙不忘旧情	玉堂春	三	又名女起解
珠帘寨	黄巢兴兵作乱，程敬思避难蜀中，通僖宗朝往沙陀国搬兵，杀败黄巢	隋唐演义	四	又名解宝收威
桑园寄子	东晋邓伯道，携侄至弟坟前扫墓，贼兵至，遂率领弟妇子任逃亡，中途将弟媳冲散，二孩子不能行走，遂将己之捆于桑树上	此为晋朝邓伯道遇石勒造反故事	二	又名黑水国
征北海	闽大师征北海	封神演义	三	又名大回朝
包公案	铡陈世美	包公案	五	又名铡美案
铁公鸡	张嘉秩保主	太平天国演义	四	
打渔杀家	萧恩父女反对土豪丁甲私收渔税，命女端庆顶珠投夫，女不从，后杀丁全家献珠谢罪，相偕至丁家而逃	梁山伯后荡寇志	三	又名庆顶珠

203

续 表

剧目	剧情大意	取材	三月排演次数	备考
四郎探母	杨四郎闻母亲在军中，欲住一探，苦无出关令箭，后公主盗令箭，四郎遂出关探母	杨家将	三	又名四盘山又名北天门
赵五娘	张广才扫松赵五娘寻夫	琵琶记	三	
八百八年	周文王访姜尚	封神演义	三	又名渭水河
武家坡	薛平贵回窑试妻	红鬃烈马	二	
大恶虎村	黄天霸大战恶虎村	施公案	一	又名三义绝交
狮子楼	杀西门庆	金瓶梅	一	又名武松杀嫂
长坂坡	赵云保主刘禅	三国演义	一	
三击掌	王宝钏脱离家庭出走	红鬃烈马	一	
御碑亭	王有道休妻	今古奇观有金华士子王有道故事	一	
打棍出箱	范仲淹遇难	七侠五义	二	又名范仲淹
战樊城	曹操征张肃兵败樊城	三国演义	二	
贺后骂殿	太子撞死金殿，贺后骂殿	炎末兴隆小说	二	又名烛影计
大战宛城	战张绣	三国演义	二	
刺巴杰	巴骆合前段	绿牡丹	一	又名酸枣岭

204

续 表

剧目	剧情大意	取材	三月排演次数	备考
巴骆合	巴杰家与骆宏勋讲和	绿牡丹	二	
雷峰塔	白蛇儿子中状元后，任杭州雷峰塔祭奠，母子相会	白蛇传	二	又名状元祭塔
牧虎夫	高旺妻子团圆	杨家将	一	又名黑风帕
夜战马超	张飞夜战马超，刘备说和	三国演义	一	
卖弓计	薛仁贵取摩天岭	薛仁贵征东传	一	
挑滑车	高宠战金兵	说岳	二	
柴桑口	周瑜病死柴桑，孔明过关吊孝	三国演义	三	又名孔明吊孝
南天门	明尚书曹正邦为奸贼杀害，家人曹福领玉姐逃大同投亲，曹福冻毙广华光山，封为南天门土地	明朝魏忠贤害史部曹正邦故事	二	又名曹福登仙，走雪山
李陵碑	七郎搬兵，杨继业被困	杨家将	一	又名碰碑
收秦明	宋江收秦明	水浒传	一	
捉放曹	陈宫放曹，齐县令同曹逃亡，曹杀吕伯奢全家，陈郁郁不乐	三国演义	一	又名中牟县，陈宫计
五花洞	武大郎寻弟，五花洞五鼠闹东京	金瓶梅	一	又名三镞奇闻
东吴根	火烧连营七百里	三国演义	一	又名战猇亭，火烧连营寨
根妇惊天	窦娥用场问斩，天忽然降雪，获救婆媳团圆	窦娥冤		又名六月雪

205

续 表

剧目	剧情大意	取材	三月排演次数	备考
九江口	朱洪武捉拿，陈友谅，张金鞭救主	明英烈传	二	
汾河湾	薛仁贵回窑会妻柳迎春	薛仁贵征东作	三	
鸿鸾禧	棒打无情郎，穆穆进京赶考	今古奇观	二	又名棒打无情郎
落马湖	施不全私访	施公案	二	
宇宙锋	胡亥二世想娶赵高女为妃，女不从，装疯逃避，奈亦无如之何	西汉前楚汉争霸小说	二	又名金殿装疯
英雄义	宋江水摘史文恭	水浒传	三	又名曾头市法华寺
打龙袍	包公断后后段	包公案	二	
三侠五义	水摘花蝴蝶	彭公案	三	又名花蝴蝶
潞安州	陆登死节	说岳	一	
连环套	黄天霸盗御马拿窦尔敦	彭公案	一	
彩楼配	王三姐彩打平贵郎	红鬃烈马	一	
鱼肠剑	专诸行刺王僚	列国志演义	二	
五台山	杨五郎出家修道	杨家将	一	
祭长江	孙夫人祭长江	三国演义	一	
二堂舍子	刘彦昌释子偿命	劈山救母	三	又名宝莲灯

第四章　乡村教育运动

续　表

剧目	剧情大意	取材	三月排演次数	备考
玉堂春	又妓苏三恋王景隆，因鸨母阻挠未遂愿，后嫁沈延林酿命案，王金龙官做巡抚，适问此案，得团圆	玉堂春	三	
大回朝	闻太师征北海得胜回朝	封神演义	一	
审头刺汤	明史嘉靖时事	明史嘉靖时事	三	
东方氏	王伯党招亲	说唐	一	又名虹霓关
定军山阳平关	斩夏侯渊	三国演义	三	
捉拿武文华	施公三河县捉土霸	施公案	一	
探寒窑	王丞相夫人住寒窑探女	红鬃烈马	一	
斩颜良	关公斩颜良	三国演义	二	
梅龙镇	兄妹在梅龙镇开店，正德皇帝私访，戏凤姐	游龙传小说	二	
双青橙	怡老婆	绿牡丹小说	一	
大嘉兴府	鲍百安大闹嘉兴府	列国演义	一	
海潮珠	崔子杀齐君	济公传	一	
赵家楼	华云龙采花	杨家将	一	
清官册	寇准奉旨审潘洪此剧系奉旨入京经过	杨家将	一	
神亭岭	孙策太史慈	三国志演义	一	

207

续　表

剧目	剧情大意	取材	三月排演次数	备考
花园赠	王宝剑怜薛平贵贫而慕其人，夜于花园私赠以金，嘱人正业	红鬃烈马	一	
战太平	花云尽忠	明英烈小说	一	明代剧
烛影计	赵匡胤崩，弟匡义即位，后为太子争位，终因匡义加封而罢	三侠五义破襄王时曾说宋不明故事	一	
金台拜法帅	田单火牛阵败燕	列国	一	
法华寺	即水摘史文恭	荡寇志	一	
冀州城	马超战冀州	三国演义	二	又名战冀州
力杀四门	秦怀玉力杀四门尉迟恭报仇	说唐征东	一	
交车立志	即神亭岭	三国	一	
苏三起解	王金龙提审苏三	玉堂春	一	
子都反正	怀都关收子都	列国故事	三	
呼延庆出世	即呼延庆上内丘故呼延显被害	呼家将小说	三	
御林郡	二进宫后即杨波	明史	三	
铁莲花	即生死板因刘子忠娶为马氏谋夺家产	此戏藉宋朝刘子忠娶晚婚谋产孽子故事乃俾宫野史	三	又名扫雪打碗
小逹杰列	即铁弓缘		三	

208

续 表

剧目	剧情大意	取材	三月排演次数	备考
火烧白凉楼	即乱石山	明英烈传	一	
二度梅	即落花园，陈杏元和番	二度梅	一	
三收何元庆	岳飞收何元庆	精忠传	二	
下河南	胡世伦因仗夫是国舅，抢白侍郎之女	乃李自成乱世时故事	二	又名罗锅抢亲
太平桥	史敬思朱温招亲	七代残唐	二	
关云长威震河北	古城会	三国演义	一	
大白水滩	青面虎遇十一郎		三	
樊城长亭	伍尚被害，伍子胥锁樊城，兴兵报父兄仇	列国	二	
杨家将	即黑松林杨家报仇或杨家将各戏均可	杨家将	二	
胭脂虎	妓女擒寇		四	又名会稽城
八义图	程婴公孙杵白设计舍子救赵氏后裔	列国演义	二	
大赐福	福星赐福民间	此为取吉祥之意无考	二	此系开场吉祥戏
呼延庆打擂	呼延庆打擂	呼家将小说	二	
黄忠十三功	定军山	三国演义	一	
门楼相亲	同下河南		二	此为李自成攻河南故事

续 表

剧目	剧情大意	取材	三月排演次数	备考
三打剑锋山	即高通海伍氏三雄改剑锋三山捉焦振远	彭公案	一	
秋胡戏妻	秋胡游宦多年，回家于桑园遇其妻，以金诱之，妻不为动	列国演义	一	
战泊口	收关胜	水浒传	一	
风云会	赵匡胤与呼延赞之战	炙末兴隆小说	二	即龙虎门
法门寺	宋巧娇告御状，刘瑾解冤狱	明季史	二	
界牌关	罗通盘肠在阵亡	说唐征西	一	
滑油山	目连僧之母刘氏，死后受滑油山之刑。此系迷信戏	包公案		
木兰关				
大铁龙山	姜维被困	三国志	一	
邓家堡	花冲盗宝	七侠五义	一	
忠又臣	即九江口	明英列传	二	
鼎足分三	即金雁桥擒张任，刘玄德取西川故事	三国志	一	
大吉祥	举凡吉利戏皆可唱。开场戏	无考	一	
浣花溪	崔宁娶鱼氏，藕鱼朝恩之力，得西川节度使，娶任瑢卿游浣溪	此为唐代事大约		
少华山		在隋唐小说内	一	此戏是秦腔

210

三、河南坠子

河南坠子是河南民间戏曲艺术的重要形式,自然也是民间文学非常重要的传播形式。张履谦在《相国寺民众娱乐调查》中论述河南坠子,从俗语"听文明戏,簧戏,梆子腔,文明大鼓,倒不如听河南的坠字"说起,称"许多对于河南坠字爱好的人,曾如是地话着。我们对于河南坠子的爱好虽然不能够同其他爱好坠字戏者那样地话着,但在我们听了河南坠字戏之后,确确实实感到比较梆子腔,簧戏被锣鼓弄得头昏眼花戏要好;比之听文明大鼓和文明戏的那样单调的腔调后满意多了"。他举例刘半农喜欢河南坠子和"亚尔西爱胜利公司曾收有河南坠字戏的留声机片",提到当世河南坠子艺人和她们的代表作,如乔清秀与《三堂会审》《王二姐摔镜架》,董桂枝与《刘备哭灵》《俞伯牙摔琴》,程玉兰与《许仙游湖》《小黑驴》等,并声称"乔清秀、董桂枝、程玉兰三人所唱的,还不是彻底的河南坠字"。

他首先讲到河南坠子的概念与艺术起源。他说:"河南坠字的取名,是因为他唱词的字是一个字坠一个字的,而所拉的子弦(一般称为坠子)声音,跟着唱词的字拉着,唱得急拉得急,唱得慢。拉得慢。"他以为,其起源有两类,一是"河南的坠字戏是起于滩簧,因为他的唱调是有滩簧的腔调",一是"河南坠子是源于唱道情的演变,谓唱道情的人感觉到手挟着一个玉(渔)鼓拿着一个简板,用着一块醒木,一个敲的小铙,颇不便利,且感到唱道情的腔调单纯,便演使而成为坠字了";他说:"关于河南坠字的起源说,据我们的调查和各方的访问知道坠字戏的唱词都是与道情有关的,所以河南坠字戏的起源是从道情演变的一说是比较可信。"其"理由"为:"第一、河南唱道情的人,后来也用过现在唱坠字戏拉弦的是踩的脚梆,而最初唱坠字戏的多是唱的单坠,一个人自拉弦,自踩脚梆,自打简板等。第二、现在坠字戏虽然是流行的双坠字,有另外拉弦与踩脚梆的,两个人唱,但坠字所用的乐器,除坠字与玉(渔)鼓不同,加上一个脚梆而外,所用的乐器与唱道情的是全相同的。唱坠字的人所用的简板,醒木全是一样。第三、最早唱坠字戏的人,好多都是从唱道情的人改变的。而且现在唱坠字的人与唱道情的人还是在一个会内,并不像平词与唱大鼓书那样的相左,而且唱道情的人也兼坠字。"同时,他介绍河南坠子的发展历史,说道:"河南坠字戏的历史,当在光绪末年。据一位老叭坠字戏的人说,在宣统元年的时候,开封曾经组织过一个河南坠字研究会,地点是在惠济桥的东北,会员有二百多人,每人入会时须缴纳会费五毛,每月须纳常费二毛,此会是刘主席(刘峙)主豫时才取消的,已经取消了四年,他们的会员现在是加入了长春会,这会的正会长是马鸿宾,副会长是张明亮。长春会是说平书,唱道情,唱坠字,幻术、卖解者的一个集会,地点是在原先河南坠字戏研究会的会址。开封唱坠字戏的时间是在民国七年。第一个唱坠字的是殷锦唐夫妇。殷氏夫妇最早在家招收徒弟教学,同时有张三金,马治荣等在相国寺唱坠字戏。最早相国寺中唱京奉大鼓,山东大鼓的很多,自河南坠字撞入之后,唱大鼓书的姑娘们均逃之夭夭了,这是河南坠字戏值得特书的事件。"

尤值得注意的是他对河南坠子艺术生活习俗的记述,诸如所谓"七真八派",是地方社会生活中普遍存在的民间信仰,"不只限唱坠字的,就是说平书的,卖解的,演幻术的,唱道情的及跑江湖的人,都照遵依的"。此"七真八派"属于具有秘密社会色彩的民间艺人组织习俗,同时又有传说故事的意义。如其所述:"邱祖姓丘名处机,字通密,道号长春,山东登州府栖霞县宾都人氏,金熙宗皇统八年正月十九日生,人在山东等州府宁海州昆山金真庵,十九岁出家,纯阳祖师教太上口诀,即金丹妙理,六爻证清,九转还阳丹得道。元成宗四年七月初九日登台示众,跨鹤飞升,敕封长春演道教主,人又在直隶宜化府金阁山临真观显圣,元武宗大德六年,敕封长春全德神化明应主教真君,此即第一真",其中,"龙门派邱祖所创,现在跑江湖的,卖艺者,多属此派,在他们的行道中称为高门,即是最尊,最长的意思。龙门派有下面的一百字。(凡属跑江湖的人,拜罢老师后,均取一个派名。比如你是拜道字派的老师,则所为德字派取名)"云云,"另有一老虎大师兄创造一寅

戏派,是为第八派,此派无继承者"。同门相亲,相互帮助,是民间艺人最重要的联系方式。其总结道:

初时唱坠字的人,女的并不多,直到民国十年,女的才多起来了,现在唱河南坠字的,简直成为女子的专业,男子是很少的了。

河南坠字的腔调,不但是有河南的梆子戏,二架弦戏,越调,并且还有京调,昆调,西河调,大鼓腔。现在所用的乐器,便是一个拉的二弦,一个脚踩的脚梆,二个醒木,二付木简板,一个小饶。

唱坠字的人,俱得拜师。但拜师有下列的限制:

1. 不能拜自己的父兄母姊为师,只能拜旁人。
2. 拜师时须有一个引荐师和道师。
3. 拜师那一天须请同会的人吃酒席,使大家知某人拜某人为师。
4. 拜师还须写一张拜师的押贴,并且还要请一个人作保师。
5. 学三年出师,出师后要为老师坠字一年,将这一年的收入报答老师,在他们行人,谓这一年,名曰"拉年"。

拜了老师的人,方能取一个派名。

与此相联系的是"自己是信奉的那一派,对于那一派祖师的生日与飞升日子,均得淘出供奉钱来办一个纪念会,而且大家在那一天还休业,举行很热闹的会",以此,他感慨道:"这七真八派的意义,虽涉于迷信,但也与学者们的尊师和什么学派相类似,并且我个人还感到他们尊师的至诚精神与乎同派人的互助情绪是比之我们的知识阶级的尊师还真实,对同一学派人的互助情绪还要浓厚。"这种记述方式形成民间文学史上一种重要的文化传统和文化模式,其既是风俗生活,又为传说故事,相互印证说明。

张履谦记录了河南坠子的演出习俗等社会风俗生活内容,是我们理解民间戏曲艺术与民间文学生活的重要背景。如其记述"在相国寺内唱坠字的,不单是姑娘或少妇,也有须眉的男子",他提到"所以一般人以为听坠字,即是去打茶园,吊妇人们的膀子,作性的歪泄的感念,是错误的",指出"因为真正听坠字的人,他们并不一定要听妇人的","听坠字中的一部分人是为了坠字姑娘而去,卖坠字戏的老板以坠字姑娘去诱引听众的事实,那又是毋庸讳言的"。同时,还有"关于唱坠字的艺员,相国寺内共有三十六人。但是他们为了怕缴纳书捐,他们只挂一个人的名字,学徒的名字是不轻易告人的。书捐有两等,分整捐与半捐,整捐为两元,系收入多的艺员或唱坠字中的红人。半捐为一元,凡挂牌者均须缴纳。现在相国寺内的唱坠字者,以青春茶园的范礼凤、张礼翠,最为出色";"他们每日卖唱的时间是上午十时到下午五时,系分班唱,每个人的收入,月有十五元至四十元的。收钱的方式,是在每段唱完之后,由正唱坠子的姑娘或闲着的姑娘持一滕簸向听众讨钱。每个观众有多给至五角的,少者仅给铜圆数枚","如果有好听的坠字或友好某姑娘的先生高兴听某曲,将某姑娘的戏折拿来点唱,每曲是一元,他们也可以出堂会去献艺","他们的听众,什么人也有,就是妇女们也常去听,最多的听众还是我们被生活利刃宰割不能吐气的大众和兵大爷先生","所谓才储八斗,学富五车,及能够看 ABCD 的士君子和洋翰林们是不去的"。换句话说,就是只有那些出身卑微的下等人才是这些民间艺术的受众。对此,他表示,"像我们这样的跑去访问他们,与他们说这说那,听他们唱坠字,在他们是很惊奇的",而使他"感到娱乐的阶级性和艺术的阶级性的存在"。

在河南坠子调查中,张履谦选取了一个特殊的民间艺人张明亮做"个案",因为"相国寺卖艺者所组织的长青会,他系任副会长","他自己还能够编戏曲,现在坠字戏中所唱的《国旗》,《蔡谔离婚》,《筱凤仙》,《劝大烟》,《武昌起义》等便是他手编的",他对他进行实地采访,记述其艺术经历、演唱内容与艺术交往等内容时道:"张先生的祖父是曾任过军职的。后来因了家遭变故,父亲便在开封的东乡种田。但他才满十岁的那年,父亲就病故了。在乡村中不能待下去,想设法往城内跑,可是没有亲顾,只好仍住在乡内拾粪。十二岁的那年,他开始学唱道情,又在乡村里混了五年,后来为了生活的逼人,便于十七岁时来开封城内,在相国寺前院唱道情,那时与他同唱道情的有:聂文成、张明德,许登科,林春发,雷一鸿。所唱的唱词有《李秀思吊孝》,《玉杯计》,《王小买达(爹)》,《包公案》,《彭公案》,《对绣鞋》,《李兴贵打虎》,《响马传》等。唱道情的时期中,共收了五个徒弟,一个名叫王至宗,一个名叫郭至诚,一个名叫陈至邦,一个名叫万至平,一个名叫万至和。在他的三十五岁那年,眼见得唱道情不能够生活下去,而且河南坠字戏兴起,很为人爱好,他便改唱坠字戏,一直唱到现在,均未改业,唱坠字戏的同伴有张三妮,马至荣,刘至凤,刘至仙。在唱坠字戏时他共收了徒弟十人,计有男二人,女八人。男徒弟是黄至江、周至和,女徒弟是孙至秀、邢至花、邢至凤、刘至仙、刘至凤、李至艳、李至雨、殷至仙。"其介绍这位民间艺人生活状况道:"唱道情与唱坠字戏,他均系分一份半账。他有一个弟弟,现在开封做小买卖,有一个妹妹,现仍在乡间种田。他娶了两个妻子,前妻已经死了。他有女四人,男一人。大二女已经出家。三四两女,现在青春茶园学唱坠字戏,一名张金仙,一名张玉仙","他们父女三人,在青春共分四份半账,每月的收入约五十元左右,他的家,系住在后百子堂五一号"。其有感于这些,他感慨道:"像他这样的人,从农村走到都市,凭着简板,玉(渔)鼓而能够安家立业,比之我们做猪仔的华侨的苦痛也是不相上下的呵!总之,没有社会地位的人,在社会中讨生活,无论你住在自己国度也好,别人国度内也好你是要尝尽人生的辛酸苦辣的滋味的。你是不能自自由由地过一刻舒适地生活呀,你是须谨防着生活的饿犬咬伤你的咽喉的啊!"一般说来,民间文学是穷苦人的精神家园,在贫穷中激励、抚慰自我。或许,正是张明亮这样的民间艺人的苦难与艰辛,勾起他曾经体验过的生活感受,他才作此感想,对这些现象表现出情感的共鸣。

  这些内容的价值同样在于其民间文学的社会风俗生活史的价值,是我们理解其民间艺人的人生,能够更完整认识其传唱的民间文学事实的重要背景、原因与条件。

在表演形式上,河南坠子有自己的"套式",这是民间戏曲艺术作为社会风俗生活的又一重要内容。张履谦总结记述为"他们唱坠字戏的人唱大部书时,必定要唱几段小曲作书帽。而且还要念一首诗,一个引子,一个序词",其举例:

①唱生孩子的:

诗曰:四季挂中堂,逢事就安康,家中生贵子,辈辈状元郎。

引子:四句闲言道罢,老少先生一旁哑言尊坐,听咱慢慢道……来……

序词:小坠子一拉胡隆隆,振一振鼓板开正封,听书不管腔大小,只要是板眼稳来道字清,能分开喜怒哀乐四个字,这才能上场敬先生。爱听文来爱听武,爱听奸官爱昕忠,文的咱唱包公案,武的咱唱杨家兵,奸官咱拿国太,忠臣大人唱刘庸,半文不武两块印,苦辣酸甜唱红灯。几句闲言开正本,唱一小段您听听。

②爱情的:

诗曰:张生吃醉在西厢,莺莺挺在象牙床,五十两银子做标记,老太太知道打红娘。

引子:酒色财气——张生吃醉在西厢,念个酒字;莺莺挺在象牙床,念个色字;五十两银子做标记,念个财字;老太太知道打红娘,念个气字。这叫酒色财气。四句闲言提过,听咱慢慢道……来……

序词:同上。

③娶媳妇的:

诗曰:一块檀香木,雕刻骏马鞍,新人踩马镫,四季保平安。

第四章　乡村教育运动

引子：同生孩子的。

序词：同上。

④敬神的：

诗曰：打扫神前地，净手焚上香，鞭炮连声响，四季保安康。

引子：神诗一首道罢，听咱慢慢道……来……

序词：同上。

对于河南坠子的演出内容，他做出不同形式的统计，"从唱坠字的艺员们的戏折上抄录后"，"整理出一百五十四曲的坠字戏目"，其总结说"河南的坠字戏曲是很多的，京戏的，梆戏的，大鼓书的，滩簧的，唱道情的，说书的均有"。他罗列出"相国寺常唱的坠字曲"即此"一百五十四曲坠字戏目"：《凤仪亭》《单刀赴会》《黄鹤楼》《梁山伯》《戒大烟》《双刀鞘》《李秀思吊孝》《雷公子投亲》《三堂计》《对绣鞋》《草船借箭》《王二姐哭绣楼》《田二姐闹店》《炮打滑县》《玉杯记》《金镯玉环记》《天仙配》《盘龙山》《四马投唐》《三堂会审》《关公辞曹》《小寡妇上坟》《古城会》《八里桥》《宋江坐楼》《关王庙》《苏三起解》《田二红开店》《王林休妻》《卖油郎独占花魁》《唐王探病》《贾宝玉探病》《刘备招亲》《病游西湖》《阴果报》《关公挑袍》《河北寻兄》《三怕老婆》《鸾凤配》《清朝演义》《明朝演义》《包公案》《嘉庆私访》《响马传》《千里驹》《罗成贩马》《金钱计》《小英烈传》《五雷阵》《三开关》《刘公案》《哭柩记》《双启文》《王小买达》《大送锦邱》《隋唐传》《皮袄计》《李天保吊孝》《王三公子赶考》《于二姐求子》《诸葛亮吊孝》《华容道》《张廷秀私访》《姊妹俩比家宴》《蓝桥相会》《马前泼水》《访女婿》《鸿雁捎书》《大姐买金钗》《大钉缸》《王三姐拜寿》《小黑驴》《罗成算卦》《偷石榴》《有病思夫》《韩湘子拜寿》《小黑牛》《大姐思夫》《刘秀走南阳》《祝英台拜墓》《妓女告状》《借鬏鬏》《苏二姐走娘

217

家》《光棍卖菜》《樊梨花征西》《单头马》《空城计》《江心保太子》《收赵云》《石头人招亲》《祝英台哭五更》《困土山》《诸葛亮招亲》《走马荐诸葛》《王莽赶刘秀》《打花亭》《杨金花夺印》《苏玉长投亲》《大闹黑凤山》《黄文学找父》《双扒墓》《洗衣计》《红灯记》《重婚配》《吕蒙正赶考》《孙膑上寿》《龙三姐拜寿》《黄二姐打棒》《杨二郎捉妖》《宫门挂带》《秦琼保本》《武松打店》《武家坡》《王员外休妻》《孟姜女哭长城》《割肝敬母》《三打苏二姐》《打面缸》《林翠翻车》《小梅香出嫁》《小二姐做梦》《小俩口抬水》《小俩口打架》《白猿盗桃》《大劈棺》《刘金定下南唐》《张生戏莺莺》《密荐游宫》《一怕老婆》《比婆家》《郭巨埋儿》《刘方舍子》《李二姐观灯》《双锁柜》《国旗》《筱凤仙》《蔡谔离婚》《武昌起义》《杨家将》《大红袍》《黄花岗》《炸五大臣》《劝放足》《鸦片恨》《秋碑亭》《张勋别爱姬》《小上殿》《皇帝梦》《康文秀私访》《重婚配》《王金宝借当》《清和桥》《韩湘子渡林英》《老太太哭十八》等。从中可以看到,河南坠子主要以古代历史传说故事为言说内容,尤其是传统的民间传说故事,诸如《祝英台哭五更》《孟姜女哭长城》等,还保存了许多现代题材的民间戏曲,诸如《国旗》《筱凤仙》《蔡谔离婚》《武昌起义》《黄花岗》《炸五大臣》《劝放足》《鸦片恨》《张勋别爱姬》,这在事实上为后人列出一个特殊的民间文学生活中的故事书目,其具有典型的民间文学史志意义。

民间文学生活中,民间戏曲艺术与民间传说故事是一体的,但它们的语言艺术形式则大不相同。不同的语言艺术形制,成为不同艺术类别;戏曲通过富有特色的演唱语言艺术所表现的内容,是具体的民间传说故事,形成民间戏曲形式的故事文本,与日常生活中所流行的民间传说故事的口头叙述形式形成具体的联系与差异。如张履谦在《相国寺民众娱乐调查》中实地记录的民间戏曲故事文本,是民间文学史的重要内容,至少可与宋元话本的历史意义比美。在民间文学史上,其重要意义在于其文本保存。如:

第四章 乡村教育运动

①《清和桥》(七字韵)：

三皇五帝到清朝,普天下举子求官高。众先生,听书能往正南看,大道上,两个文举来到了。二文举坐在小车上,抬头观见一座桥。文举自把小车下,爬爬踏踏上了桥。站在桥头往下看,桥下面坐个女娃娇。黑顶顶头发绾双髻,乌堆堆燕尾脑后飘。偏花正花戴两朵,绿茵茵鲜花撇鬓挑。呼铃铃一对杏子眼,两道蛾眉赛乌描。两行银牙如碎玉,樱桃小口赛葡萄。直立立身子如笔杆,金莲不大赛辣椒。二文举观罢小佳人,桥头上软了身子麻了腰。(白)敢说这漫地那里来的小佳人？这是春天四月的天气,家门跟前没有水,这个小佳人上这漫地河沟里去洗衣裳。四月天气漫地黄花未开放,绿茵茵的叶,黄哪哪的花,小佳人采上一朵,戴在鬓角,小佳人长的千娇百媚,如花似玉,又衬着这一朵鲜花,大文举观罢,抬头一看,荒郊没人,我要耍笑于他。文举想罢,叫道兄弟,咱俩个弄吓去？二文举说大哥,咱俩个进京赶考去。大文举说兄弟,您抬头看,桥下有个碑,碑上有三个字,上写清和桥,我是老大唎,占个清字。二文举说,我占个和字,打这上起头,打那上落点。大文举说兄弟(咳嗽,往桥下一歪嘴。)小佳人鬓角上黄花菜上落点。二文举说大哥你先作罢,大文举说兄弟听我告禀啊。(唱)大文举开口把话明,再叫兄弟您是听。文举曰:有水也念清,去水添米变为精。(白)二文举说大哥,变成精怎个着唎,你要叫他合折押韵。大文举说兄弟听我告禀呵。(唱)精细伶俐人人爱,有哥哥一心要吃黄花菜。(白)小佳人正在这里洗衣裳,听得有人作诗耍笑于他,他就有心上桥头辱骂一人,又一想上京的举子不好惹,他就耍笑于我,也不能多长一块,他忍气吞声坐在那里刷哪刷哪洗衣裳。大文举说兄弟该你啦。二文举说大哥听我告禀呵。(唱)二文举开口把话说,开口再叫俺大哥。文举曰:有口也念和,没口也念禾,去口添斗变成科。(白)大文举说兄弟,变成科怎个着唎,你要叫他合折押韵。二文举说大哥听我告禀呵。(唱)科字人人爱,有兄弟我也想吃黄花菜。(白)小佳人一听,心里想想,我要不辱骂他一顿,他便不甘心。小佳人想到此处,将手上的水一擦,双手捺地,杨柳腰黑焖黑焖上了桥头,倒身下拜,樱桃口一张,莺声燕语叫道:二位举老,我这里有礼了。二举老抬头一看,见小佳人来至面前施礼,大文举想到,我这两首诗把他吊在桥头以上。文举想罢,开口叫道:大嫂来到桥头施礼者为何? 佳人说二位举老,您两个在此桥头干起何来,文举说大嫂,俺两个在桥头作诗一首。佳人说您两个作诗指吓为题? 文举说指碑上清和桥三字为题,我占个清字,俺兄弟占个和字。小佳人说这个桥字不是没人吗? 我与您配上一首。二文举耳听佳人会作诗,心中暗想,回来我好作诗调戏于他,想罢叫道大嫂,作诗您要叫他合辙押韵。佳人倒身下拜,二位举老听我奴告禀呀。(唱)佳人开口把话表,二位举老您听着。佳人曰:有木也念桥,无木也念乔,去木添女变为娇。(白)文举说大嫂,变为娇怎个着咧,你要叫他合折押韵。佳人说二位举老听我奴告禀呀。(唱)娇娇滴滴人人爱,我胸前比您多两块,二文举抱着吃一口,强似您吃黄花菜。(白)二文举闻听辱骂于他,冲冲大怒,你是谁家个村妇,辱骂举老,这还了得? 找你男人算账。佳人上前拦住说,慢着,您认识俺丈夫吗? 文举说不认识,佳人说您知道俺男人姓吓? 叫什么? 文举说不知。佳人说你既不知俺男人姓吓叫吓,你找六十年也找不着,您要想见俺男人那也不难,我给你说这个字,您只要认识,您不用找,俺男人自来。文举说你说罢,我吓字不认识。佳人说您听:山字两头低,去了谷子皮,田字有一女,您猜我是谁的妻。文举听罢,搭手去划,山上字两头低是个宝盖,谷子去了皮是个米字,田字有一女,这边是个女字边,是个田字堆,把这四个字纂一块,是个叫婶娘的婶字。小佳人说我是您的婶,您回家寻找你的叔吧。(唱)佳人一阵愁双眉,再叫举老听明白。荒郊以外把您骂,思思想想可怨谁? 您家也有姐和妹,您今天做事自心亏。要叫俺丈夫知道了,必然打您一顿捶。文举一听心骇怕,着小车上正北。

清和桥作诗头一段,文举住店下一回。

②《韩湘子渡林英》（十字七字韵）：

弦子一拉虎隆隆,振一振鼓板开正封。先唱吕个林英东楼泪满腮,忽然想起媒婆来。骂媒婆,狗贱才,不该说媒俺家来。一说韩家官职大,二说韩门好家财。三说奴夫韩湘子,精细伶俐读书乖。前客厅哄转我的父,后堂楼哄转老太太。我的父,老太太,把我许配韩门来。那一天相公吃醉酒,婶母娘立逼相公进房来。奴的相公把房进,五经四书揣满杯,奴家一见心欢喜,满脸带笑迎进来。奴的相公把书念,我对着银灯做花鞋,念书念到一更后,双手捧茶敬上来。念书念到二更后。手扶桌案把嘴栽。咕咚一声栽在地,碰着我林英打筛筛。走上前去参一把,奴栩公恶言冷语骂出来。他骂我,林英女狗贱才,不该桌面参我来,参我一把不当紧,右手难把天门开。三更天得罪了相公韩湘子,一去修仙没回来。林英一阵泪巴巴,人生尘世别配韩家。再说我是应闺女,头上戴着髻一花。再说我是当媳妇,整年四季熬着寡,想起来我只把媒婆骂,骂媒婆,狗贱才,谎俺的银钱买药吃,谎俺的金银买棺材。五黄六月害寒病,长一个蛆儿将出来。非是姑娘辱骂你,我看你说媒该不该。林英正把媒婆骂,转过丫鬟解劝开。丫鬟这里开了口,再叫姑娘听明白。安心把你姑爹见,梳洗打扮把香排。你有夜香把他敬,俺家姑爹必回来。林英闻听喜盈盈,冉叫丫鬟你是听。快忙打过净脸水,梳洗打扮把衣更。小丫鬟,多殷勤,厨房端过净脸盆。款步直把绣楼上,放在盘架正中心。高叫姑娘把脸净,丫鬟与你递汗巾。林英往前走几步,盆架根根衬着身。十指尖尖卷罗袖,八个戒指摆得匀。窈花腕,试一试,净脸水,又不寒来又不温。捧起北方壬癸水,洗洗脸上旧官粉。绉纱汗巾擎在手。沾沾脸上水淋淋。用手抠开石榴子,搁在巴掌正中心。把粉练得粉粉浓,噼呖啪啦把粉匀。南京官粉净了面,苏州胭脂点嘴唇。黄杨木梳拿在手,打开青丝发万根。左梳左挽盘龙髻,右梳右挽水抹云。盘龙髻上加香草,水抹云中使香薰,前梳昭君抱琵琶,后梳齐王乱点军。娘娘琵琶人人爱,齐王点军爱杀人。左戴着,金镀簪、银镀簪,能

221

工造就,右戴着,珍珠牌,玛瑙牌,珠铃叮叮。前戴着,苍琅牌,王荷牌,对对精巧。后戴着,尖燕尾,活筛筛,红绒两根。两耳上,戴线圈,银丝盘锁,花篮里、搁仙桃,点翠镀金。脸皮白,擦官粉,又白又嫩,呼铃铃,杏子眼,一团精神,两道眉,不用折,弯似秋月,樱桃口,点胭脂,压在口唇。金戒指,银戒指,他不多戴。时新的,改样的,排上两排。戴一副。弯铃镯,能工造就。盘梅花,造五字,钢丝白银。小指头,细又长,拿钥匙,响叮当,开开锁,打开箱,拿出几件好衣裳。一件一件都穿上。上穿着,鹦头绿,银红紧衬,外罩着,对花褂,纺就盘金。百褶裙,他本是,能工造就,周圆圈,绣就的,海马潮云,正当间,只扎下,天王玉帝,两壁厢,又扎下,四辈古人,这壁厢,只扎下,一老一少,那壁厢,只扎下,一武一文。一武的伍子胥临潼斗宝,一文的姜子牙斩将封神。一老的老寿星八百八载,一少的有甘罗一十二春。下穿着,有中衣,颜色素净,绿丝的,小带子,扎了两根。有三尺,素白绫,把脚来锁,打开了,绣鞋包,细看家珍。红几对,绿几对,杂色几对。看一看,那一对,能称奴心。红的艳,绿的暗,颜色太俏,酱色差,紫色骚,不称奴心。大红深,毛红浅,鸭红太素,要穿着,红对绿,才称奴心。走一步,退一步,万金难买,樱桃口,说句话,惊煞郎君。佳人打扮多停当,梨花宝镜顺手存。这一绕,那一绕,好像天仙玉美人。也不要说人家说我好,我自家看见也动心。慌忙放下梨花镜,再叫丫鬟您是听,且领姑娘把楼下,后花园里把香焚。秋菊拿着香跟纸,蜡梅打灯头前行。主仆三人把楼下,咯噔噔来噗井井都是裙钗女,因吓下楼两样声?小丫鬟穿就浅薄底,两支脚恰恰似戏台上那个龟灯。下动绣楼噗井井。姑娘穿的厚高底,下动绣楼咯噔噔。咯噔噔,噗井井。一走三歪九折轮。主仆三人把香降,等下回夫妻见面在花厅。

③《酒色财气》(十字韵):

先唱个名利两字不可求,你听俺说书之人细讲究。求名的昼夜黑问把书读,实只望皇榜上独占鳌头。求利的整年四季常在外,哪怕这风打脸来雨打头。咱把这名利两字推在后,咱再把酒色财气说来由。为酒的万事不胜盅在手,常言说酒吃一盅解千愁。好色的情愿他在花下死,他言说纵然死后也风流。好财的亲戚邻友不来往,他把这街坊邻居一笔钩。好气得一捶他把人打死,哪怕这秋后出决割了头。这本是酒色财气四个字,众先生您看看那个能脱?常言说为人不把酒来好,那有这酒席筵前结朋友。又说道为人不把色来好,百年后谁在坟前来磕头。又说道为人不把财来好,哪有这生意买卖在外头,又说道为人不把气来好,常言说英雄豪杰几露头,这本是酒色财气四个字,纵要贪来还得丢。(这是开场或开板的口词。)

④《老太太盼十八》(三字联五字嵌):

不讲北来不讲南,再说湘子得道仙。韩湘子高山得了道,咱冉说长安婶母泪不干。老太太坐在堂楼上,想起那湘子我儿泪不干。您爹在朝为学士。您娘吃斋念经篇。您二老爹娘死过了,咱把您抱在咱家园。娘养儿,一岁二岁到三岁,咱娘俩就在堂楼睡。左面尿湿了,搂抱娘右面,右面尿湿了,搂抱娘杯内(五字嵌)。婶母娘身子不敢动,恐怕挤着湘子儿。娘养儿,四岁五岁到六岁,大街许下万花会。张千打着伞,李万把儿背。马跑穿街过,恐怕踩着儿。丫鬟抱进府,搂抱娘杯内(五字嵌)婶母娘身子不敢动,恐怕惊骇湘子儿。娘养儿七岁八岁到九岁。把您送在了南学内。先读孔孟书,再习周公礼,饥哪来吃饭,冷哪来穿衣;见天把学放,二门来接你(五字嵌)。右手拿馍又拿衣,恐怕冻馁湘子你。娘养儿十岁十一十二岁,我跟您定下林门妻。说他官职大。姑娘千金体,一来门户对,爱好结亲戚(五字嵌)。虽说我儿年轻小,婶母娘恐怕耽误了您。娘养儿十三十四到十五,林英小姐搬过府。搬过林英妻,二人不同栖,同宿不共枕,共枕不宽衣(五字嵌)。真稀奇,真义气

(三字联),婶母娘猜不透你吓心思,谁知道湘子儿怀着修仙意?娘养儿十六十七到十八,湘子我儿耍出家。出家人烟广,得道有几个?山高路又远,狼虫虎豹多。湘子我的儿,修仙三年整(五字嵌),怎不叫婶娘泪如梭?娘养儿好比一所房,肉是泥来骨来梁,头发好比房上草,口赛(似)门来眼赛(似)窗,胸前好似娇儿的粮食囤,我的儿吃饱一去不还乡。娘养儿好比乌鸦垒窝在树梢,下个蛋,不敢招,每日间,把他抱(三字联),出了蛋壳日即哇哇叫。每日打食将你喂饱,长大了翅膀硬了,齿轮也终南飞了。怎不把婶母娘的恩惠报?娘养儿好比一张弓,湘子儿好比箭雕翎。弓他不离箭,箭也不离弓(五字嵌)。弓开弦响去得稳。湘子儿一去修仙永无踪。怎不叫婶母娘堂楼放悲声?老太太哭的泪不止,折回来再说东楼渡林英。

与其对河南梆子等民间艺术的记述方式一样,他绘制的河南坠子演出等生活内容图表,具有非常重要的民间文学史价值。具体如下:

坠字戏茶园调查表

园名	地点	开办年月	负责人	每月房地租	每月捐税	备考
青春茶园	中山市场二〇一号	民国年	阎明泰	二元	每月营业捐三毛路灯捐三毛	最先唱大鼓和坠字，现在完全唱坠字
新华茶园	中山市场二六〇号	民国十八年	马鸿宾	二元	每月营业捐三毛路灯捐三毛	
同乐茶园	中山市场一七六号	民国十五年	罗洽国	一元五角	每月营业捐三毛路灯捐四毛	罗洽国本人也唱坠字
文明茶园	中山市场一七四号	民国十五年	王明西	二元	每月营业捐三毛路灯捐四毛	
公义茶园	中山市场二〇六号	民国十四年	王西恩	一元九毛	同上	
金盛茶园	中山市场二〇七号	民国十五年	马世林	一元五毛	同上	
顺兴茶园	中山市场二〇九八号	民国十六年	李连喜	一元八毛	同上	

演员调查表

姓名	性别	年龄	籍贯	住址	唱地	学艺时间	所唱的曲	备考
范礼凤	女	一七	开封	后百子堂二九号	青春茶园	九岁学艺，唱了八年	能唱百多曲，以凤仪亭、单刀会、黄鹤楼为拿手	曾住北平、天津、河南各县唱坠字
张礼翠	女	一九	开封	前百子堂一三号	青春茶园	八岁学艺，唱了十一年	能唱百多曲，以梁三泊戒大烟、收赵云为拿手	曾住河南各县唱坠字
范洽华	男	三八	开封	后百子堂二九号	青春茶园	十四岁学艺，唱了二四年		曾住天津、北平、汉口、河南各县卖艺

续表

姓名	性别	年龄	籍贯	住址	唱地	学艺时间	所唱的曲	备考
张明亮	男	四九	开封	后百子堂五一号	青春茶园	三十五岁学坠字,已唱十四年	能唱百多曲,以包公、刘公、杨家将、大红袍为拿手	十二岁时会学唱道情,唱道情有二十三年,曾到许昌、潼关去过
张玉仙	女	一六	开封	后百子堂五一号	青春茶园	十四岁学,已唱三年	会唱二十多曲	系学徒
张金仙	女	一七	开封	后百子堂五一号	青春茶园	十六岁学,已唱一年	会唱十多曲	系学徒
李艺燕	女	一五	开封	后百子堂五一号	青春茶园	十四岁学,已学一年	会唱四五曲	系学徒
陈元修	男	二四	开封	十二祖庙街六号	青春茶园	十八岁学拉弦,现拉了六年		拉弦子
王礼真	女	三二	开封	中山市场永安舞合	新华茶园	二十六岁学艺,现已唱六年	会唱五十曲,以双刀鞘、秀唱吊孝、雷公子投亲、三堂、对绣鞋为拿手	李
周礼云	女	一七	开封	后百子堂二九号	新华茶园	十二岁学艺,已唱五年	会唱六十曲,以草船借箭、王二姐哭绣楼、戒大烟、田二姐闹店为拿手	
党治法	男	五〇	开封	相国寺前门三十号	同乐茶园	二十七岁学坠字,已唱二十五年	能唱百多曲,以炮打消息、玉杯计、天仙配、四马投唐为拿手	十五岁时学唱道情,二十五岁始改学坠字,曾到荥阳、郑州、亳州卖艺
赵永治	男	四二	陈留	椿树朗同一号	同乐茶园	三十七岁唱大鼓,已唱五年	能唱百条曲,以天仙配、盘龙山、四马投唐为最好	十四岁曾学唱大鼓,到三十一岁始改学坠字,曾到陕州和豫西各县
张礼庆	男	三〇	开封	后百子堂三号	文明茶园	三十七岁拉弦,已拉四年	拉弦子	最初在军队中任上尉官,后因军队解散,便学拉弦
张玉芝	女	二六	开封	后百子堂三三号	文明茶园	二十岁学艺,已唱六年	能唱三十多段小曲,以会审、关公辞曹、古城会、八里桥为好	

226

续表

姓名	性别	年龄	籍贯	住址	唱地	学艺时间	所唱的曲	备考
宋荣花	女	二二	开封	惠家胡同	文明茶园	十二岁学唱，已唱十年	能唱十八余曲，以朱江座楼、关王庙、苏三起解薛为好	
荆礼云	女	三二	开封	袁宅街	文明茶园	二十岁学唱，已唱十二年	能唱八十余曲，以田二红开店、王林休妻、独占花魁为好	
宋荣喜	女	二八	开封	惠家胡同	文明茶园	十五岁学唱，已唱十三年	能唱百十曲，以四马投唐、王二姐哭绣楼为好	
梁兴邦	男	三二	鄢陵	后百子堂一三号	文明茶园	拉弦三年	拉弦子	
王金凤	女	一六	开封	椿树胡同一号	公义茶园	十三岁学唱，已唱三年	能唱四十曲，以贾宝玉探病刘备招亲、单刀赴会、病游西湖为好	
张杏花	女	一七	开封	椿树胡同十号	公义茶园	十三岁学唱，已唱四年	能唱四十曲，以阴果报、关公挑袍、河北寻兄为好	曾在郑州卖艺
王桂花	女	一七	开封	县后街五号	公义茶园	十二岁学唱，已唱五年	能唱五十多曲，以王二姐哭绣楼、三怕老婆、鸾凤配为好	
胡礼勋	男	三二	开封	三元街	公义茶园	十八岁学拉弦，已拉弦十四年		
薛永祥	男				公义茶园			
于礼真	女	十五	开封	后百子堂五五号	金盛茶园	十二岁学唱，已唱三年	会唱三十多曲，以清朝演义、明朝演义、包公案为好	曾到杞县唱过坠字
于秀真	女	一四	开封	后百子堂五五号	金盛茶园	十四岁学唱		学徒
贾明宾	男	三〇	开封	武圣庙街十一号	金盛茶园	十四岁学唱，已唱十六年	会唱百多曲，以嘉庆私访、响马传、千里驹、张廷秀私访为好	曾去郑州，徐州卖艺

续表

姓名	性别	年龄	籍贯	住址	唱地	学艺时间	所唱的曲	备考
周治河	男	二八	开封	后百子堂五五号	金盛茶园	拉弦二年		能唱单坠字，自拉自唱，娱乐捐一元，地租每月二元，每日收入约八角至二元
孙教	男	四二	考城	椿树胡同七号	兴商场十号隔壁	十二岁学唱，已唱三十年	能唱二十多曲，以三怕老婆、偷石榴、大姐卖金钗为好	
李花妞	女	一六	开封	后百子堂五一号	兴商场十号隔壁	十二岁学唱，已唱三年	能唱十六曲，以小黑牛为好	
王爱云	女	一四	开封	椿树胡同七号	兴商场十号隔壁	十二岁学唱，已唱二年	能唱十多曲，以古城会、偷石榴为好	
王凤云	女	一三	开封	椿树胡同七号	兴商场十号隔壁	十一岁学唱，已唱二年	能唱十多曲，以古城会、偷石榴为好	
王金香	女	一二	开封	椿树胡同七号	兴商场十号隔壁	十岁学唱，已唱二年	能唱十多曲，以小黑牛、偷石榴为好	
孙理福	男	二二	考城	椿树胡同七号	兴商场十号隔壁	二十二岁学拉弦，已拉弦二年		
王礼仲	男	四一	陈留	来门夫一八六号	顺兴茶园	十五岁学拉弦，已拉弦二十六年		
孙教玉	男	三九	开封	惠家胡同路南	顺兴茶园	二十五岁学唱，已唱二十五年	能唱百十曲，以包公案、康文秀私访、刘庸私访、花夺印为好	
李教林	男	四三	开封	开曹门关孟家院	顺兴茶园	二十岁学唱，已唱二十三年	能唱百多曲，以重婚配、金宝借当、玉杯记为好	

四、说书

在民间传说故事的生成中,有许多内容是从说书艺人绘声绘色的口头讲述被传播而化生的。"身后是非谁管得,满村听说赵中郎",应该就是这种场景的描述与记录。

民间说书是农闲时期最普遍的民间文学与民间艺术活动。张履谦依据自己的经验描述道:"在一个旷地中或者一间小小的茶社里,摆下一张大桌,放一个四五寸长的醒木和一把茶壶,一个茶杯,外加上几根木凳,他们就办起一间农众学校来了,而且他们的学生是日复一日,年复一年的去受教,并不知道有毕业那一回事,也不会梦想什么文凭和带上方角帽,只是在说书先生们的醒木一拍,他们便静悄悄地站立着或坐在长凳上仔细地听,听到权奸当道,欺辱善良,他们恨不得一拳一足将权奸打死赐死;听到公子多情,红颜薄命的故事,他们有时竟会流出眼泪来的。直到了醒木一拍,且听下回分解的话说出后,他们才拿出赘见礼与说书的先生,然后才咀嚼着书中自有黄金屋和颜如玉的味道,慢步地走回家中,躺在床上幻想说书先生所讲的故事,而且还在演绎那且听下回分解的分解,如何分解。"他从民众教育的意义出发,提出教育方式等社会文化问题,说:"记得我在学校念书的时候,对于先生的亲信,总没有对说书先生那样真诚,我宁愿瞒着家人,向老师撒谎不到学校去,而跑到说书先生的书案前去听他的说时迟来时快或者话说天下分久必合,合久必分的故事,而不愿坐在学校中与学习孟子见端碗面,梁惠王,挑点尝,或者 ABCD 暨 2+2=4 那一套教育,总老是把吃糖果的钱送到说书先生的钱袋内,真不知道是为什么呢? 现在想来,仍有多少不可解的地方。我是希望不教育民众的教育家,打算准备教育家予我们以忠实地答复。"

继而,他通过对说书这一民间文学形式的渊源与演变进行历史文献的考察,说:"我们从这些引证中,不但知道说书在唐已开始,在宋已流行,说书并有说小说,说公案,说铁骑儿,说经,说参禅,讲史书的派别,有书会的设立,而并在宋、金、元、三代设有说书之官,这可见说书在教育民众上是占何等重要的位置了,可是,现在一般教育家和从事民众教育者仍以为说书系贱人所为而不屑予以注意,听其自然,或一味横加取缔禁止,这真使人有今昔相异之感。"他关注到一个特殊的现实问题即"浙江省立民众教育馆于十八年十一月成立改良说书委员会,从事说书审查"。他称"这是说书历史中特有的一页","计审查之说书有剑侠奇中奇五十种,并印有改良说书工作委员会报告一册","该馆又于十九年与杭州市政府合办一说书人训练班,该训练班分两期办理,第一期自十九年九月一日起开办,至十二月底止,第二期自二十年五月十二日开始,七月底止,计经训练及格予以毕业证书人员有一百四十八人",其中,"说书人训练班的课有:党义、自然常识、社会常识、历史常识、说书技术、演讲技术、侠义类的、历史类的、特种的、社会说书研究等科目"。以此他强调"说书人在社会教育中所负的使命",提出"说书人是民众的教育家"。这是他民间文学思想理论的具体体现。

他借用别人总结的"说书人十二相",诸如"说书人像私塾教师——私塾教师,本属斯文朋友,故衣不短后,必着长衫,顾洗濯不时,稍稍现垢污之迹,又以生活不丰,营养缺乏,面目亦稍形黧黑,余以布衣敝履,值讲其间,同事相遇,亦戏呼余为说书先生""说书人像学校教员——吾国学校之初设,大抵模仿外洋,而不知讲堂之雏形,早已流行于民间。吾乡学校初设,乡民之得窥门墙者,咸走相告,谓先生上书,像茶店中说大书。教员像说书人,说书人像教员,几何定理,当属可通""说书人像戏台名角——据个中人言,书本易学,惟插科等,必须传授,盖神而明之,存乎其人也。说书人佳者于悲欢离合及忠奸贤佞,类能摹绘神情,使人如亲历其境,亲见其人、直不化装之表演也,拟人于伦,此为近之""说书人像观音大士——观音大士善现身而说法,其入女界,则现女儿身说法,说说岳传,则为岳飞,说大红袍,则为海刚峰。忠孝大节,感人无形,以彼例此,诚无多让焉""说书人像传教牧师——牧师传教,专向不识字之民众。人多亦说,人少亦说,有持久不敏之精神,卒能博得多数人之信仰。吾以教育之主义,寄说书以行之,使民众信正义如信教,非每日到场之说书人莫属也""说书人像革命健儿——革命惟何,在革新社会之思想,而革新社会之思想,非一朝一夕之功。往者说书人多无常识,每以神怪迷信之说,与诲淫诲盗之书,迎合社会卑劣之心理,而锢其进化,扰其治安,吾有训练说书之人,明乎三民五权之大要。随时灌输于民众,革命先革心,功莫大焉,此则不能取乎形式,而惟乎神以,深望吾同志之努力也"等,以此比照相国寺说书艺人。其称,"相国寺中的说书人,虽然是不能说每一个都具足了这十二相,但好多的说书人是有他们的说书的巧妙技术,抓住听者到他们那儿去听他们的说书"。可见,他更看重说书对民众思想情感影响作用的社会效果。

民间艺术影响民间文学程度,总是与民间艺术家的表演技能有密切关系;杰出的民间艺术家能够使其宣讲的故事深深感动人,很快名扬千里。张履谦注意到这种现象的重要性,一方面,他从相国寺说书人中选取八个民间艺人做个案考察,以《说书人调查表》的形式对其做对比与记录,诸如"姓名""性别""年龄""籍贯""住址""说书地点""说书时间""所说书目""说书年限""每日收入"等内容,另一方面,他选择相国寺说书艺人中一个最具代表性的,"在相国寺内的说书人,差不多都是马俊亭先生的徒弟,所以我们所访问的说书人,便是马先生",对其做个案的实地采访。

他对八位民间艺人的演出做总结说:"他们这八个说书的地点,可以说是分四个书棚。除朱元慧系自己拿出百元不付房地租,住五年四月外,其余七位的说书人,每人每月均须拿出一元一毛做房地租及其他捐税的。"他具体介绍他们的演出情形,称"说书的用具,有一个醒木,一把纸扇,听书的人团团围坐着,他们有的说书是看着本子说,有的则是信口讲说,说到动听与惊人处,或以醒木,或以纸扇,或做出种种动作来,形容书中的事情与人物等,有时他们也插入一些不相干的浑话,使听书的人兴奋"。其认同他人在《北平的说书》中所说的"在中国过去的第一流小说,除了红楼梦和金瓶梅两书之外，其余都被装入这一班说书人的嘴里，有枝添叶，更生龙活虎地传播到一般下属社会的民众里去，使他们得到不少人生的经验"，称"在相国寺内的说书人所说的书目，虽然不见得比北平的说书人所说得多，但亦不少"云云。其借此总结相国寺说书艺人言说的故事道："《东周列国》《封神演义》《后列国》《西汉演义》《东汉演义》《三国演义》《剑侠奇中奇》《再生缘》《施公案》《济公传》《西游记》《七剑十三侠》《雍正剑侠》《七侠五义》《七国志》《三侠剑》《黄三太》《儿女英雄传》《后七困》《包公案》《续小五艺》《金台平阳传》《义妖传》《绿牡丹》《永庆升半》《聊斋志异》《明清演义》《大宋八义》《五虎八义传》《水浒传》《彭公案》《火闹三门街》《大明英烈传》《大红袍》《呼延庆双鞭记》《隋唐演义》《玉连环》《双花宝卷》《玉夔龙》《龙凤锁》《乾隆游江南》《大明奇侠传》《天宝图》《明清两国志》《说唐征西》《说唐征东》《南唐薛》《薛家将》《五虎平西》《粉妆楼》《小五义》《北宋杨家将》《失落黄金印》《铁冠图》《正德游江南》《文武香球》《倭袍录》《天豹图》《珍珠塔》《凤凰白鹤图》《八美图》《天雨花》《十美图》《双金锭》《三笑姻缘》《小红袍》《后英烈传》《燕王扫北》《双珠凤》《六美图》《精忠说岳传》《绿野仙踪》《乾坤印》等"，共计有"七十三种"。从其所列故事中可以看到，多为传统故事内容，而缺少河南坠子中的现代题材。或曰，此亦为其一个特色。

张履谦所做的民间艺人个案调查，以生活记录的形式，即"个案调查"和"实地访问与观察"，保存了相国寺民间说书的历史，这是民间文学史的珍贵史料。其记述道：

> 几间破屋子，里面有七八条矮板凳，一个坏桌子，两把罗圈椅，桌子上放着一个"醒木"，一把破掉了的扇子，一个灰色的藤簸儿，茶壶一把，茶碗一个，桌子里面站着一位老先生，把"醒木"一拍，他打开话匣子了："武松听了，心头那把无明孽火，高三千丈，冲破了青天，右手持刀，左

手揸开五指,抢入楼中,只见三五枝灯烛荧煌,一两处月光射入,楼上甚是明朗,面前酒器,皆不曾收,蒋门神坐在交椅上,见是武松,吃了一悚,把这心肝五藏,都提在九霄云外。说时迟那时快,蒋门神急要挣扎时,武松早落一刀……"

桌面前坐的一个两个三四个七八个二十来个的人们,都瞪着眼,张着嘴,跺着脚,拍着手,都跟着那说书的老头子吃了一惊,——这是开封相国寺人民商场北边一条子芦席棚,说书先生们的勾当。

记者们为要晓得这说书生涯的情况,曾专访过这开封第一把交椅的说书老师俊亭先生。马先生原籍就是开封,今年已有六十四岁了,他是前清一个老吏,在黄河上南厅(即今上南分局)管过外账房,又在总河李鹤年部下干过管内供给,他那时捞摸的油水也很不少,那一年也要弄上来一千两千,公馆里,太太,少爷,少奶,竟是满堂富贵,半世荣华,兀的这老先生生下一副爱浪费的心肠,花街柳巷,那时都有他的踪影,可是他命运太不好了,清末,他先死了太太,又夭折了儿子,接着一年中一家人死得干干净净,他这时伤心之余,也只好自安自慰,自叹命运不济了。自遭了这大劫后,家业也慢慢地衰落下去,年复一年,竟只落得孤苦一身,孑然独存,这才下了决心去学那:"赫!黄天霸早飞到屋上……"的活计,于是在相国寺辟了一个角落,和相国寺里方丈说好,就在相国寺住起来了。据马先生说他说书那时的相国寺,不像现在这么多碎货摊,除了几个说书卖艺的人外,其余多是大和尚,小和尚的丁丁的木鱼声。他曾穿一件破棉袄,上面至少有十个补绽,八个窟窿,油垢早把他油得透光了。深黄色的破毡帽下面,衬着干瘪了的老瘦脸,这是多么的显得他的穷困啊!他现在的生活,全靠他的几位徒弟供给。凡是能够在书棚说书的徒弟,每日均需给他二百文。他在开封的徒弟有:王明顺,周明元,王明录,范明显,贺贵三等数人。

说书人调查表

姓名	性别	年龄	籍贯	住址	说书地点	说书时间	所说书目	说书年限	每日收入	备考
戴明印	男	三二	开封	宝华街九号	中山市场一八六号	每日上午十二时至下午五时	七侠五义，小五义，明清演义，说岳传，封神记，西游记，聊斋等二十余种	已说书六年	六毛	第一师范附小华业，会充司事物
楚至刚	男	三二	杞县	前百子堂一九号	中山市场一八六号	每日上午十二时至下午五时	七剑十三侠，说岳，雍正剑侠，大宋八义等十余种	已说书六年	六毛	读过私塾三年
王福堂	男	四五	开封	华堂庙门二号	中山市场一八六号	每日上午十二时至下午五时	儿女英雄传，东西汉演义，绿野仙踪，说唐	已说书十年	八毛	读过私塾四年
范明显	男	三〇	封丘	太白庙胡同七号	中山市场一八六号	每日上午十二时至下午五时	三侠剑，彭公案，金台平阴传，包公案，乾坤印，施公案等书	已说书十年	八毛	读过私塾五年
朱元慧	男	五四	开封	西半截街一五号	中山市场一八六号	每日上午十二时至下午五时	三国，列国，后列国，东西汉演义	已说书二十四年	五毛	曾任过私塾先生
周明元	男	五七	开封	省府后街三十一号	中山市场一八六号	每日上午十二时至下午五时	说岳传，绿牡丹，三门街，济公案，彭公案，封神演义，永庆升平	已说书二十三年	八毛	曾当过前当兵，现任说书人代表
王明顺	男	四〇	封丘	惠家胡同七号	中山市场一八六号	每日上午十二时至下午五时	黄三太（口传）八义传，少八义	已说书六年	四毛	
武明文	男	五五	开封	后百子堂二十号	中山市场一八六号	每日上午十二时至下午五时	三侠五义，七侠五义，说堂，小彭公案，三侠五义	已说书十二年	五毛	最初做小生意，读过私塾四年

五、大鼓书

张履谦所做民间文学与民间艺术的调查,始终坚持民众教育的立场与方法。如其在对大鼓书的介绍时,特提及"我们知道,说唱鼓书的人,他们的说唱鼓词,买得听众从腰包中掏出钱来的鼓词,多是属于'性'的。如果说唱鼓词而不是属于性的,全是属于忠孝节义的,我们敢说谁也不愿去听鼓词了",他从《老残游记》中一段描写鼓书艺人的内容引发话题,说"做生意的人不做生意,做官又脱去了官服着上便衣,读书人逃出书斋,通道说鼓书的明湖居去听白妞说鼓书,(此)可以理解说鼓书女子的魔力和鼓书的教育民众的力量是如何伟大的了","说鼓书的力量伟大,除了彼的社会意义之外,还有彼的历史的意义,不是一朝一夕形成的"。针对他人所说的大鼓书"于今已竟有了五十多年",似乎大鼓书是在清光绪初年才有,甚至"至多也不过二十几年"的观点,张履谦结合陆游诗句中"负鼓盲翁正作场"与《东京梦华录》卷七《驾登宝津楼诸军呈百戏》中有"驾登宝津楼,诸军呈百戏于楼下,先列鼓子十数,辈一人摇双鼓子前进致语,多唱青春之月蓦山溪也"等内容,说"关于大鼓书的历史,虽然不能从宋代说起,但我们至少可以从乾隆的时代说起",其结合历史文献中不同地区不同时代关于大鼓书的记载,论述道:"大鼓书的调子,只有八句,但这八句可以周而复始的叠至数百阕,但现在唱八句一阕的大鼓书是没有了,而且也容纳别种腔调;内行家称为带腔的便是。不过别种腔调虽参加于大鼓书调中,书的起首落尾仍然是用大鼓书调。大鼓书以所用的乐器分有梨花大鼓,铁板大鼓,五音大鼓;以地域分有京调大鼓,山东大鼓,乐亭大鼓,奉天大鼓。不管这些大鼓书的分类如何,统是弹弦打鼓,只不过有的是外加两片的梨花简,或外加两片半月形的铁片而已。所以大鼓书的种类,实际上只有梨花和铁片两种。"自然,他更看重大鼓书在开封的流传中所表现出的现实,继续做"个案调查"和"实地访问与观察"的整理、记录。

他在对大鼓书社所做的调查,是对大鼓书艺术在当世所表现的生活状态的记述,在中国民间文学史上具有非常重要的历史价值。其描述道:"相国寺内唱大鼓书的,很有几家。自普庆,民乐,全盛和新华茶园几家唱大鼓书的歇业后,只存升平茶社一家了,据说大鼓书以前在相国寺内是曾风行过一时的,后来坠子戏闯进了相国寺,大家对于唱大鼓的姑娘们,没有以先那么地爱好,于是唱大鼓书的姑娘便不能不向外发展,不能不与相国寺告别了。升平茶社是二十一年九月开办的,地点是在振兴商场十号,老板系李蓬洲,每月房租是十二元,每天卖茶水的收入约四元,有两个人经理茶水。李老板本人是不常在茶社的。至于唱大鼓书的老板则系一位五十岁的老太婆,她没有名字,她的婆家姓刘娘家姓梁,她经理唱大鼓书班的年颇不少了,她是每天都得到茶社去看看的,姑娘们对她总是妈前妈后,很畏惧她的。茶社与唱大鼓书的关系,只是利用他们唱大鼓书多卖茶,所有唱大鼓书姑娘的收入,与茶社无关,只是姑娘们依分数摊分。比如收十五元,由十份账摊分,占三份的便可得四元五角,二份的得三元。升平茶社唱大鼓书的,崔灵芝个人系三份账,余为二份,或一份半。"同时,他介绍大鼓书艺人的生活,称"我们最初所调查唱大鼓书的艺员,好多都不在相国寺唱大鼓书了,而且新华茶园唱大鼓书的艺员田二玉、董小红等因了生意不佳,已远走高飞,另找他们的卖艺场所作栖巢去了。因此,唱大鼓书的艺员,现在只剩下了升平茶社的五位姑娘","唱大鼓书的艺员们的生活,比之唱京戏的与梆戏的女艺员们的似乎差多了,因为他们每月的收入,专凭唱大鼓书的分账,就是占三份的,一月也不能超过五十元,比之唱坠子戏的女艺员,在表面上的生活似要好一点儿,但从实际上说,他们的生活是比之唱坠子的河南姑娘要苦多了","在这五个唱大鼓书的艺员中,以崔灵芝唱得最好,她是分三份账,是上的二元整捐。她能唱京奉大鼓,而且还能够唱簧戏","崔银花是一个很活泼的女孩子,而且很调皮",而"崔桂花是一个很苦闷的女孩子,见着她穿着件令人肃静的黑缎子旗袍和她的若有所思的面容,好似表明她对于这种职业过不惯而有多少的不满的神气,她真是一个很可同情的弱女孩子","至于崔金花与刘顺喜呢，崔则呈出被职业蹂躏后的惨淡的容颜与身态，刘则露出令人一见生悲的表情"云云。这里，他还记录了她们的演出收入，称："在升平茶社的姑娘们所唱的大鼓书，均是写在一个折上的；唱京大鼓的姑娘左手系用的竹制简板，唱奉天大鼓时，则系用的铜制简板。听她们随意唱，是在每曲终了之后，由唱的姑娘手持藤簸向听众收钱，二百、四百、一角、二角不等，点某姑娘唱某曲，则是一元。"作者忧愤深广，民间艺人的生活穷苦现状激起他强烈的愤恨，他表现出一个知识分子的正直、善良与责任感，毫无遮掩地表达自己的感受，其描述并感叹道："跨出了升平茶社的门限，觉得有一块沉重的石压在我的心上，眼睛似有点作怪，我很难过，我诅咒着我们的社会，我憎恨我们人类，我感到我们智识的贫困，毫无理由地建筑种种性的市场，把女子为性商品，竟忍不住地自言：可怜无定河边骨，犹是春闺梦里人。而且又忍不住地问我自己：这是我们的娱乐吗？这是我们人类的理想娱乐吗？娱乐是强奸、侮辱的意义吗？是将自己的快乐建筑在柔弱无能的女子痛苦上面的吗？这样地自语着，自问着，便离开了相国寺那人间魔窟。"此也可以看作张履谦民间文学思想理论的一个特色吧。

在调查中，张履谦考察了开封升平茶社演唱大鼓书"有京、奉大鼓书和时调"，统计并整理其中的书目"八十二曲"，这些书目其实就是一个个传说故事。其记述道："升平茶社所唱的大鼓书词调，有京、奉大鼓书和时调。至于所唱鼓书的书目则有：层层见喜、湘子上寿、拷打红娘、改良劝夫、昭君出塞、三堂会审、独占花魁、宋江坐楼、单刀赴会、草船借箭、黄忠对刀、劝嫖交友、二姐思夫、权竿吃醋、寡妇上坟、坍塌罚跪、蜈蚣岭、游西湖、绕口令、南阳关、长坂坡、连环计、华容道、筱凤仙、芦花荡、卖马、妓女告状、鞭打芦花、醉打山门、热客回头、武家坡、关王庙、狄青招亲、石头人招亲、折白党散花、小黑牛、盗灵魂、马前泼水、澙油篓、宝玉探病、美女思情、正对花、反对花、妓女悲秋、包公夸桑、罗成叫关、妓女悲伤、金精戏窦、娘们斗牌、夜战马超、渔家乐、古城会、空城计、怕婆自叹、托兆碰碑、国旗、情人叮嘱、热客后悔、兰桥会、战长沙、泗水关、东陵关、小上寿、活捉三郎、劝各界、鸦片恨、大西厢、丁香割肉、渔樵耕读、反正对花、反西凉、折西厢、十六愁、青天白日、拴娃娃、摔镜架、河北寻兄、醒世金铎、朱砂痣、捉放曹、炸五大臣等八十二曲。"显然,"炸五大臣"属于"时调",即现实题材的故事。与此同时,他选取了几首大鼓书唱词,自然,其意并不是为了单纯地做记录整理,而是"希望大家从这些鼓词中去理解我们这社会所给予人们的是些什么,同时明白我们这人类生活的疮中,尽是充满了苦闷的脓血,而着眼于治疗的方法的探讨,做一个社会诊断的良医",从其故事内容上看,以苦痛为主调,或从另一个方面体现了社会生活风俗生活的现实;这在事实上则保存了对中国民间文学史有重要价值的大鼓书形式的故事文本。此列各唱段与大鼓书艺人调查表,如:

①《活捉三郎》:

天堂地狱两般虚,要讲人的行为是非曲直,凡事离不开因果二字。自古道讲今比古,说书唱戏,无非是惩戒人的心,分别善恶,莫要您哪信为实。早年间在梨园中排演过一出戏,平板二簧,后半出是西皮,戏名儿叫乌龙院,是梁山一段故事。其中有那些报应循环甚是出奇;有一人姓宋名江绰号及时雨,他在那山东,郓城县的科房代理民词,结交情人阎氏女,称得起羞花闭月落雁沉鱼。他们二人长长来往别提够多么亲密。这佳人喜新厌故不守规矩,阎雪姣水性杨花有了外遇,相交了三郎还是宋江的徒弟,因此上巷论街谈人言啧啧,此事却被宋江知道。这日三爷偶然到乌龙院去,因抬杠气恼忽把反书失。婆媳下床忙捡起,故意的借书挟制把宋江逼。吓得三爷魂不附体,上得楼去好言好语把他快乞。又谁知婆媳安心要害三爷一死,怒恼了英雄动杀机。光闪闪把裁纸刀子高举起,恶狠狠照定了娇媳扑吱吱,呀连连的几下登时就气闭,好宋江挺身到案去打官司。且不言宋江到了案如何的处治,再表那婆媳的阴魂把身离,恍忽忽玉碎珠沉辞了阳世,荡悠悠形容缥缈莲步难移。凄凉凉丧胆孤魂身无倚,密杂杂

第四章 乡村教育运动

见满天星斗杜鹃啼。黑暗暗往前行辨不出多门远地,渺茫茫见一座大庙盖在路西,阎婆媳一阵阴风,滴溜溜就刮进去,见殿上齐,金鼎炉香烟起,玉盘罗列四神盂。小鬼狰狞令人可惧,冷森森刀抢锤捧等等不一。一个怪眼圆睁,面分青蓝紫绿,有判手掌着人间生死簿不差半毫厘。阎雪姣她的阴魂跪在流平地,口尊上帝我死得屈,惊动了案上的尊神见仔细,见阶下跪伏一个花枝,忙问道你家住何方哪里人氏,姓甚名谁因何死得屈?这佳人才把那被杀的情由说了几句,等时间怒恼了案上的神祇。命判官查一查张三郎该当多咱死?判官说查他的阳寿,就在今日今时。忙遣殿下堂方土地,领他前去莫迟疑。土地领命朝外去,佳人的阴魂在后面跟随。这才来到了三郎门首,小佳人又把身立,有土地回报了门神才放进了婆媳。且不言佳人的阴魂在院中避,再把那三郎文远提一提。他白天在衙门中听说是婆媳死,疼得他顿足捶胸短叹长吁。想当初我二人在乌龙院中朝云暮雨,红罗帐内鸾凤交栖。好难舍小鸾杨柳腰儿细,好难舍窄小金莲二寸七。实指望地久天长恩情到底,又谁知水流花谢中道分离!这个张三郎叨叨念念,又悲又气,他一心要给婆媳报冤屈。霎时间斗转星移花荫满地,万籁无声三更鼓儿提。静悄悄万种寂寥虫声四起,明亮亮皓月当空迎太虚。冷森森一阵凉风吹透体,一桩桩眼前怪事甚稀奇。扑簌簌顶上灰尘落满地,叮当当茶盅乱碰响声急。吧嗒嗒院中似有砖瓦至,阴惨惨银灯半暗令人疑。刷啦啦墙上字画飘然起,滴溜溜桌凳无人自转移。凄惨惨明明似有悲泣声,咕噜噜盆花乱动任东西。咯碴碴牙关紧打浑身战栗,好叫我神思乱汗淋漓,心害怕毛发立。又一想读圣书知礼义,怪力乱神子不语。我本是堂堂一个大丈夫,难道说怕鬼迷。张三郎咳嗽了一声(咳),沉了沉气,又听得燕语莺声哽咽悲啼。抽抽搭搭他把三郎叫了几句,你害得我奴家好不惨凄!三郎说啊你是何物来到此?莫非是魑魅魍魉敢把我来欺。婆媳说明知故问岂有此理,忘了当初咱们二人好夫妻。奴本是阎雪姣甘为情死,被宋江用刀杀害血染香躯。因此上我的孤魂飘

239

然无倚,特意找你咱们二人会佳期。三郎说(咳)既是我师傅杀的你,为什么找我来不饶又不依?婆媳说若非跟你有私弊,因何小命死得惨凄。埋怨三郎太无义,撇的奴孤单单,惨凄凄,软怯怯瘦腰肢,茶不想饭不思,因被你师傅瞧出了形迹。刀对胸腔将我刺,登时小命死得屈。(上板)三郎说尽听见说话,为什么瞧不见你?仿佛有阴魂笑嘻嘻,恍然之间现了形迹,灯影下闪出了一个美西施。黑发真真乌云巧挽盘龙髻,端正正的孩发一般齐,颤巍巍髻边斜插晚香玉。黄澄澄满头插带金珠首饰,翠弯弯两道眉柳细,水灵灵的香黑眼相趁通官鼻。一点点樱桃小口含翠玉,鲜灵灵身穿一件藕色衣。风飘飘百褶裙莲步举,小柯柯风头弓鞋绣花枝,真乃是别样风流亭亭立。这个张三郎不顾害怕,又想起他的旧相思。婆媳说你既瞧奴家不是妖异,何不跟我到阴司?三郎摆手我可不去,霎时间面无人色心里发迷。婆媳一见有了气,赶上前去饿虎扑食。三郎抽身忙躲避,婆媳越发赶得急。他们二人围定八仙桌子来回挤,张三郎扑通一声栽倒地埃墀。婆媳把裙带解下往脖子系,张三郎嗷的一声小命归了西。两个旋风飘然起,最可叹家还有年迈二老美貌娇妻。劝诸君不结子的鲜花休介意,露水夫妻莫情痴,福善祸淫君须记,别叫那欲海情天四字把人迷!

②《妓女告状》:

初一十五庙门开,牛头马面两边排。有判官手拿着生死簿小鬼拿着引魂牌。阎王老爷就在当中坐,滴溜溜刮进一个女鬼来。头顶着状子朝上跪,尊一声阎王老爷你听明白:到来生愿变做牛马犬,千万莫托生女裙钗。娘怀孩儿十个月,开肠破肚养下来。一岁两岁娘怀中抱,三岁四岁离了娘的怀。五岁六岁满地下跑,七岁八岁金莲裹起来。九岁十岁学弹唱,十一十二领家妈买过来。十三十四就把清倌儿卖,十五十六给奴家开了怀。挣了米银钱领家儿乐,挣不来钱皮鞭子将奴家排。一鞭子起来这一鞭子落,打得小奴家肉绽皮开。打来打去愁成了病,躺在牙床起也起不来。

三天吃不下一碗棱子米的饭,七天头上了望乡台。望乡台上朝下望,我倒看领家妈怎么将奴抬,两领芦席将奴卷,三道麻绳将奴捆起来。在街上雇来了两个闲汉子,穿心的杠子就把奴抬埋。一抬抬到南下洼子去,离地三尺就往地下摔。这个就说替他盖上两掀土,那个就说管抬我就不管埋。南来的乌鸦啄了奴家的眼,北来的黄犬扒开奴家的怀。连皮带肉吃了个干干净净,剩下的骨头渣子给奴家晒起来。在阳世之间结下了多少知心的客,谁替奴哄哄乌鸦赶赶犬来!?看起来人在人情都在,人要是不在那算是瞎掰。这就是妓女告状篇在大鼓书上唱,愿众位福寿无疆,位列三台!

③《美女思情》：

花明柳媚爱春光,月朗风清爱秋凉,红粉佳人爱才子,白发双亲爱儿郎,行善之人爱节烈,英雄到处爱豪强,龙爱大海长流水,虎爱高山涧下藏。金乌滚滚坠落西方,明朗朗玉兔东升照满了游廊。受孤单的俏佳人在房中凄惨,思思前想想后,手拍胸膛。恨只恨在外地儿夫不听奴的劝,他在那柳巷烟花住得这么久长。全不想每日在南学把书念,全不想悬梁锥刺股隔壁偷光,全不想大比之年上京科考,全不想金榜题名状元郎,全不想祖上阴功父母德行,全不想衣锦还乡门排画戟,户列簪缨,三亲六故齐说是。将相本无种,男儿当自强。奴家恨着唰唰唰扯碎了王维古画,嗤嗤嗤撕碎了才郎作就的几篇文章。黑白二棋子撒在楼板上,咯噔噔用金莲跺散了琴剑小书箱。小奴家我撕着撕着撒着跺着小心眼里还是把他恨。伸玉腕推开了避暑的纱窗,见院中的百花全开放,被风刮了来一阵阵的花香。开言又把丫鬟叫,叫声丫鬟听端详:搀扶姑娘把楼下,一到院中散心肠。丫鬟闻听不怠慢,搀扶姑娘下楼堂。一步两步莲花辫,三步四步花海棠。五步六步红芍药,七步八步丹桂花儿香。九步十步来得快,前行来在花架旁。采朵鲜花托在掌,无情无义还是盼想才郎。美女思情一正段,念众位富贵荣华金玉满堂。

④《妓女悲秋》：

没有客的小妓女两眼出神，一个人孤孤单单闷闷不乐，呆斜杏眼手托着腮帮儿牙咬着下嘴唇。心中不想别的事，一心只想有情的人。自从那一天住了奴家多半夜，直到而今老无有登门。抛闪的奴一病恹恹亚赛过半死，面黄肌瘦的好像病人。细思想他一天到晚离不开这块地，绝不该迈着门的过发了很心。你要一天不来，小心眼里不大得劲，怕只怕抛闪了小奴家，我别的院里又去另找人。强扎挣问声跟妈今天到了几？老妈回念八月三十。眼看着重阳佳节身临且近，倒叫人孤孤单单抖不起精神！草木逢春萌芽冒嘴，花开二月又重新。寒虫搭窝秋虫分子，秋鸟儿叽叽喳喳树上藏闷。阵阵金风刮动树叶，秋雨儿滴滴点点下湿了地尘。耳听得飞过一双贵鸿雁，想必是被风吹散找不着群。一派鲜花隔壁唱曲，音哀哀幽声雅送书楼笛笛。小佳人对秋景扑簌簌地掉下了眼泪，就是那铁石人儿也得伤心。想人生青春年少能有多门大的一会，老来可曾警得动人！？尚若是错过光阴从良没有信，倒叫人下眼看待越法的没有根。也无非委委屈屈做上个怨鬼，再休想花棺彩木送奴家我出门。也无非南下洼子城隍庙是奴家坟地，总有那金银首饰带不了去一根。也没见知己的情人烧钱化纸，也没有连心的一个热客上奴的孤坟。无着法的把心极使碎，不大一会遇见了一个很心人。小佳人哭罢多时没有力气，猛抬头看见了负义的人儿走过奴的房门。（上板）佳人一见没有好气，头也不抬不挑上眼皮。点点无言代答不理，小热客绷不住自己各自找台阶。刚要上前捶腰砸腿，小佳人不赏脸堵气子一扭身。拿起来手绢沾沾眼泪，开言有语眼望着小情人。也不是那香风儿刮动你的腿，这就是日从西边起，错走了我的房门。热客说这两天事忙少来动问。小佳人听此话一撇下嘴唇。咱二人别唱情人顶嘴，你拿着这路话，再去哄别人。既然是乍相识你就该淡淡如水，你为何十天半啦月不离我的房门。论钱财品貌数你一份，因此上里里外外你当热火盆。千万别来啦你是我的要命鬼，再要一说跟我好，绝不该拿我来逗根。有的是银子钱那院里不是凑趣,小奴我该睡觉养养我的精神。说罢伸手拉过裌被,听了一听钟鼓谯楼上天交四更深。小佳人觉呼着情虚礼不对,拿过来洋烟卷点上火纸枚。八成你是饿了罢吃饭没有准,十有八九饭馆子上了门。叫厨子做点吃又怕没有味,倒不如亲自上趟煤市街。端来的褡裢火烧与锅贴面饺儿,你要不饿略等一会等让把他过来买上点杏乾糖豌豆木枣儿,只哄得我小情人一咧嘴,乐得小热客狗舔屁股垂。不用叫跟妈自已各沏茶打脸水,关上屋里门,拿进小尿盆,急忙上坑烫铺上红绫被,顾不得脱鞋入了素罗围。这就是妓女悲秋无事闲解闷,从今后咱二人,越交越热永远再不犯心。

大鼓书艺员调查表

姓名	性别	年龄	籍贯	住址	学艺时间	所唱鼓词	备考
崔灵芝	女	二五	天津	自由街一一七	十五岁学唱,已唱十年	能唱四十二曲,以二姐思夫,华容道美女思情为好	曾到过石家庄、徐州、许昌,并能唱簧戏
崔金花	女	一五	天津	自由街一一七	十二岁学唱,已唱三年	能唱三十曲,以妓女告状,古城会,空城计为好	
崔银花	女	一六	天津	自由街一一七	十二岁学唱,已唱四年	能唱五十四曲,以丁香割肉,十六愁活捉三郎,昭君出塞为好	
刘顺喜	女	一七	天津	自由街	十四岁学唱,已唱三年	能唱十五曲,以刘二姐拴娃娃,连环计为好	
崔桂花	女	一七	天津	自由街	学唱一年	能唱一十曲,以劝嫖交友,宝玉探病为好	
袁金	男	五〇	天津	鹁鸽市义合栈	已弹弦二十多年	弹弦	

六、道情

道情艺术是我国民间文学与民间艺术中一种独特的艺术形式,其传唱的故事具有浓郁的地方生活气息。张履谦在对这种艺术形式做考察时,首先想到自己的家乡流行的道情,称"道情,在我的家乡——重庆,是很流行的。街市中,茶社里,旅馆内,都可找到唱道情的人。无论大家小户的老太婆或少女,以至名门望族的王孙公子,和老太爷们都高兴听道情。有不少的人家,当唱道情者沿门卖唱时,便请到天井中去唱上几曲。老的少的,男的女的,围着那一位唱道情先生,听他歌喉婉转的清唱,唱后给他一杯清茶,每唱完一曲便给他几百铜圆","在我们的家乡,八月中秋和过年的时候,唱道情的人似乎特别的多,家中的小孩子们也可以买着渔鼓的竹筒和竹制的简板在屋中坐着清唱。而八月仲秋所唱的,记得有这几句八月十五天门开,桂枝罗汉下凡来。下凡不为别样事,只为世人吃长斋。你不吃斋神不怪,哪有吃斋又开斋的劝人信神吃斋的说教词";此表达了家乡作为社会风俗生活中重要情结的意义,也体现出他对民众教育这一文化主题的理解。这里,他以一段道情唱词"一日螳螂去打战,偶遇黄雀在树尖。黄雀猛被弓弹打,打弹之人被虎餐。猛虎得食归家转,偶遇枯井把路拦。连人带虎滚下了井,井口又被黄土填。黄土面上长青草,青草又被太阳烟。看来一报还一报,我的儿,仇报仇来冤报冤"为例,其感慨道:"每当我听着这唱词完毕后,总想到这因果报应循环之理是太令人伤心了,民众们在这样的娱乐中所争得的处事接物待人的教育也太可悲了。"

他考察了相国寺道情艺术的演唱活动,记述"在相国寺中的唱道情者,人数并不多,现在仅有五个人","这五个人是分两家,他们都是属于龙门派的","在这五个人中,有两个是老师,两个是学徒"。其中"唱得最好的,要算杨宗山、马鸿宾和张元材","他们唱的地点是在相国寺的西院公共厕所旁边和利民工厂墙外"云云。其总结开封道情的特点为,"第一,相国寺中唱道情者所用的简板,是红木的,好似檀木板,板很短,不如我在南方所见过的系竹制的,头尖稍为弯曲,在每一个简板上系一铜铃,或涂之以漆,而且很长(约三尺余)","第二,相国寺中唱道情者所用的惊醒木在南方是没有的","第三,据我在南方所见,唱道情的,除行路时,将渔鼓挟着外,唱的时候是不用挟着,而是用左手怀抱着,坐着唱,相国寺的呢,则是以左手挟着,站着唱",包括"他们向听众收钱的方法,则是在唱罢每一部词的一段后,即持一小圆柳条藤簸向听众索取,站的人是不给也可的,坐的人是不能不给的,每次的数目并不多,昕个人自便,但少给了,他们也可以请动手"等。

他详细考察了这里的道情唱词,称"相国寺中的唱道情者所唱的唱词,一唱总是十天半月,或者几月也是说不一定的。至于小曲呢,他们并不多唱,只以之为引子或尾声,仅偶尔唱之。他们主要的唱词,多是说部的大书,间亦有他们自编的小唱本,或流行于民间的唱本","无论依据说部的或自编的唱词,他们都是不用本的,都是用口传,而且写成本后,如果大家都背熟了,则将写成本的唱词毁去,不愿他们以外的人知道","据说他们的唱本,无论是自编的,或者从说部中所撰出的,绝不轻易示外人,一到他们学唱熟后,即将底本毁去,他们唱之先,一定要念一首诗作书帽,要道上场白作书的引子";他举例"引子",其一为"诗曰:吃酒不醉最为高,贪色不迷是英豪,不义之财不可取,忍气吞声祸自消。酒是迷人之水,色是剐骨刚刀,财是当道的猛虎,气是惹祸的根苗。引子:上场来四句闲言道能,内有残书半篇,列位一旁坐稳,听咱慢诵诗月,对您道 …… 来";其二为"诗曰:三国上将属马超,定计没有孔明高,长坂坡前取赵云,张翼德大喝三声当阳桥。引子:上有四句闲言道罢,内有古书相随,老少先生,高台落座,听咱慢慢道 ……来 ……" 举例"序词"为"闲言道罢归正本,一论当年开正封,回文书单说那个,老少先生慢慢听,爱听文,爱听武,爱听奸官,爱听忠,不文不武几合印,年老人爱听三国戏,年轻人爱听杨家兵,老妈妈爱听贤孝女,口(即可恶音义)妇爱听打婆骂公公,别管那朝并那代,一沦当年开正封"。这是民间道情艺术的完整套式。他最后总结道:"关于道情的唱词,在相国寺内常唱的可以分为两类,一类是依据说部,或者唱本,一类是他们自编的。现分别述之。先说依据说部的唱词,计有:说唐、隋唐、回龙传、包公案、精忠说岳传、刘公案、彭公案、平北宋、乾隆私访、宋仁宗私访、刘同勋私访、牛文凭投亲、雷公子投亲、呼延庆打擂、秦琼打擂、杜金郎招亲、韩洲子拜寿、诸葛亮招亲、关公辞曹、双打皂、赵匡胤打关西、剁黄爱玉、海瑞搜宫、回纹屏、对花枪、伐东府、河间府、小南京、良乡县、铡太师、贬娘娘、蒿荞麦、定原县、铡郭槐、陈州放粮、狸猫换太子、狄青征西、破乌鸦山、破孟州、贾家楼聚义、瓦岗寨、长夜岭、程咬金卖笆子、古城会、斩颜良、斩蔡阳、贾宝玉探病、黛玉葬花、二口对灯作诗、双秃闹房、断黄杠、金锁记、西关记、双头马、单头马、金镯玉环记、七奇案、红灯记、二进朝、玉杯记、李兴贵打花、李秀思吊孝、王小买达、对绣鞋、包公夸桑等。至于自编的呢，则有毁名交友、秦琼打擂、九头案、盘龙山、姜太公卖面、皮匠作诗、华容道、国旗、筱凤仙、蔡松坡离婚、劝大烟、武昌起义等唱词。"显然，这里所谓"自编"的"国旗、筱凤仙、蔡松坡离婚、劝大烟、武昌起义"等故事属于现代题材。

他指出"所以道情唱词的韵调，俱逃不了这大韵和小韵的"，并以"马鸿宾先生口述的包公夸桑与姜太公卖面的道情唱词"为例说明证据，这在事实上保存了民间文学文本。如：

包公夸桑

太阳出来一盆花，只照着东京汴梁宋王家。正官娘娘生太子，满朝文武戴金花。满朝文武金花戴，南阳府来了那包家。包文正慌的不急慢，采个桑枝头上插。满朝文武齐声笑，都笑南衙那包家。笑的个万岁皇爷龙心恼，俺再叫南衙相府那包家。满朝文武金花戴，你戴那桑枝做什么？吩咐令人推下去，拿到午门问斩杀。包文正上殿把本奏，口称我的主听端详。依你说金花银花他主贵，听我自把桑枝夸。桑皮做纸文官用，桑木做弓武官拉。人吃桑果甜似蜜，蚕吃桑叶吐黄丝（念纱）。黄丝（念纱）流落匠人手，又能织绸缎又能织纱。还能织正官娘娘的龙凤袄，万岁爷皇袍离不了他。说的个万岁皇爷龙心喜，三杯御酒赏包家。包文正不吃御酒敬天地，坐顶八抬回南衙。这本是包文正夸桑一段古，愿诸位富贵荣华头一家。

第四章 乡村教育运动

姜太公卖面

时运不至运不通,昔日有个姜太公。他要贩猪羊却贵,他要贩羊猪畅行。想把猪羊一齐贩,万岁爷传到旨意断宰生。太公万般无聊奈,只做卖面过营生。尖斗麦磨个平斗面,费力赔本算不中。买个八斗与杆秤,两边穿上八斗绳。肩着面挑把城进,吆喝一声把面称。清早起吆喝到上午过,并无一人问一声。太公万般无聊奈,少不得歇息歇息回家中。记住太公且不要讲,路北门楼里出来个妈妈把面称。老妈妈开言叫声卖面的老先生,问你好面怎着卖,告告价钱我好称,姜太公比码三十二,两个钱一两可称称。妈妈听见心欢喜,再叫买面的老先生。是我孩子多淘气,早清起窗户棂抠个大窟窿。卖面的给我一个钱的面,回家去搞酱子糊糊窗户棂。姜太公闻听长叹气,止不住心坎眼底暗伤情。再说卖给一个钱的面,一个钱的好面怎样称。再说不卖他一个钱的面,并无一人问一声。狠一狠挖给他四两,老妈妈提来提去还嫌轻。老妈妈一见把眼瞪,再叫卖面老先生,再叫卖面你不要走,一笔划销永白明。要是不够一个钱的面,回来就把秤杆拧。二人正在把话讲,打正东惊天动地炮三声。放罢三声狼烟炮,哇哇叫跑开一扫平。马上将,步下将,竹竿标照就的三篷缨。排刀一面旗一面,铁尺马叉共流星。人欢马叫往前走,打后边来了八抬轿一乘。若问来了那一个,黄飞虎枪兵进了城。头只马不住高呐喊,一街两巷躲路径。那个闯了爷爷的道,杀他个举家满门庭。进街后不住高呐喊,才惊动了全城的老百姓。怪大买卖不敢做,稀里哗啦把门封。路南不敢上路北,路西不敢上路东,惊动惊动那一个,惊动卖面姜太公。姜子牙看见势不对,失惊慌忙躲路径。这躲那躲没躲及,马蹄子绊着八斗绳。只听哗啦一声响,两八斗好面都弄清。姜太公弯腰去收面,就地下刮了三阵风。大风刮了两三阵,两八斗好面刮个净。太公仰天叹口气,偏偏乌鸦去出恭。屙的巧,屙的妙,他屙子牙一嘴巴。仔细品品没有味,还得腐臭还得腥。手指乌鸦高声骂,连把乌鸦骂几声。连肉带骨没四两,平白欺压我姜太公。

抓着个砖头撵乌鸦,砖头上卧个蝎子虫。只听咯吃一声响,刚蜇太公手当中。抓着个砖头猛一甩,枣树上住着一窝山马蜂。马蜂不住烘烘叫,烘列烘列蜇太公。太公骇得往后退,墙上钉上枣核钉。只听咯吃一声响,脊梁上钉个血窟窿。止不住鲜血往外冒,苦痛蹲倒地延平。蹲得巧,蹲得妙,恰恰蹲到尿池坑。太公万般无聊奈,渭水河钓鱼过一生。文王那里来聘帅,他聘子牙来进京。姜子牙坐在车辇上,文王父子拉索绳。拉他八百单八步,到后来坐江山八百八载单八冬。一言说完卖面的段,愿诸位凡事忍耐功到自然成。

道情与其他民间艺术一样,能够出现一批杰出的民间艺术家,标志着它的成熟发展与繁荣景象。张履谦特别选取道情艺人做其坚持的"个案调查"和"实地访问与观察",成为中国现代民间文学史上重要的历史文献。如其《马鸿宾访问记》记述:

在相国寺内唱道情的,有三位是能够抓着听众的,只要到相国寺内听过唱道情的人,没有一个不知道他们三位,一位是唱得呱呱老叫的杨宗山,一位是能够在公共厕所旁边叫听众不知大粪与尿臭而听道情的张元材,还有一位,便是我们这儿写访问记的马鸿宾。

马鸿宾是陈留县的人,唱道情的派名叫礼纯,他的父亲去世了,一家人为了生活,没有办法,他便开始学唱道情,拜刘世禄为师,三年学徒生活完了,又加上一年"拉年"(案即此年所得的收入报效老师),足足费去了四年的工夫,以后才自立门户卖唱道情。他一共收了四个徒弟,大徒弟名叫赵宗南,二徒弟名叫张宗西,三徒弟名叫赵宗配(北),四徒弟名叫徐宗洞(东),现在大徒弟已另立门户,不在身边了。

他今年有三十五岁,家住在中山市场新华茶社对门,房屋的破烂那是不用说的。每日午前到教育厅戏剧编审委员会去把他所记得的唱词口述

第四章 乡村教育运动

出来,给人记录。从教厅回去,有时也唱两点钟的道情。相国寺的唱坠子的,说书的,唱道情的,演幻术的,卖解的所组织的长春会,他系担任正会长。凡是江湖上卖艺的人到开封来,都得投名去拜见他。

马君现在有一妻一子同住,现有弟兄姊妹四人。一个弟弟在贯台拉坠弦,一个妹妹在许昌唱坠子,还有一个妹,便是永安舞台唱梆戏的台柱马双枝。他个人的生活,是没有什么规律,而且从他的面孔看来,似乎抽几口大烟。他的个子很矮小,人很瘦弱,门牙也脱两颗,但说起话来,却是一个受过了社会生活利刃宰割过的,富有社会经验的人。他自己能够编道情词。已编就的有《毁名交友》《秦琼打擂》《九头案》《盘龙山》《姜太公卖面》《皮匠作诗》《华容道》。

关于马君访问的话,我们已经是在上面说过了,现在略说一说我们相见的情形和他留给我们的印象。

最先我们虽然知道马君是相国寺的娱乐领导者和有名的唱道情者,但是因了时间的关系,总不易找着他,所以我们去找了他五次都未碰头,不是他出外去了,就是碰着他在唱道情或者作旁的事。

一天的午后,我们到相国寺西院去等他,久不见来,正想到别的地方去调查,一位卖小食的伙计告诉我们:"马鸿宾回来了",而且一面这样地叫他:"马鸿宾有人找你"。

我他见着是很陌生的,当时我把找他多次不遇的话说了,便说要请教他一些事,经他的询问,我们便把研究相国寺民众娱乐的话对他说了,于是便到相国寺的一个茶社去谈话,他便将他所知道关于唱道情和唱坠子的话对我们说了。

时间已是晚餐的时候了,我们约他去一家小馆吃饭,因为我们袋中只有一元四毛钱,只是不敢恭而敬之招待他,只随便吃吃。他在开始饮酒时,先将酒向地倒了三次才饮。吃罢晚餐后,我们便分别了。他当时给我们的印象是:

第一,要在社会中找饭吃,非与社会苦斗不中。

第二,一个与社会生活苦斗的人,是能免掉社会的淘汰,而且还可以为社会做一点事业出来。

除此之外,它还记录保存了当时相声艺术的流行情况,记述"过去说相声最著名的人有阿剌二,穷不怕,万人迷,张麻子,周蛤蟆,吉三天,韩麻子,焦得海,刘德志,尹麻子,于俊坡,常赞臣,陈大脑袋,郭起德,焦少海等。可是在开封相国寺内说相声者,仅有于宏声一人。于君现在二十九岁,北平人,曾卒业于北平大华小学,对相声一道,颇感兴趣。二十入伍,先后在禁卫军中充任连排长,旋离职,约年余复从相声专家张文成游,数年前抵汴,遂于相国寺之西院献艺,汴人以彼所说滑稽可笑,送彼之诨号曰"骂大会"。于君甚不愿"骂大会"之称呼,每对人曰:此无稽之名也,称"于君能说的相声节目有二百余种,最拿手而且常说的则有双人,古代名人传略,春秋地理图,歪讲四书全集,飞机发明史,等等。无稽之戏,大部戏迷传(与评剧不同),各省花鼓杂腔,戏子改行难,生理疯话等",以及"相声的节目,据于君云有数百种","其最奥妙者为江湖黑幕",有说明"风""马""燕""缺"四大家,又有"金""皮""彩""快""柳""训""差"七大门,等等;这些内容既是社会风俗生活的重要内容,也是民间文学史的重要材料。他记述相国寺流行的民间快板,记述民间艺人"在相国寺唱竹板快书,每月须付地租一毛,每天的收入,平均有五毛。他能唱三十多曲。现常唱的有:卖油郎独占花魁,单刀赴会、玉堂春、华容道、李存孝夺稿、武松打店、罗成算卦、草船借箭、十字坡、百忍图、取荆州、杨七郎打擂、打关西、打黄狼、武松打东岳庙、猪八戒拱地、孟州过堂、快活林、宋公明坐楼、三字经劝夫、百家姓四书语、光棍哭妻。每天开唱前,用黄土将今日唱的主要曲名写出来"等内容。其他如西洋镜、卖解、养鸟等社会风俗生活的记录,都不同程度涉及民间文学的内容。

《相国寺民众娱乐调查》是中国现代社会历史转型时期民间文学新旧

内容的大汇编,以一滴水映现社会风俗生活中民间文学现象存在与特征、价值意义等具体内容,是中国现代民间文学史的重要文献。其民间文学史意义具有重要的普遍性,如其在考察后所概括总结:"相国寺中的各种娱乐不仅流行于相国寺内,而且是流行于中国各个相国寺内的","从调查中所得的材料,特别是河南的坠子戏和唱道情中所记的有一些事实,很多是我们在书本中找不到的民间文化的珍品","我们这一本民众娱乐调查所搜集的材料,不是参考学者们离开社会,离开民众生活的,不能兑现的理论而编著的,实是从民众们所表现的现实生活中找出来的"。或曰,生活之树长青,田野考察永远是民间文学思想理论不可替代的重要契机与重要源泉。

张履谦在"民众娱乐"这项特殊的社会风俗生活实地考察中,深切感受和认识到民众教育的责任与意义,同时也形成自己建立在社会现实生活实际之上的民间文学思想理论。他在《相国寺民众娱乐调查》中时常表达自己的感受,其声称"我们这一次调查相国寺民众的娱乐时,使我又回到了童年的时代,冲破了这社会的藩篱",其常常感慨"我们现今的民众教育却以为民众的娱乐都是俚俗韵,而不是文雅的,因此便认定民众的娱乐是野蛮极了,持着不屑理解的态度,竟忽视了民众娱乐在民众教育上的意义",其及时提出具有实践意义的问题,诸如"民众娱乐有多少种类?民众娱乐存在的社会意义怎样?民众娱乐的教育意义怎样?民众何以需要这俚俗的娱乐而不需要文雅的娱乐?"其强调"现今的民众,无论其受过学校教育的民众也好,或未受过学校教育的民众也好,他们对于娱乐都视为人生不可缺少的面包,都感觉到他们的生活的余力是要在娱乐中才能消耗的"。他明确指出:"我们这一次从事相国寺的民众娱乐调查,完全是从教育民众的解放民众的观点与乎认定民众娱乐在民众教育上和教育的近代思潮内所指示的重要性而工作的。我们相信民众在现今学校所受的教育,还不如在娱乐场所中接受的娱乐教育来得重要"。

在《相国寺民众娱乐调查》最后一章"调查归来"中,他所表达的感受更具体，也更深刻。如其所述"我们这一次在相国寺调查民众的各种娱乐，所尝的苦头真是够饱了。每次怀着笑容进去，都是带着苦脸出来。这社会，这人间，真个是太不名誉，太黑暗了"，而"一个人不能理解他的生命现象，那已经是够可耻的了，而在社会中生活了一辈子的人，不知道他所栖息的社会是摇篮，是坟茔，要等待千百年后的子孙们锋利锄头来掘他们的墓冢，研究他们的骸骨，创立考古学，那又是可耻孰甚"，其称："想到我们现在研究史前史或各国社会史的锄头工作，在书本中去构成某式社会的愚骏与苦役，真觉得我们每一时代的社会生活者太忽视了他们现实的社会生活了。如果我们每一时代的祖先，能够面对看社会生活，把他们的社会生活，用社会调查这个摄影机摄制出来，用社会统计将社会调查摄影出来的片子制成数字的图表，那我们是用不着耗费人生极可宝贵的青春时间去做那专攻什么史的无味工作的，是能可将我们有用的精力用在现实的社会生活上，把握着现实的社会生活，将现实的社会生活制成留声机一般的社会影片给予我们未来的子孙，作为社会的遗业的；子孙们从这社会遗业中，便可以知道我们在现时代所过的社会生活，不至于如我们现在的未攻中国社会史者样将毕生的精力浪费在黑字白纸中的或论伐中的呵！"所以，如他所说，"就为了这，我们调查相国寺的原有计划，并不因苦头多或一般人的不了解与蔑视而停止了工作"。他详细列出自己的感受与体会，或称为中国现代民间文学史上一篇具有强烈批判色彩的战斗檄文。其论述道：

第一，相国寺内的民众娱乐是我们那些有身份的人，有学问的人所鄙视，所不屑一瞧的，他们认为民众的娱乐是低级的，卑下的，只合于民众的脾胃。因此，他们不但不去那些娱乐场所，而且还以为到了那些娱乐场所是自贬其身价哩。

民众的娱乐是低级的与卑下的，然而却忘记了民众的生活是被那残酷的社会制度所决定，所铸成的。大家不从那低级的与卑下的社会制度

第四章　乡村教育运动

本身上去鄙视,谋改善,只是与那些低级的,卑下的民众娱乐绝缘,实在是离开了社会生活,实在是忘记了广大社会中的民众的存在呵!

第二,好多的人,听说我们要去调查各种业娱乐者,而且还要去调查唱梆戏的女名角,唱大鼓的小姐、河南坠子的姑娘,他们是很希望与我们一块儿去看看,玩玩。他们的目的,不外是遂其吊膀与打茶围的性歪泄的"陞欲"而已。

这样的人,在这性的麻木和性的不自由的社会中,真个是可怜虫,他们的性理念,真是糊涂极了,他们简直忘记了人类社会所建筑的各种的性市场:视妇女为性商品,把妇女拿来零卖和整卖的悲惨事实,是人类史中最耻辱的一页,不知道妇女是"人"。在此,我想到某女性读了孔子说的"唯女子与小人为难养也"。以后所写:"可怜孔母也伤悲"的末一句诗了,对于这些性观念糊涂的人和不知道我们调查从事娱乐的女艺员的生活的目的的人,暂以某女性那句挖苦孔子的诗来赠予他们。

第三,我们进出于相国寺的各种游艺场中,不但是未得到人们的同情或帮助,而且还受人们的揶揄与嘲笑。很多衣冠楚楚的大员们,偶逛相国寺见着我们在听坠子戏,调查坠子姑娘的生活情形时,他们立足看看后便嗤之以鼻,或者骂我们"太浪漫"了。

这有什么法呢? 在相国寺中的业民众娱乐的人,他们都是出身贫贱的,都是些九流三教的人物,生活在十九层地狱以下讨生的"娼"或"优",哪能够同大员们比肩而立,取得社会的优越权呢?

尽管那些业民众娱乐的人是"娼"或"优",没有社会地位,但我们不能忽视了他们的生活,忘记了拯救他们脱离苦海的社会工作。是以对那些辱骂我们浪漫的人,我们只有向他说:你到博物馆内去做人体模型吧。

第四,每次调查相国寺中的民众娱乐者的各方面情形时,总得经过多少周折,遭受多少白眼和多少怀疑才能得到少许的材料。

在这一点,我们认为是他们受官府的剥削与压迫太甚了,有身份的人,有学问的人,视他们为人间的怪物,玩弄他们的人太踩躏他们,太虐待他们,而以为他们是人间兽呵。所以我们在每次调查时感受的苦痛,不是我们调查时被他们怀疑,被人们不了解,获得的材料很少,而是感到那些业民众娱乐的人在恶劣的经济条件之下,为了生活饿虎的追逐,跌落在陷阱内忍气吞声,或为十足的商品,任人玩弄,贩卖的可悲情境呵。

第五,从事娱乐的人和到民众娱乐场所的人,他们都是同样地被社会压迫得气也不能出一口的可怜人。他们在社会中的地位是极其卑下的,在社会中所受的冤屈是没有那挂上"民众律师"招牌者来为他们昭雪的。

在现社会中,他们是如一只驯服的羔羊样,任人剪毛割肉的过活,他们不知道日头从何处升起,月儿向何处下落,更不知他们窄狭的生活圈以外的庞大社会生活,并且对于现实的社会不能思想,对于现实生活不能有所觉悟;只依着"命运论"走回老家,了却人之一生呵。

第六,在相国寺中的民众娱乐者,他们的组织是非常严密的而且是比之上层社会人士的"勾心斗角"的同盟要完美多了。至于他们彼此间的休戚相关的社会行为,可以说是在我们的学人集团,政治家的党内,财阀的企业组织中所找不到的。

这是我们在调查中所发现"笑吧,为了要止住哭"的一点一点慰安。事实上,如果他们的社会组织不严密,彼此间不休戚相关,他们是早被生活活埋了,早已不能从事什么娱乐工作了。

第七,每个娱乐者都是被社会压榨得不能活动的人,他们为了生活,有的从乡村中,有的从贫苦的家庭内逃到下层的社会中去拜师学艺或者自师自学地卖艺,赤手空拳地同生活饿虎战斗,不顾忌一切的毁誉与嘲笑、辱骂,尝尽了人生的苦、辣、辛、酸的滋味,受尽了人间的种种恶魔的欺凌,还努力地向前干去,终于将生活饿虎征服,能够"安家立业",能够"穷则独善其身"地维持个人生活,"达则兼善天下"地为伙伴与师弟们打出一条生之血道,这种苦闷的能量,真是我们所不及的呵!

第四章 乡村教育运动

"我们的泪,不要为自己的痛苦流尽了;我们的快乐的能量,不要为自己的幸福享够了。"这法国少年哲学家居友的话,是为这些与生活苦斗的业娱乐者所证明了。

第八,我从各种民众娱乐的调查中更加明白了我们的社会是:一边的人狂歌欢笑,一边的人悲愁号泣,一边的人将快乐建筑在另一边人的痛苦上面;所谓"春日灿烂之花,是为权门势家而开的,秋日玲珑之日,是为瑶台珠阁而照的"和"庖有肥肉,厩有肥马,民有饥色,野有饿莩"的说话的社会意义是什么,我也更加理解了。

同时我们认为建设中国社会,改造中国社会的路不从民众现实生活的理解上去找出彼的史的和社会的要因,对准着社会予以彻底的改善而希求,在闻人学者或什么家们的书本与完善的计划和方案中找出路,那是会碰壁的,会走不通的。

张履谦强调要尊重民间艺术独特的价值与规律,其称"由此,认识了这些民众娱乐在教育民众和改进社会的工作方面有很大的力量。但是我们以为在社会与民众的生活未改善之前,想改善娱乐或者去编革命鼓词等,那是不中的",他举例"(某人)办了一个训练班来训练那些唱道情的、说书的、卖艺的和说大鼓书的,而且还编了革命的鼓词。对于民众教育不能不允为十分注重。可是,那些受了训的人并不比未受训前好,而且那时所编的鼓词如:《国旗》《黄花岗》《炸五大臣》《劝放足》《鸦片恨》《秋碑亭》《小凤仙》《张勋别爱姬》《小登殿》《皇帝梦》,大家并不常唱"。他分析这种现象的原因在于"业各种娱乐的人因为社会生活习惯一时改变不过来,对于官府的强迫持反对态度""观众的社会生活并不需革命的娱乐来鼓舞,所以业娱乐者,为了收入,不能不唱观众所好的""一些编鼓词或戏词的,他们对于各种腔调是门外汉,对于民众的生活压根儿就不知道,所以编出来的东西,唱者不能唱,听者不愿意听";其实,问题的核心内容就是在利用旧形式和宣传新的思想的同时,如何尊重民间文学与民间艺术的发展规律。他指出,"如果我们能够到相国寺的各民众娱乐场所去逛逛,你稍稍一考察,从那人山人海的观众内和各卖艺人的表演中,你除感到娱乐教育民众的力量伟大,与乎民众安于在这不生不死的社会中过痛苦生活外,你一定会感到创造民众正当娱乐的必要这一问题","我们是深深地感到民众的正当娱乐的创造为迫切需要。因为民众是社会的柱石;如果民众没有正当的娱乐来恢复他们的生之疲乏,增加他们的生之勇气,消纳他们生命的余力,他们在社会中是会呈出病态的样子来的",所以,他提出"为了中国的前途,为了人类文化的进展,为了教育民众能收事半功倍之效,我们是希求大家一致的动员来建设正当的民众娱乐",即具有现代文明意义有益于千百万人民大众的风俗建设,这种见解即使在今天仍然是值得我们重视的非常重要的思想理论。

应该说,一切真知出于实践。对于民间文学思想理论而言,历史文化的研究和不同形式的理论研究都是非常重要的,而密切关注民间文学与社会风俗生活的最新变化动态,并给予合时而合理的解释与总结,应该有更高的学科价值。而且,民间文学研究的立场与目的,同样重要,其深刻影响着民间文学思想理论的精神境界与品格。

第三节 关于乡村教育运动中的民间文学理论问题 [1]

乡村教育运动是一个以应用为主要形式的社会文化运动,其中包含着对许多民间文学问题的学理探讨。

民间文学的概念阐释与类别的划分是学科发展的重要前提;这首先是关于什么是"民间文学"与"民众文学"的探讨。孟宪承在《民众文学浅说》中从三个方面对民众文学进行了分析界定:"1. 描写民众生活的文学,不一

---

[1] 此部分内容为梅东伟所提供,特此感谢。

定就是'民众文学'。"他举出了杜甫的《舍弟占归草堂检校聊示此诗》、白居易的《卖花》，认为这两首诗写出了民间疾苦、民众生活，但一般的老百姓并不能欣赏，因而不是民众文学；"2. 白话文学不一定就是'民众文学'。"他举胡适《虞美人（赠朱经农）》和康白情《疑问》，称这两首诗虽是白话诗，但都是诗人的诗，反映的是诗人"心弦的振动，是不能用耳官听，而只能用内心听的"。这种诗"站在民众教育的立场上"，却不能为那些没有知识或知识较少的人所欣赏，所以不是民众文学。"3. 白话的，描写民众生活的'通俗文学'，还不是严格的'民众文学'（Folklore）。"他举辛弃疾词《清平乐》和刘半农的白话诗《车辗》对比，说，"上面的两首诗是通俗文学，而且描写的是民众生活，广义上说，可以称是民众文学了；然而还不是严格的，狭义的民众文学，真正的民众文学，却不是这样：它的作者不是一人，它的流传仅靠口说"；他进一步论述道，民众文学的内容就是"神话，谜语，歌谣"等，并举例为：山歌、竹枝词、鼓词、弹词、佛曲（俗称宣卷）、道情等。[1]。芮麟在《民众文学与民众教育》中没有从内容、传播等方面，而是从民众的角度，由民众的范围确定民众文学的范围。他首先界定了"民众"的范围，称"既然有民众存在，当然有非民众存在"，民众指的是"一般的人"，除了少数的特殊阶级——大官僚、大军阀、大资本家等。民众不应限于农村，应该包括城市的工人。由此，他认为，民众文学是大多数人能够鉴赏和创作的文学，"是全国最大多数人的人生表现人生创造的情感，流露的作品。再简单地说：民众文学就是一般民众苦闷的象征。"并且即便是贵族创作的表现民众生活和情感的作品也算是民众文学，而普通民众创作的作品但表现的是向往贵族生活的作品也算不得是民众文学。他认为，民众文学"应该以自己创作出来的为原则"，"有许多人以为民众文学就是平民文学，也有许多人以为民众文学就是民间文学，更有许多人以为凡是浅近的著作，都是民众文学，这些观

---

[1] 孟宪承：《民众文学浅说》，《教育与民众》1929 年第 1 卷 6 期，第 1—7 页。

念,老实说都是谬误的。"[1]还有学者说"民众读物是民间文学的要素,领域很大,一题材言,可分:散文、韵文、剧本等等。以内容分,可分:故事,小曲,滩簧,童话,传说,寓言,笑话,游记,尺牍,杂字,儿歌等"[2],甚至话剧和歌剧统统纳入到了民间文学的外延之中。江苏省立民众教育学院研究实验部出版的《教育与民众》所刊登的征求民众文学材料的"启事"称,"征求民众文学材料:儿歌、童谣、俗谚、农谚、山歌、谜语、故事等等"[3]。

傅葆琛的《歌谣分类方法及社教事业如何划分的问题》[4]把歌谣分为古代的和近代的,然后依形式又分为短歌和长歌。但是,他把鼓词、大鼓书、花鼓(凤阳)、小曲(小调、时调)、滩簧、昆曲、京戏、梆子等一些明明属于民间说唱艺术或民间戏剧的体裁列入到了近代长歌目下。天游的《民众读物与民众教育》[5]把民间文艺分为故事、谚语及谜语、歌曲、戏曲四类,然后把小说、神话、传说、寓言、笑话归于故事目下,把歌谣和小调同置于歌曲之下,戏曲又涵盖了戏剧(如京戏昆曲等)、弹词、鼓词儿、大鼓书、滩簧、花鼓戏、道情和莲花落。《江苏省立教育学院研究实验部事业概况》[6]把歌谣、小调、戏曲归入歌曲一目,把小说、神话、传说、寓言、笑话归入故事类。江苏省《教育与民众》中《征求江苏各县歌谣简则》[7]的征求范围则划定为:"1.生活歌,2.叙事歌,3.仪式歌,4.滑稽歌,5.儿歌,6.情歌,7.其他。"朱佐廷在《中国民众读物之检讨》[8]中说,"民众读物是构成民间文学的要素,领域很

---

[1] 芮麟:《民众文学与民众教育》,《教育与民众》1930年第2卷2期,第1—2页。
[2] 朱佐廷:《中国民众读物之检讨》,《山东民众教育月刊》1935年9月第6卷,第7期。
[3] 江苏省立教育学院主编:《教育与民众》1929年第2卷第1、2、3、5期等均有此启事。
[4] 傅葆琛:《歌谣分类方法及社教事业如何划分的问题》,《教育与民众》1932年第3卷6期。
[5] 天游:《民众教育与民众读物》,《教育与民众》1929年第1卷创刊号。
[6] 江苏省立教育学院研究实验部:《江苏省立教育学院研究实验部事业概况》,《教育与民众》1932年第2卷第9、10期合刊。
[7] 江苏省立教育学院研究实验部:《征求江苏各县歌谣简则》,《教育与民众》1932年第3卷第7、8期。
[8] 朱佐廷:《中国民众读物之检讨》,《山东民众教育月刊》1935年9月第6卷第7期。

大,以体裁言,可分:散文,韵文,剧本等,以内容言,可分:鼓词,小曲,滩簧,童话,传说,寓言,游记,尺牍,杂字,儿歌等"。他认为,散文体方面包括:神话、史话、童话、物话、寓言、笑话、传说、图画故事、杂字;韵文类包括:宝卷、唱本、山歌、滩簧、鼓词、弹词、儿歌、民歌、杂歌、谜语;剧本类包括:话剧和歌剧。他概括说,"民众读物是构成民间文学的要素"。施章著《民众杂剧概论》[1]论述民众杂剧即民间戏曲和民间小调,认为民间文学是民众集体的创作,是"一个共有的作品,是一个民众的集合底无意识。不是个人占有的私物,也不是表现个性的作品。你也可以讲,我也可以唱。不如你心意的地方,你又可以自由修改;不合我的心意的地方,我又可以加以纠正";他还论述到民间文学与作家文学的关系,民间文学的认识作用等。他们的见解众说纷纭,见仁见智,但都能把民众整体视作民间文学发生主体,则是一致的。这正显明现代民间文学思想理论基础性建设的特色。

其次是关于民间文学的搜集整理问题。

江苏省立教育学院实验部主办的《教育与民众》多次发布《征求江苏各县歌谣简则》[2],其中的"应注意之事件"规定:"1.抄写时须依照本地口吻,绝对不能加入主观之修饰,以保存其本来面目。2.方言僻语,须用注音符号代替,并详加说明。3.与所录歌谣有特别关系之事实,须一并注出,以供参考。4.抄写时笔画务求清楚,如用洋纸请勿两面书写。5.抄写时最好根据分类之次序。6.采集地须加注明。"《上海民众》创刊号登载的征文启事中,提出征集大众文艺、各地民歌,但对如何搜集整理及其中应注意之事项并未说明[3];浙江民众教育馆的《浙江民众教育》在1934年第8期登载的"启事"指出本刊征集歌谣、农谚等各类文艺资料。

政府行为形成民间文学搜集整理中随意删改的破坏行为,以河南省教

---

[1] 施章:《民众杂剧概论》,《云南民众教育》1933年第1卷1期。
[2] 江苏省立民众教育学院实验部:《征求江苏各县歌谣简则》,《教育与民众》1932年3月第3卷7期。
[3] 上海民众教育馆《上海民众》创刊号,1936年第1卷。

育厅的"训令"中强调"建设正当娱乐,禁绝不良游艺,增进民众高尚的情操,为改良社会风化之臂助"之"将各县流行之戏曲歌谣,搜集齐全,交由本厅戏曲编审委员会,逐件审查,详加修正"为典型。其称:

> 当兹训政时期,亟应建设正当娱乐,禁绝不良游艺,增进民众高尚的情操,为改良社会风化之臂助。拟将各县流行之戏曲歌谣,搜集齐全,交由本厅戏曲编审委员会,逐件审查,详加修正,编成河南民众戏曲,分发各县,以资提倡。并制定上项调查表,令仰该局即便遵照,将该县内流行之戏曲歌谣,无论简陋复杂,优美恶劣搜集齐全,缮写成册,——有脚本者检成脚本——并填具调查表,于四月三十日前賫送到厅,一凭编审!为要,此令![1]

1930年至1935年之间,乡村教育运动的高潮中,各地民众教育刊物上都开辟的有"民众文艺"或"民间文艺"或歌谣的专号,或者经常发表一些民间文艺的作品。如上海民众教育馆的《上海民众》、湖北省民众教育馆的《湖北民众教育》、广东省立民众教育人员训练所的《民众教育月刊》、浙江民众教育月刊第5卷4、5期合刊出版的民间艺术、民间文学专号,山东民众教育馆出版的民众戏剧研究专号等等。其他如河北定县中华平民教育促进会的李景汉、张世文编写的,引起学者们广泛注意的《定县秧歌选》,江苏教育研究院实验部编辑出版的《江苏歌谣集》[2]、山东民众教育馆编辑出版的《山东歌谣集》,天津民众教育馆编辑出版的民众丛书中,有《民众歌谣集》;《河南教育月刊》发表蔡衡溪的《淮阳风土调查记》[3]、李弗西的《黄河集》[4];

---

[1] 《重要公文·通令二百二十九号·三月十三日》,《河南教育月刊》1930年第7期。

[2] 《江苏歌谣集》,江苏省立民众教育学院实验部1933年版。

[3] 蔡恒溪:《淮阳风土调查记》,《河南教育月刊》1932年2卷8期。

[4] 《河南教育月刊》1930年第2、5、6、7、8期连载了该歌谣集。

《浙江民众教育》1934年第8期登载《民间歌谣二十四首》与《本地歌谣与农谚》，广东省《民众教育月刊》发表民间歌谣最多，如其1934第1期发表《浙江德清谚语一束》《广宁歌谣》《云南歌谣》《琼山歌谣》《琼崖歌谣》《阳江歌谣》，其第3期发表《潮州小曲五首》《琼东民歌》《关于气象的几首歌谣》《琼州妇女歌谣》《詹县歌谣四首》《新会歌谣》；《山西民众教育月刊》发表阳曲儿歌等民间歌谣[1]等，皆弥足珍贵。其中，《江苏歌谣集》在两则征订广告[2]中称：

> 本歌谣集经四年之搜集及整理始告完竣，总计歌谣三千首，按地方及其性质编订成五大原册。全书内容丰富，印刷精美，不但开歌谣出版之新纪元，亦因为国内民间文艺空间未有之巨者，诚全国大中小学校及民众教育家民俗学家文艺家必备之参考书。

> 本歌谣集经四年之搜集及整理始告完竣，总计歌谣三千余首，按最新分类法编制。内容丰富，印刷精美，实开歌谣出版界之新纪元。此集不但可供文艺之鉴赏，抑且为研究民俗绝好之参考资料。篇首有专家雷宾南、钟敬文、方天游诸先生序，印刷无多，欲购从速。

与此同时，歌谣学研究在乡村教育运动中出现热潮，如方天游的《中国歌谣的研究》[3]、林宗礼的《江苏歌谣中所表现的婚姻风俗》[4]，张寒晖的《歌

---

[1] 山西民众教育馆出版的《山西民众教育月刊》于1937年有多期对阳曲儿歌进行了搜集整理和发表。
[2] 其分别登载在1933年4卷3期和8期《教育与民众》杂志上。
[3] 方天游：《中国歌谣的研究》《中国歌谣研究(续)》，《民众教育》1932年第1卷第1、2期。
[4] 林宗礼：《江苏歌谣中所表现的婚姻风俗》《江苏歌谣中所表现的婚姻风俗(续)》，《教育与民众》1932年4卷1期、2期。

谣概观》[1]，裘庆媛的《从民间歌谣中去窥探民众生活的疾苦》[2]，沈斌才著《我对岭东恋歌的认识》[3]，等等。

同样，歌谣分类问题在这一时期体现出来。如《山东歌谣集》把歌谣分为："（甲）成人方面——时代反映歌，农民经验歌；（乙）妇女方面——抒情歌，生活歌，娱乐歌；（丙）儿童方面——抒情歌，吟咏自然歌，游戏歌，滑稽歌。"[4]《天津民众丛书》的歌谣分类为："家庭类：嫁女问题，继母虐子，婚后心理，女子嫁后之地位，姑嫂情谊，妇女种种，家庭琐谈；社会类：交际方面，嗜好方面，政治方面，俗谚方面（谚语）；气候类：天时方面，农时方面；儿歌类；游戏类。"[5] 这些分类都是基于生活实际，更多来源于他们的感受，未必是学理的认真比较。

他们注意到民间歌谣等民间文学形式的教育价值，做出民间歌谣思想文化价值等方面的研究。如茅宗桀说，"实施民众教育的基本原则，必须要详细的明了民众的实际生活，即所谓'根据特殊的需要，施以特殊的教育，才是至高无上的教育价值'，民歌是纯任自然，不加修饰的民众实际生活的描写，也是民众特殊需要的真情流露，那么他对于整个民众教育的实施，有极大的帮助了"[6]。方天游说："民众的生活寓于民众读物的暗示和指导之中，它们的各种常识在谚语或编的歌诀中，民众知识的继承也是通俗的歌谣、谚语来的。"[7] 与五四歌谣学运动相比，其视野明显转向了民众生活的实际，而不再是仅仅做学理探索。

---

[1] 张寒晖：《歌谣概观》，《民教学报》1936年10月第2期。
[2] 裘庆媛：《从民间歌谣中去窥探民众生活的疾苦》，《浙江民众教育》1935年3卷2、3期合刊。
[3] 沈斌才：《我对岭东恋歌的认识》，《上海民众》1936年1卷1期。
[4] 山东民众教育馆编印《山东歌谣集》，该歌谣集分为多集。1933年4卷6期的《山东民众教育月刊》有广告，并列出了其分类标准。
[5] 天津市立民众教育馆编印：《民众丛书·民众歌谣集》，1933年7月版。
[6] 茅宗桀：《民歌与民众教育》，《山东民众教育月刊》1930年3卷2期，第6页。
[7] 方天游：《民众教育与民众读物》，《教育与民众》1929年第1卷创刊号。

他们从歌谣研究渐渐涉及风俗生活,把社会风俗生活建设与所谓"破除迷信"相结合,体现出丰富多彩的民间文学思想理论,如天津民众教育馆编印《民众丛书》之一《天津市风俗调查报告》,吕谦庐著《民间的思想与信仰——瓜棚闲话之二》《民间的预兆和占卜——瓜棚闲话之三》,[1]杨向之著《中国一般迷信之研究》[2],汤桂林著《乡民迷信的调查与研究》[3],陈侠著《怎样破除迷信》[4],邱治新著《从举行节约运动说到改良婚丧礼俗》[5],蒋锡恩著《从民众教育立场上谈改良地方习俗》[6],等等。这是中国现代民间文学发展的重要契机。

民间戏剧与民间戏曲等民间艺术形式是综合性的艺术,其具有故事传说被讲述的功能与人物形象被表演的功能等一系列民间艺术特征,是更为典型的社会风俗生活现象。如当时有学者施章在《民众杂剧概论》中所述:"整个的民众教育,是不但要使民众有知识,有生活的帮助,同时也要民众有人生的旨趣","民众文学是给民众以人生的兴趣的,民众如果没有相当的兴趣,则虽有极丰富的生活,而其生活仍旧是没有意义的","民众教育既要给民众以人生的旨趣,才算完成最后的目的,而只有民众文学,才能给予民众以人生的旨趣,完成民众教育的最后目的。则我们在实施民众教育的时候,哪能不同时提倡民众文学呢?"[7]晓庄剧社在他们的文化宣言中声称:"戏剧又是一种生活,在舞台上过艺术生活,是做戏。在舞台下过艺术生活是看戏;戏剧就是戏院里的艺术生活","我们要把我们的生活,和民众的生活打成一片;再把这生活和艺术打成一片,积极的使生活受彻骨的艺术化,

---

[1] 浙江民众教育馆编:《浙江民众教育》复刊,1947年1卷1期、1948年的卷3期。

[2] 杨向之:《中国一般迷信之研究》,《山西民众教育》1937年第4卷1期。

[3] 汤桂林:《乡民迷信的调查与研究》,《山东民众教育月刊》1936年7卷5期。

[4] 陈侠:《怎样破除迷信》,《山东民众教育月刊》1936年7卷5期。

[5] 邱治新:《从举行节约运动说到改良婚丧礼俗》,《山东民众教育月刊》1935年6卷2期。

[6] 蒋锡恩:《从民众教育立场上谈改良地方习俗》,《浙江民众教育》1935年第3卷9期。

[7] 施章:《民众杂剧概论》,《云南昆华民众教育》1933年第1期。

艺术受彻骨的生活化"[1]。但是,一切教育形式与教育内容都是有选择的,民间戏曲的主体是地位低下的民间艺人,仅仅依靠他们进行乡村教育,实现脱贫、脱愚,其可能性自然受到怀疑。如有学者提出:"'戏子优伶'之流于可办民众教育吗?我国的民众不但没有教育,并且不知道教育。我们办教育,不但要努力地办,并且想办法办,从民众生活中固有的消遣娱乐出发,利用唱戏说书的方式实施教育,这是很好的办法。不过戏子书伶的知识都很低浅,不知道所谓教育目的。而且只能和留声机一样,千篇一律地开出来,不能有所变化,若是民众教育的责任,给他们担负,不但方法不经济,收效太少而且易流辟邪,危险很大。"[2] 所以,加强说书艺人的管理与改造,成为许多乡村教育人士的共识,江西省民众教育馆成立说书材料编审会和说书改良委员会。他们通过对说书人及其说书材料的调查整理,认为,"说书之关系社会人心,既重且大,殆不可忽也。政府推行民众教育之责者,正可因势利导,能担负唤醒民众之责任","然而今日之一般说书者,大都知识幼稚,观念错误,生活腐旧,未受相当教育。平日演述,有一本师承,不知别出心裁,所用说本,非关旧时说部,不合时代精神,即系怪诞淫邪,不可为训"。[3] 此类活动很多,在《相国寺民众娱乐调查》中也有此类现象的记述。山东民众教育馆组织山东书词联合会对济南流传的书目调查统计,记录整理出《秦琼卖马》《双锁山》《夜打登州》等传统书目,并编写出《王三娘哭诉灾民苦》《改良窦娥冤底一二三段》《毒品害》《黄花岗》《五三惨案》用作新说书的底本[4]。无论这种方式是否可行,他们的热忱都是真诚的。这是中国现代民间文学思想理论的又一种体现形式。

乡村教育运动非常重视民间戏剧在民众教育中的重要性,除了《定县

---

[1] 阎哲吾:《农民剧之研究》,《山东民众教育月刊》1933 年 4 卷 8 期,第 55 页。
[2] 许牟衡:《民众教育建设论(续)》,《教育与民众》第 2 卷 4 期。
[3] 文经华:《江西省说书人员讲习班之实施》,《江西民众教育》1937 年 1 卷 1 期。
[4] 阎哲吾:《走向"民众读物戏曲化"之路》,《山东民众教育月刊》1936 年第 7 卷第 9 期。

秧歌选》和《相国寺民众娱乐调查》外,《山东民众教育月刊》曾出版了"民众戏剧研究专号",其他如,李朴园的《从民众教育说到民众戏剧》[1]、《戏剧在民众教育上的地位》[2],周彦的《北平的街头戏剧》[3],浙江民众教育馆的《本馆举办改良傀儡戏实施计划》[4],举之《说书的研究及改良》[5],赵启凤的《如何改良说书》[6],等等,都涉及民间戏剧、民间戏曲等民间艺术的价值,以及民众与戏剧之间的传播与接受过程中文化思想体现等内容。这是中国现代民间文学史上非常重要而特殊的内容。

乡村教育运动的文化思想传播形式尤其重视读书识字,他们把所谓的书本教育即"民众读物"视作摆脱"愚蠢""愚昧"的最有效途径。如他们所论述:"民众读物,是民众的精神食粮,举凡民众之思想,信仰,情感,有形无形均受其支配,而定其趋向;同时复为民众求取知识之实库,因此,民众读物之最大动力,不特影响民众之信仰,情感,与知识,实具转移社会风俗,辅助人群进化的功能。"[7] 其称"民众读物与民众生活关系的密切,无论何人,想都不能否认吧。中国民众不识字的约达百分之七八十,圣贤经传,他们是不能理会的。所以他们的生活,都是涵养,浸润,在民众读物的暗示与指导之中。因此,他们有历史。他们心中的中国历史,固然不是二十四史或《资治通鉴》的历史;同时也不见得是《三字鉴》或《史编节要》的童蒙书上的历史。他们的历史都是神话化的人物,或小说戏剧上的人物。文王,姜太公固然是半神仙的;就是孔明也能呼风唤雨,关云长能死后显灵;宋江、李逵,武松、鲁智深,仿佛是历史的模范人物。许多民众的历史知识,不是这样的

---

[1] 李朴园:《从民众教育说到民众戏剧》,《教育与民众》1932 年第 3 卷 7 期。
[2] 李朴园:《戏剧在民众教育上的作用》,《浙江民众教育月刊·复刊》1947 年 1 卷 1 期。
[3] 周彦:《北平的街头戏剧》,《山东民众教育月刊》,1933 年 4 卷 8 期。
[4] 浙江民众教育馆:《本馆举办改良傀儡戏实施计划》,《浙江民众教育·复刊》1947 年 1 卷 1 期。
[5] 举之:《说书的研究及改良》,《云南民众教育》1933 年 1 卷 3 期。
[6] 赵启凤:《如何改良说书》,《教育与民众》1933 年第 4 卷 9、10 期合刊。
[7] 钟生荣:《泛论民众读物及其编辑之法》,《江西民众教育》1937 年 1 卷 1 期,第 129 页。

吗？这是《封神榜》《三国演义》《水浒传》一类小说与戏剧的影响",[1]或曰"整个的社会整个的国家,是被大多数的民众维系着,整个的大多数的民众思想,意识,信仰,人生观等,是又被稗官野史鼓词唱曲旧小说等民众读物支配,一个民族的盛衰,一个国家的强弱,与民众读物发生着绝大的关系,于此可见民众读物力量之伟大了。"[2]他们以为,那些传统的唱本之类读物,其"远背时代潮流,暗示诲淫诲盗,崇尚鬼怪神迷,虽或有暴露社会罪恶,表扬义侠精神之处但究属弥恶难饰,令人读了,不是萎靡不振,就是邪念丛生。更有封面丑恶,印刷粗陋,装订简坏,纸张糙恶,插图丑劣,均足引人入浅薄,自私偏狭,消极的陷阱处去"[3]云云。如果我们把唱本之类读物视作民间文学的重要文本,那么,在摒弃与获取的意义上,这些学者的理解显示出不无偏激的倾向;而这些,正是时代思想文化潮流反传统的重要表现,自然也是中国现代民间文学思想理论的一部分。

那么,究竟应该如何进行利用"民众读物"进行社会风俗生活的"新礼俗建设"呢？对此,有学者提出加强"人类知识技能及生活方法"的教育:"如何由种族的经验中选定教材？所谓种族的经验就是人类知识技能及生活方法等,近代生活异常复杂,科学发达,技能精进,而在短时期的学校生活总能学到的甚是有限,摒弃不连属的亦不应学习,所以选择教材即是选择人类的经验,选择的标准当然是所欲训练的人才之需要。"[4]也有人提出借鉴外国成功经验,认为:"致于教学的筵席上,我们预备多多的饷宴他们些民族的史实,和民间文学。一方面的光荣,有以晓古通今,而知奋起。一方面使他们吸引些人生的兴趣,分享些文化的结果,使能寻着光明的人生道路,

---

[1] 天游:《民众教育与民众读物》,《教育与民众》1929年第1卷创刊号,第39页。
[2] 苗紫芹:《民众读物改革之途径》,《民教学报》1936年10月第2期,第87页。
[3] 徐旭光:《现在读物的检讨》,转引自邱治新著《怎样编辑民众读物》,《山东民众教育月刊》1935年6卷7期,第141页。
[4] 李蒸:《民众教育概论》,《教育与民众》1931年第3卷2期。

寻觅'入世'的生涯。"[1]相比而言,切实可行的是有学者提出"到民众生活环境里去采访",对民间文学顺势利导具体的改造方法,他说:

> 从小书摊小报摊上搜罗——从各大城市的小书摊小报摊上去搜集流行的小词书,鼓词儿,连环图画,歌曲小说,戏剧等册子,加以审查整理,分别去取,保留合用的材料,来做编辑读物的资料,实行"旧酒囊装新酒"的办法。
>
> 到民众生活环境里去采访——民众的生活环境里,随时随地有真实性的材料,可以拿来编辑读物。民间的故事传说,农夫樵子的野调山歌,江湖卖艺的唱曲小调等,都是现成的民众读物资料。只要留心去采集,可以"取之不尽,用之不竭"。
>
> 文章体裁民众读物最好仿用流行的通俗读物的文体。据陈光尧的《中国民众文艺论》的研究,民间文艺,可分为有韵的和无韵的两体:有韵的如歌谣,谚语,谜语,唱词,民曲,戏曲,拗口令等,无韵的如童话,小说,史话,方言,歇后语等,而各体之中又分别为若干类,(如唱词有鼓儿词,大鼓书,滩黄,小热昏,莲花落,道情,广东调)计凡四十余种。这些不同体裁,编辑读物时,可据有料的性质,而分别仿用其体。如《中央日报》所登的黄花岗广东所编的沙基惨案,三民主义戏词之用戏剧体。河南教育厅所编三民主义鼓词之用大鼓词。陶行知先生《锄头舞歌》用南京北园乡农民的山歌调子,《说晓庄》用凤阳花鼓的调子。[2]

乡村教育运动体现了一批学者的热情,也体现了他们的思想文化品格。他们始终充满忧患意识,如一位学者所说,"我国乡村之生活状况,真如夕阳

---

[1] 孟宪承:《关于丹麦民众学校的书三种》,《教育与民众》1930年第1卷6期。
[2] 邱治新:《怎样编辑民众读物》,《山东民众教育月刊》1935年6卷7期,第146—149页。

流水,一刻不如一刻,一天不如一天的衰落下去,变演至今,虽未到完全崩溃时期,而贫困已达极点。兼农民知识浅陋,眼界狭隘,性情愚直,能力薄弱,而对农业技术之不良,竟无法改良","然就一般乡村人民而论,大都无娱乐机会及娱乐机关,其故,乃由于乡村人民生活困难,朝夕从事耕作,尚不能得以温饱,纵有闲隙,亦必经营副业,借资补助,安有余暇以事娱乐?"[1]这里,"娱乐"并不是传统的民间文学与民间艺术,而是乡村教育运动中学者们不乏想当然的现代文明为内容的文化艺术。这种"娱乐"是否就是广大乡村社会民众所真正需要的呢?

以此,我们可以想象民间文学在社会风俗生活中独特的价值,以及它在民众文化生活中自由自在的存在意义,并不是每一个人都能够完整把握与深入理解的。许多时候,我们常常热心作为,要努力使之焕然一新,其未必就为民众所需要。

---

[1] 龙发甲:《乡村教育概论》,(上海)商务印书馆1937年1月版,第4—9页。

第五章
"古史辨"学派与现代神话学

"古史辨"学派是中国神话学的重要理论成就的代表,其思想基础在于新史学意义上的疑古,并不仅仅是历史主义的复活。围绕《古史辨》关于神话问题的讨论,促进了中国现代民间文学思想理论体系的完善和丰富,中国现代神话学得到迅速发展。

第一节 《古史辨》神话学派

《古史辨》讫自1926年至1941年,共计七册(九本)[1],第一至三册和第五册由顾颉刚编辑,第四、六册由罗根泽编辑,第七册由吕思勉、童书业合编。《古史辨》共收入20世纪二三十年代中国历史文化学界研究中国历史文化、考辨神话传说等文化史料的文章三百余篇,计三百二十多万字。神话传说是《古史辨》研究的重要内容,但是,绝不是其全部内容。

顾颉刚是一个杰出的民俗学家、民间文学研究专家,也是一个有独特建树的神话学家,《古史辨》中关于神话的论述成为他神话学思想的重要代表,但他的神话学思想并不仅仅体现在这里。或曰,其1928年来到中山大学时编《妙峰山》、《孟姜女故事研究集》(三册)、《苏粤的婚丧》等著述,作

---
[1] 参见《古史辨》(全七册),上海古籍出版社1982年版。

为民俗学会丛书出版，与此时对古代历史中神话传说所做辨析研究方式，其实是有联系的。《古史辨》展现出顾颉刚、杨宽、童书业等一群神话学家的神话学思想理论。

《古史辨》第一册由1923年开始关于历史文化讨论及其之后辩论、辨证、解析中国历史文化的文章，以胡适、钱玄同、顾颉刚他们讨论辨伪历史文化的信函汇编而成。1926年北平朴社印行出版[1]，其中顾颉刚著《与钱玄同先生论古史书》等文，集中阐述了"层累地造成的中国古史"的观点，对于神话传说中的"盘古开天""三皇五帝"等内容，及其所构成的古史系统提出颠覆性意见。其目的亦如顾颉刚所述，在于"打倒伪史，而建设真史"[2]。至此，将神话传说与历史事实相剥离，引发一系列关于神话传说的讨论，成为中国神话学发展的重要机遇。

历史文化科学的基本使命就在于求真，而神话传说故事总是以扑朔迷离的外表，令人眼花缭乱。怀疑神话传说作为历史文化与社会历史发展事实之间的联系，早在我国明清时期就有学者指出，而在晚清时期尤为突出。五四新文化运动推崇"科学"，要把历史文化中具有不科学成分的内容解疑辨析，自然形成历史怀疑的文化热潮，出现《古史辨》这样以"学术异端"形式出现的文化新说。如钱玄同所说："推倒汉人迂谬不通的经说，是宋儒；推倒秦汉以来传记中靠不住的事实，是崔述；推倒刘歆以来伪造的《古文经》，是康有为。但是宋儒推倒汉儒，自己取而代之，却仍是'以暴易暴'，'犹吾大夫崔子'。崔述推倒传记杂说，却又信《尚书》《左传》之事实为实录。康有为推倒《古文经》，却又尊信《今文经》，——甚而至于尊信纬书。这都未免知二五而不知一十了！"[3] 顾颉刚表达出同样的意见，称"中国号

---

[1] 1930年、1931年、1933年、1935年《古史辨》第二、三、四、五册由北平朴社出版；1938年、1941年上海开明书店分别出版第六、七册。

[2] 顾颉刚：《古史辨·自序》，《古史辨》第二册，北平朴社1926年版。

[3] 钱玄同：《玄同先生与适之先生书》，《古史辨》第一册，北平朴社1926年版。

称有四千年(有的说五千年)的历史,大家从《纲鉴》上得来的知识,一闭目就有一个完备的三皇五帝的系统,三皇五帝又各有各的事实,这里边真不知藏垢纳污到怎样",他说:"若能仔细地同他考一考,教他们涣然消释这个观念,从四千年的历史跌到二千年的历史,这真是一大改造呢!"[1]胡适所答较为审慎,曰:"现在先把古史缩短二三千年,从《诗三百篇》做起。将来等到金石学、考古学发达上了科学轨道以后,然后用地底下掘出的史料,慢慢地拉长东周以前的古史。至于东周以下的史料,亦须严密评判,'宁疑古而失之,不可信古而失之。'"[2]此类言论受到学界许多人不满,诸如钱穆他们就曾指斥其"标新立异""妄肆疑辨""厚诬古人,武断已甚"云云。但钱穆又不得不承认,昔有"清儒以尊经崇圣,而发疑古辨伪之思",而今"去其崇圣尊经之见,而专为古史之探讨"者,"若胡适之、顾颉刚、钱玄同诸家,虽建立未遑,而破弃陈说,驳击旧传,确有见地"[3]。他强调的是除了破除历史迷信,还要"立信",1933年他为《古史辨》(第四册)作序,提出"怀疑非破信,乃立信"[4]。

《古史辨》神话学派形成,应该以顾颉刚《与钱玄同先生论古史书》[5]为开端点,问题的焦点集中在其神话传说"层累构成的历史观"。他说:"我们现在既没有经书即信史的成见。所以我们要辨明古史,看史迹的整理还轻,而看传说的经历却重。"他举周代人心目中大禹是最古老的历史人物、孔子时才出现尧舜,战国时才出现黄帝与神农,到秦代出现三皇,直到汉代,文献中才有盘古等神话传说被历史化的典型为例,详细论述了"传说的经历"所体现的历史文化变异,总结出"时代愈后,传说中的古史期愈长","时代愈

---

[1] 顾颉刚:《告拟作〈伪书考〉文书》,《古史辨》第一册,北平朴社1926年版,第13—14页。
[2] 胡适:《自述古史观》,《古史辨》第一册,北平朴社1926年版,第22—23页。
[3] 钱穆:《国学概论》,商务印书馆1928年版。
[4] 钱穆:《古史辨·序》,《古史辨》第四册,北平朴社1933年版。
[5] 顾颉刚:《与钱玄同先生论古史书》,《努力》增刊《读书杂志》1923年5月6日第9期。

后,传说中的中心人物愈放大","历史本来内容未必可知,但是可以看到某一件事在传说中最早的状况"这类现象与规律。他对于《诗经》中《生民》、《长发》《闷宫》中有关禹的记述做考证,认为以《生民》为证,在西周之前没有"禹"的概念,《长发》与《闷宫》中有禹作为神灵形象出现,而且大禹与夏王朝也没有什么直接联系,此时仍然没有黄帝等神话人物在历史中出现。其依据《说文解字》中"禹"字为"虫"的阐释内容,推测禹有可能是九鼎上的动物,而且是因为九鼎的代代相传,具体形成将夏商周连为一系的现象,所以禹是他们认为最古的人,与夏离得最近,结果被推为夏的始祖。他还考证出《尧典》《皋陶谟》记述尧舜神话传说故事,但这两部典籍都是在《论语》之后出现,应该是战国学者所编造的伪史。正因为战国到汉代社会的伪史创造,尧舜之前才出现黄帝、神农、庖牺氏、三皇、盘古等传说中的古代帝王[1]。其论点基本上贯彻于此后的《古史辨》各册。当时,即顾颉刚提出此说的1923年,得到钱玄同等人的赞同与响应,也立即遭到许多学者质疑或反对,如刘掞藜,是"信古派"的代表,"南高(南京高等师范)史地学派"的成员,是柳诒徵的弟子,其发表《读顾颉刚君〈与钱玄同先生论古史书〉的疑问》[2]、《讨论古史再质顾先生》系列论文[3],指出《生民》中未出现禹,并不代表当时就没有禹的观念,所谓禹为九鼎动物之说"荒谬至极",其怀疑夏代不会有九鼎,双方展开争鸣。顾颉刚在应答中承认了九鼎为未知,提出打破自古地域一统,民族一元的成见,他又提出假定禹是南方民族的神话人物,以及怀疑后稷本是周民族所奉的耕稼之神,被拉作他们的始祖,而未必是创始耕稼的古王等论点;之后,20世纪30年代中后期,顾颉刚与杨向奎、童书业合著的《三皇考》和《夏史三论》,对此类问题做了更深入探讨。或曰,乐

---

[1] 顾颉刚:《与钱玄同先生论古史书》,《读书杂志》1923年5月6日第9期。
[2] 刘掞藜:《读顾颉刚君〈与钱玄同先生论古史书〉的疑问》,《读书杂志》1923年7月1日第11期。
[3] 刘掞藜:《讨论古史再质顾先生》,《读书杂志》1923年9月—12月第13—16期。

第五章 《古史辨》学派与现代神话学

山乐水,正是在讨论中形成以辨析历史文化为重要内容的神话学思想理论的重要发展。

当年,年仅24岁的杨宽在《中国上古史导论》中提出神话的分化研究说,是《古史辨》神话学派的新生,是中国现代民间文学史上一个学术奇迹。其青少年时代极其勤奋刻苦,读书于苏州省立第一师范时,受教章太炎、王国维、钱穆、钱基博、胡适、顾颉刚、吕思勉等人甚多。他的《中国上古史导论》完全用古文写成,从文中可知"一九三八年初定稿",发表在《古史辨》第七册,洋洋洒洒,长达三百四十页。杨宽之论著其实是胡适等人宣扬的新史学理论重要实践,以神话传说的历史文化研究代替了关于中国上古历史普通意义上的历史研究;其虽有少年老成色彩,其实也是厚积薄发,建立在他对中国上古历史的深入思考之上。此前,即1933年,杨宽曾经发表《盘古传说试探》[1],对盘古神话的出现与流传与历史文化等问题做认真甄别、辨析。其神话研究一直受到顾颉刚等人关注,如顾颉刚在为杨宽《说夏》所做编辑"附记"中说:"杨宽先生正用研究神话之态度以观察古史传说,立说创辟,久所企仰。其怀疑唐虞之代名与吾人意见差同,而否认夏代之存在又不期同于陈梦家先生所论。陈先生主夏史全从商史分出,因而不认有夏之一代,取径虽与杨先生有异,而结论则全同。按商之于夏,时代若是其近,顾甲骨文发得若干万片,始终未见有关于夏代之记载,则二先生之疑诚不为无理。惟《周书·召诰》等篇屡称'有夏',或古代确有夏之一族,与周人同居西土,故周人自称为夏乎?吾人虽无确据以证夏代之必有,似亦未易断言其必无也。杨先生此文最大之贡献,在指出'夏国'之传说与'下国'之传说有关系,或禹启等人物与夏之代名合流之由来,即缘'下后'而传讹者乎?以材料之缺乏,未敢臆断,姑识于此以质当世之博雅君子,并望参加

---

[1] 杨宽:《盘古传说试探》,《光华大学半月刊》1933年第2卷第2期。

讨论古史之诸家对杨先生此文予以深切之注意也。"[1] 杨宽自我表白道："余之治古史学，本无家派之成见存于心，仅依据一般史学方法之步骤以从事而已，初唯取先秦古籍有关古史之材料，类而辑之，而比察其异同，久之乃知夏以上之古史传说类多不可信，又久之而后晓知传说之来源出于神话，顾前人罕有畅论之者。"[2] 此处，杨宽指出"自顾颉刚断言禹之传说为神话，国人之治古史者，乃多主自启始入历史时代"云云，其评说"自科学史观传入我国，群以社会形式解释古史传说，于是有社会史之论战，诸说纷纭"，称"有以五帝为野合的杂交时代或血族群婚的母系社会者（郭沫若说）"，"有以黄帝为图腾社会，唐虞为原始共产主义的生产方法时代，夏为亚细亚的生产方法时代者（李季说）"，"有以尧舜禹为女性中心的氏族社会时代，启为由女系本位转入男系本位的时代者（吕振羽说）"，"其笃信传说之处，盖与信古者无以异"，"彼辈既笃信传说，其终极自亦必与信古者同途，故李季著《中国社会史论战批判》，乃一反诸家用史前社会解释古史传说之方法，竟以为唐虞之世已入有史时代，已有文字，已有铁器，已以男性为本位，已有私有财产，及夏代而有专制政府，帝王世系，农业发达，一如《尚书》《史记》之所载矣"，其论曰："吾人今日论有史时代之历史，自当断自殷墟物证。殷以前之古史传说，自在神话之范围"，"古史传说之纷纭缴绕，据吾人之考辨，知其无不出于神话。古史传说中之圣帝贤王，一经吾人分析，知其原形无非为上天下土之神物。神物之原形既显，则古代之神话可明，神话明则古史传说之纷纭缴绕，乃得有头绪可理焉"。其列出中国古代神话谱系，如"本为上帝者：帝俊、帝喾、帝舜、太皞、颛顼、帝尧、黄帝、泰皇"，"本为社神者：禹、句龙、契、少皞、后羿"，"本为日神火神者：炎帝（赤帝）、朱明、昭明、祝融、丹朱、驩兜、阏伯"，"本为河伯水神者：玄冥（冥）、冯夷、鲧、共工、实沈、台骀"，"本为

---

[1] 顾颉刚：《古史辨》第七册，上海开明书店1941年版。
[2] 杨宽：《中国上古史导论》，《古史辨》，上海开明书店1941年版。

鸟兽草木之神者:句芒、益、象、夔、龙、朱、虎、熊、罴",以及"东西方原始神话";其归结为"古史传说中除'皇''帝'为上帝神话所演化外,古帝之臣属,又无非上帝之属神,吾人由其演变分化之迹象探求之,知其无非山川水火鸟兽之神","五帝之传说既由上帝神话演变分化而成,而三皇之传说亦由上帝之神话哲理化演成者","据古史传说之史料及史学常识以比较推断,其渐次演变分化牵合之迹,实有规律可循。循环论证,无有不可得其会通者"。他反对简单的图腾论,其称:"在古神话里,神和鸟兽都是人格化的,所以那些神和鸟兽就很容易变成故事传说里的人物。可是也有些鸟兽没有完全变成人,它的形状一半是鸟兽,一半是人的","夏以前的古史传说的前身是神话,这一点我绝对坚持的。最明显的,便是有那许多鸟兽的神话掺入在中间。有许多古史传说中的人物,其前身不过是神话里的鸟兽罢了"。与顾颉刚神话思想相比,其表现出更宽阔的学术胸怀,如其所论"黄帝及其世系之传说,今既得战国铜器铭文为之佐证,则此等传世大体战国时已有之","黄帝传说似战国以前已有之,但为天神而非人王,及战国而盛传于齐,始由天神而演为人王也"[1]。

对于杨宽的神话思想,童书业概括为"分化说是累层说的因、累层说则是分化说的果",其总结为两点,曰:"杨先生的古史学,一言以蔽之,是一种民族神话史观。他以为夏以前的古史传说全出各民族的神话,是自然演变成的,不是有什么人在那里有意作伪","所谓神话分化说者,就是主张古史上的人物和故事,会得在大众的传述中由一化二化三以至于无数。例如:一个上帝会得分化成黄帝、颛顼、帝喾、尧舜等好几个人;一个水神会得分化成鲧、共工、玄冥、冯夷等好几个人;一个火神也会得分化成丹朱、驩兜、朱明、祝融等好几个人;一件上帝'遏绝苗民'的故事会得分化成黄帝伐蚩尤和尧舜、禹窜征三苗的好几件故事;一件社神治水的故事也会得分化成女娲、颛

---

[1] 杨宽:《中国上古史导论》,《古史辨》,上海开明书店1941年版。

项、鲧禹等治水害的好几件故事"[1]。这与顾颉刚有许多地方形成《古史辨》神话学派内的不同。对此，后人王孝廉做评论，称"杨宽的新释古学派的研究方法应该是受到王国维的影响"[2]，也有道理。

在现代学术史上，对于中国神话体系的构建，其实并不仅仅是一个学术问题，甚至包含着文化重构与文化尊严的内容。所谓文化重构，源自中国近代社会的中国中心观被打破，以"三皇五帝"为主要内容的中国神话传说体系也随之被质疑，中国文化本位论或本体论被代之而起的是所谓"全盘西化"论之类的文化失败观，即事事皆不如人，许多人认为中国文化的价值远远落后于他人，而且种种社会现实中的落后都与中国传统文化的破败有关；尤其是英国人威登纳为代表的文化殖民主义者，他们所论中国人没有创造神话能力的言论，极大地刺激了中国文化自尊心。在这种意义上，《古史辨》辨析中国古代神话为主体的历史记忆，到底是在毁灭中国神话系统，还是在修复或者重建中国神话系统呢？显然，他们注意到中国神话系统被历史化的实际，其辨析并非就是完全的解构，而在事实上却成为一种文化损伤，所以顾颉刚他们受到时代诟病，如鲁迅就曾指责顾颉刚只会破坏不会建设，在《故事新编》中借助神话传说讽刺他"大禹是条虫"。或曰，"古史辨"学派这一特殊的学术群体过于年轻，自然气盛，而气盛就难免意气用事。或曰也不尽然，他们怀疑古史，其实也在努力纠正所谓的"虚妄"，是想通过对"层累构成的历史"解剖，揭示历史文化真相，还给神话传说以本来面目。在对他们的理解层面上，更多的人注意到他们"辨析"的内容，而没有重视他们钩沉中国古代历史中的神话传说作为民间文学思想理论的价值意义。同时，学术需要讨论，集思广益，见仁见智，犹如当年民间文学存在于民俗学和文学不同研究领域，被不同理解，他们或因为重视历史文献而被誉之为严

---

[1] 童书业：《古史辨》第七册上编《自序二》，上海开明书店1941年版，第2—3页。

[2] 王孝廉：《神话研究的开拓者》（下册），台北时报文化出版企业有限公司1987年6月版，第835页。

第五章 《古史辨》学派与现代神话学

谨、公正,或因为曾经进行妙峰山庙会考察、孟姜女故事考察、吴歌调查研究等学术活动,而被誉之为开拓、创新。《古史辨》学术群体中,各自不同,即使是每一个人,也有前后不同。或曰,他们对历史文化的研究,在学术观点上有多少不同并不重要,重要的是他们依据文献,努力辨析中国神话传说故事与社会历史发展事实之间的联系,这种学术研究方式对于民间文学思想理论体系构建有着非常重要的意义。

20世纪一二十年代,在"五四"新文化运动的影响下,知识界对传统的批判,尤其是对被汉代以来的史家和儒家们伪造的或理想化了的古史的怀疑情绪日增,在这种思潮中诞生了一个以顾颉刚为代表、以"疑古"和"辨伪"为思想武器的"古史辨"派,他们力求把与历史融为一体的古代神话与历史史实剥离开来。由于"古史辨"派辨伪讨论中的"古史"即神话,所以清理或"破坏"古史的过程,也就是清理或"还原"神话的过程,于是,神话学界又把"古史辨"派延伸为"古史辨派神话学"。"古史辨"派的活跃期,前后大约持续了30多年,可以认为,在杨宽的《中国上古史导论》发表和吕思勉与童书业编的《古史辨》第七册出版,"古史"辨伪浪潮渐告消歇。"古史辨"派在中国史学建设与发展和中国神话学建设与发展中的作用与影响是十分深远的。[1]

对于《古史辨》,顾颉刚曾经多次做过认真反思。他在为程憬著述所写的序言中说,"我们从小读书,读的都是儒家的经典,只看见古代有很多的圣帝明王、贤人隐士,却看不见人民群众,更看不见人民群众所创造的神话传说。因此,一般人都不觉得中国古代有过一段神话时期。1913年,章炳麟先生说:"中国素无国教矣。……盖自伏羲、炎、黄,事多隐怪,而偏为后世称颂者无过田、渔、衣裳诸业。国民常性,所察在政事、日用,所务在工、商、耕稼,志尽于有生,语绝于无验,人思自尊而不欲守死事神以为真宰,此华夏

---

[1] 刘锡诚:《20世纪中国民间文学学术史》,河南大学出版社2006年版,第234页。

之民所以为达;视彼佞谀上帝、拜谒法皇、举全国而宗事一尊且著之典常者,其智愚相去远矣。"(《驳建立孔教议》,《太炎文录》卷二)他以为中国没有宗教是中国的国民性;中国的国民性同别国的国民性不一样,所以别国有宗教而我们古代没有,因为我国的国民性只注意日常生活的技术,凡是没法实践的神怪空谈都是不相信的。这种思想不但章炳麟先生有,凡是熟读儒家经典的人都可以有,正和以前因为考古工作者只注意铜器和碑刻,使得一般人连资本主义国家的学者在内都认为中国古代一向用的是铜器,中国没有经过一个石器时代,和别国的历史不一样,有极相类似的见解",然而,如其所言,"然而这种想法毕竟是要破产的"。他说,"如果谁再说中国没有经过石器时代,就可判定他是一个没有常识的人。神话固然不像石器一般,可以在土里把原物发掘出来,然而外国的神话既经传入中国,读古书的人只要稍微转移一点角度,就必然会在比较资料里得到启发,再从古代记载里搜索出若干在二三千年前普遍流行的神话","第一个做这工作的人是夏曾佑先生,他在清末先读了《旧约》的《创世纪》等,知道希伯来诸族有洪水神话,又看到我国西南少数民族中也有洪水神话,于是联想起儒家经典里的洪水记载,仿佛是一件事情","他说明了对于远古情状的观察,古人和今人的意图是绝对相反的。他的《中国古代史》大约出版于1907年,这些话从现在看来固然很平常,但在当时的思想界上则无异于霹雳一声的革命爆发,使人们陡然认识了我国的古代史是具有宗教性的,其中有不少神话的成分,而中国的神话和别国的神话也有其共同性,所以春秋以前的传统历史只能当作'传疑时代'看,不能因为它载在儒家的经典里而无条件地接受"。他回顾并总结了五四以来中国神话学的发展,对程憬的《中国古代神话研究》给予很高的评价,说:"1919年五四运动以后,思想解放,有些人读古书时就想搜集我国古代的神话资料,要从儒家的粉饰和曲解里解放出来,恢复它的本来面目。程憬先生在这个时代的要求下专心致志,工作了二十年,写成这本《中国古代神话研究》。他把他的研究的结论分成四部分:第一部分是天地开辟和神统,说明了世界的出现和帝(上帝和人帝)的统治;第二部分是神祇,说明了天神、地祇、物(精怪)、鬼和他们所居住的天上和地下的情况;第三部分是英雄传说,说明了在我国古代神话里占主要地位的人物射神后羿、农神后稷、工艺神倕、音乐歌舞神夔和启等许多生动活泼的故事,和希腊神话非常相像;第四部分是海内和海外纪,从巫歌和《山海经》里说明了古人对于广大世界的实际知识及其幻想。又附录三篇,讨论《山海经》这书的性质和在《山海经》里面的许多神话人物的地位及其关系。他所运用的资料,以《山海经》《楚辞·天问》《淮南子》为主,而编及于各种古籍,并总结了解放以前这方面的研究成果。由于程憬先生费了极大的气力做这组织贯穿和批判解释的工作,因而使得中国古代的许多神话获着了一个整体的系统,我们读了这本书之后就可以大致掌握中国古代神话的整个面貌。我们可以说,夏曾佑先生开始发现了这个问题,而程憬先生则是初步解决了这个问题。我所以说初步,并不是有意压低程憬先生的成就,而是因为一个人的学力和时间终究有限,绝不可能把某一种学问里的每个问题都研究妥帖,尤其在一部创造性的而又系统化的著作里留待他人研究之处必然更多,待到将来,工作越来越深入,直接资料和比较资料愈找愈丰富,方法和观点也愈来愈精密正确,在既有的基础上建设起一种具有高度科学性的中国古代神话研究是完全可能的。到那时,人们看了这部书一定会感觉他写得很平凡,像我们现在看夏曾佑先生在50年前所说的一样;但我们须知任何工作的开创阶段是最困难的,这部书必然和夏先生的《中国古代史》永远为人民所记忆。"[1]至此,我们也可以理解顾颉刚对于在20世纪70年代末关于神话与仙话问题的讨论,其实是沿着《古史辨》的思路在前行。或曰,在中国神话传说研究中,历史文化的文献研究不是唯一的,却是不能够缺少的。至今,我们更多注重在各民族口头上所保存的神话传说的价值,也应该重视历史文献中的具体记

---

[1] 顾颉刚:《中国古代神话传说·序》,《博览群书》1993年第11期。

述,像《古史辨》那样的钩沉、甄别方式,仍然非常重要。

第二节　中国现代神话学

中国现代神话学的发展与《古史辨》有着重要联系,但并不是从《古史辨》开始才形成现代神话学思想理论,而是早在晚清时期,就已经形成了具有现代色彩的神话学思想理论。

神话研究在我国有着悠久的历史,尤其在战国时代的诸子百家一些著作中已有所体现,秦汉时期的一些史学、经学著作的研究成就,表现出我国古代神话学的文化品格,典型地体现出对经学、史学、文学等人文学科的依附。这种依附性沿袭了千百年,形成我国古代神话学的重要传统。

20世纪初,我国社会格局发生重大变化,具有现代科学意义的神话学在域外学术理论的影响下逐渐形成,从而逐步打破传统的神话研究依附于经学、史学、文学等人文学科的局面。特别是经过五四时期科学与民主思想的熏陶和洗练,现代神话学日益成为启迪民智的新文化事业的一部分;经过20世纪三四十年代学术的深入发展,终于完成了现代科学意义的理论体系的构造。在新时期,尤其是20世纪80年代中后期,我国神话研究形成空前热潮;进入世纪之末,我国神话研究相对冷静下来,以新的姿态,迈向新世纪。

首先,我国神话研究在现代神话学的建设中,自觉地与启迪民智这一光荣使命相结合,形成了可贵的科学传统,至今仍不断地被发扬光大,使现代神话学在民族的解放与发展中不断获得腾飞的契机。现代神话学的先驱蒋观云(1866—1929)和他的《神话——历史养成之人物》有重要的学术意义。笔者仍然要强调,我国古代是有神话概念的。蒋观云明确使用现代学术中"神话"这一学术概念,他这篇文章发表于1903年第36号《新民丛报——谈丛》,他提出:"一国之神话与一国之历史,皆于人心上有莫大之影响","神话、历史者,能造成一国之人才。然神话、历史之所由成,即其一国人天才所发显之处"。他说:"欲改进其一国之人心者,必自先改进其能教导一国人心之书始。"可见他的神话观是建立在强国的政治理想之上的。他在自己做编辑的《新民丛报》上,还发表过《中国人种考》(如"昆仑山""中国人种之诸说"等节)等与神话相关的文章,其立意与强国理想仍然密切联系在一起。与蒋观云同称为"近世诗界三杰"的夏曾佑,倡导诗界革命,在《中国历史教科书》中,首次提出春秋以前的古史为"传疑时代",用社会进化论的理论研究神话。夏曾佑也将神话纳入启迪民智的政治理想的文化实践之中,他在第一章中探究"神话之原因",论述道:"综观伏羲、女娲、神农,三世之记载,则有一理可明。大凡人类初生,由野番以成部落,养生之事,次第而备,而其造文字,必在生事略备之后。其初,族之古事,但凭口舌之传,其后乃绘以为画,再后则画变为字"。"然既为其族至古之书,则其族之性情、风俗、法律、政治,莫不出乎其间。而此等书,当为其俗之所尊信,胥文明野蛮之种族,莫不然也。"鲁迅是将神话研究与启迪民智联系在一起的又一位典型。他早期的神话理论代表作是1908年12月发表在《河南》月刊第8号上的《破恶声论》。他说:"破迷信者,于今为烈,不特时腾沸于士人之口,且袤然成巨帙矣。顾胥不先语人以正信;正信不立,又乌从比较而知其迷妄也。"他对"农人耕稼"的"报赛""洁牲酬神"作了文化学、社会学分析,认为:"太古之民,神思如是,为后人者,当若何惊异瑰大之","倘究西国人文,治此则其首事,盖不知神话,即莫由解其艺文"。他比较了中外神话文化的异同,最后说:"且今者更将创天下古今未闻之事,定宗教以强中国之人信奉矣,心寺于人,信不繇已,然此破迷信之志士,则正敕定正信教宗之健仆哉。"除了这篇文章,他还在《中国小说史略》《中国小说的历史变迁》的一些章节及一些书信中,提出有关神话的见解。如他对《山海经》的独到理解,对"神格"的理解,有许多真知灼见,但也难免有一些偏颇。如其所述"华土之民,先居黄河流域,颇乏天惠,其生也勤,故重实际而黜玄想,不更能集古传以成大文。二者孔子出,以修身齐家治国平天下等实用为教,不欲言鬼神,太古荒唐之说,俱为儒者所不道,故其后不特无所光大,而又有散亡"[1],包括胡适,都在以想当然的方式讲述什么中华民族在黄河流域自然条件极差,而没有那种奇特的想象力,使得中国古代神话平淡或萧条。笔者考据史料,黄河流域在唐宋之前仍然有大片森林,水土保持非常湿润,只是宋元之后,因为战争和自然灾害,尤其是游民的过度开发,才使之遭到野蛮破坏,哪里是这样!相比顾颉刚他们而言,鲁迅他们文献知识有限,所以在神话学贡献上远不及顾颉刚辈。鲁迅和胡适他们都是文化巨人,但在神话研究方面,成就远远逊色于顾颉刚他们。我们也未必强求他们面面俱到,对什么都高人一筹。当然,这也是普遍现象,在现代神话学建设伊始,许多误识是难免的。总体讲来,学者们把神话研究自觉纳入启迪民智的追求的政治理想时,通常表现为理性把握不足,而更多了些情感因素。

其次,域外学术思想和方法的引入,使得神话研究具有现代科学意义,从根本上改变了神话研究对传统人文学科的附庸,具有了独立的学术品格。如果我们把蒋观云等人自觉地将神话研究纳入启迪民智的学术行为看作21世纪神话学思想传统的源头,那么,域外学术思想和方法的引入可看作是21世纪神话学方法论传统的源头。

域外学术思想和方法的引入,打破了六经皆史的学术思维方式,给人耳目一新的感觉。它主要表现为社会学、人类学、民俗学等学科的翻译介绍,包括法国年鉴学派等理论的借鉴与实践。我们不能说学者们对这些学科的引入就是建立现代神话学的自觉行为,但他们确实是在这些学科理论的引入实践中,促成了中国现代神话学理论体系的筑构。这里,有几位具有突出意义的学者。如人们并不陌生的周作人(1885—1967),1913年在鲁迅编辑的教育部编纂处月刊上发表《童话略论》,倡言"童话Marchen本

---

[1] 鲁迅:《中国小说史略》,《鲁迅全集》第8卷,人民文学出版社1957年12月版,第16页。

质与神话 Mythos 世说 Saga 实为一体"，应"证诸民俗学"。而民俗学此时还没有广泛译介。他在神话学方面最突出的成就是翻译介绍了古希腊神话，如《红星佚史》（1907）等。在理论上，他的《神话与传说》（1923）、《神话的辩护》（1924）、《神话的趣味》（1924）、《习俗与神话》（1934）、《希腊神话》（1934）和《关于雷公》（1934）等，都产生了一定影响。还有单士厘（1856—1943），作为大使夫人，曾出使意大利、俄罗斯等国，其《归潜记》（1910）中的一些篇章如《章华庭四室》、《育斯》，介绍了古希腊罗马神话，遗憾的是，她对神话和神话学的介绍一直为人所忽略。黄石（生年未详）的《神话研究》于1923年在《晓风周报》第1期连载，后由开明书店出单行本。他著述甚为丰富，诸如《月的神话与传说》（1930）、《中国关于植物的神话传说》（1932）和《迎紫姑之史之考察》、《苗人的跳月》（1931）以及《感孕说的由来》（1930）等。他的神话理论也是建立在民俗学的翻译之上的，但更多的是对神话学的运用，对当时的神话研究产生了重要影响。苏雪林（1897—1999）是一位执拗的泛巴比伦主义代表，她主张世界各民族神话同源，即都源自古巴比伦。她的代表作是《九歌与河神祭典关系》，将中国古典神话与印度神话等做比较。她的研究方法与她20世纪20年代在法国里昂中法学院的学习生活不无联系。其他如谢六逸对西欧神话学的详细介绍、郑振铎对弗雷泽《金枝》等西方民俗学的介绍、林惠祥对文化人类学的介绍、江绍原对宗教学和民俗学的介绍、钟敬文对西方社会学的介绍、朱光潜对心理学的介绍、芮逸夫对人类学的介绍、岑家梧对图腾理论的介绍等，域外学术思想和方法不断融化在中国现代学者的神话研究中。这种翻译和介绍的集大成者，当推茅盾（1896—1981）。他的神话学著作主要有《中国神话研究》[1]（1925年）、《中国神话研究ABC》（1929）、《神话杂

---

[1] 沈雁冰：《中国神话的研究》，《小说月报》1925年1月第16卷第1号。这应该是他第一篇神话学研究文章，其使用西方神话学理论研究中国神话，具有尝试性意义。

论》(1929)、《北欧神话 ABC》(1930)等。最为突出的应该是《中国神话研究 ABC》，其以玄珠为笔名，全书分上下册，共八章，"企图在中国神话领域内作一次大胆的探险"，集中探讨了"保存与修改""演化与解释""宇宙观""巨人族及幽冥世界""自然界的神话及其他"等问题。值得我们所重视的是他对西方神话学理论的系统而深入的译介，并将其贯穿在他的神话研究学术实践中。从当时的神话理论发展状况来看，茅盾的贡献异常重要，但并不是无人比肩。诸如谢六逸、黄石、黄芝岗他们，在神话学中西融合上，都具有很突出的成就。

集中在20世纪二三十年代的西方神话学诸种理论的译介与研究，有为我国现代神话学的建立奠基之功，应该说，许多翻译者都是窥一斑而欲知全豹，带有实用主义色彩，表现出相当的不成熟。它的意义只有在20世纪40年代的西南地区民间文化研究热潮中才得以体现。整个神话学理论包括许多民间文学理论的翻译，此如一位学者所论，主要表现为一种人类学的倾向。这种倾向自然有其历史的局限性等原因，诸如"直线进化论"，带来简单化、模式化，也有其突出的历史功绩，如其所言："在中国民间文艺学的初创期和幼年期，文学人类学派的学者们采取翻译、转述等方式，译介了英国和日本人类学派神话学者的大量著作，成为学科建设的重要参照物，给中国学人带来了进化论的世界观、万物有灵观、心理共同说、图腾崇拜、遗留物（又称遗形说）等理论，以今证古、类型研究、比较研究的方法。泰勒、安德留·兰和弗雷泽的神话研究与成就，代表着人类学派兴起、发展与极盛三个重要阶段，他们的丰富理论和深远影响，远非万物有灵论、遗留物说、心理共同说、巫术与图腾制等几个核心观点所能概括，而我国20世纪二三十年代对人类学派的介绍也远非全部。然而，他们的代表作《原始文化》《神话与习俗》《神话、仪式与宗教》《近代神话学》《金枝》《旧约中的神话》《图腾制与族外婚》等等，直到今天仍然具有经典的价值"，而且，"文学人类学派学者所撰著的若干有关神话与故事的研究著作，为中国神话学与故事学的建立奠定了基础。他们以世界的眼光,采用归纳法、分类法和比较的方法,把发展的因素引进神话研究之中。强调搜集活态的口头资料,以今证古的方法,从现代野蛮人的生活、思想和信仰去考察原始人的神话、传说,是人类学派学者们的治学原则,也是人类学派神话学的学科特点。遗憾的是,中国的文学人类学家们较多地停留在书斋研究上,而搜集活态的口头资料这一人类学的学科原则,则做得甚少,因此使学派的活力受到了局限,并没有为中国民间文艺学的进一步发展积累多少可用的田野资料,显示出中国文学人类学派的天然的弱点,直到20世纪三四十年代社会——民族学派在西南地区崛起之后,才初步建立起田野调查的原则,活态资料的空白也才得到了一些弥补"[1]。

第三,在中国史学研究的发展中,一批历史学家出于对神话的关注和探索,一方面作了对有益的神话内容的定位和梳理、清理,另一方面,使神话研究在微观上取得了突出成就。如胡适、钱玄同、顾颉刚、杨宽、童书业等疑古的"古史辨学派",以及徐旭生、郑德坤、冯承钧、卫聚贤、陈梦家、吕思勉、孙作云等历史学家,包括郭沫若、范文澜等学者的片段论述,他们的神话研究为中国现代神话学的发展奠定了坚实的根基。

历史学家总是在神话中发现历史,多从文化发展角度研究神话。如孙作云在《夸父盘瓠犬戎考》中论述道:"对古史研究的方法,就是从社会制度的研究,来判断古史的真伪,用考古学上的实物来证明制度的有无,用文字学音韵学的方法来考证一个名词的得名之故,用民间的俗说、迷信以补文献的不足。我所用的方法不是限于一隅的,是综合的。我的态度,是'疑'了之后再'释','释'了之后再'信'。我不是徒然地疑古,也不是盲目地信古,我的方法是二者结合。再用具体的话来说,就是我以为古史的事实,大致可信,古书并非尽伪。我们要在神话之中求'人话',疑史之中找'信

---

[1] 刘锡诚:《20世纪中国民间文学学术史》,河南大学出版社2006年版,第323—324页。

史'。"[1]他论述《山海经》,称"诸图之中有畏图,皆绘食人之凶恶,如《西山经》瀡次之山,'有兽焉,其状如禺而长臂善投,其名曰嚣。'郭注:'亦在畏兽画中。'《北山经》谯明之山,有'兽焉……名曰孟槐,可以御凶。'郭注:'辟凶邪也,亦在畏兽画中也'"[2],将之与战国猎壶上的羽人图(鸟人图)和《山海经》羽人神话做对比说:"我们可以武断地说《山海经》这一段记载就是这些图像的说明,至少原始的山海图画这段画,就是像猎壶上所铸的那个样子。我想原始的山海图和猎壶上的图像当系出于一本:即出于一个共同的宗教和艺术传统。并且,我们再就时代上说,猎壶的时代是战国中期,山海图(写成为今本样式)的时代也绝不会晚于战国,可能与猎壶同时。然则,二者有如此多的雷同点,自属当然之事了。"[3]在孙作云看来,神话是特殊的历史,他在《飞廉考》中赞扬西方神话研究语言学派的理论贡献说:"他们的方法是从吠陀神话与希腊神话之中,推知许多神名的溯义,再经比较考察之后,寻绎一个最古的形式以为通乎印度日耳曼民族全体的最初的神名;再以此神名为基础,来解释神话的意义","据他的解释,说一切神话皆由于'语言的疾病'。什么叫语言的毛病呢?原来语言的特质有'性','多名使用','同义语使用',及'诗的隐喻'诸点。随着时代的变迁与人性的健忘,这些意义逐渐发生混乱和误解","人们便将错就错地视之为神话或神事。神话的发生便由于此,神话学史上有名的'言语疾病说',便是此说","马克斯·缪勒所提出的神话学的研究方法,无疑是研究神话学最有效的方法之一。研究神话首先要研究神名的得义,若能把神名的初义解释清楚,无疑的就等于把这个神话了解了大半,而比较语言学是很能做到这一点

---

[1] 孙作云:《夸父盘瓠犬戎考》,《中原思想》1942年1卷1期。
[2] 孙作云:《饕餮考——中国铜器花纹中图腾遗痕之研究》,《中和月刊》1944年第5卷第3期,第22页。
[3] 孙作云:《说羽人——羽人图羽人神话及其飞仙思想之图腾主义的考察》,《国立沈阳博物院筹备委员会汇刊》1947年第1期。

的"[1]。他强调图腾在历史文化发展中的意义,在《中国古代图腾研究》中说:"中国古代曾经广泛地盛行过图腾主义。假使允许我们做一个鸟瞰式的考察的话,我们大致可以说东方民族(沿海各地)多以鸟为图腾,以日月为副图腾;中原民族(河南一带)多以龟蛇等爬行动物为图腾;西北民族(陕甘高原地带)多以野兽为图腾。不过因为各民族的来源不一,各民族的基于生产技术而发展的文化不同,又因为山川的阻隔以及民族间的战争与迁徙等问题,遂呈现了中国古代图腾社会的错综复杂多种多样的文化相。一般地说起来,中国古代在三代之前,在黄河流域曾经广泛地实行过图腾主义。"[2]

古史辨学派之前就有夏曾佑等学者提出春秋之前为"传疑时代"(《中国古代历史教科书》,1905),作为哲学家的胡适对历史上的文化现象进行论述,提出应该从"神的演变"这一观念入手,做一部"神话演变史",在理论和方法上对古史辨神话学派产生了重要影响。所以,我们把他也归入古史辨学派。顾颉刚(1893—1980)作为一位历史学家,用民俗学的方法研究历史,他和杨宽等人创立了著名的"古史辨学派"。他的重要的神话学理论在于提出了累层的历史观和民族的神话史观,以扎实细致的考证和辨析形成了对一个时代的影响。如顾颉刚在1923年发表在《读书杂志》上的《与钱玄同先生论古史书》《讨论古史答刘胡二先生》等文章,以及他后来所发表的《洪水之传说及治水等之传说》(1930)、《〈书经中的神话〉序》(1937)、《中国一般古人想象中的天和神》(1939)等,提出"凡是一件史事,应当看它最先是怎样的,以后逐步的变迁是怎样的","把传说中的古史的经历详细一说"。他的神话史观影响了史学的发展,但是偏颇也是明显的,不久即受到鲁迅、徐旭生等人的批判。与他们相应的是一批历史学家和文献学家从文化史角度对神话的研究,其作为纯粹的神话文献考证,其实是一项尤其重要的基础性工作。令

---

[1] 孙作云:《飞廉考——中国古代凤氏族研究》,《国立华北编译馆馆刊》1943年2卷第3、4期。
[2] 孙作云:《中国古代图腾研究》,《中和月刊》1941年第2卷第4、5期。

人遗憾的是,忽视文献的特殊价值,这种倾向愈演愈烈。

除了以上所提的一批学者外,还有梁启超(1873—1927)。梁启超把神话作为一种单独的研究对象看待,他较早引入西方神话学,如他在《太古及三代载记》(1922)、《中国历史研究法》(补编,1926)等著述中,运用社会进化论等思想方法来研究神话在文化史上的位置问题。他也是"古代传疑"论者。他在《中国历史研究法》(补编)第四章《文化专史及其做法》中说:"文化是人类思想的结晶,思想的发表,最初靠语言,次靠神话,又次才靠文字。"指出中国人对于神话的"二种态度",即一"把神话与历史合在一起",一种"因为神话扰乱历史真相,便加以排斥"。他们接受了西方神话学等新的理论,又不完全舍弃传统的经学的考据,使神话研究显现出厚实的学养。诸如冯承钧(1887—1946)的《中国古代神话之研究》(1929年连载于天津《国闻周报》)、郑德坤的《山海经及其神话》(1923年载于《史学年报》)、卫聚贤的《古史研究》(1934年商务印书馆出版)、陈梦家(1911—1966)的《商代的神话与巫术》(《燕京学报》1936年第20期)、孙作云(1912—1978)的《中国古代的灵石崇拜》(《民族杂志》1937年5卷1期)、吕思勉(1884—1957)的《三皇五帝考》(《古史辨》第7册,上海开明书店1941年版)和郑师许的《中国古史上的神话与传说的发展》(《风物志》,中国民俗学会1944年版)等,凭借深厚的史学修养,提出了许多独到的见解。陈梦家《商代的神话与巫术》是一篇长篇神话研究论文,上编主要论述商代神话传说,下编论及神话传说相关的巫术。他强调说,神话的发生"分别为二",一是"自然的",一是"人为的"。他"偏重从神话传说中提取古史,建立一个较可信的世系;其次是对于商民族的来源,从神话中探求其地带;又次对于若干伟大历史人物的创制造物,审查其真伪及由此而生的神话;又次对于始妣略有所论述。"[1] 这是重建神话系统的典型。特别是徐

---

[1] 陈梦家:《商代的神话与巫术》,《燕京学报》,1936年12月第20期,第486—487页。

旭生(1888—1976),他早年留学法国巴黎大学攻读哲学,后又从事考古,他的《中国古史的传说时代》(中国文化服务社1943年版),可看作古史辨学派之后中国神话史研究的重要总结。他针对传说时代和狭义的历史时代作出可喜的甄别的同时,总结了古史辨学派的功绩和偏颇,尤其是他的《洪水解》,对我国洪水神话从形成到发展变化及其与社会历史的联系,都提出了独到的见解,至今仍不失为洪水神话研究的重要文献。历史学家研究神话,在学术态度上更为审慎。但令人遗憾的是,新中国成立后这种传统人为地中断了。除了朱芳圃、丁山[1]、顾颉刚、孙作云等学者有零星篇章外,基本上没有更多的力作。倒是考古学界日益显示出对神话与历史研究的热情,其中最有影响的就是著名的学者李学勤等人所主持的关于夏商周断代工程,还有对炎黄文化的多重理解与探索,使我国神话研究进入一个新阶段。

第四,大西南地区在20世纪40年代形成了神话研究的新潮,学者们的努力使我国神话学的理论大厦矗立起来。这是我国神话研究史上一个异常重要的历史阶段。在这个新潮中,涌现出芮逸夫、凌纯声、吴泽霖、楚图南、常任侠、闻一多、马长寿、陈国钧、马学良、岑家梧等一批卓越的民族学家、社会学家、历史学家、人类学家、神话学家、美术史学家和文学研究专家,他们的思想和方法,都深刻地影响到后世。今天的许多学者仍坚持着他们的研究方法而不断有重要成果面世。早在五四歌谣学运动中,就有一批学者强调走进民间。在20世纪二三十年代的中山大学民俗学研究、杭州大学民俗学研究中,钟敬文、娄子匡、杨成志等年轻的民俗学家和顾颉刚等前期民俗学家都自觉深入民间,亲身体会感受民间文化,进行深入的探索。梁漱溟发起乡村教育运动时,也有许多学者积极投身于民间文化建设和考察。但由于方法的限制,他们没有形成更大的规模。1937年抗日战争爆发后,一

---

[1] 丁山:《古代神话与民族》,商务印书馆2005年版。其考证民族迁徙与神话传说的联系及其在文献中的表现,文章完成于"1948年之前",是后人王煦华整理。

289

些大都市的学者迁到西南边疆，他们所采用的田野作业和多学科的探索，尤其是对少数民族地区的调查，使他们大开眼界，一些具有非凡学术价值的神话研究成果就在这种条件下问世，使我国神话研究表现出成熟的品格。如，芮逸夫的《苗族的洪水故事与伏羲女娲的传说》(《人类学集刊》第1卷第1期，1938)，以及他和凌纯声合作的《湘西苗族调查报告》、吴泽霖(1898—1990)的《苗族中祖先来历的传说》(贵阳《革命日报(社会旬刊)》第4、5期，1938年5月)、楚图南的《中国西南民族神话的研究》(1938—1939年连载于《西南边疆》)、常任侠的《重庆沙坪坝出土之石棺画像研究》(《时事新报—学灯》第41、42期，1939)、马长寿(1907—1971)的《苗族之起源神话》(《民族学研究集刊》1940年第2期)、陈国钧的《生苗的人祖神话》(《社会研究》第20期，1941)、岑家梧(1912—1966)的《盘瓠传说与瑶畲的图腾制度》(《责善》半月刊，1941年第6期)、马学良的《云南土民的神话》(《西南边疆》第12期，1941)和闻一多(1899—1946)的《伏羲考》(即《人首蛇身像谈到龙与图腾》等，1942)等，都自觉或不自觉地进行着神话研究领域的文化人类学、口述史学、民俗学、考古学、民族学、社会学等学科的尝试。尤其是闻一多和凌纯声两位学者，他们分别作为文学家和民族学家的典型，共同将视野投向少数民族神话，一个在伏羲与葫芦的命题上得到突破，一个在苗族、彝族等民族的文化生活的研究上取得突破，对后世学者具有重要的典范意义，并由此共同开辟了一个新时代。

当然，这只是一个大概的轮廓，还有许多内容需要我们认真总结。对中国现代神话学的研究，以马昌仪所做《中国神话学文论选粹》[1]搜索最多。其勾勒出中国现代神话学从晚清到今天一百多年间发展风雨历程，展示出文学、文献学、历史学、人类学、民族学、社会学、教育学、宗教学，包括哲学、语言学等众多学科领域中，神话学五光十色的思想理论。这是空前的神话

---

[1] 马昌仪：《中国神话学百年文论选》，陕西师范大学出版社2018年版3月。

学历史图景。回味历史,令人发出许多感慨。或曰,今天我们真正能够在民间文学领域与世界可以对话的恐怕就只有神话学思想理论了,而且,我们极大得益于中国现代民间文学史上这些学者的辛勤耕耘。

在中国现代民间文学史上,神话学研究的成就尤其突出,出现了一大批卓有建树的神话学家。他们在不同的方面,以不同的视角与方法进行神话这一特殊民间文学现象的研究,奠定了中国现代神话学的重要传统,成为20世纪人文社会科学的一个亮点。

我们可以看到这样一种普遍性现象,即这些神话学思想理论家,他们都极其勤奋,都有着崇高的文化理想,都有十分广阔的文化知识。所以,他们才能够如此得心应手,屡屡有发现和创见。

诸如当年谢六逸,他不但是著名的神话学家,而且是著名的编辑家,是我国早期新闻学重要奠基人,还是一个作家。他曾经应上海中华书局约请,创办《儿童文学》月刊,主编《文学旬刊》、《文讯月刊》、《抗战文艺半月刊》和(上海)《时报》副刊《小春秋》、(上海)《立报》副刊《言林》等,为中国文学研究和现代民间文学研究做出多方建树。20世纪20年代初,他曾出版有《西洋小说发达史》,其中涉及神话与小说的关系等理论问题。在《古史辨》神话学派风头正盛时,他及时引入西方现代神话学理论,让世人看到除了中国古典文化之外的神话学世界。他参考了日本学者的《神话学概论》《比较神话学》等著述,撰写出《神话学ABC》[1]。在这里,他论及神话在社会历史文化发展中特殊的认识价值,称"对于原始民族的神话、传说与习俗的了解,是后代人的一种义务。现代有许多哲学家与科学家,他们不断地发现宇宙的秘密,获得了很大的成功,是不必说的;可是能有今日的成功,实间接的有赖于先民对于自然现象与人间生活的惊异与怀疑。那些说明自然现象的先民的传说或神话,是宇宙之谜的一管钥匙;也是各种知识的泉源。在这

---

[1] 谢六逸:《神话学ABC》,世界书局1928年版。

种意义上,我们应该负担研究各民族的神话或传说之义务",而"我国的神话本来是片段的,很少有人去研究",所以"没有'神话学'(Mythology)的这种人文科学出现";他指出,"在近代欧洲,神话学者与民俗学者辈出,从文化人类学,从言语学,从社会学去探讨先民的遗物,在学术界上有了莫大的贡献;东方的日本也有一般学者注意这一类的研究,颇有成绩","我国则一切均在草创,关于神话学的著作尚不多见",其写作目的即在于"在应入手研究神话的人的需要,将神话一般的知识;近代神话学的大略;以及研究神话的方法,简明的叙述在这一册里"[1]。最值得注意的是,他把神话传说作为一种社会文化现象,而不仅仅是民间文学的文学形式;他把神话学看作是一门独立的科学,既有文艺的研究,又有历史文化的研究,也有人类学意义的思想文化等内容的研究。他系统介绍了西方现代神话学理论的内容与特点,论及神话传说的搜集整理与类型划分等问题,运用了中国的、希腊的、日本的神话进行比较研究,显现出渊博的知识与敏锐的观察力。如黄石,又名黄华节,早年研究宗教史,在宗教文化背景下探讨神话的价值意义。他曾主编《华侨日报》,出版译著有《家族制度史》[2]等,并翻译过《十日谈》(或曰中国第一个译本);乡村教育运动中,他还曾到定县去调查礼俗和社会组织。他的《神话研究》是关于中外神话学理论的重要著述,表现出神话研究的独立意识。如他在《神话研究》[3]中特别强调"神话起源于原人的求知心,想以此来解释自然的现象、社会的制度和人生的故事","神话是人类最初的科学和哲学",而不要仅仅把神话看作文学的种类;他同样反对把神话看作历史,其论述道:"历史是客观事实的记载,以人为本,其思想言行,不能越出理性的范围,与由主观的想象虚构而成的神奇荒诞的神话,迥然不同,这是很明显的。可是我们这样说法,并不是蔑视神话之历史的价值,反之,神话确能

---

[1] 谢六逸:《神话学 ABC・序》,世界书局 1928 年版。

[2] 顾索尔著,黄石译:《家族制度史》,开明书店 1931 年版。

[3] 黄石:《神话研究》(上、下),开明书店 1931 年版。

或明或晦地反映出原始时代人类的心理状态和生活情形,是很可贵的文明史'史料'。"[1] 他指出:"神话最普通的形式是:某事之所以发生或存在,因为某某曾经做过某种事情。原人往往把这些记述,当时相传的历史事实,辨别不清,并且相信是不待证而自明的真理。这些解释的记述,有时只为赏心悦目的缘故而传说,于是便成为原始时候的想象最初产生出来的民间文学了。"[2] 以此,他总结出神话"故事的形式""信以为真""民众心理"和"万物有灵"等四项特征的存在。在神话的界说、分类、解释和价值等神话学理论知识和埃及神话、巴比伦神话、希腊神话、北欧神话等神话传说的介绍中,他提出自己"愿研究文化史的学者不可用全副精力于古书的探讨和地层的挖掘,对于活存的史料,至少得分一部分精力去比较研究"[3] 云云。后来他出版《妇女风俗史话》[4],其视野更为独到,也更为广阔。后来,有学者为他编选《黄石民俗学论集》[5],这些论文多为1927年前后,其在《东方杂志》等刊物发表许多关于民间文学研究的论文,诸如《中国关于植物的神话传说》[6]、《月的神话与传说》[7]、《七夕考》[8] 等,如编者所总结"黄石对于民俗学的研究",称其"主要集中在可以统称为'女性民俗'的有关性风俗、婚姻习俗和女性服饰方面,其他则为年节习俗、神话传说,等等","他自称对于民俗事像有一种'追源癖',善于运用文献数据进行历史考证工作,论述某一民俗事像在历史上不同阶段的表现和嬗变","他尤为重视和善于运用比较的方法,

---

[1] 黄石:《神话研究》,开明书店1931年版,第8页。
[2] 黄石:《神话研究》,开明书店1931年版,第9页。
[3] 黄石:《庙人的跳月》,《开展月刊·民俗学专号》(《民俗学集镌》第一辑),1930年7月。
[4] 黄石:《妇女风俗史话》,商务印书馆1933年版。
[5] 黄石著,高洪兴编:《黄石民俗学论集》,上海文艺出版社1999年版。
[6] 黄石:《中国关于植物的神话传说》,《青年界》1932年9月第2卷第2期。
[7] 黄石:《月的神话与传说》,《北新》1930年8月第4卷第16期。
[8] 黄石:《七夕考》,《妇女杂志》1930年7月第16卷第7期。

大量使用世界各地有关民俗资料进行比较研究"[1]。这十分有益于中国现代神话学的建立与发展。如叶德均,其走上民间文学研究道路,以《淮安歌谣集》即搜集整理其家乡淮安的歌谣为标志,1929年"中山大学民俗丛书"出版。此时,其年仅十八岁。此后,他相继发表《民间文艺的分类》(《文学周报》第6卷,开明书店1928年版)、《中国民俗学研究的过去及现在》(《草野》第5卷第3号,1931年4月25日)和《猴娃娘型故事略论》(《民俗》周刊第1卷第2期,1937年1月)等民间文学研究文章。其受到赵景深的影响,后来在小说、戏曲与民间文学联系等方面做出突出成就。遗憾的是他英年早逝,在20世纪50年代初期正当大有作为时辞世。更不用说徐旭生,其《中国古史的传说时代》,其实就是"中国神话传说时代";他不惟是一个历史学家,是从历史文化角度研究中国古代神话,而且,他还是一个文学翻译家,也是一个在反对黑暗政治的学生运动中慷慨激昂、宁死不屈的急先锋。这是中国历史发展中以"自强不息,厚德载物"文化传统造就的一代学者极其特殊的追求。还有许多人,他们研究民间文学,研究神话,总是有深厚的文化基础与不凡的追求。

神话研究在中国现代民间文学史上具有特殊的意义,最典型地体现于重建古史系统。这是中国文化传统中"欲灭其国先毁其史"的经验体现,是为了加强民族精神与民族凝聚力在社会发展中的特殊作用。以促进民族认同为实际作用的神话研究,在抗日战争中形成一个特殊的话语表达方式;这些历史学家之所以孜孜以求于重建中国神话系统,并不仅仅是在纯粹的学理探讨。无论这是否符合历史文化研究的原始含义,而建立于特殊历史时期的现代学术体系必然包容了许多学术思想以外的内容与价值。这未必是学术救国,却明显有报答民族的有意识或无意识思维表现。这与晚清社会夏曾佑、梁启超、章太炎他们论述神话、运用神话的道理没有什么差别,都不

---

[1] 高洪兴编:《黄石民俗学论集》,上海文艺出版社1999年版,第420页。

可避免的具有民族主义思想内容。或曰,这就是中国现代学术的时代风格与时代精神。

神话作为特殊的历史,与原始先民的思维和信仰息息相关;其流传演变,始终保持着原始先民的思维与信仰这一基本内容作为自己的存在标志。我国现代神话学思想理论体系不仅仅是民间文学思想理论的一部分,它还属于中国文化、中国文学、中国历史等学科的一部分,它是民族最深刻的记忆,是民族文化的百科全书。神话确实具有文学的成分,是民间文学的重要形式,但它还有更加广阔的思想文化内容,需要我们深入研究。

我们的现代学术史告诉我们,学科发展总是与民族命运相联系在一起。举数对于神话研究有重要的学者,他们都有一颗为民族发展进步而献身的红心,常常从民族精神等方面研究神话传说的民间文学现象,这就注定了其学术品格的高尚。

第六章
红色歌谣

无论是对于中国现代民间文学史,还是在当前非物质文化遗产的抢救与保护及其研究中,我们都不应该忽略红色歌谣的特殊价值。其独特的历史文化内容,值得我们深入研究和更进一步的挖掘整理。

红色歌谣是指中国共产党领导下的革命根据地地区流传的革命歌谣。自20世纪50年代,我国江西、福建、广东、湖南、湖北、河南、陕西、山西、四川等地,以继承和发扬革命传统,挖掘革命斗争史料,宣传革命斗争光荣历史为背景,进行了大规模的搜集整理与出版工作。如江西作家协会主编的《红色歌谣》,影响最大。自20世纪80年代以来,随着民族民间文艺十大集成工作的开展,民间文学三大集成"故事、歌谣、谚语"挖掘出数万亿字数的成果,红色歌谣的搜集整理工作得到进一步重视;尤其是近年来,在对非物质文化遗产进行抢救与保护的国际性、全球化背景下,特别是我们今天纪念中国共产党成立九十周年,回顾中国革命艰难曲折历程,研究和总结文化发展规律,这项工作具有更特殊的价值意义。

在民族记忆上讲,红色歌谣体现了中国共产党领导下的人民大众对革命事业的支持和帮助,代表了亿万民众反抗压迫和剥削、向往革命的热情与愿望。同时,红色歌谣是革命事业的重要部分,其借用传统民间文学形式,形式多种多样,深入民心,对宣传革命思想,鼓舞革命斗志,凝聚革命力量等方面,起到了十分特殊的作用。无论是在中国文化史上,还是在中国民间文学史上,这都是极其特殊的一页,是中华民族珍贵的文化遗产。

红色歌谣的搜集整理是中国现代学术体系的一部分,是对近代社会以来中国社会思想文化启蒙运动的继承与发展。历史上有作为的统治者非常重视民间歌谣对社会政治得失的反映,设置乐府这样的机构,专门搜集整理和保存民间歌谣;一些优秀的作家,如李白、刘禹锡他们热心于民间歌谣的搜集整理与模拟,出现竹枝词等新鲜活泼的文学现象。历代农民起义利用民间百姓通晓易懂的歌谣,号召天下百姓反抗黑暗统治,成为我国文化斗争的重要传统。如明末李自成农民起义中流传的《九问九劝》和清代捻军起义中的《花灯调》《十二月》等民间歌谣,都是我国文化史上珍贵的民族文化遗产。近代中国社会,许多有识之士认识到启迪民众的重要性与运用民间文学形式的便利,如黄遵宪他们就非常重视对民间歌曲包括客家山歌的搜集整理与运用。在鸦片战争时我国民众的反抗斗争中,出现了运用民歌鼓舞民众与侵略中国的帝国主义列强殊死搏斗的现象。五四时期,知识界高呼民主与科学,强调尊重民间的文化立场,进行更为广大范围搜集整理民间歌谣的文化运动,出现了著名的五四歌谣学运动。一批青年学者为主体的知识分子亲身走进民众,搜集整理那些历史上为人所鄙视的"引车卖浆之流"口头上流传的歌谣,一方面为新文学提供题材,带来生机,一方面作为深入研究中国社会的重要资料。红色根据地的文艺战士们,发扬光大这些文化传统,将民间歌谣的搜集整理与改编即再创作,纳入革命斗争的实际,这与抗日战争中出现大量反对日本帝国主义的民间歌谣、民间歌曲的道理是一致的。

第一节 十送郎当红军——中央苏区红色歌谣

红色歌谣流传的主要区域是中央苏区,即江西瑞金红色政权的中心所在地;同时,所有的革命根据地都有红色歌谣的流传,如闽粤赣革命根据地、湘鄂赣革命根据地、豫鄂皖革命根据地、川陕革命根据地、陕甘革命根据地等,凡是有工农红军进行革命斗争的地方,都有红色歌谣响亮的声音。而且,在这些地区,红色歌谣与地方民歌曲调有机融合为一体,如闽粤赣地区的客家山歌、江西的兴国山歌、湖南的龙船调、河南的采茶调、陕北的信天游,其演唱者自然是千百万民众。红色歌谣激起千百万民众反抗压迫、反抗黑暗的斗志与热情,成为革命斗争的热流。

  红色歌谣从来不是孤立存在的,是中国革命事业的重要组成部分;在其构成上,一部分是民间百姓拥护中国共产党与中国革命作口头形式的自觉创作,而更广泛的内容是一批文化工作者的积极参与,对传统歌谣的借用与再创作,融入宣传革命斗争的思想与道理,将口头文学形式用文字形式保存,并进行广泛传播,使之融化为新的民间歌谣,为民众所接受。如中央苏区的瞿秋白他们创办了各种宣传队、农民夜校、高尔基戏剧学校和蓝衫剧团等文化团体与各种报纸、刊物,一方面搜集整理民间歌谣,进行适度改编,宣传革命道理,一方面积极培养和挖掘民间歌手,组织各种形式的民间歌谣、民间歌曲演唱活动。红色歌谣的搜集整理与改编运用于革命文化丰富多彩的宣传和教育,如火如荼,在中外民间文学史上都是极其少见的现象。这在事实上形成以中央苏区和各个革命根据地民间歌谣搜集整理为主要内容的又一次轰轰烈烈歌谣运动。

  这是继五四歌谣学运动之后,中国民间文学史上又一次有重大影响的民间文学运动。

  首先是红色歌谣具有明确的目的性与实践性,即红色歌谣是中央根据地即苏区文化建设的一部分。与五四歌谣学强调"文艺的"和"学术的",即歌谣运用于新文学和现代学术研究的目的不同,红色歌谣更强调发动群众、教育群众的启蒙意义与教育意义,更注重其改旧编新的革命斗争的实践运用,其强调搜集整理,也同样重视理论研究。五四歌谣学运动更注重尊重"引车卖浆之流"文化财富的理论建设,红色歌谣运动则更注重具有革命化色彩的苏区文化建设,其实就是建立新的人民政权以革命文化为核心的话语体系。如毛泽东曾经指出,苏区文化的方针应当在于"以共产主义的精神来教育广大的劳苦民众",他把红色歌谣运动成为"农村俱乐部运动"(毛泽东《中华苏维埃共和国中央执行委员会与人民委员会对第二次全国苏维埃大会的报告》,1934年1月)。中国共产党古田会议的决议中,明确提出并强调运用民间歌谣等民间文学形式编写各种教材。《红四军第九次党的代表大会决议》中称,要"设口头宣传股及文字宣传股,研究并指挥口头及文字的宣传技术","各政治部负责征集并编制表现各种群众情绪的革命歌谣,军政治部编制委员会负责督促及调查之责"。瞿秋白和李伯钊、张鼎丞、邓子恢、任弼时他们也都加入搜集整理与改编创作的行列;阮山担任中央苏区教育部领导职务,创作许多山歌,被称为"山歌部长"。他们积极编写民歌,或运用传统民间歌曲填写新词。中央苏区出版了大量红色歌谣,并纳入苏维埃教育事业,成为民众识字等教育体系的核心内容。中央苏区教育部以训令的形式规定使用《平民课本》《群众课本》《革命歌谣》和《工农看图识字》等教材,不准使用所谓基督教之类宣传封建迷信宗教文化,不准使用国民党反动教育宣传材料,不准使用宣扬剥削阶级思想的四书五经之类传统教材。中央苏区教材体系并不完全排斥传统文化形式,如,许多教材使用三字经歌、竹枝词等形式,而是更强调了革命斗争实际运用于文化教育的实践之中。总之,中央苏区文化教育体系中大量使用传统民歌、客家山歌、采茶戏和各种民间小调,用民众的文化艺术形式教育民众,使民众自然、迅速接受革命文化思想,这是中国文化史、教育史上的创举。

传统歌谣流传甚广,是千百万民众文化认同与自觉选择的结果。知识阶层自觉地搜集整理民间歌谣,其意在了解民意,传达民意,或以此刚健清新拯救文学,激活文化发展的生机,如孔子所强调"礼失求诸野"。中央苏区重视对传统歌谣的搜集整理并不是无原则的,所强调的是向人民大众学习,强调利用民众的艺术教育民众;其征集、搜集整理民间歌谣有着自己严格的审查、选择标准。如中国工农红军原总政治部机关报《红星报》，邓小平、陆定一主编，在《发刊词》（1931年12月11日）中提到报纸是"全体红军的俱乐部"，"它会讲故事，会唱歌，会讲笑话"；后来，《红星报》专门发表了《〈红星报〉征求宣传白军士兵的革命歌谣小调启事》（1934年6月20日），提出"征求白军中流行的歌谣小调"，"利用白军士兵中流行的歌谱编成有内容有煽动性，并通俗的歌调"，进行宣传鼓动。又如福建省永定县成立文化建设委员会，他们提出"各区乡所做歌谣，绝对禁止（随意）出版，必须由区文化委员会负责汇集，寄到县文委审查"，"歌谣材料，如有新的政治转变及新的通告、布告等，都可以造成浅白的歌谣，以易于传达，但须经县文委会审查出版，名仍旧《永定歌谣》"，"封建的、淫乱的山歌绝对禁止歌唱"（《红报》，1930年7月15日，第三十九期）。原闽西苏维埃文化部也曾多次表达同样的意见，强调"选择有革命意义的真情的山歌"。《红军日报》是中国工农红军第三军团原总政治部创办的机关报，其副刊《血光》是一个文艺专版，发表许多传统民歌民谣，而且发表一些新民谣，如运用四川调改编的《共产党十大政纲》、运用莲花落改编的《反国民党军阀混战》、运用孟姜女哭长城调改编的《工农兵》，等。《红军日报》提出，自己的副刊服务于"短裤赤脚黑脸粗皮的无产阶级"，建设"新的音典"（1930年7月29日）。共产主义青年团中央苏区机关报《青年实话》专门开辟"儿童""少年先锋队"等专栏，发表传统民歌民谣和改编民歌，如《山歌三首》（升才，1933年6月25日）、《民歌：砍柴女郎》（1934年2月8日），等。《红色中华》是中华苏维埃共和国临时中央政府的机关报，创刊于1931年12月11日，后来坚持到延安解放区。这是中国现代文化史上有着独特价值意义的报纸。瑞金时期，《红色中华》由瞿秋白等人主持编辑，开办了"红色区域建设"等栏目和《赤焰》副刊，曾经发表扩大红军、号召白军投诚、反抗国民党反动派围剿等通俗易懂的诗歌、故事和歌谣；《红色中华》曾经发表《两支山歌煽动全屋》（1934年8月第224期）的通讯，介绍列宁师范学校组织宣传队，通过唱山歌发动群众,产生很好的效果。《青年实话》征集民间歌谣的《征集山歌小调启事》刊登在1931年8月1日的《红色中华》声称:"现在《青年实话》编辑委员会又计划出版革命山歌小调集,搜集各地流行的山歌小调,印成美丽的单行本,请各地方及红军中的同志有自作的或老的山歌小调,寄报《青年实话》委员会,一律欢迎,希望同志们帮助我们完成这项工作。"《青年实话》还出版了包括《革命歌谣选集》在内的丛书,以编辑部的名义写道,"在这小小的本子里面,我们搜集了群众爱唱的歌谣六十五首。我们也知道这些歌谣,在格调上来说,是极其单纯的;甚而,它是农民作者用自己的语句作出来的歌,它道尽农民心坎里面要说的话,它为大众所理解,为大众所传诵,它是广大民众所欣赏的艺术",把它称为"伟大的艺术",同时,对"有一些同志,保持着文学上贵族主义的偏见,表示轻视大家爱唱的歌谣"之类现象提出批评(《革命歌谣选集编选后记》,1934年1月,瑞金)。《青年实话》不但发表各种民歌民谣,而且向社会介绍民歌民谣中存在的民间信仰问题,用新文化解释传统文化的局限性与合理性。如陆定一曾经发表《过年、风水、姓氏、地方》(《青年实话》1932年2月25日)、《古龙岗的迷信反革命事件》(《青年实话》1932年5月2日)等,十分有益于教育民众、宣传革命。中央苏区儿童局机关报《时刻准备着》,其《创刊号》发表胡耀邦的《时刻准备着》,提出把刊物"发展起来,散布到每个乡村";其专门开设了"民歌民谣""故事""童话""谜语"等栏目,胡耀邦等人还积极模仿传统歌谣,创作儿歌,其他如表现春耕、劝导而他读书等内容,生动活泼。

中央苏区专门编制并出版了大量歌谣集,许多红色歌谣迅速风行中央苏区,并传播到其他红色根据地,形成更广泛的影响。如《青年实话》以丛书的形式先后编辑并出版了《革命歌谣集》(1934年1月)、《革命歌集》(1933年3月)、《苏区新调》(1933年11月)、《革命歌谣选集》(1934年1月)、《革命山歌小调集》(1934年10月)等歌谣集;苏维埃中央教育人民委员会等单位编印了《歌集》(1932年12月)、《儿童唱歌集》(1933年6月)、

《四川新调》(1933年10月)等歌谣集。在这些歌谣集中，主要分为传统民歌和时政民歌两大类，其中时政民歌既有改编利用传统民歌，又有大量新民歌，即红色歌谣。尤其是这些利用传统民歌改编的时政民歌，最具有时代特色和地方特色。改旧编新，以当时流行的情歌最显著，成为中央苏区红色歌谣最突出的特点。如许多歌谣集收录了《十送郎（哥哥）当红军》《十二月革命歌》《十八九正年青（年）》《叹五更》《革命时调》《春耕歌》等，包括各种地方小调，这些山歌小调几乎都是对传统民歌的巧妙借用。"十送"的格调在许多地方都有流传，是民间情歌的重要形式；在这里主要表现青年男女因为红军和革命而形成的坚贞情爱的诉说与表达。如于都民歌《送郎去当兵》，其歌唱"一送伢郎去当兵（唷哎），革命道路（格）要认清（呀），资本道路郎莫走（唷哎），资本家是我敌人（呀），（哥也妹呀）资本（格）家是我敌人（呀）"，"十送郎"的歌唱中，每一次相送都饱含深情；这是封建专制政治残酷压迫下天下穷苦人最真挚的歌唱。新中国成立后，人们在《十送红军》感人的歌声中又看到了当年《十送郎哥哥当红军》《十劝郎当红军》《十劝工农》等催人泪下的红色歌谣，如何不引起人强烈共鸣！

传统被置换为"革命"，这是中国工农红军与中央根据地革命生活的需要。十二月花调是我国各地广泛流传的民间歌曲形式，常常成为民间庙会上的重要咏唱形式，主要表达妇女阶层的苦痛与郁闷，在红色歌谣中被借用来宣传妇女翻身、鼓舞穷人闹革命。同时，它与《诗经》中的"七月 豳风"颇为相似，将每一个月的时令特色都用歌谣的形式表现出来，有机融合进"耕田""革命"等具体的生活内容。如《苏维埃农民耕田歌》所唱，"正月耕田是新年""二月耕田是花朝""三月耕田是清明""四月耕田正立夏""五月耕田端阳节""六月耕田是割禾""七月耕田正立秋""八月耕田中秋节""九月耕田是重阳""十月耕田正立冬""十一月耕田雪花飞""十二月耕田又一年"，刚好把一年之中四时八节农耕生活的基本内容完整述说出来。当然，值得注意的是，六月、七月、十一月、十二月中的传统节日，诸如六月初一、六月初六、七月七日七夕、七月十五中元节、十一月十五下元节、十二月初八即腊八节等所谓具有浓郁封建迷信色彩的传统节日,在这里被消解,替换为农业生产与日常性的生活内容。或者说,这正是红色歌谣的时代特色。

红色歌谣是中央苏区和各个根据地革命斗争的历史记录,井冈山民间歌谣是红色歌谣的一部分。如当年在民间广泛传唱的各种"哎呀来"客家山歌,歌唱朱德、毛泽东、彭德怀,歌唱"爹在娘在不如朱毛在,千好万好不如红军好";表达誓死革命决心的"不怕死来不贪生,不怕敌人踩后跟;踩掉脚跟有脚趾,为了革命还要行""有胆革命有胆当,不怕颈上架刀枪;杀去头颅还有颈,挖去心肝还有肠";歌唱革命斗争胜利的"新打草鞋溜溜光,打下南昌打九江,枪支缴到几百万,子弹缴得用船装""打枪爱打七九枪,七九步枪声音响,同志打枪向哪人?爱向白匪大队长"等,皆情真意切;更不用说《苏区干部好作风》,唱诵"苏区干部好作风,自带干粮来办公,日着草鞋分田地,夜走山路访贫农",激起人无限怀念。民间歌曲、歌谣和小调的创作、传播依靠民间百姓口耳相传,就像中国共产党领导的革命事业离不开千百万人民群众一样,浩若烟海的红色歌谣被劳苦大众所传唱,产生了许许多多的爱红、扩红、颂红的民间歌谣。当时的中央苏区还涌现出一批杰出的民歌手,如著名的兴国山歌群中的长岗乡苏维埃主席谢昌宝、兴国县苏维埃委员曾子贞和中央苏区著名歌手李坚贞等。

中央苏区红色歌谣的内容是新的红色政权影响下苏区人民思想情感精神面貌的集中体现,具有鲜明的地方性特征与时代性特征。

这首先是对贫穷与苦难的深情诉说。其歌唱形式采用传统的调式,如"十二个月歌""十唱(诉说)"等,融入具体的社会风俗生活内容,使人感到格外亲切自然,更加有益于打动人,引起人情感上广泛共鸣。

如《长工苦情歌》[1],其诉说长工一年四季十二个月生活辛苦,依然贫穷

---

[1] 钟俊昆:《中央苏区文艺研究》,中国社会科学出版社2009年版,第36—37页。

不堪。其中,每一月都有长工自己生产劳作的具体行为与具体感受,而这种行为就是风俗生活的具体内容。在歌唱中,长工表达了自己生活穷苦,寓意于要革命,要打倒"东道",要求翻身得解放;这是苏区这一地方社会风俗生活的直接表现。其唱道:

哎呀嘞！正月就长工就真可怜哎,
挑担葫笼就写长年,
上村就写来下村就传哎,
财主东道做一(哟)年。
哎呀嘞！二月就长工就真可怜哎,
东道带伢就去眺田,
上墩就瞧得下墩田哎,
门口大丘做(哟)秧田。
哎呀嘞！三月就长工就真可怜哎,
牵只牛仔就去犁田,
牛绳就绊在牛背上哎,
脚跟受寒要下(哟)田。
哎呀嘞！四月就长工就真可怜哎,
东道莳田伢在前,
台上放着十二碗,
臭风檫菜伢面前。
哎呀嘞！五月就长工就真可怜哎,
东道耘田伢在前,
耘得禾苗赳赳死,
东道怨伢伢怨天。
哎呀嘞！六月就长工就真可怜哎,

东道割禾伢在前,
失脚倒了一担谷,
东道就要扣工钱。
哎呀嘞！七月就长工就真可怜哎,
东道打耙割草镰,
又怕黄蜂叮嘴角,
又怕毒蛇蹿到前。
哎呀嘞！八月就长工就真可怜哎,
芋仔栽了连打连,
雨水又密草又多,
拔得手肿脚又软。
哎呀嘞！九月就长工就真可怜哎,
酒引坛上来拜年,
求到神明来保佑,
等伢长工更康健。
哎呀嘞！十月就长工就真可怜哎,
东道打油伢在前,
遇到年成有油头,
东道怪伢冇打敛。
哎呀嘞！十一月就长工就真可怜哎,
东道催伢去犁田,
逢到天气落大雪,
眼泪滚到犁头边。
哎呀嘞！十二月就长工就真可怜哎,
东道算账伢在前,
左扣右扣一笔账,

冇个闲钱来过年。

如《十诉妇女哭困歌》[1]，与传统歌谣的哭诉调式相同，但是，在内容上融入大量新的生活。概括起来讲，就是劝说妇女们起来闹革命，砸烂旧的精神枷锁，获得自由平等。其歌唱道：

一诉妇女姐妹们，
姐妹听伢诉分明。
常年在家做奴隶，
有福冇享受苦辛，
枉费出世姐妹们。
二诉妇女实在难，
屋中讲话爱细声，
行路唔敢抬头看，
做到半夜还骂懒，
投到外家也当闲。
三诉妇女好凄惨，
天晴落雨都冇闲，
天晴上山捡柴草，
落雨推磨并补衫，
做人媳妇心唔甜。
四诉妇女唔甘休，
再苦再难也爱受，
家官一使就爱去，

---

[1] 钟俊昆：《中央苏区文艺研究》，中国社会科学出版社2009年版，第38页。

好比阎王把谱勾,
又怕丈夫两拳头。
五诉妇女冇点权,
好比牛马来使唤,
家中钱粮冇过手,
年节有酒唔敢端,
想起妇女心都酸。
六诉妇女冇自由,
爷娘把你当猪牛,
如果有人出高价,
八字马上就带走,
唔管狐狸和猪狗。
七诉妇女心唔平,
丈夫嫖赌唔敢声,
洗衫荡衣都挨打,
兄弟叔伯冇人情,
只有上吊一条绳。
八诉妇女苦难当,
丈夫死去守空房,
年纪多来还教得,
年纪轻轻哭断肠,
现在世道暗冇光。
九诉妇女把头抬,
受苦不是命运该,
大家起来闹革命,
打倒地主反动派,

> 雨过天晴日头来。
> 十诉妇女爱细想,
> 共产真是救命王,
> 各族姐妹要团结,
> 参加革命出房间,
> 自由平等笑洋洋。

中央苏区红色歌谣中,客家文化是一个特殊的现象,其中爱情的歌唱与歌颂红军的主题相融合,形成新的社会风俗生活,成为红色歌谣的思想文化特色。如表现客家妇女风俗生活的《绣花枕》[1],表现"十绣亲哥去长征"的内容。其歌唱:

> 桂树花开香喷喷,
> 香过满院香过村,
> 千香万香我不想,
> 单爱情哥当红军。
> 三步两跨出了村,
> 急急忙忙赶路程,
> 先到杭州买丝线,
> 后到南京买花针。
> 两样东西全买齐,
> 顺便带回红缎呢,
> 急急忙忙转回家,
> 拿起缎子绣花心。

---

[1] 钟俊昆:《中央苏区文艺研究》,中国社会科学出版社2009年版,第67页。

一绣红军工农兵,

二绣亲哥当红军,

三绣一对鸳鸯枕,

四绣妹子连哥心,

五绣荷花莲蓬开,

六绣穷人翻了身,

七绣牛郎和织女,

八绣中秋月光明,

九绣重阳选日期,

十绣亲哥去长征。

枕头绣好送哥哥,

不见妹妹见妹心。

在其他革命根据地,与中央苏区一样,到处流传着嘹亮的红色歌谣;许多红色歌谣通过报纸、书籍和各种文化交流途径,从中央苏区流传到其他革命根据地。不同的地区,因为革命而相连,如星火燎原,而且相互影响。湖南的《浏阳河转过了几道弯》,歌唱毛泽东,"出了个毛主席领导人民闹革命",成为千百万穷苦百姓最真诚的心声。

第二节　八月桂花遍地开 —— 鄂豫皖革命根据地红色歌谣

农历八月是秋收的季节。秋收起义是中国共产党领导的以穷苦农民为主要力量的暴动,激起农民翻身求解放的革命斗争热情,这也成为中国现代民间文学最深刻的记忆内容。桂花是中国传统文化中的吉祥物,代表喜庆、美好、高尚,此时其成为民间文学表现秋收起义这一重大历史事件的文化符号。

鄂豫皖革命根据地唱响的《八月桂花遍地开》，最早出现在河南省商城和新县一带，是著名的大别山民歌。其最早由地方文人改编而成新的歌词，其表现秋收之后，穷苦人闹革命，纷纷参加工农红军的欢天喜地的心情，后来流传到闽粤赣等地区，被传唱得更有韵味。

自20世纪80年代，笔者多次到河南省信阳大别山地区实地考察《八月桂花遍地开》这首民歌，了解到最初是红四方面军使它从信阳传播向其他苏维埃地区，尤其是在瑞金庆祝苏区中央政府成立大会唱响之后，流传更广。信阳地方文化工作者提供了许多相关资料[1]，他们说《八月桂花遍地开》这首歌原来是以信阳民歌《八段锦》改编而成。《八段锦》原来是一首传统的民间情歌，歌词为："小小鲤鱼压红鳃，上游游到下呀嘛下江来。头摇尾巴摆呀哈，头摇尾巴摆呀哈，打一把小金钩钓呀嘛钓上来。小呀郎来呀啊，小呀郎来呀啊，不为冤家不到此处来。"商城县文史馆研究员杨先生他们说："1929年，鄂豫皖苏区的苏维埃政权相继建立，人们改唱地方民歌《八段锦》，以表达苏区人民群众的欢欣鼓舞。因为大家习惯上用歌词首句命名，所以'八月桂花遍地开'就这样叫开了。"有位徐先生介绍说："当年商城县苏维埃准备召开第一次代表大会，红军宣传文艺工作的同志写传单，贴告示，编了许多顺口溜、快板书等。有人编个歌，于是他们找到家在县城的文艺能人王霁初。王霁初二话没说，就把自己肚子里的歌曲一股脑地往外倒，先后唱了《淮调》《砍柴调》等，最后，大家相中了其中的《八段锦》调，重新填了词，就成了《八月桂花遍地开》。"他强调说，《八月桂花遍地开》是当时鄂豫皖苏区民众集体创作完成的。河南省新县的同志则声称：1929年秋天，光山县工农民主政府（苏维埃）已经成立，《八月桂花遍地开》开始传唱。应该是新县人创作了这首歌，歌名原为《庆祝工农民主政府成立》，

---

[1] 此材料主要由信阳、商城、新县等地市县宣传部、文联、文化局等单位提供，包括各种录音整理、报纸和书籍琐记内容，其中有许多材料未有署名。

信阳民歌常常用第一句歌词做歌名,所以有《八月桂花遍地开》。光山朋友提供材料说,1929年8月,鄂豫皖苏区第一个县级苏维埃政权光山县工农民主政府在当时的柴家堡(现为新县陈店乡)成立,为庆祝这一地方重大活动,有人建议作一首歌曲演唱,作为庆祝和纪念。苏维埃政府选定《八段锦》,改编成《八月桂花遍地开》,很快唱响,并四处流传。其中,许多人都提到歌词作者最初是河南省商城县一个叫王霁初的人,传说其聪明伶俐,喜欢民间戏曲和各种时调,常常即兴创作一些打油诗之类的文字游戏。王霁初家境并不贫穷,其幼时过继给伯父王礼堂,王礼堂曾任张作霖东北四省剿匪督办,在东北为王霁初谋了个县长的职位,但是王霁初从小痴迷唱戏,不喜欢官场上那些阿谀奉承、溜须拍马,却想方设法跑到北京当票友,没有当那个县长。后来,王霁初回到老家商城,创办了商城双河戏班,而且变卖王家大门楼家产养戏。1929年冬天,红军攻打商城县城,打土豪分田地,开始把他关了起来。后来他在牢中写了一首歌,并唱给别人听:"民国十八春,红军打商城,打得民团乱纷纷,喜坏我穷人。"内容是歌颂红军攻打商城,曲调颇为优美,受到人们喜爱和赞扬,被推荐给地方苏维埃。接着,他参加了苏维埃的宣传工作,根据商城民歌《八段锦》的格式,填上新词,创作出《八月桂花遍地开》。歌中唱到"八月桂花遍地开,鲜红的旗帜竖呀竖起来",令人耳目一新,被人广泛传唱。也有人介绍说,"这首歌的词经过县苏维埃文化委员会吴靖宇、陈世鸿等人的修改、加工,更加清新流畅。由于曲子采用的是当地《八段锦》老调,衬字也完全用当地口语,人们非常熟悉,非常亲切,所以一听就懂,一学就会。很快,这悠扬、悦耳、欢快的歌声,随着阵阵春风,传遍了整个鄂豫皖革命根据地",而且,"随着红四方面军转战南北,很快传遍全国"。民间歌曲的魅力既是文学的,也是音乐的,二者的结合使得其不胫而走。其实,无论谁作,都是一个再表现过程。民歌的生命就在于不断被丰富。

鄂豫皖是中原文化与荆楚文化交叉叠合的地带,远离政治中心,苏维埃政权的建立使这一地区焕然一新。此时,以大别山民歌为典型,形成一片民歌的海洋。如当时的河南省黄安县(今天湖北省红安县)与新县、商城、光山等地连成苏维埃区域,流传着许多红色歌谣。

1931年,红四方面军发起黄安战役,四十三天激战,全歼国民党军赵冠英部,取得中国工农红军第三次反"围剿"中第一个大胜利。民间歌谣歌唱道:

快送,兄弟姐妹们!
快送糍粑,
快送草鞋,
挑的挑,
提的提,
慰劳我红军。
攻下黄安城,
活捉赵冠英。

在鄂豫皖苏区,穷苦人盼望翻身得解放,积极参加工农红军,也有"送郎当红军"的民歌流行,表现出与中央苏区不同的风格。如当时黄安北部地区传唱的《张桂英送郎当红军》:

送郎送到大门前,
一轮明月挂蓝天,
苏区夜晚多安静,
白区乡亲受摧残。
小郎哥啊,
你当红军上前线,

莫忘翻身日子甜，
消灭敌人要勇敢，
才能保卫新政权。
送郎送到碾子边，
手推碾砣转几圈，
不是土改分田地，
家中哪有吃和穿。
小郎哥啊，
你当红军进营盘，
时刻都要想从前，
要是没有共产党，
喝碗稀饭也为难。
送郎送到燕子山，
手攀槐树望天边，
两朵彩云红光染，
好比花开并蒂莲，
小郎哥啊，
有志男儿当红军，
安心革命听调遣，
家务事情莫担心，
千斤重担奴承担。
送郎送到小河岸，
一湾清水入龙潭，
不知潭水深和浅，
石击水花飞上天。
小郎哥啊，

>我俩结婚月未满,
>
>相亲相爱鱼水恋,
>
>保卫苏区最要紧,
>
>革命胜利大团圆。

红色歌谣是中国革命的忠实记录,表达了在中国共产党领导下的穷苦人翻身求解放、追求自由平等生活的理想和愿望。这是关于中国革命的民族志,是中国民间文学珍贵的历史文献。

第三节　老子本姓天——湘鄂西红色歌谣

湘鄂西革命根据地是贺龙他们闹革命的地方。这里的红色歌谣表现对贺龙英雄传奇传说故事的记忆,在歌谣中传唱这些内容。如《白天行船看日头》中歌唱:"白天行船看日头,夜里走路看北斗,洪湖拉起游击队,穷人都跟贺龙走。周逸群,段德昌,带着人马搞武装,一去个个空着手,回来人人有支枪。"这首歌谣的产生背景是周逸群和段德昌他们与贺龙一起领导创建以洪湖为中心的湘鄂西苏区。他们利用洪湖地区江湖港汊,开展机动灵活的游击战,取得第一、第二次反"围剿"斗争的胜利。在《老子本姓天》中,表现出英雄豪迈气概:"老子本姓天,家住澧水边,有人来拿我,除非是神仙。刀口对刀口,枪尖对枪尖,有你就无我,你死我上天。"澧水位于中国湖南省西北部。流域跨湘鄂两省;其"绿水六十里,水成靛澧色",这里是贺龙的故乡;南昌起义之后,贺龙与周逸群在这里发动武装起义,组织工农革命军,形成红四军、红二军团的主力。他们以井冈山斗争为榜样,建立湘鄂边革命根据地。这首歌谣就产生在这片土地武装割据的革命斗争中。

中国工农红军是人民的子弟兵,来自穷苦百姓。红色歌谣表现农民打倒土豪劣绅的愿望,如这里的《农民歌》歌唱道:

辛苦农友们，
大家振精神，
不用悲，不用哭，
死里去求生。
我们的对头人，
土豪和劣绅，
土豪勾结那官僚，
残害我生命。
我们吃辛苦，
他们享安逸，
动不动讲压迫，
对我们不客气。
你要出口气，
除非结团体，
努力向前进。
打倒压迫的，
勇敢前进，
最后胜利定是我们的。

在穷苦人中，长工最穷最苦。他们是革命最热切的人。这里的《长工歌》歌唱道：

一唱长工不等天亮起，
收完牛棚挑水去，
肩挑手又提，
压得冷汗滴，

老板还说我不下力。
二唱长工天麻亮就下田，
口朝黄泥背朝天；
外头赶屋内，
下雨把磨推，
骨头磨得成劳疾。
三唱长工生活不如人，
穿的衣服打补丁，
吃的难下喉，
喝碗锅巴粥，
咽的豌豆没有油。
四唱长工实在是可怜，
害起病来喊皇天，
无钱请医生；
老板黑良心，
赶出门外不给半个钱。
五唱长工心想喝点酒，
又怕老板像鬼吼，
去他娘的绊，
转来拿烟箪，
老板一旁把眼翻。
六唱长工实在太伤心，
穷人老了无妇人，
独自一人眍，
打个整单身，
后来哪个接后根！

七唱长工早把革命进,

中国共产党到来临,

工农团结紧,

斗争多齐心,

努力奋斗向前进!

八唱长工快快组织起,

要想翻身靠自己,

拿个大斧头,

跟着革命走,

打倒豪绅好报仇。

九唱长工扛上红缨枪,

冲锋杀敌上战场,

打得秃老蒋,

缴枪投了降,

得胜回来喜洋洋。

十唱长工个个跟我来,

一致拥护苏维埃,

遍地红花开,

人人笑开怀,

工农作主来安排。

第四节　千里的雷声万里的闪——陕北民歌与刘志丹

延安是中国革命的圣地。当年,这片土地以无比宽阔的胸襟接纳了历尽长征无数艰辛的中国工农红军,为中国革命提供了宝贵的发展时机。红色歌谣深情高唱这片土地上所发生的翻天覆地的变化。如陕北的《信天游》,歌唱刘志丹领导的工农红军所展开的革命斗争,它也歌唱"正月里是新年",不同的是融入了"山丹丹花开红艳艳"与"陕北出了个刘志丹"的内容;迄今,这些歌谣仍然在传唱,形成陕北人民最动情的记忆。1960年3月,长安书店出版《红色歌谣》,保存了许多当时的红色歌谣,与当代形态的陕北民歌形成对比对照。有许多歌谣几乎原本原样没有任何改变。

《红色歌谣》搜集整理了20世纪50年代之前陕北人民记忆中的歌谣,最为真实。这些歌谣热烈歌颂陕北人民领袖刘志丹英勇杀敌的事迹,其内容直接来自时隔不久刘志丹领导"红二三团","打坏了新军两个营长"的战斗生活。如其记述:

> 千里的雷声万里的闪,
> 猛格拉山上来了刘志丹。
> 刘志丹又在红二三团,
> 义勇军打仗真勇敢。
> 打坏了新军两个营长,
> 提了那高桂滋的机关枪。
> 不打人不骂人为救百姓,
> 先分粮后分地人人平等。

其歌唱刘志丹救穷苦人出牢房,他们亲切称呼刘志丹"老刘",歌唱"红缨杆子长,人马闹嚷嚷,走一回靖边提一回枪。靖边包围着,老刘发前行,造上个云梯上了城。烟气冒空中,子弹不中用,机关枪打开一哇声。打开监牢门,罪人放出城,劳苦群众都欢迎"。

在他们看来,刘志丹是神通广大的英雄,如其歌唱:

> 前半夜打下张家寨,

后半夜马塌姜家崖。
千里的雷声万里的闪，
胜利的消息一个劲地传。

他们歌唱共产党，歌唱工农红军，用歌谣表现他们的心声："红旗红马红缨枪，闹革命离不开共产党。千里马儿认路长，红军忘不了老故乡。山南海北飘红旗，陕北处处见太阳""云里的日头洞里的风，蝎子的尾巴老财的心，国民党更比蝎子狠，共产党是咱救命人，穷人看得清"。这与中央苏区的红色歌谣不同，与湘鄂西、豫鄂皖等革命根据地的红色歌谣也不同，是地地道道的"陕西味儿"。

陕北民歌以爱情的歌唱为其显著特色，如其《送哥当红军》歌唱：

羊肚子手巾三道道红，
看哥哥越比往常亲。
哥哥你参军闹革命，
干妹子家里把你等。
前沟里下雨后沟里晴，
"革命到底"你要记定。
天上下雨地下滑，
多杀那白军不要想家。

其《穷人革命意志坚》歌唱："丢了锄头把妻劝，哥当红军是自愿。刀枪子弹我不怕，只怕红军队不要咱。水流千江归大海，追不上红军我不回来。"这是红色歌谣所表现的革命现实生活，更是红色革命根据地以革命为主调的社会风俗生活。这是中国现代民间文学史上极其特殊的一页。

第五节　大瑶山民歌

广西左右江是邓小平、张云逸和韦拔群他们领导的以少数民族群众为重要力量的革命根据地,其中壮、瑶等少数民族占总人口的百分之九十以上。当地主要由桂系军阀统治,少数民族是穷苦人,他们在歌谣中哭诉道:

西山山高高入天,
瑶家薯菜过冬年,
要想吃饱穿得暖,
除非山主不要钱。

从小生在大瑶山,
吃也难来穿也难,
一年三百六十日,
没有一天吃正粮。

从小生在大瑶山,
衣裳好比鹧鸪斑,
一共补了三斤线,
天旱三年晒不干。

瑶家苦处实在多,
讲起苦来泪成河,
卖儿卖女吃不饱,

讲起苦来不想活。

当时,右江工农民主政府成立之后,百色、奉议、恩隆、东兰、凤山、隆安、思林、果德、恩阳、向都、镇结等十一个县也相继成立了工农民主政府与武装赤卫队。当地壮族群众歌唱道:

> 红旗一杆天地红,
> 当家作主乐融融。
> 壮人跟党闹革命,
> 世世代代不受穷。[1]

这是红色歌谣中少见的少数民族民间歌谣。

第六节 秦巴山民歌

1932年12月,徐向前、陈昌浩率领中国工农红军第四方面军从鄂豫皖革命根据地转战陕南和川北,创建川陕革命根据地。根据地属于群山绵延的秦巴山区,地方民众有唱山歌的生活传统,他们在民歌中歌唱红军宣传造反,唱道:

> 红军人马进巴山,
> 沿途路上撒传单;
> 一张传单一把火,

---

[1] 梁文化、张正华、覃金盾、简华春等:《左右江革命根据地红色歌谣》,广西美术出版社2009年12月版。

巴山林里红了天。

锋快的钻子装满筐，
红军标语刻路旁。
敌人见了冷汗淌，
穷人见了拍巴掌。

其表现勤恳努力却仍然生活穷苦，指斥剥削者为富不仁的罪恶行径，歌唱道：

正月里来是新年，
农村妇女真可怜，
一年到头辛苦饭，
衣食二字都不全。
二月里来是花朝，
富家女儿灵娇娇。
在家呼奴和唤婢，
出门骑马又坐轿。

工农红军领导人民闹革命，唤醒地方民众，他们在民间歌谣中歌唱道：

靠爹，爹没田，
靠娘，娘没权，
今日咱靠共产党，
红军来了伸腰杆。
打官家，夺权，

第六章 红色歌谣

>斗地主,分田,
>扬眉吐气走一转,
>大脚摆手看世面。
>大大的地,
>高高的天,
>穷人百姓把身翻。

处处闹革命,处处有红军;红军转战南北,地方百姓送别红军,恋恋不舍,这里的《送红军》歌唱道:

>红军前脚走,
>我们后脚跟;
>走一村,又一村,
>泪珠双双湿衣襟。
>爷爷拿出叶子烟,
>奶奶送上苞谷饼,
>剩下妈妈没啥送,
>怀里掏出线和针。
>两眼泪花花,半天才说话:
>衣服烂了早点补,
>针针线线连穷家。[1]

红色革命根据地之间到处传唱红色歌谣,如星火燎原。诸如四川调等民间歌曲在中央苏区的流传,这些现象表明天下红军都是中国共产党

---

[1] 参见陕西省汉中地区群众艺术馆编《陕南革命歌谣选》等,陕西人民出版社1983年版。

领导的革命军队,天下穷苦人闹翻身,向往富裕、太平、安康的幸福美好世界,所以真心拥护中国共产党,向往中国共产党领导的革命。红色歌谣永远是天下穷苦人的梦想与心声,是民间百姓对特殊岁月深情的记忆与述说。

第七章
"林兰女士"与《民间故事》

在我国现代民间文学史上,民间歌谣的搜集整理与理论研究以五四歌谣学运动为重要标志,形成一个时期的学术热潮,而对民间传说故事则缺乏搜集整理与理论研究相应的明确性。20世纪20年代中期,以"林兰女士"编纂《民间故事》,形成民间传说故事较大规模的搜集整理,也就因而具有非常特殊的意义。

第一节 "林兰现象"

"林兰女士"是一个编辑群体,包括李小峰、赵景深与李小峰夫人蔡漱六等人。其主要人物即北新书局的重要创办人李小峰,江苏江阴人,1918年就读于北京大学哲学系,曾经参加了五四运动,是"新潮社"和"语丝社"成员。有学者考证,称"'林兰'最初确实是李小峰的笔名,最早是1924年7月12日,他将记录整理的民间故事以《徐文长的故事》(三篇)为题发表在《晨报副刊》上,署名'林兰女士'。那个时期,许多男士喜欢用'某某女士'作笔名。后来他办起北新书局后,便用这个笔名陆续整理出版了《徐文长故事》等故事集"[1]。此应该看作"林兰女士"作为民间文学现象的开端。

---

[1] 车锡伦:《"林兰"与赵景深》,《新文学史料》2002年第1辑。

北新书局1924年成立于北平，其出版资金主要依靠发行《语丝》和《新潮社丛书》的利润，以及《民间故事（丛书）》等图书出版版税[1]；北新书局如有学者称，是将北平或北京大学与新潮社联系起来，合称为书局的名称。1927年，张作霖以北新书局与《语丝》社宣传赤色为名将其查封，李小峰遭到通缉，北新书局遂迁至上海。迁至上海之后，北新书局以出版青少年读物为主，继续出版《民间故事（丛书）》，包括《连续图画故事》与《格林童话》等此类民间文学读物；李小峰广泛征集民间故事，以"林兰"的笔名在《语丝》刊登"征求民间故事"的"启事"[2]：一、凡民间流传的故事，如神鬼故事、名人故事、呆女婿故事，及其他一切趣事等，不论已经古人记录与否，皆所欢迎。二、凡已经记录者须注明出处，未经记录者须注明流传的地点，如有土言俗语，请加注释。三、记述故事，请用明白浅显的语言，如实写出，勿点染增益以失其真。四、凡经录用之稿，酌送现金、书券或民间故事集。五、来件请寄上海新闸路仁济里北新书局编辑所林兰收。如有学者所述，"北新书局从1926年开始，从全国各地来稿中征集到的民间传说故事，到了20世纪30年代还在赓续出版，前后出版总数近四十种，编入其中的各种民间故事近千篇"，"像北新（书局）这样大规模地搜集、编辑、出版中国民间故事的举动，在当时是空前的，影响也是巨大的。据说，在那个时代，大城市中就读的少年儿童，大都读过这些故事集。在这套故事集陆续出版的过程中，许多小读者在家长的带领下，到北新书局求见该书的编辑者'林兰女士'，北新也主动响应，多次组织'林兰女士'与小读者见面，由此也可看出，该套故事集在当时的影响"[3]。从北平时期开始，一直到上海，北新书局出版《民间故事》数十册之多，其历尽坎坷，几生几死，几衰几荣，这种坚忍不拔的文化精

---

[1] 李小峰：《鲁迅先生和北新书局》，《出版史料》1987年第2期。

[2] 《启事》，《语丝》（封二）1927年12月第4卷第1号。

[3] 吴永贵、王静：《从"新文艺书店的老大哥"到教科书和儿童读物出版的劲旅》，《出版史料》2004年第3期，第98—101页。

第七章 "林兰女士"与《民间故事》

神,是中国现代民间文学史上光辉的一页。

以 1927 年为界,之前主要有《民间趣事》(1926)、《呆女婿故事》(1926)、《徐文长故事》(五集,1927)、《吕洞宾故事》(二集,1927)等;这些故事一印再印,每一次重印,总是有一种新意。或为故事传说受到社会喜爱,或为重印中整理者表达出自己独特的研究意见与研究方式。各卷"编者"无一例外皆为"林兰","发行者"皆为"北新书局"。

如《呆女婿故事》,有"1926 年 10 月"版,其发行处为"北京东皇城根二十五号"与"上海福州路中市";其中"呆女婿故事""不幸的近视眼""乡里亲家母的故事"等,并不是纯粹的"呆女婿故事"。而"1928 年 5 月"版,已经移至上海的北新书局出版林兰所编《呆女婿故事》,则纯粹为此类内容,而且书结尾附录钟敬文《呆女婿故事探讨》,其论说"如果我们依照西洋人的方法,要把中国民间流行的故事,区分为若干类型(Types),那么,谁也不容否认,呆女婿故事是其中的一个,并且很占重要的"[1]。

在《吕洞宾故事》前两则故事中,列有故事整理后的说明文字,记述"这条故事,虽说很小,势力却非常的大。差不多岳州的男女老幼都是知道的。并且洞庭湖产银鱼,说是那次吕洞宾修岳阳楼时用木层变化了产生下来的,这是洞庭湖的特产。更奇怪的,就是我听见我家内的老前辈说,走岳阳楼底下的洞子中间过身的时候,确实常常听见一种唧唧的声音,就是吕洞宾压制了那只蝙蝠的悲声。但我常常一个人走到内面去听,却没有听到什么声息。现在岳阳楼二三四层楼上,都是供着吕洞宾的雕像,那是真确无疑的事","这件事,我们乡里的老人,都说是真的。他们并见过姓徐的学台。并且说这件事情曾载在敝县的县志上。但是我去年在县志上查过一次,没有找着。不过我们可以不管这件事是真是假,只要它有趣味就够了"[2]。这

---

[1] 林兰编:《呆女婿故事》,北新书局 1928 年 5 月版,第 203 页。

[2] 其标明"以上大杰述,流行于湖北"字样,分别见于《监造岳阳楼》和《无边风月》篇。林兰《吕洞宾故事》,北新书局 1926 年版,第 2—3 页、第 3—4 页。

是尤为珍贵的记录"附记",是最早的现代民间故事学思想体现方式。在最后,同样有"附录",表达了赵景深对吕洞宾故事历史演变等内容的研究。

应该说,这是赵景深他们在现代民间故事学建设中,最早总结出的历史地理研究方式。

林兰所编《民间故事》,在语言上有许多独特之处,有纯粹的民间故事叙述,语言干脆利落,短小精悍;诸如孙佳讯所记《人之由来的传说》[1],这是人类再造神话传说故事,后来,20世纪80年代的中原神话调查中出现许多类似的内容[2]。同题中有许多故事,都具有现代神话学的研究价值。其记述道:

在很古很古的时候,有姐弟二人,上山刨草,弟弟手里拿着两块饼,预备饿时吃。他俩经过山下石人的面前,石人忽然张开嘴,似乎要吃饼的样子。弟弟搁点饼在他嘴里,他嘴儿动动,就咽下去了。他俩每天从这块经过,石人总要吃一点的饼。

一天,夕阳要落时,他俩背着草从山上下来,到了石人的面前。石人忽然说话道:"你们明天不必再上山刨草了,快去家多备一点干粮来,滚在我的肚子里。恐怕不久就要天下油地生火了。"他俩慌忙跑到家,烙了几十块的饼,带到石人那块,石人张大着嘴,他俩先后地滚到石人肚子里。

他俩刚刚躲藏起来,就天下油地生火了,所有的人,所有的草木,所有的飞禽走兽,都被完全烧死,世界上,成了一片枯红的野地。

各处火熄时,世界上只剩下躲在石人肚里的两个人了。他俩滚出来,吃完了饼,只拾些烧熟的鸟儿兔子来充饥。他俩正坐着吃肉,天上下来

---

[1] 林兰编:《人之由来的传说》,《民间传说》,北新书局1931年版,第1、3页。
[2] 张振犁、程健君:《中原神话研究专题资料》,河南省民间文艺家协会1988年印。

第七章 "林兰女士"与《民间故事》

了一位神仙,硬说他俩是夫妻,他俩极力辩白他俩不是夫妻,是姐弟。神仙看见身旁有一盘石磨,指着对男的说:"你拿上一扇,到东山头向下面放。"又对女的说:"你拿下一扇到西山头向下面放,假如男的磨滚到女的磨上,那末你们一定是夫妻,不是姐弟。"他俩只好依照神仙的话这样做了。两人各拿一扇磨,弟弟到东山头放,姐姐到西山头放;姐姐的磨放到山下不动时,弟弟的磨还绕着姐姐的磨旁乱转,忽然一旋,旋到姐姐的磨上,他俩还有什么话可以说呢?只好做成了夫妻。

一两年后,姐姐生下来两个肉球,这个一炸,炸出来一百男子,那个一炸,炸出来一百女子。他们父母将他们配成一百对夫妻,每一对都有一个姓,他们姓些什么呢?就是百家姓上所说的一百姓。据说这一百对夫妻就是现在人类的老祖。[1]

在林兰编《民间故事》中,总是有一些故事讲述与记录者对家乡表现出浓郁的眷恋,于不知不觉中形成大量故事内容以外的地方性历史文化知识,自然显得十分邋遢。

如《民间传说》所记《塔的故事》,其开题即讲"我们开封的古迹很多,并且许多的里面,都含着一种有趣的故事",然后再讲自己与朋友一起登上铁塔,娓娓讲述"在一个记得不很清楚是哪一天的一天,气候热得比平常格外厉害,我正寂寥地孤坐时,忽然有两三个很熟的朋友来约我登铁塔,于是我为无聊所驱使,便也很兴奋地跟着凑一凑趣",又讲起当年李自成与开封的故事云云,绕了一大圈子,才开始讲述故事本身:

---

[1] 林兰编:《人之由来的传说》,《民间传说》,北新书局1930年版,第1—3页。

329

开封的铁塔

亦我　搜集整理

我们开封的古迹很多,并且许多的里面,都含着一种有趣的故事。当我的童时,常常于盛暑的夜里,一家人都坐在院里乘凉,便互相说些民间传说的故事,尤其是关于古迹的故事最多,有时我听得高兴了,便又要很麻烦地请他们翻来复去地说了许多次。但现在我记忆中所刻镂的痕迹,却是模糊得记不清楚了。

现在又是到了这炎热的盛暑了,但我们处于这战云弥漫的中州,所感到的都是一些惊骇的恐怖,失意的烦闷,在孤寂的夜里,更是无聊而怅惘,又哪有工夫去享受这夏夜的清福呢?

当我在失望中,自然是早已估定我没有再享受夏夜清福的机会了;而且更无意识地疑信我将永远不得再有听故事的机会了。可是现在却于铁塔上的游历中,竟得到一个塔的故事,这是我所梦想不到的。

在一个记得不很清楚是哪一天的一天,气候热得比平常格外厉害,我正寂寥地孤坐时,忽然有两三个很熟的朋友来约我登铁塔,于是我为无聊所驱使,便也很兴奋地跟着凑一凑趣。

我们说说笑笑,早已把烈火般的热度,忘得干干净净,一直地跑到铁塔的跟前,更一直上到最高的一层。还有几位勇敢的冒险者,沿着塔边,"欲穷千里目"地去看那离城十八里的黄河之外,据他们的报告说:远远地可以看到金黄色沙漠般的一片黄水。但我素来胆小,又哪敢舍命地冒险去看他,所以也不知道这话是否真实,不过我听过许多人都是这样说,大概就是如此吧!

由看黄河之报告,不免便要研究塔的高度了;由塔之高度,便也就谈塔的建筑时的故事了。我现在且在无事的胡忙中,抽出一点空闲胡乱地写在下面:

这座塔,名字就叫铁塔;在开封城内东北隅的荒原上。一共是十三层,每层一丈,共有十三丈高,但是如果把塔顶算上,则比十三丈又多了。

第七章 "林兰女士"与《民间故事》

据说在李自成——闯王——造反去攻打燕京的时候,经过开封,他就问这里的官员要饷,但开封的军队却截住他的去路,不准他过去;李自成便拿兵力来攻城,但费了许多工夫终是破不了。他实在没法,他急得简直要死,后来他手下聪明的人,便给他想了个法子,就是把黄河挖开,使水一直流进城来,——因为开封地势很低,黄河岸上都筑了长堤,假使黄河一开了口,开封和附近各地,便都要变成河了。——果然实行了这个法子,开封及其附近所有一切的最高建筑都被水埋没了,而独有这个铁塔,还隐隐地露出几层,由此也可以看到塔的高度之一斑了。

在开封的人们,开始去造这个塔时,费了许多工夫,但是却造不到几尺,他便倒了;他们屡次地造,而他却回回要倒。

有一天,他们正在动手盖塔的时候,忽然来了一个道人——据说这就是吕洞宾。——他连连地摆手,去禁止他们的工作,他们却仍是盖他的塔,并不理他;吕洞宾也并不见怪,还连连地摆手,去禁止他们的工作;最后更诚恳地说:"这土质是疏松的,盖塔是永远不能成;可以让我去替你们修炼,等到三年以后我再来时,便可开始动工了。"大家听了他的话,便都信以为真,停止了他们的工作。

但是他们等过了三年以后,吕洞宾却并没有来,他们真等急了,便又要继续着去盖塔了,可是刚刚拿着铲挖了一下土,吕洞宾却又跑来了,并且还责问他们说:"我叫你们等我来了再盖,而你们却不听我的话,现在法术即破,便又得三年的修炼。"

他们听了,只有懊悔和怅惘。只得再等下去,一直等到三年后吕洞宾来了,才把这塔盖成。

他盖塔的方法,是盖好了一点,便用土拥上,一直把十三层盖完,便成了一个很大很大的土山。再渐渐挖去四周的土,才成了一座巍严的铁塔。[1]

---

[1] 林兰编:《塔的故事》,《民间传说》,北新书局1931年3月版,第82—87页。

有的民间故事记述长篇大论,或具有心理描写和环境描写等作家文学的文字雕琢痕迹,更有一些故事记述语言与学理说明和论述等方式相结合,甚至在语言叙述中表现出浓郁的政治倾向性。

诸如台静农,他曾经在北新书局1930年3月出版的《民间传说》中发表《山歌原始之传说》,其中的"匪区"确实指中国工农红军活动的苏维埃政权所在地,其实台静农对国民党有不合作的历史。其文章记述道:

匪区中生活的我,除了恐怖与寂寞之外,什么事都不能做。虽然也能够得到意外的兴趣,便是在田夫野老的队中向他们搜辑山歌,其中能够感动我们与怡悦我们兴致的实在不少,而最有趣的,便是关于山歌原始之传说。

在我们现在几千年以前,有位大皇帝秦始皇,愿做子子孙孙不绝断的皇帝;这时候他什么都不怕,而所怕的便是外人的侵略;于是他在北边建筑一座万里长城,这本是极大的工作,且不是一个两个人所能够做到的。当时为了这座城,以致劳苦而死的人,实在多得很;孟姜女的丈夫,不幸正死在这一役,而与她的丈夫同样命运的人,还不知其数呢。但是那时人所以愿意拼命去干——同现在去当兵一样的,却是为了大皇帝威力不敢不干。一天在他们疲乏不堪的时候,有的瞌睡,有的叹息,有的手是不能动,死气沉沉地将他们不幸的人围住了。这时深宫里的绣楼上有一位青春的公主,正在刺绣,忽然见了这些可怜的人们,非常的感动,并觉得他们若长此下去,恐只有疲乏与倦怠,长城将永久的修不起来。遂作了些山歌来鼓起他们的精神,当时一面作一面写都从楼窗飞给他们;从此疲乏不堪的人们,接着了公主的山歌,都高兴地唱起来,将以前所有的疲乏都忘却了。

还有一种传说,与上面可不一样。就是在从前的时候,有两位大家的小姐,一日在他们的绣楼上看见那些农夫们都在"热日炎炎"底下做田活,一个个都是疲乏与劳顿,于是感动了这两位慈悲的小姐,但是她两个也没有别的法子可以救济这些可怜而劳力的农夫们,只得作些山歌来安慰他们,因此这两位小姐都努力作起,借了风与纸片的力量,送到农夫的面前;自从农夫们得着两位小姐的山歌,遂一面唱与一面工作,将从前的疲乏都变成了欢欣了。

上面两种传说,虽然不经而且不为人所注视,不过在我们作山歌研究的人,对此便不能加以忽略。我每每在田夫野老的队中搜山歌的时候,他们都这样告诉我:"诌书立戏真山歌",意即书是编的,戏是创造的,山歌可是真的。因此我们可以知道:这两条在我们只能认作传说,在他们却认为是山歌的历史上之第一页呢。

特别值得注意的是,林兰编的《民间故事》中,有一些记述地方农民起义等内容的故事传说,诸如《红花女》中的《一个白莲教徒》《长毛的故事》《刘罗贼及其妹》和《小金川》等,《朱元璋故事》中的《张献宗降生的故事》《黄巢的故事》《瞎了一只眼的李自成》,尤其是《趣联的故事》[1]中记述许多太平天国与义和团运动关于石达开这些民间英雄传说,这些民间故事集中表现了反抗清朝的农民起义斗争生活历史在这一时期的口头记忆。如其所记述:

趣联的故事(二)[2]

太平天国翼王石达开,智勇兼备,确是不可多得的大将。他在少年的时候,早已才气纵横,富含革命思想。只看他少时替一家剃头店做的一副对联,就可明了他是一世的英雄了。

那副对联是:

---

[1] 林兰编:《趣联的故事》,《民间传说》,北新书局1932年4月版。
[2] 林兰编:《趣联的故事》,《民间传说》,北新书局1932年4月版,第3—4页。

磨砺以须,问天下头颅几许?

及锋而试,看老夫手段如何?

磨砺以须,是把剃刀磨好了等待,及锋而试,是把剃刀磨快了试用。下面两句,都有双关的意思,表面看去好似说剃头;骨子里实在含有屠宰天下的野心。所以客人走到那店里,看了那副对联,没有不汗毛直竖的惊惶着。

又一说是,石达开少年的时候,到了一家剃头店里去剃头,剃头师傅不小心,把他胡子剃破了。石达开心存报复。恰巧那店里缺少对联,要请人写作,石达开便走上去替他们写下一联,写的是:

磨砺以须,问天下头颅几许?

及锋而试,看老夫手段如何?

自从这副杀人口气的对联挂出来了以后,客人走过门前,看了一看没有不咋舌而去的,从此剃头店里的生意,一天一天的冷落起来。

趣联的故事(三十三)[1]

刚毅是前清庚子之乱的北方主将,他的相信义和团,完全从着看戏中看出来的祸根。因为他顶爱黄天坝,以为义和团的扶清灭洋,大有黄天坝等气概,所以相信他们。后来引起八国联军,事败狼狈出逃,宛似火烧连营,白帝败走景况,真属可恨可笑。有人替他做一联道:

中军无复黄天坝,

城乡空嗟白帝城。

---

[1] 林兰编:《趣联的故事》,《民间传说》,北新书局1932年4月版,第44页。

第七章 "林兰女士"与《民间故事》

趣联的故事(九十)[1]

明末清初时候,民间流传一种谣联,大概是隐刺当时之事,讥李自成和福王等道:

自成不成,福王无福,两人皆非真主,

北人用牛,南人用马,一般俱是畜生。

张献忠和李自成,都是明末的流寇,福王是史可法等立在南京的皇帝。马是指当时领兵的马士英,牛是指李自成手下姓牛的人。

民间故事与民间歌谣一样,具有鲜明的地方性特征,需要必要的解释做说明。林兰编《民间故事》中许多地方做注释,或曰此故事在某某地区范围内流传,或做不同方式的解说,让人能够明白其中的具体内容与主题。自然,这也是其民间文学思想理论表现。如其所编《红花女》,他在后记中作解说道:

《美女摄天》这一篇描写秋痕做梦,过于细腻,因之也就失去忠实。花圈是现代的东西,大约是这故事最近的改变,或者是述者故求雅驯。此篇很像梁山伯和祝英台故事的末段,不过前者是女尸将男子摄入墓中,而后者是女子自己跳入墓中罢了。

《红花女》这使我忆起荷马的史诗伊利亚特,一场大战,只为了女子海伦;这一篇可说是"壳中的伊利亚特"了。裸女在城头上跳舞,记得另一个传说讲起枪炮击之,即不发响,也是"他不"(Tadu)之一。

《一个白莲教徒》小孩骑扫帚,西洋女巫传说也骑扫帚。

《武生遇险记》这一篇特别介绍给文艺上的异物的作者周作人先生。

《江北的贼》开端叙老贼养小贼多日,不叫他做事,倒像是史记刺客

---

[1] 林兰编:《趣联的故事》,《民间传说》,北新书局1932年4月版,第116—117页。

列传的笔法。原来太史公也是一个民间故事的搜集者。这一篇特别介绍给古史辨的作者顾颉刚先生。

《丁兰》据孙盛《逸士传》："丁兰少丧考妣,刻木象事之如生。邻人张叔因醉求诤骂木人,并以杖击其首,兰奋剑杀之。吏至捕兰,木象为之垂泪。"张叔打木主,在这篇便变成丁兰自己打活娘了。

《老人》这自然是属于李迫大梦（Rip Van Winkle）一类的仙乡淹留传说,所不同的,普通都是少出老归,而这篇却是老出少归。

林兰编《民间故事》几乎汇聚了中国现代民间文学史上所有的民间故事类型,为后来者研究现代历史时期民间故事形态,提供了完备的文化坐标。从中可以看到我国古代民间故事历史传承的踪影,也可以看到当世文人对民间故事具体记录整理所表现出的时代风格。同时,也可以看到钟敬文、赵景深等一批民间故事研究者不同的研究方式,以及他们筑构现代民间故事学的辛勤劳作与卓越贡献。

1928年前后,民间故事的搜集整理频频出现高潮。以《民间趣事之一:三儿媳故事》封底广告为例,可数"《呆女婿故事》、《换心后》、《新仔婿故事》、《换夫的情人》、《巧舌妇故事》、《金田鸡》、《瓜王》、《民间趣事新集》（上）、《民间趣事新集》（中）、《民间趣事新集》（下）、《鬼哥哥》、《鬼的故事》、《列代名人趣事》、《鸟的故事》、《三儿媳故事》、《朱元璋故事》、《吕洞宾故事》、《徐文长故事》、《徐文长故事外集》（上）、《徐文长故事外集》（中）、《徐文长故事外集》（下）、《民间传说》（上）、《民间传说》（中）、《民间传说》（下）"等,时隔一年。1931年4月"初版"封底列出书目广告中,介绍北新书局"民间趣事童话传说",增添了《三个愿望》等10多个故事集。如果连同20世纪20年代北新书局在北平、上海两地所有的民间故事集,包括"林兰编"之外的民间故事图书都做统计,应该在500种左右。这是与中国历史上任何一个时期相比都不逊色的现象。这一历史时期的民间故事搜集整理（包括翻译、改编、出版）与理论研究，标志着我国民间故事学发展的一个高峰。

《民间故事》成为20世纪二三十年代北新书局搜集整理和出版（传播）民间文学的文化品牌，深受社会喜爱。从其封底所列"分发行所"来看，其最少时似乎只有上海一处，后来有"南京、开封、广州、重庆"（《菜花郎》，北新书局1930年12月版），不久，又增添有"北平、汕头、温州、成都、昆明、济南"等地（《徐文长故事外集（下）》，1931年4月版），仅半年，又增添有"武汉、贵阳、长沙、厦门"（《云中的母亲》，北新书局1931年10月版），达到12家之多。再如《鬼的故事》，其1930年1月版封底"分发行所"列有"重庆天主堂街、南京花牌楼、北平琉璃厂、广州永汉北路"，而1930年5月版，封底所列"分发行所"就有了"上海、北平、成都、南京、开封、重庆、杭州、厦门、武汉、昆明、温州、济南"等多处。其重印的时间，从许多故事集的封底可以看出在1937年之后，直到20世纪40年代仍然有发行。这是中国现代民间文学史上一个奇迹。我们有充足的理由把这种现象称之为"林兰现象"。

继北新书局出版林兰编《民间故事》系列丛书之后，还有许多相似现象出现，标志着民间文学搜集整理与出版事业（传播）的繁荣。以上海等地为中心，出现大量民间故事丛书与不同形式的搜集整理或再改编"故事书"出现，影响到许多地方的故事会等具有民间文学色彩的群众文化活动开展，许多报刊开辟了故事专栏。诸如广州中山大学1928年前后出版的民俗丛书林培庐编《潮州七贤故事集》、娄子匡编《巧女和呆娘的故事》、叶德均编《李调元故事》，以及清水所搜集整理的《海龙王的女儿》，未必都应该与此有直接联系，却与北新书局搜集整理和出版民间故事的先行有着瓜葛。此后，诸如王统照编《山东民间故事》（儿童书局1937年8月版）、方明编《民间故事集》（元新书局1937年3月版）、胡开瑜编《中国民间趣事》（儿童书局1939年4月版）、清野编《中国民间趣事集》（一、二集；儿童书局1939年

337

6月版)、王显恩编《元始趣事集》(广益书局1945年1月版)、乔东黎编《中国民间故事》(春江书局1940年1月版)、李浩编选《民间故事新集》(春江书局1940年1月版)、黄华编《民间故事》(一、二、三、四集；正气书局和文益书局1948年版)[1]、王洁忱编《儿童故事》(上、下集，老二酉堂书局1944年1月版)、胡骏千编《神怪讽刺故事》(一、二集，经纬书局1946年7月版)、林秀容编《民间故事集》(春明书店1946年9月版)、谢颂羔编《雷峰塔故事》(国光书店1946年10月版)、金川编《傻子》(上海育才书局1948年6月版)、姜祖夔编《民间异闻》(国光书店1948年8月版)、倪念劬编著《民间说怪》(国光书店1949年1月版)、严殊炎编《民间传说》(国光书店1949年1月版)、严大椿编《民间神话》(国光书店1949年4月版)、田星编《民间故事选集》(群育出版社1949年12月版)、石再恩编《徐文长趣事》(国光书店1949年1月版)等，这些民间故事集的搜集整理与北新书局当年的搜集整理民间故事在事实上形成一种呼应关系，成为中国现代出版史上一个以民间故事为特色的文化高潮。

还值得一提的是，这一时期的国产电影采用民间传说故事题材，以及张恨水等通俗文学作家改写民间故事，都在事实上起到对民间故事的传播，加深了人们对民间文学的理解认识。这也是中国现代民间文学史上特殊的一页。尤其是华氏兄弟拍摄的电影，大量采用民间传说故事作为素材，这是中国现代民间文学史上一个值得注意的现象，应该进行认真研究。1949年之后，动画题材使用民间文学，应该受到华氏兄弟的影响。

长期以来，我们对于民间故事的改旧编新常常给予回避。应该看到，在当时没有绝对的一字不动的记录能够发表。一个普遍而重要的现象表现为，因为现代传播媒介的需要，完全原汁原味、不加任何改动的忠实记录的

---

[1] 黄华编的《民间故事》(一)(二)于1947年12月由正气书局出版；其(三)(四)于1948年2月和12月由正气书局和文益书局联合出版。

民间文学,或许就无法见诸报刊。一切记录在形成所谓标准化文本的时候,就已经成为记录者自己的"文本"。

第二节 故事的内容与类型

林兰编《民间故事》,其名称概念不断形成变化,诸如"民间故事""民间传说""民间童话与传说""民间趣事""民间童话集"等,应该说,每一种名称概念或者是随意所列,或者是为了市场习惯,都是关于民间传说与民间故事的俗称。

在现代民间故事学意义上,北新书局出版林兰编《民间故事》,其故事内容与故事类型是应该引起我们特别关注的内容。一方面,这些内容客观上记录并表达了其故事讲述中民众的思想情感;一方面,这种记录方式,以特殊的语言形式,体现了这一个时期故事记述的特殊价值。诸如讲述主体即民间百姓的生活语言与记录者所做不同形式的语言加工,作为重新表述,二者之间的语言差别及其背后的原因等内容,其实是民间故事研究应该重视的现象。

故事的历史,其实就是当世社会大众间具体表现的社会历史被故事化的存在形态。故事的一切讲述行为,都是当世社会风俗生活的具体表现。诸如梁山伯祝英台等四大传说,每一个历史时期的讲述,其实都是其时代的再现,是不同时期社会风俗生活对民众思想文化诉求的具体应答与表达。在这种意义上,林兰编《民间故事》的故事与语言价值,正是对时代的表现。

民间故事是一个相当宽泛的概念,有广义和狭义之分,广义的民间故事是一个类型概念,包括神话、传说、故事、寓言、笑话等类别,狭义的民间故事是指区别于民间传说具有地方、时间、人物、事件的确指性内容,表现出独特想象力的幻想性故事。正因为约定俗成的原因,民间传说与民间故事常常被合称为传说故事,真正将传说与故事完全区分开,从其内容上看,也并不是一件很容易的事情。显然,林兰编《民间故事》是采用了广义上的民间故事概念,其中最突出的内容是各种人物传说与生活故事。其中,对于具有历史文化特殊含义的神话故事的记录,编纂者和记录者未必都有十分明确的学科意识,更多是无意间为后来的神话学研究提供了宝贵的资料。

一、神话传说

神话是一种特殊的民间故事,其表现内容多为述说天地起源、人类创造、洪水灾难,包括祖先神、英雄神和各种原始信仰崇拜。其基本功能就在于解释世界形成与发展变化和说明重大历史事件,是原始信仰为重要主体的民族记忆与文化认同、文化识别重要基础。

林兰编《民间故事》中,此类内容主要集中在其《民间传说》[1]《人之由来的传说》等处。20世纪三四十年代,我国的神话研究主要集中在古代典籍文献钩沉辨析与少数民族的神话传说被发掘,对于这些珍贵的活态神话却视而不见,这不能不说是一种学术缺憾。真正打破这种局面,是在20世纪80年代中原神话的田野考察。因此也更显得这些内容的学术价值之突出。

前面已经举例其中的《百家姓的由来》记述姐弟二人重造人类的故事;其中数篇都有此类内容。如其中《人之由来的传说》所记安静僧记录的《用泥造人》等篇,讲述内容是典型的古典神话意义上的民间传说。此举例:

《用泥造人》[2]

安静僧　记录

记得是一年的夏天。正当日中的时候,我和家里面的人,坐着谈天。因为天气热得厉害。汗珠不时地向下滴着。我就借用着这许多汗珠来洗

---

[1] 林兰编:《民间传说》,北新书局1930年3月版。

[2] 林兰编:《人之由来的传说》,《民间传说》,北新书局1931年版,第3—7页。

洗我的脖子。间用中指上下的摩擦几下,时有一二黑色灰卷下坠。因为我发生这样情形,就引起她们下边的一大片泥人的故事的话来。

古来的时候,有人是不多的。在大禹王以前,人们不行正道,不做好事,真是坏得太狠了。老天爷看他们这群人不行,就发了洪水把他们都淹死了。当未发水以前,有兄妹两个天天一块儿出去游玩,有一天他俩玩到一所古庙里,门口两旁有两只大石狮子,他们俩走近石狮子旁边,只听石狮子肚里说:"我饿了,你给我一点馍吃吧!"他们兄妹两个就回家拿馍来给石狮子吃。自从这天以后,他们天天拿馍来喂这只石狮子。

经过二三年以后,洪水来了,把人们庄村都淹没了。只有他兄妹两个藏在以前他所喂的那只石狮子的肚里去了,幸而得免。他们在石狮子肚里吃些什么?就是以前他们喂石狮子的馍,石狮子都未吃掉,这时候他们反来吃了。

过了四五年之久,他们兄妹在这很小肚子里,住闷了,所以想出来游玩游玩。一天他们就向石狮子要求这件事,石狮子允许了他们出去玩玩。他们兄妹出了石狮子肚子后,觉得不好受起来,因为以前有许多小孩子和他们在一块儿玩耍,现在只有孤零零的他俩了。一会儿从云雾里飘飘然落下一位神仙,向他俩说道,"我是上天的玉皇大帝,因为人们不好,所以我就把他们都淹死了。今天我又看你们还活着,可想你俩是很好的孩子。现在世界上也没有人了,好!就请你们两人,做夫妇,生出来的孩子也是善良的。"

他们兄妹两人听说这话很不高兴地对玉皇大帝说,"我们是兄妹俩,怎样能结婚呢?不能!不能!"

玉皇大帝看他们不愿意,又向他们说:"世界上也不能没有人,你俩既不愿意做夫妇,我也不勉强你俩,只请你俩来帮忙捏些泥人,教他们在世上繁殖吧!"

他们就开始工作,捏了一百个泥人,在山坡下晒着。还没有干的时候,忽然天下大雨,他们很快地收回去,一时不小心,把这些泥人弄坏许多。过了一天,玉皇大帝来了,把一个个泥人,都吹一口神气,通通都变作活人了。因为弄坏的缘故,所以有瞎的瞎哑的哑,一直到现在还是这个样子。并且身上的灰是洗不净,因为人原是泥人变的。

《人所以残废》[1]

曙晖　记录

当盘古氏开天辟地的工作做完后,世界上的植物和禽兽,都渐渐地生长起来,唯独人类还没有生育出来。他又以为天地间的植物和禽兽们,都是蠢然无知的东西,没有最灵的东西来支配它们,利用它们,真是世界上的一大缺点。于是盘古又从事一种工作,整日里用泥作男女的形状,据说晒干后,受天地间阴阳精灵之气,即成为人了。

盘古作了一大堆泥人,正在太阳下晒着,才晒得半干了。忽的西北的黑云突起,渐渐的布满了天空。

盘古怕的"十年之功,废于一旦",所以急急用扫帚把泥人堆起来,用铁叉往屋里挑个不住。然没有等到他把泥人都搁在屋里,大雨已经降起来了。

结果把泥人残坏了一部分。

所以直到现在的人们,有的跛子,有的瞎子,有的聋……(流传于直隶安平)

《怨男恨女之由来》[2]

"有好汉,没好妻,赖汉娶个花滴滴。"这虽然是乡下的俗谚,可是不能不说是一般怨男恨女所发出的"不平之鸣"啊!中国的旧礼教,旧习

---

[1] 林兰编:《人之由来的传说》,《民间传说》,北新书局1931年版,第7—8页。

[2] 林兰编:《人之由来的传说》,《民间传说》,北新书局1931年版,第9—11页。

惯,所谓"父母之命,媒妁之言",所谓"娃娃媒"更甚而所谓"指腹为婚"以至于造出这些大的流弊出来,我们试问"娃娃媒",男女当小孩时,诚不能断定将来若何,或许是哑子,是聋子,是淫女,是浪子,当父母的谁能预卜其子女将来若何?幸而恰巧都是很好,或者都是很坏,那么谁也不抱怨,然而天地间那有恁巧的呢?不是一个翩翩的丈夫娶一个蓬头疥痔的女子,就是一个花貌玉肌的女子,嫁一个愚蠢呆笨的丈夫,所以都是抱恨终天,有时就不自觉地呼出这些怨天尤人的话来。但是这种不平之事,乡下人是不会往婚姻制度上设想的,他们都认为凡事都由命定,因此就创出这故事来,以慰藉这些怨男恨女:故事说的什么呢?请看下边的:

开天辟地没有人烟的时候,上帝就命一个神,下界造人。于是这位神到世界来,和了许多泥,捏出很多男的女的泥人。有的相貌端正的男女放在一起,作成一对夫妻;相貌丑劣的男女放在一起,作成一对夫妻。当阳光晒到山坡时,就把这些泥人排在山坡上晒起来。不料上帝无意之间头伸出南天门往下界瞧视,一见这些泥人,就大为吃惊,想着将来要是一对好夫妻能以过活,一对坏的就过不成日子了,立刻吩咐风伯雨师到下界去行使他们的职务。风伯闻令后,就刮起卷地黄风,飞沙扬尘,晴朗的天空顿成昏暗世界,继而雨师也就下起倾盆大雨来,和平的宇宙,霎时间风雨交加。这位造人的神,当时一见这样情景,想着他数月之功,将废于一旦。于是他不顾一切,把这些泥人向山洞塞起来,他预备到天晴时再捡捡,把好的放在一起,坏的放在一起,不料泥人在山洞竟活动了,彼此交谈起来,彼此世界就发出这些不平的现象,这都是风雨所给的恶果。(流传于豫西豫南一带)

《男多女少的缘故》[1]

原始的时候,从天上掉下来十八个罗汉,十二个观音。因为"僧多粥少",不敷分配的缘故,几乎就要引起争斗,所以他们约定罗汉站在东山,观音站在西山,各人手中推一扇磨,迎面往低下滚去,谁碰到一处就结为夫妻。这就是碰时运的侥幸与否?结果剩下六个罗汉,没有匹偶,因此,后来世界上男多女少。(流传于豫南豫西一带)

在这些神话传说故事的记录中,记录者常常出现夹叙夹议的表现方式。如"二"《用泥造人》,其实是应劭《风俗通义》中女娲抟土造人故事与洪水神话、兄妹婚神话相结合而形成的神话流传形态,其所论称,"这上边一段故事,是说'人'从那里来的。这个问题是很不容易答复,不容易了解,所以民间就有这种故事来答复这个,来解说这个。并且还说人因为什么有瞎哑不全的,因为什么身上的灰是终于洗不净的。这就是科学不发达,来利用这些神话故事散布民间,使人民可以了解这许多问题"[2],这体现出论者别具特色的民间文学思想理论。

此类神话传说故事还体现在《民间传说》其他篇中,诸如《地名与物的传说》之"三"《颛顼墓的传说》[3],诸如《五谷所以有穗》[4]《龙的出处》[5]等,都是神话传说在社会风俗生活中的具体表现。其中,《颛顼墓的传说》是将神话传说与民间盗宝故事相联系在一起的传说故事,其讲述颛顼神话为"在很古很古的时候,我国的史家——就中一个如司马迁——都是这样说:'帝颛顼高阳者,黄帝之孙。'《索隐》又引张晏曰:'高阳者所兴地

---

[1] 林兰编:《人之由来的传说》,《民间传说》,北新书局1931年版,第11—12页。

[2] 林兰编:《人之由来的传说》,《民间传说》,北新书局1931年版,第7页。

[3] 林兰编:《地名与物的传说》,《民间传说》,北新书局1931年版,第21—27页。

[4] 林兰编:《五谷所以有穗》,《民间传说》,北新书局1930年3月版,第51—52页。

[5] 林兰编:《龙的出处》,《民间传说》,北新书局1930年3月版,第58—59页。

名也.'我是高阳县的人,所以我和我们高阳县所有一切的人,都和颛顼帝是同乡。商人们常使用的钱袋的封面上,多是一头写'颛顼古都',一头写某某铺号的;农人盛粮食的布袋,在右边竖写的某某村名之上,亦往往横上'顼阳'两个字;我在几个读书人的笔记本上,亦尝发现写着'顼阳某某氏'的。总而言之,我们县里人的普通心理,处处都想表示出他和颛顼帝是同乡"[1],这是古代神话与地方社会风俗生活融为一体的典型记录。然后,其又记述道:"距现今县城的正东略偏南二十五里的地方,有一座大镇(自然这是就我们县里说)叫旧城。据说在很早的时候,县城就是在那个地方;后来移到现在的新地方,所以更名旧城。县志上大概也有这样的记载,可是我没有查过。帝颛顼既是在我们县里坐的真龙天子,所以旧城在很早的时期是县城,更在很古很古的时期则是'帝都'了。现在旧城镇的西南面不远,有一丛林木,据说便是'颛顼墓'——有一位老先生对我说:他查过县志,县志上载有明文,他很相信,劝我也要相信。但是后来我又读了几本别的书,有的说帝颛顼建都的高阳,是在现今河南的陈州(我写出这句话的原因,更要想知道河南陈州帝颛顼的同乡们,更有怎样的传说。)高阳的'颛顼墓'是衣裳塚。不论真皇塚也罢,衣裳塚也罢,反正我们县里的人们,以为和帝颛顼是胞同乡,即说我们县里曾出过真龙天子。在旧城东南面三四里,有个小村叫皇亲庄;据这村里的人说:帝颛顼是在他们村里招的亲,这样说法,我们全县里的人也都承认,所以这小村里的人,提到帝颛顼,更是自豪!"[2]最后引出"南蛮盗宝",在故事结尾,其记述与唐五代小说中的附记一样,为了表达其故事讲述与记录的真实性,总是做亲耳所闻、亲眼所见之类的说明,诸如"在七天以内,旧城镇里的人们都曾听到那位南方'蛮子'在里面怪叫。墓子里面的情形,都是那位农夫亲眼看到,亲口对人们说的"[3]云云。

---

[1] 林兰编:《地名与物的传说》,《民间传说》,北新书局1931年版,第21—22页。

[2] 林兰编:《地名与物的传说》,《民间传说》,北新书局1931年版,第22—23页。

[3] 林兰编:《地名与物的传说》,《民间传说》,北新书局1931年版,第27页。

神话以社会风俗生活形式出现,成为这一时期民间文学记录中典型现象。如《五谷所以有穗》,在内容上与蔡衡溪《淮阳风土记》中所记录几乎没有任何区别。这说明这个传说故事在不同地区的流传状况。其记述曰:

许久许久以前,地上的五谷并不是穗状的;茎秆上并没有半个叶儿,全然是密结着的丰满的实粒。

那时世上的人都很好,大家种地,大家吃饭,过着安乐的日子。从没有竞争的事。但过了不久,就有坏人出来了,他们忽然生心要把许多粮食积蓄起来,预备自己不种地了,只管随意吃用。他们因为积蓄太多了,便任意糟蹋起来:面只是吃头遍的;高粱常常都喂了鸡;吃剩的馒头顺手当作石子的抛掷;在雨天里,把谷粒撒在庭中的泥泞上,唯恐沾了他们的鞋。

一天掠福神来下方巡游,正遇着他们中的一个端着半箕白面,倒在厕坑中的粪上,因为他的小婆子如厕时,常常嫌里边的气味太臭。于是掠福神大大生气说:"这还了得!"一溜烟来到田里,把满野的稻,粱,黍,麦,……都要搋剥尽净,只丢些精光光的茎秆,多亏那时鸡和狗在旁边跪下哀求,他才为它们在茎秆的尖端上留下了短短的一节——就是现在的"穗"。

一两个人的善恶,是有关于全人类的;从那时起,地上的五谷,结实便永久是穗状的了[1]。

在神话传说中,龙是一个特殊的神话形象,如轩辕黄帝神话中已经出现"应龙",其作为神圣的天帝使者等角色,监督世间的是是非非,或替天行道。在林兰编此《民间传说》中,龙的神话传说表现为"浦江人"另外一种

---

[1] 林兰编:《五谷所以有穗》,《民间传说》,北新书局1931年版,第51—52页。

形式的讲述,这是当世社会风俗生活的又一重要表现。如其记述:

> 据父老传说,月亮中有一件宝贝,叫作"月华",每月于团圆之后,要掉一个到大地上来。"月华"的形状,是鸡蛋一枚,有光辉而能流动的。大地上无论什么动物吸收了它,都能成为神奇变动的。所以我们浦江人说,在阴历十五十六的两天走夜路,是最危险不过的;因为这两夜中,不拘什么妖魔鬼怪,鸟兽虫鱼都在月光之下望"月华"。便是蛾的赴火,蟹的赶灯,也是把灯火看作"月华"的缘故。
>
> 这"月华"若把虫类吞了,便要变为"蜃",譬如蜈蚣吞了,便成"蜈蚣蜃";蛤蟆吞了,便成"蛤蟆蜃";其余虫类吞了,也是一样。不论什么虫变成了蜃之后,他的能力就非常之大,虽隐伏在土中,一碰到天雨的时候,也能使附近的一带山田草木都替它含蓄水分,待得时机一到,把大家所含的水分,一齐发了出来,便成洪水,叫作"出蜃"。这蜃就随水游到海中,成为"蛟龙"。
>
> 蛟龙在海中,尚不能升天,还须经过一番严格的考试。考法就是天帝叫麒麟赶蛟龙,蛟龙拼命地喷着水往前面逃,麒麟吐着火在后面追。若是蛟龙飞得不快,或是肚里的水喷完了,那只有被麒麟烧死。有的时候蛟龙危急了,便向山中钻了进去,它的尸骨就变成了"煤"。要是麒麟赶不上的,便算考中,就做了天空喷云吐雨的"龙"。[1]

二、人物传说

我国民间文学对各色人物总是具有别样的热情。如人在俗语中常说,物以类聚人以群分,讲什么人上一百,形形色色,讲什么近墨者黑近朱者赤,又讲见贤思齐,都在述说人群中或志趣相投,人与人之间相互影响。那么,

---

[1] 林兰编:《龙的出处》,《民间传说》,北新书局1931年版,第58—59页。

在不同人物的讲述中,便通过所谓箭垛式原理,具体体现出突出的社会教育意义,或在人物性情感染中形成自我宣泄。林兰编《民间故事》所记民间传说类型有很多,诸如人物传说(如《徐文长故事》、《朱元璋故事》、《列代名人趣事》)、风物传说(如《趣联的故事》、《瓜王》、《三个愿望》)、鬼神精怪传说(如《吕洞宾故事》、《鬼的故事》、《灰大王》、《独脚孩子》、《菜花郎》、《换心后》)等,以人物传说为最多。其故事类型所表现另外一种独特内容之处,即在于此各种人物传说故事。

从林兰编《民间故事》中,可以看到其选取不同类型人物,有文学艺术家,以风流才子形象出现,如《徐文长故事》,或以穷酸、刻板、愚笨形象出现,如《穷秀才故事》;有叱咤风云的政治家,如《朱元璋故事》中的刘秀、赵匡胤、朱元璋等人非凡举止;有聪明、善良、能干的妇女,如《三儿媳故事》,也有贪嘴等不良行为的女性,如《贪嘴的妇人》;有生性愚蠢、经常被人嘲笑捉弄的傻子、笨蛋,如《呆女婿故事》,更有神通广大、惩恶扬善、出没无常的神仙,如《吕洞宾故事》中的八仙和鲁班等能工巧匠等。这些不同身份的人物在民间传说故事中显示出不同性格与不同命运,自然也是在通过活灵活现的"生活事例"在告诉人们不同的道理。

其北新书局最早创办时期就出版有《徐文长故事》(1925年)[1]。其不同类型人物传说的选取,应该是有目的的。如《徐文长故事》记录一百多篇各类关于徐文长的传说故事。徐文长即徐渭,是明代著名的文学家、书法家、画家,其多才多艺,非常正直,受到民众拥戴。在民间传说中,他是一个机智聪明的文人典型,史载其"徐渭字文长,为山阴诸生,声名藉甚",其捉弄那些自命不凡的权贵,讽刺社会上的种种丑恶现象,帮助下层民众,有许多充满神奇色彩的传说故事;诸如唐伯虎、郑板桥等文学艺术家传说,都有与他相似的内容。林兰编《徐文长故事》之后,又以《徐文长故事》的"外

---

[1] 林兰编:《徐文长故事》,北新书局1930年1月版。

集"(上、中、下)形式,记述了大量与徐文长类似的机智聪明型文人传说。

在故事记述中,搜集整理者既没有歪曲事实的丑化,尽管有一些记述内容表现其捉弄妇女等行为,也没有不切实际的神话化作无限度拔高,只是在生活的日常中表现其不乏传奇内容的真实。故事中有其任性好使、捉弄他人的一面,也有弄巧成拙的一面。如《临终毁妇容》记述"徐文长的妻子,生得非常美貌。当他病榻淹留的时候,忽然想到他死之后,她有如此美貌,难保不去恋爱别人。于是他就对她说要她去买一个活鲫鱼,买来之后,他又叫烧油锅。油沸的时候,他把活鲫鱼往里一放。当然,鲫鱼往外一跳,跳在她底脸上。皮肤当时焦灼,变了一副丑相。她正莫名其妙的时候,他招招手,意思要和她耳语,待她走上前去,他竟把她的耳朵咬了一个下来,顷刻之间,他也断了气"[1];《裸体遇妻》记述"徐文长是最喜捉弄妇女的。有一天,他和朋友正在谈笑,远远看见一个少妇骑着驴子,慢慢地走来。那个朋友对徐文长说:'你能够裸体地站在驴子面前,我就请你吃酒。'徐文长说:'这有什么难处?'他等到妇人将近的时候,赤着身子去挡住驴子。他见骑驴子的妇人,并没有骂他,觉得非常奇怪;抬头看时,却原来是他自己的妻子,弄得走投无路,触了一个大大的霉头"[2]。或曰,所有的民间故事被传播,都是由于文化认同的结果;这里的捉弄妇女行为,其实是民间社会普遍存在的风俗传统。君不见,几乎所有的骂人都与妇女有关,总要拿对方的女性亲属被侮辱作为辱骂的核心。这是中国文化的丑恶之处。民间文学在总体上代表了人民大众的意志,但是,人民大众日用五谷杂粮,免不了低俗,以取笑弱者,包括广大妇女,是民族的卑劣性体现。诸如笑贫不笑娼,这类生活观念普遍流行,以绝对的实用主义为价值标准,是中华民族极其严重的精神缺陷。林兰编《民间故事》没有回避这些内容,在许多地方保持着社会生活现实中相对

---

[1] 林兰编:《临终毁妇容》,《徐文长故事》,北新书局1930年1月版,第153页。
[2] 林兰编:《裸体遇妻》,《徐文长故事》,北新书局1930年1月版,第154页。

的原汁原味,更显记录的科学态度。这不一定就是猥亵故事,却是具有猥亵内容的民间故事,体现出肮脏的国民性内容。相比而言,我们修饰或掩盖此类内容,其实是不敢面对现实。在我们高度赞扬中国民间文学的伟大、神圣时,也不应该忘记揭示丑恶与狭隘。

又如《考秀才》中作说明,称"以上六则(民间故事),都是我所闻的。虽然我仿佛记得我所闻而还不曾被各位先生写出的,似乎还有;可是我现在一时不大记得起来,只好等将来记起来的时候,再来写出。一下一则。是我所见的;但不过是补沈兼士先生的阙。因为《徐文长故事》第二集中,开首的'其一'是顾黄公《白茅堂文集》中的书徐文长遗事,而兼士先生却是从焦循《易余答录》中转录的,所以不是全豹,现在我从新安黄承增的《广虞初志》中,看到顾景星的《徐文长遗事》,大约是原文的全篇,所以把他转录如下"[1]云云;其记述曰:

《考秀才》

徐文长从小文思敏捷,而又性质顽皮。当他做童生的时候,去考了几次秀才,总是不中。所以不中,并非他的文章不好,实在因为他的文章做得太快,可以腾出工夫来顽皮的缘故。因为他每逢到了场中,看到题目,便把文章立刻写好。写好之后,一看人家有许多连破题都还没有做好,就动手浓圈密点起来。圈点完了,时间还是很早,于是再细细地加上眉批,加上总批,把自己的文章批评得非常之好,非取第一名不可,索性在卷子面上填了第一名的名次,这才缴卷。因此,学台看了,觉得他文章虽好,但是太狂妄了,就把他黜落了。有一次,他文章做得特别快,顽皮的机会特别多,他不但把自己的文章圈点了,批评了,又在卷面上把名次填定了,而且在卷子后面的空白上,画了许多祖先的神像,画了一张供桌,供桌上

---

[1] 林兰编:《考秀才》,《徐文长故事》,北新书局1930年1月版,第105—108页。

面画了许多祭品和香炉烛台等件,又把自己的尊荣画在供桌面前,穿戴着秀才的服色,在那里拜祖。学台看了他底卷子,以为他顽皮得太可笑了,便在后面批道:"文章虽好,祭祖太早",于是他又不得中了。后来他的妻子,知道他的脾气,于是想了一个法子,当他进场以前,把他所最爱吃的炒豆,给他装满了大半考篮,叫他带了进去当点心。因为徐文长素来最喜欢吃炒豆;每逢有炒豆吃的时候,他便百事不做,一定要把炒豆吃完了,才动手做别的事情,这一次徐文长到了场中照例先吃炒豆,后做文章,到了炒豆吃完,人家已经纷纷缴卷,他这才把文章一挥而就,缴卷而出。固然来不及画祭祖图,连圈点,批评,填名次等手续,也来不及做了,于是徐文长就在这一场考中了秀才[1]。

徐文长的标志在于首先是文学才能,然后才是生活中的聪明智慧。而这些才能与智慧,又都是在生活琐事中通过出奇制胜所具体体现出来的。如其记述:

《虫二》

绍兴常喜门外鉴湖边上,有一个姓谈的,开了一座酒楼,定名为谈风月楼。他因为听到了徐文长给三元点心店写怪招牌。可以招徕生意的故事,也去请徐文长写一块牌。徐文长说:"你的招牌,只消照常写,不必弄什么花头。但是我可以给你写另一块客座上的横匾。"于是除招牌之外,又写了"虫二"两字,叫他做成横额,钉在客座中间。那姓谈的店主虽然不懂是什么意思,却相信他的怪匾额,一定可以轰动一时候,招徕许多吃客,便一面答应了他随时吃白酒的权利,一面把匾额照做起来,钉在酒楼的客座中间,果然,过了几天,这怪匾额的名誉,传播起来,大家都要上这

---

[1] 林兰编:《考秀才》,《徐文长故事》,北新书局1930年1月版,第105—108页。

酒楼去赏鑑他,而谈风月楼的生意,便非常发达了。——不过这"虫二"两字,本来是一个灯谜,隐着一句成语;想来聪明的读者,一定能够猜着,也不必我这讲故事的画蛇添足地加以说明了。[1]

《盐菜》

文长幼年的时候,有一天没有事闲游,走到一座菜园门口,看见园中有很多蜻蜓,他进去就捉,跑来跑去,被园中的主人看见,见他在那里跑来跑去地捉蜻蜓,恐怕他碰坏了菜,便骂了文长几句,文长听了,也不作声,就跑出去了,一边走,一边想设计害他。

此日,可巧家中友人,要到那个菜园里去买菜。文长听见,说:"你们先别去,等我出门回来一同去。"文长说完,就赶快跑街上,买了二斤盐,急忙又跑家来,就同他们去买菜。走到了菜园,他们买菜;文长是一概不管,不问,竟找那棵菜好,就偷偷抓了一把盐,放在菜心里,一会工夫,所有的好菜,差不多被徐文长全都放下盐了。他们买了些菜,就出去了;文长看他们出去,自己也就随着。他们出去了,文长走后,这些盐,被太阳的热光晒了,到了晚间,又受了些露水,这一夜的工夫——次日——菜园的主人一看,所有的好菜,差不多完全都倒死了,一点再也不能卖了,直连连叫苦。后来有人对他说明此事,这才知道是得罪了徐文长,从此再也不敢骂他了。[2]

或曰,形象就是性格,性格就是命运。徐文长是一个任性的文人,经常耍弄小聪明,固然真实,但总是一个并非得意的文人。

《徐文长故事外编》中,此类现象比比皆是。诸如云南百姓心目中的

---

[1] 林兰编:《虫二》,《徐文长故事》,北新书局1930年1月版,第103页。
[2] 林兰编:《盐菜》,《徐文长故事》,北新书局1930年1月版,第151—152页。

"杨状元"杨慎,与徐文长一样是一个敢爱敢恨的人物,这样一个才华横溢的文人,被传说故事中不仅仅有才学,而且面对至高无上的皇帝也同样敢于讽刺。

如《徐文长故事外集》(上)所记述《杨状元的故事》[1]:

> 杨状元被云南人认为云南人,而一般读书人还说他就是杨升庵——他们引云南有杨升庵祠堂为证;但是,杨状元如果是杨升庵,他便是四川人了。现在且说他的故事。
>
> 一
>
> 华特(不传其名)国进贡玉桶一对给皇帝,摆在金銮殿上。杨状元便去提起一支摔碎在阶下。皇帝大怒,便问他"为什么要摔掉?"他说:"天下只有一桶(注一),哪有二统?"皇帝无法说他。(注一,"桶"与"统"同音。)
>
> 二
>
> 皇帝同他的嫂嫂理有暧昧的情事,王公大臣们虽然有许多也认为不当,然都不敢触动圣怒,于是前来请杨状元想个法子:杨状元便扎一把很大的扫帚,搁在金銮殿上。皇帝看见问道:"什么人做这样大的扫帚?"杨状元即出班奏道:"微臣做的。"皇帝接着说道:"这样大的扫帚,怎么个扫法呢?"他答语:"搂着嫂(注二)、抱着嫂。"皇帝听了他的讽刺,虽然心中非常恨他,终于不好发作。(注二,"扫"与"嫂"同音,下同。)
>
> 三
>
> 杨状元常常做些尖刻事,王公大臣们也逸他,皇帝也恨他,借故要将他贬出去。充军,他自然是不愿意的,不过已经无法挽回了;如果贬回云

---

[1] 林兰编:《杨状元的故事》,《徐文长故事外集》(上),1933年11月版,第1—5页。

南,就此还乡,倒也不错。他就奏说:"天下的地方,唯有云南为最苦,蚊子大如鸭,壁虱大如猫;要请陛下开恩,不要把我贬回去受罪。"皇帝既非常恨他,自然要贬他到最苦的地方,才能消除心头之恨,便请人去宝地调查,看他说得实在不实在。调查的人去到云南境内,见一个割草的人,问道:"你割的什么草?"答说:"蚊子草。"调查的人惊了一下。又走到一处,见一个挖菜的人,问道:"你挖的什么菜?"答说:"我挖的是虱子菜。"(注三)。调查的人听了就不敢再往前进,回来奏道:"那地方的蚊子要喂草,壁虱要喂菜,多么厉害啊!"于是皇帝也就中了他的诡计,把他贬回云南去了。(注三,壁虱菜是蒙古地方所产的一种野草,根长而粗,以之与炒花生米捣成泥食之,味甚美。)

四

贬杨状元回云南的圣旨既下,他命人牵出一头老羊,挂一些茴在它的角上,使它望得见吃不着,到街上去游行。大臣们见了,也不知道他是弄些什么玄虚。有的前去问他,他说:"老羊(注四)要茴香(注五),都不知道吗?"

一说杨状元要请皇帝准他回乡去,皇帝不准,皇帝不准,他便牵一只羊到殿外缚在树上,挂些茴香在它的角上,使它吃不着而大叫。皇帝问说:"羊为什么叫?"左右的人说:"老羊要茴香。"皇帝便说:"老羊要茴香便给他茴香(注六)。"杨状元出班跪下,说了一声:"谢主隆恩。"(注四,"羊"字与"杨"字同音。注五,"茴香"与"回乡"同音。注六与注四、注五同。)

所谓"皇帝同他的嫂嫂理有暧昧的情事"等内容,其实是民间百姓对皇帝生活性情的想象,是他们社会生活中男盗女娼故事的换位表现。不管历史真实如何,他们总是按照自己的意愿想象并述说着他们心目中这位可爱的"杨状元";自然,他们心目中的皇帝总是品格不好的恶人,因为他迫害了他们的杨状元。

在林兰编《列代名人趣事》[1]中,记述了公冶长、萧何、诸葛亮、李太白、朱熹、吕蒙正、戴东原、纪晓岚、金圣叹、解缙、郑板桥、唐伯虎、李调元等一群文人表现非凡的聪明智慧的传说故事。他们的传说故事在许多方面与徐文长有相近、相似之处,皆以文雅和幽默著称。而朱元璋这些人就不同了。这些原来不读书的草莽出身英雄辈,与徐文长形成鲜明对比,是又一类典型。

朱元璋是穷苦人家的孩子,足智多谋,智勇双全,是农民起义中取得最高权力的成功者。在民间传说故事中,少年朱元璋已经表现出非凡的领袖才能,其之所以能够有出色的能力,总是因为有神助。如林兰编《朱元璋故事》中,有众多传说,诸如"高粱叶斩下少年头""鼻现金蛇小婢求婚""打扫庙宇神灵代劳""神鬼默佑蜘蛛布网""受三拜指挥童子军""牛槽栽草日吃日长""吃牛肉瞒过老姑母""佛像让位头顶霜雪""罗汉爷亲自洗澡""牛羊听命给归行伍""显露奇迹群臣归依""天亮前先黑一阵""席卷父尸天理地葬""紫微星下凡大杀孕妇""初开金口父死母亡""赋诗一首口气不凡""真龙出现大封后妃""土块作宫殿众儿受封""临阵退缩小孩被斩""金刚拱卫方丈知不凡""佛殿瞌睡金龙现形""天鹅封王权过一夜""菩萨听命出殿进殿""故友求见一吉一凶""遇急难塔顶指途径""留奇迹桥称万年""有功不赏气死桑树""拿公显灵赦免万民",等等。这些故事既是属于朱元璋的,也是属于许多贫苦农民出身的众多英雄豪杰共同拥有的性格特征。

风物传说与人物传说的结合能够使人物形象更加丰满,也更加真实。如管桂森所记其家乡"濮阳"的朱元璋传说,《高粱叶斩下少年头》记述朱元璋小时候作诗,吟诵"天作铺盖地作毡,满天星斗伴我眠;经夜不敢长伸

---

[1] 林兰编:《列代名人趣事》,北新书局1932年版。

腿,恐怕踢到山合川"的豪迈诗篇。与许多民间传说一样,其传说与地方风物文化相结合,故事中称他"有时也背着篮子,跟着一群小孩子到野外拾些柴草,卖几文钱,买点饼果之类吃吃;但每次到野外去,他总要凑积一大些篮子,盖成一座'金銮殿',同小孩子们约,谁能上去,谁便是'皇帝',小孩子们都兴高采烈的,要试着上去做做'皇帝'。但是他们真是上去一个,倒下来一个,独独朱洪武上去,坐了安稳不动。于是这一群小孩子都称他是'皇帝'。有一次他又坐在他那'金銮殿'上,故意地发怒道:'把那个小子给我斩了!'于是这一群小孩子,随推来一个,跪在地下,就要斩首,折了一片高粱的长叶子当刀。谁知刀起头落,鲜血四流!这一耍弄假成真,吓得个个小孩子都跑了。朱洪武更着了忙,跳下来把篮子一踢,也就一缕狼烟似的逃走。现在见高粱叶上有红点,乡下人都还说这是朱洪武遗下的痕迹呢"[1];不唯如此,在《天亮前先黑一阵》中,记述其"时常爱偷主人的东西吃。一天,他们几个顽童,借到一口锅,竟宰了一只牛吃了。吃完的时候,只剩一个牛尾。大家还要他收拾一切。等把一切都收拾好了,天已大亮。他道:'等一会天亮,让我送了锅着!'一直到现在,天亮的时候,先要黑一阵,就是要等他送了锅着呢"[2],也是风物传说与人物传说相结合的例证。又如《留奇迹桥称万年》记述"朱洪武在逃难的时候,没有一定的住所。有一天晚上,他就在歙县城外的一座大石桥下住了。第二天早晨,有一个测字算卦的人,经过这桥;他看见朱洪武四肢张开地躺在那里,正如同一个'大'字一样,头上横放一把伞,正成了一个'天'字。一会儿工夫,他收缩两腿,把身子侧卧着,伞儿横在腰中,这又成了一个'子'字了。两个字连起来,正是'天子'二字。后来朱洪武做了皇帝时,他们就称这桥叫作'万年桥',一直到现在"[3]云云。

---

[1] 林兰编:《高粱叶斩下少年头》,《朱元璋故事》,北新书局1935年版,第2—4页。

[2] 林兰编:《天亮前先黑一阵》,《朱元璋故事》,北新书局1935年版,第17—18页。

[3] 林兰编:《留奇迹桥称万年》,《朱元璋故事》,北新书局1935年版,第42页。

第七章 "林兰女士"与《民间故事》

皇帝被称为"天子",以金口玉言影响身边事物。如《打扫庙宇,神灵代劳》记述"他当和尚的时候,那长老很爱他殷勤,因为每逢'初一''十五',小和尚轮流着打扫庙,独独朱洪武打扫得特别干净;尤其是他好独自打扫,不要旁人帮忙。小和尚都很疑惑他。有一次又轮到朱洪武打扫庙,有几个小和尚要偷着看他怎样打扫,随暗地里跟了他去;只见他走进了庙,把庙门一关,怒冲冲地向着那神灵说道,'都给我滚下来!'于是那大小偶像,都下来站在地下。他上去东一扫西一扫,很不费事,便扫得干干净净。扫完,又道,'都给我爬上去!'这些偶像又都各自坐了原位。因此小和尚们,都暗中纳罕,知道他是'金口玉言',将做'皇帝'。后来天下大乱,他随当兵去,结果把个一统江山的大皇帝,闹到手里了"[1]。

在山东临淄,《朱元璋故事》同样记述有神灵保佑的故事,如《神灵保佑,蜘蛛布网》记述"家极其贫穷,他母亲原恃讨饭谋生。有一天,他母亲出去讨饭到了一座破庙里,朱元璋便在这时降生。他一离母怀,就有霞光遮天,异香绕室。帝王降生,自有异兆。当时京里钦天监,在观星台上见紫微星似明似暗,知道该星已经落世,便慌忙在当代皇上——元家——面前奏知。皇上听说,恐日后争他的天下,那还了得!便一道圣旨下来,派人到各省各县,各乡各村,按门严搜,——无论官绅庶民——凡有三岁以内的男孩一概杀掉,有不遵者全家斩首",也正是神灵保佑,一切都化险为夷,即"但是搜得无论多么严,杀得无论多么多,死的却尽是些凡胎俗骨,真正的真龙天子,却依然如故。但是怎么没搜着他呢?他藏在哪里的呢?他并没有藏,他仍在那破庙里。因为他是真龙天子,神鬼都来暗佑,所以没有搜着。原来上那庙里搜的时候,一来因为是一座破庙,没有细搜;二来见他住的那座庙门口上,有很厚的一层蜘蛛罗网,想不到里边有人,所以他母子得以安

---

[1] 林兰编:《打扫庙宇,神灵代劳》,《朱元璋故事》,北新书局1935年版,第4—5页。

然无恙。那些蜘蛛的布网,是神鬼的暗佑"[1]。

朱元璋的领导才能是与他金口玉言的天命联系在一起的,如《朱元璋故事》描绘其训练有方,《牛羊听命各归行伍》称其"替别人牧牛羊,每因牛羊混杂,数数不清,他即道:'牛做牛走,羊做羊行。'牛羊都分开了。他每天吩咐牛羊,什么时候出,什么时候回;所以他一天到黑无事,只好玩"[2];《土块作宫殿众儿受封》描述"有一天,他和群儿嬉戏田野中,堆泥块为宫殿。与群儿约,能够在以泥块做成的宫殿上站住的,便是皇帝;否则都做臣民。但是真奇怪极了,谁以双脚跟上去时,土块纷纷地坠下来,老是站不稳脚,元璋踏上脚去时,土块制的宫殿,好像铁制的安稳"[3];《天鹅封王权过一夜》讲述其"有一天,朱元璋的舅舅叫他去看管一群鹅。他把鹅群赶到草地上去吃草,碰着从前的朋友——游手好闲的朋友。他们对朱元璋说:'我们有好久没有看见你,心里觉得非常难过;今天被我们找着了,我们是欢喜得很,你应当怎样的请请我们,大家快乐快乐。'朱元璋说:'我用一群鹅给你们聚餐好不好?'于是他们把鹅都杀掉了,只剩一只拐脚鹅没有杀掉。天慢慢地夜起来了。朱元璋心里暗想:我没有鹅,怎样回家呢?忽然天空飞过一群天鹅。他大声喊道:'天鹅!天鹅!你们肯在我舅舅家里过一夜,我都封你们做天鹅王。'果然!天鹅都飞落来,跟着拐脚鹅回到笼里去了。第二天,他的舅舅又叫他去看管鹅。朱元璋说:'今天是飞鹅日,不可以把鹅放出去的。'他的舅舅不相信这种话,只道他偷懒,自己去把笼门放开。那些鹅,——就是天鹅——统统飞去了。他的舅舅把门关不及地关,只剩了一只拐脚鹅了。倒反弄得他目瞪口呆,只得自恨鲁莽,不听他外甥的话,以致丧失了一群鹅"[4]。这些传说的历史依据或许子虚乌有,而民间传说却未

---

[1] 林兰编:《神灵保佑,蜘蛛布网》,《朱元璋故事》,北新书局1935年版,第6—8页。
[2] 林兰编:《牛羊听命,各归行伍》,《朱元璋故事》,北新书局1935年版,第16页。
[3] 林兰编:《土块做宫殿众儿受封》,《朱元璋故事》,北新书局1935年版,第28页。
[4] 林兰编:《天鹅封王权过一夜》,《朱元璋故事》,北新书局1935年版,第36—37页。

第七章 "林兰女士"与《民间故事》

必就怀疑其真实性;故事传说背后,应该是对王权的向往,是对神权即天命的皈依。

朱元璋是这样,刘秀也是这样。王莽赶刘秀传说故事在我国许多地方流传,故事模式基本上属于这里所引述的几种类型。这些故事模式构成对具体某一地方风物现象的解释说明,事实上也成为风物传说故事的一部分。在《朱元璋故事》中,收存有史正伦记录的《刘秀的故事》[1],诸如《蝼蛄受封》《安渡蓝河》《平地涌泉》《石人指路》《井歪得水》《骡不产驹》《桑树气破肚子》。其《蝼蛄受封》记述"后汉光武帝未即位以前,在定州流落甚久,所以他的故事,流传在民间的也很多。有一次他被王莽的兵将要赶上,情急智生,他就躺在地上隐避,后来被耕地的埋住了,连气吸都不能出,几乎要闭死。这时候兵士正从事搜寻,他又一点也不敢动。忽然有一个蝼蛄,在他鼻孔上的土里钻了一个小洞。后来兵过去咧,他怒道:'人倒了运,是个蝼蛄都欺侮!'伸手就把它折了两截子。忽然他又想了想:'它这不是救我吗?咳!可做错咧!'于是他就找了个树枝,把死蝼蛄接到一块;但是那蝼蛄连一动也不动。他就说:'你想讨封吗?饥了就吃,得咧!'它听成了'稀了就吃'。所以后来庄稼苗儿越稀了,越被蝼蛄吃。它的腰和针一样,这都是刘秀封就了的"[2],其实也是风物传说故事中的人物传说,同样包含着王权与天命的内容。与所谓正史不同的是,这是民间社会对历史和历史上那些非凡人物的想象。在这些民间传说故事中,无原则地颂扬王权与神权,或曰此为历史以来封建专制对民众利用此类"天命神授"思想文化进行愚弄、欺骗的结果,或曰此为人民大众对清明政治的向往。民间文学与专制社会的对立并不是绝对的,中国国情表明了造反就是动荡,结果总是给人民大众带来无尽痛苦!而且,政治流氓们欺世盗名、厚颜无耻,其政权更迭中的换

---

[1] 林兰编:《刘秀的故事》,《朱元璋故事》,北新书局1935年版,第69—81页。
[2] 林兰编:《刘秀的故事》,《朱元璋故事》,北新书局1935年版,第69—70页。

汤不换药,也促使国民精神生成麻木与盲目。

除却这些胜利的王者,《朱元璋故事》还记述了许多失败的"英雄",诸如张献忠出身不平凡的兆应和"瞎了一只眼的李自成"这些人物命运的表现,有许多内容更为复杂。诸如黄巢,《朱元璋故事》中记述了民间故事如何把他描述成目连再世,也向民间文学理论研究提出一个非常重要的课题,即如何认识与把握历史上敢于造反的英雄人物?如《朱元璋故事》中记述《黄巢的故事》[1]:

> 黄巢在未起事之前,本是一个流氓首领,专和一般无赖结伙;就是邪道歪僧,他也和他做朋友。
>
> 他住的那座庄子,叫作杨柳庄;这庄上有一座古庙,就叫作杨柳庙;庙内有一个住持的和尚,也就叫作杨柳和尚。大约是这庄子上,本来有棵很大的杨柳,附近的人,就拿这棵大杨柳树来代表村庄;所以把这村庄起个名字叫作杨柳庄;而这棵杨柳,又恰长在一个庙前,穷乡僻壤的地方,那里有许多念书人,知道用什么另外字眼,来把这庙起个典雅名字。也许本有叫作什么庵,什么寺,一个名称;不过乡里人,只晓得叫它作杨柳庙罢啦!就是这个和尚,也不能没有一个法名;到了这草野地方,他纵有雅号,也不能播传出去;现在我们也就叫他作杨柳和尚罢。
>
> 杨柳和尚是个五荤游僧,不持口戒的,吃酒吃肉,他都来的;黄巢既是广交烂友,而且和杨柳和尚又在一个村庄上同住,当然和他是很熟识;再加上杨柳和尚,酒肉都来,更合黄巢的脾气;况且和尚不要谋生做事,最是清闲,只要有人肯和他鬼混,他是没有不欢迎的;黄巢既是一个无业流氓,游手好闲的人,自然和杨柳和尚在一处的时候很多;而他们两人,相处日久,交情也是很深,每天他总是到庙内去寻访和尚,带些酒肉,在庙内大

---

[1] 林兰编:《黄巢的故事》,《朱元璋故事》,北新书局1935年版,第87—98页。

第七章 "林兰女士"与《民间故事》

吃大喝;纵然有时夹有别的同村的人在一起吃喝,但是不能像他们两人,见天是一起的;他们两人,既这样密切,平日是无话不谈的;就是黄巢起意造反,在先也向和尚谈过的。

黄巢久已蓄意造反,收下党羽一天多似一天;他算算将近一万多人,他觉得实力很充足,可以大举了;因为他们是造反的勾当,土匪的性质,乌合之众,不要操练,横竖抱一"抢"字主义,也不要预先筹饷。黄巢便暗暗通知他们那些伙党,约定某月某日,在杨柳庄杨柳庙前集合,祭神开刀,就杀进县城,干起他们那杀人放火,夺地争城,打江山的大事业。

黄巢心内一想,我们这一造反来,将来就是以杀人为事,不能不择一吉日,——就是他起事那一日,拿一个最合我意的人来开刀,图个吉利兆头,他想来想去,只有杨柳和尚,和他最相好,最合他意思;除杨柳和尚外,实在没有第二个好人。

黄巢想了又想,只有一个杨柳和尚最好,他便决意拿他这个最相好的朋友,——和尚,来开刀;在他意思,以为别人都不配来当头刀。

一天,黄巢格外多带些酒肉,到庙内去,和尚照常接进座谈;不一会,端上酒肉来,两人照常吃喝,而今天黄巢分外高兴,酒喝得极多;到了八九分酒意时候,他尽力用眼对和尚望,和尚并不知道他是什么意思,不做理会;最后,黄巢把酒盅放下,站起来,"和尚大哥,我某月某日是真要干了,你知道吗?"黄巢郑重地说。

"你干也好,不干也好;我出家的人,是不管这些事的。"和尚随便地说。

"不管!?"黄巢大声地说,"我还要先请你来管一管,不管啦!?"黄巢冷酷地说。

"你是什么意思?"和尚问。"我既是干,就要行个开刀礼,开刀就要一个最合我意的人才配;合我意的人,只有你一个,你看怎么办吧?"黄巢挺身连声地说。

和尚一听他这话,抱头大哭起来。

"哭也无用,我早已派定是你,万无改动的;以你和我这样相好,拿你这样好人,我不拿你来开头刀,我也太对不起你了。"黄巢在旁慢慢地说。

和尚酒也不喝了,关起房门就睡。黄巢一人无趣,也自走了。

黄巢起事之日,正清明日,和尚是早已知道的;到了这日清晨,和尚逃也逃不脱,庙内又无处可躲;一看庙前这棵杨柳树很大很大,因为年数太多,中间漏成一个大窟窿;和尚心中大喜,将身藏进这大树中间,作声也不敢作声;等过了他这开刀吉时,就可无事,算避过难星。

到了黄巢开刀的吉日吉时,他的手下党羽,都齐集拥满村庄,黄巢穿了短衣,头扎黄巾,手拿钢刀,直进庙门;一看和尚不在房内,各处找遍,亦不见和尚影子;怒气冲天,提着钢刀,又走出庙门;抬头一看,当面这棵杨柳树,十分高大,有气派;便大声嚷道,"找不着杨柳和尚,就拿这杨柳树来当人,开一开刀,应过吉时罢。"话犹未了,举起钢刀,树干两断,倒落地上;而鲜血直冒,一颗西瓜亦滚将出来,仔细一看,正是杨柳和尚首级。黄巢拍手大笑,连叫:"和尚大哥,阿弥陀佛!"众人各取一些柳叶戴上,作为徽志:遂遗后世清明戴柳的风俗。

我们家乡的乡农野老,每谈这一段故事完毕,必定要加"前生一劫,在数难逃"这两句批评;我今天也用这两句来做结论。

显然,这是黄巢反面传说的记述。黄巢与杨柳和尚之间的情谊被黄巢"祭刀"所代替,这里还应该有着更多的原因。同样,这里也包含着"清明戴柳的风俗"之类风物文化的内容。

这也显示出历史文化的重要传统,即描述历史人物时,总是一荣俱荣,一损俱损,凡是胜利者,便完美无缺,凡是失败者,便恶贯满盈。或曰,黄巢是农民起义领袖,在历史事实中,他绝对不是什么品格高尚的人。后世为了鼓动民众,出于宣传政治主张的需要,常常把造反者神话化,就形成不同程度的虚拟,在虚拟中渲染情绪,使人接受某种思想观念。文化传统是一只无形的大手,揭示真实的同时,也常常形成背离真知的种种误导。所以,文化常常需要启蒙,需要重构。在民间传说中,关于杀伐、祭祀之类的叙事,总因为其所包含的民间信仰,而纳入风物的范围。黄巢起义也因此更显悲壮。

《徐文长故事》与《朱元璋故事》分别选取文与武的典型,是民众对历史的想象与表达。徐文长与朱元璋都成为被神话化的人物,其形象已经不再仅仅属于历史。应该说,对于这些人物作为传说故事中的讲述事迹,我们没有必要求证其真实性或合理性,其更多充注着民间百姓的情感。人物传说属于历史在社会发展中日积月累形成的文化积淀,是一种精神现象。当然,这种积淀包含着部分的历史真实,例如,那些有益于人民大众的人与事,总是被千百万人所歌颂;那些祸国殃民的人,任何时候都被唾骂。在中国现代民间文学史上,林兰编《民间故事》以神话传说与人物传说为醒目的内容深刻吸引着时代和历史。对于"林兰现象",我们还有很多可以进一步挖掘的课题。

第三节 《民间故事》的故事史价值

林兰编《民间故事》是中国现代民间文学史上的重要事件,在民间故事史上具有重要价值。

民间故事的文献保存具有多方面的价值意义,诸如民间故事文献形成的背景与过程,及其所包含的民间文学思想理论内容,诸如民间故事文献具体显示的文本意义,等。尤其是民间故事文本的历史标志,它未必是最早的民间故事形态,但作为民间故事的记录发表,经过了文字社会化的过程,确实是民间故事文本形式最早的记录,在事实上成为后人研究民间文学的重要坐标。

此举例如下:

(一)《怪兄弟》(节选)

孙佳讯　记录

一个老太婆,有十个儿子。大叫神长,二叫飞腿,三叫铁脖,四叫松皮,五叫粗腿,六叫大头,七叫长腿,八叫大鼻,九叫水眼,十叫噘嘴。

那时有一个皇帝盖五凤楼,三年没有盖成功。皇帝发出王榜,说:"谁个能在三月内盖成,官上加官,职上加职。"大哥神长跑去盖,不用三天,就把五凤楼盖到半虚空,五只凤凰在楼顶就像飞的一样。皇帝说:"这人的本领多么大呀!不杀,将来一定要造反。"神长刚被绑到法场上,二哥飞腿驮着铁脖跑到了,他们家离开法场有十几里路,他跑到法场只要喘一口气的时间。

铁脖说:"杀我吧,杀我吧!我这'骨瘦豺狼'的样子,一点事都不能做,大哥有点力气,要做饭给妈妈吃哩。"神长被放走了,两个刽子手甩开大刀就要杀铁脖。一张刀砍到他的脖子上,火星直冒,刀口卷到了刀背;一张刀砍到他的脖子上,"咯扎"一声,刀口上去了一个和脖子一样大的缺。左杀头也杀不掉,右杀头也杀不掉。皇帝说:"大刀杀不死,再用五牛崩尸吧!"

飞腿听说铁脖要被五牛崩尸,慌忙跑回去,把四哥松皮驮来了。

松皮说:"崩我崩我吧,我这没用的人,浑身都是皮。"铁脖被放走了,松皮头上套一只牛,左手套一只牛,右手套一只牛,左脚套一只牛,右脚套一只牛,五条鞭子一齐打,五只牛挣着腿向前面爬。松皮头上的皮被拉长有几里远,手上脚上的皮也被拉长有几里远,两只眼仍一翻一翻地向天上望,一点也没有死。皇帝说:"五牛拉不死,把他全家都捉来杀吧!"

飞腿听说要杀全家,背起松皮就向家里跑,远远地喊道:"皇帝要杀全家了,快快逃走啊!"皇帝的兵马未到时,他们已逃开去了。

逃——逃,前面一条白浪滔天的大江!七哥长腿说:"我下去试试水多深。"他下去,几十丈深的水,只漫上他的腿肚子。一家子他都驮过

第七章 "林兰女士"与《民间故事》

去了。

饿了,怎么办？长腿说:"我到江里摸几条鱼吧。"没一刻便摸了两条大鱼上来,叫老妈妈剖鱼肚子。老妈妈剖开这一条鱼,鱼肚里滑出来一只十三条桅子的大船,剖开那一条鱼,鱼肚里又滑出一只十三条桅子的大船。两只船上有许许多多的人,一齐向老妈妈道谢,说:"不是你老人家剖开鱼肚子,我们还不知到哪一天才能见天日呢？"两只船拉下了江,张帆时,船上人送两匹红缎子给老妈妈做衣裳穿。

两条鱼放在带来的锅里煮,可是,没有烧草,又怎么办呢？五哥粗腿说:"我腿上还戳有两根木刺,拔出来不够烧火吗？"两根木刺拔出来,砍砍劈劈,足有一两担。旁的人坐在一旁歇歇,只有八哥大鼻在烧火；烧了不久,鱼的香味,钻到鼻子里来,他忍不住馋下了口水,揭开锅盖,鼻子一嗅,两条大鱼都从鼻孔里嗅到肚里去。六哥大头眉皱成了一把,想要打大鼻,老妈妈说:"六乖乖你不要气,那两匹红缎子我不做衣裳,给你做顶帽子吧。"她慌忙将两匹红缎做成一顶帽子,大头拿去戴,连头顶子都盖不住；他气得向地上一掼,九哥水眼正睡在地上,眼被掼着了,两只水眼挤挤地向下淌水,淹的地方并不多,只淹了九州岛十二县。十哥嚼嘴四面一望,说:"这事情还了得！唔！"嘴一嚼,嚼开了南天门！

（此故事另有一种讲法,略述之。一家有十个兄弟,名叫大力王,二铁脖,三长腿,四缩皮,五卖火纸,六大头,七粗腿,八大鼻,九水眼,十嚼嘴。一衙门中烧火处长大树一棵,此树见风即长,愈长愈大。官谓有能拔者,当厚赏之。大力王往拔,树倒,压死三四个人,论罪当斩。二铁脖请替死,头不能砍下,遂改为五牛崩尸,四缩皮又请替死。皮缩成一团,五牛都拉不动,忽然一松,牛腿皆折,亦无法致死,遂改为下油锅。五卖火纸扎纸人替死,投入油锅,立成灰烬。官知其诈大怒。欲杀其全家。长腿背母与兄弟偕逃,至江边皆饿。大力王娶六大头之斗篷,向江里一捞得鱼数石,捣崖头成洞,作石锅煮之,但没有烧草,大力王因谓某处有大树,命七粗腿往

365

取。七粗腿向树上打了两腿,树没有打倒,却戳了两根木刺在腿里,任何人都拔不出来;归去时,大力王用两个指甲抟出,劈材数石。掌烧火之职的为八大鼻,鱼刚熟,即被嗅入鼻中,滑到肚里去。九水眼没有鱼吃,气哭了,淌下眼泪,淹没九州岛十二县,十撅嘴看见自己妈妈和哥哥,都淹在水中,嘴一噘,把他们都噘到天上去。——流传于江苏灌云。)

(二)《三媳妇》(《三个愿望》)

白桃　记录

从前有一个富人,生了三个儿子,家里非常之富。他很喜欢做善事:家里开饭店,人家去吃饭不要钱;有人去化缘,他捐的特别多。因此,他成千成万的家产就一天一天的穷下来了。天上的仙人听到这件事情,就亲自下凡来查访。他变了一个和尚到富人家门前去化缘。富人问他要募多少?和尚说:

"三千两银子!"

富人说:"不瞒法师说,你来得太迟了,如果三年以前来,不要说三千,三万也不算多。可是,现在我穷了!我捐助三百好不好?你能不能等?"

和尚说:"好!好!我能够等。"

于是仙人就住在他家里。富人现在穷了,房子也破落了!他天天鸡叫就起来磨豆腐,磨好了就挑出去卖。卖了三年,又把剩下的破房子卖掉,凑了三百元捐给和尚。和尚在临别的时候对他说:

"你这样帮我的忙,待我这样的恩厚,我没有别的可以报答你,现在我送你一卷纸。人家火烧的时候,你把这卷纸贴到那里,火就熄到那里。你拿去吧,顶好带在身边。"

富人再三推让一番,也就收下来了。他带在身边到处去卖豆腐。有一天,他走到皇城里,皇帝的金銮殿火烧起来了。文武百官都在那里拼命地

第七章 "林兰女士"与《民间故事》

救火。火势非常猛烈,救来救去救不熄。富人走上去拿出那卷纸来就贴。真的,贴到哪里火就熄到哪里。火被他救熄,皇帝的侍从奏上皇帝说:

"外面来了一个卖豆腐的,他把火救熄了。因此,金銮殿没有被灾!"

皇帝说:"噢!我要看看这人,你去把他带来。"

侍从们把富人带上宫殿。皇帝说:"就是你吗?怎么救灭这火的?"

富人就把以前的事情,统统告诉皇帝。说他如何做善事,如何把家产卖完,和尚如何送他的纸卷。皇帝听了非常高兴,他说:

"你的功劳很大,你对我的恩惠也不小,你把金銮殿就熄了,我应该报答你。你有无儿子?"

富人说:"我有三个儿子。"

皇帝说:"娶了媳妇没有?"

富人说:"三个儿子都没有!"

皇帝说:"我的女儿给你做媳妇,好不好?"

富人说:"不敢,不敢,你是皇帝,我是卖豆腐的,我的儿子怎么能娶你的女儿做媳妇!"

皇帝说:"我一定要把女儿给你大儿子做妻子。"

后来富人的大儿子娶了皇帝的女儿,二儿子娶了宰相的女儿,只有三儿子,他不要老婆,人家把宫中宰相和大臣的女儿给他做媒,他都不要。他说:他要娶仙女做妻子。他的哥哥嫂嫂都讪笑他说:

"人家把宰相大臣的女儿给你,你不要,你要娶仙女。什么仙女给你!将来讨一个女叫花婆吧!"

三儿子并不理睬他们,天天等待仙女做妻子。有一天,他的父亲带他到一个饭馆里去吃饭,在他们对面的桌子上坐着一个女郎。女郎身上穿着渔家的布衣服,生得却很美丽,在她身畔坐着一个白须老翁,也穿着一身渔家的衣服。后来,他们互相交谈起来了。那个渔翁说:"这是你的令郎吗?有无娶亲?"

367

"是的,是我的第三个儿子,还没娶亲。这就是令爱吗?有没有许配人家?"

"没有,没有,那么我的女儿许给你的令郎好不好?"

"好的!好的!"

他又问问他的儿子,渔翁又问问他的女儿,他们俩也同意了。于是,就结婚了。渔翁的女儿没有什么嫁妆,不像皇帝宰相们的女儿那么阔绰,她只有一个梳头的匣子,除此以外,什么也没有。哥哥和嫂嫂们又讥笑他说:"什么仙女不仙女,原来讨了一个野叫花婆啰!"

到了新年,哥哥们都到丈人家里去拜年了。有的去拜皇帝,有的去拜宰相,独有三弟没有丈母丈人可拜。他兀自一个人低着头在窗前走来走去,闷闷不乐。他女人说:

"你愁什么?是不是要去拜年?"

"是的,人家都有丈母丈人,我没有。"

"有的,有的,你去拜!"

"到哪里去拜?"

"到海龙王那里去。"

"怎么去?"

"我教你去,你去买些礼物来。"

他妻子拿起蕨草,扎成一匹马,又给他一卷纸,她说:"你骑这匹马到了海滩,然后拿起这卷纸来一撒,海水分开了,当中有条大路。你依这条大路走,走到一座很大的王宫前面,那里有龙虎守门,你说有圣旨,它就不会吃你了。你要记牢十三晚上一定要回来。"

她丈夫依了她的话,真的到了一座非常宏伟的王宫。那座王宫比皇帝的金銮殿还要皇富典丽,宫门两旁站着凶猛的龙虎守门。他一到就说有圣旨,龙虎真的没吃他,就一直进了宫殿,拜见了他的丈母丈人。一住三日,这一天是回家的日子了。他就对他丈母丈人说:

第七章 "林兰女士"与《民间故事》

"你女儿教我带两样东西去,一件是葫芦,一件是香几上的茶盅。"

丈母丈人说:"好的,好的,拿去吧!"

他就拿了这两件东西回来了。到了十四这一天就是献宝的日子,皇帝和宰相的女儿都在家里拿了无数的金宝银宝回来献宝,摆在堂前给人家看,只有三媳妇没有金宝也没有银宝,只有一个茶盅,嫂嫂们都轻视她而且窃窃地讪笑她。她拿了一撮泥土放进茶盅,不久就生出一根笋子,笋子又长出一根枝叶茂盛的修长的新竹,在这根竹子的枝节上挂满了各种金宝,银宝,珍珠,宝石。皇帝和宰相的女儿都看呆了,大家也惊奇起来,不敢轻视她。心里想:我爸爸家里什么金宝银宝都有,但没有这件宝贝给我! 到了晚上,三媳妇又说:"你们要吃点心吗?"

"点心我们自己会做,要吃什么!"

"要看戏吗?"

"哪里有戏看?"

三媳妇拿出葫芦一敲,哈哈! 立刻变成一座壮丽的宫殿,在宫殿的前面有座戏台,戏台上正演着好戏。她又一敲,敲出几桌最美最美的宴席给他们一对一对地吃。看到半夜,大家要睡觉了,她把葫芦一拿,就什么也看不见了。皇帝的女儿心里非常惭愧,以为父王没有什么奇怪的宝贝给她,她就跑回娘家去哭诉。皇帝说:"会有这样的宝贝吗? 等我亲自去看看来!"

这一来把三媳妇的公婆们急煞了,皇帝来还了得,他们家里什么也没有:没有宫殿,也没有侍从,大家都说三媳妇害了他们一家,公公急得连饭也吃不下去,但三媳妇说:

"公公不必急,你去吃你的饭,我自有办法,只需你买几张纸就够了。"

公公说:"买几张纸是可以的。"

三媳妇拿葫芦一拍,拍出几座宏伟的宫殿,每座宫殿里都有全班的文武侍从,又拍出许多音乐队来,"地地打打"地吹去迎接皇帝。皇帝本来是想把这件宝贝骗去的,所以他们对皇帝说:只许看,不许拿。皇帝看了三天三夜要回去了。三媳妇问他是骑马,是乘轿,还是骑龙骑虎?皇帝想:马是有得骑的,轿也有得乘的,还是骑龙吧。皇帝就骑了龙回宫去了。皇帝带来的侍从们也不骑马也不坐轿,大家都要骑虎,就骑虎回去了,大家颤巍巍地骇得浑身是汗,一骑,骑到家一看,什么龙什么虎都是纸的,原来是三媳妇用纸做的。——流传于浙江南田。

(三)《三件难事》(《民间趣事新集(上)》)

阿牛阿狗俩弟兄是年年替人做工过日的。这一年,阿牛觉得非常地高兴,因为他自替人做工以来,每年的工资都是十七八元,今年居然受雇主的青眼,出了二十四元的工资来雇他去。虽然来雇的时候,雇主提出个条件,说是:"凡是他家里叫阿牛做的事情,一件也不能伪命;要是有一件做不来,就要扣除工资八元。"阿牛以为这不过是一种怕他躲懒的限制,在平常的田家绝没有难做的事情;所以他便大胆地将条件答应了。

谁知事竟出人意料,他自命为件件都能做的人,竟碰到了三件不能做的难事:

第一件,就是清明日叫他牵牛到杨柳树上吃柳菜。

第二件,就是端午日叫他到屋顶种苋菜。

第三件,就是中秋节叫他用砻糠搓绳来吊羊,他既然不能做这三件难事,所以就每件事扣钱八元,三八二十四元,一年的工资统统扣光了,竟落得一场空欢喜。

第二年,阿牛的弟弟阿狗亲自跑到这个雇主家里去自荐说:"去年我的哥哥替你们家里做工,竟至有三件难事做不来,不能称你们主人的心意,很是惭愧。我再来替你家做过,要是有一件做不来,请你扣工资十六元好了。"主人听了欢喜之极,忙很客气地说:"要是你老兄肯来做,那就格外加薪,一年给你四十八元好了。"他以为这三件难事谁也不能做到,落得说个客气,横竖不要拿钱出去的。因之他俩就定下了。

当清明日,主人叫阿狗牵牛上杨柳树吃叶子的时候,阿狗便把牛系在柳树枝上,用一根很粗的竹竿,不住地将牛打着,打得牛全身都一痕一痕地肿了起来。主人见了忙问他为什么把牛打得这么厉害?阿狗说:"我叫它上柳树去吃叶子,它硬不肯上去,岂不是该打吗?"说罢,他又猛力地一边打,一边说"这只不听话的瘟牛,我不怕它会硬,总要打得它上树再歇"。主人看了,只怕牛被他打死,忙止住阿狗说:"快请你不要打它,这件事就算你做了。"阿狗笑着说:"那么就饶了它吧!"

当主人叫阿狗于端午日上午去种苋菜时,他便拿了锄头,爬上屋顶,不住地将瓦片打碎。主人见了忙问他为什么把瓦片打碎?阿狗说:"把它打碎来种苋菜呀,因为瓦片太粗,不好种,必须打得如泥土一般才行。"主人听了,忙又制止他说:"阿狗,快不要打。这件事也就算你做了。"

到中秋节,主人叫他用砻糠搓绳来吊羊的时候,阿狗便说:"搓砻糠的绳,须在一间不通风的屋子里面,一通了风就搓不成了。"主人就替他借了一间不通风的房间,叫他去搓。阿狗天天吃吃白饭,在房子里玩玩,睡睡,一点事也不做。过了好几天,主人问他砻糠绳搓好没有,他只说没有。又过几天,主人复来问他搓好没有。他说:"哪有这么快!连头都勿会起好。"再过几天,主人又来问他头起好没有。他又说:"哪有这么容易!着实没有。"主人等得不耐烦了,说:"这么搓了这许多日子,还是头都勿起好呢?"他笑着说:"咳!你不会听见古话说:'砻糠搓绳起头难'?"主人说:"这几天正是农忙的时候,哪有许多工夫给你搓绳?"他又笑着说:"你既然要用砻糠的绳,那也是慌不来的,再等等吧!"于是又过了几天,主人问他起好了没有,他说还是没有。主人耐不住等,以荒误农工;因之又对阿狗说:"这件事又只得算你了。请你快去做秋收的工作!"阿狗还笑着说:"咳!真可惜,白搓了几天,前功尽弃了。"

到了年底,阿狗便谢过主人,白晃晃地捧了四十八元钱去了。

(四)《虾蟆儿》《瓜王》

一

吴绝户今年五十九岁了,他常对人说:"他娘的!一生烧三千多把子香,终免不了被人家叫'绝户'(一)!"所以他非常气愤,有时竟没好气地骂他的女人。他想:她虽然比我小十岁,但也有了白头发了;再过几年,吃咧穿咧,有点儿症候咧,将怎么办呢?买个孩子吧?太小了难养育;大了又怕养不熟。过继个吧?那里有吃紧的亲属呢?……

这天是清明节,只为着祭扫用的一挂纸钱,吴绝户又同他女人吵了好一会儿。已经吵罢了,他还重复着他女人方说的话来批评:"哼!说别人家咧!难道敢和人家儿女一大群的比吗!"女人听了这话,反倒把方才所受的冤屈忘了,只怨自己没有生孩子的本领。她到了坟上,恸恸地哭了一场。将回家时又跪下默默地说:——这时正有个虾蟆从她面前跳过。——

"天呵!求你赐给俺个——唉,即便是个虾蟆似的孩儿,俺也甘心!"

她这样说时,心里便觉得很平安了;从此她每晚要睡时必跪在炕上照前说一遍。

不久,她果然生了一个很大的虾蟆——浑身都和平常的虾蟆一样,只是很大很大的。

吴绝户嫌他难看,用木掀托着它抛到灰堆上去;女人却还舍不得,又拾来洗得净净的,抱它到怀中吃奶。给他起的名字,就叫作虾蟆。

虾蟆他爷,到城中的铺子里做手艺去了,只有他娘儿俩在家里,虾蟆一天一天地长大起来,虽然不会说话,但从不知道淘气,常常独自在院里跳着爬着地玩,娘的心里也很知足。

二

虾蟆大了,娘要为他完婚。

一天,娘问他说:"虾蟆呀!你能到城里去一趟,给你爷送个信儿吗?"

虾蟆点了点头。

这里距城足有一百里路,虾蟆的爷每次走时必须两天才到的,娘请书房里的先生写了封书子(二),又备了三天的行粮:一并包好,裹在虾蟆的背上。——自然他能够带了那些东西,因为它比蜷卧的绵羊都大了,不过他走得很慢,卦登地跳着像是很吃力的。娘送他走出庄外时已经正午了。娘心里想:"半天走了还没半里路,什么年上能到城里呢?"于是低声说道:"虾蟆呀!不如咱回家吧?怕你去不了呵。"

虾蟆摇了摇头,又摆着爪子示意叫他娘回去,于是她独自回去了。

到了晚上,虾蟆他爷正在屋里算账,忽然觉得脚面上有个沉重的东西;心里想:"今日眼皮乱跳,难道是虾蟆来了吗?"拿灯一照,呵!果然是虾蟆又长大了好多,爷拆下他带来的书子,细细地看了一回,遂说道:"很好!就要给你娶亲了。你明天先回去,这里的账还没有算清,过三五天清了后,我也就回去。"

虾蟆点了点头。

第二天清晨爷早给他做了点饭吃了,又回上了书子,打发他先回去,庄里的人刚刚吃完早饭的时候,他已到家了。

娘一见他回来,心想他是走乏了。赶忙为他卸了行李,问道:"没到爷那里去吗?"

虾蟆摇了摇头。

"那末,去来吗?——好快呵!"

虾蟆点了点头。

娘还有些不信,但一翻到他带着的书子换了封面,便觉得奇怪;又拿去请书房里的先生一看,才知道果真是虾蟆他爷写的。她一面欢喜,一面惊奇。

过了五天,虾蟆他爷也回来了。

三

新媳妇的家约在五十里以外,是穷人家,并不知道虾蟆的相貌怎样;

有时一种风声传到她娘的耳朵里,说她女婿长得很丑,但她很坦然地对人说:"只要找个人家,有的吃,有的用就行,管他丑俊做什么!"时候到了,虾蟆和新媳妇开始拜天地(三)。看的人都掩着嘴嗤嗤地笑,新媳妇倒像很和顺的,并不见出懊恼的神气。

拜完天地,贺客们都在座席。虾蟆也不论礼表(四),竟然卦登卦登地跳到正位上,一把一把地掬着吃。看见的人,都偷着咕咕地笑;也有些心儿软的想:那么美好的一个女子,竟配了这么个东西,真算是命苦!……

到了晚上也没有来闹房(五)的人;新媳妇把被褥刚刚铺好要睡时,转身一看,见炕下立着个很俊美的少年,满脸笑嘻嘻的。她吃了一惊,问道:"你是谁?——怎么在这里呢?"

少年说:"怎么?认不得吗?——方才我就同你在这里,并没离开你呵!"

新媳妇向四面一看,不见那个大虾蟆了。才知道少年就是他所变的。遂问道:"方才你怎么那个样子?现今倒——"

"那有什么要紧?我穿着那件珍珠大衫子时就是那样,一脱去,就成这样了。"

新媳妇心里,真欢喜到不可言喻,这一夜便欢欢乐乐地过去了。第二天早晨,少年把"珍珠大衫子"一披又成了那个大虾蟆了!——原来他称为"珍珠大衫子"的就是那张虾蟆皮。

一连五六天,总是这样地过着:白天是个哑巴的丑虾蟆,夜中是个多情的美少年。

第七天的晚上,虾蟆已经将他的"珍珠大衫子"脱下了。媳妇拿到手里,说要看看它到底做得多么工巧,她装出好奇的样子,紧凑着灯火翻来覆去地看,忽然她大声吆喝说:"哎哟!可了不得了!"

"什么事呢?——"少年问着向前一看,原来"珍珠大衫子"上已烧了碗口大的个窟窿!他于是又温和又惋惜地说:"真是可惜得很!以后可穿不成了。"

自此以后无论白天黑夜,虾蟆便是个美少年了。

注:

1. 俗称无后嗣的人,是"老绝户";有的渐渐变成绰号。

2. 即信札。

3. 结婚的仪式。

4. 俗称夹衣的内面为"里",外面为"表":这里是以同音字"里""混礼",而与"表"对举的。

5. 乡俗结婚后第一日的晚上,新郎的友辈,多集到他们的洞房里,揶揄他们或令新人合作一事以难之叫作"闹房"。

(五)《妖精与四个女儿》(《三个愿望》)

泽民　记录

从前,一个寡妇娘有四个闺女,她们的名字是门东东,门华华,门转转,门插官。(一)

四个女儿都想吃烙油饼,妈妈说:

"咱家油不多,我今天到你们的姥姥(二)家借一些来,晚上再吃饼吧。"

妈妈换了身出门儿的衣裳,罩了一块黑手帕,嘱咐女儿们一顿,教她们不是娘回家,不要开门。然后提着一个油坛子,上姥姥家去了。

在路上她遇见了一个妖精,这妖精化成一个妇人,跟她在一块息着。她跟妖精谈了好些话,把家里的情形和借油的事情都说了。妖精记清了她的话,便乘空把她吃了,把流出来的血都装在油坛子里,然后摇身一变,变作她的模样,提着油坛子回家来了。

妖精走到门口,敲着门儿叫道:"门东东,门华华,门转转,门插官,快给你娘开门来!"

四个女儿听着有人叫门,走到门道里从门缝儿里一看,答道:"呸!呸!(三)你不是我娘,你不是我娘,我娘穿的红袄绿裤来。"

妖精听了,知道变化的时候,忘记了衣裳的颜色了。赶紧唱道:"东风儿来,西风儿来,给老娘刮个红袄绿裤来!"它立刻换成红袄绿裤了。于是又叫门道:"门东东,门华华,门转转,门插官,快给你娘开门来!"

四个女儿又从门缝儿里望了望答道:"呸!呸!你不是我娘,你不是我娘,我娘着的黑裙儿来。"

"东风儿来,西风儿来,给老娘刮个黑裙儿来!"妖精有了黑裙了,便又叫门:"门东东,门华华,门转转,门插官,快给你娘开门来!"

"呸!呸!你不是我娘,你不是我娘,我娘罩着一块黑手帕来!"妖精又罩上黑手帕了。

它又叫门:"门东东,门华华,……快给你娘开门来!"

"呸!呸!你不是我娘,你不是我娘,我娘脸上长个黑茄子(四)来。"她们仍是不给开。

"东风儿来,西风儿来,给老娘刮个黑茄子来!"黑茄子也长到脸上了。

妖精再叫门:"门东东,门华华,……快给你娘开门来!"

四个女儿在门缝儿里仔细一看:见模样儿也对了,衣裳手帕也对了,这可真是娘了!便开了门,迎接进来,这个问长,那个道短,欢天喜地地做饼子吃去了。

油饼烙成了,大闺女吃了一口说:

"娘娘!血腥气!"

"唉!你这孩子!好好儿的东西,剥福(五)!"

二闺女吃了一口,也说:

"娘,娘!血腥气!"

"唉,你这孩子,别学你姐姐!"

三闺女四闺女都没有说什么,因为她们还不懂事哩!吃罢饭,息了一会儿,便快睡觉了。妖精说:

"胖的挨娘睡,瘦的贴墙儿睡。"

376

"娘！我胖。"三闺女抢着说。

"娘！我也胖。"四闺女也说。但是大闺女二闺女却不言一声。因此，睡时，三闺女四闺女都挨着妖精，大闺女二闺女便睡在一旁。她俩心里有事，只装睡听着。

半夜里，妖精以为都睡着了，便把四闺女咬死，吃起来了。大闺女说：

"娘，娘！吃什么？"

"从你姥姥家带回几个包子来。"

"娘，娘！给我点儿！"

"迟不要，早不要，单等老娘吃完你才要。"

不大工夫，妖精又嚼起小骨头来了。二闺女问：

"娘，娘！吃什么？"

"从你姥姥家装了几颗豆子吃。"

"娘娘！给我几颗！"

"早不要，迟不要，单等老娘吃完你才要。"

后来，妖精又把嚼不烂的骨头棒子抛到地下，听得咯啦一声，大闺女又问：

"娘！这是什么东西掉到地下去啦？"

"娘的簪子。"

"我去拾吧！"

"不用！明天早晨扫地再拾吧！"

大闺女二闺女见这情形，知道假娘一定是妖精变的，四妹妹定然被它吃了，便悄悄地商量了一个法子。大闺女说：

"娘！我尿呀。"

"门道后头去！"

"门道后头有门神爷。"

"炕沿底下去！"

"炕沿底下有炕神爷。"

"院里去!"

"我一个人不敢去,叫二妹三妹陪着我去吧。"

"去吧。"妖精才允许了。

于是,大闺女叫醒三闺女拉上二闺女一块儿出院去了。在院里她们把妖精吃四妹妹的话告诉了三闺女,然后,想躲避的法子。院当中本有一株大树,三个人就扒上去藏到树顶上了。

妖精见三个女儿出院去,本来就不放心,如今等了半天,不见回来,就忙着出来找寻,最后,才找到了,知道她们是在树上。她仰头道:

"还不快下来!"

"娘啊!不敢下去!"

"那么,你们怎么上去的?"

"抹点儿油,抹点儿酱,上一上,上一上。"

妖精一想,对了,我何不上去吃她们呢?它于是找了些油酱,抹在树干上,便用力扒去,谁知滑得厉害,无论怎样也扒不上去。三个女儿蹲在树顶上,咯咯地笑个不住。大闺女说:"娘!拿一根绳子来吧,一头儿拴在你腰里,一头儿抛上来,我们往上拉你吧。"

妖精找了一根绳子,大闺女便用力拉起来,拉到很高的时候,忽的一松手,把妖精直摔到地上,摔了个头昏眼花。二闺女赶着说:"大姐!你不成,给我拉吧。"

说时,接住绳子就拉。拉得快到树顶的时候,也是一松手,又把妖精给摔到地上了,这次,简直摔个半死。三闺女说:"二姐!你也不行!来吧,咱们三个人一齐拉。"

于是,大姐也伸手,二姐也用力,妖精呢,早已不省人事了。她们三个人一齐用力,把妖精拉到树顶上面,然后,又一齐松手,这次可把妖精摔死了。姐妹三个见妖精已死,才慢慢下来,把妖精的尸首,埋在后院里土粪堆上。

不多几天,粪堆上忽然长出一棵白菜来。姐妹三个趁皮货郎过来的时候,拿上这棵菜换了三枝花儿戴。皮货郎把白菜放到箱子里,担着就走。只听得箱子里说话道:"皮货郎哥,皮货郎哥慢些走!咚得老娘肚子疼!"

皮货郎一听,"是什么?"打开箱子一看,仍是一棵白菜。走起来,又听着说话,看去吧,还是白菜,索性也不看了。

后来,回到家里,在菜板上一切,呀!只是一摊脓血!

注:

1. 门东东是门下木砧;门华华是叩门之铁环;门转转是使门开阖之木枢;门插官是门闩。

2. 涿鹿称外祖母曰姥姥。

3. 呸字为唾声,为轻视。此处则表否认。

4. 皮肤上黑点,大如米粒,微凸起,我乡谓之黑茄子。

5. 剥福谓以好作带亏折福气也。

(六)《泥水匠求宝》(《独脚孩子》)

何公超 记录

一家人家,只有母子两人,儿子是做泥水匠的。有一天这泥水匠到一个做官人家去盖漏(注一),做官人家有一个小姐,生得非常美丽。这天她知道有匠人在盖漏,便让丫头使女扶着去看盖漏。

泥水匠见了这位美丽的小姐,羡慕得了不得,当即心生一计:用瓦片划破了自己的手指,让几滴鲜血滴在小姐的身上。

小姐看见泥水匠的手划破了,便叫丫头拿了一片布,一根线叉(注二)给他去裹伤。

泥水匠因此起了歹念头,以为小姐有情于他,当夜回家,便躺到床上病了,一连病了好几天,一天比一天沉重。

他的母亲着急起来了,对他说:"儿呀!你有什么心事,尽管对娘说好了。"

儿子道:"母亲,你答应我一件事,我便说,不答应,我也不必说了,我还是死掉的好。"

娘说:"你尽管说出来,我没有不答应的。"

那泥水匠便把自己看见那官府的小姐,心里羡慕,要娶她为妻的心事,一五一十地说了出来。

他母亲回答说:"这怎么办得到呢?她是做官人家的小姐,怎么肯嫁给我们这样的穷人家?"

儿子说:"我有一个办法:你拿了个木笃(注三)坐在他们的门前敲,有人出来问,你就说,有话要同你们老爷说。老爷出来了,你就把我要娶他的小姐的意思告诉他。——你要天天去敲,敲得他们讨厌,敲得他出来问。他不出来,你还是要敲。"

他的娘果然拿了一个木笃,天天坐在他们的门前敲,这做官人家的用人给她敲得讨厌起来了,骂她道:"贼老太婆,坐在人家门口敲什么,快些滚开!"

她依旧敲,一停也不停。他们没有法子,便问她道:"你要什么啦?"她说:"我有一句话要同你们老爷讲。"

"你有话,我们替你传达进去好了。"

"不成功,我要当面同你们老爷讲。"

他们给她缠不过,便去叫老爷出来。

老爷出来问她什么事。她就把自己的儿子从盖漏时候起看中了小姐,现在正害着相思病,叫她向老爷求婚等等的话告诉了他。

老爷想了一下,回答道:"可以,可以,不过要三件宝贝作为聘礼。第一件是龙嘴里的珍珠,第二件是驼龙壳(注四),第三件是金毛狮子。这三件宝贝送到了,马上就给你们娶去。"

那女人听了这几句话便回到了家里。

她的儿子一见她回来,病立刻就好了——一跳就跳起来问她道:"妈妈,你回来了。对老爷说过了吗?"

"我说是说过了——但是总难,他说要送到了三件宝贝,第一件是龙嘴里的珍珠,第二件是驼龙壳,第三件是金毛狮子,才肯把小姐赔给你。"

"容易,容易,我马上去找这三件宝贝来。"

他立刻就出门了,心里想:"这三件宝贝只有西天佛国有的。"便向着西方一直跑去了。

他走了几天,路上忽然有一条龙挡住他的去路。他问它道:"你为什么不放我走?"

"你不是要到西天佛国去吗?我托你向佛祖问一件事,你答应了,我就放你过去,否则休想。"

"我答应你,我答应你,你说好了。"

"请你问他:某处某处地方有一条龙,已经修好了一千多年了,为什么还不能够上天?"

"晓得,晓得。"他就辞别了那龙,向前去了。

过了几天,又被一只驼龙挡住,不放他走过。

他求它道:"请你放我过去吧。我是到西天佛国去的。"

"你是到西天佛国去的?那好,你能替我问一件事,我就放你过去。"驼龙说。

"我一定替你问,你尽管说好了。"

"你问问佛祖,某处某处有一只驼龙它修行了二千多年,为什么还不能上天?"

"好好,我记得,我记得。"

驼龙就放他过去了。

381

他约莫(注五)又走了半个月光景,在路旁看见了一座庙。他走进去歇歇脚,看见神前的桌上蹲着一只金毛狮子。"这不是我正要找的宝贝吗?"他心里想。便走过去对它说:"金毛神狮,你肯帮我忙吗?"

金毛狮子点点头。他就约它在他结婚的那一天到他的丈人家去,蹲在丈人家的桌子上。约了之后,他又离开那狮子向前去了。

最后,他到了西天佛国,参见佛祖,便把路上龙同驼龙所托问的话询问佛祖。佛祖说:"龙不能上天是因为别的龙嘴里只有一颗珍珠,它却有了二颗,吐出了一粒就能够上天了。驼龙不能够上天是因为它的壳有了一点点齷齪,必须换过才能上天。"

他听了佛祖这几句话,高兴得了不得,因为三件事宝贝都可以得到了,他可以娶那小姐了。

他拜别了佛祖回家,路上又遇着驼龙和龙,便把佛祖的话告诉了它们,它们就一个拿壳,一个拿珍珠来报答他。

他一回到家里,急忙拿了这两件宝贝送到那做官人家,并且对那官人说:"还有一件宝贝,结婚日子它自己会来的。"

做官人没有话可说,只得把小姐配给他。到了结婚那一天,那金毛狮子果然来了。三件宝贝放在客堂里桌上,引得一班宾客说不出的羡慕。

结婚之后,夫妻两人恩爱非常,丈夫天天住在房里看着妻子,一刻也不肯离开。小姐对他说:"你怎么不出去做生意呢?"

丈夫说:"我舍不得你啊。"

妻子说:"你既这样舍不得我,我就画一张像,给你带在身边,你在外面的时候,只要展开那张小像来看,就如看见我一般。"

从此丈夫出去时候,就常把妻子的小像带在身边。

有一天,他正看着小像的时候,忽然一阵狂风把它吹开,越吹越远,越吹越远,最后吹到了皇城里,给皇帝拾着了。

"有这样美丽的女子!快给我招来,我要她做妃子。"皇帝吩咐他的

第七章 "林兰女士"与《民间故事》

太监说。

太监打听了好久好久,最后给他打听出她的姓名和住址,便把她带了进京。夫妻俩分别的时候,她安慰丈夫说:"不要紧的,我们到底会重逢的。你只要在三年以后拿了一根一丈二尺长的葱,穿了件鸡毛衣来见我就行了。"

她进了皇宫,一直板起面孔来不笑,皇帝要近她的身,她就说:"我是有毛病的。"皇帝的心就冷了,只得放她一个人住在一个院里。

光阴迅速,一闪眼已经三年了,在这三年之中,她的丈夫到处找一根一丈二尺的葱,日夜缝做鸡毛的衣。到底给他找着了,做成了。他就身上穿了鸡毛衣,手里拿了长葱跑到了皇宫里,去见他的妻子。

她一见他进来,便哈哈大笑起来。

皇帝看见她美丽的笑容,听见她娇脆的笑声,一半高兴,一半诧异道:"你来这里三年,我从来没有见你笑过一次。现在看见了这个人,怎么笑起来了呢?"

她回答道:"是的。你如果也穿了鸡毛衣,拿了那根一丈二尺的长葱,我一定对你笑。"

皇帝说:"那是再容易没有。"他马上脱下了龙袍,叫她的丈夫脱下了鸡毛衣,两个人换来穿,她等他们都穿好了,急忙跑出去叫太监们进来,吩咐道:"把这穿鸡毛衣的拿出去斩了。"那泥水匠便做了皇帝,与他的妻子——现在是皇后了——一同过着快乐的日子。

注:

1. 盖漏——房屋有漏处,加以修补也。

2. 叉——以木叉叉上去也。

3. 木笃——即木鱼。

4. 驼龙——俗称为乌龟成精为驼龙。

5. 约莫——大约。(流传于浙江,新市。)

（七）《阎王受骗》(《鬼的故事》)

曙晖　记录

相传有一个人，很是狡猾，时常要哄弄别人，因为他姓张，所以人们叫他张哄弄。

有一天，阎王爷拿过生死簿一看，说道："呀，张哄弄到了回寿的日子了。"于是派赤身小鬼勾他的魂去，——那时张哄弄正在磨面哩。远远地望见一个小鬼走来，知道就没有好事，他就在地上拿了些蒺藜等候着他。

赤身小鬼一见张哄弄，老远就喊道："张哄弄！阎王爷叫你呢，说你到了死的日期。"

"唔！来这里休息一会儿吧，你走了半天的路，难道不疲乏吗？停一停咱们再一块儿走。"张哄弄很和气地说。

赤身小鬼不知就里赶忙前走，哪知刚一到张哄弄的眼前，脚上就刺上了一些蒺藜。他觉着两只脚很痛，不由得就坐在地上，他这一坐不要紧，把蒺藜刺了满大腿，痛得他咧嘴瞪眼。张哄弄趁着这个当儿，拿起了一个大棍子，照着小鬼身上就打，哧的小鬼爬起来一颠一窜地跑了。

阎王一见赤身小鬼没有勾了张哄弄来，便又派红眼小鬼去一趟。

当张哄弄把赤身小鬼赶跑之后，心中想："还得派别的小鬼来勾我，不磨面了，在家里等着对付他们吧。"

张哄弄走到家里休息了时刻不多，那红眼小鬼便来了。一进门先喊道："张哄弄在家里没有？"

"在家里。"

"走吧，阎王爷叫你呢！"

"你到屋里来休息会儿吧，走了大远路，不劳苦吗？"红眼小鬼听他这样的招呼，便走入屋里去。

"但是。快着些！你还有什么事情？"红眼小鬼督促地说。

"等我一会，我在锅里熬一些眼药，洗洗我的眼再走。"他装得很庄重

第七章 "林兰女士"与《民间故事》

的神气答。

"洗眼哪?那么你多熬些!我也洗洗吧,但是你这眼药,洗了准能够好吗?"

"是的,洗了一定保好!"

这时张哄弄把许多的水胶,在小铁锅里熬起来了。红眼小鬼默默地在旁边等着。

一会儿那锅里熬得水胶"哥打!哥打!"地沸腾起来了,张哄弄便取出些儿,对红眼小鬼很和蔼地说道:"熬成了,闭眼吧!我给你抹上点好了!"

于是小鬼把眼闭上,被张哄弄抹了满眼。"不要睁眼,吾叫睁眼你再睁眼。"张哄弄抹完了说。"是了。"小鬼欣慰地说。

待了一会儿,张哄弄觉着小鬼的眼皮,一定给胶水粘住了,便往锅里掏出了一盆胶水,照着他的头上"哗剌!"一倒,只听得"唔呀!"一声,把小鬼给烫急了,小鬼睁眼要跑,但一时睁不开,又被张哄弄打了几棍子,于是猛力地一睁,才睁开眼逃跑了,但红眼中出了许多的鲜血。

红眼小鬼回去,报告给阎王。阎王一听便气急了,指着身旁一个小鬼说道:"去!把我那千里驹前来驮我找他去。"

昏黑的天色,对面看不见人,这时,千里驹上坐着一位阎王爷,"哒!哒!哒!"跑到张哄弄家来了。

"张哄弄在家里没有?赶快跟着我走!"阎王爷厉声地说。

"在家里,你来了屋里休息一会儿再走吧。"

"你不用多说些闲话,快走吧!"阎王爷愤怒地说。

张哄弄这时没法,便懒懒地走出来,他一看阎王爷骑着一匹千里驹,心中想道:"我再把他哄弄一下吧。"便很柔和地对阎王爷说道:"既然忙着走,等我骑上我那万里牛。"说着牵来了一头牛,阎王爷一见,心里想:"他这万里牛比我的千里驹快得多了,我和他换一换吧。"便也很和气地说道:"我赶紧回去还有重要的事情呢,张哄弄!咱们就换着骑吧!"张

385

哄弄一听,正合己意,便道:"既然阎王爷吩咐,小人只好从命了。"于是张哄弄骑上那千里驹,不知跑到什么地方去了。

阎王爷骑上牛背,打了几遍让他快走,但是哪里能够呢!走了一夜,才到了阎王殿,小鬼们一见骑牛的来了,以为是张哄弄,不管青红皂白,"手足交加"地把阎王爷痛打了一顿。

"我是你们的阎王爷呀!怎么打起我来?"阎王气吁吁地嚷着。小鬼们一听果然是阎王爷的声音,这才不打了。阎王接着说道:"又叫张哄弄骗了我那千里驹了。"

(八)《金牛》(《云中的母亲》)

孙佳讯　记录

一家有三个儿子,大儿媳妇不能当家,二儿媳妇又不能当家,三儿子还没有媳妇,老头老妈说:"我们一定要娶个能干的三儿媳妇,好让她当家。"

后来娶了一个三儿媳妇,果然很能干,能够当家,说什么话,家人都拿当"圣旨"一样。一天,她在大门口下一个命令说:"只许空手出去,不许空手进门。进门时没有东西拿,就抓一把土也可以。"

以后不论男女,不论老幼,没有东西拿进门,都要抓把土进来,放在墙根;过了一两年便成了一个土堆子。

有一天,一个别宝回子,从门口经过,两眼不住向土堆看,问三媳妇说:"你这土堆子不卖吗?如卖,你要多少银子呢?"三媳妇想道:"怎么一个土堆子,能值多少银子呢?一定有道理,我要他一百两银子!"她把价钱说了,别宝回子说:"一百两就一百两。"三媳妇惊得睁圆两只眼问道:"你花一百两银子买一个土堆子干什么呢?"别宝回子说:"土堆里有一个金牛,身上佩着金索,拉着金碌子,只用红小豆在土堆前'蛮蛮蛮'地唤,就能唤它出来,每天都要屙金豆子。"他说过后,摸摸身上没有钱,说:"三天后,我来起货吧。"三媳妇说:"好好,三天后我等着你哩。"

别宝回子走过后,三媳妇就抓了两把小红豆,在土堆前"蛮蛮蛮蛮"地唤;刚唤了三声,金牛头就从土堆里钻出来。她看见金牛头,不住地"蛮蛮蛮蛮蛮"一直"蛮"到牛身子完全现出,金磙子"轱辘,轱辘"的声音也听见了。它吃了一个小红豆,便屙一个金豆子。

三天后,别宝回子来了。三媳妇说:"你给我一百两银子,把土堆搬去了吧。"别宝回子看一看土堆子,苦苦脸说:"唉,金牛被你唤去了,我要这堆土干什么呢?"

(小时读《天方夜谭》阿拉丁的故事,一个阿拉伯的术士,到中国来,见以地穴内有神灯,但他自己不能取得,必借阿拉丁之手取之。吾乡故事中讲及别宝回子谋得宝贝,十个就有十个是失败,约分为两类言之:一类是回子想取得宝贝,必假别人之手。如拙述娃娃石伊庐山的石门中的回子,见石门内有宝贝,一大瓜是钥匙,但他不能直接地用瓜开门,要找以挑水的去开,结果因挑水的不认识宝贝,得到一点都抛弃了,只草鞋缝里留着一个;而钥匙则抛在门内,门永远不得开。一类是回子知道某物是宝贝,用常人视为重价购取,将宝贝的用处告诉卖主,结果因无钱一时不能买去,宝遂为原主所得。流传于江苏,灌云。)

(九)《碗底的金钗》(《民间趣事新集》(下))

张太刚预备娶郭丁香做女人,因而找一个瞎子算算他俩的命。瞎子弹着琵琶,算道:

"我算丁香三斗二升珍珠命;

太刚你三斗三升喂猪糠,

挂在南园柳树梢,

一风吹得净打光。"

张太刚娶了郭丁香,十二分的恩爱;可是三年交头,郭丁香连一个孩子都没有生出来。

387

有一天,张太刚上街,经过花花二海棠的门口。花花二海棠是个很漂亮的妓女,张太刚未娶丁香时,常到她家里玩耍;自从娶了丁香,便不踏上她的门了。他这时碰巧被花花二海棠看见,这手拖,那手拉,拉了进去。她问道:

"张相公,你衣哪弄的?"

"郭姐剪,郭姐裁,郭姐巧手做起来。"

"馋死哩!前襟长,后襟短的。"

"前襟长长好行礼,后襟短短好疴矢。"

"哎呀,有拙女人,还有巧嘴男人哩。——张相公你有几个小孩子呢?"

"没有一个啊。"

"郭姐娶上了几年?"

"三年了。"

"哎呀,三年了!要是我:

走的走,爬的爬,

肚里又发芽,

锅门口还有一个嚼锅巴。

你快快把她休了吧。"

花花二海棠拿出好酒,给张太刚喝,左一杯,右一杯,不久,便喝醉了。

张太刚醉醺醺地到了家,对郭丁香说:"你这不会生小孩子的东西,快快地走吧!我不要你了!"

"我太刚三斗三升珍珠命。

你丁香三斗三升喂猪糠,

挂在南园柳树梢,

一风吹得净打光。"

他恍惚中觉得三年前的瞎子对他是这样说的。他愤愤地又说:"你娘家赔的描金箱子你发去!"

丁香说:"你饶了我吧。"

张太刚说:"我不饶!"

郭丁香没有方法,只好把娘家赔的描金箱子,搬在破车上,哭哭啼啼地套上了一头老牛,临走时,她对着屋里各样的东西,都拜了两拜道:"你有福跟奴走,没福跟张郎。"拜完以后,她才爬上了破车,随着老牛拉着乱走,这时她心中是多么难过呵!

走一里来望一望,

舍不得张家好楼房;

走二里来望二望,

舍不得张家好衣裳。

到了天晚,老牛拉着丁香在一家小茅屋的门前停了下来。丁香爬下车子,只见一个老姆子,在里面领线。她问道:"老奶奶你姓什么?"

"我姓范呵。"

"范奶奶现在天晚了,你家里能容住一宿吗?"

"哎哟,姑娘的身上穿得花花绿绿的,像这样的破屋还能住吗?而且我儿子范三郎来家也不方便呵。"

"范奶奶,你老人假如没有儿媳妇,我就做你老人的媳妇吧。"

正说话时,老姆的儿子穷鬼范三郎背着一捆山草到家了。他向丁香问道:"像姑娘这样,难道没有主吗?"

丁香说:"主是有的,可是他现在把我休了。"

范三郎说:"得了。"他拉着丁香拜了天地,地下放些草,便是他们的床呵。

第二天丁香从描金箱中翻出张太刚穿旧的衣服,给范三郎穿着。她端相了一会,不由得伤起心来,说:

"后襟短短,

好像张财主,

前襟长长,

还是穷鬼范三郎。"

其实当丁香说这话时,张太刚已不能称为张财主了。他前门休了丁香女,后门又来花花二海棠。

花花二海棠刚走到房里,房里便起了火,烧得黑雾迷空,所有的东西,都成了一堆灰;花花二海棠也烧死了。张太刚从火里穿出来拍着屁股,喊道:

"烧得好来烧得好,

烧去草房盖瓦房;

家后还有八仙缸。"

他等火熄了,拿着锄跑到家后刨八仙缸了。

八仙缸来八仙缸,

越刨越叮当!

结果刨出来一个讨饭罐子。张太刚心里十二分的懊恼,家里连一粒米都没有,只好提着讨饭罐子去要饭呵。你们想一想,张太刚的八仙缸怎么就不见了呢?原来郭丁香是活财星,八仙缸原是跟她来的,现在又跟她走了。

张太刚在外乡要了多年的饭,有一天要到穷鬼范三郎的庄上。范三郎因为有了活财星的女人,早已发了大财,家里的元宝也不知多少。

张太刚向门旁一依,喊道:"爹爹,奶奶,给碗饭吃吃吧。"

郭丁香坐在厨房里,向他端相了一会,端相来,端相去,好像张太刚一样;最明显的是他身上穿着一件前襟长,后襟短的破大褂子,这件大褂子,还是她自己亲手弄成的。

她心里十二分的感动,盛了一碗米饭给他。

张太刚吃完米干饭,发现碗底有一根金钗,拿起来,向丁香说:"大娘,你不是我爷,不是我娘,为何金钗碗底藏?"

丁香愤愤地答道:"瞎你娘眼,向你前妻叫大娘!"

他抬头仔细看,认得她的确是他前妻郭丁香,羞得入地无门,抱着头向锅底钻去。

郭丁香跑到跟前紧紧地拉住,左手仅拉下了一条腿(这条腿便做了后人的掏灰爸),右手仅拉下一块的破衲头(这块衲头便做了后人的揩桌布)。她深深地觉得对不住张太刚,跑到家后,纵身一跳,跳到灰塘里。

他们的灵魂飘到了天上,天老爷可怜他们,因而封张太刚为灶王,封郭丁香为猫七姑娘。

(我最初疑此传说,系根据于民众唱本《张郎休妻》而讲述的,读陈百兕从民间来中的张大郎休妻,取唱本与之对照,其韵语无有相同者。我请求母亲将儿时听过的灶王的故事,讲述一遍,内中的韵语与唱本亦不相同。母亲说从前人讲这故事,唱的地方很多,她大半已经忘记。此篇所记的,仅是母亲记得的几句。我想古代的传说有被编为小戏的,有被编为口头上的鼓儿词的,有被编为唱本的。这三种往往歌唱中带有说白,说白中带有歌唱。此篇与陈百兕的张大郎休妻既不根据于民众唱本,自是由小戏或口头上的鼓儿词流传下来的,从民间来中的《螳螂哥哥》与吾乡《花花小蛇郎》都是同样的例子。故事中韵语的转变,自然与歌谣的转变,具有同样的理由。——编者,沙河)

(十)《天河岸》(《换心后》)

孙佳讯　记录

靠着一座野山旁,住了一个少年人,不知叫什么名字。他家里养了一头老水牛,常常牵到草地里吃草,因此当时人们都喊他为牵牛郎。

有一年夏天,草地上蒙着一层浓厚的白雾,十步以外,便望不见什么东西。这时老水牛正在草地里吃草,忽然向牵牛郎说:"主人,草地南边的河里,有七位仙女在那里洗澡,你溜到河边,抱了一套宝衣藏起来,就能有一位仙女跟你做女人了。"

牵牛郎听到这话,急忙跑到河旁,看见水雾里果然隐隐的有七位仙女,河岸上堆了七套的宝衣。他不问青红皂白,大喊一声,抱一套回头就跑,仙女们羞得都披上宝衣向天上去了,只有一位,名叫河织女,她羞红着脸,赤裸裸地向牛郎追来,恳求将她的宝衣还给她。牵牛郎哪里肯答应呢?

他跑到家时,织女也跟他跑到家了。牛郎趁着织女不在意,将她的宝衣藏起来;织女没有宝衣穿,便不能驾云,她只好披上凡间的衣裳,跟着牛郎做女人。她在天上很喜欢织布,到了凡间手里还常常拿着织布的梭子。

牵牛郎有了女人,便不去照管老牛,天天让它自己到草地吃草。

不久,老牛病了,睡在草堆旁,牵牛郎看见它时,摩着它的脊梁,心里异常的伤感。

老牛抬抬头,向他说道:"主人,我快要死了,我死后,你把我的皮剥下来,包了一肚的黄沙,再解下我鼻上的索子,捆成一个包袱。你每天都要背在肩头上,遇到为难时,自然能够帮助你。"它说过气就断了。

牵牛郎想起自己在老牛嘴下亲亲热热地共了十几天的劳苦,不由得痛哭起来。他一面哭着,一面依着老牛的话儿做了。

过了二三年,河织女生了一个闺娘和一个儿子。她在这二三年之内,时常追问牵牛郎把她的宝衣藏在什么地方,牵牛郎总是含含糊糊地说旁的话。

她现在又追问牵牛郎道:"我的宝衣,你究竟藏在什么地方?我跟你已有了儿女,还舍得走吗?"

牛郎想她的话大有道理,便笑着答道:"恐怕早已烂了,埋在门台石的下面哩。"

织女三步两步地跑到门旁,翻起门台石,取出宝衣,抖开一看,还是霞光万道,织女向身上一披,便驾起云来。牵牛郎慌忙拉着儿子和闺娘,预备追赶,可是他们不能驾云,如何能追上去呢?牛郎急得无意中向背后一拍,这一拍,正拍在牛皮包袱上;他们父子三人忽然也驾起云来,紧随着织女追去。

　　织女看看就要被他们追上了,拔下头上的金钗,向后面一画,就成了一条白浪滔天的大河。牵牛郎的牛皮包袱里,忽然撒出许多的黄沙,黄沙撒到河里,河里旋即现出一条沙堰,他们从沙堰上跑过去,还是继续地追赶。

　　河织女看看就要被他们追上了,拔下头上的金钗,向后面一画,又成了一条白浪滔天的大河了。牵牛郎牛皮包袱里的黄沙,不意都撒清了,没法过去,急忙解下捆包袱的索子,向河东一撂,正好套住织女的脖子;织女摸出身上织布的梭子,向牛郎掷去,牛郎的身子向后一让,却没有掷着。

　　他俩正争闹的时候,忽然从天边来了一位白胡苍苍的神仙,挂着拐杖,向他俩说道:"我奉了天帝的命令,来替你们解决这件事。织女,你从此住在河东,牛郎,你从此住在河西;但因为你们的缘分还没有完了,每年七月七日的那一晚,方许你们在河东相会一次。"

　　他们对于天帝的话,如何能不遵守呢?

　　你们若遇到满天星斗的秋夜,一仰脸就可以看见一条横在天中的天河,这条天河就是织女的金钗画出来的。织女牵牛星在天河东西,放出一闪一闪的光亮。织女身旁的小星,就是梭子;牛郎左右的小星,就是他的儿子和闺娘。

　　牵牛郎每天吃的饭碗,都留给河织女刷。到了过河相会的那一晚上,河织女将碗刷完时,天已经要亮了。

　　据说每年七月七日,不下雨则已,下雨,就是他们滴下来的眼泪呵!

　　《怪兄弟》讲述的是十兄弟型故事,十兄弟未必就是十人,而是一群人,他们各显其能。或者说,其原型在魏晋南北朝时期已经出现,诸如折箭故事中兄弟团结的喻示性内容。后世的八仙传说故事使这一故事形态更加丰富,逐渐演变成《水浒传》中一百零八将与《三国演义》中五虎将等故事模式。这种故事类型影响了我国当代文学,诸如现代京剧《沙家浜》中的十八个伤病员与现代京剧《智取威虎山》中的小分队,等。群体英雄,各显其能,以此民间传说故事类型不断增强文学作品的感染力。《三媳妇》讲述的是巧女型故事,巧女之巧在于心灵手巧,其影响到后世文学作品,能够从许多女性形象中找到其踪影。《三件难事》讲述的是长工与地主斗智型故事,这种故事类型的意义曾经被强化为阶级斗争中的卑贱者最聪明的主题。《虾蟆儿》讲述的是蛇郎型故事,这类故事可以从高辛帝与盘瓠传说中找到原型,外表的物化形态与民间信仰的内蕴相糅合,使这一故事形态具有更加丰富的意义。《妖精与四个女儿》讲述的是狼外婆型故事,其传送的不仅仅是人兽之间的联系,而且包含了大量社会风俗生活内容,诸如泛神意识中善恶之间的较量,同样成为许多文学作品的表现题材。《泥水匠求宝》讲述的是著名的问活佛故事,这则故事的原型能够从小说《西游记》中唐僧取经找到原型内容,同时,在黄帝访问广成子神话传说和小说《三国演义》刘备三顾茅庐故事中,应该具有同类故事的踪影。《阎王受骗》故事讲述的是捉弄阎王型故事,与小说《西游记》中的孙悟空大闹天宫故事有类似处。《金牛》讲述的是"别宝回子"识宝型故事,这是我国古代盗宝故事的重要原型显示,在故事中,宝物所具有的巫术意义更耐人寻味。或曰,现代京剧《红灯记》中李玉和手持密电码与现代京剧《智取威虎山》中杨子荣身带联络图,都应该与此有联系。《碗底的金钗》讲述了灶王传说故事,是著名长篇叙事诗《郭丁香》的原型。不用说,《天河岸》讲述的是牛郎织女这一传诵千载的故事;它保留了中国现代社会历史时期这一传说故事的流传形态。值得注意的是这些民间故事的"附记",是记录整理者民间文学思想理论的重要表达,如孙佳讯《对金钗》一则故事所记"去年顾均正译挪威阿斯皮尔孙所述的《三公主》出版,很引起研究民间文艺的人讨论《三公主》与中国故事《云中落绣鞋》等之相似。赵景深先生在《挪威民间故事研究》中说:'与《三公主》相似的故事,除去《云中落绣鞋》以外,还有满洲和直隶唐山一带的记载。恰巧满洲直隶和北欧都是属于北方,倘若《云中落绣鞋》不是南方的,我真要疑惑这故事是北方所特有的了。'吾乡（江苏灌云）讲述'三公主式'的故事舍此而外还有两种（据我所知，此系依《云台山》所讲而记述的，足见'三公主式'故事的流传，较赵先生所推想的还要广遍）"[1]云云。或曰，在这些民间故事的记录中，每一句话都有自己独特的历史文化意义。在中国民间故事史上，这些故事类型具有十分重要的普遍性意义。

相对于民间歌谣的研究深入发展，民间故事研究在现代民间文学史上的价值意义存在着较为薄弱的倾向。这种局面在民国之后有所改变，尤其是20世纪80年代以来，中国故事学在民间故事史、民间故事家、民间故事类型、民间故事叙事研究和民间故事价值等方面取得可喜成就。而长期以来，中国民间故事研究热衷于阿奈尔与汤普逊分类方式、普洛普故事类型的历史告诉世人，中国故事学在走一条自己的道路，从当年赵景深、钟敬文、杨成志到20世纪五六十年代的丁乃通，再到20世纪80年代之后的刘守华、祁连休等，以及台湾地区的金荣华等致力于民间故事研究的学者，一代代学者正创造性完成自己的故事学理论体系。在民间故事理论体系构建中，我们常常过于夸大所谓文化人类学的方法论价值意义，其实，现代学术体系总是多元构建，真正的中国现代民间文学思想理论体系建立，是众多学者共同努力的结果。文化人类学在很多时候解决不了更多的问题。

---

[1] 林兰编：《换心后》，北新书局1930年2月版，第91页。

第八章
抗日歌谣与现代民间文学

抗日战争是一场伟大的人民战争,自1931年以来,中国人民饱受帝国主义列强的欺凌,一直燃烧着反抗的怒火,无论是国民党军队为主要力量的正面战场,还是共产党领导的各个战场,中华民族终于战胜了预谋已久、穷凶极恶的敌人,获得自己的独立自由和解放。这是人类历史上可歌可泣的大事件;在民间文学发展中,同样有非常重要的表现。其中,抗日歌谣成为这个时期最响亮的歌声。

关于抗日歌谣,有几种情况,一是老百姓自发的民间歌谣,多借用传统歌谣形式;一种情况是富有爱国热情的知识分子采用民间歌谣形式,在社会媒介上广泛传播,被民间大众所接受,很快形成民间化,成为广为传唱的民间歌谣;一种是社会各个阶层模仿民间歌谣进行抗日宣传,形成新的民间歌谣体。这三种情况都可以看作抗日歌谣的民间文学表现形态。其中第一种最重要,是发自社会大众肺腑的歌声,或为徒口传唱,或为民间歌曲与地方小调,表现各地民众高昂的抗日热情和保家卫国的坚强意志与决心。第二种的情况常常出现两种情况,一种是能够为民间社会所接受,很自然地形成民间文学形式的转化。第三种也是这样,但雕琢痕迹过于浓,在流传范围和流行效果等方面不如第一种或第二种。从尊重历史事实的原则上讲,只有第一种民间歌谣才能够称作典型的民间文学。这些抗日歌谣不仅在当世被传唱,在社会上广泛流传,全国各地抗日文艺团体风起云涌,各种书籍报刊纷纷刊载这些抗日歌谣,成为抗日歌谣蔚为壮观的局面,而且1949年之后,仍然被传唱。更值得关注的是,此后一直没有间断过对抗日歌谣等民间文学形式的搜集整理。诸如各地在20世纪五六十年代与阶级斗争、社会主义教育和爱国主义等思想文化宣传相结合,各地出版社与各种文化艺术单位、团体都曾经出版许多抗日歌谣集。但是,笔者在社会调查中发现,一个非常重要甚至非常普遍的现象是,围绕阶级斗争教育等文化主体需要,有许多以"抗日歌谣"名目出现的民间歌谣集,并不是真正的在当时所流传的民间文学。这些民间歌谣只能看作文化宣传读物,其既不同于传统的民间歌谣,也不同于当时知识分子和少年儿童模拟民间歌谣所创作的作品,其实与抗日战争时期的民间文学无关。在整体上讲,现代民间文学的史料发掘与甄别工作将是相当长一个时期的重要任务。在口头史学等历史文化研究过程中,寻求历史事实的原貌,其实是最重要的前提。

20世纪80年代以来,随着民间文学故事、歌谣、谚语三大集成的编撰工作展开,包括当前非物质文化遗产的抢救与保护紧锣密鼓进行,这些内容的民间歌谣越来越多被重新发掘。网络等媒介也出现许多抗日歌谣,一些民间知识分子发表对抗日歌谣的研究意见,形成新的民间文学思想理论现象。

在众多出版和印行的抗日歌谣集中,笔者非常看好上海文艺出版社编《抗日歌谣》(上海文艺出版社1960年版),其特别强调"搜集整理"的原始意义,对每一类抗日歌谣进行解释、说明,而且常常在这些歌谣的结尾处注明具体的流传区域和搜集整理者姓名,更接近民间文学忠实记录的原则。

抗日歌谣的地域分布有多种形式,或曰,有日本侵略者走到的地方和抗日歌声唱响的地方,就会有抗日歌谣的流传。以上海文艺出版社《抗日歌谣》等现代文献为主要参考资料,可以看到当年抗日歌谣地理分布的重要特点。

第一节 东北抗日歌谣

东北地区最早受到日本侵略者的蹂躏。日本人在当年灭亡中国的《二十一条》中,就曾经提到他们在东北的特权;20世纪30年代初,日本人发动蓄谋已久的军事攻击,逐渐占领我国东北。在抗日的歌声中,"我的家在东北松花江上"唱得最为动人。以中国共产党为主体的抗日联军,积极发动群众,与日本侵略者进行了殊死的搏斗。其中出现了杨靖宇这样的民族英雄,被民间歌谣传唱;同样,东北人民恨透了日本人的同时,也恨透了那些黑狗,即帮助日本人危害中国人的汉奸走狗。如吴瑞扑收集,流传在长白山区的《警察进村》[1],记述"'警察'进村三不要:马粪蛋子、死狗、裹脚条";边卒收集,流传在永吉地区的《认鬼子不认亲妈》[2],记述"老牛,老马,记吃不记打;汉奸、'警察',认鬼子不认亲妈",等等。东北人民为了抗日,全民皆兵,送子参军,送郎参军,与日本人进行长期的斗争。这些内容在抗日歌谣中都有所表现。从当年的搜集整理地区上看,主要有长白山区、兴安岭山区、安图、靖宇、抚松、临江、庆安、哈尔滨、尚志、北安、敦化、辉南、牡丹江、蛟河、通化、老道沟、马蹄沟等地。其中,还有一些少数民族的抗日歌谣,如陈杰搜集整理的鄂伦春民歌《吃口兽肉都给钱》[3]等。此举例如下:

《杨家将》

杨家将,杨家兵,

杨家兵将骨头硬;

别夸当年六郎勇,

---

[1] 吴瑞扑搜集:《抗日歌谣》,上海文艺出版社1960年版,第35页。
[2] 吴瑞扑搜集:《抗日歌谣》,上海文艺出版社1960年版,第34—35页。
[3] 陈杰搜集:《抗日歌谣》,上海文艺出版社1960年版,第21—22页。

且看今朝杨司令(抗日联军司令杨靖宇)。

杨家兵,杨家将,

个个抗日好榜样,

上阵杀敌赛猛虎,

鬼子一见就投降。(靖宇县流传,边卒收集)

《五色旗》

五色旗,

镶黄边儿,

满州国,(日本人扶植的满洲傀儡政府)

不几天儿。

《运粮官》

牵着毛驴上了山,

驮上粮食三斗三,

夜深人静爬过岭,

我是抗联运粮官。(抚松地区流传,边卒收集)

《黑狗》

当个老黑狗(伪军、警察),

美得不会走。

肩膀贴对子,

横批还没有。

头顶狗尿台(一种很丑陋的野草),

洋刀不离手。

问他要干啥?

他说查户口。

成天唬洋气儿,

小命不长久。

《婆婆丁》

停了雨,住了风,

村外去挖婆婆丁(指中草药蒲公英)。

骑白马,佩戏缨,

我的爱根儿(爱人、新郎)去当兵。

《一溜风》

扬鞭打马一溜风。

三尺箭,四尺弓,

拉弓射箭响铮铮。

敢打牙,能射鹰,

你说英雄不英雄。

《反歌》

说咱反,咱就反,

跟着抗联闹共产。

打倒东洋小鬼子,

天下大事咱们管。[1]

---

[1] 此歌谣有异文:"说咱反,咱就反,跟着抗联闹共产。打倒东洋小鬼子,光复东北工人管。"

第八章　抗日歌谣与现代民间文学

《对门山上》
天沉沉,地沉沉,
对门山上起乌云。
乌云滚,到山根,
半夜三更雨打门。
哥哥拿把号,
弟弟提起枪,
双双摸到大山上。
东边吹起哒嘀嗒嗒,
中间打起噼噼啪啪。
又吹号,又打枪,
吓得鬼子发了慌。
后头逃,墙又高,
前门逃,怕大刀,
坐着又怕放火烧。
躲又无处躲,
藏又无处藏,
两眼泪汪汪,
架起机关枪,
噼噼啪啪放一场。

《送郎上战场》
送郎送到大路上,
送郎扛枪上战场。
妹做军鞋送前线,
祝愿哥哥打胜仗。

《抗日联军》
"九一八",亡国恨,
老百姓扛枪去参军。
齐心协力打日寇,
东北人民好翻身。

抗日联军铁打汉,
风吹雨打腰不弯。
爬冰卧雪来露营,
头枕大山盖着天。

青山肃野冷清清,
骂在嘴里恨在心。
日本鬼子别逞凶,
抗联就是报仇人。

想抗联,心不安,
一天少吃一顿饭。
省下饭,装满罐,
提上就到村外转。
朝东瞅,往西看,
盼望红旗一杆杆。
抗联战士快回来,
吃饱打仗救穷汉。

抗联来了笑开颜,

又烧茶来又煮饭。

姐姐地里去挖菜,

我到鸡窝拣鸡蛋。

在我国历史上有一种非常重要的文化传统,民间歌谣可以作为社会历史发展的重要证明,成为史料;诸如许多正史的"五行志",就以儿歌说明历史。抗日歌谣也是如此。一方面是满洲国的五色旗在日本人的刺刀上迎风飘扬,他们奴役东北人民;另一方面是抗日联军为代表的反抗力量,他们浴血奋战,视死如归。但这里给人最深刻的感受常常并不是战争的残酷,而是控诉那些"黑狗"即警察、汉奸的歌声。这成为东北抗日歌谣的显著特色,让我们想起中华民族在外敌入侵时不同人的行为。我们有无数的优秀儿女为国捐躯,也有许许多多的汉奸、卖国贼,他们厚颜无耻,完全丧失民族气节。我们的历史应该尽情讴歌英雄,也不能忘记这些丢弃人格的民族败类。

第二节　晋冀鲁豫抗日歌谣

晋冀鲁豫抗日根据地,包括太行、太岳、冀南、冀鲁豫等解放区,是中国共产党领导建立的。1937年10月,中国共产党领导的八路军一二九师进入太岳、太行山区,建立了晋冀豫抗日根据地;1938年5月,一二九师进入冀南,建立冀南抗日根据地;1939年2月,八路军一一五师建立冀鲁豫、鲁西、湖(微山湖)西等抗日根据地。在这里涌现出左权等民族英雄,发生了平型关大捷等重大历史事件。晋冀鲁豫抗日根据地的抗日歌谣,典型体现了山东、山西、河南、河北广大地区人民群众反抗日本帝国主义侵略艰苦卓绝斗争在社会生活中的种种情感与呼声。如人统计,十四年抗战中,晋冀鲁豫抗日根据地军民作战3万余次,毙伤日伪军19万多人,八路军等抗日武装发展到29万余人。这是中国人民抗日战争最辉煌的一章。抗日歌谣现象地记述了这一历史事件。

当然,晋冀鲁豫抗日歌谣从来都不是孤立存在的。20世纪40年代初,中共冀南地委机关报《人山报》发表《杨大路展开地雷战,出扰敌伪触雷尸体横飞》《1945年的头一炮》《我分区子弟兵发动战役攻势,打掉杨桥、海子、万堤敌据点》《我分区子弟兵精锐攻克刘营伪据点——活捉袁老粗子以下百八十人》《漂亮的伏击——邯郸我军打垮抢粮敌》《曲周反围击大胜》《军民齐心、打得敌人不敢进村》《吕洞固战斗》《大洋马、二黑心的罪单》《南馆陶人民起来斗争大洋马、二黑心》《钻到钉子里捉汉奸——邯郸锄奸小组活跃》《良母送儿上战场,贤妻送郎打东洋》《三分区八路军永远保卫三分区人民》和《大破大名府》等通讯报道,向社会高呼"一年打败希特勒,三年打败小日本"的宣传口号,其文艺专栏《大众园地》曾以整版篇幅发表抗日歌谣和大量富有地方特色的通俗文学作品,如刘树春京调新剧《虎口夺枪记》,剑波民间小调《打蚂蚱》,田辛甫秧歌剧《牛凤高别母》,翟向东快板剧《后悔不迟》及独幕话剧《王定保从军》《探伤兵歌》等,深受社会喜爱。民间歌谣与这些文化现象相得益彰,共同汇成抗战救国的洪流。

晋冀鲁豫抗日歌谣的流传区域,从上海文艺出版社1960年版《抗日歌谣》等现代文献可知,主要有太行山区、山西繁峙、晋中、晋西北、冀南、河北白洋淀、河北平山、河北怀来、胶东、鲁西南、河南罗山、河南确山、晋冀鲁豫边区等,搜集整理者各种人物都有。从题材上讲,歌颂八路军奋勇杀敌和军民鱼水情者居多,如《八路军为了咱》歌唱"梨子树,开鲜花,军队和咱是一家",《纺线小调》歌唱"咱们妇救会呀,会员真正强,组织起来去纺线,参加生产多荣光",以及《欢迎八路军进城》《雁翎队》《支援前线第一桩》《劳军忙》《做军鞋》等;表达送子参军、送郎参军者多,如《送哥哥出征》歌唱"羊皮袄,毛儿长,哥哥穿着上战场",《送郎参军打日本》歌唱"一道道水,一道道山,我送郎君汾河畔,汾河流水水不断,千言万语说不完",《女子参军》(五更调)歌唱"一更一更里呀,月亮未出现",一直唱到"五更五更里",从

第八章　抗日歌谣与现代民间文学

"月亮未出现"分别唱"月亮在正东""月亮在正南""月亮在正西""月亮渐渐落",最后歌唱"谁来参军救国家,女中数着我";控诉"中央军"和敌伪军胡作非为等罪行者也有很多,如《血债要用血来偿》歌唱"血债不能忘,点滴记心上",《汉奸队下乡》记述"汉奸队,下了乡,抢粮食,拔衣裳;又杀猪,又宰羊;老百姓,气断肠",《油饼队》记述"天昏昏,地昏昏,诸城有一队中央军,日本鬼子他不打,专门踢蹬庄稼人",《中央军,凶似狼》痛骂"中央军,凶似狼,拿起枪来像阎王,见了百姓就开枪""穿着百姓衣,吃着百姓粮,百姓出钱他买枪,日本来了他就跑,汉奸见面不放枪,端起枪来打老乡",最后严厉谴责他们道:"养只狗儿能看门,养活他们添灾殃",等等。总之,在这一历史时期的民间文学表现内容中,一方面是日本侵略者烧杀抢掠,犯下滔天罪行,一方面是八路军与人民大众一起奋勇抗战,与"中央军"丑恶的社会行为形成强烈对比。

或曰,并不是人民群众没有看到像台儿庄战役这样一些震惊世界的抗敌壮举,他们愤怒控诉"中央军"和那些为日本人卖命的汉奸卖国贼一样祸国殃民的罪行,热烈赞颂八路军与人民群众打成一片,官兵平等,难道都是将国民党政权无端妖魔化的泛滥吗?应该说,这里的原因更复杂,其中一个最重要的因素就是中国共产党领导下的八路军更加重视与人民群众血肉相连的情感,是人民子弟兵。因为政治文化立场的巨大差异,一个以救民于水火为使命,一个更多的是谋求个人升官发财,所以,"中央军"涣散软弱的军风军纪,严重败坏了他们在人民大众心目中的形象。民间歌谣客观地表现出这些内容,如:

《平型关上逞英雄》:
英勇善战八路军,
平型关上逞英雄。
板垣师团被歼灭,

抗战史上第一功。(山西繁峙流行)

《打游击》
我手拿着单打一,
前去打游击哪咳,
捉住特务不客气。

我手拿着三八枪,
前去上战场哪咳,
打得鬼子回东洋。

我手拿着手榴弹,
勇敢上前线哪咳,
打那卖国贼汉奸。

我扛起了迫击炮,
去攻打敌碉堡哪咳,
小日本鬼吃不消。(晋冀鲁豫边区)

《军民好比一家人》
东八路,西八路,
都是咱的好队伍,
见了群众满脸笑,
抽空给你担水扫街道。
八路军,老百姓,
军民好比一家人。(晋西北地区流传)

《聚来聚去没有人》

"兵农合一"（阎锡山实行的所谓全民抗战政策）聚宝盆,

聚来聚去没有人。

种田的人少了——地荒了,

打仗的人少了——跑光了。

地为什么荒?

——种地的吃不上;

兵为什么跑?

——不打日本,光打同袍。（晋中地区流传）

《八路就是炼铁汉》

边区好,边区宽,

人人赛过铁罗汉。

铁罗汉,铁一般,

八路就是炼铁汉;

领导咱,来抗战,

鬼子撵出东海岸。（冀南地区流传,柳野青搜集整理）

《快来救性命》

天灵灵,

地灵灵,

八路快来救性命。（胶东一带流传,王宴搜集整理）

《八路来了人人喜》

小红孩儿,穿红裤;

打日本,迎八路;

八路来了人人喜,

没因穷来没有苦。(鲁西南童谣,铜马搜集整理)

《好团长》

陈子斌,好团长,

民里生,民里养。

战士有病他熬药,

战士吃饭他端汤;

战士上山爬不动,

他给战士扛大枪。(冀南地区流传)

《八路军,好心肠》

八路军,好心肠,

割了麦子帮打场,

保卫根据地,

坚决打东洋!(山东流传,王宴搜集整理)

《老子参军一把刀》

老子参军一把刀,

一心跟着八路跑,

不杀蒋贼东洋鬼,

誓死不回刘家窑。(河南罗山地区流传)

《厉文礼》

天上有飞机,

地下有个厉文礼;

不怕飞机扔炸弹，

就怕厉文礼要钱要白面。

（此歌谣流传于胶东一带，王宴搜集整理。厉文礼是国民党中央军的一个反动头目，横行霸道，无恶不作。）

《鬼子认干爸》

蚂儿菜，

就地爬，

鬼子认我干爸爸。

我问你要做什么，

鬼子伸手比个大：

"八路大大的，

我的小小的；

爸爸的有，

我的死的没有。"

（冀南地区流传，柳野青收集整理）

《中央军，吃饱睡》

中央军，吃饱睡，

日本来了往后退；

中央军，吃饱蹲，

听说打仗腿转筋。

第三节　南方抗日歌谣

南方是一个地域范围尤其广阔的地理概念,也是一个内容相当复杂的历史文化概念。抗日战争首先在北方打响,而最艰难的抗战更多发生在南方。诸如上海淞沪会战、南京的陷落、武汉会战、长沙会战,国民政府退守重庆,这些重大事件都成为社会历史尤为深刻的记忆。民间文学对这些内容的诉说与表达,受到南方地域文化等传统内容的影响作用,与北方广大地区的民间文学有着明显不同的风格。

北方有八路军,南方有新四军,都是中共领导的军事力量,都是人民群众拥戴的人民军队。这首先是我们听到的《新四军军歌》"扬子江头淮河之滨","八省健儿汇成一道抗日的铁流",是"光荣北伐武昌城下,血染着我们的姓名;孤军奋斗罗霄山上,继承了先烈的殊勋"与"为了社会幸福,为了民族生存,一贯坚持我们的斗争"与"抗战建国,高举独立自由的旗帜"响彻云霄的歌声。至今,在江苏溧阳,地方民众还保存着当年热烈赞扬新四军领导人陈毅他们的故事与歌声。诸如:

《当兵要当新四军》
吃菜要吃白菜心,
当兵要当新四军;
新四军,爱人民,
他是工农子弟兵。
新四军,讲平等,
官兵如同兄弟亲;
新四军是大学校,
军政文体样样行。

第八章 抗日歌谣与现代民间文学

新四军,打日寇,
好似猛虎扑狼群;
吃菜要吃白菜心,
当兵要当新四军。

《新四军今晚住我庄》
太阳升,亮堂堂,
新四军打了大胜仗;
刚才区长带信来,
今晚队伍住我庄。
我庄上,忙又忙,
杀猪宰羊又腾房;
妈妈忙着包馄饨,
奶奶赶烧鸡蛋汤。
馄饨鲜,蛋汤香,
送给战士尝一尝;
吃饱喝足休息好,
明日又去打东洋。

《溧阳来了陈司令》
天昏昏,地冥冥,
刮民党军弃南京,
日寇来到溧阳城,
烧杀淫掳害人民。
风凄凄,雨淋淋,
溧阳城里没有人,

街头小巷遍地尸,
数里不闻鸡犬声。
风雨刮后天气晴,
溧阳来了陈司令,
带来大批新四军,
打退日本鬼子兵。

《军民要合作》
哎嗨嗨,我们军民要合作!
哎嗨嗨,我们军民要合作!
你在前面打,
我在后面帮,
挖战壕,送子弹,
抬伤兵,做饭菜,
我们流的是血和汗,
赶不走鬼子心不甘!
哎嗨嗨,赶不走鬼子心不甘![1]

在我国南方湖南、湖北、江西、安徽等地,包括湘鄂赣、鄂豫皖等革命根据地所在地,是当年红色歌谣流传的主要地区。在抗日战争时期,抗日歌谣继续以嘹亮的歌声唱响,这些歌谣至今仍然流传。如安徽省西部大别山岳西地区,属于鄂豫皖革命根据地,曾是红二十五军和新四军战斗过的地方。抗日战争爆发后,这里传唱着《抵制日货》的民间歌谣:"大狗叫,小狗叫,日本鬼子真残暴;既占东三省,又到上海闹;房屋成焦土,同胞被杀掉。小朋

---

[1] 此为江苏省溧阳市文化局朋友帮助调查到的《江苏省溧阳水西村歌谣》,芮金川等人记录。

友,大家要:不穿日本衣,不戴日本帽,使他货物卖不掉!"抗日战争中,岳西人民抗日团体宣传参加新四军,民间歌谣《当兵要当新四军》歌唱道:"吃菜要吃白菜心,当兵要当新四军;新四军,为百姓,青年快当新四军。"而当时国民党四十八军、安徽省抗日第八挺进队、安徽省抗日第十一游击队来到这里的时候,民间百姓则歌唱道:"养了儿子是老蒋的,养了女儿是两广的;养了鸡鸭是乡保丁的,养了稻谷是乡保长的。"他们控诉这些所谓的"抗日"队伍扰民、害民,在民间歌谣中歌唱道:"'第八挺',大饭桶;'十一游',笨猪牛。挺而不挺,游而不游。不到前线去抗日,专抢老百姓的猪和牛。"在对比中,我们可以看到民间文学生成规律在抗日歌谣中的体现。凡是祸害人民大众的邪恶势力,无论气焰如何嚣张,都会留下历史的骂名。

岳西地区还流传着富有时代特色的民间歌谣《十字歌》,其内容与抗战救国的主题相融合,从一到十,每一种内容都形成对社会现实生活的述说。其歌唱道:

> 一字写来一杆枪,
> 中国人民都遭殃;
> 许多同胞被残杀,
> 到处鬼子逞凶狂。
> 二字写来两条龙,
> 汉奸走狗又帮凶,
> 富人捉去当傀儡,
> 强迫穷人打先锋。
> 三字写来三道街,
> 鬼子开兵下乡来,
> 牛羊鸡狗全杀尽,
> 眼看田荒秧难栽。

四字写来四垛墙，
城市村庄成战场，
妇女小孩被淫掳，
年轻学生被杀光。
五字写来一张弓，
铁器家具全拿空，
工人失掉锤和斧，
一把菜刀十家共。
六字写来两脚叉，
一片焦土无人家，
货物拿去不给钱，
商人还要挨毒打。
七字写来一道弯，
到处发动游击战，
联合工农兵学商，
吓破汉奸鬼子胆。
八字写来左右分，
保卫家乡要真心，
壮丁参加自卫队，
妇幼协助抗日军。

江苏省在总体上属于我国的南方。这里是民间歌曲《茉莉花》的故乡。江苏盐城曾经是新四军总部所在地，当年流传《黄桥烧饼歌》，歌唱"黄桥烧饼黄又黄""黄桥烧饼圆又圆""黄桥烧饼万万千"，歌唱新四军。抗日战争时期，这里流传民间歌谣《新四军带来好庄稼》，记述"放劲耕，放劲耙，新四军一到尽长好庄稼；没人抢，没人扒，庄稼都归我自家"，其他如《新四军，数

第八章 抗日歌谣与现代民间文学

不清》歌唱"天上最可恨的是恶老鹰,地下最可恨的是和平军(即汪精卫和救国军)",《欢天喜地》记述"韩顽固(韩复榘)在此,昏天黑地;日本鬼儿在此,没天没地;新四军来此,欢天喜地",《厚脸皮》记述"南京城门高,南京城门厚,南京城里有个汪精卫,脸皮比城墙厚十倍"等。苏北和皖北地区流行大量与新四军和抗日战争相关的民间歌谣。这些民间歌谣与陕西、山西等地的民间歌谣在曲调上、内容上都有明显不同。

1938年9月,彭雪枫率领新四军游击支队东征,1939年和八路军苏鲁豫支队共同建立豫皖苏边区抗日民主根据地,并在这里创办《拂晓报》,发表宣传抗日救国内容的民间歌谣。新四军是人民的军队,受到人民群众的拥爱,是其不断发展壮大的重要因素。安徽涡北新兴集一带是江苏、安徽、山东、河南交界处,地理上可以看作北方,也可以看作南方,文化风格上讲,它其实更多属于南方。历史上这里曾经发生过刘邦斩蛇、朱元璋造反等重大事件。著名的《凤阳歌》,在这里广为流行,人们在民间歌谣中唱出"说凤阳,道凤阳,凤阳本是好地方,自从出了朱皇帝,十年倒有九年荒",然后"身背花鼓走四方"。逃荒要饭成为这一广大地区破产农民的主要逃生手段。抗日战争时期,这里是新四军四师司令部所在地。当时,这里有一首以逃荒为主题的民间歌谣《逃荒》,其歌唱道:

> 叫了一声爹,
> 喊了一声娘,
> 好不该留俺在世上,
> 人人比俺强!
> 低头想一想,
> 房中没有粮,
> 叹了一声叫亲娘,
> 只好去逃荒。

>进了一庄村，
>
>狗子咬破门，
>
>庄庄把俺来盘问，
>
>说俺是坏人。
>
>东家要一口，
>
>西家要半碗，
>
>三天难吃一顿饱饭，
>
>饿得俺随风转！
>
>大雪遍地白，
>
>浑身把糠筛，
>
>冷冷清清苦难挨，
>
>儿女靠墙歪。
>
>要想不要饭，
>
>坚决去抗战，
>
>打狗棍一丢，
>
>换的是枪杆。
>
>跟着老彭干，
>
>跟着老彭干。

这里的"老彭"是新四军四师师长彭雪枫，他曾经在这一地区领导抗日救国，是新四军著名将领。彭雪枫积极开展新四军的救国救民与壮大武装力量工作，其机制灵活、平易近人，在工作中深受民众的爱戴，后来在战斗中不幸牺牲。

苏北、皖北等地还有许多热烈赞颂新四军、鼓励参加新四军上前线杀敌的民间歌谣。如《送郎参军》歌唱道："小妹妹才十九，手拉着我郎手，要送我郎参军走。我郎有决心，参加新四军，灰色军装穿在身。我郎上前线，杀敌去抗战,打跑鬼子再团圆。"这里还有一首《调军》,采用传统民间歌曲调式,从另一个风格上表现出地方民众欢迎新四军的心情,其歌唱道:

姐在房中间沉沉,
忽听门外来调军,
不知调哪军?
南军、北军都不调,
单调我郎新四军,
前线打敌人!
擦干眼泪说一声,
再叫我郎你是听,
将你送一程。
送郎送到大门口,
伸手拉住我郎手,
我郎慢慢走!
送郎送到庄西头,
一双新鞋交郎收,
跑步不发愁。
送郎送到九里村,
叫声我郎记在心,
别忘穷乡亲!
送郎送到涡河边,
河里轮船冒青烟,
我郎快上船。
轮船开走一阵风,
手摇汗巾喊连声,

胜利早回程！[1]

江苏南通流传民间歌谣《蜡烛一条心》，歌唱道："灯笼千个眼，蜡烛一条心；新四军千千万，一心为人民。"[2]安徽当涂流传民间歌谣《骂汉奸》，记述"吃的中国粮，穿的中国衣，卖身当走狗，单把同袍欺""人是中国人，也在中国长，卖国发洋财，民族遭大难"。这些民间歌谣表现出抗日救国空前高涨的民族热情的同时，也反映出人民大众对时局的把握与理解，尤其是他们鲜明的爱憎。

在众多南方民间歌谣中，鄂南抗日歌谣的格调与内容尤为突出。除了各种形式的咏唱，表达各种时政，或拥护新四军，歌唱"鸟靠林，树靠根，救国要靠新四军"，或抨击汪精卫的投敌卖国，歌唱"张打铁，李打铁，打把大刀送九爹"，皆情真意切。这里涌现出许多采用传统民间歌曲形式歌颂新四军的民间歌谣，诸如十二月花调《新四军真英雄》，每一节都有"打鬼子"的具体内容与"咿呀得喂"相衬，歌唱"正月里，梅花儿开""二月里，柳发青""三月里，桃花红""四月里，插秧忙""五月里，过端阳""六月里，汗如水""七月里，七月七""八月里，桂花香""九月里，秋风凉""十月里，小阳春""冬月里，雪花飘""腊月里，竹叶青"，完整体现出南方特殊的风物世界特点。其他如船工号子《新四军过了江》、采莲子船调《采莲船拜年》、故事小调《张大奶杀鸡》、泗州调《这是什么国民军》、麻城调《十恨歌》、花鼓调《樊湖呀好地方》、打花棍词《姐弟对唱》、外外里子调《拨开云雾见青天》、《四问》和《三迎新四军》、《十绣歌》等，都具有鲜明的地方特色，堪称中国现代民间文学史上的奇葩。船工号子《新四军过了江》是采用非常少见的长江船工号子调，歌词内容以新四军过江为主题，表现出对新四军队伍的拥

---

[1] 此民间歌谣为钱晋搜集整理。

[2] 此民间歌谣为顾浩铎搜集整理。

戴。而其中的《十绣歌》,内容更特殊,每一句歌词中都有一个历史传说故事以人名表现。如其记述:

> 一绣红旗飘,
> 边区有位老,
> 军民团结有依靠。
>
> 二绣李师长,
> 威名震四方,
> 鬼子听了心惶惶。
>
> 三绣陈大姐,
> 巾帼女英才,
> 边区百姓都爱戴。
>
> 四绣张司令,
> 英勇又年轻,
> 江南江北打敌人。
>
> 五绣梁子湖,
> 梁湖出鳊鱼,
> 打走土匪马钦武。
>
> 六绣铜山尖,
> 活捉卢鸿雁,
> 樊湖百姓见青天。

七绣南山峰，

消灭田维牛，

大冶百姓好耕种。

八绣樊山高，

抗日出英豪，

红旗到处迎风飘。

九绣西洋畈，

个个是好汉，

纷纷报名把军参。

十绣一枝花，

军民是一家，

打走鬼子安天下。

这里面"一绣"中的"老"，是指边区领导人郑位三，是鄂豫皖边区的重要领导人，后任中共鄂豫陕特委书记，鄂豫皖区委书记，淮南区委书记，新四军第五师政委，中共豫鄂边区委书记等职务。这里"二绣"中的"李师长"，是李先念，其当时任新四军第五师师长。"三绣"中的"陈大姐"是陈少敏，"四绣"中的"张司令"是张体学，他们都是鄂豫皖边区的领导人。"五绣"中的"马钦武"、"六绣"中的"卢鸿雁"、"七绣"中的"田维牛"，分别是国民党"别动队司令""游击支队长""挺进司令"，被李先念他们领导的鄂豫皖边区革命力量所打败。此民间歌谣中的每一个人都是一个传说故事，统一于"打走鬼子安天下"的歌唱主题。或曰，民间歌谣中的抗日歌谣与红色歌谣一样，都是民间文学现象中的重要内容，体现出一定时代和一定地区在一定背景下的社会现实生活,是抗日战争特殊的英烈谱和汉奸谱。

民间文学表现抗日战争这一重大历史事件,以不同的表达方式融入千百万人民大众最真实的情感;歌谣是特殊的历史,表现出民众视野中的一切。所有的风风雨雨和是是非非,在抗日歌谣与民间文学中得到最直接最具体的表现,使之史志意义更突出。

第四节 大西南的抗战歌声

大西南是中国抗战的后方,集结着中国政治、经济、文化的重心。这里有汗牛充栋般的文化团体与各种图书报刊,进行着夜以继日的抗日文化宣传;同样,这里也响彻山呼海啸般的抗战歌声。

如刘长吉在《西南采风录》中专门设录有"抗日歌谣"的章节,在这部著述中收集了20首西南地区流行的抗日歌谣。其论述道:

抗战的呼声,动荡到了全国的每个角落。就是万山重叠、交通阻塞的西南各省的民众,也感到了敌人的可恨。因之成于心而形于言,他们那抗日的情绪,吟成了不少的抗日歌曲。

乡下的老百姓,当然没有音乐家作谱作歌的知识。所以我们所唱的歌,与学校里军队里所唱的抗战歌曲,大不相同。因为西南乡民是惯于唱山歌的,他们自然而然把抗日的情绪,用山歌的格调表露了出来。这样的歌,自然不像文人音乐家作的歌曲,词句音调免不了粗俗些,不过唯其如此,我们才可以窥探出一般民众对于抗战的认识,及愤慨的情绪;唯其民歌词意粗浅,音节简单,才易懂易唱,易于普遍。比起我们到民间宣传时,所唱的民众听不懂的歌曲,收效还大得多呢。所以说山歌的粗俗,正是它的价值所在。如此才合民众的口味。

以下所采集的抗日民歌,由其词意来判断。无疑的有许多确出自乡民之口。有数首很像被访问的中小学学生自己编的。无论怎样,他们是充满了爱国的热诚。又套用山歌的格调,自然也有使大家过目的价值。[1]

这里,刘长吉根据抗日歌谣的地理分布,主要有云南、贵州、湖南等地区。他将其具体划分为"黔黄平""黔贵定""湘常德""湘沅陵""黔贵阳""黔关锁镇""滇沾益""滇师宗""滇杨林镇""昆明"等区域,同时,将这些抗日民歌进行分别罗列展示。

抗日歌谣的搜集整理同样需要注释,将歌谣的原意完整地表达、介绍。如"湘常德"流行的《调兵歌》,这是一首传统的思念情人的闺情民歌,歌中采用了"姐在房中闷闷沉沉,忽听门外来调兵,不知调哪营;一呀呀,多喊喊,不知调哪营"起句,唱"一十八省都不调,单调我武汉得胜军,一般好学生;一呀呀,多喊喊,一般好学生",唱"大的不过二十正,小的不过十八春,一般好年轻;一呀呀,多喊喊,一般好年轻",最后唱"吃菜要吃白菜心,投营要投得胜军,莫投矮子兵!一呀呀,多喊喊,莫投倭奴兵!"刘长吉对其所做介绍称:"这首调兵歌,十足代表乡农的见识及口吻,有许多话说得怪好笑的,实在不符当前的情势,不过为了保持民歌的本来面目,故一字一句都不愿有所更改。"[2] 又如"昆明"《送郎出征抗日歌》,歌唱"一送我郎去出征",分别送至"出昆明""出云南""到贵阳""到长沙""到北边""到前方""上战场""到关东",一直唱到"十送郎君到扶桑",歌唱"日寇不灭莫还乡"。最后,刘长吉注释道:"这首送郎出征抗日歌,是我在贵阳往清镇的途中拾得的。这本来是张印刷品,我们看这首歌的格调,很像此地山歌,不过由歌中的内容,可以断定这并不是乡民的作品。我的揣想是当一部滇军北上抗日时,大概由救亡团体或文化机关,模仿山歌的格调,以贤妻送夫出

---

[1] 刘长吉编:《西南采风录》,商务印书馆1946年12月版,第147页。
[2] 刘长吉编:《西南采风录》,商务印书馆1946年12月版,第149—150页。

征的口吻作成了这首送郎出征抗日歌。一来作为对出征将士的欢送词,来对出征将士各方面的叮咛及鼓励。作者既熟民众的心理,思想也很周到。实在有采录的价值。再者,这首歌也是这个大时代所激成的产物,也可作为这个大时代的纪念品。"[1] 这些注释与五四时期所提的注音注释方法是一致的。

在这些抗日歌谣中,许多歌谣的词句富有浓郁的地方生活气息,形成其鲜明的文化特色,诸如"滇沾益"中的"三月里来麦子黄,家家户户正农忙,指望今年收成好,哪知北方进虎狼","滇师宗"中的"正月里来是新春,日本鬼子又出兵;占了沈阳心不足,占了北平不甘心",都是以四季时间为兴,表达抗日情绪。同是以四季作赋比兴,《西南采风录》中的云南民歌中还有"怨歌",借用这种方式表达对社会现实极其黑暗的控诉,与反对日本人的野蛮行为具有同样的情绪。

西南地区的民间歌谣与其他地区的抗日情绪一样,出自内心,丝毫不加掩饰。诸如"黔贵阳"抗日歌谣中的"送郎送到门外头,郎的眼睛大如牛;问郎在恨哪一个,恨的日本贼骨头"。这里的"郎的眼睛大如牛",分外传神。又如"黔黄平"中的"要想老婆快杀敌,东京姑娘更美丽;装扮起来如仙女,人人坎肩心喜悦。同胞快穿武装衣,各执刀枪杀前锋。努力杀到东京去,抢个回来做夫人",这令人想起又一种情景,即恨屋及乌。把东京姑娘抢回来,应该是对日本人奸淫烧杀、无恶不作的报复,是血债要用血来还的情绪表达,并不是什么文雅不文雅! 这里也包含着中国社会独具特色的民间信仰,即多得对方的女子,在事实上形成具有强暴、占领对方色彩的行为,以此形成侮辱对方的女子,成为一种具有巫术意义的仇恨宣泄。或曰,这就是民间社会常常出现的辱骂对方祖先、母亲、姐妹,其形成詈骂风俗,其实还具有更深刻的思想文化意义。在社会民众看来,日本人发动侵华战争的本身

---

[1] 刘长吉编:《西南采风录》,商务印书馆 1946 年 12 月版,第 159 页。

就是极端的野蛮,哪里还需要文质彬彬的绅士风度!这正是抗日歌谣时代特色的真实体现。

与此相应的是刘长吉《西南采风录》所记"到过西南各省的人,都知道西南民众特别迷信,村头路旁到处可以看见一座座的庙堂或庵子,晚间或正午的时候,家家门口都燃着香,处处弥漫着香烟及焚纸箔的气息,可以证明他们深信鬼神"[1]云云。在这样的社会风俗生活环境中,抗日歌谣借用传统民间文学形式表达抗日情绪,宣传抗日思想,只有这样才能达到鼓舞民众的效果。

四川、重庆是抗日战争的大后方。南京沦陷之后,"中华民国"政府和一些高等学校内迁到重庆等大西南地区,这里形成抗日的文化重镇,掀起全民抗日的文化浪潮。《抗敌歌谣》是一本由"四川省立成都实验小学"出版的小册子,1938年10月出版。其中保存了许多抗日歌谣,反映出大西南地区民众反对日本人侵略和保家卫国的意志与决心。这些抗日歌谣用传统歌谣的表现手法,唤起民众抗日。如其所记:

《太阳光》
太阳光光,
照在四方,
家家户户不安康。
哥哥持枪去打仗,
姐姐拿针做军装。
弟弟妹妹年纪小,
唱个歌儿骂东洋!

---

[1] 刘长吉编:《西南采风录》,商务印书馆1946年12月版,第184页。

《月姐姐》

月姐姐，

亮光光，

三岁孩子哭爹娘。

爹也爹！

娘也娘！

请你保佑我，

长大打东洋！

《荷花开》

荷花开，

鬼子来。

鬼子来得多，

我就喊哥哥。

鬼子来得少，

我就喊嫂嫂。

哥哥嫂嫂一条心，

去跟鬼子拼一拼，

杀得鬼子光精精！

《花儿红》

花儿红，

叶儿青，

我同哥哥去当兵。

哥哥拿刀我拿枪，

大家一手打东洋。

东一轰,

西一轰,

轰得鬼子下地洞。

东一杀,

西一杀,

杀得鬼子没得法!

《豇豆藤》

豇豆藤,

小豆藤,

多多拜上女婿们。

不去当兵把国救,

要想接人不得行!

《爬山豆》

爬山豆,

叶叶长,

巴心巴肝望情郎。

望郎早把日鬼灭,

妹到沈阳来拜堂。

歌谣的语言通俗易懂,活泼生动,号召民众起来,走上前线与敌寇进行殊死的斗争。也有一些歌谣赞颂抗日前线的游击队顽强作战、奋勇杀敌的精神,借此鼓舞和激励民众。如其所记:

《小小兵》

小小兵，

上战场，

杀得鬼子叫爷娘。

小小兵，

志气强，

收复失地喜洋洋。

抗战就要抗到底，

中途停战最可鄙。

假使有人要说和，

抽他筋来剥他皮！

《张大哥》

张大哥，

李大哥，

出门碰着鬼子多。

你打我来拖，

你拍拍子我唱救亡歌。

有饭大家吃，

有事大家做。

拼命干，

齐动手，

打倒恶鬼才有日子过！

《去当兵》

东洋兵,

狼毒心,

专门要把弱小侵。

去年占我大南京,

今年又想湖北省。

如不荷枪上前冲,

这就来到自己身!

《丈夫当兵莫心疼》

叫声贤妹我的人,

丈夫当兵莫心疼。

我不去把倭寇打,

将来你是他的人!

《背起炮火上战场》

有女要嫁好儿郎,

背起炮火上战场。

一朝日寇赶走了,

大功告成把名扬!

《去冲锋》

轰!轰!轰!

日本大炮来进攻。

东北四省都陷落,

尸首满地血流红。

冬！冬！冬！
爱国男儿去冲锋。
与其活做亡国奴，
不如战死称英雄！

《活着一天杀一天》
干柴遇火点就着，
人人有命都想活。
我不杀你你杀我，
要想活命把力角。
莫道中国比人弱，
中国男儿不下着。
人人拼上一条命，
定教鬼子见阎罗。
莫笑穷人唱稀粥，
喝了稀粥长骨头。
人穷还有骨头在，
舍生忘死报国仇。
不怕势力不爱钱，
不给敌人做汉奸。
慢说打仗生活苦，
活着一天杀一天！

《我军神勇本难当》
我军神勇本难当，
七七一战最荣光。

饶你永野跑得快，
有何面脸见爹娘？
三个联队犯马当，
七日死得精打光，
只剩田俊小儿郎，
尊听幺幺哭爹娘。

《咱们弟兄》
咱们弟兄，
去打冲锋。
鬼子发抖，
一个筋斗。
魂散魄丢，
逃到杭州。
杭州城矮，
逃到上海。
上海仇深，
逃到南京。
南京讨嫌，
逃到济南。
黄河结冰，
逃到天津。
天津摇铃，
逃到北平。
北平难藏，
逃到沈阳。

沈阳开枪，

杀得精光！

《送出征勇士歌》

千针万针密密缝，

缝件军衣来相送。

健儿此去斗山东，

北地正苦西北风。

《送郎出征》

石榴开花红又鲜，

我郎打扮到前线。

妹妹送郎上轮船，

叫郎在外勿挂念。

家中事体妹会干，

大小儿女妹会理。

唯愿我郎在前线，

当勇杀敌莫退避，

早日得胜回家里！

《一把刀儿白又白》

一把刀儿白又白，

送与哥哥去杀敌。

哥儿不把敌赶走，

休想回家把奴接！

《游击队》
游击队,
真勇敢,
打得鬼子心胆战。
半夜三更鬼子不敢睡,
只怕吃我们的手榴弹!

抗日歌谣不但颂扬前线将士的浴血奋战,而且动员全社会的民众支援前线。如其所记:

《捐钱救国理应当》:
清早起来一开箱,
抓把铜圆响叮当。
老婆问我做啥子?
捐钱救国理应当!

《多寡不论台上献》
伸着两双手,
活像在讨饭。
鼓起眼睛四面看。
向倒包车敬个礼,
吓得老爷条条颤。
老爷太太你莫颤,
多寡不论台上献。
有了钱,买了弹,
打得倭寇像镖箭,

> 救了同胞四万万。
>
> 那时节,
>
> 由你坐汽车到处转!

抗日歌谣的表达方式多种多样,以丰富多彩的语言表达中华民族的仇恨,也表达视死如归的决心。这种朴素的表达方式既是对传统民间文学形式的再运用,也是民间文学新形式的创造。一切都是出自对民族命运的担忧,都是抗争方式的体现。

中国富有诗歌表现现实的文化传统,诗言志,文以载道,形成历史上的乐府运动等文化活动。民间歌谣是中国传统诗歌艺术的一种特殊形式,在民族危机爆发的时刻,它承担起唤醒民众、鼓舞斗志的文化重任。抗日歌谣弥漫在全中国的每一个地方,表现出具有五千年文明历史的中华民族抵抗外来入侵者的坚强意志。这些歌谣既有传统歌谣的运用,又有民众心声的直接表白,汇成抗日的洪流。

抗日歌谣是中国现代文学的一部分,与抗敌诗歌等抗战文艺一起筑造成中华民族保卫家园的文化长城。它像风一样,飘荡在世人的耳畔和心间,激发全民族的抗敌热情。中国的抗日战争是世界反法西斯战争的一部分,抗日歌谣反映出中华民族争取独立自由和民族解放的信念,也是世界反法西斯文学的重要篇章。这是中国民间文学发展史充满壮烈的一页。

第九章
延安民间文艺运动

延安民间文艺运动是中国现代民间文学理论的重要总结和发展。它非常重视利用民间文艺的形式改造和发展新的文学艺术，对民间文艺的搜集整理与理论研究的目的都在于创造新的文学形式。对待民间文学的人民性，许多学者在学理上的认识，并不是一直保持正面评价，而是在延安民间文艺运动的实践中，使他们的民间文学思想理论发生重要变化。

在中国现代民间文学史上，延安是一个特殊的地域名称。20 世纪 30 年代至 20 世纪 40 年代，这里所发生的民间文艺运动，具有十分重要的理论意义。民间文艺的概念与民间文学是有区别的，它包括民间文学与民间艺术等更丰富的内容。在总体上讲，延安民间文艺运动既是延安文艺运动的一部分，也是整个解放区文艺运动的一部分，是中国现代民间文学及其思想理论体系的一部分，对新中国文学艺术发展方向，具有重要影响。关于延安文艺运动，更多的学者关注其群众文化的内容，而忽视了其中民间文艺的搜集整理、理论研究与中国现代民间文学的整体联系。今天，回顾这一段历史，对于如何看待作家文学与民间文艺之间的联系，如何繁荣发展文学事业，仍具有现实意义。

延安民间文艺运动的形成具有三个非常重要的内容：一是数万青年奔赴延安，使延安成为抗日文化的重镇，形成文化热潮；一是关于文学发展民族形式大讨论，重视民众的文化诉求；一是中国文学"礼失求诸野"的文化传统,和现代民间文艺学理论思想的影响,形成延安民间文艺运动的理论特色。

研究这个问题,对于如何理解文学发展与民族文化遗产的关系,如何继承和发扬民族文化传统具有重要意义。

一

抗日战争改变了中国社会的形势发展,许多热血青年奔赴延安,投身抗日救亡事业,献身国家和民族。他们富于空前的热情,讴歌时代和希望,在延安形成新的文化浪潮。

中国共产党非常重视知识分子的作用,中共中央在1939年12月,由毛泽东起草的《大量吸收知识分子的决定》中,就明确指出:"没有知识分子的参加,革命的胜利是不可能的。"1938年7月,陈云在中国共产党陕甘宁边区第二次代表大会上讲话,说:"知识分子是革命的力量,并且是重要的力量","现在各方面都在抢知识分子,国民党在抢,我们也在抢,抢慢了就没有了"。[1]1943年12月底,在中共中央书记处工作会议上,任弼时称:"抗战后到延安的知识分子总共4万余人,就文化程度来说,初中以上71%(其中高中以上19%,高中21%,初中31%),初中以下约30%。"[2]1944年春,毛泽东在一次讲话中说延安的文学家、艺术家、文化人"成百上千","延安有六七千知识分子"。[3]

对此,一位学者说:"在民族危机空前严重的情况下,中国共产党坚决抗日的政治主张,众望所归。自1936年西安事变至1941年皖南事变前后,随着国共两党关系的一松一紧,成千上万的青年知识分子奔向延安。据八

---

[1] 《陈云文选》第1卷,人民出版社1995年版,第180—181页。
[2] 朱鸿召:《延安时期的日常生活·序言》,陕西师范大学出版社2014年版。
[3] 《胡乔木回忆毛泽东》,人民出版社1994年,第251页。

路军西安办事处统计,1938年5月至8月,经该处介绍赴延安的知识青年有2288人。全年总计有1万多名青年从这里获准去延安。"其又称:"据国民政府教育部统计,抗战前全国专科以上学校在校学生4.2922万人,至1940年减至3万余人。大约有1.2万学生流失,其中主要是奔赴延安。"[1]此时的延安,形成别有洞天的文化热潮,此如人所描述:"1937—1942年间,延安先后创办了中国人民抗日军政大学(抗大)、陕北公学(陕公)、鲁迅艺术学院(鲁艺)、中国女子大学(女大)、延安自然科学院、马列学院(中央研究院)、军事学院、农业学院、中国医科大学(医大)、俄语专科学校(俄专)等20多所院校,面向全国招生。南京、武汉、西安、重庆、太原、桂林、兰州、迪化(乌鲁木齐)等地的八路军办事处以及广州的八路军通讯处,千方百计将知识青年一批批送往延安。在物质条件非常艰苦的环境下,延安对所有教育基本实行免费。"[2]青年是时代的先锋,他们向往延安,怀抱理想,"1939年底,蔡若虹、夏蕾夫妇从上海出发,取道香港、越南、昆明、贵阳、重庆、西安等地,经过七个多月的辗转跋涉,终于来到憧憬已久的革命圣地延安,情不自禁地惊叹:延安啊延安,你从艰苦中找得乐观,你从劳动中夺取幸福,你从战斗中获得安乐与发展!延安啊延安,我不能用别的名称叫你,我只能称呼你是个'赤脚天堂'!"[3]显然,延安的文化热潮主要由一批热血青年担当主角,他们继续进行着五四新文化的事业,把民主和科学视作启迪民众、理解民众的重要职责,表现出对民间文艺的特殊情感。

文学艺术的发展是有选择的。五四新文化高举民主与科学的旗帜,出现了著名的歌谣学运动。五四歌谣学运动提出从民众中间搜集整理民间歌谣,一方面进行"学术的"理论研究,一方面为"文艺的"发展提供必要的借

---

[1] 朱鸿召:《延安缔造·序言》,陕西人民出版社,2013年10月版。

[2] 朱鸿召:《延安缔造·序言》,陕西人民出版社,2013年10月版。

[3] 朱鸿召:《延安缔造·序言》,陕西人民出版社,2013年10月版。

第九章 延安民间文艺运动

鉴,进而引发了与传统学术格局迥异的研究方式。[1]应该与国语运动相关,20世纪初,清朝成立"国语编查委员会",改"官话"为"国语";1913年,"中华民国"祝福设立"读音统一会"。1916年,设立"中华民国国语研究会",提出调查各省方言,继而兴起新文学和白话文运动。学者们渐渐形成共识,民众口头语言即白话,是建立国家统一语言和文学语言的重要资源,调查和搜集整理包括民间文学在内的口头语言,有着非常重要的意义。1920年12月,北京大学成立歌谣研究会,把歌谣学与国学联系在一起。至1927年,中山大学创办《民间文艺周刊》,明确提出"提倡新颖而活泼的民间文艺",接着提出"要把几千年埋没着的民众艺术,民众信仰,民众习惯,一层一层地发掘出来",建立"以民众为中心的历史"[2]。郭沫若提出,新文学作家"到兵间去,民间去,工厂间去,革命的漩涡中去"。[3]尊重民众,重视民间文艺的价值,成为新文学的重要传统。延安文艺运动成为新文学的一部分,继承和发扬了这一文化传统。

延安民间文艺运动形成于1936年中国工农红军长征来到延安,一直到1947年胡宗南进攻延安,在延安所发生的民间文艺搜集整理、理论研究和改造、运用。1936年11月,"中国文艺协会"在保安成立,毛泽东在成立大会上提出"发扬苏维埃的工农大众文艺,发扬民族革命战争的抗日文艺"[4];1937年8月,"西北战地服务团"在延安成立,开展声势浩大的街头诗等群众文艺活动。之后,延安成立陕甘宁边区大众读物社,深入群众、了解群众、向群众学习的活动更进一步展开。其中,研究群众创造的民间文艺,搜集整理民间文艺,成为其活动的重要内容。以此为背景,延安民间文艺运动逐

---

[1] 蔡元培:《校长启事》,《北京大学日刊》1918年2月1日第61期。又见《发刊词》,《歌谣周刊》1922年12月17日第1卷第1期。

[2] 顾颉刚:《发刊词》,《民俗》1928年3月创刊号,广州国立中山大学语言历史学研究所民俗学会编印,第1—2页。

[3] 郭沫若:《革命与文学》,《创造月刊》1926年5月16日第1卷第3期,第11页。

[4] 毛泽东著,中共中央文献研究室编:《毛泽东文艺论集》,中央文献出版社2002年4月版,第4页。

渐开展起来。其具体标志是延安《新中华报》上发表的一份征求歌谣的启事所提出的"利用歌谣的旧形式装进新的内容,或多少采用歌谣的格调和特点来创造新诗歌","这对抗战和新诗歌的大众化都有很大的作用","因此,我们决定广泛而普遍地收集各地歌谣,加以研究与整理",而且他们提出"尽量把各地的山歌、民谣小调等等抄给我们,不论新旧都需要"[5]。很快,1939 年 3 月 5 日,中国民间音乐研究会在延安鲁迅艺术学院成立,明确分工专人具体负责研究、出版、延长、采集等工作。1940 年,晋察冀成立了中国民间音乐研究会分会,后又成立了中国民间音乐研究会陇东分会;他们搜集整理延安与相邻地区的民歌、秦腔、道情、说书等民间文学体裁,取得重要成就,渐渐形成具有较大规模的民间文艺运动。同时,他们编辑出版《歌曲月刊》《边区音乐》《星期音乐》《民族音乐》等刊物,刊载搜集整理的民间歌曲,以及他们的理论研究著述。

延安民间文艺运动是中国现代民间文学理论的重要总结。从国语运动强调重视民间文学的语言,到五四歌谣学运动提出搜集整理民间歌谣"为学术的""为文艺的",到现代民俗学运动"建设民众的文艺",包括乡村教育运动的"利用民间,服务民间",延安民间文艺运动继承了这些运动中搜集整理民间文艺、运用民间文艺、尊重民间文艺的方法和观念,而且形成自己研究民间文艺、发展民间文艺和建设新的人民文艺的思想内容与特色。

他们搜集的民歌成为宣传中国共产党政治主张和发动群众的重要素材,也深刻影响到延安新文学的发展。这些民歌经过马可与刘恒之他们的整理,曾经在延安油印成《陕甘宁边区民歌》第 1 集、第 2 集。这从当时延安解放区的新闻报道中可以管窥这一民间文艺运动的一斑。如《解放日报》1942 年、1943 年两则报道,一则称:"中国民间音乐研究会于 20 日在鲁艺举行第五届会员大会,出席会员及来宾 60 余人。首由吕骥同志对三年来

---

[5] 《启事》,《新中华报》1938 年 2 月 10 日。

该会搜集研究民歌工作加以详述与检讨,来宾何其芳、严文井、李元庆等同志,相继发言希望效法该会精神,延安文艺界能有民间文学研究会之组织。最后进行民歌欣赏,有全国各地地方戏与民歌唱片。"[1] 另一则称:"中国民间音乐研究会(原名民歌研究会)自成立以来,仅采集陕甘宁边区各县民间歌曲即已达700余首。此外,如蒙古、绥远、山西、河北及江南各省之民歌,亦均有数十以至一二百首不等,总计共有2000余首,现正分别整理,准备付印。边府文委认为该会提倡民间艺术,并实际从事搜集研究,卓有成绩,特拨发奖金2000元,以示鼓励。兹经该会理事会决定分别奖励三年采集成绩最优秀者张鲁、安波、马可、鹤童、刘炽及战斗剧社彦萍、朋明等十余同志云。"[2] 延安民间文艺运动中,主要是一批青年文艺工作者搜集整理民歌、民间戏曲和民间故事,取之于民,用之于民,利用民间文艺进行新的文学艺术形式的再创造。吕骥曾进行民歌搜集整理,进行民间文艺的改造和运用,他在总结延安民间文艺秧歌运动的成就时说:"陕甘宁边区民间音乐研究会的研究工作与1943年以来的秧歌运动,与歌剧《白毛女》的创作是分不开的。可以说,如果没有自1938年开始并逐渐深入地对民间音乐进行研究,1943年的秧歌运动就不可能在短期获得那样光辉的成绩,《白毛女》也很难顺利地产生。反过来,在秧歌运动与《白毛女》的创作过程中,不断遇到新的问题,研究并且解决这些新的问题,就使原来的民间音乐研究工作得到了新的发展。这样的研究工作才是与实践密切联系的,才真正具有实际意义。"同时,他提出研究中国民间音乐,"不应该从狭隘的民族主义观点、本位文化或源泉论的观点强调中国民间音乐的优越性,因此认为只有民间音乐才是创造中国新音乐的源泉"。[3]

---

[1] 《民间音乐研究会三年搜集民歌千首》,《解放日报》1942年8月24日,第二版。
[2] 《民间音乐研究会三年搜集民歌二千首——边府文委发给奖金》,《解放日报》1943年1月21日,第二版。
[3] 吕骥:《中国民间音乐研究提纲》,《民间音乐研究》1942年11月创刊号。

二

延安是中国共产党领导的解放区,以新鲜的政治气息吸引了四面八方的热血青年来到这里。其中有许多文艺青年加入了这里的民间文艺运动。音乐家吕骥曾在上海、武汉从事左翼文艺活动,开展救亡歌咏活动,在绥远等地搜集民歌,创作《新编"九一八"小调》等抗日歌曲。1937年,吕骥来到延安,继续进行民歌的搜集整理与理论研究工作。何其芳、冼星海、周扬、周文、柯仲平等人也是一样,从各地奔赴延安,对民间文艺产生浓郁的兴趣,投身于延安民间文艺运动,形成对民间文艺搜集整理、理论研究和利用、学习的热潮。

首先是民间文艺的搜集整理与理论研究,形成五四歌谣学运动之后又一次系统、深入的文化活动。1941年,鲁艺音乐系师生沿黄河两岸去米脂、清涧等地进行采风搜集了大量民歌,如《移民歌》《黄河九十九道湾》等。显然,这是五四歌谣学运动理论方法的延续。虽然也有"加以研究与整理",而其坚持的方向是"为文艺的"一个方面,即"创造新诗歌"。与之不同的是,冼星海他们更强调民间文学记录的精确与民间文学的发生主体在情感上更为接近,其称"音乐工作者应该深入民间,尽量搜集各省各地的民歌,与大众一起生活,同他们一块儿唱和,考察他们的生活,用记谱法精确地记录他们的曲调与歌词"[1]。最为值得记取的是鲁迅文学艺术学院还开设了关于民间文学的课程,为延安民间文艺运动培养更多的理论人才。何其芳在后来对此记述道:"1945年2月,延安鲁迅文艺学院成立了一个文艺运动资料室,学校方面要我负责,先后参加工作的有张松如、程钧昌、毛星、雷汀、韩书田等同志。这个资料室的具体工作之一就是把鲁艺的同志们在陕北收

---

[1] 冼星海:《民歌与中国新兴音乐》,《中国文化》1940年1月创刊号,第53页。

集到的民间文学材料加以整理,编为选集。由于民歌材料最多,我们就先从民歌着手。这时张松如同志和我又在鲁艺文学系共同担任民间文学一课,民歌部分由我讲,所以我一边整理陕北民歌,一边找了一些别的地方的民歌集子和登载民歌的刊物来同时研究。"[1] 这与《陕北民歌选》一样,都是中国现代民间文学史上一个重要的里程碑。

延安民间文艺运动中,民间文学搜集整理与理论研究的目的都在于创造新的文学形式。周文是著名的大众文艺作家,20世纪30年代初,曾经改编过苏联文学《铁流》《毁灭》等作品,发表一些论述民间文艺的文章。如1938年,周文曾经发表《唱本·地方文学的革新》[2],提出学习民间文艺的主张。1939年,周文来到延安,负责延安大众文艺领导工作,筹备陕甘宁边区大众读物社,受到毛泽东的赞扬。他大力提倡搜集整理和运用民间文学,发表了《搜集民间故事》[3],紧接着又发表了《再谈搜集民间故事》[4]等文章,论及民间文学搜集整理问题;1940年3月12日,他负责组织成立陕甘宁边区大众读物社,出版和发表搜集整理的民间文学作品,他为《大众习作》杂志创刊号写作发刊词,并发表了《大众化运动历史的鸟瞰》和《关于故事》等,同时在《大众习作》发表《谈谈民歌》等文章,详细论述民间文学与文学发展的密切关系以及运用民间文学的重要性。如他在《唱本·地方文学的革新》中说:"单单提出'旧形式的利用'是不够的。因为这有过分看重形式的一面,而忽略内容一面的危险;也就是过分看重'利用',既然是'利用',

---

[1] 何其芳:《陕北民歌选》"重印琐记",新文艺出版社1952年3月版,第337页。《陕北民歌选》第一辑"揽工调",有12首民歌,主要表现长工沉重而痛苦的劳动生活。第二辑"兰花花",共18首民歌,表现妇女痛苦生活,歌唱男女爱情。第三辑"信天游",共293首民歌,又分三类即农民情歌233首、婚姻民歌35首和杂类。第四辑"刘志丹",红色民歌24首,信天游46首。第五辑"骑白马",共13首民歌,主要表现抗战和边区生活。

[2] 周文:《唱本·地方文学的革新》,《文艺阵地》1938年7月1日第1卷第6号。

[3] 周文:《搜集民间故事》,《大众文艺》1940年7月15日第1卷第4期。

[4] 周文:《再谈搜集民间故事》,《文艺突击》1940年8月第1卷第5期。

就有被误解为应时的俯就的,因而也就只单纯地把它看作宣传'工具',以致无选择的什么都用,而又偏颇地甚至庸俗地单单加些政治观念或口号进去就以为尽了它的任务,而忽略了最根本的思想斗争和艺术创造。"他提出自己关于文学革新的意见说:"我认为要形式内容都兼顾,应该提出'地方文学的革新'这个口号来代替"。他更多的是在强调"方言文学"的意义,称"我们的文学要真正地深入大众,必然是方言文学的确立。方言文学可以创造新形式,而且非创造新形式不可;但既成的旧形式我们也不能放弃,而且应该把握它。那么今天的'旧形式的利用'的问题,实际就是'地方文学革新'的问题"云云,以此,他论述"文学大众化这个口号已提出多年了,但实际能够做到的实在有限得很,这是不可否认的事实"等现象,述说"只有方言文学,地方文学的提出,才能实际得到解决"的道理,称"地方文学旧有的东西固然是粗陋,恶俗,但它压根儿就是和民众密切结合着的东西,从它的流布,影响,是那么的普遍,一直至今不衰这点上,就可以证明。这里明明给我们指出大众化的道路。要真正彻底实现大众化,文学工作者非和民众一起去彻底地了解他们不可,这样,在进行地方文学的革新运动才有可能。很显然,这和'利用'是有了大大差别的"云云。[1] 他在《搜集民间故事》中强调民间故事与文学创作的重要关系,一方面指出"搜集民间故事,是一条重要的道路",一方面指出"走遍全中国,只要你到处拿耳朵去听,很清新很刚健的民间故事,真是随处都是",其具体论述道:"我们知道,《水浒》是民间流传的许多断片的故事,由某一个作者(就算是施耐庵吧)搜集起来,加以综合,组织,而写出来的。《水浒》这作品,在综合的过程中,虽然通过了作者的观点,对于原来的东西,有着某一程度的改变,但从作品里,还是能看见当时农民对于那里边某些人物的典型的创造,还是能真正嗅得出当时民间的生活,和代表农民、并为农民所想望的影响。《水浒》能够在民间流传

---

[1] 周文:《唱本·地方文学的革新》,《文艺阵地》1938年7月1日第1卷第6号,第176—178页。

这么多年代,还为广大民众所爱好,而且影响民众生活如此深刻和长久,并不是偶然。因此,可以得到一个结论:一个从事文艺工作的人,要真正写出一部伟大作品,搜集民间故事,是一条重要的道路。这条道路,是许多人都曾指出过的,但是到今天真正去走的人还是少得很。"[1]在《再谈搜集民间故事》中,他分别论述了四川地方流传的几则民间故事,称"这四个故事,都是独立的,也差不多是从不同的人的嘴里先后听来的。第一个故事,是讽刺那种严格的等级制度,第二个故事是讽刺上流社会的虚伪。这两个故事,都是很巧妙而且是大胆的尽了讽刺的能事。至于第三第四两个故事,就简直表现出阶级的仇恨,进行报复了。很明显的,这四个故事,都是出自民间的,是健康的东西",接着总结论述道:"就这上面四个故事看来,第一个虽然颇为调皮捣蛋,但却是对于看不起'下等人'的商人的一种反抗。然而第二第三两个故事,却就不免流氓气了,而第四个就简直是非常龌龊的恶作剧。这给人的印象是:张官甫已经不是那么值得可爱的反抗上流社会的张官甫,而是一个下流无耻的流氓化身的张官甫了。如果把张官甫的许多故事归纳起来,大体上可以分为两类:一类是可爱的张官甫,一类就是可厌的张官甫。前者是人民的创作,后者当是统治者或受统治阶级教养的人编造出来的,他们为了把张官甫画成一个白鼻子的小丑,以混淆他的反抗行为,使张官甫这样的人在民众的眼前破产,而达到统治者的统治目的,是有可能的。"[2]周文的民间文学思想理论代表了一个时期延安民间文艺运动的理论研究水平。

应该说,由于多种原因,延安民间文艺运动其真正形成系统的民间文学理论还需要一个过程,尽管他们具有很高的政治热情与文化热情。这一时期,柯仲平发表的《论中国民歌》主要论述民间文学中的民歌问题,是一篇非常重要的理论文献。其首先指出"民歌中存在着听天由命的思想(这主

---

[1] 周文:《搜集民间故事》,《大众文艺》1940年7月15日第1卷第4期。
[2] 周文:《再谈搜集民间故事》,《文艺突击》1940年8月第1卷第5期。

要是被封建主义统治剥削压迫的结果),有帮助封建统治稳定的作用,这是不用说的","但也有反抗封建统治的,暴露封建黑暗的更不少","不过,鲜明地表现出反抗来,就会被认为是大逆不道了","这种作品是很难存在的","用哀诉的情调来表现封建痛苦,这是不能摧毁封建统治的,因此得在民间流传着"。同时,他指出"封建统治阶级中也有矛盾,它会产生一些不得志的文人,这些文人也是有助长民歌的作用,甚至常把一部分封建上层的文化成果转化到民歌(一切民间艺术)中,借民歌来发泄他们的不平","民歌也每每会给封建文人许多助力,当文人受到一些民歌影响时,他的诗作便会添了一些生气,如大家熟知的白居易等","这种文化上的交流作用虽然有,但民歌总是代表着被统治的人民大众的"。他说:"民歌中不能有彻底的反抗意识,这是历史决定的"[1]。对此,他主要强调了"反帝反封建的任务"与"新的大众诗歌创造中的最重要的因素和基础"的意义,其详细论述道:

> 历史上就没有出现过农民阶级的政权。农民问题的解决,是必然要到出现无产阶级,受无产阶级正确的领导后,才能解决的。中国民歌也正如中国的农民问题一样。历代都有农民暴动,那只不过能使农民成分起多少的变化罢了。被统治的农民阶级仍旧是一个被统治的农民阶级。历代民歌,虽有多少变化,仍是以农民为主的被统治人民的民歌。在十余年以前,民歌并无大发展。直到中国无产阶级运动,在反帝反封建的任务下抬起头来以后,农民得到正确而有力的领导,因此,在不少的农村中,新的民歌产生了。这些新的民歌,虽然在形式上还没有一个大的发展,但在内容上,却充满着反帝反封建,反一切压迫与剥削的思想与情绪。并且,这是进步的农村大众爱唱的。在城市方面,有一部分从"五四"新文化运动当中锻炼出来的诗歌作者,是或多或少地把民歌的一部分作风吸入自己

---

[1] 柯仲平:《论中国民歌》,《中国文化》1940年5月25日第1卷第4期,第49页。

的诗歌创作中来了。在这些作品中,有一部分是往建立新的中国大众诗歌的方向努力的。当然,是否有了一些什么好成绩,这是待检讨的一个问题。总之,中国民歌是开始得到新的继承和发展了。

我们发展民歌,吸收民歌作风到新诗歌的创作中来,不只因在政治上它有功用性,而且同时因为它是中国文化中的一种优秀的、活的、大众的艺术。它有许多优点是值得我们吸收的。当然,吸收它,也如吸收西洋诗歌的优点一样,要加以融化。它只不过是新的大众诗歌创造中的一个重要的因素罢了。[1]

何其芳是一位杰出的诗人,又是一位学养深厚的文学理论家和文学批评家。他的民间文学思想理论具有非常鲜明的时代特色。在这一时期,他曾经因此写作《杂记三则》,其中有《旧文学和民间文学》等文章,具体论述他对民间文学的理解,其称"产生在旧社会的民歌的确主要是农民的诗歌,而且主要是反映了他们过去的悲惨生活以及对于那种生活的反抗","我们不要以为这是响着悲观的绝望的音调,相反地,应该从这里看到农民对于当时的现实的清醒的认识,并且感到他们的反抗的情绪和潜在的力量","那些还活在民间的传说、故事、歌谣,我们也要算入我们的财产单内。它们也许比那些上了文学史的作品更粗一些吧。然而恐怕也更带着中国人民大众的特点。自从我告别了我的童年,可以说我就告别了中国的农村。然而那些流传在农村的文学现在回想起来仍然是动人的"。他在此处举例一首四川家乡的民歌"洋雀叫唤李贵郎,有钱莫说(娶)后母娘。前娘杀鸡留后腿,后娘杀鸡留鸡肠",对此做解释并论述道:"在这后面大概还有一些叙述、描写和诉说吧,可惜我已经忘记了。然而就是这样四句也就能够直截了当地打进人的心里去。我们家乡叫杜鹃为洋雀。大家都知道那个书本上的有名的

---

[1] 柯仲平:《论中国民歌》,《中国文化》1940年5月25日第1卷第3期,第50页。

传说,蜀王杜宇亡国后化为杜鹃,每年春天叫着'不如归去'。这个歌谣却和那不同,它包含着另外一个故事,似乎是叙述一个被后母虐待而死的孩子化身为鸟以后的哀鸣。这是卑微的,平凡的,然而比那些经过了文人按照他们的思想和兴味粉饰过的传说反而动人一些。广泛地收集这类民间文学的工作需要有些学校、机关或者团体有计划地来做,但在实际工作中的爱好文学者也可以做一部分。将来材料多了,除了作旁的参考,作了解中国的社会和历史的参考而外,就是对于我们的文学创作也一样有帮助的,至少我们可以吸取其质朴的中国风地表现生活的特点"[1]。

何其芳特别重视民间文学的思想内容,其论述道:"对于这些情歌,我们必须把它们和过去的婚姻制度,和过去的社会制度,和在那些制度下的妇女的痛苦联系起来看,然后才能充分理解它们的意义的","旧社会里的不合法的恋爱不仅是一种必然的产物,也不仅是一种反抗的表现,而且必须知道,这种反抗的结果必然是不幸的,并不能真正解决问题的。我们读那些情歌的时候,不要像过去的文人学士们一样只是欣赏那里面表现出来的热烈的爱情,而还应该想到随着那种短暂的热情而来的悲剧的结局"。当然,他是一个诗人,最关心的还是民间文学的艺术价值,他说,"民歌,不仅是文学,而且是音乐。音乐的语言并不像一般的语言那样确定,或者说那样含义狭窄。而一首民歌,据说又可以用不同的感情去歌唱。那么,可以在不同的情形之下唱相同的歌,也可以在相同的情形之下唱不同的歌,正是自然而且合理","由于民歌还和最初的诗歌一样,是和音乐密切结合着的,这就带来了又一个艺术性方面的优点,它的节奏鲜明而且自然";他尤其强调"更重要的是要有一种尊重老百姓的态度",称"不然,我们像这个旧中国的统治者征粮征丁一样去征民间文学,那是征不到好作品的。不要看不起老百姓,不要不耐烦。既然是去向老百姓请教,那就要有一种尊敬老师与耐心向学的

---

[1] 何其芳:《杂记三则》,《何其芳文集》第 4 卷,人民文学出版社 1983 年 9 月版。

精神。对于他们的作品也要尊重"[1]云云。又如其所论"延安鲁艺所搜集的民歌,我觉得在这点上是似乎超过北京大学当时的成绩的。我曾经把鲁艺音乐系、文学系两系搜集的民歌全部读过一遍,觉得其中有许多内容与形式都优美的作品。这原因何在呢?我想,在于是否直接从老百姓去搜集。北京大学当时主要是从它的学生和其他地方的知识分子去搜集,因此儿歌民谣最多。鲁艺音乐系却是直接从脚夫、农民、农家妇女处去搜集。深入到陕北各地,和老百姓的关系弄好,和他们一起玩,往往自己先唱起歌来,然后那些农夫农妇自然也就唱出他们喜欢唱的歌曲来了",而且,他特别强调"民间文学既是在口头流传,就难免常因流传地区不同与唱的人说的人不同而有部分改变或脱落",他反对改写民间文学,称"若系自己改写,那就不能算是道地的民间文学,而是我们根据民间文学题材写成的自己的作品了",他具体提出忠实记录的方法,说:"我们在采录时,同一民歌或民间故事就应该多搜集几种,以资比较参照。"[2] 其《论民歌——〈陕北民歌选〉代序》虽然是在1949年之后发表,但是写作时间却是延安民间文艺运动中,其中详细表达了他对民间文学的理解认识。他提出:"整理民间文学作品和利用民间文学的题材来写作是两回事情,不能混同的。整理民间文学作品应该努力保存它的本来面目,绝不可根据我们的主观臆测来妄加修改。虽然口头文学并不是很固定的,各地流传常有些改变,但那种口头修改总是仍然保持民间文学的面貌和特点,而我们根据主观臆测或甚至狭隘观点来任意改动,却一定会有损于它们的本来面目,对于后来的研究者是很不利的"[3]。

延安民间文艺运动受到中共高层领导人的关注。1940年1月边区文协举行第一次代表大会,毛泽东发表《新民主主义的政治与新民主主义的文化》演讲,提出文化"应为全民族中百分之九十以上的工农劳苦民众服

---

[1] 何其芳:《杂记三则》,《何其芳文集》第4卷,人民文学出版社1983年9月版。

[2] 何其芳:《从搜集到写定》,《何其芳文集》第4卷第147页,人民文学出版社1983年9月版。

[3] 何其芳:《重印琐记》,《陕北民歌选》,新文艺出版社1952年3月版。

务","为达到此目的,文字必须在一定条件下加以改革,言语必须接近民众,须知民众就是革命文化的无限丰富的源泉"。[1] 毛泽东他们曾经参与民间形式等相关问题的讨论,并召开延安文艺座谈会,表达他们的民间文学思想理论。1942年5月,毛泽东在第三次座谈会上详细论述了文学艺术为什么人服务的问题,强调了人民大众的主体地位,提出"人民生活中本来就存在着文学艺术原料的矿藏,这是自然形态的东西,是粗糙的东西,但也是最生动、最丰富、最基本的东西。在这点上说,它们使一切文学艺术相形见绌,它们是一切文学艺术的取之不尽、用之不竭的唯一的源泉"[2]。其中,毛泽东着重论述民间文艺作为"萌芽状态的文艺"在文学发展中为民间百姓喜闻乐见的重要意义,有力影响延安民间文艺运动的发展。

三

延安民间文艺运动的深入开展,与"民族形式中心源泉论"的大讨论有密切联系。其实,这场讨论的源头,可以追溯至五四歌谣学运动的关注民间,从启迪民智,转向文化重建。这场讨论与文艺大众化运动有关,文艺大众化的实质在于从文化启蒙到文化服务的转变,即采用什么样的文学艺术形式面对社会大众。新文学发展的过程中,文学语言问题受到越来越多的人关注和讨论,人们从最初的针对文言文与白话文之争,如《新青年》与《学衡》等阵营的纠葛,逐渐转移到欧化的文学语言移植,还是民族传统的文学语言守护等问题的争论上来,包括文学表现内容等问题的选择与认同。左联曾经进行过三次"文艺大众化"的讨论,"自由人""第三种人"等纷纷登场,表白自己的见解。日本侵华战争开始后,文学艺术被赋予更直接的时

---

[1] 《毛泽东选集》第2卷,人民出版社1991年版,第708页。
[2] 《毛泽东选集》第3卷,人民出版社1991年版,第863页。

代使命,即如何适应于文化抗战。利用旧形式的通俗文艺,成为流行的文化现象。这种现象被指责为"盲目地来采用旧形式",是一种文化发展中的倒退,形成"被旧形式利用"[1]。这在事实上涉及如何面对民族文化遗产问题。向林冰以为,为了能让更多的人接受文学,应该"将新内容尽可能地装进或增入旧形式中","如果不于旧形式运用中而于旧形式之外,企图孤立的创造一种新形式,这当然是空想主义的表现",主张接受和继承民族遗产,所以,"应该在民间形式中发现民族形式的中心源泉"。[2] 向林冰又提出五四以来的新文学,"是对中国固有文化遗产的一笔抹杀的笼统反对",表现出"以欧化东洋化的移植性形式代替中国作风与中国气派的畸形发展形势","新文艺要想彻底克服自己的缺点","不得不以民间文艺形式为其中心源泉"[3]。这其实包含着对脱离大众的文学贵族化倾向的拨乱反正,其未必是简单地抵制一切文学创作的新形式,当然,其极端性话语也不失偏颇。争论的另一方将矛头指向民间文学等民族文化遗产,称民间文艺是"没落文化的垂亡时的回光返照","只是历史博物馆里的陈列品"[4]。争论持续了相当长一段时间,问题集中在新的时代如何表现中国文学艺术的风格。1938年,毛泽东对此类问题提出"国际"与"民族"的结合,提出"为中国老百姓所喜闻乐见的中国作风和中国气派"。1939年开始,在延安展开了关于"民族形式"问题的讨论,既是一种回应,也是一种总结,萧三、艾青等人结合五四以来的文学发展实际,提出了与毛泽东论断相同的意见,强调了民间文艺在文化建设和文学发展中的重要价值意义。

"礼失求诸野"是中国文化发展的重要理念,其揭示了中国历史文化发

---

[1] 阿恸:《关于利用旧形式问题》,《新华日报》,1938年5月29日。
[2] 向林冰:《论"民族形式"的中心源泉》,重庆《大公报》副刊《战线》1940年3月24日。
[3] 向林冰:《在"文艺的民族形式问题座谈会"上的发言》,《文学月报》1940年5月15日第1卷第5期,第235—236页。
[4] 葛一虹:《民族形式的中心源泉是在所谓"民间形式"吗》,《新蜀报》1940年4月10日。

展的重要规律。延安民间文艺运动重视民间文艺的价值,强调走进民众、向民众学习、为大众服务,正是对这一文化发展规律的成功实践,是对这一思想文化的继承和发扬。吕骥、冼星海、柯仲平、周文、何其芳等人的民间文学思想理论,是其中的典型代表,在中国文学史,特别是中国民间文学发展史上,具有重要价值。

延安民间文艺运动改变了许多人的民间文学思想理论。也就是说,对待民间文学的人民性,许多学者在学理上的认识,并不是一直保持正面评价,而是在延安民间文艺运动的实践中,使他们的民间文学思想理论发生重要变化。如周扬,20世纪30年代初,他曾经这样评价民间文学:"直到现在为止,多数的劳苦大众完全浸在反动的封建的大众文艺里,我们一方面要对这些封建的毒害斗争,另一方面必须暂时利用这种大众文学的旧形式,来创造革命的大众文学。不过我们不要忘记劳苦大众是应该享受比小调,唱本,文明戏,等等,更好的文艺生活的。伊里奇也说过:许多人不老老实实地相信现在的困难和危险是可以由'面包和马戏'去克服的,面包——当然是要的!马戏——也是不错的!但是我们不要忘记马戏不是一种伟大的,真正的艺术,而只是一种低级的娱乐。"他特别强调道:"我们的工人和农人应得享受比马戏更好的东西。他们有权享受真正的,伟大的艺术。"[1]他来到延安之后,直接感受到民间文学在文化建设和文化发展中的重要影响,明显改变了认识。20世纪40年代初,他在论述"民族的、民间的旧有艺术形式"时说:"把民族的、民间的旧有艺术形式中的优良成分吸收到新文艺中来,给新文艺以清新刚健营养,使新文艺更加民族化、大众化,更为坚实与丰富,这对于思想性艺术性较高,但还只限于知识分子读者的从来的新文艺形式,也有很大的提高的作用。"他仍然把民间文学称作"旧形式",其指出:"所谓旧形式一般地是指旧形式的民间形式,如旧白话小说、唱本、民歌、民谣以

---

[1] 起应(周扬):《关于文学大众化》,《北斗》1932年7月20日第2卷第3、4期,第424页。

至地方戏、连环画等等,而不是指旧形式的统治阶级的形式,即早已僵化了的死文学,虽然民间形式有时到后来转化为统治阶级的形式,而且常常脱不出统治阶级的羁绊。"很明显,他更看重民间文学的"固有艺术要素",其论述道:"在旧小说中可以窥见老中国人和旧社会的真实面貌,从民歌、民谣、传说、故事可以听出民间的信仰、风俗和制度。整个旧形式,作为时代现实之完全表现的手段,虽然已经不行,但这并不妨碍我们以之为反映现实之一种借镜,以之为可以发展的民族固有艺术要素,以之为可以再加精制的一部分半成品。"他强调"要向旧形式学习","对旧形式的轻视态度应当完全改变",与之前把民间文学视作的"低级的娱乐",有了明显的改变,其称:"必须把学习和研究旧形式当作认识中国,表现中国的工作之一个重要部分,把吸收旧形式中的优良成果当作新文艺上的现实主义的一个必要源泉。"这在事实上是对自己轻视民间文学态度的一种检讨,所以,他说:"旧形式正是那以文字的简单明白而能深入了广大读者的心的,过去虽有人对民间文艺做过一些整理,搜集与研究的工作,但这工作还没有得到普遍的重视,民间艺术的宝藏还没有深入地去发掘。对这工作也还没有完全正确的态度,还没有把吸收民间文艺养料看作新文艺生存的问题。"[1]毛泽东在延安文艺座谈会发表讲话之后,整个延安的文艺运动方向发生重要变化。周扬的民间文学观也与之前有了更明显的转变,对待民间文学有了更高的评价。秧歌演出是延安民间文学运动的重要现象,其论述道:"秧歌本来是农民固有的一种艺术,农村条件之下的产物。新的秧歌从形式上看是旧的秧歌的继续和发展,但在实际上已是和旧的秧歌完全不同的东西了。"他注意到这种民间文学艺术形式的时代特点,称:"他们已不只把它当作单单的娱乐来接受,而且当作一种自己的生活和斗争的表现,一种自我教育的手段来接受

---

[1] 周扬:《对旧形式利用在文学上的一个看法》,《中国文化》1940年2月15日创刊号,第35—40页。

了。"他从民间文学中看到"伟大与丰富",从而,他完全颠覆了自己"不是一种伟大的,真正的艺术"的观点,充满深情地说:"恋爱是旧的秧歌最普遍的主题,调情几乎是它本质的特色。恋爱的鼓吹,色情的露骨的描写,在爱情得不到正当满足的封建社会里,往往达到对于封建秩序、封建道德的猛烈的抗议和破坏。在民间戏剧中,这方面产生了非常优美的文学,我看过一篇旧秧歌剧,叫作《杨二舍化缘》,那里面对于爱情的描写的细腻和大胆,简直可以与莎士比亚的《罗密欧与朱丽叶》媲美,使人不得不惊叹于中国民间艺术的伟大与丰富。"[1] 此后,其更进一步表达出这种感情,其论述道:"(延安)文艺座谈会以后创作活动上的主要特点,就是内容为工农兵,形式向民间学习。我们在民间形式的学习上是有很大收获的。现在已经不再是简单的利用旧形式了,而是对民间形式表示真正的尊重,认真的学习,并且开始对它加以科学的改造,从这基础上创造出新的民族形式来。"[2] 从轻视,到重视,到尊重民间文学,再到"向民间文学学习",这不仅是周扬个人对待民间文学态度的转变,也是整个延安文艺运动的态度、立场和观念的重要转变。

结语

延安民间文艺运动在中国现代文学发展中具有承上启下、继往开来的意义,它继承了五四新文学开创的面向民间、走进民间的重要传统,开启了学习民间、联系民间、尊重民间、服务大众的文化先河。

延安民间文艺运动与强调建设国家统一语言的国语运动不同,与强调重视和研究民间文艺的五四歌谣学运动不同,与强调借用民间文艺、提高民众科学文化水平的乡村教育运动不同,它是一场从理论到实践都充满热情,

---

[1] 周扬:《表现新的群众的时代——看了春节秧歌以后》,《解放日报》1944年3月21日,第4版。
[2] 周扬:《谈文艺问题》,《晋察冀日报》1947年5月10日。

又充满理性判断的思想文化运动。它回答了新的文学艺术发展道路与方向的问题,既有鲜明的思想理论主张,又有具体的社会文化实践。诸如街头诗运动、秧歌剧运动、群众歌咏运动和著名的韩起祥说书、宣传识字学文化、改造二流子等,都与民间文艺运动有密切联系。而且,其有力影响了其他解放区的民间文艺搜集整理,诸如1945年之后,山东解放区、东北解放区等广大解放区,出版《毛泽东的故事》、《半湾镰刀》和《蒋管区歌谣》等各种民间文学书籍的出版发行,教育民众,鼓舞民众,巩固和发展新生的人民政权,发挥了非常重要的作用。更不用说所出现的《王贵与李香香》、《白毛女》、《小二黑结婚》等文学新篇,这些都成为中国现代文学与民间文学历史上辉煌的一页。诚如一位学者所说:"延安时期,中国共产党以其抗日主张、以其清明政治,还吸引了梁漱溟、李公朴、陈嘉庚、黄炎培等当时诸多知名的爱国民主人士前往考察。他们从共产党人的身上,看到了中国的未来、民族的希望。"其称:"延安十年,延水河边,中国共产党人何以取得存在的合法性、成长的合理性、发展的突破性,从而赢得民心、赢得天下?这是一个巨大的历史命题、一个深刻的学术课题,也是一个具有非常现实启发意义的社会话题。在21世纪后现代中国与全球化语境下,梳理延安生活,解析延安社会,重塑延安精神传统,可以激励人生,锻造团队,启发事业,昭示后鲲。"[1] 这在当前,对建设繁荣、健康、持续发展的文化生态,具有重要的启发意义。

---

[1] 朱鸿昭:《延安缔造·序言》,陕西人民出版社2013年10月版。